《詩》教體系的萌芽與定型：

歷史發展視野下的先秦兩漢《詩》教觀

The Germination and Formalization of Enlightened System "Shi": the View of Pre-Qin and Han Dynasty about "Shi" which Vision under the Historical Development Field

林素英　著

臺灣師大出版社

目　次

自序

尺有所短，寸有所長！哪種研究法不如此！
岳飛不曾譏嘲張飛窩囊死，何妨鬆開雙飛情結破繭縛！

雖說後人早已從「張飛打岳飛」的突發奇想中，引出「打得滿天飛」的歇後語，用以指稱朝代錯亂的離譜事；實際上，岳飛不曾譏嘲張飛因情緒控管差、不知體恤部下，以致在醉酒酣睡中被部下割下頭顱，喪失武將戰死沙場死得其所的英雄本色，而始終以張飛為忠烈榜樣。

岳珂在《金佗續編》第 28 卷中，記載其祖岳飛時常對人言：「一死焉足靳哉！要使後世書策知有岳飛之名，與關、張輩功烈相髣髴耳。」可知岳飛認為一介武將重在擁有勇烈的功名，此為所有武將念茲在茲、一心嚮往，欲取為終生效法的，張飛個人的性格弱點何足掛齒！蓋因尺有所短，寸有所長，世事本無法只按統一規格衡量！縱使雙「飛」並世而生，講求義氣的張飛，不會攻擊忠貞不二的岳飛！允文允武、治軍嚴明的岳飛，也不會攻打重情尚義的張飛！即便不幸而使兩軍對壘，兩人也必然惺惺相惜，互敬互重，保持將帥的最高風度正直應戰，岳飛斷不會譏嘲張飛的情緒像火炮，卻又不知火炮的軍事用途！喜歡武打者何妨鬆開雙「飛」情結，讓雙「飛」各自展開雙翼，自在地馳騁「武林」各創功業！

相類於此，學界中，有人喜好追究本源，愛用演繹法對基源問題進行深層意義詮釋；有人喜好斷代研究，慣用歸納統計之法以從事量化的外部研究，同樣無須陷入雙「飛」情結以自擾。蓋因研究主題的性質不同，各自有不同的適用研究方法，且還須隨時靈活調整，畢竟各種研究法各有短長、無法定於一格，更無須乘機攻擊他人戰略應用差勁，終究要以整體論述是否持之有據、言之成理，能否提出自圓其說的「假說」或創見為要！因此，置身在廣大的「學林」中，學術工作者何妨也鬆開「研究法」情結，讓使用不同研究法的研究者，可以在浩瀚的學術領空，自在地綻放學術燦爛的花朵！這裡不是鼓吹無的

放矢、胡亂瞎說，而是理解植物必須在通風狀況良好、日照充足、土壤與水分皆適宜的自然環境下，方可使根、莖、葉的成長達到最佳狀況，進而開出燦爛的花朵、結出累累果實，也才能獲得品質極佳的眾多種子，周而復始地形成萬物化生的良性循環。學術研究也需要廣納各種資訊的胸襟！

今天，跨際研究早已不是學術研究禁忌，端看個人功底而決定論述的高下。針對西周共和時期以前年歲未明、巫術與文明夾雜難分的時代，因而神話、傳說、考古、文化人類學與潛在心理分析等學問，都是要深究《詩》的實質內容時需要借助的對象！重點在於應檢驗研究者能否妥當運用合適的說法以為論證的依據，而非先入為主地認為某類學說、某些學者所論多無稽之談而不足為憑，如此因人廢言、因事廢說，屏棄不用某人某說，豈非早已遺忘孔子所說的「君子不以人廢言」！

古代聖主明君尚且要徵詢百姓治國的意見，即便是狂夫或芻蕘之言亦有可取之處，取捨之間，端視其說能否「言而中於道」，而無關其身分地位是否顯赫。當然，再聖明的君主都無法盡聽所有人民的意見而後採取行動，因此，本書既非「集解」諸家之作，也非意在「駁議」諸家異見以定於一尊，在個人心力與全書篇幅都相當有限的情況下，乃以建構《詩》教體系從周初人文理性剛剛抬頭的萌芽期，到東漢定型化的過程。因為要以此一路變遷、發展的歷史脈絡為核心目標，所以本文大體採用「單線式」發展的模式，以避免「歧路亡羊」遺忘主題的缺失，因而對一些相關研究者的研究所得的確有掛一漏萬之處，還請讀者與相關研究者多多包涵。

儘管本書即將與讀者見面，然而也尚未達成自己既定的目標，且距離原定先出版本書《《詩》教體系的萌芽與定型》，再出版「分論篇」《特定時空環境下的詩禮之教》的計畫已前後順序變化，也延遲許久，不能不說計畫總趕不上變化！本書增訂修改期間要感謝許多前前後後的審查者提出的寶貴意見，讓匆促提出初審的內容可以更完整！至於有關本書未對〈周頌〉獨立成篇討論，謹藉此一角稍加說明：〈周頌〉的確與周代生活信仰關係非常密切，在《詩》中佔有相當重要的地位，主要因為本文基於歷史的發展，採取〈大雅〉與〈周頌〉合體論述的方式，且在〈孔子詩論〉，乃至於《毛詩序》中，雅頌之詩的本義與詩旨並不像風體詩一樣有太大的爭議，歷來對《毛詩序》的質疑也絕大

多數偏在風體詩，所以並未將雅頌的本義獨立成篇進行討論。再加上考慮「分論篇」的「中編——雅頌中的禮教思想」單元中已有四篇討論相關問題，避免兩書重複太多而割捨雅頌本義的專篇討論。不過，在接獲「複審」意見後，已在第貳篇增補一小節「深入宗廟祭祀詩內容以證實『頌為平德』的說法」，從加強〈周頌〉內容的特性以凸顯頌體詩的重要地位。

猶記得曾經在《特定時空環境下的詩禮之教：《詩》教體系的萌芽與定型（分論篇）》的〈自序〉中說：「本書的撰寫目的，並不以本書的結論為相關研究議題的定論，能提出合乎情理的另一值得思考的看法，余願足矣！」在本書即將出版前，則不免要重申自己從「余願」到「愚願」的堅持：

> 由《毛詩序》引發的《詩》教問題雖然古老，學界仍無定論，仍然有繼續探討的價值。甚且加入〈孔子詩論〉與其他戰國簡文的新資料，再透過改變傳統以注疏解經的研究方式，也是解開古老懸而未決問題的另一可行方式，此即本書改變研究方式，轉從歷史發展的視野而作通貫式研究，企圖綜理出《詩》教一脈發展的情形，也是一條新的研究路線。雖不免有人對本研究提出「單線式」發展的「譏評」，然而能夠先開發此可能的理路，以供後續研究者再作更完善的發展，愚願已足。

不知是否在本書〈導論〉提出此「愚願」後，扭轉原先一位審查者所認為的，此乃「早有固定答案的老問題，沒有提供值得特別重視的學術研究成果」，轉而使複審者認為本書得以完成，實可借用張高評論述論題的來源，乃奠基在「厚積薄發，讀書得間；提煉萃取，有為而作」的作品！不過，重要的是此「愚願」，確實是不聰明的我一向的堅持！正是這份堅持，支撐自己在孤燈下持續敲打鍵盤！若是這份「愚願」能激發繼起的讀者再作深入研究，而提出更多元、更完善的研究成果，而不使此 35 萬餘言徒然將有用的白紙變成無用的廢紙，則真的是「愚願」已足！偌大的「學林」正需要後繼者生生不息的良性學術發展！

本書得以出版，要感謝前後十多年來的兼任助理游偉欣、陳姝仔、吳依凡、謝宜潔、林士翔協助校對文稿，也要感謝協助校對的新任編輯佳儀。此外，也要感謝參與研討會時，與會者提供的意見，各單篇論文發表前，相關審

查委員給予的寶貴意見。能有多位兼任助理協助多年來的《詩經》研究，當然要感謝國科會所提供的專題研究計畫經費補助，分別是：

・「先秦兩漢禮教探微」（NSC 93-2411-H-003-007-2/2）。

・「〈國風〉之禮教思想新探：以〈詩論〉、《詩序》為討論中心」（NSC 95-2411-H-003-030）。

・「論〈國風〉中之禮俗及教化思想：結合〈詩論〉、〈性情論〉等楚簡資料之探討」（NSC 96-2420-H-003-004）。

・「論〈雅〉、〈頌〉中之禮俗及教化思想：結合郭店簡以及上博簡文之探討」（NSC 97-2420-H-003-067）。

・「周代人文教化思想探究：以關涉〈周頌〉祭禮文化為主的考察」（NSC 98-2410-H-003-099）。

・「從孔子的形象變化論道德仁義禮法的落實——西漢前傳世與出土文獻下的學術發展」（NSC 101-2420-H-003-004）。

・「《荀子》與二戴《禮記》之思想關聯——結合出土文獻之儒學發展史」（MOST 103-2410-H-003- 064-MY2）。

導　論

一、研究緣起

　　一部《詩》(《詩三百》)的創作前後超過 500 年，已足以說明其內容具有極大的價值，否則不可能歷經如此長時間，且由數十代的不同人員累積此作品。《詩》的流傳至今已超過 3,000 年，主要因其內容多有可以感人肺腑、震撼人心、提升人文精神的教化作用，此即最可貴的《詩》教內涵，而有待今人努力釐清者。歷來的學者雖然對《詩》教的研究成果極多，然而多集中於特定議題或層面，並未針對整個《詩》教思想的體系，從最初萌芽到定型的長期歷史發展過程，進行統觀性的探討，此即本研究採取「歷史發展」的視野，對「《詩》教體系的萌芽到定型」進行系統研究的原因，且以「《詩》教體系的萌芽到定型」為書名。由於《詩》教體系全東漢而定型，遂以「歷史發展視野下的先秦兩漢《詩》教觀」為副標題。

　　《詩》既然是不同的時期由不同的人編排完成，再加上牽涉的時代十分遙遠，聰明的學者多採取存而不論的方式，不願碰觸此燙手山芋。然而要討論《詩》教體系發展的問題，則無法否認此為重要問題，且無法迴避此問題，因此不揣固陋，願做拋磚引玉之人。尤其是在〈孔子詩論〉的出土文獻問世，再加上其他的戰國簡文的幫忙，固然無法奢望其可以解決歷來存在的疑難問題，但是從該篇新資料公布後，即引發國際漢學界高度關注，眾多學者更是投注極大心力進行研究，且多年不衰的情形，已無法用「該資料能解決的問題相當有限」以迴避相關問題。

　　今本的《毛詩》當然不可能是最早期的《詩》之祖本，乃是歷經許久的時間發展完成。從漢代今文經的三家《詩》與稍後古文經《毛詩》區分家派的情形，彼此存在異文現象並非重要問題，而是經師對文義的解釋差異，方為造成區分家派的主因。然而從此一現象正好可以反推今本的《毛詩》與最早的

《詩》之文本，縱使有所差異，大多也僅是有限的異文，重要的差異，仍應在後世解讀《詩》的文本者之意見不同，因而《毛詩序》的說法即扮演相當關鍵的地位。因而本研究，特別重視詩篇創作的前後超過 500 年的歷史發展情形；也重視《詩》自從祖本形成後，經過孔子重整，再經戰國時期及漢代經師傳授《詩》的過程，以及《毛詩序》輯錄的相關問題。此外，再結合最早重視詩篇創作時代問題的鄭玄（127～200）《詩譜》所載，試圖勾勒一條《詩》教從萌芽到定型的體系發展關係。

　　相關問題可透過以下幾點詳加說明之：

（一）推動人文教化的首選管道在於詩

　　小邦周竟然能取代大邑商而擁有政權，絕非僥倖得來，而是在始祖后稷締造「生民無數」的赫赫農功後，至少再累積幾位聖明的部落領袖與國君，如公劉、公亶父、季歷、姬昌等數代人的努力而奠定重要基礎。姬昌更因得到軍師姜尚相助，且與商宗室建立聯姻關係，遂在姬發繼任國君時，已取得國內外最重要的「人和」狀態，故能以絕佳的戰略運用，使商王受在兵臨城下時自焚，姬發始取得朝歌以代替商的政權。如此得來不易的成功經驗，使周初的為政者，仍然維持克商以前，凡事兢兢業業的態度，如臨深淵、如履薄冰，始終惕勵奮發、絲毫不敢鬆懈。徐復觀（1903～1982）即認為人類文化的發展都從宗教信仰開始，周人則已在傳統的宗教信仰中，注入自覺的精神，使文化在器物方面的成就之外，提升為觀念的展開，懂得自發、自省，促使憂患意識高度發展，形成人文理性的抬頭，因而號稱該現象為「人文精神的躍動」。[1]然而要促使人文精神躍動不已，且能直心而行、自我負責，則始終秉持敬德、明德的精神即非常重要，且非僅有少數位高權重者秉持敬德、明德即可，而是需要有大多數的人能自我覺醒、懂得反省負責、分辨是非善惡以成就道德，彰顯人文理性之美。要使大多數的人能自我反省、常保敬德、明德的精神與態度，則捨

1　其詳參見徐復觀：《中國人性論史・先秦篇》〈周初宗教中人文精神的躍動〉（臺北：臺灣商務印書館，1969 年），頁 15～35。

教育無以竟其功，因此從周初開始，即非常講求人文教化的重要，注重教育該如何實施，其中，選擇合適的教材自然成為決定教育成敗的關鍵因素之一。

　　《周禮》雖非周代政治實踐的實錄，而包含相當程度的理想性，但是其所載也絕非純屬空穴來風、不足為憑。根據《左傳》所載，春秋時期雖早已從周初盛世的禮樂社會，進入禮壞樂崩的時代，然而從當時貴族的社會活動還盛行引《詩》賦《詩》以表達心志，以此逆推，可知貴族熟讀、背誦《詩》的內容以為言談之用，早已習以為常。因此參照《周禮》所載大司樂的職責之一，即是教導國子「興、道、諷、誦、言、語」的「樂語」，而大師的職責之一，即是教導瞽矇六詩：「曰風，曰賦，曰比，曰興，曰雅，曰頌；以六德為之本，以六律為之音。」[2]說明「樂語」與「六詩」相搭配的教育內容，是周代貴族教育的重點項目應屬可信，只差不知詳情如何。不過，若再參照《禮記》所載，則可見《詩》、《書》、《禮》、《樂》（禮、樂），都是貴族與國中俊秀必學的內容，[3]其中，《詩》還名列於四教之首，則其特別的質性值得注意。蓋因為詩為韻文，既可吟誦又可唱和，即使未必識字，也可透過耳聞、口傳而記憶、傳誦，一般人極容易在耳濡目染的環境下，受到詩歌傳誦的潛移默化影響。是故一般庶民雖然無緣接受上述的典籍教育，而是由大司徒安排社會教育，[4]然而社教內容中已蘊藏重要的人文涵養。

　　「六經」原為貴族專享的教育，然而從孔子實施「自行束脩以上，吾未嘗

2　《周禮》〈春官・大司樂〉，見於漢・鄭玄注，唐・賈公彥疏：《周禮注疏》，收入《十三經注疏（附清・阮元《校勘記》）》（臺北：藝文印書館，1985 年），頁 337；〈春官・大師〉，頁 356。

3　《禮記》〈王制〉，見於漢・鄭玄注，唐・孔穎達等正義：《禮記正義》，收入《十三經注疏（附清・阮元《校勘記》）》（臺北：藝文印書館，1985 年），頁 256：「樂正崇四術，立四教，順先王《詩》、《書》、《禮》、《樂》以造士。春、秋教以《禮》、《樂》（禮樂），冬、夏教以《詩》、《書》。王大子、王子、群后之大子、卿大夫元士之適子、國之俊選，皆造焉」。其詳情可參考林素英：《《禮記》之先秦儒學思想：〈經解〉連續八篇結合相關傳世與出土文獻之研究》（臺北：國立臺灣師範大學出版中心，2017 年），〈「人道」思想探析：以〈性自命出〉與《禮記》相關文獻為討論中心〉、〈《禮記》〈經解〉連續四篇之儒學思想發展：結合戰國簡文與《荀子》之討論〉。

4　其詳參見林素英：〈《周禮》的禮教思想—以大司徒為討論主軸〉，國立臺灣師範大學《國文學報》第 36 期，2004 年 12 月，頁 1～42。

無誨焉」的「有教無類」教育方式後，[5]有意拜師受教的庶民也有機會學習經典，使經典影響世人思維與行動的情形更為彰明，其中尤以《詩》的學習最自然、最普遍。司馬遷（145？～86？B.C.）說：「孔子以《詩》、《書》、《禮》、《樂》（禮、樂）教，弟子蓋三千焉」，[6]只要對照《論語》中孔子與弟子的對話內容，也都可確認該說法的合理性。《禮記》〈經解〉雖為弟子所載，而綜覽其內容，實可與孔子與弟子所言相呼應，因此可代表孔子的觀點。全篇旨在記錄孔子分析「六經」的教育功能及其在政教上的得失，儘管各種經典的作用不同，終歸以強調行為實踐的禮為根本。是故列為教學之始的即為《詩》，因此全篇在開宗明義即記錄孔子對於《詩》教的概括：

> 入其國，其教可知也。其為人也：溫柔敦厚，《詩》教也。……《詩》之失，愚。……其為人也：溫柔敦厚而不愚，則深於《詩》者也。[7]

進入邦國當中，從觀察國中百姓的行為表現，即可理解該國對百姓施予教化的情形。倘若百姓言談溫文柔婉，性情也十分敦實厚道，則為《詩》教發達的表現。然而若過分強調言行溫柔敦厚，卻也容易流於不辨情偽的缺失，因此需要以本於人情，又能通於天地理序的禮來適度調節人情。[8]此從孔子庭教伯魚時，已清楚指出「不學《詩》，無以言；不學禮，無以立」，[9]說明《詩》教與禮之內涵緊密關聯，因而要深入理解《詩》教的內涵，必須適時借助與禮相關的文獻，彼此對照以協助解析。此即長年研究禮學以後，有感於詩禮之教與人格涵養的關係最為密切，於是再跨入《詩》學研究的領域，期待藉此更可彰顯古代聖賢如何透過《詩》的學習，以達到修人文而化成天下的努力。

5　分別見於《論語》〈述而〉，見於魏・何晏集解，宋・邢昺疏：《論語注疏》，收入《十三經注疏（附清・阮元《校勘記》）》（臺北：藝文印書館，1985 年），頁 60；〈衛靈公〉，頁 141。

6　《史記》〈孔子世家〉，見於漢・司馬遷著，（日）瀧川龜太郎考證：《史記會注考證》（臺北：洪氏出版社，1977 年），頁 760。

7　《禮記》〈經解〉，頁 845。

8　《禮記》〈禮運〉，頁 60：「禮之於人也，猶酒之有糵也，君子以厚，小人以薄。故聖王修義之柄、禮之序，以治人情。」〈仲尼燕居〉，頁 854：「禮也者，理也。」〈樂記〉，頁 669：「禮者，天地之序也」。

9　《論語》〈季氏〉，頁 150。

（二）《詩》教與《毛詩序》的古老問題尚未有定論

　　整部《詩》所跨越的時間從周初到春秋中期，已超過 500 年的歷史長河，前後的時空環境都有極大的改變，《詩》教的內涵自周初開始創作詩篇的萌芽期，再到孔、孟、荀對於《詩》教觀念的發展，以至於漢代《毛詩序》輯錄完成，鄭玄《毛詩傳箋》廣為流行，《毛詩序》成為解《詩》指導的《詩》教定型期，前後又經過數百年，自然會存在一些承前發展之狀況，也會出現一些因應時空環境改變而有的變化情形。凡此種種問題都有待一一加以疏通貫串，進而嘗試勾勒出《詩》教發展的體系，思考其如何化成天下的理想。前輩學者對於先秦兩漢的《詩》教問題雖然討論甚多、成就甚夥，然而多半透過詩篇的注疏，對單一或某層面的議題進行探討，缺乏針對自《詩》教最初萌芽到後來定型的長期過程，作綜論性的整體宏觀研究，此即本書意在綜理《詩》教體系發展，且將重點放在從萌芽到定型的原因。尤其是在戰國簡〈孔子詩論〉的新資料公布後，對於重新理解《詩》教的內涵、釐清《毛詩序》與詩篇內容的關係，都是一大契機，對於梳理從周初詩作成篇到透過《毛詩序》解《詩》的過程，也扮演舉足輕重的關鍵地位，因而本研究雖然看似處理《詩》學研究的古老問題，卻明顯有不同於前輩學者之處，並非只是缺乏新意的「冷飯重炒」。

　　要觀察前賢對《詩》教的研究成果，清初以前的研究狀況（〈孔子詩論〉除外），最重要、最便捷的途徑，即是參考朱彝尊（1629～1709）的《經義考》所載資料。

　　生於明末清初的朱彝尊，雖然家貧，但是天生異稟，讀書過目不忘，博通經史，曾參與修纂《明史》的工作，且擅長詩詞，為清初重要藏書家。朱氏曾經於迎駕無錫時，獲得康熙御賜「研經博物」之殊榮，而參照《清史稿》〈文苑傳〉所載：「當時王世禎工詩，汪琬工文，毛奇齡工考據，獨彝尊兼有眾長。」[10]可見其博通經史詩文的學養深獲朝野肯定。朱氏於康熙 31 年（1692）

10　清・趙爾巽等撰：《清史稿》第 44 冊〈文苑傳〉（北京：中華書局，1977 年），頁 13340。主編趙氏雖卒於民初的 1927 年，然因參與編修的史官為清朝遺老，採取頌清朝而抑辛亥革命的立場，因此仍然冠上「清」的標誌。

辭官歸田，潛心著述。晚年著述的《經義考》，《四庫全書總目提要》評為：「上下二千年間元元本本，使傳經源委一一可稽，亦可以云詳贍矣！」[11]毛奇齡（1623～1716）曾在介紹該書時，宣稱朱氏盡出其家中所藏的圖書 80,000餘卷，輯錄其說可為憑證者，仿照宋末元初馬端臨（1254～1323）的《文獻通考》〈經籍考〉，並參酌明代朱睦㮐的《授經圖》、《經序錄》，明末清初孫承澤（1592～1676）的《五經翼》等各家說法，進行存佚、補充與考訂的工作，上起兩漢，下迄清初，通錄歷朝經義之目 8,400 多種，著者 4,300 多家，共 300 卷（生前刊行 167 卷，盧見曾依未刊刻原稿補編成 300 卷，並增加「凡例」）。整部書除蒐羅一般習見的某經相關經說，還有融通多經的「春秋」、「通禮」、「群經」、「逸經」相關經說，更編列「四書」、「㓕緯」、「擬經」等類目，視野開闊，成為經學專科目錄的巨著，最能展現其博通經史的功力。乾隆即稱譽《經義考》廣搜博考歷代說經諸書，存佚可徵，有裨於經學，還特別親製詩篇題識卷首，藉此闡揚朝廷推崇經學的盛意。[12]因《經義考》不局守一家之言，如緯書、通說者，凡與經學有關者皆在蒐羅之列，所以毛奇齡稱譽該經學大著，使「聖人之言畢見于斯世，而生其後者復得從此而有所考鑒」，[13]並非虛言。換言之，欲知清初以前學者說經的狀況，《經義考》乃極重要而不可遺漏的資料，《詩》學研究更是如此。

翻開《經義考》有關《詩》之內容，從第 3 冊第 98 卷〈古詩〉（《詩三百》）開始，至第 4 冊第 119 卷〈詩序證〉為止，總收錄資料共計 616 筆，「存」165 筆，其餘佔絕大多數的，則屬「佚」或「未見」者。其中前兩筆〈古詩〉與〈詩序〉的資料最基本，與研究《詩》教問題的關係最為密切：列於開端的〈古詩〉，特別註明為今存的「三百五篇」，具有總論《周禮》〈春官・太師〉所載「教六詩」的性質與今《毛詩序》的一段相關說明，接著，按時代記錄相

11　清・永瑢、紀昀等撰：《四庫全書總目提要》第 2 冊〈史部〉（臺北：臺灣商務印書館，1983 年），頁 767。

12　其詳參見清・朱彝尊原著，許維萍等點校，林慶彰等編審：《經義考》〈乾隆上諭〉（臺北：中研院中國文哲研究所籌備處，1997 年），頁 3。

13　《點校補正經義考》〈毛奇齡序〉，頁 11。

關學者的說法，至汪琬（1624～1691）所說為止，最後加上朱氏的「按語」，分別按照全書撰寫體例而呈現；其次，則在題為卜商〈詩序〉該項下，先註明《唐‧志》：「二卷」的著錄資料，且標明其存佚狀況為「存」以後，再從《後漢書》載衛宏作《毛詩序》起，至顧炎武（1613～1682）所說止，依序記錄清初以前學者的說法，篇幅最長。自第三筆資料〈詩傳偽本〉起，除極少數的「按語」稍微長一點，其餘的篇幅大致都極短。換言之，歷來有關《詩》學研究的核心議題，《毛詩序》是最重要的焦點，即使是第 119 卷後半，也幾乎環繞在《毛詩序》的討論；可見要深入理解《詩》的內涵，通過《詩》的傳播與學習，是否可以養成「溫柔敦厚」的人格特質，《毛詩序》是相當重要的切入點，因此《經義考》第 99 卷的〈詩序〉（古稱卜商所作）是最應注意的內容。

　　檢視〈詩序〉該卷所收錄的內容，在《後漢書》「衛宏作《（毛）詩序》」之後，緊接著，就是沈重（生卒年不詳）所說：「按鄭《詩譜》，〈大序〉，子夏作；〈小序〉，子夏、毛公合作」。繼此之後，則為《隋書》〈經籍志〉、陸德明（556～627）、孔穎達（574～648）的說法，[14]開始出現《毛詩序》作者稍有差異之說，然而從此一現象，也清楚可見在孔穎達以前，罕有學者討論此問題。不過，自從韓愈（768～824）開倡「子夏不序詩」之說，[15]已開啟成伯瑜（生卒年不詳）、丘光庭（生卒年不詳）各持己意立說的不同討論；儘管諸多學者所說未能盡符人意，卻已開啟後來學者對《毛傳》與《毛詩序》所載是否相合的思考。

　　逮至歐陽修（1007～1072）《（毛）詩本義》出，主要討論詩義重探、特定專題討論與《詩譜》相關問題三大部分，由於討論的問題具體而有系統，不僅對宋代《詩經》研究有廣泛而深遠的影響，[16]對蘇轍（1039～1112）、鄭樵

14　其詳參見《點校補正經義考》〈詩序〉，頁 693～694。

15　其詳參見明‧楊慎撰，張士佩編：《升菴集》，收入《景印文淵閣四庫全書》第 1270 冊（臺北：臺灣商務印書館，1986 年），頁 296。以古本韓文有〈議詩序〉有「子夏不序詩」的驚人之語，並言有三大理由：知不及、《春秋》不道中冓之私、諸侯猶世而不敢云，故而認為《毛詩序》乃漢之學者欲顯其傳，故託言子夏。

16　裴普賢：《歐陽修詩本義研究》（臺北：東大圖書公司，1981 年），是研究《（毛）詩本義》之重要著作。

（1104～1162）、朱熹（1130～1200）的啟迪尤多，且還持續影響後代的《詩》學研究甚深。全書的內容，以〈本義說解〉為主體，討論 114 篇毛、鄭解《詩》之失，另有堪稱全書雛形的〈一義解〉、〈取捨義〉，分別針對 32 篇詩的其中一章一句，甚或一字之義，以申論毛、鄭之失。至於〈時世論〉、〈本末論〉、〈豳問〉、〈魯問〉、〈序問〉的「二論三問」，則屬於專題討論，對以毛、鄭為主的《詩經》舊說提出質疑，內容涉及治《詩》的態度，判斷詩篇的時世，以及討論《詩序》、〈豳風〉和〈魯頌〉諸問題，最能反映研究《詩》應有的基本觀點，打破傳統以來總是透過梳理單篇詩篇的注疏內容，零星記錄讀《詩》心得的方式。如此不同的論述方式，是全書最有價值之處。書中所建立的「學詩本末」理論，對於研究《詩》的內涵具有重大意義，既有助於判斷詩篇所屬的時世，更有益於抽繹詩中精義，對於陶冶性情、砥礪心志具有潛移默化的作用。

朱熹深受歐陽修《詩》學理論影響，雖大體依循歐陽修讀《詩》理論進行思考，更勇於在「追問本義」之上創立新說，而自成一家之說。朱熹的《詩序辯說》重新檢討《詩序》的說法，將許多風體詩卸下厚重的政治風教外衣，使回歸為「言情」之作，且開啟後來「廢《序》讀《詩》」或「遵《序》讀《詩》」的不同讀《詩》路線論爭。然因「二南」被歸入「正風」，故而朱熹對「二南」的《毛詩序》內容，其實多採迂迴承認的說法，遂有學者批評其雖言「廢《序》」，實則多暗地襲用、妥協認可；然而從此或遵《序》或廢《序》讀《詩》的正反二說，即同樣說明《毛詩序》對於讀《詩》處於相當關鍵的地位。《詩經集傳》為朱熹另一重要《詩》學著作，固然全書以結集前賢說法為主，然而也重新思考鄭玄《詩譜》歸屬詩篇時世的問題，認為很多推定都不可信。朱熹還另開解詩新說，從性理學的角度更深入分析「賦」、「比」、「興」的問題，於是多有「比而興」、「興而比」更細膩的分殊，確能凸顯「詩言志」所包含「情」的質素，融入更多以「情」解《詩》的路徑，另闢解《詩》的新說。

審視朱熹的《詩》學研究能夠自成一家，也與其集宋代理學大成的身分有關。因為朱熹精於辨析毫釐，於是對「情」、「性」、「理」、「欲」的細微感受反應極為靈敏，故能敏於覺察風體詩多「言情」的現象，凸顯《詩》反映「人情」的重要本質。朱熹能繼承歐陽修從「詩言志」的立場追問「詩本義」，再

深入到「志」的本源在於「情」的特點，且注重《詩》的文學藝術表達，在《詩》學研究上形成一重要轉折。朱熹注意到「人情」與「人性」對於詩篇創作的重要地位，再經明代時興的性靈學派文學風潮浸潤，明末清初王夫之（1619～1692）的《詩譯》更堅持應以文學的角度讀《詩》，認為興、觀、群、怨互有關聯，不可孤立分割，「意藏篇中」、「句有餘韻」、「字外含遠神」的含蓄「美」，才是詩歌藝術的最高境界，於是以文學解《詩》，已成為讀《詩》的另一重要途徑。

　　姚際恆（1647～1715）雖批評朱熹的《詩》學不遺餘力，然其倡議以情理解《詩》，無可諱言受到朱熹以為詩多「言情」的說法所啟發，可見朱熹開創《詩》學研究新路徑之功不可沒。然因朱熹過於強調「存天理、去人欲」的重要，以致將許多言男女私情的詩篇貼上「淫詩」標誌，且將「刺淫」視為重要議題揭露出來，非僅為後來《詩》學研究漢、宋兩派殊途發展的重要原因之一，也直接影響王柏（1197～1274）不但擴大「淫詩」的範圍，甚且更激進地欲刪之而後快。[17]朱熹、王柏對「淫詩」的態度，造成後來一些學者對於《詩》本身內容的懷疑，恐為朱熹始料不及之處。倘若客觀檢視朱熹對《詩》學研究的重要貢獻，乃至於引起後代學者疑惑「淫詩」的收錄問題，問題的癥結，其實仍然在於對《毛詩序》的態度不同，導致對詩義、詩旨的認知有別，因而實有必要再對《毛詩序》的問題作深入而有系統的考察。

　　姚際恆的《詩經通論》，秉持其勇於疑古的學術風格，擺脫門戶之見，主張從詩篇本文去探求詩旨。姚氏從詩的本義探求詩義、詮釋詩旨，或分析作法，或圈評鑑賞，皆有獨到之見，也透過考證書史，逐一檢查前人各家注疏，然後以嚴謹的態度自由立論，具有獨樹一格的態勢。稍後的崔述（1740～1816）與方玉潤（1811～1883），也受到姚氏影響，相繼成為一系以情理解詩的《詩》學研究發展路線，與乾嘉考據學盛行後，《詩》學研究的漢、宋學派系之爭明顯不同，也使後世勇於涵詠詩意者，擁有更多元的解《詩》進路，視

17　有關朱熹「淫詩」說的詳情與評價等問題，黃忠慎撰有專書《朱子詩經學新探》（臺北：五南圖書出版公司，2002 年）可供參考。

野也更加開闊。例如：崔述的《讀風偶識》，即批評《毛詩序》「好強不知以為知」，認為詩本於性情，而民情憂喜、風俗美惡都蘊藏於《詩》當中。方玉潤的《詩經原始》，也時常批駁《毛詩序》，主張讀《詩》要反覆涵詠、尋文按義，先觀覽全篇局勢，次觀察筆陣開闔變化，再推敲遣詞用字之法，使讀者與作者的心思驀然感通，而詩旨自然可解。可見此三位獨樹一幟的說《詩》者關心的重點，依然是《毛詩序》。

　　《經義考》所載清初以前學者對於《毛詩序》相關問題的意見，猶如雨後春筍一般，儘管不乏精彩的說法，然而因存在於注疏、集傳、集解一類的編著中，多屬片段式的論述，或針對單一問題進行探討，較缺乏整體觀。即使姚氏在類似傳統單篇注疏方式表達個人意見之外，已另闢〈詩經論旨〉較完整地呈現其讀《詩》理論，顯然也非全面檢討由《毛詩序》解《詩》，所造成過分單一政治化而桎梏情性等問題；方玉潤雖也在傳統單篇注疏之外，增加〈詩無邪太極圖（說）〉、〈諸國世次圖〉、〈附作詩時世圖〉一類的「圖」說，還增加一篇〈詩旨〉以宣稱自己的解《詩》要義，分別摘錄自《尚書》〈虞書〉「詩言志」至姚際恆以來，歷代重要學者對於解《詩》的重要意見，認為漢、宋之爭各有所失，或蔽於固，或蔽於妄，均非的當之說。換言之，從歐陽修以後，直到清代晚期，《毛詩序》是否適合用來指引學《詩》，始終處於爭議聲不斷的狀況中。可見歷來學者並未針對前後跨越 500 年以上歷史長河之《詩》，自開始整編到完成之間，乃至於到《毛詩序》輯錄完成的漢代，《毛詩序》所載與詩篇內容是否相合的問題，進行統觀性的全盤理解。是故，由《毛詩序》引發的《詩》教問題雖然古老，學界仍無定論，仍然有繼續探討的價值。甚且加入〈孔子詩論〉與其他戰國簡文的新資料，再透過改變傳統以注疏解經的研究方式，也是解開古老懸而未決問題的另一可行方式，此即本書改變研究方式，轉從歷史發展的視野而作通貫式研究，企圖綜理出《詩》教一脈發展的情形，也是一條新的研究路線。雖不免有人對本研究提出「單線式」發展的「譏評」，然而能夠先開發此可能的理路，以供後續研究者再作更多元、更完善的發展，愚願已足。

（三）〈孔子詩論〉問世有助於釐析《詩》教的未定之論

　　現階段決定重探《毛詩序》與《詩》教的問題，最重要的關鍵點，還在於討論《毛詩序》與《詩》教問題的新材料〈孔子詩論〉問世。當相關的新材料出現時，正是重探古老懸而未決問題的新契機。當上海博物館館長馬承源（1928～2004），於 2000 年 8 月在北京「新出簡帛國際學術研討會」上對〈孔子詩論〉詳細介紹與分析後，即引發國際漢學界的熱烈討論，已凸顯該批資料在《詩》學研究，乃至孔、孟、荀《詩》學理論研究上都具有極重要的地位。因為該批竹簡所代表的年代被確認為戰國，所以是目前所見最早、內容最豐富、較有系統的孔門論《詩》資料，遂成為各界矚目的焦點，而有關《毛詩序》與〈孔子詩論〉之間的關係如何，更是此後「新出簡帛國際學術研討會」中極重要的討論主題。

　　每一批出土文獻，從出土、整理、隸定到公布的過程，都會經歷激烈的討論，即使在正式對外公布後，還會有更多海內外的學者，針對文字隸定或簡序編聯提出不同的意見，這是新出土文獻受到國際漢學重視的跡象；〈孔子詩論〉更是如此。從該篇簡文到底應訂為「卜子詩論」或「孔子詩論」，乃至簡序編聯與簡文所討論的詩篇有哪些，即使在馬承源整理的〈孔子詩論〉公布後，李學勤（1933～2019）、裘錫圭（1935～）、濮茅左（19？？～）、周鳳五（1947～2015）等學者都陸續有重要的討論，姜廣輝（1948～）與江林昌（1961～）甚至以為是子夏的「古詩序」終於面世，討論激烈的狀況，相較於被稱為「死海遺書」的郭店簡文，實為有過之而無不及。

　　周鳳五的〈《孔子詩論》新釋文及注解〉，在馬承源的釋文上另有值得重視的新發展，成為重要的參照資料。上海大學古代文明研究中心因為與上海博物館具有相當近的地緣關係，對上博簡相關訊息的取得較為方便，且與清華大學思想文化研究所合作，於 2002 年 3 月所共同主編的《上博館藏戰國楚竹書研究》，其中有關〈孔子詩論〉的討論約佔 80%以上，雖多屬個別小問題的討論，然而皆有助於掌握全篇的思想內容。安徽大學歷史系劉信芳（19？？～）2003 年 1 月出版的《孔子詩論述學》，概括總結自 2001 年 11 月出版《上海博物館藏戰國楚竹書（一）》以來，學者們對〈孔子詩論〉的相關研究，並提出

自己的一些寶貴意見。全書主要羅列有關竹簡綴合、文字考釋與簡序編排的相關討論，是提供後續進階研究文獻性質、作者與成書年代的重要資料，也是深入研究《詩》學流傳、與《毛詩序》的關係，乃至於《詩》教思想發展的先備基礎；透過此書的總結，可以初步掌握〈孔子詩論〉與相關傳世文獻的對應關係。

後續，黃懷信（1951～）2004 年 8 月出版的《上海博物館藏戰國楚竹書〈詩論〉解義》，再綜合一些學者的意見而重新編聯、補字及復原，將全篇分為 13 章，分別對各章提出「句解」，方便讀者閱讀。2004 年 10 月，馮時（1958～）在《考古學報》發表的〈戰國楚竹書《子羔・孔子詩論》研究〉，吸收前賢而重新隸定與編聯的〈孔子詩論〉，確認簡文中可辨識的更多詩篇，且將全篇分成六個以「孔子曰」開始的段落，更可彰顯其內容為孔子再傳弟子追記孔子授《詩》的紀錄，可代表孔子論《詩》的意見。至此，已可確定〈孔子詩論〉是比《論語》的零星論《詩》更豐富而有系統的紀錄，也是研究《詩》教思想的重要材料。

（四）目前相關研究概況

民國以來，「古史辨」一派的學者即改變《詩》學研究方式，首次將現代意識和現代科學精神，正式引入古老的《詩》學研究傳統，而且對《毛詩序》、《詩經集傳》的說詩方法進行批判，如鄭振鐸（1898～1958）的〈讀《毛詩序》〉，對於重探《詩》教提出一些新的思考方向。

「古史辨」一派的學者在猛烈批評舊的《詩》學研究時，清楚地知道自己必須肩負起新《詩》學研究的責任，因而多採取改變傳統研究法的方式進行，如顧頡剛（1893～1980）的〈《詩經》在春秋戰國間的地位〉，已結合歷史發展的脈絡進行《詩》學研究。顧頡剛主編的《古史辨》第 3 冊下編，所收錄 1911 至 1931 年之間多位學者討論《詩》的作品，內容以採用新方法討論〈國風〉的民歌或樂歌問題者居多，透過音樂結合生活，已透露周代社會結合詩與樂以進行教化人民的可能管道；其中尚涉及多篇被朱熹點名的「淫詩」之討論，雖然所論未必都合理可信，卻足以啟發後人多元思考的方向。

《詩》學多彩多姿的多元發展情形，最明顯表現在聞一多（1899～1946）

身上。聞氏崇尚浪漫的激情，其實是受到郭沫若（1892～1978）新詩集《女神》的影響，聞氏還稱讚郭氏的詩歌創作遠遠超過胡適（1891～1962）；郭沫若也盛讚聞氏對《周易》、《詩》、《莊子》與《楚辭》四大古籍的整理研究的偉大成就，郭、聞兩人相互欣賞、推崇的意思相當濃厚。聞氏對於「姜嫄履大人跡」、伏羲、龍鳳、圖騰舞的神話解讀，對於深入解讀《詩》的內涵，都有獨到、可取之處；然而過度從性慾觀解讀〈國風〉之「淫」，則有走火入魔之嫌。聞氏認為《詩》中表現性慾的方式，有明言、隱喻、暗示、聯想以及象徵五種方式，「魚」即是典型的隱語，可以用來代替匹偶、情侶的意思，其勇於嘗試結合民俗學與人類學進行《詩》學研究的精神，固然也有可取之處，然而無限上綱的結果，已趨於濫用而不自覺。

　　至於師從聞一多的孫作雲（1912～1978），其《詩經與周代社會研究》，基本上雖仍沿襲「古史辨」學風以及聞一多「民俗人類學」的研究理路而來，其〈周先祖以熊為圖騰考〉，明顯受到聞一多「姜嫄履大人跡」與圖騰舞的影響，〈詩經戀歌發微〉則受到聞一多〈說魚〉的影響，然已擺脫性慾說氾濫的現象，而轉向與禮俗結合的合理解說。孫氏能結合歷史文獻、出土材料、民俗學、考古學等材料，視野更為寬廣，所以對考證、澄清部分周代史實或禮制有些貢獻。不過，孫氏受當時學術風氣影響，書中搬用許多馬克思、恩格斯的封建奴隸社會生產理論，將階級鬥爭理論套用在周代社會的管理者與生產者的相對關係上，則明顯有生拉硬扯的偏差現象。

　　綜觀此「古史辨」以來一系列的學者，對今本《毛詩》輯集、《毛詩序》在《詩》學中的地位、《詩》與音樂的關係等問題，都勇於從不同的角度進行懷疑、思索，雖無定論，然已說明諸如此類的重要問題，仍需後之學者繼續思考研究，《詩》教的意義始能更清晰明朗，而絕非無意義的論題。

　　〈孔子詩論〉公布後，最熱門的研究論題莫過於該文與《毛詩序》的關係究竟如何，然而多屬「簡帛網站」的貼文或是單篇論文，針對〈孔子詩論〉論及的某一具體詩篇（或某幾篇）與《毛詩序》所載進行「點」的對比研究，罕有涉及較大層面的相關研究。陳桐生（1955～）的《孔子詩論研究》（北京：中華書局，2004 年），則是以專書的型態，對〈孔子詩論〉涉及的問題作較詳細的整體討論。全書以〈從「孔子詩論」看戰國南楚《詩》學〉揭開全書論述

的序幕，分別討論〈孔子詩論〉的作者與時代、學術思想考源、說《詩》理論創新，以及〈孔子詩論〉與漢代《詩》學的關係，對〈孔子詩論〉的內容進行較全面的探討，較偏重探討孔子《詩》教在戰國以後向南楚傳播，以至於影響漢代三家《詩》與《毛詩》的情形。其後，陳氏再出版《禮化詩學——詩教理論的生成軌跡》（北京：學苑出版社，2009 年），於〈緒論〉中指出詩教理論的發展歷經五階段：《詩三百》問世前的萌芽期→西周到春秋的初見輪廓期→孔子教弟子習《詩》的理論構建期→漢初今文三家《詩》以訓詁與概括題旨的說《詩》體系→西漢中後期《毛詩》的《毛詩序》完成儒家《詩》教思想體系，並於第一章〈論先秦兩漢說《詩》體系的生成〉申論〈孔子詩論〉以後《詩》教思想發展的重點。再於第二章以後，分別討論言志、美刺、〈關雎〉樂而不淫哀而不傷、興觀群怨、性情、《禮記》〈經解〉的《詩》教、「六詩」與「六義」、孔子刪《詩》、正變、《毛詩序》對詩教理論的總結等專題進行討論。此書的組織架構，乃以第一章的內容概括論述詩教理論發展的五階段，顯然過於簡略，而第二章以後，雖然列出十大重要專題進行討論，但是因為主題較多，故無法一一深入討論，且無法對應詩教理論發展的五階段內容，以致難以整合成前後互相貫串的一體感，有些遺憾。

陳氏此兩部有關《詩》教理論發展的研究與筆者關注的主題較為接近，五階段發展的分期說，也啟發筆者此次研究《詩》教思想特別注重歷史變遷的相關問題，但是研究的進路與重點則不盡相同。本研究與陳氏研究最重要的差異，在於：陳氏所側重的部分，乃從〈孔子詩論〉到《毛詩序》之間的儒家詩教理論建構過程，但未涉及《詩三百》的創作與整編的問題討論；然而本研究將《詩三百》的創作與整編的源頭問題，列為重要議題，且詳加分析討論。陳氏將《毛詩序》最後寫定年代，設定在西漢中後期，然而理由簡略、論述籠統；本研究則立基於《後漢書》最早提及《毛詩序》輯錄者為衛宏，再參照周初到東漢的歷史發展情形，嘗試釐析《詩》教從萌芽到定型，繼而流行的發展狀況。換言之，陳氏雖然劃分詩教理論發展有五階段，其實前兩階段的源頭並未討論，而且攸關《詩》教思想最關鍵的《毛詩序》形成問題，或因問題過於複雜、不易有結論，於是避而不談。筆者明知所論《毛詩序》形成問題難以說服悠悠眾口，然因要合理說明《詩》教思想的發展，對該問題進行合理解說乃

是無法迴避的，僅能不揣固陋而勉力為之。本研究希望藉由歷史溯源的方式，梳理《詩》形成的可能情形，並條理出《詩》教思想的發展脈絡，且以《毛詩序》輯錄完成、《毛詩傳箋》促成《毛詩》廣為流傳，為《詩》教定型與流行的關鍵點，嘗試建構一條可以前後貫串的《詩》教思想變遷系統。

（五）建構《詩》教思想體系的研究大有別於斷代《詩》學研究

　　人各有性，筆者向來喜歡探討根源性問題，喜歡從事回溯各種狀況「為什麼如此」的質性研究，並試圖將其變遷狀況理出頭緒，形成更合理的假說。由於本研究要建構《詩》教思想從周初的萌芽到東漢的定型之間，隨著時空環境的變遷，整個《詩》教思想變遷的系統，當然與斷代《詩》學研究的性質與方法大不相同。尤其要確切理解周初為何萌發以詩為教的思想，還應溯源到周人從部族社會，到公亶父成為殷商治下的西方小諸侯國，至季歷、姬昌擁有「西伯」特殊地位的重要發展史。從周族中幾位重要領袖在憂患中奮發精進、力行德教，以醞釀周王朝的過程，正是周民族注重人文教化最重要的思想基礎，更是建構《詩》教思想體系的底基；這些都是斷代《詩》學研究者不會、也不必觸及的內容，自然不能以研究斷代《詩》學的主體，且主要以外部資料的歸納、統計的方式，來要求歸屬於質性研究的《詩》教思想體系。更何況即使是從事斷代《詩》學思想的實質內容研究者，也必然要進行演繹推論的工作，至於推論是否過當的問題，恐怕就要涉及見仁見智的差異，實不宜一概而論；畢竟人文思想的論述與化學實驗室的工作有極大差異，也與一般社會科學講求的量化統計數據大不相同。

　　由於要詳加探究有關《詩》的源頭問題，無可避免要涉及周初仍沿襲遠古以來巫術盛行的生活環境，既不能採用漢代以後講求以文字訓詁為基礎的經學研究方式，也不能採取斷代研究的方法。本研究不以歸納法為主要研究法，也不按傳統經學研究，先依次呈現集傳、集解相關資料，再以「按語」進行考訂的舊方法，而多返回遠古巫術盛行的時代，選擇一些神話、傳說、考古或文化人類學、宗教哲學等較可靠且合適的研究成果，也藉由現代一些對人類潛在心理研究的成果，去「回推」古代的情形。在此要特別補充說明的，乃是各領域研究都各有所長，也都存在一些限制，傳統經學研究如此，神話學與人類學研

究自然不例外，不宜厚此薄彼或厚彼薄此。若能以開放的胸襟面對不同領域學者的研究成果，取其合理的說法，而勿用其誇大不實之言，都可以增加學術研究的能量，不必因噎廢食，更不應該因人廢言。

能理解《詩》的源頭問題，始能結合該時代歷史發展的情形，追問詩篇創作時可能的「本義」，進而推斷《毛詩序》的說法是否恰當，鄭玄《詩譜》所載各詩篇歸屬的時代是否合宜的問題。倘若詩篇的內容與《毛詩序》的說法，或與鄭玄歸屬的時代有矛盾衝突發生，則再透過更多的歷史溯源以尋求較合理的解說，經過多方求證，以條理、演繹出脈絡發展較合理的思想體系。更因為從詩篇創作到結集成《詩》，乃至於以《毛詩序》的說法成為《詩》教定型的關鍵點，前後時間跨越千年左右，則歷史發展與政治社會環境的變遷，早已不能以「存而不論」的方式對待之，而特別需要從歷史發展的視野，以建構整個《詩》教思想從萌芽、發展到成型的體系，呈現先秦兩漢時期的《詩》教觀。這些研究內容都與斷代《詩》學研究截然不同，自然不能以同一標準審視之；若以從事斷代《詩》學研究比較常用的量化研究方法為準，而批評注重分析、推論、演繹的質性研究「戰略」差，顯然不合乎邏輯，因為二者的研究範疇本不相同，無法直接評價兩類研究法的「戰略技術」高低。

二、研究目的

傳世文獻所見，最早重視《詩》教的重要地位者，當然非孔子莫屬。然而孔子對於《詩》教的主張，僅零星見於《論語》中的少數幾則資料，實無法窺其全豹。待漢代極力推動經學教育，《詩》的地位甚至於還一度被認為可作「諫書」之用，可見《詩》教在漢代經學教育的帶動下，其重要性與價值早已飆升至極崇高的地位。截至歐陽修，在《詩本義》公開質疑毛、鄭以禮解《詩》之不當，且不再以《毛詩序》為解讀《詩》的最高標準，而需追問詩的本義，遂開啟解讀《詩》的新路徑。然而《毛詩序》的說法對後世的影響，前後已達千年之久，其來龍去脈自然需要抽絲剝繭，仔細加以釐清。

歐陽修特別注重「詩言志」的重要，力求解《詩》必須合情合理，於是強調讀詩應追索詩人創作該詩的意念所趨。在歐陽修批駁毛、鄭說《詩》多「不

近情理」的影響下，遂逐漸開啟宋代「以理說詩」的風潮，更引發朱熹對《毛詩序》進行重新評價，且以《詩序辯說》全面檢討《毛詩序》是否得當的問題。自朱熹以後，更引發後代學界對《毛詩序》正反意見的論爭，擁護《毛詩序》或主張棄《毛詩序》而直接閱讀《詩》者都各有其人，雖然各有言之成理之處，卻也始終無法定於一。畢竟如此重大問題本來就無法採取一刀完全切割的方式對待，不但需要針對每首詩進行客觀、周詳的思考，更應詳加考察詩作創生的時代背景。在超過 500 年以上的詩作創生時期，歷史早已變化多端；後來輯錄完成的《毛詩序》，其材料所屬時代也跨越從先秦到兩漢的更長時間，因而變化也更大、更複雜。面對此前後兩階段的歷史變化，尤其需要仔細分殊，方有可能較客觀地理解從先秦到兩漢的《詩》教觀發展情形。

　　幸好 2001 年上海博物館正式對外公布的〈孔子詩論〉，可以提供一些《詩》教發展的重要資料。相較於《論語》中極其零星的對《詩》之評論，儘管〈詩論〉編聯的情形，學者尚有異說，然而其資料豐富與論述更具系統化則無庸置疑，且全篇所評論的詩篇大約 60 篇，已佔所有《詩》的 20%，比例確實相當高。基於此大家有目共睹的事實，因而學界自〈孔子詩論〉公布後，都公認〈孔子詩論〉對於重新理解《詩》教具有舉足輕重的地位，即使無法解決近 3,000 年來有關《詩》的所有疑難問題，至少已可解決一些問題。同時因為〈孔子詩論〉的內容多處流露詩篇與人的心、性、情、志之關係，即可與《尚書》〈虞書・舜典〉的「詩言志」說法緊密扣合，值得詳加探討。〈孔子詩論〉中多言情與志的現象，既與其他戰國竹簡中討論心、性、情、志、教的情形相似，且還可以與《禮記》中的資料相互驗證、整合，都有助於建構「詩本於情」的詩歌基本特質，並由此再將「詩言志」的「志」所包含的範圍，擴大到建設理想社會國家的「大其志」層面，而與周公苦心孤詣領導制禮作樂、特別強調禮教的思想體系相契合，且藉此以勾勒出更清晰的《詩》教面貌。

　　本書即在此基本構思下，希望達成以下較具體的研究目的：

（一）確認《詩》教與歷史發展的密切關係

　　小邦周取代大邑商的政權，是中國歷史上極為罕見的大變革，也是歷來史家最看重的歷史大事。由此大變革即引發自夏商周以來，朝代興衰更迭的重要

歷史思考，也開啟自周以後的主政者，如何借鑑「殷鑑不遠」的實例，以為施政指南的重要參考。王國維（1877～1927）早已在〈殷周制度論〉中指出中國政治與文化的變革，莫劇於殷周之際，宣稱：

> 殷周間之大變革，自其表言之，不過一姓一家之興亡與都邑之移轉；自其裡言之，則舊制度廢而新制度興，舊文化廢而新文化興。又自其表言之，則古聖人之所以取天下及所以守之者，若無以異於後世之帝王；而自其裡言之，則其制度文物與其立制之本意，乃出於萬世治安之大計，其心術與規摹，迴非後世帝王所能夢見也。[18]

王氏所說已明確指出周代所建立的制度與文化，其心術與規模都極為弘遠，在於為萬世治安而設計，並非只為一家一姓政權而設的狹隘思想。周代取得政權，雖然自其表言之，似應從武王伐紂而成就文王的承受天命開始，且以周公領導制禮作樂而建立萬世治安之大計，為立朝之根本；自其裡言之，則為自后稷以下，周民族的許多位領導者，如公劉、公亶父、季歷（含兄長）、文王等世代積累的功績，連同眾多賢才的同心協力，始能共同締造可以傳諸久遠的制度與文化。

　　如此重大的殷周制度變革，除卻載入《尚書》與《逸周書》等古史外，即使是性質並非古史的《詩》，在字裡行間也保有相當多珍貴的古史材料。藉由《詩》對於當時人物事蹟或寫實或寫意的不同書寫模式，呈現這些重要領導人物，如何教導周民族在環境惡劣與強鄰壓境的脅迫下，如何自立自強、圖謀新發展以解除天災與人禍的情形，相較於史書的制式化記載，更有引導啟發後人的作用。是故本書正文的首篇，即選擇武王初始踐阼時，如臨深淵、如履薄冰地戰戰兢兢處理各項事物開始，參照傳世文獻與出土文獻的交叉對照，深刻理解這些重要領導人物，如何在特定的歷史背景下，以自身修誠敬篤、踐履德義的作為，書寫周代注重人文教化精神的重要歷史。先確定此重要行為目標，即可說明本書所採取歷史發展視野的基本立場相當重要，可藉此考察先秦兩漢

18　王國維：《觀堂集林》上冊〈史林二〉（北京：中華書局，1959 年），頁 453。

《詩》教觀的建立與歷史發展密不可分的關係，進而能達成本書所期待的研究目的。

（二）確認《詩》教與禮樂之教的一體兩面關係

　　《詩》三百的創作時代，學界公認大約作於 1100～600B.C.之間。由於這段期間，大約是從周初到春秋中葉稍後之時，因此詩中的內容即反映西周至於春秋中葉的禮儀活動，蘊藏豐富的禮教思想，都與當時社會生活的需要有關。此從《左傳》不但多以「禮也」、「非禮也」評論人事物，且還出現大量引《詩》、用《詩》以及賦《詩》言志的現象，都可以佐證當時貴族階級讀《詩》、學《禮》的情形相當普遍。換言之，廣大的禮制規劃以及禮儀實踐的背景，正是孕育《詩》三百誕生、發展的沃壤與溫床。從孔子以「不學《詩》，無以言；不學《禮》，無以立」庭訓伯魚，即可知詩與禮對於立身處世、言談應對的重要。更由於禮樂相須而行，因此禮儀的進行，皆須以適當的音樂配合演奏之，且須有適當的言辭以述志達意，所以《墨子》〈公孟〉載有：「誦《詩》三百，弦《詩》三百，歌《詩》三百，舞《詩》三百」，[19]也可見所謂誦、弦、歌、舞《詩》三百的活動，都是配合禮儀進行所採行的活動。此外，再從孔子「興於詩，立於禮，成於樂」的說法，[20]都可見詩、禮、樂三者之間的一脈相承關係，其中尤以「禮」為世人立足之要。清儒邵懿辰（1810～1861）更在《禮經通論》的〈論樂本無經〉之中，直接將此三者合而為一，認為「詩為樂心，聲為樂體」，於是主張「樂之原在《詩》三百中，樂之用在《禮》十七篇中」。[21]邵氏所說，主要說明樂乃是往來滲透於詩與禮之間的中介物。若根據「詩言志」的根本原理，再對照〈樂記〉所言，樂具有「不可以為偽」與代表「天地之和」的特性，[22]則詩、禮、樂三者融合通貫的結果，將可以達到《漢

19　《墨子》〈公孟〉，見於清・孫詒讓：《墨子閒詁》（臺北：華正書局，1987 年），頁 418。

20　《論語》〈泰伯〉，頁 71。

21　其詳參見清・邵懿辰：《禮經通論》，原收入阮元編：《皇清經解續編》，再經藝文印書館分類彙編，收入《續經解三禮類彙編（一）》（臺北：藝文印書館，1986 年），頁 593。

22　《禮記》〈樂記〉，頁 682：「詩言其志也，歌詠其聲也，舞動其容也。三者本於心，然後樂

書》〈禮樂志〉所載的作用：

> 人函天地陰陽之氣，有喜怒哀樂之情。天稟其性而不能節也，聖人能為
> 之節而不能絕也，故象天地而制禮樂，所以通神明，立人倫，正情性，
> 節萬事者也。[23]

雖然《樂》的典籍已經佚失，《詩》三百弦歌的樂譜亦不可復得，無以對照其
依存關係，然而卻足以啟發經學研究者，當其研究《詩》與禮，必不可忽視其
與樂的聯繫，因為最早的雅頌之詩正是在祭祀典禮中，與樂舞合併舉行。尤其
研究十五〈國風〉之詩，則必然要注意風體詩多與民間歌謠或宮廷樂師一類相
關人員的修飾有關，其內容也與各國自然環境或社會風俗的和諧互動有關。若
欲明瞭古代禮樂思想具體實踐的情形，則當深入《詩》的內容，從〈周頌〉、
〈大雅〉、〈小雅〉配合禮儀制度而實施的角度，觀察周代禮樂制度在當時社會
活動中的光影；若欲明瞭《詩》教如何調節人情與人性的深刻意涵，則必須結
合禮儀制度中禮樂相需而行的特點，彰顯〈國風〉中的民情風俗對《詩》教宜
人性情的作用。

（三）參照戰國簡文以理解文王德教典型的確立

文王之德與文王之教，多出現在歌詠文王事蹟的詩篇當中，更是《毛詩
序》經常出現的重點，且成為中國文化中極重要的一部分。至於這種重要思想
於何時建立，參照郭店簡文對於文王形象，分別從仁、義、禮、智、聖等五種
面向進行描述，再與郭店簡的一些引《詩》資料，以及〈緇衣〉、〈五行〉、〈忠
信之道〉、〈性自命出〉、〈成之聞之〉、〈六德〉、〈尊德義〉等諸多篇章，對道
德仁義等教化思想的重要論述內容，都可理解在春秋時期盛行引《詩》、賦
《詩》以言志的時期後，戰國時期則多呈現用《詩》的情形，而「儀刑文王」

氣從之。是故情深而文明，氣盛而化神。和順積中而英華發外，唯樂不可以為偽。」頁
669：「樂者，天地之和也；禮者，天地之序也。和故百物皆化；序故群物皆別。樂由天作，
禮以地制。過制則亂，過作則暴。明於天地，然後能興禮樂也」。

23 漢・班固：《漢書》〈禮樂志〉（北京：中華書局，1962 年），頁 1027。

更是被高度引用的詩句。至於上博的〈孔子詩論〉，雖然其中包含許多殘簡，然而僅從可資辨認的部分，都可發現該篇乃是目前為止，出現最多評論《詩》的資料，無論是對於〈風〉、〈雅〉、〈頌〉各類體裁詩的總體評論或具體分論，都可表現「道始於情，而終於禮義」的基本特質。[24]雖然該說與《毛詩序》的「變風發乎情，止乎禮義」，存在「道」與「變風」的差別，然而止於「禮義」又可謂殊途同歸。由於「道」與「變風」的差別耐人玩味，因而透過郭店以及上博等戰國簡文資料，將可以探討戰國到《毛詩序》成立時期《詩》教觀念發展的情形。

　　周代雖然強調人文思想，然而一般史書中的相關論述不足，因此有待從詳加探究《詩》教的意義，而獲得極珍貴的人文教化痕跡。透過〈孔子詩論〉對於特定篇章或直接或間接的宏觀與微觀式論評，不但可以補充《論語》當中孔子論《詩》的不足，更可以為自從孔子以來，以至於到《毛詩序》定型的長期發展過程中，添加一些可貴的遞變遺跡，因而特別具有重要地位。此外，透過《呂氏春秋》對文王相關記載的相互驗證，說明文王的德教典型，並非僅僅侷限在舉行宗廟祭禮時的參與者，而是擴大到更廣大的社會群體中，都以文王為典型的地位，文王的形象在戰國時期早已流傳在墨家、道家、法家、雜家等諸子學典籍當中。一旦文王德教典型在戰國時期普遍流傳，則傳經者對風體詩《毛詩序》多言文王之德與文王之教的說法，即是緊接其後的重要後續發展，對於建構漢代以後的《詩》教觀念，具有重大意義。

（四）整合傳世與出土文獻以理解《毛詩序》教化觀的形成

　　儘管《毛詩序》的構成相當複雜，衛宏作《毛詩序》的說法也還未必成為最後定論，不過，學界已經承認衛宏與兩漢時期的政治思想關係相當大。由於《毛詩序》承擔過重的政治與道德責任，致使對各體類詩篇進行詩旨歸納時，不免多有牽合政治事件的現象發生，因此透過《尚書》、《左傳》、《國語》、《逸

24　荊門市博物館編，裘錫圭審訂：《郭店楚墓竹簡》〈性自命出〉（北京：文物出版社，1998年），頁179：「道始於情，情生於性。始者近情，終者近義」。

周書》等相關記載，可以理解始建立禮樂制度的周朝，乃至於漢的統一王朝的政治措施，對於《詩》教涵義各有何深刻的影響。雖然《尚書》已載姬發將「惟婦言是用」列為討伐商紂的理由之一，[25]然而此乃誓師起義之詞，內容是否全然客觀，仍有待詳加檢證。不過，藉由《史記》、《漢書》以及《後漢書》有關后妃對於朝政的影響，確實可以理解二〈南〉的《毛詩序》所載，為何會不惜悖離詩作的內容，也要極力宣揚后妃夫人之德的重要。

再對照一些〈大雅〉史詩的紀錄，透過〈大雅〉相當多與周代重要人王有關的詩文史料，以及《左傳》、《尚書》〈周書〉，乃至於《逸周書》等經史資料的相關記載，更可知周族自從始祖后稷，以至於公劉、公亶父、文王、武王、成王等各時期的社會政治概況，以及相應的民俗風情與民心向背，藉此以理解〈周頌〉當中「感恩戴德」的具體意義，以與「歌功頌德」的行為形成「名副其實」、「名至實歸」的對應關係，確立周代講求的提升「人文」精神，並非徒飾「虛文」的「虛詞」可以比擬。《尚書》〈堯典〉、〈舜典〉等重要篇章中亦含有豐富的早期教化觀念，對於《詩》教的內涵意義與實地踐行，皆有舉足輕重的影響。更因為《詩》與禮儀制度的密切關係，所以參照《周禮》、《儀禮》、《禮記》等禮書的記載，一方面可以辨認某些詩篇的撰作時期，也可利於分辨《毛詩序》的記載是否合適。

尤其透過清華簡的《繫年》，可與今本、古本《竹書紀年》相對照，對於辨別古史所載人物事蹟，如周厲王、宣王、幽王時期的重要史事，乃至於幽王因為寵愛褒姒，不但廢申后且追殺宜臼，終於釀成犬戎之禍的相關始末，都有重要的線索提供重要思考。透過新出土的資料，有助於檢證《詩》的雅、頌類詩篇《毛詩序》內容是否與詩作相契的情形。參照重要的古史資料，對於鄭玄繼承《毛詩序》而來的「變風」與「變雅」形成的歷史背景，都有更清晰的理解，也有助於檢證《毛詩序》的內容，歷經從先秦到兩漢時代變遷的情形。

25　《尚書》〈牧誓〉，舊題漢・孔安國傳，唐・孔穎達等正義：《尚書正義》，收入《十三經注疏（附清・阮元《校勘記》）》（臺北：藝文印書館，1985 年），頁 158，王曰：「古人有言曰：『牝雞無晨；牝雞之晨，惟家之索。』今商王受惟婦言是用，……今予發惟恭行天之罰」。

（五）從「詩言志」的角度理解風體詩溥觀人欲以化民成俗的思想

　　鄭玄「以禮箋《詩》」的具體而重要的方法，即是以「三禮」中的禮儀制度詮解詩文，然而因為過於篤信《周禮》的記載，視之為周初社會政治制度的實錄，因此多拘泥禮儀制度的成法，曲而附會詩文的意義，遂與人情多有扞格，窒礙詩文鮮活的生命。甚且由於《毛詩序》過於強調「上以風化下，下以風刺上」的政治教化作用，遂使原本活潑潑的詩人之情，皆蒙上一層厚重的政治「風教」外衣，難以展現詩篇原本的真情與活力。因此本研究特別考慮《詩》從創作、整編以至於流傳的歷史變遷因素，並考慮人的心、性、情、志具有共相發展的狀況，直入詩文的內容，嘗試探求其本義，多從人情、人性之立場活化《詩》的文學生命，更從「志者，心之所之」的角度，重整「詩言志」的《詩》之經學價值。

　　《禮記》〈樂記〉有言：「人生而靜，天之性也，感於物而動，性之欲也。物至知知，然後好惡形焉。」[26]而〈禮運〉則以弗學而能的喜、怒、哀、懼、愛、惡、欲七者，謂之「人情」，又謂「飲食男女，人之大欲存焉；死亡貧苦，人之人惡存焉；故欲、惡者，心之大端也。」[27]故知人潛藏於內之性，因有感於外物而產生心的波動，遂產生欲、惡彼此相違的意念，而有人情不同的變化。此外，〈王制〉又指出：

> 凡居民材，必因天地寒暖燥濕、廣谷大川異制，民生其間者異俗，剛柔輕重、遲速異齊、五味異和、器械異制、衣服異宜。中國戎夷，五方之民，皆有性也，不可推移。[28]

故知人受到外在自然環境的影響相當大，於是為政者要如何「化民成俗」，使人能隨時、隨事、隨地的差異而各制其宜，且還要合於義，實乃必須深思的大事。由於「化民成俗」乃人文教化的核心所在，因而如何在理解「風」的本義

26　《禮記》〈樂記〉，頁 666。

27　《禮記》〈禮運〉，頁 431。

28　《禮記》〈王制〉，頁 247。

後，思考如何以人情義理成為規劃教化之道的起點，即是為萬世治安大計的最重要工作，因此參照〈孔子詩論〉對風體詩的總論，將可發現詩文雖然言情而不淫，怨哀而不傷，有欲而不蕩的事實，而體現「變風始乎情，而終乎禮義」的「溫柔敦厚」情懷，以呈現其禮教思想。甚且再透過對於「詩言志」的「志」不斷向外擴展，即可發現詩不僅可以調理個人的心性情志，還可擴充為對社會安定、國家富強、天下太平的欣然嚮往之情，而與為政者思索如何在「風，風也，教也，風以動之，教以化之」思想觀念的強力引導下，透過「上以風化下，下以風刺上，主文而譎諫，言之者無罪，聞之者足以戒」的上下交流管道，達到確立人倫、端正情性、化民成俗的政治風教作用。

在歸納西漢以來后妃對朝政的具體影響後，即可理解《毛詩序》何以承擔過重的政治與道德責任之原因。一旦理解《毛詩序》主導的《詩》教觀念，乃順應當代時空需要的思想反映，自然可以鬆綁高度伸張的政治壓力，而正視詩言情性的一面，還原《詩》教「溫柔敦厚」所包含的多元層面，對重新建立《詩》教的真正涵義具有實質幫助。

三、結構組織

本書的架構，乃在周代歷史發展的基本前提下，結合傳世文獻與新出土文獻，以組構從周初以來，至於《詩》教定型的發展過程。自從周初因為注重人文教化而萌發的詩教思想種籽，再經長期整編成《詩》的文本，到東漢《毛詩序》輯錄完成，再因為鄭玄的《毛詩傳箋》而相對促成《毛詩》的流行，致使《詩》教趨於定型。此一系列的發展過程，即構成本書的內容。全書的結構組織概括如下：

〈導論〉，分別論述全書的研究緣起、研究目的、結構組織、成書過程與後續發展。

正文分成六大部分，前五部分按照歷史發展的順序，概括《詩》教體系的建構情形，第六部分則因為影響《詩》教體系定型的最後人物為鄭玄，所以參照鄭玄的《詩譜》以檢證時序最早的雅頌之詩。此第六部分，檢驗《毛詩序》的「首序」、「續序」所載內容，與詩文內容差異的情形，藉此觀察《詩》教

思想變遷的情形，使與前五部分形成相互對照、呼應的效果：

第一部分，周初潛藏的《詩》教背景：周初雖然尚未有《詩》的文本，然而透過易學難忘的古歌謠、諺語等韻文唸唱，在口耳傳誦之間，既可提供先民的寶貴生活經驗，也是後輩子孫學習各種技能、開創新生活領域的重要資源。尤其是記憶力絕佳者，其記憶所及更成為後來追記前史的文獻資料，《詩》的文本乃應運而生，其中即保留相當多珍貴的周初史料。透過一些追溯周民族發展史的詩篇，都可反映小邦周從取代大邑商而締造周朝的艱鉅任務中，深切理解人為努力的重要，大大促使敬德、明德的人文理性抬頭。再參照《尚書》、《大戴禮記》等傳世文獻，及《逸周書》與出土的戰國簡文資料，更可見當人文理性逐漸抬頭，則進行教化工作即成為主政者為求長治久安的首要工作，是故周初已認識到教育是提升人文精神發展最重要的管道，也成為周文化最可貴之處。因此要探究《詩》教體系從萌芽到定型的發展過程，首先必須要理解周初的歷史環境，以熟悉詩篇創作的重要背景。

第二部分，戰國初期的《詩》教觀念：《詩》的文本最早在春秋中期整編完成，然而春秋晚期已因周王室衰微，再加上私有經濟發展，於是原來等級森嚴的禮樂制度不斷崩壞，諸侯及掌權大夫僭越禮樂制度者日趨嚴重。孔子周遊列國十多年，確定無緣從政，自衛反魯後的首要任務即是「正樂以復禮」，加強教育弟子對於詩、禮、樂三者的連結，並修訂重要典籍，更藉由作《春秋》以傳達其是非價值觀。孔子重視詩、禮、樂連結的情形，正好可從成於孔子再傳弟子之手的〈孔子詩論〉呈現出來，因而繼論述《詩》教的歷史背景之後，再以成於孔子再傳弟子的〈孔子詩論〉為核心，討論戰國初期的《詩》教觀念。此部分先追溯〈孔子詩論〉對雅頌之詩的觀念，可以上溯到《周禮》的樂教系統，使原本屬於祭祀禮儀中，聲矇透過諷誦歌詩的「聲教」系統以進行樂教的「六詩」內容，後來因為禮壞樂崩，於是詩、樂分離，再轉而成為後來獨重《詩》的文本內涵之現象。然後再論述〈邦風〉中「風」的本義，進而再從〈孔子詩論〉總論對〈孔子詩論〉「風」體詩本義的承繼，驗證孔子認為《詩》可以興、觀、群、怨的《詩》教觀念。

第三部分，戰國中晚期的《詩》教觀念：此時期的《詩》教觀念當然要以孟子與荀子為最重要的代表人物，兩位對於日後《詩》教觀念的發展與體系的

建立，都佔有極重要的地位，因而按時序分篇討論。至於文王的形象在整部《詩》的文本中不但非常鮮明，而且文王所散發出的濃厚德教觀念，還是中國文化傳統中極可貴的特質，正好可從郭店儒家簡文的「五行」之德，以彰顯《詩》中多次出現「儀刑文王」的豐富內涵，進而凸顯《詩》教的重要觀念。又因為郭店儒家簡的「五行」之德說法與子思的思想有關，時序可在孟子之前，所以篇章的安排放在孟子之前。

第四部分，西漢初期的《詩》教觀念：漢初，經歷秦火之後的經典，開始以「今文經」的面目重現，《詩》因為受益於具有歌謠傳唱之特性，所以復原最早，且有不同的版本。其中，屬於今文經的「三家詩」在漢初即列入官學，各有專屬博士官，故流傳較廣；屬於古文經的《毛詩》，則因朝廷不設博士，僅為私學傳授性質。「三家《詩》」雖然是西漢《詩》學的主流，可惜在東漢《毛詩》興盛後，已轉趨衰落，其中，齊《詩》最早衰亡於三國時期，魯《詩》亦亡於西晉，碩果僅存者只有《韓詩外傳》，因而本書特別選取《韓詩外傳》為材料，藉以勾勒西漢初期的《詩》教觀念。考察《韓詩外傳》的撰寫方式與傳統解經的方法不同，嚴格來說，較貼近於用《詩》以表己意的狀況，近於孟、荀以來言《詩》較多採取用《詩》而非評論《詩》的情形，至於其論述的內容，既可闡發孔子論《詩》之處，又可表現此時期承上而來的《詩》教思想發展情形，還正好可往下銜接東漢《毛詩》興盛以後的另一階段發展，因此特別選《韓詩外傳》為討論主軸。

第五部分，東漢時期《毛詩序》成為《詩》教核心：毛萇雖為河間獻王所封的《詩》學博士，然因並非朝廷任命的博士，故而《毛詩》只能算是私學傳授。逮光武帝極力推動經學教育，《毛詩》因為保留較多先秦儒學的內容，解經的方式比起盛行一時參雜陰陽五行學說的齊《詩》較為平實，所以古文經的《毛詩》更受到經生儒士重視。再加上鄭玄上承《毛詩故訓傳》（簡稱《毛傳》），對《毛傳》的注釋進行充實以提高可讀性，且吸收綜合魯、齊、韓三家《詩》之說而撰作的《毛詩傳箋》，已經綜合今古文《詩》學，又因為率先完成三百篇時代世次的《詩譜》，遂成為當時最完整而方便的讀《詩》版本，也促成《毛詩》的廣為流傳。《毛詩序》因為對各篇詩旨進行概括，於是隨著《毛詩》的流行而成為《詩》教的核心。然而因為《毛詩序》的形成極為複

雜，其內容又深深影響《詩》教的思想，故而此部分特別透過西漢、東漢女主德行差異與干政結果的對比，論述《毛詩序》輯錄完成於東漢初，且與當時的政治思想環境關係極為密切的情形。

第六部分，具體檢證雅頌的《毛詩序》所載與《詩》教體系形成的關係：當歐陽修的《詩本義》在建立「學詩本末」理論後，進而追問每首詩的本義是否與《毛詩序》所載相契，自此，《毛詩序》主導教習、解讀《詩》的指標地位始受到學者質疑。《詩本義》以後，不斷有學者檢討是否每首詩都是國史人員吟詠，詩的內容是否蘊藏政治風教美刺意義之作，《毛詩序》所載與詩文內容的差異性又該如何解釋等問題。然而無論是認同或反對《毛詩序》在教習、解讀《詩》的指標地位，最客觀的做法，乃是透過具體檢證每首詩的內容是否與《毛詩序》所載相契。由於雅頌之詩的撰作與應用的時代最早，最能凸顯周初盛世禮樂社會下，詩樂合體以為教的思想內涵，於是繼前五部分概述《詩》教從最初萌芽到定型的體系發展後，此部分特別將所有的雅頌之詩，參照鄭玄的《詩譜》歸類與《毛詩序》的正、變區分，分為「大雅與頌體詩」、「正小雅」、「變小雅」三部分，具體檢證「首序」、「續序」與詩文內容的關係，且從中觀察《詩》教變遷的情形。

〈結論〉，則綜合以上正文六大部分的 12 篇《詩》教思想發展狀況，總結《詩》教體系從周初的萌芽，直到《詩》教思想定型的發展過程。重點說明《詩》文本從周初到春秋時期《詩》的整編完成，再經過戰國時期《詩》教思想的繽紛多彩發展，到西漢朝廷設置三家《詩》博士，使《詩》教與政治史事的關係更形密切，至於東漢，則有鑑於西漢覆亡多與女主干政有關，故而《毛詩序》教特重后妃夫人之德以矯正前朝流弊。待鄭玄的《毛詩傳箋》出，因為內容豐富且最方便閱讀，於是促成《毛詩》廣為流傳，而《毛詩序》的說法也成為解讀《詩》的最高指標，使《詩》教體系趨於定型。

在此組織架構下，全書 12 篇正文的大要如下：

壹、傳世與出土文獻參照下的《詩》教歷史背景

要建立一套人文教化制度，從起心動念到發展成熟、形成制度，需要歷時久遠，且還要不斷改良、精進。原本文化較落後的小邦周，既要吸取夏、商文

化之優點，又要革除其弊端，尤其是破除殷商長期的神權宰制，以展現人文理性抬頭的嶄新周文化，則需要更長時期的醞釀與持久的改善。配合武王克殷成功後，即向前追王至太王公亶父，而周的勢力卻直到成、康時期，始可掌控東土的事實，遂將《詩》教的歷史背景，設定在自公亶父至成、康期間，希望結合此時期傳世與出土資料重視人文教化的精神，可以推想《詩》教的核心觀念所欲彰顯的人文教化精神。本文先於前言論述簡文對於傳世文獻的貢獻，其次說明周初史料的選取，乃以傳世文獻為主而出土文獻為輔的地位，然後嘗試綜合《大戴禮記》、《尚書》、《逸周書》文獻中有關周初的歷史紀錄，並與出土文獻相對照，以期能從更多面向建構《詩》教形成的歷史背景。

貳、〈孔子詩論〉的雅頌觀源於《周禮》的樂教系統

〈孔子詩論〉的第一簡「詩亡隱志，樂亡隱情，文亡隱言」，已揭示全篇的主旨在於凸顯詩樂與人的情志、言文書寫的關係，其中又以「樂亡隱情」特別值得關注，因其反映當時禮壞樂崩狀況下，最常被忽視的古代禮樂教化精髓。孔子特別注重「樂正，然後雅頌各得其所」的順序，認為「正樂」為「復禮」的前導，藉由端正各種祭禮使用合適的樂歌諷誦、器樂演奏以及樂舞表演，將可達到正樂以復禮之目的。孔子注重樂教之原因，可以溯自《周禮》的樂教系統，且以春官的大師教導瞽矇「六詩」為核心。透過熟習「六詩」，使瞽矇在祭祀之禮中可以主掌「九德」與「六詩」之歌，還可擔當「道（導）古」的任務。是故本文先行論述《周禮》的樂教系統；再從〈孔子詩論〉的「頌為平德」說，論述該說所顯露的《周禮》樂教系統痕跡；然後再從深入宗廟祭祀詩內容，以證實「頌為平德」的說法；繼而再從〈孔子詩論〉的二雅說，凸顯戰國說《詩》重德的特色；最後，則以子夏的「德音為樂」作結。

叁、〈邦（國）風〉中「風」的本義

漢代以來，受到《毛詩序》「風，風也，教也，風以動之，教以化之」思想的強力主導，以為「風」體詩與在上者所推動的政治教化息息相關，遂認為「上以風化下，下以風刺上，主文而譎諫，言之者無罪，聞之者足以戒」，才是「風」體詩的主體。既以政治教化為「風」體詩之主要目的，於是多有以書

寫男女之情即「淫詩」的說法，而早已忘卻「詩言志」方為作詩者的靈魂所在。由於〈孔子詩論〉是目前最早的論詩專作，且其中又出現許多有關詩歌與性情，乃至與禮義相互融攝的記載，正好可作重新思考「風教」內涵的問題。然而欲明「風教」，需先理解「風」的本義。本文在論述為文的動機、目的與討論的範圍後，即結合《書》以及《周易》等傳世經典文獻，並對照《山海經》等相關的神話資料，再參照甲、金文等出土資料，分別從以下各方面探究「風」的本義：風始自八方風氣；風、鳳、玄鳥與生殖的關係；從「風合以姤」到「牝牡相誘曰風」；從「帝女神話」以見「䶂」的發展；從「䶂」之變化到「謞誘異性同類禽獸為謠」的發展；〈邦（國）風〉與歌謠的關係。最後得出多言男女風情的「風教」思想，方為「風」的本義。

肆、〈孔子詩論〉總論對「風」體詩本義的承繼

本文繼前一篇討論「邦（國）風」中「風」的本義後，再選取〈孔子詩論〉對於「風」體詩的總論為討論基準，綜合〈孔子詩論〉對於〈邦風〉的總體評論，分成四部分以討論風體詩對於「風」本義的承繼：其一，以「與萬民同樂」呈現作詩者的本心；其二，從「納物以呈現民性」彰顯風體詩的多元內容；其三，以「本於人欲以察民俗」彰顯風體詩的實用功能；其四，以「言文聲善」呈現「思無邪」的詩旨。最後，則以「風」詩之教本於人情義理，總結「風」體詩的內涵意義。

伍、文王德教典型的普遍化：以郭店儒簡中的文王形象為討論主軸

郭店儒簡當中，不但多處引用《詩》、《書》的說法以稱美文王之德，且多言「儀型文王」的意思，甚至在〈五行〉當中，還以仁、義、禮、智、聖的五德比況文王之德，因而本文乃以此為核心，檢視文王成為人君典型的意義。至於呂不韋編纂的《呂氏春秋》，乃是中國最早的政治思想論集，書中也多方讚賞文王的德教典型，故而本文在探討文王所具有的五行之德後，再透過《呂氏春秋》的相關討論，確定戰國中期已成型的文王德教典型，在中國最早政治思想論集中的地位，也由此觀測文王德教典型的確立，對於《詩》的教化問題，即將邁入另一新的發展階段。

陸、孟子在《詩》教體系中的地位

孔子卒後，七十子之徒散遊各諸侯國，或為師傅卿相，或者友教士大夫。戰國中期之時，對孔子的《詩》學流傳最具影響力的，自然要以孟子為主。孟子所提的「以意逆志」、「知人論世」、「《詩》亡然後《春秋》作」三大主張，影響後世《詩》的教學重點極大，然而此三大主張其實多承孔子以前的論《詩》觀念而來，必須先行釐清。是故，本文先行釐清孔子以前的論《詩》觀念，再分別探討孟子的三大主張在《詩》教體系發展中的地位，發現「以意逆志」的讀《詩》法，在《詩》教體系發展中位居關鍵地位，「知人論世」則影響《毛詩序》多附會史事的走向，「《詩》亡然後《春秋》作」則影響《毛詩序》多言美刺的情形，可見孟子在《詩》教體系發展佔有極重要的席位。

柒、荀子在《詩》教體系中的地位

在歐陽修尚未對《毛詩序》提出質疑前，《毛詩序》始終是讀《詩》最重要的指南與詮釋依據，也是《詩》教思想的權威說法。然而自宋代大開疑經、改經的風氣一起，挺《毛詩序》與廢《毛詩序》的聲音始終不斷，討論《詩》與《毛詩序》整編的相關問題者，更是汗牛充棟。〈孔子詩論〉公布後，非僅對《詩》的作者問題與所屬時代都有紛爭，也重新掀起有關《毛詩序》、〈古詩序〉問題的相關討論。由於荀子在以《毛詩序》為核心的詩教體系中，佔有極重要的承上啟下地位，是故本文暫不討論宋代以來對《毛詩序》的爭議問題，而從周初何以極重視禮儀教育的角度，討論《詩》整編之目的。同時，並探究《詩》何以成為貴族教育的重要教材，以追溯《詩》教的起源。再透過荀子承上啟下的《詩》教觀，參照西漢女主影響朝政之事實，探討荀子在以《毛詩序》為核心的《詩》教體系中所佔的地位與意義。

捌、《韓詩外傳》所勾勒的孔子《詩》教觀：兼論漢初《詩》教思想的變化

《韓詩外傳》（以下簡稱《外傳》）之書寫模式，與傳統詁訓、注疏的撰作方式不同，然而若欲理解秦火以後，《詩》的流傳、詩義詮解以及詩教思想的變遷等問題，三家《詩》中碩果僅存的《外傳》即具有重要的地位與價值。《外傳》大多以觸類旁通的引申方式，引用先秦諸子的學說以及春秋戰國的事蹟，

說明或推衍詩的涵義，文中多引孔門弟子、孔子後學以及春秋戰國時人引《詩》、用《詩》的情況，亦可說明當時的人，乃至於漢初的儒者對於《詩》的態度與立場如何。本文主要選取《外傳》中明載孔子與高弟子討論詩義的資料以及其他相關記錄，從中勾勒漢初儒者所注重的孔子《詩》教觀，發現可分從注重詩的實質內容、〈關雎〉之教乃《詩》教思想的核心，以及《詩》教思想應與禮樂、政治活動保持重要聯繫等方面加以論述，並由此再往下延伸，而易於與《毛詩序》的教化思想相結合。

玖、今本《毛詩序》成為《詩》教核心的歷史原因

《毛詩序》遭人詬病的原因，並不在於其說法結合詩與史事，而在於其過度附會，勉強將詩篇與一些缺乏確切證據的歷史事件相聯繫，然也由此說明《毛詩序》與歷史發展的密切關係。即使是《後漢書》所載衛宏作《毛詩序》的說法，仍然應從歷史發展的角度，始可對《毛詩》學的發展得到更客觀的理解。本文在前言以後，即論述今本《毛詩序》不可能成於西漢初的毛公當時，然後重新理解《後漢書》與《隋書》對於《毛詩序》作者的說法，並追溯《後漢書》如此記載的歷史因緣。繼此以後，則透過西漢女主干政的事實，再對比東漢光武帝前後兩位皇后的事蹟，論述今本《毛詩序》最早只能成於東漢初年，並分析《毛詩序》風體詩特別強調后妃之德的歷史原因。然後再參照東漢多位女主臨朝稱制的情形，論述鄭玄繼《毛詩故訓傳》而作箋注，並製作《詩譜》輔助讀者對《毛詩》的理解，於是《毛詩》大行於天下，也使提示詩旨的《毛詩序》影響後世長達千年之久。

拾、鄭學意義下的大雅與頌體詩《毛詩序》凸顯的《詩》教思想

由於《毛詩序》已載：「國史明乎得失之迹」，顯示歷史發展的情形應是影響《毛詩序》形成的重要條件。鄭玄有鑒於此，於是依循《毛詩序》所載而編制《詩譜》，將所有詩篇區分正、變，並進行所屬時世的歸類。是故本文的論述，即先以鄭玄的時世劃分為準，若有不當，再於討論分析中說明。基於〈周頌〉成篇的時代較早，且很多又與〈大雅〉特定詩篇的內容密切相關，必須兩相整合以觀其義，因而本文先選取與歷史發展關係最密切的大雅與頌體詩

為討論主軸，先論述「國史」與詩旨記錄者的關係，再討論周王朝成立以前詩篇的《毛詩序》作者問題，然後結合〈大雅〉與相關的〈周頌〉詩作，依次討論文武二王、成王、厲王、宣幽二王時期詩作的《毛詩序》作者與「國史」人員的關係，繼而再討論〈魯頌〉與〈商頌〉的《毛詩序》作者與「國史」人員的關係，最後提出簡單的結論。

拾壹、鄭學意義下的「正小雅」《毛詩序》凸顯的《詩》教思想

由於《毛詩序》中已出現變風、變雅的用語，於是鄭玄的《詩譜》即依循此思路，將〈小雅〉也區分為正、變兩類，且將其中的 22 篇「正小雅」明白列入文、武、成王三世代，其餘 58 篇則都列入「變小雅」。因為〈小雅〉的性質，乃以宴饗的樂歌為主軸，「正小雅」主要即體現此特點，所以可與《儀禮》的宴饗禮儀制度相對照。本文在前言以後，重新思考鄭玄《詩譜》所載「正小雅」的所屬世代問題，再將重點放在 22 篇「正小雅」與禮儀進行疏密關係不同的討論，主要區分為《儀禮》的〈燕禮〉、〈鄉飲酒禮〉中的禮儀用詩，以及未在宴饗禮儀中使用者兩類，分別討論其《毛詩序》作者與「國史」人員的關係。最後，發現宣王晚期的詩篇詩旨，已開始出現「首序」與「續序」不甚貼切的現象。

拾貳、鄭學意義下的「變小雅」《毛詩序》凸顯的《詩》教思想

鄭玄的《詩譜》雖依循《毛詩序》出現變風、變雅的思路，將「正小雅」以外的 58 篇都列入「變小雅」，然而已對《毛詩序》所載幾乎都與宣王與幽王有關，卻毫無確指厲王世代詩篇的現象表示懷疑，故而從幽王世代的詩篇中，挑選數篇以為厲王世代的詩。本文在前言指出鄭玄懷疑未見厲王世代詩篇以後，再依據鄭玄所區分厲王、宣王、幽王三時期的詩篇，分別從詩篇的有無美刺字眼、美刺的對象、美刺的方式不同，將各首詩與該時期的歷史狀況進行對比分析。由於被列入幽王時期的詩篇高達 40 篇，篇數最多最複雜，因而再區分為有無「續序」兩類進行討論，更從有「續序」之一類中，析出「首序」有無「刺幽王」的不同狀況，分別詳加分析《毛詩序》作者與「國史」人員的關係。最後，發現毛公作《詁訓傳》，已移動某些詩篇的次第，且被列入幽王

時期的詩篇，《毛詩序》為達到某些既定目的，所載的內容已與事實頗有出入，故知此類《毛詩序》的可信度最低。

四、成書過程與後續發展

　　本書有些篇章為國科會專題研究計畫的研究成果：有關風體詩的兩篇，與國科會 95、96 年度以《詩》教為主軸的專題計畫的部分研究成果有關；「文王德教」該篇，與 93 年度計畫有關；「韓詩外傳」該篇，與 101 年度計畫有關；「荀子詩教」該篇，與 103 年度計畫有關。由於所有計畫並非一次提出的四、五年長期研究計畫，因而前後主題自然有些差距，不過，各年的研究成果仍可在《詩》教與禮教整合為一體的大理念下，彙整出一些重要的發展脈絡，只是距離要建構出完整的《詩》教思想發展體系，仍有一長段需要重構、補強的過程。因進行重構與補強，導致本該先行出版的「《詩》教體系的萌芽到定型──歷史發展視野下的先秦兩漢《詩》教觀」向後推遲，反而是《特定時空環境下的詩禮之教：《詩》教體系的萌芽與定型（分論篇）》先出版。

　　原本構想在既有的研究成果上，加入　些前後銜接討論，再補足有關《毛詩序》作者的探討，即可勾勒出先秦兩漢《詩》教思想體系的研究，因而利用參與 2018 年 10 月政治大學中文系主辦的「第十一屆漢代文學與思想國際學術研討會」機緣，撰寫〈從歷史發展的角度論衛宏作《毛詩序》的可能〉，心想如此一來即可完成全書的架構。然而在撰寫該會議論文時，發現所牽涉的問題實在太大，無法僅以一篇單篇論文解決問題，只能再擴大討論的規模。因而在上述幾篇既有研究成果之上加以擴展，並再進行延續性的研究，從周初人文理性抬頭，以建立長治久安的禮樂制度，已開啟《詩》教體系的萌芽，一直到《毛詩序》輯錄完成，乃至於《毛詩傳箋》促成《毛詩》的廣為流傳，而《詩》教體系即進入定型，影響後世發展，直到宋代再開啟以文學讀《詩》的新路。

　　因為《毛詩序》的形成問題複雜而重要，無法簡單帶過，於是在 2019 年出版會議論文集時，僅先略提《後漢書》以及《隋書》所載衛宏作《毛詩序》的問題，且將《毛詩序》作者的討論範圍縮小至〈大雅〉與〈頌〉之部分，成為〈從歷史發展的角度論《毛詩序》作者的問題：以大雅與頌體詩為討論主

軸〉，且另行撰寫〈從歷史發展的角度論鄭玄「正小雅」之《詩序》作者問題〉，在 2019 年 8 月上海大學詩禮文化中心主辦的研討會發表。當 2019 年年底《歲時禮俗文化論略》校對完成後，再集中時間與精力整理十多年來陸續完成有關《詩》教思想體系的相關論文，且以極大的篇幅撰寫〈從歷史發展的角度論鄭玄「變小雅」之《詩序》作者問題〉，發現從詳細解析「變小雅」的《毛詩序》內容，的確可以觀察到深受歷史變遷影響下的《詩》教思想變化軌跡，是判斷《毛詩序》輯錄者及其《詩》教思想發展的重要依據。

至於歷來對「十五國風」區分為「正風」與「變風」是否合適，且與《毛詩序》所載爭議最大的問題，都不在本書中討論，原因有二：

其一，從《特定時空環境下的詩禮之教：《詩》教體系的萌芽與定型（分論篇）》的下編「從〈詩論〉到《毛詩序》的詩禮教化思想變遷」單元中，已顯示較晚加入《詩》選集當中的風體詩，其詩篇內容未必都與歷史脈絡緊密扣合，所以與《毛詩序》所載的教化思想出入較大，然而雅頌體類的詩，則因其內容與歷史發展的脈絡關聯較大，所以教化思想多呈順承發展的狀態。由於風體詩與雅頌體類的詩之性質差異頗大，故而風體詩的《詩》教思想變遷狀況，需要另闢園地作有系統的討論。此外，因為另有《特定時空環境下的詩禮之教·分論續編》的規劃，故而有關風體詩的《毛詩序》輯錄者與國史人員關係的問題，宜納入「續編」討論，也可避免此書的篇幅太大。至於有關「淫詩」（朱熹特別提出）為何收入風體詩之中，是否適合列入貴族教育的教材，對人文教化的影響又如何的等等問題，都是在第一序的《詩》教體系建構完成後的第二序列問題，二者本不屬於同一層次的問題，為避免橫生枝節，只能在「分論續編」討論。如果「分論續編」的篇幅過大，將來再另闢「特論」討論，不宜在「總論」《詩》教思想體系的骨幹中討論，以避免不分輕重緩急、缺乏本末先後概念。

其二，雅頌體類的詩，大體而言不但創作較早，而且絕大多數都與周代貴族生活的禮儀制度與社會活動有關，最能彰顯周代規劃以詩進行人文教化的初衷，適合當作建構《詩》教思想體系的主軸，後來納入的風體詩，則居於輔助地位，故而可以分開討論。至於有關〈邦（國）風〉中「風」的本義及其在戰國時期的發展情形納入本書討論，主要為彰顯詩與人的情性心志之密切關係，

共同體現詩歌樂舞的活動，都與引導人的情性心志歸於中正平和呈現高度的正相關，也是培養人具有溫柔敦厚情懷的最佳管道，因而可納入建構《詩》教思想體系的內容。

　　本書乃從周代歷史發展的觀點，結合傳世文獻與新出土文獻，以建構從周初萌發的詩教觀念，到東漢《詩》教趨於定型的發展過程。此一段過程前後超過千年，不但時空環境變遷極大，對於《詩》所能提供的教化人心的作用，必然存在一些價值認定的差異現象，當然無法定於一，也無法期待以一本著作即可將所有問題一網打盡，更不可能解決所有有關《詩》教的問題。除卻筆者繼本書之後的後續規劃外，還有太多問題等待其他關心《詩》教問題或《詩》學研究者共襄盛舉，成就筆者拋磚引玉的初衷。

壹、傳世與出土文獻參照下的《詩》教歷史背景

一、前言：廣參史料以明周初歷史概況

雖然《尚書》〈多士〉已明載「殷先人有冊有典」，[1]說明至遲在殷商時代已有典籍類的文獻，只是時代湮遠，簡冊等典籍難以保存，至今除卻少量的甲骨文外，並未發現殷商時期完整的典籍文獻。是故，面對古代文獻，合理的方式，乃遵從邏輯原則，就其有而論其有，不能因其至今未見而論其無；即使今人未曾目睹殷商典籍，也不能因為缺乏實物證明，而武斷地說〈多士〉所載不實。畢竟僅從數量有限的甲文中，已存在明顯的文字複合結構，可證實甲文絕非中國古代最早的文字。倘若再參照當時相當發達的物質文明，亦可進而推想殷商擁有典冊文獻一類的文化遺產當非虛言。

眾所周知，周民族於公亶父時期即圖謀發展，時至季歷在位，雖已日漸壯大，但也僅是受封於大邑商的小小封國。繼季歷而立的文王積善累德 40 多年，與文武大臣齊心努力、勵精圖治，始獲得上帝青睞，成為承受天命的「受命」君主。即使《論語》〈泰伯〉號稱武王時已「三分天下有其二」，[2]然而無論從物資、武力，甚至從文化程度而言，周顯然都還是名副其實的「小邦」，殷商方為標準的「大邦」。[3]然而從孔子所言：「周監於二代，郁郁乎文哉！吾從周。」[4]又可知周代在獲得天下以後，牢牢記取「殷鑑不遠」的教訓，在周

1　《尚書》〈多士〉，舊題漢・孔安國傳，唐・孔穎達等正義：《尚書正義》，收入《十三經注疏（附清・阮元《校勘記》）》（臺北：藝文印書館，1985 年），頁 238。

2　《論語》〈泰伯〉，見於魏・何晏注，宋・邢昺疏：《論語注疏》，收入《十三經注疏（附清・阮元《校勘記》）》，頁 72：「三分天下有其二，以服事殷。周之德，可謂至德也已矣」。

3　《尚書》〈周書・召誥〉，頁 220：「天既遐終大邦殷之命。」；〈周書・康王之誥〉，頁 288：「皇天改大邦殷之命」；〈周書・大誥〉，頁 192：「興我小邦周」。

4　《論語》〈八佾〉，頁 28。

公帶領下，致力於因革損益夏、商文化，藉由吸收、陶融前兩代文化的長處以制禮作樂，訂定各項重要制度而成就光輝燦爛、注重人文的周代文化，周公也成為孔子最推崇的對象。

周文化既然繼承轉化夏、商文化而來，因而殷商時代有典有冊的文獻資料，理應成為周代編纂經典時，最重要的接收、保存與發展的資料，也是周初制禮作樂時最重要的參考對象。可惜民國初年疑古學派對上古史料掀起的懷疑旋風，導致許多古代文獻無法發揮其應有的學術價值，實在非常遺憾。幸好，自從郭店楚墓發現寶貴的戰國中期偏晚的簡文資料後，陸續又有上博的戰國楚竹書分批問世，繼之而起的，則是清華簡出現許多與古史相關的資料，與傳世文獻的「五經」典籍多有可以對勘驗證，而使古史日趨明朗之處。尤其是大量有關《尚書》與古禮的資料，對於重新理解古代學術具有重要價值。職是之故，若欲客觀，且較全面地理解周初文化與學術狀況，在傳世文獻以外，仍應借重出土資料的幫忙，特別是近 20 多年來前前後後所公布的戰國簡文資料，實在不可等閒視之。

由於整部《詩》的年代，前後跨越 500 多年歷史，結集許多寶貴的人文教化材料，雖然周初尚未整編完成整部《詩》，然而要探究採集各類詩篇的動機與編撰《詩》的歷史背景，最重要的時限仍應追溯自周民族開始有規模發展的時期；尤其是「周初」剛取代殷商政權後，武王、周公、姜尚等重要人物的深刻反省與施政策略有關。由於人文教化的制度從開始創立到進入成熟階段，本來就是歷時久遠的事，其中尤以原本文化較落後的小邦周，要吸取夏、商文化之長，而革除殷商長期以來的神權宰制，以展現人文理性抬頭的嶄新周文化，則需要更長期的醞釀與持久的改善。配合武王克殷成功後，即向前追王至太王公亶父，而周的勢力直到成、康時期，始可掌控東土的事實，遂將《詩》教的歷史背景，設定在自公亶父至成、康期間，結合此時期傳世與出土資料重視人文教化的精神，可以推想《詩》教的核心觀念正以彰顯人文教化精神為目的。本文先於前言論述簡文對於傳世文獻的貢獻，其次說明周初史料的選取，乃以傳世文獻為主而出土文獻為輔，然後嘗試綜合《大戴禮記》、《尚書》、《逸周書》文獻中有關周初的歷史紀錄，並與出土文獻相對照，以期能從更多面向建構《詩》教形成的歷史背景。

二、周初史料仍以傳世文獻為主而出土文獻為輔

儘管以「盡信之」的「信古」態度看待古史未必合適，不過，以傳世文獻為主而出土文獻為輔的方式蒐集周代史料，應是較客觀的「解古」態度；故而欲明較詳細的古史，戰國簡文資料固然極為珍貴。然而傳世文獻乃相關專業人員整編而成，非僅數量龐大，且歷經時代考驗，必有其信而可徵之處。倘若遭遇傳世與出土文獻記載不符之時，不宜輕言傳世文獻易遭後人改動偽造而不可信，認為出土資料未經竄改而必然可信，仍應詳加考驗、甄別。

有關周初的史料主要見於先秦經典，如記載各國歷史的《春秋》類典冊，或各國政令、訓典一類的文獻，乃至於經由特殊專職人員聯合整編而成的「六經」都是。參照《左傳》記載楚與晉於邲之戰（597B.C.）後，楚將潘黨建請楚莊王（613～591B.C.在位）築武軍而收晉軍之屍以為京觀，而楚莊王則多引〈周頌〉中的〈時邁〉、〈武〉、〈賚〉以及〈桓〉的詩，說明真正的「武德」，具有「禁暴、戢兵、保大、定功、安民、和眾、豐財」七大意義，而謙稱自己對於此諸多德行一概付之闕如，故僅僅「祀于河，作先君宮，告成事而還」。[5]由此可見楚國從周初之時偏在南方的落後蕞爾小國，至楚莊王之時，國君已展現為泱泱大國的仁德之君風範，改變極大。推究其可能原因，或與昭、穆王時代南征所衍生的周文化南傳、生根與發展有關。

溯自周昭王（1027～977B.C.）三次南征，[6]穆王時代（夏商周斷代工程稱976～922B.C.在位）又致力向東南發展，收服許多方國與部落，對鞏固與發展周朝勢力都具有積極意義。由於征戰之關係，自然也促成雙方文化交流，彼此互為影響的現象，足以提供當時落後地區，如楚國、荊楚、楚蠻等，更多提升

5　《左傳》〈宣公十二年〉，見於周・左丘明撰，晉・杜預注，唐・孔穎達等正義：《春秋左傳正義》，收入《十三經注疏（附清・阮元《校勘記》）》（臺北：藝文印書館，1985年），頁397～398。

6　其詳參見尹弘兵：〈周昭王南征對象考〉，武漢大學簡帛研究中心 http://www.bsm.org.cn，2008年6月21日。該文指出周昭王南征對象為存在更早之楚蠻，而非楚國或荊楚。上述諸「楚」在西周時期各自獨立，然而在東周時期，楚蠻業已併入楚國。《呂氏春秋》時期，荊與楚也有通用現象。

物質文明與文化發展的大好機會。然而周朝也因昭、穆二王積極從事征戰，遂導致朝政日趨鬆弛的結果。接下來，共王時（921～900B.C.在位）的經濟發展已不免逐漸衰微。至於懿王之時（899～892B.C.在位），周王室已確定走向衰弱期。

相較於周的日漸衰頹，自周成王（1042～1021B.C.在位）始封熊麗於睢山（荊山）之間的小楚國，則因南方的天候與自然資源都較佳，又長期吸收自昭王南征所帶來的周代文明，在楚莊王時期，楚國非僅已國富兵強，且還越居為春秋五霸之一。[7]在春秋五霸中，還以楚國所佔的地域最大、人口最多、物產最豐、文化最盛，楚文化甚至已成為影響後世文化發展的重要因素之一。由於《詩》為琅琅上口的韻文，非僅有利於流傳，更便於記憶、學習，因而從楚莊王君臣間的談論，可見楚國君臣不但已經熟知《詩》的內容，甚且還能熟悉、理解《詩》的深切涵義，因而透過所引詩篇的內容，已能達成溝通彼此意見的重要媒介。

倘若再對照《國語》所載，申叔時已對關心世子教育的楚莊王直言：

> 教之《春秋》，而為之聳善而抑惡焉，以戒勸其心；教之《世》，而為之昭明德而廢幽昏焉，以休懼其動；教之《詩》，而為之導廣顯德，以耀明其志；教之禮，使知上下之則；教之樂，以疏其穢而鎮其浮；教之《令》，使訪物官；教之《語》，使明其德，而知先王之務用明德于民也；教之《故志》，使知廢興者而戒懼焉；教之《訓典》，使知族類，行比義焉。[8]

從這份教材清單，可見很多經典文獻已廣為流傳，且上層社會已深知其重要

7　《墨子》〈非攻下〉，見於清‧孫詒讓著：《墨子閒詁》（臺北：華正書局，1987 年），頁141～142：「昔者楚熊麗始討此睢山之閒，越王繄虧，出自有遽，始邦於越。唐叔與呂尚邦齊、晉。此皆地方數百里，今以并國之故，四分天下而有之。」孫氏引畢沅曰：「『討』字當為『封』。」孫氏又引梁玉繩云：「麗為繹祖，睢為楚望，然則繹之前已建國楚地，成王蓋因而封之，非成王封繹始有國耳。」可見楚國於成王時僅為一蕞爾小國，被視為南蠻鴃舌之文化落後地區，其後日漸壯大，至墨子之前，已可與越、齊、晉四分天下。

8　舊題周‧左丘明撰，三國‧吳‧韋昭注，上海師範大學古籍整理組校點：《國語》〈楚語上〉（臺北：里仁書局，1981 年），頁 528。

性，即使在楚地亦然。教導世子從記載前世成敗事蹟的《故志》，並搭配《世繫》的學習，使世子理解先王當中，具有明德者，可以為後世所稱道，而闇亂者則敗壞朝政，而為後世所唾棄，勉勵世子實踐明德的重要。對世子實施《春秋》與《詩》的重要經典教育，旨在堅定世子善善惡惡、顯德明志的基本立場。學《詩》的同時，也搭配施行《語》的教育，此或與《周禮》所載大司樂教國子「樂語」，以及大師教國子「六詩」具有密切關聯。[9]教授《訓典》，則或與《尚書》的典、謨、訓、誥之內容有關，旨在使世子能知敦睦九族的重要，懂得凡事戒慎恐懼，處世以德義為尚的道理。凡此教育內容，都旨在促使世子理解明德的內容，使其具備傳達先王明德施政的誠意與能力，懂得在實際生活中加強禮樂陶冶的作用，以養成世子成熟穩重的君子風格。同時，還要從教導先王的世繫與百官時令的工作，使世子明白國家興衰的關鍵，時刻戒慎恐懼以免重蹈衰亡的覆轍。

透過上述各種教育內容，旨在建立儲君明德親民、敬德行義等重要能力，擁有忠、信、義、禮、孝、仁、文、武等美德。因此申叔時又補充說：

> 夫誦詩以輔相之，威儀以先後之，體貌以左右之，明行以宣翼之，制節義以動行之，恭敬以臨監之，勤勉以勸之，孝順以納之，忠信以發之，德音以揚之，教備而不從者，非人也。其可興乎！夫子踐位則退，自退則敬，否則杬。[10]

申叔時雖未明列「六經」之名，然而如此具有安邦興國的能力者，顯然是深受《詩》、《書》、《禮》、《樂》與《春秋》等經典教化的成果，而成為文武兼備的真君子。此處雖然未提《易》教之名，然而從文末「夫子踐位則退，自退則

9　《周禮》〈春官・大司樂〉，收入漢・鄭玄注，唐・賈公彥疏：《周禮注疏》，收入《十三經注疏（附清・阮元《校勘記》）》（臺北：藝文印書館，1985 年），頁 337～338，記載大司樂之部分職務為：「以樂德教國子：中、和、祗、庸、孝、友。以樂語教國子：興、道、諷、誦、言、語。以樂舞教國子舞《雲門》、《大卷》、《大咸》、《大韶》、《大夏》、《大濩》、《大武》。」〈春官・大師〉，頁 356，記載大師之部分職務為：「教六詩，曰風，曰賦，曰比，曰興，曰雅，曰頌；以六德為之本，以六律為之音」。

10　《國語》〈楚語上〉，頁 531。

敬」，實已彰顯敬謹、謙退的重要，對照《易》之各卦總是吉中有凶、凶中有吉，唯獨〈謙〉卦的六爻皆吉，說明能踐行反躬自省的恕道，乃終身可行之道，已隱約可見《易》教的作用。

雖無法確定「六經」編成的年代，然而至遲在戰國時期「六經」業已成書，《莊子》中即無獨有偶地並列出現「六經」兩次。從《莊子》所載，非僅能確定「六經」的名稱，且可扼要點出其內容性質。可惜因為「六經」的出處在外、雜篇，致使學界多有疑該資料為後出，認為未必可代表較早期的文化現象。其文云：

> 孔子謂老聃曰：「丘治《詩》、《書》、《禮》、《樂》、《易》、《春秋》六經，自以為久矣，孰知其故矣；以奸者七十二君，論先王之道而明周、召之跡，一君無所鉤用。甚矣夫！人之難說也，道之難明邪？」[11]

由於孔子見老聃的說法由來已久，所以《莊子》中並不乏孔、老的對話，然因《莊子》率多寓言，故而相關言說的內容真偽實難分辨。儘管無法證實孔子確曾如此詢問老聃，然而透過此則記載，卻可說明「六經」存在已久，且其內容有助於施政。可惜孔子當時缺乏有道明君理解「六經」對施政的效用，以致周遊列國雖達十多年之久，依然是無功而返。

幸而郭店簡之〈六德〉與〈語叢一〉，也出現「六經」並列現象如下：

> 觀諸《詩》、《書》則亦在矣，觀諸《禮》、《樂》則亦在矣，觀諸《易》、《春秋》則亦在矣。（簡 24～25）

> 《易》所以會天道、人道。（簡 37）《詩》所以會古今之志也者。（簡 38～39）《春秋》所以會古今之事也。（簡 40～41）禮，交之行述也。（簡 42）樂，或生或教者也。（簡 43）【《書》，□□□□】者也。（簡 44）[12]

---

11 《莊子》〈天運〉，見於清・郭慶藩集釋：《莊子集釋》（臺北：貫雅文化事業有限公司，1991 年），頁 531。

12 分別見於荊門市博物館編，裘錫圭審訂：《郭店楚墓竹簡》〈六德〉（北京：文物出版社，

由此至少可證明至遲在戰國中期以前，「六經」並列的現象非僅相當普遍，各界對各經的認知也已達到相當程度的理解。尤其從〈語叢一〉對於各經言簡意賅的特質介紹，又可逆推而知「六經」之教由於與複雜多端的政治密切相關，因此自周初注重教育起，學習與熟悉「六經」的內容，已成為貴族子弟應盡的義務與可享的權利。然而隨著王室衰微，宮中人才外流，相對促成學術流入具有發展潛力的新興國家，同時也流入民間，且逐漸透過私人講學的途徑而流傳於庶民社會。更因封建貴族勢力衰微，學術逐漸普及於庶民社會，促成「士」階層的提升，學術鑽研與流傳也日趨活絡，其中，又以孔子最早將貴族專享的經典教育平民化工作最重要，使一般庶民百姓有學習經典內容的機會。[13]司馬遷即直言孔子「以《詩》、《書》、《禮》、《樂》教，弟子蓋三千焉，身通六藝者七十有二人」，[14]故而孔子歿後，經典的流傳，主要仍以孔門弟子的傳播為主軸，也開啟後世百家爭鳴的先聲。

固然〈天下〉並非出自莊子本人，然而對照郭店出土簡文，以下所載仍可視為反映戰國以前的學術發展情形：

> 古之人其備乎！配神明，醇天地，育萬物，和天下，澤及百姓，明於本數，係於末度，六通四辟，小大精粗，其運無乎不在。其明而在數度者，舊法世傳之史尚多有之。其在於《詩》、《書》、《禮》、《樂》者，鄒、魯之士搢紳先生多能明之。《詩》以道志，《書》以道事，《禮》以道行，《樂》以道和，《易》以道陰陽，《春秋》以道名分。其數散於天下而設於中國者，百家之學時或稱而道之。[15]

基於「六經」具有法四時而通六合的特性，因而綜合史傳所載，透過名法度數

1998 年），頁 188；〈語叢一〉，頁 194～195。以下簡文資料皆以通用字書寫，不贅。

13　雖然在孔子之前，鄭國之鄧析已聚眾講學傳授有關「訴訟」之法，與孔子同時在魯講學者，則有少正卯、王駘，只不過教材內容不詳。

14　其詳參見《史記》〈孔子世家〉，見於漢・司馬遷著，（日）瀧川龜太郎考證：《史記會注考證》（臺北：洪氏出版社，1977 年），頁 760。

15　《莊子》〈天下〉，頁 1067。

的妥善安排，即可將訂定的制度運行天下而實踐養民的道理。由此可見「六經」所載，乃在國家型態成立下，以和諧天地、人神的關係，促使萬物並育以澤及萬民為主旨。由於「六經」先於孔子而存在，可見最初整編「六經」的特殊專業團體，應與周代的史官、地官、春官等相關官員有關。因為春秋距離周初並不太遠，對周代史料所載，或見而知之，或聽而知之，或傳聞而知之，即使為傳聞而知之者，也因同屬同朝往事而易於徵驗，可信度較高。由於孔子上承周代司徒之官「聯師儒」以安萬民的傳統，[16]故而主要以《詩》、《書》、《禮》、《樂》教弟子，並以《易》與《春秋》教導高門弟子。孔子歿後，孔門弟子散而至四方以傳播「六經」與孔子學說，且與諸子百家多有交流互動的情形，以致先秦諸子學的文獻中，並不乏「六經」材料的遺跡。尤其從《左傳》所載行人之官，以賦詩的方式進行國際外交，[17]且時人多以「禮也」或「非禮也」評論當世的人與事，[18]可見「六經」的內容已實際影響士以上的上層社會。

促使學術文化資料流傳的條件很多，而適合時代需要實為重要因素之一，此也可說明古代文獻中，何以關乎眾人生活的政治性資料特多的原因。倘若再加上政治問題的複雜多變與古代學術分類不嚴格的特點，因而欲明古代狀況，非僅需要綜合經史等不同傳世文獻的記載，且應與相關的出土文獻互證，重新確認或修正被疑古派高度懷疑的古史資料，展現周初較接近事實的人文教化狀況。概括言之，除卻《詩》以外，周初注重教化的活動，大致可從相關傳世文獻與出土資料的對照而呈現。

三、《大戴禮記》與簡文〈武王踐阼〉特重誠敬踐履的精神

今本〈武王踐阼〉為《大戴禮記》中的一篇，然因成書較晚，又缺乏大儒

---

16 《周禮》〈地官‧大司徒〉，頁 158～159：「以本俗六安萬民：一曰媺宮室，二曰族墳墓，三曰聯兄弟，四曰聯師儒，五曰聯朋友，六曰同衣服」。

17 《論語》〈子路〉，頁 116：「子曰：『誦《詩》三百，授之以政，不達；使於四方，不能專對；雖多，亦奚以為？』」至於相關之賦詩狀況，其詳參見張素卿：《左傳稱詩研究》附錄一〈左傳賦詩一覽表〉，收入《文史叢刊》第 89 種（臺北：臺灣大學文學院，1991 年）。

18 經電腦檢索《左傳》中「禮也」或「非禮也」之資料，超過 150 筆。

為之作註，以致全書散佚超過泰半，直接影響學者研究的意願與成果。即便如此，不過，在宋代疑經風潮極盛的時期，對〈武王踐阼〉還是抱持相信、肯定的態度，可惜因研究者少，王應麟（1223～1296）雖廣為蒐集，然而《踐阼篇集解》的篇幅仍十分有限。[19]再加上疑古派之影響，學界對其相關問題始終不甚重視。幸好《上博七》出現一篇與今本〈武王踐阼〉極為相近的簡文，因而今本〈武王踐阼〉的相關內容再度引發學界討論。

　　該篇簡文經過科學鑑定，[20]約當戰國中晚期至漢初期間。然而若再考量抄寫文字的狀況，則可確定該篇為戰國中晚期楚文字，且完成抄錄的時間大約在322～278B.C.年間。[21]因完成抄錄時間的下限可以確定，故而可推定該資料仍應屬於先秦文獻，不必遲至漢代始成。何有祖（約1976～）認為〈武王踐阼〉箴銘主體的整合，雖大致在春秋中葉之後，戰國中期後段以前，然先後被《說苑》〈敬慎〉、《孔子家語》〈觀周〉收入，並各自有所改造，因此託古傳文的跡象比較明顯。[22]然而廖名春（1956～）則從包含中山王鼎在內的「平山三器」銘文，都反復引用春秋前儒家經典的現象，認為〈武王踐阼〉有可能即是西周史官所作。[23]雖然要證實〈武王踐阼〉為西周史官所作，確實也有難處，不

19　元・脫脫：《宋史》卷202，〈藝文志〉雖著錄王應麟《踐阼篇集解》一冊，然而經查其收載王氏所編《玉海》合璧本（臺北：大化書局，不著年月），即使該冊名為「集解」，對該篇內容之疏解篇幅仍極為有限，僅有頁4347～4352，所論不及30條，所引錄最多者為北周為《大戴禮記》作注之盧氏，兩處兼採孔氏《禮記正義》之相關紀錄，其餘引錄較多者為宋代學者之說法，依出現頻率多寡，分別是真氏12條、朱氏11條，其餘零星可見者，則有黃氏、程氏、呂氏、洪氏之說。

20　濮茅左：〈上博楚簡的實驗室保護處理〉，參見武漢大學簡帛研究中心http://www.bsm.org.cn，乃2007年12月3日濮茅左在日本大東文化大學所作「上海博物館楚竹書概述」之報告內容之一。該報告指出：中國科學院上海原子核研究所又採用超靈敏小型迴旋加速器質譜計作竹簡年代測定，報告竹簡年代距今約2257±65年。

21　其詳參見趙宇衍：《《上博楚簡・武王踐阼》研究》，高雄：國立中山大學中文所2010年碩士論文，頁38。

22　其詳參見何有祖：〈上博簡《武王踐阼》初讀〉，武漢大學簡帛研究中心http://www.bsm.org.cn，2007年12月4日。何有祖認為從文體以及時代背景而言，此篇武王與師尚父的對話模式，與後世文獻所載「金人銘」在名稱與問答方式上頗為相似，馬王堆漢墓中的《黃帝書》、《十問》、《合陰陽》以及上博楚簡的《彭祖》等文本也多採用此手法，託古傳文的跡象比較明顯。

23　其詳參見廖名春：《新出楚簡式論》（臺北：臺灣書房出版有限公司，2001年），頁267～

過，即使今本〈武王踐阼〉可能經過《說苑》、《孔子家語》改造，也無法否認該箴銘主體成於戰國中期以前，而箴銘中的事件又更早於此的事實。

簡本〈武王踐阼〉共有 15 簡，自第 1 簡至第 10 簡，第 11 簡至第 15 簡，簡文均可連讀，唯第 10 簡與第 11 簡之間有缺失，因而復旦大學出土文獻與古文字研究中心研究生讀書會，即認為該篇可區分為甲乙兩個版本。該讀書會引劉信芳（19？？～）所說，認為甲本稱呂望為師尚父，乃因齊國為周的舊邦，故與周同稱師尚父；乙本逕稱太公望，則因楚國與周關係較疏遠，故直呼其名。[24]對照簡本兩個版本以及今本，正好說明武王踐阼乃周初大事，故而一事多記的現象本為常態，但也因為記錄者多，遂導致彼此有重複或差異的現象，因而參照多種記載將有助於還原當時的狀況。

〈武王踐阼〉記錄武王詢問師尚父有關黃帝、顓頊、堯、舜之道留存的問題，而師尚父直接告訴武王該事載於丹書，武王遂將丹書所載鑄入銘器當中以自儆戒、期許。「踐阼」的時間點，可以有二說：其一，西伯昌崩薨而姬發登其位；其二，伐紂成功而登周王大位。若為前者，則姬發自我警惕奮勉，以期早日完成上帝交付文王的未竟使命，將是念之在茲，一刻不敢忘懷的。若為後者，則朝歌雖已取得，然而放眼王城之外「大邑商」的龐大勢力，武王無論如何都會惴惴難安而充滿憂患意識，衷心期望周王室能早日掌握全局。

史稱「文王受命，武王成命」，概括說明伐紂得以成功，乃經歷極漫長的過程，[25]故而在文王崩薨而伐紂未成之時，姬發戰戰兢兢、自我惕勵是無時或

270。

24　其詳參見復旦大學出土文獻與古文字研究中心研究生讀書會（劉嬌執筆）：《〈上博七·武王踐阼〉校讀》，復旦大學出土文獻與古文字研究中心網站，2008 年 12 月 31 日。劉秋瑞：〈再論《武王踐阼》是兩個版本〉，復旦大學出土文獻與古文字研究中心網站，2009 年 1 月 8 日。劉信芳：〈孔子所述呂望氏名身世辨析〉，《孔子研究》，2003 年第 5 期，頁 107。

25　《史記》〈周本紀〉，頁 65～68 亦載：「古公乃貶戎狄之俗，而營築城郭室屋，而邑別居之。作五官有司。民皆歌樂之，頌其德。……古公卒，季歷立，是為公季。公季修古公遺道，篤於行義，諸侯順之。……公季卒，子昌立，是為西伯。西伯曰文王，遵后稷、公劉之業，則古公、公季之法，篤仁，敬老，慈少，禮下賢者，日中不暇食以待士，士以此多歸之。……諸侯聞之，曰『西伯蓋受命之君。』……西伯崩，太子發立，是為武王。西伯蓋即位五十年。……詩人道西伯，蓋受命之年稱王而斷虞芮之訟。後十年而崩，諡為文王。改法度，制正朔矣。追尊古公為太王，公季為王季：蓋王瑞自太王興。」又參見杜正勝：《古代社會與

減的。尤其參照《史記》〈周本紀〉記載：

> 武王即位，太公望為師，周公旦為輔，召公、畢公之徒左右王，師修文
> 王緒業。九年，武王上祭于畢。東觀兵，至于盟津。為文王木主，載以
> 車，中軍。武王自稱太子發，言奉文王以伐，不敢自專。[26]

可見姬發恪盡「父沒，觀其行」的孝道表現，[27]且亟於實現先父遺志以取代殷
商天命。由於伐紂成功的重要關鍵人物之一，乃號稱文王之師的師尚父，因而
在踐阼之際，尋求上古帝王治國之道，正可與〈武王踐阼〉篇中在承受丹書以
後，即刻銘於觸目可見之處，如席的四端、机、鑑、盥盤、楹、杖、帶、履
屨、觴豆、戶、牖、劍、弓、矛等處以示決心，期許自我惕勵儆戒以實現文王
遺志的情況相呼應。

　　倘若回顧武王伐紂的歷史鏡頭，根據《史記》〈周本紀〉記載，武王遵文
王遺志，會聚「戎車三百乘，虎賁三千人，甲士四萬五千人」向東討伐商紂，
在牧野誓師當時，諸侯的兵車大會集已達四千乘。然而兩軍比數相當懸殊：

> 帝紂聞武王來，亦發兵七十萬人距武王。武王使師尚父與百夫致師，以
> 大卒馳帝紂師。紂師雖眾，皆無戰之心，心欲武王亟入。紂師皆倒兵以
> 戰，以開武王。武王馳之，紂兵皆崩畔紂。[28]

可見當時戰爭的規模極為龐大，武王伐紂能否一舉成功，其實並無絕對把握。
雖然《國語》記載武王伐殷前的觀象所得，屬於有利的狀態：

> 歲在鶉火，月在天駟，日在析木之津，辰在斗柄，星在天黿。

國家》（臺北：允晨文化實業股份有限公司，1992 年），頁 315 所載，杜氏認為武王伐紂之
　年，應該根據《尚書》之說法，以文王受命為紀年之準，而非武王即位後之紀年，因此認可
　張守節的總結：「文王受命九年而崩，十一年武王服闋，觀兵孟津，十三年克紂。」故知自
　文王崩，以至於克紂，其實已超過三年，可見武王所承受之壓力極大。

26　《史記》〈周本紀〉，頁 68。

27　《論語》〈學而〉，頁 8：「父在，觀其志；父沒，觀其行；三年無改於父之道，可謂孝矣」。

28　其詳參見《史記》〈周本紀〉，頁 69～70。

　　韋昭注：「歲星在鶉火。鶉火，周分野也。歲星所在，利以伐之也。」[29]

然而再以卜筮的結果卻屬大凶。幸賴太公當機立斷，推蓍蹈龜而曰：「枯骨死草，何知而凶？」[30]以穩定軍心。畢竟影響戰爭勝敗的變數太多，不宜受限於卜筮的結果。

　　這場「小邦周」挑戰「大邑商」的改變歷史戰役，「小邦周」竟能以極懸殊的比數，以少勝多，實與師尚父的戰略運用、戰線規劃、武力配置有決定性的關係。更因紂的大軍倒戈助戰，導致商紂自殺，所以武王能在極短的時間取得王城朝歌。如此以小勝大的戰果，使周人更理解人為努力的重要，因此戰勝雖然很高興，卻絲毫不敢張狂，更不敢放縱。因為對於「小邦周」而言，這是自古公、公季、文王以來，乃至武王時期，四代君臣累積百年以上（其中文王在位 50 年為關鍵期）的努力，始能以德服人，卒使部分商軍陣前倒戈，使商朝原本佔有壓倒性優勢的戰鬥力急速崩潰，導致商紂自殺，朝歌失守。然而朝歌以外，「大邑商」的勢力仍然強大無比，武王雖可榮登天子寶座，但是面對殷商舊勢力仍然極強的事實，武王君臣無論如何都不敢稍有鬆懈的。〈周本紀〉記錄武王於宣示「膺更大命，革殷，受天明命」後，以殷的餘民封商紂之子祿父，而以弟管叔鮮、蔡叔度為監，然後再加上意味深長的「乃罷兵西歸」，[31]實已凸顯當時的周還無力掌握東土的事實。或許正因為憂思傷神、積勞成疾，武王於紂亡不久後也駕崩，臨死前，還殷殷囑咐周公，天下得來不易，要以保有天下為重，好好輔佐成王。

　　杜正勝（1944～）參照金文等資料，指出《尚書大傳》雖記載周公攝政功績，乃「一年救亂，二年克殷，三年踐奄」，然而周公東征敉平管、蔡、武庚之變，「三年踐奄」當時，周的勢力還僅能達於「小東」地帶，只能稱為「東進運動」開始。雖然及至周公之世，掌握東土的目標並未實現，甚且在號稱刑措 40 餘年的成康盛世，周人仍然還在不斷東進，可見「東進運動」的艱難。

29　《國語》〈周語下〉，頁 138～140。

30　漢・王充：《論衡》〈卜筮〉卷 24，收入《四部備要》（臺北：中華書局，1970 年），頁 8。

31　《史記》〈周本紀〉，頁 70～71。

從〈周頌・執競〉的「自彼成康，奄有四方」，可印證周王室至此始完全掌控
東土。其東進路線，則倚賴召公奭、伯禽、伯懋父等人繼續遵從周公的策略前
進，分別以天下樞紐的成周為東進的大本營，以位居大東、小東尾閭的衛國為
補給站，再以殷人舊地的齊魯為前哨站。如此布防，乃分別從鞏固此四個據點
的三道戰線，且輔以梁山、郾城，囊括「小東」、「大東」在內，再行北上燕
冀，南下徐淮江漢。第一線齊魯，第二線衛都，第三線成周，共同捍衛宗周。
形成進可攻、退可守的局面，不但足以穩固渭水中游的宗周，還可在征服殖民
的過程中逐漸完成西周的封建，且將征服、殖民與封建三者結為一體，始達到
「封建親戚，以蕃屏周」之目的，終能完全掌握東土。[32]

　　若能理解此歷史事實，則無論武王所踐之阼是西伯昌的「西伯」之阼，抑
或「周王」的天子大位，姬發都是懷抱如臨深淵、如履薄冰，凡事戒慎恐懼、
積極精進的態度。兢兢業業的姬發，唯恐稍有不慎，即淪於失德、敗德的狀
態，愧對列祖列宗，而陷入萬劫不復的境地。〈武王踐阼〉的刻銘自儆，非僅
武王自我要求警戒惕勵，更希望藉此永矢弗諼，垂戒後世子子孫孫，故刻銘的
內容，也成為周初進行人文教化時的重要指標。

四、《尚書》強調以德義理政的人文教化精神

　　《尚書》，乃上古之書，收載唐虞、夏、商、周四代的政書，是記載古代
史料最重要的來源。若對照《孔子三朝記》中的〈四代〉，也指謂此四個朝
代，說明周不僅戒鑑於時代較近，且所知較詳細的夏、商二代，且能再向上溯
及更早的重要唐虞傳說文化，以汲取各代之長。有些學者即將唐虞之書與夏書
合併，成為「虞夏書」，一來可豐富習稱的夏、商、周三代文化的內容，再來
也可凸顯夏文化無法憑空而起的事實。歷史證明，唯有懂得有容乃大的道理，
且懂得對過去文化明智進行因革損益者，始能成就光輝燦爛的文化。夏雖然是
中國的第一個王朝，然而夏以前的堯舜治國之道，影響夏及以後王朝非常重

大。此從孔子的學術傳統溯自堯舜起，即可證明其認同《尚書》的編排可以上溯自唐虞時期，即使今本《尚書》的唐虞之書仍屬後代追記的資料，然而該時期已存在許多治國安邦的大道理，亦可推想而知。孔子的偶像——周公——率領大臣進行制禮作樂的工作，最重要的依據即是前朝雖然有限，卻又十分寶貴的資料，始能成就郁郁盛美的周文。

《尚書》若依體式區分，可大別為典、謨、訓、誥、誓、命六體。其中，典、謨的性質，皆屬聖王賢臣談論嘉謀善政，可永為後世楷模者。今本《尚書》中，「虞書」包括〈堯典〉、〈舜典〉、〈大禹謨〉（可能為晚出資料）、〈皋陶謨〉、〈益稷謨〉五篇，雖僅有典、謨兩類，然影響周代治國理念極大。尤其是堯舜的仁君典型，更是古代帝王建立「民本思想」的典範來源。「夏書」包括〈禹貢〉、〈甘誓〉、〈五子之歌〉、〈胤征〉四篇（後兩篇可能為晚出資料）。其中，〈禹貢〉是中國古代最重要的地理書，記錄當時全國劃分為九州，全篇對各州的四至、水土治理、物產、交通、貢賦等狀況都有描述，是落實具體施政規劃的最重要依據。〈禹貢〉的資料，尤其對《周禮》中各類職官的任務分派與安排最具參考價值。

至於訓與誥，或為說順其理而教人改過遷善，或為在上位者告誡屬下，都寓有儆戒、勸勉之意。《尚書》中的訓、誥類篇章，無疑要以時代最近的商書，或當代的周書居多，最能反映周初的時代意識與政治氛圍。以下即舉例說明之：

（一）以〈洪範〉標示治國大道

〈洪範〉是否果真為上天賜予禹的治國安民大法並不重要，重要的是箕子對武王所陳的治國大道，深深影響周初治理天下的情形。該篇雖未曾以訓或誥名篇，實有藉上天垂訓執政者的寶貴說法，強調執政者應躬行實踐政在生民、養民、教民、化民的民本政策，且應多培養內心虔敬而實踐禮義之德的臣民。

該篇提出九大治國要道：

首言五行，注重水、火、木、金、土五類不同物質的存在特性。教導臣民明察天地萬物自然之性，理解應各順其物性而使之成長，以為萬民生活日用之

本。由於荀子在〈非十二子〉中嚴厲批評思、孟：

> 案往舊造說，謂之五行，其僻違而無類，幽隱而無說，閉約而無解。[33]

在馬王堆漢墓與郭店簡的〈五行〉未出現以前，荀子此說難得其解。然而由於郭店簡的〈五行〉，已明確指出所謂「五行」，乃是仁、義、禮、智、聖五種德性，於是荀子〈非十二子〉的難解問題已可解決。因為荀子雖理解此五種德性的重要，然此思、孟的「五行新說」，卻足以使俗儒遺忘「五行舊說」的「五行」，乃人類生存所賴的大根本，以致誤認仲尼、子弓僅以此五種抽象之德即可獨厚於後世，實根本紊亂人為努力的重點，故不假辭色地批評之。[34]

其次，**敬用五事**，注重貌、言、視、聽、思的官能運用。使在位者率先為民榜樣，以恭敬的態度表現在日常行事的要求：容貌要莊重恭敬，言論要合理可從，觀察要清楚明確，聽聞應深入其幽隱之義以便於謀慮，思考應通達深遂以求聖明，善用各種官能，使能動而得其義，建立行政能力。

其三，**農（醲）用八政**，注重食、貨、祀、司空、司徒、司寇、賓、師，體國經野的八大要政。將食、貨擺在最前面，說明民生問題是治國者首先要解決的大事，然後是修明祭祀之禮以安頓人與天地鬼神的關係。同時為謀求食、貨的問題能順當解決與提升產品的水準，則有賴司空、司徒、司寇三類工作者各盡其力：百工職官各竭盡其所能，以達物盡其用、貨暢其流，則人民財用豐足，再由司徒之官推動各級教育，使萬民立定志向以共同實踐講求禮義的社會。繼之，則以主掌司法的官員維持社會秩序，保障善良百姓的各項權益。同時為達到社會和諧之目的，則推動賓禮的實施，藉以提升人際之間應注重禮尚往來的互動關係。最後再以適當的國家武力作後盾，防範盜寇亂賊入侵，並妥為規劃救助天災的政策。

33　《荀子》〈非十二子〉，見於清・王先謙：《荀子集解》（臺北：藝文印書館，1988 年），頁230。

34　其詳參見林素英：〈重構先秦儒學之發展：以〈五行〉〈性自命出〉〈中庸〉與荀子之批評為討論核心〉，收入拙著：《《禮記》之先秦儒學思想：〈經解〉連續八篇結合相關傳世與出土文獻之研究》（臺北：國立臺灣師範大學出版中心，2017 年），頁 404～430。

其四，協用五紀，注重歲、月、日、星辰、曆數，以敬授民時。執政者應明辨天道的變化，再訂定合適的人道修為回應之。

其五，建用皇極。注重無偏無黨，作民父母，為天下王的治國君民大原則，凸顯執政者凡事應秉持中道無私的重要，是九大治國要道中的最高指導原則；因為執政者的施政大忌不在「有欲」，而在「有私」。

其六，乂用三德。注重平康正直、沉潛剛克、高明柔克的三種重要德性修養，並懂得靈活運用與應變之道。

其七，明用稽疑。注重謀及乃心、卿士、庶人、龜、筮五種決疑的方式，並明示應以虔敬自省、發揮人的理性為解決疑難的首要考量，卜筮則列為參考之用，不可本末倒置。

其八，念用庶徵。注意大自然雨、暘、燠、寒、風五種天候狀況依時節變化的情形，人事上，則善於利用肅、乂、哲、謀、聖五種美善徵兆出現的時機，避免引發狂、僭、豫、急、蒙五種不良徵兆。換言之，必先明察自然大化的運行之道，再以內存的良善美德與恭敬肅穆的處世態度，因應自然大化的流變庶幾可以趨吉避凶。

其九，五福六極。注重行善，以得到壽、富、康寧、攸好德、考終命的五種福佑；行不善，則將得到凶短折、疾、憂、貧、惡、弱的六種禍殃。凡所作為，皆積極鼓吹積善修福的行為。[35]

綜括上述〈洪範〉「九疇」之內容，先以明辨「五行」自然物性的特質，以建立「知」的基本能力，再以「敬用五事」的「敬」標誌「行」的關鍵因素，共同構成從「知」到「行」的先備條件。然後，再輔以後續的配套措施，祈求天地各得其正位，使風調雨順，而萬物也各得其化育，以致國泰民安。其中，「農（醲）用八政」與「協用五紀」的政務措施，則必須透過有效的行政規劃以落實具體的治國要道：設立觀象授時的專門人員，制定準確的曆法，以掌握大化流行的規則，提高四時作物的生長，達到具體照顧百姓生活的事實。建立農業、財貨、祭祀、地政、教育、刑法、禮賓、軍旅八大政事的主管機構，且

35　〈洪範〉九疇之內容，其詳參見《尚書》〈周書・洪範〉，頁167～179。

使各級官員都能以恭敬的態度認真推動各項政策。妥為設立體國經野的八大要政後，則是強調君主治國的最高原則，應以無偏無黨、平康正直的恭敬心為施政的脊梁，以樹立大中至正的「皇極」形象，並以正直不阿的態度為做人處世的根本原則，配合沉潛剛克、高明柔克彼此互補、相互成全的德性，作為輔助施政的雙翼。

此外，主政者還應善用自己貌、言、視、聽、思的五種官能，知人善任，選拔並重用天下賢才，以協助自己行王道於天下。在具體的八大政事以外，還應建立政策諮詢系統與卜筮機制，以輔助解決疑難問題。不過解決疑難之道仍以人為努力為主，首先仍應返回虔誠恭敬的心，再徵詢臣民意見以為決斷的參考，卜筮僅為輔助作用，不可本末倒置。能如此內存誠敬的結果，則不僅能外彰仁義，且常能得到福佑而免於禍殃。同時還應理解天有不測風雲的無常，而善於未雨綢繆，懂得因應自然天候的轉化，從詳察隱微的變化，掌握各種美好的徵兆，以預防不良的徵兆發生，始能引導百姓獲得五福而遠離六凶。

由此可見〈洪範〉「九疇」所言，仍以君主應該一本「居敬行義」的態度，以敬德、明德為自我修持的核心思想。此一思想態度正好可與〈武王踐阼〉的內容相互呼應，共同成為建立周初人文教化宗旨的最主要時代背景。

（二）武王對康叔就任的諄諄訓示

〈康誥〉與〈酒誥〉，乃周公攝政期間代成王發布命令，告誡武王的同母幼弟、成王的康叔如何治國之道，最能彰顯周初治國的原則與精神。武王崩後，周公平定武庚與管、蔡之亂，遂將武庚治下的殷地分封給康叔，使其成為東進補給站的衛國國君。由於衛國的地位重要，而康叔年輕，因而周公代替周王，對其治國之道諄諄訓勉，三致其意。周公藉此殷殷告誡康叔，應積極效法文王明德慎罰、愛民任賢的作為，遵循古訓，發揚先王功德，不可貪圖安逸，而以殷末君臣沉湎酒色、放縱淫樂為戒，庶幾可以永久保有大業。

〈康誥〉即載：

　　王若曰：「……惟乃丕顯考文王，克明德慎罰，不敢侮鰥寡，庸庸、祗
　　祗、威威、顯民，用肇造我區夏，越我一二邦，以修我西土。惟時怙冒

> 聞于上帝，帝休。天乃大命文王，殪戎殷，誕受厥命。」[36]

提出文王能明德慎罰，不怠慢弱勢族群，凡事態度恭敬、戒慎恐懼，是最好的人王典型，故能贏得上帝的青睞，賦予周民族在中夏地區締造周朝的機會。由於周初尚未能完全掌握東土的廣大地區，故而期許康叔能不愧先王賢德的榜樣，好好發揮仁德愛民的精神以治國安邦，做好人君本分，使衛國好好擔起「東進運動」的重要補給站責任。

〈酒誥〉也載：

> 王若曰：「……文王誥教小子，有正、有事，無彝酒。越庶國飲，惟祀，德將、無醉。」……王曰：「……在昔殷先哲王，迪畏天顯小民，經德秉哲。自成湯咸至于帝乙，成王畏相惟御事，厥棐有恭，不敢自暇自逸，矧曰其敢崇飲？……在今後嗣王，酗身，厥命罔顯于民，……弗惟德馨香，祀登聞于天；誕惟民怨，庶群自酒，腥聞在上。故天降喪于殷，罔愛于殷，惟逸。……古人有言曰：『人無於水監，當於民監。』今惟殷墜厥命，我其可不大監撫于時？」[37]

此處提出殷的興起、富強，乃因湯以後的歷任王者「經德秉哲」，然而殷末紂王，卻反其道而行，敗德逸樂，沉湎於酒而無法自拔，以至於民怨四起，走向覆亡。所謂「殷鑑不遠」，正好從殷的興亡變化，給予施政者最好的戒鑑，故而再度強調千萬不可酗酒縱慾，不可好逸樂淫，而應恭謹修德、仁民愛物。

至於〈梓材〉，雖未以「誥」命名，而取文中「若作梓材」一語以名篇，然與〈康誥〉、〈酒誥〉相連，多被認為同屬周公告誡康叔之詞。不過，也有朱熹（1130～1200）等學者感覺此篇前後不統一，或有錯簡與他篇混入的部分，[38]且懷疑可能是周公、召公進諫成王的話語。然古史湮遠，此篇的本來面

36　《尚書》〈康誥〉，頁201。

37　《尚書》〈酒誥〉，頁207～210。

38　其詳參見宋・黎靖德編，王星賢點校：《朱子語類》第5冊，卷79（北京：中華書局，1994年），頁2054～2057。

目已無從確考。幸好，無論此篇為周公告誡康叔，抑或周公、召公進諫成王，都不外乎規勸為人王應勤行明德愛民的初衷。其文云：

> 今王惟曰：「先王既勤用明德，懷為夾，庶邦享作，兄弟方來；亦既用明德，后式典集，庶邦丕享。皇天既付中國民越厥疆土于先王；肆王惟德用，和懌先後迷民，用懌先王受命。已！若茲監。惟曰：欲至于萬年，惟王子子孫孫永保民。」[39]

此段記載旨在不斷叮嚀為政者應以「勤用明德」為施政的核心工作，如此方可招徠遠方志同道合的人士前來夾輔邦國。一旦國的根本樹立以後，各諸侯國與友邦也會相率前來。倘若欲使國祚綿延不輟，其道無它，唯有以德治民、永保百姓安康一途而已。

（三）周公還政前後對成王的殷殷期許

《尚書大傳》記載周公攝政期間的功績為：

> 一年救亂，二年克殷，三年踐奄，四年建侯衛，五年營成周，六年制禮作樂，七年致政成王。[40]

武庚趁武王於克殷兩年後駕崩，而周的勢力尚未穩妥當時，聯合奄、薄姑、徐夷、淮夷起兵反周，遂開啟周公艱苦東征的三年。此次戰役，周公剗滅原為殷商舊屬國的奄國，至此始算是征服殷商在東方最重要的殘餘勢力，使周王室稍稍站穩立足點。接下來，則是進行分封建國以鞏固宗周的重要大事。周公率領大臣制禮作樂、訂定各項施政措施，為周王朝的長治久安作準備，並在成王成年時，還政成王。周公歷盡千辛萬苦，始成就周王朝粗安的局面，因而在即將還政成王以前，出現許多殷殷告誡成王的篇章就是相當自然的。例如〈召

---

39 《尚書》〈梓材〉，頁213。
40 參漢・伏勝撰，漢・鄭玄注，清・陳壽祺輯校：《尚書大傳（附序錄辨譌）》卷2，收入王雲五主編：《叢書集成簡編》（臺北：臺灣商務印書館，1965年），頁101。

誥〉、〈無逸〉、〈立政〉即屬此類，茲分述其要如下：

〈召誥〉：此篇的內容明確顯示周初的政治狀態。由於武王駕崩前，任命周公、召公夾輔成王與周王室，因此在周公致政王前，召公也會對成王多所誥誡。此篇乃成王親臨洛邑視察施工情形，召公藉機規勸成王應以夏商「惟不敬厥德，乃早墜厥命」為戒，呼籲成王「今我初服，宅新邑，肆惟王其疾敬德。王其德之用，祈天永命」，[41]應積極做到敬德保民以常保天命。

〈無逸〉：全篇以三層次記錄周公殷殷告誡成王。首先，不可貪圖逸樂、荒廢政事。其次，應知稼穡的艱難與民生的困苦，並以殷商興亡以及文王治國之道，從正反兩面闡述君主無逸的重要。最後，勉勵成王應效法殷商中宗、高宗、祖甲與周文王等聖主明君的作為，時時刻刻張皇敬德，勤勞政事，力戒好逸惡勞、沉湎酒色、馳騁田獵，並虛心聽取臣民意見、明辨是非，勿聽信謠言而濫殺無辜。

〈立政〉：制禮作樂乃體大思精，必須長期研擬設計，且幾經試行、修改，始能臻於完善的龐大系統，絕非花費三、五年時間即可完全底定。故而《尚書大傳》所稱周公「六年制禮作樂」一事，乃記錄周公在還政成王以前，為使成王在登基後能有施政軌道可循，於是特別優先訂定禮樂制度的藍圖。其中最具體的，則是以〈周官〉使職官體系粗具規模，再於歸政成王後，以〈立政〉向成王補充任官用人之道。全篇分三層進行論述：首先，總結夏、商設官用人的經驗與教訓，說明人王必須能主宰常伯、常任、準人、綴衣、虎賁等重要大臣的任用，懂得任用賢德的人以共同謀國。其次，闡述文、武任命賢德人才的制度，分別設立治民、理事、執法等三類官長掌管國家大事，並依據所屬邦國的規模而設立各類職官，使其各有權責、職掌，而非由人王一人獨攬眾權，同時還對成王提出忠告與期許。最後，歸結人王應如〈皋陶謨〉所載，必須能允迪厥德、慎修其德、惇敘九族，則謀慮高明的輔弼之臣也會同心協力，同時還更明確指出人王應選擇具有「寬而栗，柔而立，愿而恭，亂而敬，擾而毅，直而

41　其詳參見《尚書》〈召誥〉，頁 222～223。

溫，簡而廉，剛而塞，強而義」九德之行的賢者共同謀國。[42]既已選擇賢德的人擔任掌管國家大事的官長，則應充分授權，不應過度干預，使其充分發揮長才以共圖王朝大業。

（四）周初對殷商等被征服方國的訓誥

透過上述篇章，可知周初限於實際勢力不足，因而力求營建成周洛邑以鞏固宗周，方便掌控東土。由於成、康以前，始終採取征服、殖民與封建三者合一的方式發展周朝的勢力，希望藉由懷柔的手段達到安撫殷商遺民的效果，更希望能透過適時的理性喊話，引導殷商遺民從敬受天命的角度，服從新王朝的治理，以共同建設美好的未來，〈多士〉、〈多方〉即為實例：

〈多士〉：乃周公平定三監以及武庚之亂後，遷殷的遺民至新都洛邑，以防殷人再叛，並殷殷告誡殷商遺臣的訓詞。全篇舉出「自成湯至于帝乙，罔不明德恤祀」的歷史事實，說明殷商代夏而興，乃殷先祖敬德、明德，能恭承天命以愛民的結果，故獲得天命而發展為昌隆天下的「大邑商」。至於由盛轉衰，乃至於亡國，則為後嗣子孫商紂不肖，「誕淫厥泆，罔顧于天顯民祇」，故導致天降大喪。因為蒼天有眼，不再眷顧不能明德敬行者，故而極力呼籲殷商遺臣：

> 爾克敬，天惟畀矜爾；爾不克敬，爾不啻不有爾土，予亦致天之罰于爾躬。[43]

周公恩威並用，呼籲殷商遺臣務必理性思考，因為無論殷商代夏或周之代殷，都是敬順天命流轉的結果。倘若殷商遺臣能臣服天命、服從周的治理，則能擁有相關權益，繼續參與政事；如若不然，則將導致天罰降臨。

〈多方〉：周公還政成王後，又發生淮夷與奄叛亂事件。成王於親征奄獲

42　《尚書》〈皋陶謨〉，頁 61，記錄皋陶與禹談論如何以德治國之道，皋陶認為應力行九德，並使其行之有常。

43　其詳參見《尚書》〈多士〉，頁 237～239。

勝而返回鎬京後，諸侯來朝，周公遂藉機代成王發表此篇誥命，告誡殷人以及對周懷有二心的諸侯君臣，不可輕舉妄動。全篇宣示王朝更迭乃天命不可違拗的道理，若不敬受天命，則將有天罰，於是再度呼籲：

> 天惟求爾多方，大動以威，開厥顧天。惟爾多士，罔堪顧之。惟我周王，靈承于旅，克堪用德，惟典神天。天惟式教我用休，簡畀殷命，尹爾多方。[44]

此說明周乃敬受天命，始終強調以德服人，希望各方諸侯以及廣大殷民也都能敬順天命安排，服從周的治理。

杜正勝根據先秦典籍記載，指出周公雖然大舉遷徙殷商遺民，不過，殷商遺民的政治社會地位並不低。周公非僅能重視殷商的優良傳統，舉薦殷商的老成持重之人，扶植殷商舊族巨室，只要殷商遺民不侵不叛，即可保持政權、共同參與政事，也可算是革殷商末世之弊，而復殷商先王的美政。[45]周公如此大格局的政治器度，也才是周代能真正吸收夏、商文化文化之長，使原本文化程度不高的周民族能快速成長的最大原因。

五、《逸周書》施政強調「中和」的人文教化精神

《逸周書》的成書以及各篇所涉及的時代問題極為複雜，因長期被貼上「偽書」的標籤，而鮮少學者問津，直到近 20 年來陸續出土一些戰國簡文資料，此書始成為史學研究的新焦點，其價值也逐漸凸顯。[46]然而從《漢書》〈藝文志〉著錄的《尚書》類，包括代表周史記的「《周書》71 篇」在內，共計九家 412 篇，[47]說明該書與《周書》、《尚書》的內容具有一定的關聯。

44　其詳參見《尚書》〈多方〉，頁 255～257。

45　其詳參見杜正勝：《古代社會與國家》，頁 509～542。

46　其詳參見王連龍：《《逸周書》研究》（北京：社會科學文獻出版社，2010 年），頁 290～298。

47　《漢書》〈藝文志〉，漢・班固撰，唐・顏師古注：《漢書》（北京：中華書局，1962 年），頁 1705～1706：「顏師古曰：『劉向云「周時誥誓號令也，蓋孔子所論百篇之餘也。」今之

　　根據王連龍（1975～）研究，春秋時期的《逸周書》以「志」或「書」的初始型態存在，與《尚書》無別。進入戰國時期，《周書》的名稱逐漸專屬於《逸周書》，且已獨立結集，而與包含四代資料的《尚書》有所區別，編撰時間大約在 453～279B.C.，其內容保留較多西周、春秋時期的篇章，也包含根據西周史料而成於戰國時期的作品。[48]劉起釪（1917～2012）則認為《逸周書》中有兩類資料可認定為《尚書》「誥誓號令」類的逸篇或再行加工者：其一，可肯定為周代《書》篇的有〈克殷〉、〈世俘〉、〈商誓〉、〈度邑〉、〈作雒〉、〈皇門〉、〈祭公〉等西周文獻。其二，保存西周原有史料，而寫定於春秋時期的有〈程典〉、〈酆保〉、〈文儆〉、〈文傳〉、〈寶典〉、〈寤敬〉、〈和寤〉、〈大匡三十七〉、〈武儆〉、〈大戒〉、〈嘗麥〉以及〈常訓〉。[49]

　　由此可見《周書》（《逸周書》）與《尚書》的性質，其本都屬記載古代史事的資料，只是《周書》僅記錄周的史事，而《尚書》則顯然由周的史官等特殊專職人員有意識地加以整編，因而選擇四代中更重要而精煉的內容輯錄成編。復以《尚書》被列入「六經」之一，久而久之，《周書》逐漸不受重視而失傳。逸失的《周書》，晉代之時於汲冢重新出土，故被稱為《汲冢周書》或《逸周書》。由於書中主要記錄周代文、武、周公、成、康時代的歷史事件，且兼含少許穆、厲及景王時之史事，因而可用以驗證、加強《尚書》內容的可靠性。

　　綜觀上述有關西周史料的篇章中，〈文儆〉、〈文傳〉兩篇因涉及文王臨終前訓誡武王的重要內容，且與《逸周書》〈周書序〉所載相符：

> 文王有疾，告武王以民之多變，作〈文儆〉。文王告武王以序德之行，作〈文傳〉。[50]

可見文王的遺訓即成為武王即位後治政處世的重要依據，更是周初施行教化的

存者四十五篇矣』」。

48　其詳參見王連龍：《《逸周書》研究》（北京：社會科學文獻出版社，2010 年），頁 121。

49　劉起釪：《尚書學史》（北京：中華書局，1989 年），頁 94～97。

50　《逸周書》〈周書序〉卷 10，收入《四部備要》（臺北：中華書局，1965 年），頁 4。

精神總指標。雖然〈文儆〉、〈文傳〉的內容並未出現「中」字，然而王連龍認為此兩篇與清華簡的〈保訓〉，都是文王的遺訓，其告誡姬發應遵守「時宜」和「土宜」的「和」德，實已與「中」的思想具有密切關係。[51]是故以下即針對〈文儆〉、〈文傳〉與〈保訓〉的內容討論其重點：

〈文儆〉的核心思想，在於戒太子發應當保本行善，以為民則。首先，全篇透過四段以「嗚呼，汝敬之哉！」為開頭的呼告語，警戒太子務必切實遵行。由於態度決定行為，因而文王特別提醒太子施政，務必先內存執事以「敬」的最高原則，依循「利維生痛（同），痛（同）維生樂，樂維生禮，禮維生義，義維生仁」的原理，[52]引導人民由利而趨向仁。[53]因為由利而生仁的過程，與人類理性認知的發展最有關，所以最適合透過施教的途徑，教導人民理解其順次發展的邏輯，而產生仁的效果。其次，若欲引導人民利於仁，則首應去私，因為「私維生抗，抗維生奪，奪維生亂，亂維生亡，亡維生死」。一旦因私心作祟而不斷發展，則將淪於死而不可復生，故而私心萬萬不可存。其三，在「利於仁」與「淪於死」的強烈對比下，則應詔於有司，使夙夜勿忘，從慎守敬德、弗失禮義，鞏固根本、立穩腳步開始，以為全民的導引。最後，再慎重提醒「倍本者槁」的結果，並不斷叮嚀、警戒為政者應務本行善，不應與正道背向而馳。全篇篇幅雖然相當短，然而言簡意賅，非僅明言「敬」的特尊、特重之處，而且透過「民物多變，民何嚮非利」不辯自明的發問，已隱約提出為政者應有認識人性特質的「知者之明」，唯其能知民性的固然，始能因勢而利導之，使其日漸明瞭何謂禮義，再進而外發為仁德的表現。是故要求在上者率行敬慎其德，且要能深明其德的「明明德」狀態，已成為周初為政者的最高精神總指標。

51　其詳參見王連龍：《《逸周書》研究》，頁 120～129。

52　晉‧孔晁注，清‧盧文弨校：《逸周書》〈文儆〉卷 3，《四部備要》（臺北：臺灣中華書局，1965 年），頁 4。黃懷信：《逸周書校補注譯》（西安：三秦出版社，2006 年），頁 109，「痛」當作「同」，以音近而誤。

53　《禮記》〈表記〉，見於漢‧鄭玄注，唐‧孔穎達等正義：《禮記正義》，收入《十三經注疏（附清‧阮元《校勘記》）》（臺北：藝文印書館，1985 年），頁 909，記載孔子以為行仁者有「仁者安仁，知者利仁，畏罪者強仁」三種類型。

　　〈文傳〉全篇的主旨，乃文王告誡太子發「所保所守」的治國要道，並希望能傳諸子孫，[54]〈周書序〉以此為「序德之行」。[55]所謂「序德之行」，乃指治國要道，必須崇本務實，先以「厚德廣惠，忠信愛人」為人君應有的愛民敬事之操持，然後再輔以對具體事務的妥當安排，先明萬物成長、萬事生發的理序，使山林水土各得其時、各適其宜而成長。苟能如此，〈文傳〉認為將可得到以下的結果：

> 山以遂其材，工匠以為其器；百物以平其利，商賈以通其貨；工不失其
> 務，農不失其時，是謂和德。[56]

在政通人和的情況下，百工各盡其力，將可達到人與萬物相偕而成長的境地。苟不如此，則不定時會產生水、旱、飢、荒的四種天殃。然而要能達到人與萬物相偕而長的和德，都必須先「明」其所以能得「中」的具體之道。因此，尋源溯本，切實理解各地山、林、水、土的自然特性，熟悉各種生物與作物生長的條件，並提供適合的環境以利萬物順利成長，則萬物欣欣向榮，萬民所賴以維生的資源將源源不絕，農工商賈等各行各業的發展也各有所本。如此本木兼顧，循序以行的做法，庶幾可達到亂象不生，而進入《禮記》〈中庸〉所謂「天地位焉，萬物育焉」的「中和」狀態。[57]換言之，必須從最具體、務實的認識天時地利各有所宜，以推廣生民、養民的農耕、漁獵之業，將可充實「厚德廣惠，忠信愛人」的內容，達到安定民生而深得民心的狀態，進而可以常保天下！針對此必須切實履行的為君首重厚德，以及應具體落實的治國施政大法，文王再三叮嚀、深深戒儆太子發，更希望能將此根本道理傳諸子孫，俾使代代皆能知其所應保、應守。

　　由於清華簡〈保訓〉的內容與〈文儆〉、〈文傳〉都記載文王臨終前對太子發告誡治國的要道所在，並希望能傳諸子孫，因而可以相互對照參考。文王

54　其詳參見《逸周書》〈文傳〉卷 3，收入《四部備要》，頁 4～6。

55　其詳參見《逸周書》〈周書序〉卷 10，收入《四部備要》，頁 4。

56　《逸周書》〈文傳〉卷 3，收入《四部備要》，頁 5。

57　其詳參見《禮記》〈中庸〉，頁 879。

在〈保訓〉中，以兩位明王以「中」治國的故事垂訓太子發：其一，舜求「中」
以治國；其次，上甲微假「中」於河伯，且把「中」的內容傳諸子孫，六傳而
至於成湯始有天下。[58]〈保訓〉雖為戰國簡，然而其文句古樸，或有可能是春
秋時期的學者，根據文武之際的史料而寫成佚《書》一類的資料，再流傳到戰
國時期的篇章。〈保訓〉以明王的故事示訓，與〈武王踐阼〉記載武王詢問師
尚父黃帝、顓頊等古聖明王治國之道有類似之處。雖然〈保訓〉與〈武王踐
阼〉二者所載的明王不同，卻皆可彰顯文王效法古聖明王治國之道以施政的決
心，在 50 年為君的過程中始終堅定不變。基於此執政目標的一貫性，因而在
臨終前不忘再次叮嚀，是故武王一登基踐阼，乃立即詢問師尚父明王治國的更
具體做為，以便有效實踐古聖明王以中道、常道治國。

　　若要使治國的「中道」更為具體，則有必要再延伸為〈度訓〉、〈命訓〉、
〈常訓〉三「訓」的發展。劉起釪將〈常訓〉列入保存西周史料的一類，然認
為〈度訓〉、〈命訓〉已經與戰國諸子百家馳騁論說的文字相同，而與史臣的
記言記事言詞完全不同。[59]不過，揆諸《逸周書》非成於一時一人之手，而此
三篇「訓」前後連貫地擺在全書前面，都旨在論述明王治政的大法，具有開宗
明義的效果，或者只宜說是前兩篇的文字訓解較〈常訓〉的時代稍後，然而其
所據的資料，仍宜視為文王時的史料。尤其證諸〈周書序〉所載三「訓」敘作
的緣由，更可見其應該比併以合觀其義：

> 昔在文王，商紂並立，困于虐政，將弘道以弼無道，作〈度訓〉。殷人
> 作教，民不知極，將明道極以移其俗，作〈命訓〉。紂作淫亂，民散無
> 性習常，文王惠和化服之，作〈常訓〉。[60]

朱右曾（1838 年進士）即據此序言，而認為三「訓」或為文王出為西伯、入

58　其詳參見李學勤主編：《清華大學藏戰國竹簡（壹）》（上海：中西書局，2010 年），頁
　　142～143。

59　其詳參見劉起釪：《尚書學史》，頁 96～97。

60　其詳參見《逸周書》〈周書序〉卷 10，收入《四部備要》，頁 3。

為三公時所作。[61]容或三「訓」的思想主體可上溯自文王初為西伯、入為三公時，然而若以文章用詞的習慣言之，仍以視為成於春秋與戰國時期為宜，此乃先秦典籍常見的現象。最初乃以較強調行為實踐的〈常訓〉為主；其後，再以〈度訓〉、〈命訓〉申述行為實踐的理論基礎。先以〈度訓〉提出「立中」為建立施政理論之關鍵：

> 天生民而制其度，度小大以正，權輕重以極，明本末以立中。[62]

其後，再以〈命訓〉提出落實之道：

> 天生民而成大命，命司德，正之以禍福，立明王以順之。[63]

明確指出明王應引導人民日日恭行德義、敬承其命，則可順於禮儀法度的常道，而至於中正無偏差的「至極」。此一思想，其實可與〈洪範〉九疇的第五「建用皇極」概念相合。〈常訓〉則企圖藉由明王的立政，引導人民：對喜、樂、憂、哀的「四徵」，皆能動之以「則」；對命、醜、福、賞、禍、罰的「六極」，皆能各得其「度」；對夫、妻、父、子、兄、弟、君、臣的「八政」，皆能各得其「正」；對忠、信、敬、剛、柔、和、固、貞、順的「九德」，皆能各踐其「行」。透過建立準則→掌握節度→正定人倫→遵德而行的順序實踐之，則人民可在生而有良好生活慣習下，習以為常，且以常為順，進而即可順乎天的常性，自自然然恍若生於其中。

此三「訓」的思想一貫，乃以明王立政，以引導人之性使順應天之性，進而可得天地之中為探討核心。至於此時的人性，乃包含人的血氣在內的自然之性，以及可以上體天道的天命之性，屬於包含甚廣的複合體，都必須加以正視，且提出適當的對應之道。蓋因「性」的本字為「生」，故有「醜而不明」的一面，即後來告子明講的「生之謂性」說。究實言之，「生之謂性」乃包含

---

61 黃懷信、張懋鎔、田旭東撰：《逸周書彙校集注》（上海：上海古籍出版社，2007 年），頁1196。

62 《逸周書》〈度訓〉卷 1，收入《四部備要》，頁 1。

63 《逸周書》〈命訓〉卷 1，收入《四部備要》，頁 2。

人與生俱來的好惡與血氣反應在內的複合概念，是四海之內的人所同一者，因而必須設法轉化其中「醜而不明」的狀態，使提升到明靈知覺的境地。倘若人君無法認知人性的複合現象，則無法針對人民全體的需要而規劃完善的政策。例如〈度訓〉言：「明王明醜以長子孫」，〈命訓〉言：「夫民生而醜不明」，〈常訓〉言：「明王自血氣耳目之習以明之醜」，[64]都明顯指出明王不僅能清楚認知人性有「醜而不明」的一面，而且懂得制定政策以引導人民修習良善的行為，轉化「不明」使至於「明」，且使人習以為常地行善，卒能順於天道的「常」，使普天之下的人皆能獲得安詳和樂。

追溯原來偏處西隅，包含各項資源以及文化程度都遠遠落後於大邑商的小邦周，竟然能旋乾轉坤，必有值得探究的深遠原因。固然自公亶父即已自覺的發展周族的勢力，而文王累積 50 年兢兢業業的努力，則為獲得天命的最重要原因。此三「訓」對於明王施政牧民之道的詮解，其實可視為對呂尚上告西伯昌治政理念的發揮，也是促使文王能深得民心的根本大道。其言云：

> 天下非一人之天下，乃天下之天下也。同天下之利者，則得天下；擅天下之利者，則失天下。天有時，地有財，能與人共之者，仁也；仁之所在，天下歸之。免人之死，解人之難，濟人之急者，德也；德之所在，天下歸之。與人同憂同樂、同好同惡者，義也；義之所在，天下赴之。凡人惡死而樂生，好德而歸利，能生利者，道也；道之所在，天下歸之。[65]

此所謂「道之所在，天下歸之」的「道」，即是文王認為應傳於子孫的「中」道、「常」道。能識得此「中」道、「常」道，就能理解人樂生惡死的根本原理，且能致力於免人之死、解人之難、濟人之急，還能與民同好惡憂樂，以德義引導人同歸於利，且樂於與人同天下之利者，即可常保天下的道理。

---

64 《逸周書》〈度訓〉卷 1，收入《四部備要》，頁 2；〈命訓〉卷 1，《四部備要》，頁 3；〈常訓〉卷 1，《四部備要》，頁 5。

65 舊題周・呂尚：《六韜》〈文韜・文師〉，收入《百子全書》第 2 冊（長沙：岳麓書社，1993年），頁 1086～1087。

六、結語：以《詩》為教有助於提升人文品質

　　綜合上述傳世與出土文獻的相互驗證，都可見過去疑古派所懷疑的〈武王踐阼〉，乃至於《尚書》、《逸周書》中有關周初的史料，即使寫定的時間有可能在春秋時期，然而所載內容仍屬大抵可信。

　　由於時代湮遠，上古時期所記載的帝王世繫，乃對部落族群建有大功而留存於後代子孫的記憶者，其平庸的無名小卒自然成為失落的環節，周的世繫也屬此類。例如參照《尚書》的記載，周的始祖后稷大約生活在舜、禹時期，然而對照《國語》所載：「自后稷之始基靖民，十五王而文始平之」，[66]說明文王乃自后稷起，歷經不窋、鞠、公劉、慶節、皇僕、差弗、毀渝、公非、高圉、亞圉、公叔祖類、公亶父、季歷各祖，而為周的第 15 世祖。不過，據孟子言，從舜至文王相去千餘歲，[67]若以一世 30 年計算，千餘歲之間當非僅有 15 世代，實已明顯遺漏許多世代。故而徐中舒（1898～1991）認為，后稷乃古代農官的通稱而非私名，周的先祖應自不窋開始，且根據《史記》〈周本紀〉所載：「夏后氏政衰，去稷不務，不窋以失其官而奔戎狄之間」，主張周人出於白狄，缺乏高等農業技術，然因世與姜族通婚，得以接觸母系社會姜嫄氏族的高等農業技術，而得以提高其經濟文化水準。[68]姑且不論周的先祖是否應自不窋開始計算，然而可以確定的，則是「周」因長期與戎狄混居，故無須獨立的族名，也尚未有「周」的稱號。其後，「周」民族之所以稱「周」，乃因遷於「周原」而農業大興，遂以地望「周」標誌國名。

　　倘若配合武王克殷成功後，向前追王至公亶父的事實，可見公亶父為擺脫戎狄的糾纏，雖棄守耕耘有成的豳地，卻贏得廣大族群的支持，遂共同遷徙至

66　《國語》〈周語下〉，頁 110。

67　《孟子》〈離婁下〉，見於漢・趙岐注，宋・孫奭疏：《孟子注疏》，收入《十三經注疏（附清・阮元《校勘記》）》（臺北：藝文印書館，1985 年），頁 141：「孟子曰：『舜生於諸馮，遷於負夏，卒於鳴條，東夷之人也。文王生於岐周，卒於畢郢，西夷之人也。地之去也，千有餘里；世之相後也，千有餘歲』」。

68　其詳參見徐中舒（徐亮工協助整理）：《先秦史十講》第三講〈西周史論述〉（北京：中華書局，2009 年），頁 69～73。

周原開創新的周國。由於周原的水土肥美，因此農業大興，故而對武王的建立周朝具有重要的奠基意義。回顧公亶父離開耕耘已有基礎的豳地，如《詩》〈緜〉所載，「來朝走馬，率西水滸，至于岐下」，[69]正是考慮滿足周族人樂生惡死的最大利益。公亶父選擇自行離開豳地，而不願為保衛豳地的既得利益，而積極鼓動全族同仇敵愾的義氣，率領族人與戎狄一爭死活，大大避免族人無謂傷亡。公亶父如此深具德義的舉動，反而感動族人，自動群起跟隨公亶父進行艱難的民族大遷徙。儘管遷徙的路途充滿艱辛困苦，然而因為公亶父能與民同好惡憂樂，故而能深得民心，且自此而開啟壯大周民族的歷史新頁。

另外，再從〈閟宮〉以下的頌辭，也確可彰顯大王的特殊地位：

> 后稷之孫，實維大王；居岐之陽，實始翦商。至于文武，纘大王之緒。
> 致天之屆，于牧之野。無貳無虞，上帝臨女。敦商之旅，克咸厥功。[70]

雖然該詩旨在歌頌魯僖公能復周公宇居的功德，故不免有誇大其詞之處，然就實際情勢而言，將「實始翦商」之說，指向剛剛脫離戎狄糾纏而另闢新天地的大王，實在有些不自量力。然而接續以下「至于文武，纘大王之緒」來看，卻凸顯一項重要事實：文化等各項資源都落後的小邦周，武王竟能克殷有成，固然文王的奮鬥 50 年最為重要，事實上，仍應加上公亶父、季歷等兩代君主的積極創業過程。同時，還應包括季歷的兩位兄長太伯、仲雍向南開疆拓土，使偏在西隅的岐周可以獲得向東開拓的重要支點，也可以以南方據點為基礎而向南大大擴張周的勢力版圖。由於史無明載自公亶父的始建周國，再經季歷的奮發有為、連創戰績而大受商王封賞的確切年代，若以文王在位 50 年約略估算，自周原建國至季歷功高震主為止，這段時間保守估計或也會在 50 年以上。因此總計自公亶父起，四代人前前後後至少歷經百年以上的努力，始在武王身上開出取代殷商政權的嬌貴花朵。即使武王伐紂成功，但是還無法達到可

---

69 《毛詩》〈大雅・緜〉，見於漢・毛亨傳，漢・鄭玄箋，唐・孔穎達等正義：《毛詩正義》，收入《十三經注疏（附清・阮元《校勘記》）》（臺北：藝文印書館，1985 年），頁 547。

70 《毛詩》〈魯頌・閟宮〉，頁 777。

以高枕無憂的可放鬆狀態。

回顧商王文丁對屢建奇功的季歷，一則以喜，一則以憂，唯恐日後有尾大不斷之禍；為免除後顧之憂，遂困殺季歷。然而季歷之死，直接造成商周關係極緊張的局面。然而，一來因為小邦周的勢力，相較於綿延 600 多年的大邑商而言，畢竟過於渺小，再來則是繼位的帝乙，透過歸妹於文王的方式，以政治聯姻緩和商周之間的緊繃關係，因此終文王之世，周始終臣服於殷。文王迎來姜尚後，奉姜尚為太師，且致力實踐其「以德義利天下」之說，以自立自強、樹德立威的方式壯大周的格局與勢力，且還多次嘗試規勸商紂，故有《逸周書》的三「訓」說。

由於「以德義利天下」的理想尚未能實現，故而臨終前，要以〈文儆〉、〈文傳〉與〈保訓〉的遺訓，殷切告誡姬發治國的要道，且還叮嚀其應將治國要道傳諸子孫，故而〈武王踐阼〉即記載武王詢問可以藏之約、行之行，萬世可傳諸子孫的名言。師尚父遂舉丹書所載以告之：

> 敬勝怠者吉，怠勝敬者滅，義勝欲者從，欲勝義者凶。凡事，不強則枉，弗敬則不止，枉者滅廢，敬者萬世。[71]

與此說相類似者，則是今本《六韜》中的〈文韜・明傳〉載有一段文王寢疾之時，詢問可以明傳子孫的至道之言。太公曰：

> 見善而怠，時至而疑，知非而處，此三者，道之所止也。柔而靜，恭而敬，強而弱，忍而剛，此四者，道之所起也。故義勝欲則昌，欲勝義則亡，敬勝怠則吉，怠勝敬則滅。[72]

由此又可見文王遺訓所本，仍從姜太公對於道的或行或止之差異，歸納出應以

---

71 《大戴禮記》〈武王踐阼〉，頁 104。馬承源主編：《上海博物館藏戰國楚竹書（七）》（上海：上海古籍出版社，2008 年），頁 154，陳佩芬所整理之〈武王踐阼〉簡文，則作「怠勝敬則喪，義勝怠則長。義勝欲則從，欲勝義則兇。」僅在排列順序有別，而意義則相同，若從語義之理解而言，顯然《大戴》本較易理解。

72 《六韜》〈文韜・明傳〉，頁 1088。

恭敬沉篤、柔弱堅忍的處世態度，搭配積極行義、克制私慾的奮進精神，將是實現大道的最好途徑，因而語重心長地囑咐姬發。由於武王雖已克商，卻尚未能掌控大邑商的廣大東土，因此終周公、召公輔政成王之世，乃至於稍後召公、畢公輔政康王之時，朝中上下無不念茲在茲，以繼承文王敬行德義的遺訓為精神總指標，終於能在成、康時期收服各方侯國，完成東進使命。

　　簡言之，周初的人文教化情形，乃上承公亶父恭行德義、季歷的勤奮黽勉精神，而以文王長期積善累德、存敬行義的意志傳諸子孫。周朝旨在透過效法天行健而自強不息的精神，時時自我惕勵精進，先由王室子孫以身作則，進而影響文武大臣，再擴而及於一般臣民百姓，因此有周一代最注重教育的力量。由於最重教育，因而經典文獻的整編與傳播即成為王朝施政的大事。詩，由於具有言志的作用，且最容易打動人心，又有利於學習心理的特性，所以蒐集、整編的工作不但歷時極久，可想而知動員的人力自然也非常多。

　　本文的原型為〈從〈武王踐阼〉論周初敬德明德之本──結合簡本與相關傳世文獻之討論〉，再行擴充發展而成。該文刊於 2016 年 6 月廣西師範大學出版社 CSSCI《中國經學》第 18 輯，頁 93～110。本文為「《荀子》與二戴《禮記》之思想關聯：結合出土文獻之儒學發展史」專題研究計畫部分研究成果（MOST 103-2410-H-003-064-MY2）。

貳、〈孔子詩論〉的雅頌觀源於《周禮》的樂教系統

一、前言：〈孔子詩論〉凸顯古代注重樂教的特性

從〈孔子詩論〉第一簡的「詩亡隱志，樂亡隱情，文亡隱言」，[1] 已提出全篇最重要的主旨，非僅提到「詩言志」的特性，更提到當時詩樂合一、本於人情的事實，同時還指出《詩》文本的形成，應避免「言之無文，行而不遠」的忌諱。在此全篇主旨中，「樂亡隱情」特別值得關注，因其反映當時禮壞樂崩狀況下最容易被忽視，然而卻是古代禮樂教化的精髓所在。其精要處其實可從《禮記》〈樂記〉所載得知：

> 君子反情以和其志，廣樂以成其教，樂行而民鄉方，可以觀德矣。德者，性之端也；樂者，德之華也；金石絲竹，樂之器也。詩，言其志也；歌，詠其聲也；舞，動其容也。三者本於心，然後樂氣從之。是故情深而文明，氣盛而化神。和順積中而英華發外，唯樂不可以為偽。[2]

此處特別彰顯古代樂教藉由金石絲竹等不同樂器的演奏，而傳達人心最深處、最真誠摯的情意，再搭配諷誦詩篇、比興歌詩、弦歌樂舞的真誠無偽演出，將內在蓄積飽滿的端莊和順之情，外發為真誠無偽、足以感動天地人心的美妙樂音。如此注重歌詩、樂奏與樂舞的樂教措施，始於周公制禮作樂所締造的禮樂

1　馬承源主編：《上海博物館藏戰國楚竹書（一）》〈孔子詩論〉（上海：上海古籍出版社，2001 年），頁 123。

2　《禮記》〈樂記〉，見於漢‧鄭玄注，唐‧孔穎達等正義：《禮記正義》，收入《十三經注疏（附清‧阮元《校勘記》）》（臺北：藝文印書館，1985 年），頁 682。

社會，更是春秋晚期的孔子力圖要恢復的理想社會。[3]

　　蓋因公元前六世紀到五世紀之間為禮壞樂崩的關鍵時期，社會型態產生巨大變革，僭越周代禮制的現象已非常明顯，生於春秋晚期的孔子正是此禮壞樂崩時代的見證人，因而終其一生都在為「正樂以復禮」而努力。[4]因為配合禮儀進行的整套樂奏，需要動員包含歌者、舞者以及各類樂器演奏的專業技藝人員非常多，且需長期培養、定期演練，一旦王朝勢力衰微，最明顯的即反映在樂教組織縮編、樂奏人員四散另謀生路的事實上，以致禮壞樂崩的狀況又以樂的崩潰更為明顯。[5]當時早已出現一些禮儀混淆、用樂錯亂的狀況，因此孔子回魯後，遂先致力於修訂祭禮所用的雅、頌之樂，[6]再依次拓展到其他類型禮儀活動的用詩、用樂，庶幾可以重返周初禮樂盛行的狀態。誠如整理者所言，全篇常強調一些孔子的主觀見解，並一再地對某些詩篇進行由淺入深的解釋，應有糾正當時士大夫認知偏差的作用，[7]希望藉由端正各種祭禮使用合適的樂歌諷誦、器樂演奏以及樂舞表演，達到正樂以復禮之目的。

　　尤其是〈孔子詩論〉第二簡「頌，平德也」之說，即彰顯祭禮的雍和之樂，能讓參與祭禮者沉浸在平和肅穆的氛圍中，而「大雅，盛德也」，也可與瞽矇所掌「九德之歌」相呼應，[8]都與《周禮》所載樂教有關，值得深入探討二者之間的關係。今本《周禮》雖非成於周公之手，然而其起心動念，本為周公還政成王前的理想王朝規劃，既承繼姬昌治理岐周的禮治精神，更反映周公以禮、樂、刑、政治國的整體規劃，且以春官所掌的禮樂教化之道最為根

3　《論語》〈八佾〉，見於魏·何晏集解，宋·邢昺疏：《論語注疏》，收入《十三經注疏（附清·阮元《校勘記》）》（臺北：藝文印書館，1985年），頁28，子曰：「周監於二代，郁郁乎文哉！吾從周」。

4　其詳參見楊華：《先秦禮樂文化》（武漢：湖北教育出版社，1997年），頁222～229。

5　《論語》〈微子〉，頁167，記載：「大師摯適齊，亞飯干適楚，三飯繚適蔡，四飯缺適秦。鼓方叔入於河，播鼗武入於漢，少師陽、擊磬襄，入於海」。

6　《論語》〈子罕〉，頁79～80，子曰：「吾自衛反魯，然後樂正，雅頌各得其所」。

7　其詳參見馬承源主編：《上海博物館藏戰國楚竹書（一）》〈孔子詩論〉，頁166～168。

8　馬承源主編：《上海博物館藏戰國楚竹書（一）》〈孔子詩論〉，頁127。

本。[9]是故孔子在〈孔子詩論〉所流露的重樂現象，自然也應溯自《周禮》的樂教系統。以下即先行論述《周禮》的樂教系統；再從〈孔子詩論〉的「頌為平德」說，論述其顯露的《周禮》樂教系統痕跡；繼而再從〈孔子詩論〉的二雅說，凸顯戰國說《詩》重德的特色；最後，則以子夏的「德音為樂」作結。

二、《周禮》的樂教系統

　　《周禮》的規劃，以春官的首長大宗伯主掌對天神、地示（祇）與人鬼三系的各項禮儀制度，以禮樂合天地之化，輔佐天王和諧天人關係以安定天下。此規劃，其實可以向上追溯到舜最初任命夔為典樂之官，希望夔能透過「詩言志，歌永言，聲依永，律和聲。八音克諧，無相奪倫」的整套樂教措施，培養冑子「直而溫，寬而栗，剛而無虐，簡而無傲」的氣質與風範，進而達到「神人以和」的上乘效果。[10]由此可見古代注重樂教的淵源極早，且認為樂教的最高目的，正是透過祭祀典禮而達到神人和諧的境界；周初最早的頌體詩即是透過吉禮（祭禮）的舉行，彰顯禮的適度有節與樂的雍穆祥和，以達到和諧天地人神之目的。換言之，在祭祀禮儀中最能呈現禮樂相需而行的本色，體現詩、禮、樂三者實為一體的事實。再具體言之，如大祝所掌祝禱一類的用詞多屬韻文，[11]將祝禱用語再行擴充，則為祭祀用詩，也說明詩乃是祭禮不可或缺的一環，因為藉由該文辭的內容多可扼要點出祭禮的意義。只不過，有關此三系專禮進行的儀節大部分已經喪失，僅存《儀禮》17 篇極少數的 11 種專禮而已，

9　郭偉川：《《周禮》制度淵源與成書年代新考》（北京：國家圖書館出版社，2016 年），正是從「六官」的官制溯源與周公制禮的角度以考察《周禮》的內容，認為與子夏的西河學派關係最為密切。

10　其詳參見《尚書》〈舜典〉，見於舊題漢・孔安國傳，唐・孔穎達等正義：《尚書正義》，收入《十三經注疏（附清・阮元《校勘記》）》（臺北：藝文印書館，1985 年），頁 46。

11　《周禮》〈春官・大祝〉，收入漢・鄭玄注，唐・賈公彥疏：《周禮注疏》，收入《十三經注疏（附清・阮元《校勘記》）》（臺北：藝文印書館，1985 年），頁 383～384：「大祝：掌六祝之辭，以事鬼神示，祈福祥，求永貞。一曰順祝，二曰年祝，三曰吉祝，四曰化祝，五曰瑞祝，六曰策祝。掌六祈以同鬼神示，一曰類，二曰造，三曰禬，四曰禜，五曰攻，六曰說。作六辭以通上下、親疏、遠近，一曰辭，二曰命，三曰誥，四曰會，五曰禱，六曰誄」。

且其中搭配樂奏的詳情，也所知甚少，因而目前有關樂教（以「樂禮之教」稱呼更貼切）的狀況，恐怕還得依賴《周禮》中極有限的記載以回溯當時概況的資料。

由於樂涉及審音辨聲以及各種專業樂器的操作技能，因而在春官所屬各級人員的配置中，相較於擔任其他職務者高出很多：僅以擔任樂工的瞽矇而言，按照技藝高下區分，共計上瞽 40 人、中瞽 100 人、下瞽 160 人；配合瞽矇樂工歌唱的相關樂事工作者眡瞭，同樣高達 300 人；從事特殊樂器工作，如鐘、鎛、竽、笙、鼓、磬等樂器演奏團體者，各有數十人的配置；另有與舞者相關的靺師、旄人，都帶領有數十人的配置——可見古代非常重視樂教工作的落實，因此由大司樂統籌主導較具體的樂教系統。大司樂的主要職掌為：

> 掌成均之法，以治建國之學政，而合國之子弟焉。……以樂德教國子：中、和、祗、庸、孝、友。以樂語教國子：興、道、諷、誦、言、語。以樂舞教國子舞《雲門》、《大卷》、《大咸》、《大韶》、《大夏》、《大濩》、《大武》。以六律、六同、五聲、八音、六舞大合樂，以致鬼、神、示，以和邦國，以諧萬民，以安賓客，以說遠人，以作動物。[12]

所謂「成均」，可以指稱五帝時代學校的名稱，又因為「均」有「調」之義，而大司樂以下很多人員的重點工作都與「調音配樂」有關，可知古代學校的重點工作就是進行樂教，故而大司樂的職務正是主掌王國的高級學政，集合國子施行教育。整個樂教的總目標，在於透過詩、樂、舞的搭配，與天神、地示（祇）與人鬼達到完美的感通，使邦國和諧、萬民親睦、賓客安寧、藩國悅服，天地間的萬物皆能各遂其生。在此總目標之下，還有樂德、樂語、樂舞三個分項目標要達成。其中，樂德屬於情意目標，樂語與樂舞則屬於知識與技能的部分，且分別再由相關的官員執行更具體的教育工作。

12　《周禮》〈春官・大司樂〉，收入漢・鄭玄注，唐・賈公彥疏：《周禮注疏》，收入《十三經注疏（附清・阮元《校勘記》）》（臺北：藝文印書館，1985 年），頁 336～338。

（一）樂德

　　樂德，大司樂與執掌邦教的地官大司徒形成密切的「官聯」作用，此從負責貴族小學教育的師氏與保氏隸屬於地官最為明顯。蓋因小學教育乃攸關人之所以為人的「立本」教育，所以將其劃歸地官，可凸顯貴族教育與社會教育有一定程度的類同性。師氏主要對國子進行至德、敏德、孝德的「三德」，孝行、友行、順行的「三行」的教育，保氏則主要以「六藝」與「六儀」教導國子，使國子具有「游於藝」的才能與從事各項禮儀活動應有的儀態。[13]如此結集三德、三行以及六藝、六儀的教育，其實又可與大司徒所掌「十二教」中，特別注重以「鄉三物」落實禮樂之教的規劃相呼應：

> 以鄉三物教萬民而賓興之：一曰六德，知、仁、聖、義、忠、和；二曰六行，孝、友、睦、婣、任、恤；三曰六藝，禮、樂、射、御、書、數。……以五禮防萬民之偽而教之中，以六樂防萬民之情而教之和。[14]

由此可見地官的師氏與保氏所負責貴族小學三德、三行、六藝、六儀的教育，與對萬民所進行六德、六行、六藝的社會教育，在德性的要求上，彼此都有可以相通之處，差別僅在德目所包含的細項，會隨著彼此身分地位不同而有內容的差異。不僅如此，該德性要求的精神，甚且還可與大司樂主掌學政的「樂德」總教育目標相通。此現象正好可反映王國維（1877～1927）所說的，周代政治制度文化的特色，旨在「納上下於道德，而合天子、諸侯、卿大夫、

13　《周禮》〈地官‧師氏〉，頁 210：「掌以媺詔王，以三德教國子：一曰至德，以為道本；二曰敏德，以為行本；三曰孝德，以知逆惡。教三行：一曰孝行，以親父母；二曰友行，以尊賢良；三曰順行，以事師長。居虎門之左，司王朝，掌國中失之事，以教國子弟。」〈地官‧保氏〉，頁 212：「掌諫王惡，而養國子以道，乃教之六藝：一曰五禮，二曰六樂，三曰五射，四曰五馭，五曰六書，六曰九數。乃教之六儀：一曰祭祀之容，二曰賓客之容，三曰朝廷之容，四曰喪紀之容，五曰軍旅之容，六曰車馬之容」。

14　《周禮》〈地官‧大司徒〉，頁 161。有關大司徒負責推動的「十二教」問題，請參考林素英：〈《周禮》的禮教思想—以大司徒為討論主軸〉，2004 年 12 月，國立臺灣師範大學《國文學報》第 36 期，頁 1～42。

士、庶民，以成一道德之團體」；[15]這同時也是徐復觀（1903～1982）所說，周初人文精神躍動的展現，具體表現在「敬」觀念的提出與有「德」行為的強調，不但要求以「敬德」展現行為的認真，而且更要求以「明德」展現行為的明智，[16]不再只是屈從於殷商神權信仰以下的活動。本書第壹篇所呈現的，即是周初重德的歷史背景。

（二）樂語

樂語，大司樂以「興、道、諷、誦、言、語」的方式，訓練國子具備良好的音感與語言表達的能力。至於具體實施管道，則需與大師所掌管的樂制工作搭配。由於大師最精熟五音、十二律（六陽聲、六陰聲）的樂音樂調性質變化，也對八音各類樂器的特性瞭若指掌，因而在小師的輔佐下，主要的職掌即是教導瞽矇「風、賦、比、興、雅、頌」的「六詩」，在大祭祀、大饗、大射禮當中帥瞽登歌，在大喪中擔任帥瞽而廞以及作柩謚的重要工作；教導眡瞭以下專技人員演奏各種樂器，使其具備樂團合奏、大合樂以及合舞的能力。雖然大師教導「六詩」的對象，[17]為瞽矇而非國子，然而卻與大司樂教導國子樂語的職務密切相關，因為二者都必須注意與樂歌、樂律、樂器、樂舞等的搭配是否諧和，與《毛詩序》專門從德教解讀風、雅、頌的「六義」，在內涵意義上明顯不同。

《毛詩序》雖言「六義」，實際上卻只提風、雅、頌，未提賦、比、興的內涵，以致後續有的學者主張依「入樂」與否為「六義」二分的標準。然而此說並無法說服眾人，於是又再推出「三體三用」之說；雖然學界對「體用」說的支持度較高，卻不免為時代偏後的後世變化說。王小盾（1951～）認為會發生此現象，最大的問題在於忽略歷史發展的因素，遂將時代先後明顯不同的「六詩」與「六義」混為一談，因而其所作〈詩六義原始〉，正是從歷史發展

15　王國維：《觀堂集林》上冊〈殷周制度論〉（北京：中華書局，1959年），頁454。

16　其詳參見徐復觀：《中國人性論史・先秦篇》〈周初宗教中人文精神的躍動〉，頁15～35。

17　《周禮》〈春官・大師〉，頁356，記載大師之部分職務為：「教六詩，曰風，曰賦，曰比，曰興，曰雅，曰頌；以六德為之本，以六律為之音」。

的角度詮釋從「六詩」到「六義」的變化過程。該文最大的貢獻，在於還原「六詩」出自《周禮》中大師教導瞽矇的樂教系統，其教學目的在於「正音」，旨在培養樂工的演出能合於音律與樂序，使其能在各種禮儀活動中稱職演出有關「九德」、「六詩」之歌。[18]由此可見注重「六律」的「六詩」乃是音聲之教，而非「義教」，其工作遠在《詩》的文本形成以前已經存在，自然與出自漢代的《毛詩序》「六義」，二者的時代環境相距甚遠、思想內涵差異極大，必須考慮歷史發展的情形，不能將二者簡單地混為一談。[19]王氏能從「聲教」的角度探源尋本「六詩」的屬性，可謂對重探古代禮樂教化系統奠定重要的基礎。

　　大司樂對國子的六大樂語之教，其目的在於培養具有言語應對能力的行政人才，與大師對瞽矇「六詩」之教相較，因為目的不同，故無法構成一對一的完整對應；但因工作性質仍有相關，所以彼此還有一些可對應之處，其中尤以二者的交集在於「興」最明顯。此外，因為「風」與「諷」可以通假，且《漢書》〈藝文志〉還有「不歌而誦謂之賦」的說法，[20]因此「賦」可與「誦」對應。王小盾即根據瞽矇的主要職事，乃在祭禮中「諷誦詩」，而「諷」與「誦」正好為樂語中的兩項，故而參考樂語的性質以說明「六詩」的涵義，認為：「風」與「賦」，分別屬於本色方音與雅言誦詩的兩種方式；「比」與「興」，分別屬於同一曲調賡歌與不同曲調相和而歌的歌詩方式；「雅」與「頌」，分別屬於弦樂與舞樂奏詩的兩種方式；此三組之間，其藝術成分由易至難。[21]

　　與王氏的關注點不同，筆者倒是更在意樂語與「六詩」二者交集的「興」，若能適當詮解「興」的內涵，將更有助於說明二者的關係。既然「六詩」的本質為祭禮樂歌，與其說六者之間的藝術成分由易至難，不如說是樂工配合所諷誦詩歌的性質，輔以相應樂器品類與數量多寡各有差異，再加上演奏

18　《周禮》〈春官・瞽矇〉，頁 358：「掌播鼗、柷、敔、塤、簫、管、弦、歌。諷誦詩，世奠系，鼓琴瑟。掌九德、六詩之歌，以役大師」。

19　其詳參見王小盾：〈詩六義原始〉，收入林慶彰、蔣秋華主編：《經典的形成、流傳與詮釋》（臺北：臺灣學生書局，2007 年），頁 227～350。

20　漢・班固撰，唐・顏師古注：《漢書》〈藝文志〉（北京：中華書局，1962 年），頁 1755。

21　其詳參見王小盾：〈詩六義原始〉，頁 235～272，343～347。

曲調也有繁複程度有別等諸多因素，遂有先後與層次發展的不同。又因為「六詩」的本質為歌詩，則中間的「比」與「興」歌詩組，即最能代表從起初的不歌而誦，到第二階段的對歌相和，再到第三階段配樂而舞的發展情形。再加上「興」為不同曲調的相和而歌，足以包容「比」的賡歌，故而在大司樂教導國子的六大樂語中，遂將「興」列為首位，以「興」借代「六詩」的內容，同時也可概括說明國子必須具備歌詩的能力。蓋因國子的樂語之教旨在培養主持典禮的行政人才，因而雖不在祭禮中擔任歌詩的職務，但是卻必須熟悉各樂章的內涵意義，以便在儀式進行到某些特定的節目時，適時採取合乎禮儀需要的動作。換言之，國子必須先理解瞽矇乃在大師的率領下，因應所祭祀對象屬於天神、地示（祇）與人鬼的差別，而選取相對應的陽聲六律、陰聲六同的不同樂調，且能靈活運用「六詩」的不同表達模式，促使祭祀者與受祭對象相互感通。國子若能深明其中的道理，始可成為稱職的主祭者或懂禮的與祭者，共同達到舉行祭禮旨在溝通人神關係之目的。

樂語教育中的第二項「道」，有「道（導）古」之義，其實也與瞽矇在諷誦詩的職責外，還兼負的「世奠繫」與主掌「九德」之歌的任務有關。所謂「世奠繫」的內容，可以參照小史首要之職在於「掌邦國之志，奠繫世（與「世奠繫」同義），辨昭穆」，[22] 掌理記錄各國史事的「史」或「記（志）」，訂定先王世次、昭穆之繫屬，當然最重要的是記錄其德行，然後再由瞽矇諷誦之，藉以達到昭明德、廢幽昏以警戒在上者的效果。[23] 至於瞽矇所掌的「九德」之歌，鄭玄（127～200）於大司樂執掌中所提到的「九德之歌」處，以「水、火、金、木、土、穀」合稱的「六府」，加上「正德、利用、厚生」的「三事」，合為「九功之德」，強調帝王必須以德政養民，則其事功皆有可歌可頌

22　《周禮》〈春官・小史〉，頁 403。

23　舊題周・左丘明撰，三國・吳・韋昭注，上海師範大學古籍整理組校點：《國語》〈周語上〉（臺北：里仁書局，1981 年），頁 9～10：「天子聽政，使公卿至于列士獻詩，瞽獻曲，史獻書，師箴，瞍賦，矇誦，百工諫，庶人傳語，近臣盡規，親戚補察，瞽、史教誨，耆、艾修之，而後王斟酌焉，是以事行而不悖。」〈楚語上〉，頁 528，申叔時回答楚莊王在教育世子的教材中，有以下相關項目：教之《世》，而為之昭明德而廢幽昏焉，以休懼其動；教之《詩》，而為之導廣顯德，以耀明其志；教之《故志》，使知廢興者而戒懼焉。

的事蹟。[24]倘若再追溯帝王能施行德政，則與其是否具備「寬而栗、柔而立、愿而恭、亂而敬、擾而毅、直而溫、簡而廉、剛而塞、彊而義」九種美好德行即非常重要。[25]是故瞽矇藉由諷誦擁有諸多美德的先君人王，表彰其惠民養民的九功之德，以激勵眼前的君主努力見賢思齊。此即申叔時對楚莊王所說，教之《詩》與《故志》，能產生的導廣顯德、耀明其志以及知所廢興而自我戒懼的作用。

由於樂語的「道」與瞽矇執掌「九德」之歌以「道古」有關，有「言古劃今」之義，可知樂語前兩項的「興」與「道」都與歌詩的能力有關。樂語的中間兩項的「諷」與「誦」，則可對應「六詩」最前面的「風」與「賦」，說明國子樂語教育的核心部分，在於應該具備用方音傳語或以雅言賦詩的能力，而為出使四方諸國傳達使命或諮詢謀策的能力做準備。至於樂語之教的最後兩項「言」與「語」，雖然無法與「六詩」的內容充分對應，卻足以彰顯培養樂工與主政人才的教育目的不同，教育內容即相對有別的務實考量。強調「言」與「語」的教育，說明主政人才應具備運用雅言以賦詩言政、專對四方的能力。[26]換言之，強調「言」與「語」的樂語之教，直接將教育之目的落實在國子的內政外交實力的重點項目。尤其在出使四方能善加利用賦詩的管道以言志，進而從彼此賦詩應答，達到交接鄰國之目的。國子若能諷誦得體的詩篇，或是能針對對方所誦詩篇及時給予最佳的反應，即可達到最佳的外交效果。《左傳》所載，重耳流亡在外長達 19 年，最終能獲得秦穆公相助以回晉國，應追溯到秦

24　《周禮》〈春官・大司樂〉，頁 342。有關「六府三事」之說法，其實出自《尚書》〈大禹謨〉，頁 53：禹曰：「於！帝念哉！德惟善政，政在養民。水、火、金、木、土、穀，惟修；正德、利用、厚生，惟和。九功惟敘，九敘惟歌。戒之用休，董之用威，勸之以九歌俾勿壞」。

25　《尚書》〈皋陶謨〉，頁 61。

26　《詩》〈大雅・烝民〉，見於漢・毛亨傳，鄭玄箋，唐・孔穎達等正義：《毛詩正義》，收入《十三經注疏（附清・阮元《校勘記》)》（臺北：藝文印書館，1985 年），頁 403：「仲山甫之德，柔嘉維則。令儀令色，小心翼翼。古訓是式、威儀是力，天子是若、明命使賦。」《論語》〈子路〉，見於魏・何晏集解，宋・邢昺疏：《論語注疏》，收入《十三經注疏（附清・阮元《校勘記》)》（臺北：藝文印書館，1985 年），頁 116：子曰：「誦詩三百，授之以政，不達；使於四方，不能專對；雖多，亦奚以為」？

穆公在款待重耳的席上，趙衰協助重耳賦詩應答的一幕，稱得上是外交史上極重要的一大助力。重耳賦〈河（沔）水〉，取河水朝宗於海之義，秦穆公賦〈六月〉，趙衰立刻解讀為秦穆公命重耳佐天子，要重耳馬上拜賜。[27]日後，善於文辭的趙衰，竟然可不費一兵一卒而讓已渡黃河的秦穆公大軍返回西岸，正是以當年秦穆公曾經賦〈六月〉以回應重耳所賦〈河（沔）水〉一事，表示秦穆公已將輔佐天子的使命交付重耳，故無需再勞駕秦穆公督師前來勤王保駕，適時化解秦穆公與重耳爭奪中原霸主的壓力。趙衰以善於言語反應的能力協助重耳成就春秋五霸之一的英名，也說明重視「言」與「語」的溝通能力，無論在從事內政或外交方面都是良臣極基本而重要的能力。

　　綜觀六大樂語之教的排序，從音樂性較高的「興」與「道」開始往下，「諷」與「誦」的音樂性已經降低，至於「言」與「語」則又再次遞降；然而相對於音樂性的遞降，對於施政能力的要求卻是逐步提升，在最後一組「言」與「語」部分，更直接關係內政外交的成敗。此可與《禮記》〈文王世子〉所載相呼應，因為即使尊為天子，凡是祭禮與養老禮後，尚且要向參與典禮的長者進行乞言或交談合語的重要諮詢活動。[28]尤其在養三老五更之禮的登歌〈清廟〉後，主政者還要聽從受邀的長者談論父子、君臣、長幼之道，以成就養老禮的重要意義；甚且此活動還是當時主政者的年度大事。此外，養老禮並非僅僅行於天子一人養三老五更而已，周天子也命令如此養三老五更的禮儀活動，還要通行於公侯伯子男等所治理的封國內。凡此都可說明主政者與臣民藉由談論以溝通意見的安排，對於施政的重要性。

27　其詳參見《左傳》〈僖公二十三年〉，見於周・左丘明撰，晉・杜預注，唐・孔穎達等正義：《春秋左傳正義》，收入《十三經注疏（附清・阮元《校勘記》）》（臺北：藝文印書館，1985 年），頁 253。

28　《禮記》〈文王世子〉，頁 394：「凡祭與養老，乞言，合語之禮，皆小樂正詔之於東序。大樂正學舞干戚，語說，命乞言，皆大樂正授數，大司成論說在東序」。

（三）樂舞

　　樂舞，分為六代的大舞以及一般的小舞兩類。大司樂在國子已習得六律、六同、五聲、八音的先備能力後，再教授國子黃帝的《雲門大卷》，堯的《大咸》，舜的《大韶》，禹的《大夏》，湯的《大濩》，以及周代的《大武》等代表六代盛世時期的大舞。小舞主要由樂師負責，教導國子帗舞、羽舞、皇舞、旄舞、干舞、人舞等小舞，並教導國子處在王以及諸侯、大夫、士不同身分的狀態下，出入各種不同場所或從事不同的活動時，應演奏的樂曲及履行的禮儀。[29]古代的大小舞，各因使用的舞蹈道具有別，大致可區分為使用干、戚、戈、矛等兵器類的武舞，以及使用全羽、散羽、頭飾羽、牛尾等羽毛器類道具的文舞，且各有搭配的詩歌樂曲等雅樂，可惜詳情早已不存。六代大舞所舞出的內容，主要是歌頌黃帝以來各聖王的豐功偉績，因為可歌頌的事蹟眾多，故而每一種大舞還會包含數量不同的樂章。

　　以周代創編的《大武》樂舞為例，此從《禮記》〈樂記〉還保留的相關記載可以推知，乃是屬於史詩式的歌舞劇。[30]《大武》樂舞全劇體現武王伐紂的重大歷史事件，結構嚴謹有序，既有音樂歌唱，也有鐘鼓伴奏，兼含文武舞於其中，且透過獨舞與團舞的陣式變化，展現小邦周起伏跌宕的立朝劇情。[31]劉起釪（1917〜2012）即認為《尚書》〈牧誓〉正是牧野戰爭前在舞蹈典禮上的誓詞，而「六步、七步，乃止齊焉」與「四伐、五伐、六伐、七伐，乃止齊焉」，[32]其中六、七步與四、五、六、七伐都是舞蹈動作，說明在樂舞演出中時刻要注意到行伍的整齊排列。楊華（1967〜）繼而把《禮記》〈樂記〉所提

29　《周禮》〈春官・樂師〉，頁 350〜351：「掌國學之政，以教國子小舞。凡舞，有帗舞，有羽舞，有皇舞，有旄舞，有干舞，有人舞。教樂儀，行以〈肆夏〉，趨以〈采薺〉，車亦如之。環拜，以鐘鼓為節」。

30　《禮記》〈樂記〉，頁 695：「夫《武》，始而北出，再成而滅商。三成而南，四成而南國是疆，五成而分周公左召公右，六成復綴以崇」。

31　其詳參見楊蔭瀏：《中國古代音樂史稿》第 1 冊（臺北：丹青出版社，1985 年），頁 28〜29。

32　其詳參見劉起釪：《古史續辨》〈〈牧誓〉是一篇戰爭舞蹈的誓詞〉（北京：中國社會科學出版社，1991 年），頁 289〜302。

到從始出到「六成」的「成」，解釋為類似歌舞劇分幕的「幕」概念，是相當貼切的說法；此說可去除歷來對《大武》樂章到底是哪六篇的爭議。[33] 姚小鷗（1949～）則以「成」代表一個完整的樂之組合，即「備樂」之義，[34] 則可補充說明每一「成」或「幕」中，可以就內容所需而包含不同的樂歌組合。換言之，配合六階段歷史事件的發展，每一幕各有其所屬的樂歌組合，這也可說明為何歷來學者，對於《大武》樂舞到底包括哪些詩篇始終有爭議的原因。雖然整齣《大武》樂舞的演出包含多少詩篇難以確定，但是，根據《左傳》所載，《大武》樂舞的卒章為〈周頌・武〉應是可以確認的。

　　從《大武》樂舞的規模及意義來看，六代大舞，除《大武》為周代當代創編的樂舞外，其餘都是自黃帝以來聖主明君時代的樂舞，演出的時間、場合、儀式與搭配的樂調等都有明文規定。由於此類大舞都在王朝舉行重要禮儀時演出，樂舞者也都由國子擔任，因此學習大舞正是國子入學的重點科目。在大司樂統領下，指導國子學習樂舞者，還有樂師、大胥、小胥協助，且還必須與以大師領銜的小師、瞽矇、眡瞭、典同、磬師、鍾師、笙師、鎛師、韎師、龠章、典庸器、鼓人、司干等掌樂歌、樂奏、樂器、舞器的專門人員，還有掌邊夷地區聲歌、舞蹈的鞮鞻氏、韎師、旄人等共同組成的龐大樂團相配合。這一套貴族教育專屬的樂教系統，必須訂定多年長期訓練的內容與進度，且還規劃大胥、小胥負責考核國子的學習效果，並根據成績優劣而推薦給用人單位，以為日後分派職務性質與地位高低的參考。

　　由於樂教系統是長期的教育，因此必須配合國子生理發展的狀況，循序漸進安排學習內容，參照《禮記》〈內則〉所載即可略知梗概：

　　十年出就外傅，居宿於外，學書計，衣不帛襦褲，禮帥初，朝夕學幼儀，請肄簡諒。十有三年學樂，誦詩，舞〈勺〉，成童舞〈象〉，學射

33　其詳參見楊華：《先秦禮樂文化》，頁 127～137、350～351。

34　本文無意討論《大武》樂章到底是哪些篇章，因為若參照《左傳》所載，更有可能為〈周頌〉中的七篇。欲知其詳者，請參見姚小鷗：《詩經三頌與先秦禮樂文化》（北京：廣播學院出版社，2000 年），頁 45～89。

御。二十而冠，始學禮，可以衣裘帛，舞《大夏》，惇行孝弟，博學不
教，內而不出。[35]

古代貴族子弟從十歲起，即出外學習過團體生活的能力，先由地官的師氏、保
氏教學幼儀，奠定做人最重要的德行基礎。13 歲開始學習樂教內容，先學文
舞〈勺〉，成童 15 歲體格成長到一定程度後，才開始學習與武事活動有關的
活動，如武舞〈象〉以及男子最重要的射箭、駕御技術。20 歲成人禮之後，
正式學習由大宗伯統領的冠、昏、喪、祭、朝、聘、射、鄉等各種專禮的進
行。[36]具備專禮的認識後，再學習《大夏》等六代大舞，透過潛心學習、不躁
進妄動，逐漸將禮儀教育與樂教相融合，成就「六藝」教育中的禮樂之教，以
便在王朝舉行重要禮儀時稱職演出，也從實地演出的經驗體會儀禮的重要與意
義，奠定日後出仕為官的基本能力。

　　樂師的主要工作，除卻教導國子小舞之外，還負責教導樂儀的任務，使樂
奏與個人的行動舉止等儀態相配合，例如王的出入，講求「行以〈肆夏〉，趨
以〈采薺〉，車亦如之。環拜，以鐘鼓為節」，所以國子必須懂得適時配合。
又因為古代生活環境所需，射箭不但是自我防衛的利器，也是捕獲飛禽走獸的
必備技能，貴族之家的男子更會在出生後三天舉行射禮，代表男兒頂天立地、
志在四方，具有旁禦四方危難的能力，[37]可見無論士庶都非常講求射箭的技
能。貴族在具備技術以外，還講究按照身分的不同，配合不同的樂奏以射各自
不同的靶，且要求射擊當時的儀態風度優雅、周旋動作能配合專屬的音樂節
奏，因此樂師還得教導國子「王以〈騶虞〉為節，諸侯以〈貍首〉為節，大夫
以〈采蘋〉為節，士以〈采蘩〉為節」的樂儀。[38]更因為不同詩篇各有不同的

35　《禮記》〈內則〉，頁 538。

36　《禮記》〈昏義〉，頁 1000～1001：「夫禮始於冠，本於昏，重於喪、祭，尊於朝、聘，和
　　於射、鄉：此禮之大體也」。

37　《禮記》〈內則〉，頁 534：「子生，男子設弧於門左，女子設帨於門右。三日，始負子，男
　　射女否」。

38　《周禮》〈春官・樂師〉，頁 351。

涵義，且從射者能否儀態優雅地配合樂奏射箭，也可觀測射者的德行如何。[39]
射箭技術的高低甚且還是古代取士或加官晉爵的指標之一，也最為聖王所重
視。[40]無論是參與大舞、小舞的演出，乃至於射箭技術能夠「技進於德」，都
必須長期演練始可精進技藝，且須累積多次的行禮臨場經驗，方能增進實地踐
禮的能力。

綜觀《周禮》的樂教系統規劃，自大司樂中大夫兩人起，至司干止，共
20 類職務，將近 1,500 人的職務都與樂教有關，[41]是相當龐大的宮廷樂團組
織。從其納入主掌邦禮的春官系統，而春官最高首長為卿級的大宗伯，而大司
樂則為中大夫兩人，與小宗伯的職等相同，可知樂教系統的屬性仍隸屬於邦禮
的範圍，最能彰顯禮樂相需為用的務實考量，反映周公制禮作樂的精神。無論
是樂語或樂舞，每一項都牽涉非常具體的技藝訓練，需要長時間演練，且需與
其他的樂器操作者搭配演練，[42]因此統領具體業務的大司樂有兩人共同承擔責

39　《禮記》〈射義〉，頁 1014：「故射者，進退周還必中禮，內志正，外體直，然後持弓矢審
　　固；持弓矢審固，然後可以言中，此可以觀德行矣。其節：天子以〈騶虞〉為節；諸侯以
　　〈貍首〉為節；卿大夫以〈采蘋〉為節；士以〈采蘩〉為節。〈騶虞〉者，樂官備也，〈貍首〉
　　者，樂會時也；〈采蘋〉者，樂循法也；〈采蘩〉者，樂不失職也」。

40　《禮記》〈射義〉，頁 1015：「古者天子以射選諸侯、卿、大夫、士。射者，男子之事也，
　　因而飾之以禮樂也。故事之盡禮樂，而可數為以立德行者，莫若射，故聖王務焉。是故古者
　　天子之制，諸侯歲獻貢士於天子，天子試之於射宮。其容體比於禮，其節比於樂，而中多
　　者，得與於祭。其容體不比於禮，其節不比於樂，而中少者，不得與於祭。數與於祭而君有
　　慶，數不與於祭而君有讓；數有慶而益地，數有讓而削地」。

41　按照《周禮》所列各類職司的員額數加總，總數 1,457 人，尚不包括擔任四夷之舞的旄人所
　　屬員額「眾寡無數」的舞者，所以總計將近 1,500 人。當然，《周禮》所列各類職司的員額
　　數多為預估值，且其中可能還存在一些「一人兼數職」的狀況；如現代樂團中，一人可以擔
　　任不同樂器的演奏者。儘管實際數目可能低於此數，但是該宮廷樂團組織在盛世之時確實是
　　相當龐大的組織。

42　《禮記》〈月令〉，頁 278～349，對照各月份的活動要項，可以取得一些重要參考數據：孟
　　春，命樂正入學習舞。仲春，上丁，命樂正習舞，釋菜。天子乃帥三公、九卿、諸侯、大夫
　　親往視之。仲丁，又命樂正入學習舞。季春，是月之末，擇吉日，大合樂。孟夏，乃命樂
　　師，習合禮樂。仲夏，命樂師修鞀鞞鼓，均琴瑟管簫，執干戚戈羽，調竽笙竾簧，飭鐘磬柷
　　敔。命有司為民祈祀山川百源，大雩帝，用盛樂。季夏，命四監大合百縣之秩芻，以養犧
　　牲。令民無不咸出其力，以共皇天上帝、名山大川、四方之神，以祠宗廟社稷之靈，以為民
　　祈福。季秋，上丁，命樂正入學習吹。是月也，大饗帝、嘗，犧牲告備于天子。合諸侯，制
　　百縣，為來歲受朔日。季冬，命樂師大合吹而罷。

任。若再考慮每一位國子不可能僅僅學習單單一種樂器或樂舞，則國子數年之間所受教育的內容，樂教活動算是主體學習內容。對照《禮記》〈內則〉所載，國子從 13 歲開始接受正式樂教起，至少到 20 歲才漸具基礎，可以進而學習較複雜的大舞與各種專禮配合演出。國子透過按部就班的樂教課程規劃，使技藝因不斷演練而純熟、精進，也在磨練中提升實踐樂德的能力。[43]再從〈文王世子〉所載，得知大學四時之教的內容：

> 凡學：世子及學士，必時。春夏學干戈，秋冬學羽籥，皆於東序。小樂正學干，大胥贊之。籥師學戈，籥師丞贊之。胥鼓南。春誦夏弦，大師詔之。瞽宗秋學禮，執禮者詔之；冬讀書，典書者詔之。禮在瞽宗，書在上庠。[44]

古代的四時教學都配合四時陰陽的自然大化流轉，由不同的樂官進行相應的文武課程教學。春夏明顯以樂教為主，秋天配合農作物收成獻祭而實地演練禮儀，明顯為有關技藝的動態學習。冬季的自然之氣屬於閉藏狀態，因此以教學古代政書為主要內容，培養國子日後從政的能力。對照以下的說明更能顯示國子教育的最高目標：

> 凡三王教世子必以禮樂。樂，所以修內也；禮，所以修外也。禮樂交錯於中，發形於外，是故其成也懌，恭敬而溫文。立大傅、少傅以養之，欲其知父子、君臣之道也。大傅審父子、君臣之道以示之；少傅奉世子，以觀大傅之德行而審喻之。大傅在前，少傅在後；入則有保，出則

43　王小盾：〈詩六義原始〉，頁 275～310「從六詩到六義」一節中，分為「（一）樂教：詩之用於儀式和勸諫」、「（二）樂語之教：從用於儀式到用於專對」、「（三）德教：詩教與樂教的分離」三小項進行討論，「（一）樂教」若能改為「樂禮之教」將更為貼切，也能彰顯此為大司樂統領下，以樂入禮的特色，且可免除「樂教」乃大司樂所屬 20 種職司的整體教育統稱，不宜與分支之名稱相同。其中，最精采的部分應屬（二）樂語之教。至於（三）德教」則值得商榷，最明顯的理由在於大司樂對國子的三大教育內容，樂德名列第一，其次才是樂語，而樂舞殿後，可知周公制禮作樂的初衷旨在成德之教，乃無庸置疑之事。詩教與樂教分離而獨彰德教，乃是後來的發展，但並非《周禮》大司樂所呈現的現象。

44　《禮記》〈文王世子〉，頁 392～393。

> 有師，是以教喻而德成也。師也者，教之以事而喻諸德者也；保也者，慎其身以輔翼之而歸諸道者也。[45]

因為世子為諸侯的繼承人，所以應特別注重禮樂兼修的完整教育，且要求能誠於中而形於外。尤其從設立大傅、少傅、大師、少師、大保、少保等官員夾輔之，都以成德而歸於道為最高指標，都可證成周初的國子教育確實以禮樂成德為宗旨。

三、〈孔子詩論〉「頌為平德」說的《周禮》樂教系統痕跡

透過上述對《周禮》樂教系統的統整，可知大司樂教導國子的「興、道、諷、誦、言、語」六種樂語，與大師教導樂工瞽矇「風、賦、比、興、雅、頌」的「六詩」，與《詩》的文本之關係最為密切。既然「六詩」乃大師率領樂工瞽矇在大祭祀、大饗、大射禮的儀式中，能夠以合於音律與樂序地歌唱古代聖王的九德之歌，期待能藉由儀式的引領、歌唱方式的多樣變化，使參與典禮者勃發思古之幽情，且化為起而效法的行動趨力。因此音樂的曲調、歌唱的方式、樂曲的銜接是否順暢，與禮儀的類別、會場情境能否搭配和諧，都是重要的考量條件，尤其是雅、頌的歌唱主要在祭祀禮儀上進行，非僅搭配大型樂團組織聯合演出，同時還有對應的樂舞舞出祭禮的重要內涵，因而祭祀之禮能否遵從儀禮程序，且與歌詩樂舞搭配妥當，都可顯示「和」於各項要件的組合中是最重要，也是最高的準則。參照《墨子》〈公孟〉所載，「誦詩三百，弦詩三百，歌詩三百，舞詩三百」，[46]可知當時諷誦詩篇、樂奏歌詩、樂舞伴詩，大致上仍存在合一的現象。

瞽矇所歌「六詩」中的雅、頌，由於是搭配樂舞一併演出，因此音樂與舞蹈的協調要求層次最高，此從子夏前後回答魏文侯（472～396B.C.）的幾段話可以清楚看出：

45　《禮記》〈文王世子〉，頁 397。《大戴禮記》〈保傅〉還有更詳細的補充。

46　《墨子》〈公孟〉，見於清‧孫詒讓：《墨子閒詁》（臺北：華正書局，1987 年），頁 418。

> 今夫古樂，進旅退旅，和正以廣。弦匏笙簧，會守拊鼓，始奏以文，復亂以武，治亂以相，訊疾以雅。君子於是語，於是道古，修身及家，平均天下。此古樂之發也。

子夏雖然說的是古樂，然而其實是樂舞合一的總體演出。舞者的隊伍進退整齊有序，而整體的樂奏則呈現中正平和的雍容寬廣氣象。弦匏笙簧的樂器演奏聽從拊（拊搏，一種類似鼓的敲擊節奏樂器）、鼓聲的節制。文（鼓）、武（金鐃）、相（拊）、雅（亦樂器名，狀如漆筩而弇口），也都是樂器，各自具有節制動作的作用。舞蹈的開始也以文（鼓）為節，動作加速則擊雅為訊，樂舞結束則以武（金鐃）止鼓。樂舞結束後，觀賞樂舞的君子即共同討論樂舞的意義以及修齊治平的國家大事。由於禮儀的進行都搭配不同樂器的演奏，以標誌樂舞行列的進退快慢節奏，明顯屬於以聲為教的樂教系統。如此以笙歌樂舞相搭配的舞臺表演，仍需配合一些重要說明始能彰顯其深刻意義，此即瞽矇尚掌有「世奠繫（奠世繫）」與「九德」之歌」的「道（導）古」職務的原因，藉由歌誦先王事蹟引發觀賞樂舞的君子討論治國平天下的大道，以達「言古剴今」的深義。至於各種樂器能觸發觀賞者何種功能，子夏另有一段詳細說明如下：

> 鐘聲鏗，鏗以立號，號以立橫，橫以立武；君子聽鐘聲則思武臣。石聲磬，磬以立辨，辨以致死；君子聽磬聲則思死封疆之臣。絲聲哀，哀以立廉，廉以立志；君子聽琴瑟之聲則思志義之臣。竹聲濫，濫以立會，會以聚眾；君子聽竽笙簫管之聲，則思畜聚之臣。鼓鼙之聲讙，讙以立動，動以進眾；君子聽鼓鼙之聲，則思將帥之臣。君子之聽音，非聽其鏗鎗（鏘）而已也，彼亦有所合之也。[47]

此段強調君子聽聞樂器演奏與觀賞樂舞表演，並非只是單純觀賞音樂舞蹈的藝術表演而已。子夏列舉鐘、磬、絲、竹、竽笙簫管、鼓鼙各類樂器，各發出不同的聲音特質，與人心產生交感後而引發共鳴，遂形成某些特定的象徵意義，促使聽聞特定樂音的人會聯想到相應的人臣典型，而油然興起欽敬、感佩之

47　以上兩段子夏所說，分別見於《禮記》〈樂記〉，頁 686、693。

情，進而激發團結歆慕、立志效法的行動力。蓋因鏗鏘有力的鐘聲，讓人感受所發的號令氣勢磅礴，於是雄壯威武的武臣形象即躍躍然如在眼前；敲擊石磬，其低音渾厚、高音明澈、音色優美、音域寬廣，因樂音清晰分辨，[48]故而使人油然想起節義分明、誓守疆土的骨鯁之臣；悠揚哀怨的絲弦樂音，讓人感受廉正不移的堅強意志，而油然想起矢志守義的廉正人臣；竹製一類的樂器，如竽、笙、簫、管經常採取協奏的方式和鳴，最能彰顯融合眾聲以和樂的事實，故能引導眾人想到善於聚合民眾的大臣；敲擊鼓與鼙的聲音讓人有歡快感，具有催促大眾前進的強大驅力，因此聽聞鼕鼕的鼓鼙聲音，則會聯想到身先士卒的將帥。換言之，不同樂器所發出不同特質的聲音，都能觸動人相應的情感而與樂音產生共鳴，因此君子聆聽樂奏、觀賞樂舞，都非常注重樂奏與樂舞所觸動人心的深刻影響。

再從《禮記》〈樂記〉以下的記載，更可見古代特別注重樂教的原因：

> 樂者，音之所由生也；其本在人心之感於物也。是故其哀心感者，其聲噍以殺。其樂心感者，其聲嘽以緩。其喜心感者，其聲發以散。其怒心感者，其聲粗以厲。其敬心感者，其聲直以廉。其愛心感者，其聲和以柔。六者，非性也，感於物而後動。是故先王慎所以感之者。故禮以道其志，樂以和其聲，政以一其行，刑以防其奸。禮樂刑政，其極一也；所以同民心而出治道也。[49]

人之「性」原本為靜，當其有感於外物，遂與之產生交互作用而滋生喜、怒、哀、樂、敬、愛等不同的「情」，因而先王在制禮作樂時，即特別注意人心與

48　《呂氏春秋》〈古樂〉，見於秦·呂不韋編，漢·高誘注，陳奇猷校釋：《呂氏春秋校釋》（上海：學林出版社，1984 年），頁 285：磬為中國最古老的石製打擊樂器，「帝堯立，乃命質為樂。質乃效山林谿谷之音以歌，乃以麋鞈冒（原作「置」，因不可通，遂依孫詒讓所說而改）缶而鼓之，乃拊石擊石，以象上帝玉磬之音，以致舞百獸。」說明在新石器時期的人，已懂得敲擊磬發出大自然的樂音，使百獸聞之而欣然起舞。商代的磬已相當精美，成為王室宮廷樂舞的重要樂器，《詩》〈商頌·那〉即有「鞉鼓淵淵，嘒嘒管聲。既和且平，依我磬聲」的詩句。

49　《禮記》〈樂記〉，頁 663。

外在環境的交感關係。先王所規劃的禮、樂、刑、政可謂殊途同歸，分別從禮樂面向謹慎設計積極引導人心朝向正面發展：以吉、凶、軍、賓、嘉的禮儀制度，引導人建立天、地、人彼此相諧的心志；以樂音、樂舞與樂德交感的樂教制度，培養人中正平和的處世態度。再配合有效的行政體系規劃，協助禮樂制度的貫徹施行，並設計消極防弊的刑責制度，以避免奸邪發生。

子夏以下所說，正是「先王慎所以感之」更具體的說詞：

> 聖人作為鞉、鼓、椌、楬、塤、篪，此六者德音之音也。然後鐘、磬、竽、瑟以和之，干、戚、旄、狄以舞之，此所以祭先王之廟也，所以獻酬酳酢也，所以官序貴賤各得其宜也，所以示後世有尊卑長幼之序也。[50]

如此謹慎作樂的情形最容易在宗廟祭禮的各項規劃中發揮效果。蓋因周代祭祀體系雖然涵蓋天神、地示（祇）、人鬼三系的搭配融合，祭祀天神、地示（祇）之禮以尊隆自然天道為主，禮儀當然盛大無比。不過，祭祀人鬼中的宗廟祭禮，更是周代祭禮的核心，配合四時變化，各有一場歷時較長、儀式較大的祭禮，其他各月也有較小型的祭禮，因而宗廟四時祭享的活動，實際上是周代祭禮的主軸。周代定時舉行的宗廟祭禮，使抽象的飲水思源仁親之德，透過具體的祭祀活動，使參與典禮的族人在潛移默化中，既可滿足仁親的情感訴求，更可達到和族的實際效果，因此很講究樂器、樂曲、樂舞的適度搭配。此外，對於瞽矇「道（導）古」的對象，與所歌的「九德之歌」內容是否貼切，也都十分在意，旨在營造最佳的祭祀情境，以達到和睦宗族、共創施政佳績的重要目的。

上述《周禮》「六詩」的雅、頌部分，乃以瞽矇歌唱的口傳模式搭配祭祀禮儀進行，邵懿辰（1810～1861）以下所說可以扼要點出周初典禮的概況：

> 樂本無經也。詩言志，歌永言，聲依永，律和聲；故曰：詩為樂心聲，為樂體。……樂之原在《詩》三百篇之中，樂之用在《禮》十七篇之

中；故曰：興於詩，立於禮，成於樂。[51]

所謂「樂之原在《詩》三百篇之中」的「《詩》三百篇」，當然是指《詩》三百篇尚未編輯完成前的原型，即《周禮》大師教瞽矇「六詩」的時代，當時的詩與樂都在各項禮儀活動中呈現。推測後來《詩》文本中的〈雅〉與〈頌〉，即是從記錄當時典禮的資料再行修飾整理的作品，只不過從樂工瞽矇所歌的雅、頌，到成為《詩》文本中的〈雅〉與〈頌〉，歷經多長的時間已難稽考。沈文倬（1917～2009）也有類似的說法，認為「音樂演奏以詩為樂章，詩、樂結合便成為各種典禮的組成部分」；[52]若再確切些說，該音樂演奏的詩之樂章，正是瞽矇所歌的「六詩」。

這種以龐大樂團組織融入禮典，且為活動核心的紀錄，尚可在〈孔子詩論〉評論「頌」的特質時推測得知：

> 頌，平德也，多言後。其樂安而遲，其歌紳而蕩，其思深而遠，至矣！（簡2）[53]

簡文先以簡單扼要的簡單語句陳述〈周頌〉的特質，乃以歌頌文、武二王平成天下的大德，又以後代子孫繼承先王功勳偉業的情形為主。再述說周代舉行宗廟祭禮所使用的樂曲，其節奏安和而緩慢，且經常使用象徵和諧無間的紳（壎、塤）與蕩，作為樂工瞽矇歌唱時的指標伴奏樂器，透過樂歌與樂奏彼此協調的演出凝塑雍和肅穆的氣氛，引導參與典禮者興發思古之幽情，提升祭祀的倫理價值。

有關〈孔子詩論〉原整理者對紳與蕩的隸定與解釋，學者的意見較多，[54]

---

51 清・邵懿辰：《禮經通論》，收入《續經解三禮類彙編（一）》（臺北：藝文印書館，1986年），頁593。

52 其詳參見沈文倬：《宗周禮樂文明考論》〈略論禮典的實行和《儀禮》書本的撰作〉（杭州：杭州大學出版社，1999年），頁3。

53 馬承源主編：《上海博物館藏戰國楚竹書（一）》〈孔子詩論〉，頁127。

54 較重要的說法，如：周鳳五的〈《孔子詩論》新釋文及注解〉，收入上海大學古代文明研究中心、清華大學思想文化研究所編：《上博館藏戰國楚竹書研究》（上海：上海書店，2002年），頁152～172，隸定為「申而尋」以與「安而遲」、「深而遠」之文義相應。劉信芳：《孔

　　然而若對照上述樂教的核心部門，乃在大司樂之下，尚有兩類職等都屬下大夫的樂師與大師負責更具體、複雜的龐大宮廷樂團業務，則在陳述其歌唱特色的機會，適時點出歌者背後的樂奏團體，實具有極特別的意義。樂師主要教導國子學習六小舞，也協助處理儀式演奏時的相關行政業務，相較於大師負責的複雜工作，可說是相對單純。大師因專精於審音辨律，還必須考慮不同禮儀活動需選擇相應的樂器以求協奏和鳴，又應與樂工所歌、舞者所舞都能協調，而金、石、土、革、絲、木、匏、竹的「八音」樂器演奏，每一項都各有獨到的專業技術，堪稱是古代禮儀活動中的骨幹部分。有鑑於器樂演奏的重要地位，故而此處特別點出古代經常使用在祭祀或宴饗演奏場合的壎與箎主要旋律樂器，藉由壎、箎協奏和鳴的特點，顯露周代樂教注重樂器協奏的特色。

　　至於選擇壎與箎的原因，蓋因陶製的壎，乃中國最古老的樂器之一，主要發展在商周時期，成為宮廷雅樂的常見樂器。壎的音色樸拙、渾厚、低沉、滄桑，又帶有一些神祕、哀婉的氣息，既適合抒發哀婉、滄桑之情，且容易營造肅穆、曠古、厚重、淒婉的氛圍，最適合用在祭祀典禮中，且在世界原始藝術史中都佔有重要席位。箎，為竹製橫吹的管樂器，此從〈大雅‧板〉的「天之牖民，如壎如箎，如璋如圭，如取如攜」，〈小雅‧何人斯〉的「伯氏吹壎，仲氏吹箎」，都可得知壎與箎普遍使用在周初社會，因其具有彼此相諧的特性，故而提舉壎、箎的樂器，即具有借代樂歌與樂奏相和協奏的作用。甚且從「如壎如箎，如璋如圭，如取如攜」的排比，可見壎、箎，璋、圭，取、攜的詞性雖然並非同為名詞，卻無礙其可因二者同樣具有「相諧」的「類同」關係，而形成文義互補的排比結構，不必如黃懷信（1951～）所言，認為整理者將該二字隸定為壎、箎，則同屬名詞，既同屬名詞，則無法用「而」連結，因其忽略中國文句運用中，詞性可以因應需要而轉化的現象。

　　〈孔子詩論〉在評論「頌」的特質後，更舉〈周頌〉的一些詩篇以印證頌

子詩論述學》〈楚簡《孔子詩論》所評風、雅、頌研究〉（合肥：安徽出版社，2003年），頁7～9，隸定為「紳而易」，意在「申勸和易後人」。黃懷信：《上海博物館藏戰國楚竹書〈詩論〉解義》〈第九章句解〉（北京：社會科學文獻出版社，2004年），頁239～240，比較各家說法後，遵循李學勤的思路而隸定為「伸而逖」，意指歌唱聲調長引而悠遠。

體詩的性質：

> 有成功者何如？曰：〈頌〉是已。〈清廟〉，王德也，至矣。敬宗廟之
> 禮，以為其本，秉文之德，以為其業，肅雍（簡5）
>
> 多士，秉文之德，吾敬之。〈烈文〉曰：乍競唯人，不顯唯德。於乎！
> 前王不忘，吾悅之。〈昊天有成命〉，二后受之，貴且顯矣。頌（簡6）[55]

〈清廟〉為〈周頌〉的第一篇，因為文王上承多位先君的辛勤開創，且累積40多年的努力後，始受到上天眷顧而轉移天命，是締造周王朝的最重要關鍵人物，所以此祭祀文王的樂歌最早被作為例證提出。「頌」是宗廟祭禮時瞽矇所歌，且伴隨有樂舞的表演，因而透過聲歌與樂舞的結合，更可將受祭先王的盛德展現在所有參與祭禮者面前，有助於參與祭禮者體會先王篳路藍縷以啟山林的辛勞，也可重溫先王庇蔭後代子孫的德澤。藉由祭禮可引導參與祭禮的後代子孫皆能一本虔敬之心，懂得對先王感恩戴德，且不忘為繼承先王的德業使命而持續不斷地努力。是故〈孔子詩論〉評論此詩時，即特別提到敬重濟濟一堂的眾執事都能奉持文王的美德，再造後續的豐功偉業。

繼〈清廟〉之後，再舉〈烈文〉與〈昊天有成命〉為例。〈烈文〉，先推崇周代先公的功業及文德都嘉惠周人甚多，更藉機警戒時王，應念念不忘先王的德業，且努力發揚光大之，以成為諸侯治國的表率。是故〈孔子詩論〉評論此詩時，即特別標榜不忘先王之德以澤及後代的時王，將是最令人欣喜、感動的。〈昊天有成命〉，讚美成王能敬承文、武二王的功業，且繼續發揚光大。此篇的評論，不像對前兩首直接表達「吾敬之」與「吾悅之」的意見；而「貴且顯矣」，比較像是對詩中「成王不敢康、夙夜基命宥密」的客觀總結，雖可視為表彰成王發揚文、武二王功業之意，但總覺得文意並非很完整。尤其是緊接其下還有一「頌」字，讓人覺得對此類頌詩的評論文辭尚未結束，然而並無法找到可以接續的簡文，有些遺憾。

---

55 分別見於《上海博物館藏戰國楚竹書（一）》〈孔子詩論〉，頁131、133。

雖然〈孔子詩論〉對於〈周頌〉的評論並不算多，然而從「頌」為「平德」的概括說法，已可知其與祭祀用樂密切相關。「平德」說法的內涵，可從子夏對魏文侯所說而得知。子夏明確指出鄭、宋、衛、齊之音「皆淫於色而害於德」，故而祭祀不用；祭祀所用的樂，當如〈周頌‧有瞽〉所載，周公制禮作樂初成，大合奏於祖廟時，其樂奏肅雍和鳴，使會場呈現一派既敬且和的氣象，方為先祖樂於聽聞的聲歌樂奏。[56]雖然樂主和，但是無節則亂，故而制禮作樂必須有方：

> 制雅、頌之聲以道之，使其聲足樂而不流，使其文足論而不息，使其曲直繁瘠、廉肉節奏足以感動人之善心而已矣。不使放心邪氣得接焉，是先王立樂之方也。[57]

先王謹慎作樂，旨在藉由聲歌與樂奏的和鳴，引導君臣上下成就和敬、和順、和親之德，因此合併在宗廟祭禮中所採用的樂奏，對雅、頌之聲最為講究。務使所作的樂足以令人產生愉悅之感，卻無淫邪放縱之思；所歌的文辭足以令人深入討論而覺得回味無窮，卻不至於引發邪念；所奏的樂曲音律、聲音洪細、節奏變化，都足以感動人潛藏的善心，卻不至於放縱其心而受到邪氣的蠱惑。再進一步，則因為舉行宗廟祭禮之時會搭配樂舞一起演出，故而可達到以下的效果：

> 聽其雅、頌之聲，志意得廣焉；執其干戚，習其俯仰詘伸，容貌得莊焉；行其綴兆，要其節奏，行列得正焉，進退得齊焉。故樂者天地之命，中和之紀，人情之所不能免也。[58]

蓋因瞽矇所歌雅、頌之聲最為典雅莊重，因此大師會根據禮儀的性質而選擇最恰當的人選擔任歌者的角色。[59]再加上「道古」的任務中尚有傳達先王九功之

56　其詳參見《禮記》〈樂記〉，頁692。

57　《禮記》〈樂記〉，頁700。

58　《禮記》〈樂記〉，頁701。

59　《禮記》〈樂記〉，頁701，記載師乙回答子貢「聲歌各有宜」時指出：「寬而靜、柔而正者宜

德的深意，故而聽聞其聲可以開拓人的雄心壯志。舞者因為長期演練舞動干戚
羽旄等文武舞的道具技巧，故而能熟練地舞出俯仰屈伸有致的不同舞姿，足以
常保體態平衡與沉穩莊重的容貌。舞者能按照舞蹈設計的行列安排，配合節奏
而進退有序、行列整齊，可促使人效法舞者進退入合節有序的作風。由於大
樂可與天地同和，[60]由此可見古代樂教的宗旨，正是彰顯天地對人的教化作
用，促使人長期處在中正平和的狀態，既能滿足人情的需求，又不至於放縱而
無節。由於天地昭明之德對天地萬物無所不包覆、無所不承載，使萬物各得其
化育，最為大公無私，因而藉由各類祭禮，特別要彰顯的正是天地最注重的中
和「平德」。

四、深入宗廟祭祀詩內容以證實「頌為平德」的說法

從學界公認〈武〉與〈酌〉、〈桓〉、〈賚〉、〈般〉都屬於《大武》樂章，[61]
然而卻分屬「臣工之什」與「閔予小子之什」，且彼此不相連續，再加上學者
分別選擇〈昊天有成命〉、〈我將〉、〈時邁〉也屬於《大武》樂章，而這三篇
又同屬「清廟之什」的情形，可見現行〈周頌〉的三種分什及排序有些零亂。
在〈周頌〉31 篇當中，乃以宗廟祭禮為大宗，而兼含對天地山川的外祭以及
農事祭祀詩。由於〈孔子詩論〉所舉〈清廟〉、〈烈文〉、〈昊天有成命〉以評
論〈周頌〉的詩篇，也都屬於對於特定對象的宗廟祭禮用詩，[62]與前述《周禮》

歌頌。廣大而靜、疏達而信者宜歌大雅。恭儉而好禮者宜歌小雅。正直而靜、廉而謙者宜歌
風。……夫歌者，直己而陳德也。動己而天地應焉，四時和焉，星辰理焉，萬物育焉」。

60 《禮記》〈樂記〉，頁 668：「大樂與天地同和，大禮與天地同節。」頁 669：「樂者，天地之
和也；禮者，天地之序也」。

61 有關《大武》樂章的問題，可參見下列資料：王國維：〈周大武樂章考〉，收入王國維：《觀
堂集林》上冊（北京：中華書局，1959 年），頁 104～108。姚小鷗：《詩經三頌與先秦禮樂
文化》〈〈周頌‧大武樂章〉與西周禮樂制度的奠基〉（北京：廣播學院出版社，2000 年），
頁 45～89。本書第拾篇也有一些討論。

62 〈昊天有成命〉，若依《毛詩序》所載「郊祀天地也」，則為外祭，然而若依詩文內容，則
以祭祀成王的宗廟祭祀詩為宜。其詳參見漢‧賈誼：《新書》卷 10〈禮容語下〉，收入《四
部叢刊正編》第 17 冊（臺北：臺灣商務印書館，1979 年），頁 78：「夫〈（昊）天有成命〉，
頌之盛德也。……文王有大德而功未就，武王有大功而治未成。及成王承嗣，仁以臨民，故

樂教系統中的瞽矇「諷誦詩、世奠繫」，且執掌「九德」之歌以「道古」的職務關係最為密切，也最能彰顯「頌為平德」的特性，因而特別深入此類宗廟祭祀詩的內容說明之。至於多篇農事祭祀詩適合另組主題討論(「分論篇」中已討論〈思文〉組詩)，另有〈閔予小子〉、〈訪落〉、〈敬之〉、〈小毖〉、〈有客〉和〈潛〉等詩，雖與宗廟祭祀有關，然而與「九功之德」或「道古」並無直接關係者，也暫不列入此處討論。

此類宗廟祭祀詩，可從內文辨認祭祀對象的，以祭祀文、武二王的為大宗，如：〈清廟〉、〈維天之命〉、〈維清〉、〈我將〉、〈時邁〉、歌頌武王的〈武〉、〈酌〉、〈桓〉、〈賚〉，大多納入《大武》樂章。另有祭祀成王的〈昊天有成命〉，祭祀武王、成王、康王的〈執競〉。文、武二王之廟為周代永世不毀的祧廟，成康之治又號稱周初盛世，刑措數十年因而文、武、成康成為祭祀的重要對象，乃理所當然。祭祀對象的年代較遠的，則有祭太王公亶父的〈天作〉與祭后稷的〈思文〉，明顯有緬懷列祖列宗浩瀚德澤的深刻用意，呼應〈周頌〉的本質在於「美盛德之形容」，因此藉由樂歌以上告於神明。

蓋文、武二王分別以大德、大功而承受、完成天命所託付的重責大任，始能以小邦周而取代大邑商，正式成立周朝，因而〈周頌〉以多篇祭祀文王的詩篇開始，再以歌頌讚美武王的詩篇承之，可以符應建立周朝的最大功德，成為瞽矇歌詠的最適切對象。如此持續累積數十年的辛勤耕耘，也只能搭配沉穩、厚重而深長的樂音，始可合稱當時篳路藍縷以啟山林的任重道遠情形，也可使參與祭禮者透過「安而遲」的曲調，聆聽瞽矇「紳而簴」的樂歌，而重回古代場景，進入深思創立周朝不易，我輩自當奮勉以回報祖宗恩德的體認。然而細細思索文、武二王能成就此功德，又不能不再向前回溯至太王公亶父積極鞏固、拓展小邦周的深謀遠慮，因此〈天作〉一詩雖以祭祀太王為主體，實則點出周族發跡的岐山重要根據地，也帶出文王是建立周朝的最重要辛勤耕耘者，而下與文、武功德相鏈接。再向前推遠之，則為祭后稷始祖的〈思文〉，藉由

稱「昊天」焉。不敢怠安，蚤興夜寐，以繼文王之業，布文陳紀，經制度，設犧牲，使四海之內，懿然葆德，各遵其道，故曰承順武王之功，奉揚文王之德」。

后稷「立我烝民」的具體功德，以「克配彼天」的姿態，彰顯周代始祖發揮理性持續努力的結果，大大提高人的地位，而大有別於殷商時期所受的神權宰制狀態。至於〈昊天有成命〉與〈執競〉，更充分顯示武王以前的列祖列宗創業維艱固然困難無比，然而後代是否能守成也相當不易的事實，因此特別在詩文中強調「成王不敢康，夙夜基命宥密」，絲毫不敢懈怠的勤奮敬慎精神，以致成康之治能踵繼文武德業而開展百姓安寧的太平盛世，故而殷殷期勉後代子孫繼續發揚光大，始可常保天命福祉。

〈周頌〉中有以祭祀文、武、成、康諸王為大宗的現象，可參照《禮記》的相關記載而得到重要的說明：

> 古之君子論譔其先祖之美，而明著之後世者也。以比其身，以重其國家如此。子孫之守宗廟社稷者，其先祖無美而稱之，是誣也；有善而弗知，不明也；知而弗傳，不仁也。此三者，君子之所恥也。[63]

由於周代注重人文理性的提升，因而藉由為具有昭昭功德的先祖建立宗廟，使其形象永存於後代子孫心中，再經由四時合聚族人為先祖進行隆重的祭禮，將可興發族人緬懷祖宗德澤之情，進而激發子孫戮力從公的意志，力求黽勉圖報國家以遺愛後代子孫的情懷。周代的宗廟祭禮尤其崇尚信實不阿的誠篤態度，講求明辨先祖的盛美功德，且要妥為彰顯祖宗功德以為後代子孫效法的榜樣，共同為開創更美好的前景而努力，並以徒飾虛美浮誇之文詞阿諛諂媚祖宗為可恥的行為，避免自陷於不明、不智、不仁之境地。基於此，周代的祭禮非常講求祭義的正當合理：

> 夫義者，所以濟志也，諸德之發也。是故其德盛者，其志厚；其志厚者，其義章。其義章者，其祭也敬。祭敬則竟內之子孫莫敢不敬矣。[64]

從此段所載可知從事祭禮的關鍵在於呈現祖宗的盛美功德，以實際的德業功勳激發後代子孫奮力向前、再創美好新局的雄心壯志，俾使祖宗功德能夠永續發

63　《禮記》〈祭統〉，頁839。

64　《禮記》〈祭統〉，頁838。

展，且還能更加光輝燦爛。能在祭禮中闡揚祖宗功德，將使所有參與典禮的族人或來賓，在神聖莊嚴的氛圍環繞下，更會以虔誠敬謹的態度整飭自己，堅定敬德修業的決心，發揮大孝顯揚祖宗功德的精神。

此外，〈有瞽〉與〈雝〉兩首詩，在周代以宗廟祭禮為核心活動的禮儀用詩中，蘊藏極重要的指標意義，需要進一步說明。

〈有瞽〉，《毛詩序》載：「始作樂而合乎祖也。」鄭《箋》進而言：「王者治定制禮，功成作樂。合者，大合諸樂而奏之。」孔《疏》再進一步闡釋曰：「周公攝政六年制禮作樂，一代之樂功成而合於太祖之廟，奏之告神，以知善否。詩人述其事而為此歌焉。」[65]周公領銜的制禮作樂大事，不僅是周代政治制度欲求長治久安的關鍵工作，也是奠定日後中國文化乃以禮樂為核心的根本標誌，因而在一代之樂創作成功之時，自然首先會合樂於太祖之廟，具體呈現禮樂相須而行的風貌，而成為詩人創作此詩的本事。整首詩從「有瞽有瞽」開場，點出古代祭禮中擔任歌詩的靈魂人物正是瞽矇，在各種樂器備舉、樂團成員齊心協奏下，奏出「喤喤厥聲、肅雝和鳴」的中和雅樂。在此樂音悠揚的傳播聲中，瞽矇升歌而詠唱「風、賦、比、興、雅、頌」的「六詩」，諷誦古聖先王勤於「六府三事」的任務，以締造可以福佑萬民的「九功之德」。通過瞽矇意味深長的詠歌，既可達到勉勵時王多行德政以養萬民的目標，也可促使參與典禮的諸多大臣與所有族人，都能受到此祥和氣氛的浸潤，凝結成共赴理想社會的共同奮鬥者。尤其是詩末的「我客戾止、永觀厥成」，輕輕補敘夏、商二王之後的杞、宋之君以貴客的身分蒞臨會場，且一直觀樂到祭禮完成，已足以彰顯周初統治者寬大仁厚的胸襟，具有兼容並蓄的弘遠視野。周王與杞、宋之君建立如此親和的關係，正是以實際行動說明周取代商的政權，只是服膺天命所交付造福萬民的新任務，並不在於壓制或奴役前朝遺臣，更期待二王之後也能體會天命的深刻意義，共同為美好未來而齊心合作。

〈雝〉，《毛詩序》載：「禘大祖也。」[66]然而依照《禮記》〈祭法〉，「周人

65　《詩》〈大雅・有瞽〉，頁731。

66　《詩》〈大雅・雝〉，頁734。

禘嚳而郊稷」，[67]此詩之中既不見嚳也不見稷，實在難言為禘祭。甚且文中雖有「文武維后」之詩句，但是其用意乃彰顯受祭的睿智先王允文允武，其昭昭令德既能上承天命，又能榮昌後嗣子孫以眉壽福祉，並非具體指實為文、武二王。若詳加檢視整首詩，將可見其描寫前來助祭的諸侯容止雝和、態度敬肅，主祭的天子更是莊嚴肅穆，眾多祭品相當齊全，且都能整齊排列，使參與典禮者都能在誠篤莊重的情境中，感受溫馨祥和的氛圍，最能體現祭祀主敬、重和的本色，因而最適合用在祭禮結束的撤饌之時，以與後續即將登場的闔族共食活動，形成良好的橋接路徑。朱熹（1130～1200）即根據詩文所載而推定此詩為武王祭祀文王之詩，甚且還認為《論語》〈八佾〉所載的「三家者以〈雝〉徹。子曰：『相維辟公，天子穆穆』，奚取於三家之堂？」應該正指此詩而言。同時，再舉《周禮》所載，證明此為祭禮結束時所唱的樂詩；[68]朱子所說應屬信而可徵。因為此詩確實可與〈春官‧樂師〉所載的「凡樂成，則告備。詔來瞽皋舞；及徹，帥學士而歌徹；令相」相互對照。[69]通過對照，可知當祭禮進入尾聲時，大師宣布禮儀用歌演奏完畢，緊接著，即催促瞍矇扶持瞽者進入會場，準備在撤饌之時歌唱〈雝〉詩，且號召擔任樂舞的國子者入內，以便在典禮的最後，藉由瞽者歌詩與國子隨樂起舞，使全場在和諧氣氛中圓滿完成撤饌的工作。

透過以上兩首詩，正好可說明周初祭禮中，在典禮的相關事蹟還未被書寫成文字，《詩》的文本更未整編完成以前，瞽矇早已在莊嚴隆重的祭祀禮儀中擔任極重要的「聲教」工作。從這兩首詩的字裡行間，都可充分流露出周代宗廟祭禮中最崇尚的虔敬、鄭重、莊嚴、和穆精神，在人神相契的感通中，彰顯列祖列宗樂於福佑後代子孫的祥瑞之氣，而參與典禮的人員，無論身分地位高下，都能處在一團和氣中凝塑血濃於水的宗族情感。

---

67 《禮記》〈祭法〉，頁839。

68 其詳參見宋‧朱熹：《詩經集傳》，收入《景印文淵閣四庫全書》第72冊（臺北：臺灣商務印書館，1983年），頁894～895。：「凡樂成，則告備。詔來瞽皋舞；及徹，帥學士而歌徹；令相。」可知此為祭禮結束時所唱的樂詩。

69 《周禮》〈春官‧樂師〉，頁351～352：「凡樂成，則告備。詔來瞽皋舞；及徹，帥學士而歌徹；令相」。

五、〈孔子詩論〉的二雅說凸顯戰國時期《詩》教重德特色

〈孔子詩論〉包含完、殘簡共有 29 支簡，有關二雅的部分雖多有殘簡，不過也可根據句法的類同關係，而推測可互相補足殘缺的文字或字數。其中提及〈大雅（夏）〉之處，計有：

〈大夏〉盛德也，多言〔□□□□□□□□（簡 2 末幾字）。[70]

此簡的上下端弧形基本上完整，長 55.5 公分，上端留白 8.7 公分，下端留白 8 公分，現存 38 字。然而對照簡 3 的上下端皆殘，長 51 公分，上端留白 4.9 公分，下端留白殘存 7.8 公分，現存 40 字（含一合文），則簡 2「多言」以後到簡 3 開始「也」以前，考量其敘述的方式而推測可能的內容，應該還有對〈大雅〉、〈小雅〉性質與內容的概括，可惜缺乏傳世文獻對照，故而無法確定其實際內容。幸好，「盛德」確定無誤，且再對照簡 7 所述正是文王受命之事，可以恰當地補充「盛德」涵義：

懷爾明德，蓋誠謂之也。有命自天，命此文王，誠命之也，信矣。孔子曰：此命也夫。文王唯裕也，得乎？此命也。（簡 7）[71]

有關文王受命之事，主要記載在〈大雅〉的首篇〈文王〉之中，其他還有〈大明〉、〈皇矣〉、〈文王有聲〉，以及〈周頌〉的〈維天之命〉、〈賚〉都有補充資料。此多篇詩的內容，都環繞在「亹亹文王，令聞不已」、「儀刑文王，萬邦作孚」的主軸上，且正式提出「天命靡常」、「命之不易」的說法，呼籲周代子孫必須「聿脩厥德」，始能「永言配命、自求多福」。由此可見文王「聿脩厥德」是能否受到上天眷顧的最重要條件，當所修的德行能夠眾所周知，且契合於上天的「生生之德」時，就能因為德行顯揚而榮膺上天所交付的神聖使命。然而如此神聖的天命並非可以永保常在而不變，例如商紂即因為施政失

70　《上海博物館藏戰國楚竹書（一）》〈孔子詩論〉，頁 127。補字用〔□〕表示，下同，不贅。

71　《上海博物館藏戰國楚竹書（一）》〈孔子詩論〉，頁 134。

德、殘民以逞，遂促使上天提早轉移商的天命以至於周，因而勖勉周代子孫應時時以文王為榜樣，勤修明德、敬德，始能成就「盛德」而受到普天下的信任，也可榮獲上天賜福以常保天命。

〈孔子詩論〉提及〈小雅（少夏）〉之處，計有：

〔〈小雅〉□□〕也，多言難而悁懟者也，衰矣少矣。（簡 3）

民之有罷惓也，上下之不和者，其用心也將何如？（簡 4）[72]

相對於〈大雅〉所呈現的是文王「盛德」，〈小雅〉當中就存在許多為政者少德、失德，君臣上下不和，導致社會經濟衰敗、民心怨懟憂難的現象，且直接反映在〈十月之交（簡文作「十月」）〉等詩篇當中。簡文舉證如下：

〈十月〉善辟言，〈雨亡政（雨無正）〉、〈即（節）南山〉，皆言上之衰也，王公恥之。〈少（小）旻〉多疑矣，言不中志者也。〈少（小）宛〉其言不惡，少有危焉。[73]〈少（小）弁〉，〈巧言〉，〈伐木〉（簡 8）

貴咎於其（己）也。〈天保〉其得祿蔑疆矣，饌（贊）寡德故也。〈祈父〉之責亦有以也。〈黃鳥〉則困而欲反其故也，多恥者其方之乎？〈菁菁者莪〉則以人益也。〈裳裳者華〉則（簡 9）[74]

古人以為天示異象，乃警告人王應改邪歸正、勤政愛民，詩人遂因西周三川皆震與發生日蝕而作詩〈十月之交〉，諷刺幽王不聽法言而聽信奸佞讒言。〈雨亡政（雨無正）〉，寫西周末年人王無道，上行下效，人臣也多曠失職守，故詩人憤慨而作詩以哀傷時政。〈節南山〉，乃大夫家父對執政者用人不當，導致天災人禍頻傳，痛心疾首而作詩呼籲掌權者洗心革面，改弦更張以安天下子民。〈小旻〉寫奸佞小人以邪謀詭計蠱惑人王，致使秉持正道善謀者反被屏棄

---

72 分別見於《上海博物館藏戰國楚竹書（一）》〈孔子詩論〉，頁 129、130。

73 「宛」字，整理者以該字從「兔」下有二肉，不可能為「宛」字；「危焉」兩字，整理者以「危」字待考。今都從周鳳五於〈《孔子詩論》新釋文及注解〉，頁 153 之隸定。

74 分別見於《上海博物館藏戰國楚竹書（一）》〈孔子詩論〉，頁 136、137。（ ）內之字，從周鳳五上文頁 159 之隸定，有助於簡文釋義。

不用，故詩人憂而作詩以警時王。周鳳五（1947～2015）因〈小宛〉的末章有「惴惴小心、如臨于谷，戰戰兢兢、如履薄冰」的詩句，可與《禮記》〈緇衣〉的「民言不危行，而行不危言矣」相呼應，也可凸顯詩人處衰亂之世而戒慎恐懼之意，故認為簡文應指〈小宛〉一詩。至於〈小弁〉、〈巧言〉，簡文雖沒有任何評論，然而其內容都與憂讒人、讒言有關。

〈伐木〉本為在上者宴饗朋友故舊的樂歌，孔子看重詩中的「寧適不來、微我弗顧」、「寧適不來、微我有咎」，故特別嘉許其時時懂得自我反省、自我要求。〈天保〉，為臣下祝福君上之詩，因而宜如周鳳五將整理者的「饌」釋為「贊」，說明臣下能協助君上成就德業，故臣下與君上均能「得祿無疆」。〈祈父〉，寫軍士埋怨久役在外、不得養親之哀，故孔子也深有同感。〈黃鳥〉，因詩中敘寫「此邦之人，不可與明」、「此邦之人，不可與處」的困擾，遂有「言旋言歸，復我諸兄」、「言旋言歸，復我諸父」的欲歸之意，故孔子以為作詩者因困而欲歸。〈菁菁者莪〉，寫人君喜見賢者，故孔子以為樂得人助之意。〈裳裳者華〉，以下缺評論之語。

綜合以上簡文所論十多篇〈小雅〉之詩，若以鄭玄的正、變分類法，僅〈伐木〉、〈菁菁者莪〉、〈天保〉的少數篇章為盛世的「正小雅」，敘寫人君有德，懂得凡事反求諸己，更能樂得賢人君子襄助，呈現「得道者多助」的事實，於是君臣上下契合一心以共成德業，也能同享福祿無疆的美好盛世，社會自然呈現一片光明的景象，孔子當然也發出相應的好評。其餘各篇則屬於「變小雅」之列，都可對應簡文所說〈小雅〉的特質，「多言難而悁懟」、「民有罷倦，上下不和」，屬於衰世的寫照，敘寫人君失德、失政，以致社會不安、人民怨懟；此一現象正好可反映今本〈小雅〉，以敘寫社會衰敗的「變小雅」為大宗的事實。如此藉由盛世與衰世的正反兩面敘寫，即可彰顯有德與失德的差別；再與〈大雅〉所標榜的文王「盛德」相比，即形成強烈對比，也更凸顯為政以德的重要性。

六、結語：〈孔子詩論〉凸顯孔子正樂以復禮的用心

從《周禮》〈春官・大師〉教導瞽矇「六詩」，俾便在祭禮中結合樂奏以

及舞者共同演出，以培養國子重要德行的樂教安排意義，藉由子夏回答魏文侯的一段話，可以得到極好的闡發：

> 夫古者，天地順而四時當，民有德而五穀昌，疾疢不作而無妖祥，此之謂大當。然後聖人作為父子君臣，以為紀綱。紀綱既正，天下大定。天下大定，然後正六律，和五聲，弦歌詩頌，此之謂德音；德音之謂樂。《詩》云：「莫其德音，其德克明。克明克類，克長克君，王此大邦；克順克俾，俾於文王。其德靡悔，既受帝祉，施於孫子。」此之謂也。[75]

此說明古代聖王在人民基本生活安定，消除疾病天災的威脅後，即可著手制訂人倫紀綱的標準，以使天下獲得穩定成長的重要條件，然後再制定六律、調和五聲，彈奏琴瑟、演唱詩歌等各種方式頌揚此美好德音，以提高臣民的道德水準；唯有此類能提升道德水準的樂律，方能稱為樂。將這些聖王平治天下的大事，從原本由瞽矇在祭禮中，以升歌、道古的口傳方式宣導為政以德的方式，改為利用文字將相關事件記錄下來，即成為《詩》文本中的〈大雅〉內容；此也說明記錄周初歷史發展的〈大雅〉應與〈周頌〉合併閱讀的根本原因。子夏即以〈皇矣〉為例，說明此詩正是歌頌文王具有顯耀昭明之德，既堪為人長上，又堪為君王典型，故有資格統領周邦，人民也樂於順從、親附文王，文王遂能受到上帝眷顧。文王雖然因為德行昭顯，引發崇侯虎藉機向商紂進讒言，認為文王積善累德，諸侯多親附之，將不利於商，遂導致文王被拘羑里。幸好文王吉人天助、因禍得福，且在獲釋時還得賜弓矢斧鉞，具有專征之權，[76]促使其可以為日後武王伐紂時，掃除東進的一些重要障礙。文王獲釋後，並無悔其德高肇禍之災，仍然施德不措，故而蒙受上帝所賜福祉，且能將此洪福延續到後代子孫。

75　《禮記》〈樂記〉，頁 691。

76　其詳參見《史記》〈周本紀〉，見於漢・司馬遷著，（日）瀧川龜太郎考證：《史記會注考證》（臺北：洪氏出版社，1977 年），頁 66～67。

　　由於魏文侯的身分特殊，因而子夏藉由其發問古禮雅樂與鄭衛新樂之別，適時對魏文侯闡述「樂通政治倫理」的深刻內涵，且嚴正指出鄭衛之聲只堪稱「音」而非「樂」，正好可與孔子曾批評的「鄭聲淫」相呼應。[77]此也可從旁說明「正樂」為「復禮」前導的重要性，相對說明《論語》特別指出樂正而後雅頌各得其所的原因。子夏的闡述雖然是有所針對而發，卻也可見子夏已將周初原本極注重聲教的「樂禮之教」，在歷經周王室勢力衰微後已有轉變。當禮壞樂崩漸成事實以後，以聲教為主要活動內容，且兼含詩、樂、舞三者合一的廣義樂教，在戰國初期已不再強調《周禮》整套樂教系統所擔負的重要任務，而明顯轉換為注重《詩》文本中的德行教化概念，也相對使周初原本的樂、舞內容，受到戰國時期新樂發展的影響而大有改變。

　　若對照《禮記》〈樂記〉所載孔子與賓牟賈（生卒年不詳）談論《大武》樂章的內容，則可一窺周初禮樂相行措施所蘊藏的深刻意義，又可理解孔子重視廣義樂教的原因。儘管無法說明〈孔子詩論〉為子夏的〈古詩序〉，然而透過上述對古代樂教內容與〈樂記〉相互呼應的情形，可見〈孔子詩論〉凸顯孔子重視樂教，實為順理成章之事。再加上〈樂記〉最後一則所載「子貢問帥乙歌者的情性與宜歌類型的對應關係」，也可見孔門高弟子對於樂教內涵與施教效果的關心，進而推知戰國初期的孔門高弟子，對於孔子樂教主張的關心與傳播情形。至於〈孔子詩論〉主旨句的「文亡隱言」，則顯示孔子整編、排序《詩》的文本，乃是在「正樂以復禮」之外，更期待藉由完善《詩》的文本，透過「言而有文」的文字載體，企求古代樂教還能行之久遠，[78]庶幾周初的理想禮樂社會可以再現。

77　《論語》〈衛靈公〉，頁138，孔子在回答顏淵問為邦時，主張「行夏之時，乘殷之輅，服周之冕，樂則韶舞。放鄭聲，遠佞人。鄭聲淫，佞人殆。」〈陽貨〉，頁157，也記載孔子說：「惡鄭聲之亂雅樂也」。

78　《左傳》〈襄公二十五年〉，頁623，載仲尼曰：「《志》有之，言以足志，文以足言，不言，誰知其志？言之無文，行而不遠」。

叁、〈邦（國）風〉中「風」的本義

一、前言：風體詩最富有生命力

　　《詩》號稱有三百篇，其中屬於「風」的部分即有 160 篇之多，佔全部的半數稍強，其內容包含許多周代社會生活的珍貴史料。雖然「風」在典籍中的涵義具有多樣性，[1]但是因為受到《毛詩序》所揭諸的「風，風也，教也，風以動之，教以化之」思想觀念的強力主導，因此世人多認為「風」體詩與在上者所推行的政治教化息息相關，乃是「上以風化下，下以風刺上，主文而譎諫，言之者無罪，聞之者足以戒」，[2]其內容顯然承擔著政治諷諫與道德教化的深重責任，遂導致解詩者多以此為最高指導原則。自朱熹（1130～1200）受理學觀念影響，又多誤以寫男女之情者即為「淫詩」的說法；其甚者，尚且使原本最具有生命原動力的風體詩，蒙上一層「誨淫誨色」的个名譽陰影，且與孔子以《詩》為「思無邪」之說法產生明顯矛盾。[3]

　　正因為《毛詩序》所揭諸的「風教」意義，僅為「風」的眾多涵義之一，該說是否即可凸顯整體風體詩的內涵意義，實有待蒐羅更多包含神話資料在內的傳世文獻以及相關的出土資料等，以期能透過更具體而周延的分析，而論證「風教」的本義。有關「風」的本義，以下將先行論述為文的動機、目的與討論的範圍後，即進入全文的主題，主要結合《書》以及《周易》等傳世經典文

1　清・阮元輯：《經籍纂詁》（臺北：中新書局有限公司，1977 年），頁 7，根據所匯集之古注，「風」的涵義，不下 60 種。

2　其詳參見《毛詩》〈關雎序〉，見於漢・毛亨傳，鄭玄箋，唐・孔穎達等正義：《毛詩正義》，收入《十三經注疏（附清・阮元《校勘記》）》（臺北：藝文印書館，1985 年），頁 12、16。

3　《論語》〈為政〉，見於魏・何晏集解，宋・邢昺疏：《論語注疏》，收入《十三經注疏（附清・阮元《校勘記》）》（臺北：藝文印書館，1985 年），頁 16，載：「子曰：『《詩》三百，一言以蔽之，曰：「思無邪」』」。

獻，並參照《山海經》等相關的神話資料，再對照甲、金文等出土資料，分別從以下各方面探究「風」的本義：風始自八方風氣；風、鳳、玄鳥與生殖的關係；從「風合以姤」到「牝牡相誘曰風」；從「帝女神話」以見「臿」的發展；從「臿」的變化到「譌誘異性同類禽獸為謠」的發展；〈邦（國）風〉與歌謠的關係。最後得出多言男女風情的「風教」思想，應為「風」的本義。

二、「風」的本義始自八方風氣

從孔子「誦《詩》三百，授之以政，不達；使於四方，不能專對；雖多，亦奚以為？」以及「不學《詩》，無以言」的說法，[4]已知春秋時期乃歷史上最重要的賦《詩》、歌《詩》時期，無論外交辭令或士人對談，都有賴《詩》的傳達以為彼此溝通情意的媒介。若根據《左傳》襄公 29 年（544B.C.）所載，季札至魯以觀賞周樂，樂工的演奏樂歌，先從周南、召南起，然後依次為邶、鄘、衛、王、鄭、齊、豳、秦、魏、唐、陳、鄶、曹的樂歌，繼此之後，則再歌小雅、大雅、頌的樂歌。[5]由樂工演奏樂歌的情形，可知當時魯國所歌的《詩》與今本《毛詩》的順序雖稍有不同，然而其內容的分類，即使尚無「風」的類目，不過所有詩篇已明顯在頌、雅（包含大雅與小雅）以外，還有位在〈小雅〉之前，以二「南」為首的各國歌詩等三大類。

雖然位在〈小雅〉以前的各國歌詩中，並未出現〈邦（國）風〉的分類標目名稱，不過，從十五國風的名稱已與今本都相同，僅在排序上稍稍有別於今本，可見各歌詩所歸屬的邦國問題或許都已經確定，且其性質也可確定與〈雅〉類詩中的〈小雅〉較為接近。倘若再參照〈小雅・鼓鍾〉的「以雅以南」，[6]則可推知「雅」與「南」應該分別隸屬不同的樂調，而所謂「南」者，乃指「四方之音」中的「南音」。由於此十五方國的樂音以位居在周王室以南

---

4 分別見於《論語》〈子路〉，頁 116；〈季氏〉，頁 150。

5 其詳參見《左傳》〈襄公二十九年〉，見於周・左丘明撰，晉・杜預注，唐・孔穎達等正義：《春秋左傳正義》，收入《十三經注疏（附清・阮元《校勘記》）》（臺北：藝文印書館，1985 年），頁 667～671。

6 《毛詩》〈小雅・鼓鍾〉，頁 452。

的周南、召南為首，因而特別以「南」標出此二篇的篇名，藉此說明「二南」以下的諸國歌詩，也多有以「四方之音」的「土樂」為素材，然後再經由樂工整編曲調而形成的樂歌。此也暗指 160 首歌詩分門別類的最重要根據，正取決於四方邦國各有其不同的地理環境。

固然此十五國的歌詩，於季札之時尚未以「風」名之，然而從季札觀賞〈頌〉樂以後，最後還對於〈頌〉提出「五聲和，八風平，節有度，守有序，盛德之所同」的說法，[7]可知「五聲」的樂調製作，能否與來自大自然的「八風」相互搭配，藉以達到節拍合度平正、曲調和諧得體的境地，將是樂曲可否表彰所歌者偉大盛德的關鍵。此外，再證諸《左傳》於〈隱公五年〉已載有眾仲云：「夫舞，所以節八音而行八風」，而孔疏則有：「八方風氣，寒暑不同，樂能調陰陽、和節氣」，[8]可知樂舞講求與八方風氣的協調脈動。至於《說文》乃直云：

> 風，八風也。東方曰明庶風，東南曰清明風，南方曰景風，西南曰涼風，西方曰閶闔風，西北曰不周風，北方曰廣莫風，東北曰融風。
> 段《注》：「凡無形而致者，皆曰風。」[9]

於是又知「八風」的實質狀況如何，方為此真正的核心關鍵。由於所謂「八風」，應指來自天地運行自然形成的原始「八方之氣」與「八方之風」，[10]即使

7　《左傳》〈襄公二十九年〉，頁 671。

8　《左傳》〈隱公五年〉，頁 61。

9　《說文》〈十三篇下〉，見於漢・許慎撰，清・段玉裁注：《說文解字注》（臺北：蘭臺書局，1972 年），頁 683〜684。

10　根據胡厚宣主編：《甲骨文合集》（北京：中華書局，1999 年），頁 2046 之第 14294 版，頁 2047 之第 14295 版，已載有完整的四方風材料：「東方曰析，風曰協；南方曰因，風曰微；西方曰夷，風曰彝；北方曰宛，風曰役。」《山海經》〈大荒東經〉、〈大荒南經〉、〈大荒西經〉、〈大荒北經〉也分別出現四方風名。此外，胡厚宣：《甲骨學商史論叢初集（上）》〈甲骨文四方風名考證〉（臺北：大通書局，1973 年），頁 376〜377，認為殷代四方風即為後世八風之開端。《呂氏春秋》〈有始覽・有始〉，見於陳奇猷校釋：《呂氏春秋校釋》（上海：學林出版社，1984 年），頁 658 載：「何謂八風？東北曰炎風，東風曰滔風，東南曰熏風，南方曰巨風，西南曰淒風，西方曰飂風，西北曰厲風，北方曰寒風。」而根據漢・高誘之注，則此八風分別為：融風、明庶風、清明風、凱風、涼風、閶闔風、不周風、廣莫風。《淮南

文獻所載各方的風名稍有差異，然而各方的風來自天地之間最原始的「氣」，則始終相同。雖然目前尚無法確認何時始以「風」的名號統稱方國的詩，不過季札確實已提到「八風平」對於位階最高的〈頌〉的地位相當重要，則「風」對於其他兩類歌詩也理應類似。甚且在十五國的歌詩中，也有七處提及有關自然之氣的「風」之語詞，[11]即使出現的頻率並不算高，但也能與季札之說相呼應。再證諸近年來公布的〈孔子詩論〉，則可清楚說明以「邦風」之名指稱諸方國歌詩者，合乎周代「城邦制」的傳統，且在戰國中期以前仍保留此習慣。倘若再對照《禮記》〈表記〉已有三處明白標示引自〈國風〉的詩文：

> 〈國風〉曰：「我今不閱，皇恤我後。」
> 〈國風〉曰：「心之憂矣，於我歸說。」
> 〈國風〉曰：「言笑晏晏，信誓旦旦，不思其反；反是不思，亦已焉哉」！[12]

則可見〈國風〉之稱為「國」，乃因避劉邦之諱，遂更改「邦」為「國」，以成為今本〈國風〉的類名，今本〈表記〉所收入的《禮記》也因成書於漢高祖以後的宣帝時期，故而同樣改以〈國風〉為標目。溯源至此，則知探究〈邦（國）風〉的「風」之本義，理所當然宜從大塊之噫氣曰「風」開始，以探討「風」的本義，因而以下先從風、鳳、玄鳥與生殖的關係說起。

三、從風、鳳、玄鳥與生殖的關係以見「風」的本義

根據胡厚宣（1911～1995）以及陳夢家（1911～1966）等學者的研究，

子》〈地形〉，見於漢・劉安編，高誘注，劉文典集解，馮逸、喬華點校：《淮南鴻烈集解》〈地形訓〉，收入《新編諸子集成（第一輯）》（北京：中華書局，1989 年），頁 132 載：「何謂八風？東北曰炎風，東風曰條風，東南曰景風，南方曰巨風，西南曰涼風，西方曰飂風，西北曰麗風，北方曰麗風」。

11　〈鄭風・蘀兮〉、〈鄭風・風雨〉、〈魏風・葛屨〉、〈豳風・鴟鴞〉、〈秦風・晨風〉、〈邶風・綠衣〉、〈邶風・谷風〉。

12　《禮記》〈表記〉，見於漢・鄭玄注，唐・孔穎達等正義：《禮記正義》，收入《十三經注疏（附清・阮元《校勘記》）》（臺北：藝文印書館，1985 年），頁 911、919～920、920。

從卜辭當中，清楚可見商民族相信有一「至上神」高居上天，其名為「帝」或「上帝」，主宰自然界以及人事界的命運，具有令風、令雨、授年、降嘆、授祐、降禍等權柄，其威力所至，不但直接關係作物的收成，影響各種生物的生存契機，而且掌控人間的禍福。[13]至於「帝」，就字形而言，吳大澂（1835～1902）、王國維（1877～1927）、郭沫若（1892～1978）等學者，均以「帝」乃「蒂」的初文，取象花萼、子房以及殘餘的雌雄花蕊之花蒂形狀，為果實生長之處。由於花蒂為植物生長的基點，而「帝」能令風、令雨，又可與植物透過風力、蟲鳥、水流等方式協助植物傳粉、受精，直接關係作物的生長，因此「帝」即具有使生物（最明顯為無法自由移動的植物）生生不息的屬性。[14]由於「帝」的地位崇高、權柄極大，要照顧的層面極為廣闊，因而設有帝史鳳鳥以為風神，[15]以掌四時風氣，使風調雨順，適時執行「帝」生長化育萬物的使命，故知鳳鳥、風神的工作均與天地化育萬物有重大關係。

倘若對照良渚文化中，在雕琢精緻的玉璧以及玉琮祭壇上，經常可見在其所豎立的柱上棲息一鳥，而形成奉祭鳥神的特殊現象，一般即認為此祭鳥現象可以視為祭祀太陽的不同形式，且應與遠古以來普遍存在的太陽崇拜與日烏神話有關。[16]然而馮時（1958～）結合多條甲骨卜辭之記載，已進一步指出殷人祭鳥與祭日其實可以細分為兩類，而祭鳥之目的則主要在於占氣測候，祈求雨

13　其詳參見胡厚宣：〈殷卜辭中的上帝和王帝〉，《歷史研究》，1959 年第 9 期，頁 24～25；《甲骨學商史論叢初集（上）》〈殷代之天神崇拜〉，頁 283～290。

14　其詳參見郭沫若：《郭沫若全集》〈歷史篇〉第 1 卷〈先秦天道觀之發展〉（北京：人民出版社，1984 年），頁 329。陳夢家：《殷虛卜辭綜述》（北京：中華書局，1988 年），頁 561～571。

15　其詳參見郭沫若：《卜辭通纂》〈考釋〉（北京：中國社科院考古所，1983 年），頁 81～83，所載對第 398 片「于帝史鳳，二犬？」的相關考釋。

16　《尚書》〈堯典〉，見於舊題漢・孔安國傳，唐・孔穎達等正義：《尚書正義》，收入《十三經注疏（附清・阮元《校勘記》）》（臺北：藝文印書館，1985 年），頁 21，已載有羲、和分別為天官、地官，下有四子分掌二分二至。此外，《山海經》〈大荒南經〉，見於袁珂：《山海經校注》（臺北：洪氏出版社，1981 年），頁 381，已有：「羲和者，帝俊之妻，生十日。」；〈海外東經〉，頁 260，又有：「湯谷上有扶桑，十日所浴，在黑齒北。居水中，有大木，九日居下枝，一日居上枝。」；〈大荒東經〉，頁 354，更有：「有谷曰溫泉谷。湯谷上有扶木，一日方至，一日方出，皆載于鳥。」此皆遠古即有的太陽與日烏神話。

霽光風。[17]倘若將祭鳥的說法驗諸現存文獻，則《拾遺記》載有：

> 少昊以金德王，……刻玉為鳩，置於表端，言鳩知四時之候，故《春秋
> 傳》曰：「司至是也。」今之相風，此之遺象也。[18]

說明鳩鳥能知四時天候變化的起源極早，因而於候表頂端刻上鳩鳥的形狀，即
可用來作占候之用。另外尚有《古今注》載：「司風鳥，夏禹所作。」[19]則將司
風鳥的儀器製作與發明的時代明確歸諸夏禹。姑且不論確切使用司風鳥的儀器
始於何時，然而這些與神話有關的記載，已可顯示祭壇上確實擁有眾多鳥形
物，此現象皆可與出土資料相呼應，應該被妥為重視。

今人周策縱（1916～2007）即認為甲文中的「風」字，有時從「鳳」與
「凡」，有時則直接以「凡」為「風」，都可能是古代「相風鳥」或「伺風鳥」
的風標。周氏另外又提出甲文以及「朕敦」有一「庚」下從「凡」的奇字，認
為該字或許即取象古代的風標，即伺風鳥一類的物品。[20]凡此眾說，都可合併
說明以「鳥」占「風」而得知天候變化的起源極早，同時也可說明祭鳥之目的
無論是祭祀太陽，或為占氣測候，其實都與古人的「觀象授時」活動有關。甚
且由於氣動成風，因此必須時刻注意人們生活能否與天地自然的「風氣」調適
順遂。此外，再證諸《周易》〈說卦傳〉：「動萬物者莫疾乎雷，橈萬物者莫疾
乎風」的說法，且由此再推出「故水火相逮，雷風不相悖，山澤通氣，然後能
變化，既成萬物」的萬物化生原理，[21]又可說明萬物的生長與天地自然的「風

---

17 其詳參見馮時：《中國天文考古學》（北京：中國社會科學文獻出版社，2007年），頁203～
    208。

18 後秦・王嘉：《拾遺記》卷1，收入《景印文淵閣四庫全書》第1042冊（臺北：臺灣商務印
    書館，1986年），頁315。少昊刻鳩為候之說，至遲可追溯至郯子對於遠古傳說之信仰。

19 晉・崔豹：《古今注》，收入《景印文淵閣四庫全書》第850冊（臺北：臺灣商務印書館，
    1986年），頁101。雖然此說與上註所載，「歸美前賢」的意謂濃，不過也可相對說明相風
    之事因為由來久遠，已難以確知誰為發明者。

20 其詳參見周策縱：《古巫醫與「六詩」考：中國浪漫文學探源》（臺北：聯經出版事業公司，
    1986年），頁197～205。

21 《周易》〈說卦〉，見於魏・王弼注、韓康伯注，唐・孔穎達等正義：《周易正義》，收入《十
    三經注疏（附清・阮元《校勘記》）》（臺北：藝文印書館，1985年），頁184。

氣」是否順暢具有重要相關。

再將日鳥祭祀活動對照商代「天命玄鳥，降而生商」的始祖神話，[22]可說明商代選擇「鳥」為其民族的圖騰物，可能與以「鳥」象徵生命跡象的信仰有關。饒宗頤（1917～2018）更將《詩》〈商頌〉的「玄鳥」與《楚辭》〈天問〉的「玄鳥致貽女何喜」以及〈離騷〉的「鳳皇既受詒兮，恐高辛之先我」合觀，說明「玄鳥致貽」與「鳳皇受詒」應屬同一事件；亦即玄鳥不必專指燕，它也可以是鳳，所謂玄鳥與鳳乃指同一類鳥而異名的狀況。同時饒氏再根據《史記》〈殷本紀〉所載桀敗於有娀之虛，而奔鳴條一事，故知有娀之墟應該近於鳴條，其地並不在東夷，而應屬西方，乃近於華山之處。此外，又舉內史過所言「周之興也，鸑鷟鳴於岐山」一事，再參酌其他諸多考古發現，證明鳥與太陽的信仰乃隸屬宇宙性的共通現象，並非侷限於東方的夷人，因而玄鳥應為東西方共同的生命信仰。[23]倘若再證諸《禮記》〈月令〉仍然保存在仲春玄鳥始至的時候舉行祭祀高禖神的禮儀，[24]也可說明以「鳥」為生命象徵的信仰，並非侷限於殷商民族的閉鎖性信仰。選擇玄鳥始至之時祭祀高禖，或為遠承古來傳說太陽中有三足鳥的「日鳥」神話而起，且已融入長期以「鳥」進行占候工具的生活經驗，故而對於「鳥」的信仰，早已成為人類生命力的普遍性信仰，甚且「鳥」的標誌也成為後世民俗中代表生殖意義的重要用詞。

另外，證諸《說文》對於「鳳」的解說，則載有：

> 神鳥也。天老曰：「鳳之像也，麟前鹿後，蛇頸魚尾，龍文龜背，燕頷雞喙，五色備舉。出於東方君子之國，翔翔四海之外。過崑崙，飲砥

22　《詩》〈商頌‧玄鳥〉，頁 793，載：「天命玄鳥，降而生商，宅殷土芒芒。」此外，《史記》〈殷本紀〉，見於漢‧司馬遷著，（日）瀧川龜太郎考證：《史記會注考證》（臺北：洪氏出版社，1977 年），頁 54，載：「殷契，母曰簡狄，有娀氏之女，為帝嚳次妃。三人行浴，見玄鳥墮其卵。簡狄取吞之，因孕生契」。

23　其詳分別參見饒宗頤：《古史之斷代與編年》〈古史上「時」與「地」的複雜性〉（臺北：中央研究院歷史語言研究所，2003 年），頁 11～22；沈建華編：《饒宗頤新出土文獻論證》〈《詩》與古史：從新出土楚簡談玄鳥傳說與早期殷史〉（上海：上海古籍出版社，2005 年），頁 3～19。

24　《禮記》〈月令〉，頁 299，載：「是月（仲春之月）也，玄鳥至。至之日，以大牢祠于高禖。天子親往，后妃帥九嬪御。乃禮天子所御，帶以弓韣，授以弓矢，于高禖之前」。

柱，濯羽弱水，莫宿風穴。見，則天下大安寧。」[25]

此說明神鳥鳳來自東方主生之國，「翱翔四海之外」，正代表其具有逐「陽氣」變化而動的「隨陽鳥」特性，因而當其出現時，則為萬物欣欣向榮的天下大安寧時期。至於其所謂「夜宿風穴」以自息之說，由於「風穴」乃風所從出之處，正是無限生機與大塊噫氣蓄養滋長的所在，因而該說同樣意謂「風」與「鳳」的密切連鎖性。由於風調雨順正是萬物滋長的必要條件，因而「風」與「鳳」也都成為化育萬物的主力。正因為鳳鳥司風，且乘風而至，所以卜辭當中，鳳、風二字遂相通用。[26]

其實無論鳳鳥、玄鳥，皆為「鳥」的一種，以「鳳」與「玄」修飾之，前者特別彰顯其「五色備舉」的廣大包容性，後者則特別彰顯其突破幽冥玄杳的閉鎖之氣而來的強大生命力。然而無論鳳鳥、玄鳥到來，都需要「風」的助緣始可飛翔而至，因而追本溯源，來自大氣的「風」，乃成就生物滋長所不可或缺的條件。此外，綜合《龍魚河圖》的「風者，天之使也」，以及《河圖帝通紀》所載：「風者，天地之使，故惡風所起之方，必有暴兵。」[27]都可見風為天

25　《說文》〈四篇上〉，頁149～150。其中，有關「麟前鹿後」之說，漢·韓嬰：《韓詩外傳》卷8，收入《四部叢刊正編》第4冊（臺北：臺灣商務印書館，1979年），頁69，作「鴻前麟後」。另外，袁珂：《山海經校注》〈山海經海經新釋〉〈海內經〉卷13，頁457，載：「有鸞鳥自歌，鳳鳥自舞。鳳鳥首文曰德，翼文曰順，膺文曰仁，背文曰義，見則天下和。」至於聞一多：〈天問釋天〉，收入孫黨伯、袁謇正主編：《聞一多全集（五）》〈楚辭編〉（武漢：湖北人民出版社，1993年），頁517～518，則從卜辭「風」字皆作「鳳」，且《說文》以「鳳」之古文作「鵬」出發，引《淮南》〈本經〉載堯時害民之物有名「大風」者，而認為「大風」即「大鳳」，亦即《莊子》〈逍遙游〉的「大鵬」。聞一多引此一說，似乎與天老所說的鳳具有「見，則天下大安寧」之說相矛盾。然而若從「禳解」以得大安寧的觀點思考，則「大風」所至，雖然有可能帶來某些災害，不過，相對地，經過「禳解」之祭後，風伯更會為許多植物作嫁，以利其生殖，且會帶來風雨以利人畜的生長，則「天下大安寧」的狀況也可預期。至於葉舒憲、蕭兵、（韓）鄭在書：《山海經的文化尋踪：「想像地理學」與東西文化碰觸》〈珍異篇·平凡的怪物〉（武漢：湖北人民出版社，2004年），頁2153～2178，對於「怪鳥、神鳥的真相」有一番詳盡的討論，讀者可自行參考。

26　例如：董作賓：《殷墟文字乙編》（臺北：中央研究院歷史語言研究所，1994年）載（《乙》2452）：羽癸卯，帝不令鳳（風）？夕霧。清·劉鶚撰，嚴一萍編：《鐵雲藏歸新編》（臺北：藝文印書館，1975年），載（《鐵》257·2）：「貞：帝鳳（風）」？

27　分別見於（日）安居香山、中村璋八輯：《緯書集成》（石家莊：河北人民出版社，1994年），頁1157、1167。

帝的使者，正常時節，即協助天帝成就天地萬物生長的神聖職責，直接關係古代社會的農業生產狀況，展現「上天有好生之德」的一面；然而天帝也會有下達負面命令的情形，例如惡風所起之方，即有兵災，因此卜辭中也多出現卜問戰爭、祭祀、旅行、商業吉凶等紀錄。由於風為天帝的使者，而「帝」最重要的標誌又是生養萬物，因此正常狀況下，「風」握有促成萬物生育、成長的能力，故知與生育有關的各種象徵，應為「風」字最重要的本義。

再透過《左傳》記錄郯子以下一段記載：

> 我高祖少皞摯之立也，鳳鳥適至，故紀於鳥，為鳥師，而鳥名。鳳鳥氏，歷正也；玄鳥氏，司分者也；伯趙氏，司至者也；青鳥氏，司啟者也；丹鳥氏，司閉者也。[28]

鳳色五彩，兼備五德，主「和」與「美」，是古人心中的祥瑞象徵，當天下太平時，即有鳳鳥出現，引申而有鳳鳥知天時的特性，因而古代以鳳鳥氏為歷正，主治天文曆數，為正定天時的首長。該說並於鳳鳥以下再分立四官以輔之：燕燕玄鳥，春分來，秋分去，故以玄鳥名官，使主二分；伯趙伯勞，夏至來，冬至去，故以伯趙名官，使主二至；鶬鴳青鳥，立春鳴，立夏止，故以青鳥名官，使主立春、立夏；鷩雉丹鳥，立秋來，立冬去，故以丹鳥名官，使主立秋、立冬。亦即少皞氏以鳳鳥為首以掌歷正，其餘四鳥，則各掌四時變化，使二分二至、二啟二閉各有所司，以共成天時之正，且使氣息的運動狀態能處於平順而有理的狀態，進而達到風調雨順的天候狀況。由於四時變化的關鍵在於氣的流動，而氣的流動則成風，且又因為風為天地的使者，所以若期待天時能得其正，則有賴成為氣之主的「帝」，[29]能妥善發揮其主宰五行四時以及調節八風的威力，命令鳳鳥促進天地之間的和諧，而增進作物生長以及加強所有生物生命力的作用。此外，另有《通卦驗》所載：「八風以時至，則陰陽變化

28　《左傳》〈昭公一七年〉，頁 836。

29　清・孫希旦：《禮記集解》〈月令〉（臺北：文史哲出版社，1990 年），頁 404，於「其帝大皞，其神句芒」下，指出：「天以四時五行化生萬物，其氣之所主謂之帝，《易》所謂『帝出乎〈震〉』也」。

道成，萬物得以育生」，[30]也直接點明八風時至與萬物化生的相對關係。

　　諸如此類對於風、鳳以及玄鳥的祭祀，對於恭迎四方風氣、四方神的措施，乃至於特別強調八風與萬物化生的關係，都可說明從亙古以來，人對於自然風氣與生殖力交互作用的觀察已相當細微，信仰也極崇敬，最明顯反映在「四立」之時的「迎氣」活動上。

四、從「風合以姤」到「牝牡相誘之風」

　　上述所言八風時至與萬物化生的相對關係，乃就風與鳳以及玄鳥的孕育萬物生命之大致現象而言。至於來自八方的風氣，同樣也可影響動物與人類的繁衍關係。從「風」在傳世文獻的眾多涵義中，檢視其與生殖關係較為貼切者，則會發現其中當以《尚書》〈費誓〉「馬牛其風」以及《左傳》所言「風馬牛不相及」中的「風」字最為特殊，而賈逵與服虔對此都有「牝牡相誘謂之風」的說法。[31]此外，《呂氏春秋》於季春之月也載有：

> 合纍牛騰馬游牝于牧，犧牲駒犢舉書其數。
> 高誘《注》：「纍牛，父牛也。騰馬，父馬也。皆將群游從牝於牧之野，風合之。」[32]

此意謂古代從事畜牧工作者，於三月間合聚發情的牝牡牛馬於牧地，以利其彼此交合，先記錄其數，待秋季以後，則知其生「息」多少。由此亦可見「風合」的意思，應與「馬牛其風」、「風馬牛不相及」的「牝牡相誘」涵義都有關聯，且以孳養後代的生息為最主要目的。

　　牛馬的繁殖必須藉由「牝牡相誘」的管道以成就好事，人類的繁衍，也需男女兩性的精子與卵子交配結合。揆諸《周易》的〈姤卦〉，乃有關婚媾之

30　《易緯通卦驗・補遺》，見於《緯書集成》，頁 248。

31　其詳參見《尚書》〈費誓〉，頁 312，孔疏引賈逵云：「風，放也，牝牡相誘謂之風。」《左傳》〈僖公四年〉，頁 201，孔疏引服虔有同樣的說法。

32　其詳參見《呂氏春秋》〈季春紀〉，頁 122。原文亦見於《禮記》〈月令〉，頁 305。

象，至於其〈象傳〉又有「天下有風，姤」的說法，實又已經明白顯示「風」與男女婚媾、婚戀等事有關。再證以〈繫辭傳〉「天地絪縕，萬物化醇；男女構（媾）精，萬物化生」說法，[33]其道理更為明確。其所謂「絪縕」，乃指陰陽二氣的流動特別緩慢，在尚未達到人人可感受的「風」之動態變化時，所呈現的遲滯、瀰漫狀態。不過由於此「絪縕」之氣的本質，仍為代表天地使者的「風」氣使之而然，因此還是可以緣於陰陽和合的緣故，而產生「萬物化醇」的現象。推衍其道理，則當「男女構（媾）精」，則其所化生者，即是生生不息的子嗣繁衍，可見若要成就生殖大事，都與「風」或者「絪縕」之氣有關。既然「風」與生殖之事有關，因而「風」也必然與關乎生殖之始的婚戀息息相關，此事實與〈姤卦〉指謂婚媾之義的卦義正相吻合。由上述舉例，可見「風」從原始以來即與生物的生殖作用具有極密切的關係，再進而推衍到人事，則「風」與人間婚戀大事相關的情形，亦是由來久遠。

五、從帝女蓄草神話以見「嫐」的發展

　　另外，由於《方言》有以游、戲、佚、逸、婸、蕩、淫等字義，訓解「嫐」、「婬」的說法，且《說文》又以「婬」為「厶逸」，有姦邪縱逸的意思，[34]《廣雅》也有「嫐，婬也」的說法，[35]因而綜合以上諸義而引申之，則可將此姦邪縱逸的意思，推而至於生物之間最原始的本能活動，而得到與「牝牡相誘之謂風」相近的意思。由於「嫐」、「婬」的字形均從「女」，推測其義，或者意謂行使此類行為者乃以女子為主，於是另加「女」的偏旁以誌其義。將此現

33　其詳分別參見《周易》〈姤卦〉，頁 104；〈繫辭下〉，頁 171。另據頁 179 的《校勘記》所載「《石經》『構』字『木』旁摩改，初刻似从『女』」，且以義而言，以「構」作「媾」應屬較合理的寫法。

34　其詳參見漢・揚雄：《方言》卷 10，收入《景印文淵閣四庫全書》第 221 冊（臺北：臺灣商務印書館，1983 年），頁 342：「嫐，愓遊也。江、沅之間，謂戲為嫐，或謂之愓，或謂之嬉。」卷 6，頁 326：「佚，婸，婬也。」另外，漢・許慎撰，清・段玉裁注：《說文解字注》〈十二篇下〉（臺北：蘭臺書局，1972 年），頁 631：「婬，厶逸也。」段注：「厶，姦邪也。逸者，失也。失者，縱逸也。」

35　魏・張揖：《廣雅》〈釋詁〉，見於清・王念孫：《廣雅疏證》卷 1 下，收入《國學基本叢書》（臺北：臺灣商務印書館，1968 年），頁 135。

象驗諸《山海經》〈中山經〉，則有帝女神話可與之對應：

> 姑媱之山，帝女死焉，其名曰女尸，化為䔄草，其葉胥成，其華黃，其
> 實如菟丘，服之，媚于人。[36]

根據該神話資料，發現人在服食由䔄草所結的果實以後，即可產生取媚他人的
效果。由於這種媚人能力源自帝女死後的化身，故知當時認定女子擁有媚人之
質的涵義相當強烈。另外，再查「姑媱」二字，於《博物志》中則僅作「古
詹」之形，[37]若以造字原理而言，則「古詹」應該較為接近本來面貌，而「姑
媱」則為後來特別另加「女」字以協助表義的後起字，且「缶」與「言」已發
生變化。

倘若再參照後來宋玉（298？～222？B.C.）發展出的〈高唐賦〉，其所載
赤帝之女葬於巫山之陽，成為巫山之女，楚懷王神遇而幸之，遂置朝雲之觀的
「瑤姬」神話，[38]應為上承帝女「䔄草」的後續發展。綜合以上各例，又可證
明「異性相誘」的神話母題，非僅為亙古常存的話題，且已為普遍流傳的問
題。然而無論是「䔄草」或「瑤姬」神話，其主軸都在「䍃」的字根上，故而
欲明其詳，則有必要深究「䍃」的形義。若以上述各例多與神話有關，未必涉
及實際生活，則可從潘安仁（247～300）因樂於所習媒翳之事而作的〈射雉
賦〉中，發現一些與實際生活有關的事例。甚且再從徐爰（394～475）在該
篇篇題下，特別註記：「媒者，少養雉子，至長狎人，能招引野雉，因名曰
媒。」且於「恐吾游之晏起，慮原禽之罕至」的文句下，還有「游，雉媒名，
江淮間謂之游。游者，言可與游者」的詮解，[39]則知此所謂「游」者，乃先前

36　《山海經》〈中山經〉，頁 142。

37　晉・張華：《博物志》卷 3，收入《景印文淵閣四庫全書》第 1047 冊（臺北：臺灣商務印書
　　館，1986 年），頁 587 載有：「䍃山草，帝女所化，其葉鬱茂，其華黃，實如豆，服者媚
　　于人。」而《四部備要》《博物志・刻連江葉氏本序》（臺北：中華書局，1970 年），頁 1～
　　2 則引黃丕烈云：「䍃山帝女化為䍃艸，䍃山是古䍃山之誤，䍃艸是䍃艸之誤」。

38　其詳參見梁・蕭統編，唐・李善注：《文選》卷 19〈高唐賦〉（臺北：華正書局，1991 年），
　　頁 264～265。

39　其詳參見《文選》卷 9〈射雉賦〉，頁 139～140。

所養，用來當作招引野雉的釣餌。然後再對照《爾雅》所載，在江淮之南一帶，有稱呼青質五采皆備成章的雉曰「鷂」之說法，[40]又可發現「游」與「鷂」乃一音之轉，且可確定此從鳥昫聲的「鷂」，應為「雉媒」同屬一類。經交叉比對的結果，可知其關鍵處又在「䚻」的音義，擁有「䚻」之能力的主體，也具有招引媚誘異性同類鳥的特性。

六、從䚻的變化到「謵誘異性同類禽獸為謠」的發展

討論有關從䚻、䚻以至於謠、謵等一系列文字構形變化者，主要有聞一多（1899～1946）、曾憲通（1935～）以及周鳳五（1947～2015）等學者的說法，可供釐析與確立「謠」的意義所在：

聞一多將此一系列文字的重心，先從《說文》對於「囮」，提出「囮，譯也，從口化聲。率鳥者繫生鳥以來之，名曰囮，讀若訛。圝，囮或從口從繇。又音由」的解說開始，然後將核心問題放在「圝」的討論上。聞氏認為口象欄形，「圝」的本義乃取類捕象的形狀。該字的中心意義，本指既已捕獲象等禽獸以後，教之使馴服之事，再擴大言之，則凡誘致生象之事，及其所用的媒介物，乃至於欄窂一類諸邊緣意，亦俱謂之「圝」。再根據安南（越南）捕象的方法，被當地人用來誘致同類異性鳥獸者，皆以雌誘雄，而非以雄誘雌。此外，古人尚且針對經常加以誘捕的特定對象，特別制定專字以象其事，遂有在象曰圝，在鹿曰麤，在鶌鳩曰舊，在雉曰鷂的特定用字。故以此類推，人以異性相誘者，宜亦得此稱呼。[41]聞氏此說，乃以「圝」為鳥獸誘致其異性同類的說法為基準，而旨在證成人以異性相誘者為「謠」的說法。

為求證成人的異性相誘者為「謠」的說法，於是聞氏又以為風謠的「謠」，蓋亦出於「圝」，且疑「謠」字本作「䚻」。但因小篆「言」與「缶」

40　《爾雅》卷 10〈釋鳥〉，見於晉・郭璞注，宋・邢昺疏：《爾雅注疏》，收入《十三經注疏（附清・阮元《校勘記》）》（臺北：藝文印書館，1985 年），頁 186～187。

41　其詳參見聞一多：《聞一多全集（十）》〈語言文字編・釋圝〉（武漢：湖北人民出版社，2004 年），頁 533～534。

的字形相近，導致形近而誤作「䍃」，於是「䚻」變作「䍃」，遂再另加「言」而作「謠」。「䚻」變作「䍃」以後，「䍃」若用於人事，則加「女」作「嬈」。至於「『瑤』姬」之為言「嬈」，乃因「瑤姬」神話的內容不離女子以淫行誘人，而證諸今日所呼妓女為「嬈子」，實為是義。由於「䚻」為「繇」的省形，「繇」又為「𦀖」的省形，而「繇」、「訛」同字，「謠」又出於「繇」，故「訛言」亦曰「謠言」。是故聞氏以為「謠」的本義當為男女相誘之歌，且認為唯有說風情之謠者方為「謠」的正體，至於其他性質的民謠、童謠皆為變體。[42] 聞氏企圖從「繇」的討論，而得到「謠」的本義當為男女相誘之歌，且唯有說風情之謠者方為「謠」的正體之結論，其思想理路自有可取之處。然而其論證過程中，有關繇、繇、𦀖、𦀖、謠、譌、囮的變化關係，由於所論尚未十分明晰，因此有待利用後來學者特別針對「繇」、「繇」的細說分明，以補充其如何從「𦀖」轉變為「謠」的不足。

　　曾憲通的〈說繇〉，首先依據朱芳圃（1895～1973）將《說文》「繇，隨從也，从系䚻聲。」調整為「繇，隨從也，从系䍃聲。繇，繇或从言。今本繇誤作繇，並脫重文繇」的說法，且在字形之外，另從聲音的關係，說明無論繇或繇，其實都不从系，也無䍃聲的痕跡，而是因為「繇」與「由」音同字通，因此古籍中「繇」、「繇」均可通「由」。又因為缶、由的古音同在幽部，因而缶與由亦有異名同實的現象，故而象形文可以从缶作繇，亦可採形聲為形，从由作䚙，因此繇與䚙可以互相通假。至於繇字偏旁之䍃，則是由象形文的獸頭（曾氏以為鼠，聞氏以及周氏皆以為象。）與聲符缶（由）訛變而成，與肉聲毫不相干；从缶肉聲的䍃字，則因為燒瓦的灶為䍃，故而䍃為瓦器的通名，後又增穴而為窯，乃由另一系統演變、發展而來。於是曾氏引用《說文》：

　　䍃，瓦器也，从缶肉聲。
　　䚻，徒歌，徒歌曰謠，从言肉。

而段玉裁則加注曰：

> 各本無聲字，缶部𦉩从缶肉聲，然則此亦當曰肉聲，則在第三部，故
> 䌛即由字音轉入第二部，故䜜、瑤、䌛、傜皆讀如遙。䜜、謠古今字
> 也，謠行而䜜廢矣。[43]

說明兩個來源不同，意義各別的「𦉩」形，由於音讀巧合的關係，構成象形文
聲化的複雜現象。[44]曾氏將此䜜、瑤、䌛、傜一系列的字歸入象形文聲化的複
雜現象，且指出因為讀音的轉移，遂導致形體的變異，而難明「䌛」的本義。
此說雖對於重新理解「謠」的原委相當有意義，然而對於較為關鍵的字根
「𦉩」與「䜜」的從「缶」或從「言」的問題，或者即以為「䌛」與
「䚻」為重文的緣故，以致對其變化原委較少說明，因而又必須從周鳳五的
〈說䚻〉繼續尋找較妥當的說法。

　　周鳳五的〈說䚻〉，其目的在於解決《尚書》〈大誥〉開篇所載「王若曰：
『猷大誥爾多邦越爾御事』」中「猷」字的字義問題。然而由於討論「猷」必
須涉及「䌛」，而《說文》雖有「䚻」、「𦉩」，卻無「䌛」，且「䌛」又與
「謳」、「謠」有關，因而從其相關討論，正可以提供推源「謠」字本義之用。
為求詳究「謠」字的本義，又應從其對於西周銅器〈彔白𡙿段〉的銘文討論以
為參考關鍵：

> 王若曰：「彔白𡙿，䚻，自乃且考有于周邦，右闢四方，　圉天
> 令。……」

周氏首先引劉心源（1848～1915）《奇觚室吉金文述》的說法，以為銘文中的
「䚻」字即經典的「䚻」，且以為䚻即謠，即䌛，即謳，亦即猷。雖然周氏覺
得劉氏以該字「蓋合䌛、謳二字為之」的說法值得商榷，然而卻認同韻書有承

43　其詳分別參見《說文》，頁 228「𦉩」字，以及 93～94「䜜」字之記載。
44　其詳參見曾憲通：〈說䚻〉，收入中華書局編：《古文字研究》第 10 輯（北京：中華書局，
　　1983 年），頁 23～36。

襲舊音的價值，且可藉此舊音的線索，以辨識或還原屢經傳鈔而產生形體譌變的不可究詰的字。周氏引用諸多金文，以為銘文該字應該就是「譌」，不過省「爪」而已，「∞」實即象的頭部變形，因而「𤕝」雖省爪，然而其為巨首大獸的形狀依然在目，並非从「系」。再參照楚繒書的資料，周氏發現象頭與象鼻獨立而訛變為系，象的軀幹則演變得近似缶字，而與言字並列；至於爪，則與象鼻末端合成肉形。如此一來，「譌」便分化成从言的「䛡」與从缶的「䚮」兩字。此外，周氏又對比〈兮甲盤〉與〈師寰殷〉，發現「䛡」與「舊」因為音近，所以借䛡為舊；再參照歷來韻書中，𡆥、𡆠都有同音為譌的現象，故而可以接受劉心源、吳大澂以「䛡」為「譌」的假設。[45] 由於銘文有借「䛡」為「舊」的記錄，而所謂「舊（或作「𪇰」）」者，根據《說文》「舊、鴟舊，舊留也」的說法，以及段注「〈釋鳥〉怪鴟。舍人曰：『謂鵂鶹也。』南陽名鉤鵅，一名忌欺」的補述，[46] 則「舊」應為鴟鵂一類。誠如聞一多所言，由於鴟鵂味美，故而世人求之頻繁，遂制為專字「舊」以名其捕捉之事。[47] 如此一來，由於「䛡」與「舊」都隸屬於以禽獸誘捕異性同類之事，因而為達到預期目的，人們乃設下欄窐，並選擇五彩備舉的鵻、䚮、鶹等誘媒，使其展現「嫶」、「婬」的姿色以吸引同類，即相當可以理解。

　　經由周氏對「䛡」一字的形構分析，明顯可見「䛡」與「䚮」同源於「譌」

45　其詳參見周鳳五：〈說䛡〉，《幼獅學誌》，第 18 卷第 2 期，1984 年 10 月，頁 27～48。至於所引劉心源《奇觚室吉金文述》卷 4〈兔伯貳簋〉，頁 17 的說法如下：「䛡即謠、即䚮、即譌，亦即猷。……謠言即譌言，譌一作訛。《說文》『𡆥或字作𡆠』，潘岳〈射雉賦〉：『良游呃喔』徐爰注：『雉媒，江淮間謂之游。』即『𡆠』也，故䛡、譌同字。此銘从「∞」从言，即䛡省，又从𥻗即古文『為』省。蓋合䛡、譌二字為之。」而吳大澂的意見，則見於氏著：《字說》〈譌䛡字說〉（臺北：藝文印書館，影印清光緒 19 年思賢講舍重雕本）：「疑古文譌、䚮為一字。《說文解字》：『䚮，隨從也，从系，䚮聲。』孫恂音『余招切』，䚮役之䚮，謠諑之謠古皆作『䛡』。……許書『𡆥、譯也，从口化，讀若譌。或从系作「䚮」，又音由。』」雖然清・王筠：《說文句讀》卷 12（臺北：臺灣商務印書館，1956 年），頁 887，主張「䚮聲不能讀譌」。不過相對於此，《廣雅疏證》卷 5 下，頁 350，則已指出𡆥、𡆠兩字歷來韻書都是同音的。

46　《說文》〈四篇上〉，頁 146。

47　其詳參見《聞一多全集（十）》〈語言文字編・釋𡆠〉，頁 535～536。

而來，最初乃與誘捕大象有關，後來也用來泛稱捕捉各種禽獸之事，而無論囮或僛，都與利用鳥、𤞟、𤟭等物為誘媒，以進行誘捕禽獸的「譌」、「訛」行為有關。因此再回顧《說文》以囮為鳥媒者，乃捕鳥者拴繫生鳥以求招來他鳥的說法，故知「囮」外框之口，原為泛指誘捕禽獸者所設下的欄窜，至於口內所安置的各種誘媒，正所以達到誘致異性同類之目的，因此口內的𤞟與𤟭即為象媒，而圗與圙則為誘捕象以入窜的設施。至於詳究此類誘捕禽獸的措施，實不外乎「譌誘」、「訛誘」的意思。將此誘捕禽獸的道理推之於人，則凡是透過「訛」、「譌」的言談或肢體動作等方式以取媚於人者，可稱為「謠」的本義。其更甚者，若有吸引人從事姦邪縱逸的行為者，即可引申為受到「謠言」蠱惑。

回顧「風」的本義，從立本於大塊之噫氣而為天地（帝）使者的「鳳」開始，遂與「玄鳥」同樣具有促進萬物生殖化育的能力。正由於「風」的興起，攸關於萬物的生殖化育，因而也必然會與關係生殖化育的前置工作，諸如動物之間的牝牡相誘，男女之間的相互傾慕、誘引與愛戀等事有關。由於要達到吸引異性同類之目的，因而特別增強既有的本事，乃至於誇飾，或者無限放大自我原有的一絲一毫美善，以致不免淪為「譌言」、「訛言」的「謠」，此皆有其一路發展的軌跡可尋。正因為殷商時期，黃河南北一帶實為產象的地區，因而甲文所出現商人服象以成「為」字，實顯示象乃當時的人日常所役使服用的獸力，所以會經常捕捉象以供役使代勞之用。故而「譌」之字，主要即取類於「象」此動物的特殊形狀。其後，則因象的產地逐漸南遷，遂成為後世所稱的「南越大獸」。時至戰國時期，黃河流域的居民已罕見生象的形狀，[48]導致原有取類於象之形狀的「為」字象形文，及其訛變的「譌」，當時的人已難以徵實、理解。其後，再由「譌」衍生的「𤞟」與「𤟭」，許慎已難以明辨其詳，以致《說文》當中對於圗、𤞟、𩰊、𥾘、謠、囮、譌等字，明顯有所糾葛。然而論其實，「謠」的本義，具有「譌」、「訛」的意思，乃是不爭的事實。

48　其詳參見徐中舒：《徐中舒歷史論文選輯》〈殷人服象及象之南遷〉（北京：中華書局，1998年），頁 51～71。該文原載於《中央研究院歷史語言研究所集刊》第 2 本第 1 分，1930 年5 月。

七、邦（國）風與歌謠的關係

　　既知「謠」的本義具有謿誘異性同類的原始生物本能作用，因而「謠」的內容不但應與當時實際的生活情形密切相關，而且還應該具備多元取向的多采多姿風貌，方能合乎其既定目的。因而以下將分從歌詩本於歌謠而發展，以及邦（國）風反映社會生活的多面向，說明邦（國）風與歌謠的關係：

（一）詩歌本於歌謠而發展

　　由於䚻、謠為古今字，且徒歌曰謠，則本於「謿」而來的「謠」，為達到「誘引異性同類」之目的，實應與藉由歌詩以努力展現自我、吸引對方的行為動作具有密切相關。再者，對照「心之憂矣，我歌且謠」的說法，[49]亦可推知「歌」與「謠」應有相對取義的作用，希望藉由「歌」與「謠」的雙重作用，強烈表達行為者內在的思緒與心意。同時由於詩歌與樂舞本屬相合而為一者，且再參照《楚辭》的「要嫋」正以「舞容」為訓，[50]故知「嫋」又應與舞蹈之事明顯有關。由於無論「嫋」或「謠」，其字根均為「䚻」，且此「䚻」，又緣於「繇」與「䚻」兩字同源於「謿」的分化而來，因而都保有「誘引異性同類」的原始意義。此外，另一從「䚻」的「蹓」，則為跳的意思，[51]故知「嫋」、「蹓」與「謠」等字又應與手舞足蹈的加強表情達意有關，說明在徒歌的「謠」以外，更可加上跳舞等肢體動作相輔助，以充分表達行為者心中無限的心志與情意，希望獲得別人的認同。

　　基於「凡音者，生人心者也。情動於中，故形於聲。聲成文，謂之音」的根本原理，[52]可知人類對於聲音節奏的感應是最自然而直接的。由此可見在尚

49　《詩》〈魏風·園有桃〉，頁 208。

50　《楚辭》〈九思·悼亂〉，見於宋·洪興祖：《楚辭補注》，收入《四部叢刊初編》（臺北：臺灣商務印書館，1979 年），頁 175 載：「音晏衍兮要嫋。」王逸注：「要嫋，舞容也」。

51　《說文》〈二篇下〉，頁 83：「蹓，跳也。」段注：「《方言》卷 1，頁 290：蹓，跳也。楚曰㢋，陳、鄭之間曰蹓」。

52　《禮記》〈樂記〉，頁 663。

未有文字之前，人類即依賴個人對於聲音節奏的自然反應，以分辨彼此要表達的情意，其表意有所不足者，則以肢體動作來補強、輔助。因此人類發自情感而有的歌之、舞之的手舞足蹈行為，即遵循以下的自然順序產生：

> 歌之為言也，長言之也。說之，故言之；言之不足，故長言之；長言之不足，故嗟歎之；嗟歎之不足，故不知手之舞之，足之蹈之也。[53]

此一發展順序，乃源於內發的情意而自然流露於外，自然而不能自止的歌之、舞之的肢體行為。固然歌舞足蹈的起因不止一源，然而男女以歌唱彼此相和、相互取樂，以期誘引結交對方者，乃是重要的來源之一。周策縱即認為古代歌舞的起源，在降神祈福、戰爭助威等諸多原因以外，尚有吸引異性、祈求生產等與性的基本要求或衝動有關，且與其他昆蟲鳥獸的求偶或是延續後代的狀況不無相似之處。[54]有類於此，陳夢家（1911～1966）以下的說法還可提供重要參考：

> 現今未開化的民族，還是在中春之月，令男女于山野間對唱定情，也是以歌唱舞蹈誘致對方。以歌唱舞蹈誘致對方，則其所唱必多不實，所以謠引申為「謠言」、「訛言」。以言詞相挑撥，見存的俗話叫「調戲」，戲也就是謠。[55]

陳氏雖然自言所舉之例，為未開化民族的男女以山歌舞蹈誘致對方的行為，不過將這些可號稱為「人類活化石」的少數未開化民族的行為模式，證諸現今之世，則可發現如此先以對歌傳情，而後繼之以舞蹈鼓舞情緒的活動，仍然是現

53　《禮記》〈樂記〉，頁702。

54　其詳參見《古巫醫與「六詩」考：中國浪漫文學探源》，頁205。

55　見於葉舒憲：《詩經的文化闡釋：中國詩歌的發生研究》（武漢：湖北人民出版社，1994年），頁556，引載陳夢家〈「風」、「謠」釋名：附論國風為風謠〉的說法，陳氏之文刊於《歌謠》週刊第3卷第20期，1937年。陳氏於該文中，又以《呂氏春秋》〈季春紀〉「乃合纍牛騰馬，游牝于牧」的「游」即是「誘」，而「牧」則為「牡」的誤字，於是以「游牝于牡」為「誘牝于牡以相風合」，因而得到「風」為誘牝牡相合，與「謠」的誘引男女相合完全一樣，所以得到「風」與「謠」為一的結論。

代青年男女傳情的重要方式之一。二者的差別，僅僅在於其所歌的內容以及所舞的動作，有粗獷原始與含蓄婉轉的不同而已。

從最粗獷原始的情感流露，轉而成為含蓄婉轉的深刻情感表達，正是從歌謠過渡到歌詩，再成為以文字為主的詩歌之變化。劉師培（1884～1919）即有謠諺乃詩歌雛型的說法如下：

> 上古之時，先有語言，後有文字。有聲音，然後有點畫；有謠諺，然後有詩歌。謠諺二體，皆為韻語。「謠」訓「徒歌」，歌者永言之謂也。「諺」訓「傳言」，言者直言之謂也。蓋古人作詩，循天籟之自然，有音無字，故起源亦甚古。觀《列子》所載，有堯時謠，孟子之告齊王，首引夏諺，而《韓非子》〈六反篇〉或引古諺，或引先聖諺，足徵謠諺之作先於詩歌。厥後詩歌繼興，始著文字於竹帛。[56]

無論為歌謠、謠諺，乃至於轉型為歌詩、詩歌，其根本要件，除卻仍以個人內心不得不已的思緒或情意為本外，另一重要關鍵則在於聲音曲調的和諧，而藉此以符應聲音與情志的對應關係，有時還會搭配一些迴環複沓的樂調或者引人注意的肢體動作，使之更適合情意的表達。然而這些本諸謠諺的歌詩、詩歌，因為從口語逐漸轉型為文字的緣故，經過某些調整當然是可能的。不過，其初期的形式畢竟可以是自由的，尚保有原本各方國以「土樂」訴說衷情的風貌，而成為具備方國風采的歌詩與音樂。此即《左傳》所載楚囚鍾儀彈琴而「操南音」，於是范文子稱呼「樂操土風」一類的事，[57]說明一聽樂曲，即可分辨其所屬區域，故知原本的歌謠尚未過分受制於樂章、樂譜演奏的規定，採取不得不然的整齊鋪排、重複疊奏。換言之，這段時期無論是歌謠或者歌詩以及詩歌的組織要件，注重音律節奏的成分，仍然高於文字語詞的辨義作用；相對地，此時的解讀者亦重在對聲情的把握與領會，即使無法確切理解詩文語義，但也不會造成對詩義解讀的嚴重障礙。

56　劉師培：《中國中古文學史》〈論文雜記〉（北京：人民文學出版社，1959年），頁110。
57　其詳參見《左傳》〈成公九年〉，頁448。

　　然而當此徒歌的內容，被採詩者採集而成為樂工編制樂歌的材料，為求因應或提高演奏效果的需要，遂有調整歌詞、鋪陳樂章、複沓樂音、迴環曲調的一連串措施，以達到樂歌對聽者產生餘音繞樑不絕於耳，且能深深感動人心的超強效果。不過，根據糜文開（1908～1983）的〈詩經的基本形式及其變化〉研究統計，發現「詩經時代」的詩人很自由。換言之，即使是從徒歌轉入樂歌的作品，也大多屬於天籟般的歌唱，其基本形式仍是在人情自然的趨勢中逐漸發展而成，並不被硬性正式規定其呈現的形式。因此總體而言，《詩》配合人的用語習慣，可以說是四言詩的代表，以四字句為基本，四句成章，且往往疊詠三章然後樂成。如此疊詠三章的「一唱三歎」現象，正可使讀詩者的情感獲得充分抒發，且達到鄭玄（127～200）「申殷勤之意」的說法。[58]或許正是這種表達形式極其自然，且又能充分反映人民內在情志欲求的歌謠本色，因而可以成就〈孔子詩論〉「與賤民而豫之」的特質（此部分參考本書第肆篇專文討論），而達到詩情深入民心的效果。

　　參照《禮記》〈王制〉所載天子巡守之時，「命大師陳詩以觀民風，命市納賈以觀民之所好惡、志淫、好辟」的說法，[59]可知詩歌的內容具有反映各地風俗民情偏向的功能。倘若再對照《漢書》所載，更可見此類反映各地風情之詩對於施政的參考價值：

　　　　男女有不得其所者，因相與歌詠，各言其傷。

　　　　孟春之月，群居者將散，行人振木鐸徇于路，以采詩，獻之大師，比其音律，以聞於天子。故曰王者不窺牖戶而知天下。[60]

　　　　古有采詩之官，王者所以觀風俗，知得失，自考正也。[61]

58　其詳參見糜文開：〈詩經的基本形式及其變化〉，收入糜文開、裴普賢：《詩經欣賞與研究（四）》（臺北：三民書局，1987 年），頁 61～106。

59　《禮記》〈王制〉，頁 226。

60　漢・班固撰，唐・顏師古注：《漢書》〈食貨志〉（北京：中華書局，1962 年），頁 1121、1123。

61　《漢書》〈藝文志〉，頁 1708。

此非僅說明〈邦（國）風〉中應有一部分詩歌是從徒歌改編而來的樂歌，而且樂歌的內容已經相當多元，既可從詩歌的內容觀察各地風俗民情，也可藉此得知為政的得失，以提供施政者適時調整施政內容的重要參考。當然，為政者也會希望藉由樂歌可以深入人心的力量，而達到對人民進行情感教育的效果。

（二）邦（國）風反映社會生活的多種面向

當原始徒歌改編為樂歌以後，明顯已非原來面貌，即使原本屬於男女傳情、相互逗樂誘引的風騷之情，也都受到重新調整而更為雅致化。至於另外由樂工創編的樂歌，[62]則因為取材自公卿列士的獻詩，[63]所以會更注重文辭的典雅，同時還希望能藉由詩歌以傳達人民對於在上者施政的心聲，而達到補察時政的諷諫作用。其實綜觀十五〈邦（國）風〉160 首詩歌的內容，其類別相當多元，並不拘於一格，尤其是諷諫類的詩歌雖有一些，卻並非風體詩的大宗。

根據筆者初步分類統計，十五〈邦（國）風〉的內容可以大別如下：

二〈南〉的詩，可分為男女情詩、婚禮習俗用詩、勞人思婦的遣情詩、子女事親詩、執事行役用詩等類。

〈邶風〉、〈鄘風〉以及〈衛風〉，則包含數量相當多的史事詩（其中多涉及男女之情），此外，尚有忠臣遭讒憂憤詩、閨怨思夫詩、棄婦怨訴詩、男女情詩、隱士自得詩、特殊婚俗詩等類。

〈王風〉包含亂離悲歌詩、夫婦相思詩、男女情詩、棄婦哀傷詩等類。

---

62 有關《詩》之中的歌謠性質，其詳可參見顧頡剛：〈從《詩經》中整理出歌謠的意見〉與〈論《詩經》所錄全為樂歌〉，分別收入顧頡剛主編：《古史辨》第 3 冊（臺北：藍燈文化事業公司，1993 年），頁 589～591 以及頁 608～657。

63 分別見於周・左丘明撰，三國・吳・韋昭注，上海師大古籍整理組校點：《國語》〈周語上〉（臺北：里仁書局，1981 年），頁 9～10：「天子聽政，使公卿至於列士獻詩，瞽獻曲，史獻書，師箴，瞍賦，矇誦，百工諫，庶人傳語，近臣盡規，親戚補察，瞽、史教誨，耆、艾修之，而後王斟酌焉，是以事行而不悖。」以及〈晉語六〉，頁 410：「古之王者，政德既成，又聽於民，於是乎使工誦諫於朝，在列者獻詩使勿兜，風聽臚言於市，辨祆祥於謠，考百事於朝，問謗譽於路，有邪而正之，盡戒之術也。」此外，《左傳》〈襄公十四年〉，頁 562～563，尚載有：「自王以下，各有父兄子弟以補察其政。史為書，瞽為詩，工誦箴諫，大夫規誨，士傳言，庶人謗，商旅于市，百工獻藝。故《夏書》曰：『遒人以木鐸徇于路。』官師相規，工執藝事以諫。正月孟春於是乎有之，諫失常也」。

〈鄭風〉包含政治論詩、風土民情詩、貴族情詩、民間戀詩、夫妻情詩、兄弟朋友用詩等類。

〈齊風〉包含特殊婚俗詩、男女情詩、刺君命無節詩、田獵詩、勸慰之詩等類。

〈魏風〉與〈唐風〉，包含勤儉愛國詩、及時行樂詩、男女情詩、喪親者自傷與悼亡詩、庶民生活詩、思賢友詩等類。

〈秦風〉包含譏刺殉葬習俗詩、稱頌秦君詩、田獵尚武詩、閨婦思夫詩、婉轉抒情詩、思親送別詩等類。

〈陳風〉則有譏刺執政荒淫無度詩、耽於逸樂詩、男女情詩、隱士自得詩等類。

〈檜風〉包含憂君道不振詩、亂離遣懷詩、婦人思君詩等類。

〈曹風〉包含憂蜉蝣虛度詩、美刺國君為政詩、勤王思歸詩等類。

〈豳風〉包含四時農家生活詩、東征詩、周公輔政詩、婚俗用詩等類。[64]

雖然上述所列，並未將 160 首詩的分類作精確的數量統計，但是明顯可見〈邦（國）風〉所包含的類別相當豐富而多元。其中的確有些與政治的關係相當密切者，不過，各國風詩中反映當時社會生活百態的相關詩篇，尤其是包含各種類型情感的詩篇比例極高，乃是不爭的事實。正因為〈邦（國）風〉的內容可以從不同的各種面向，以反映各國的風土民情，因此其詩篇仍為當時人民徒歌的內容，也是手舞足蹈時的歌唱內容，而與百姓的生活息息相關，充分展現當時人生活的各種姿態。

由於諷諫類詩歌與為政的關係最為密切，以致特別受到為政者重視是可以理解的。此外，《毛詩序》為因應漢代政治需要的緣故，以致特別強調政治教化的運作，自然也是時勢所趨。然而《毛詩序》將所有的風體詩都劃歸為「上以風化下，下以風刺上，主文而譎諫，言之者無罪」的諷諫詩，固然有其特別的用心，不過也顯然有以偏概全的現象，因為如此一來已經過分窄化風體詩本

64　筆者已著手進行十五〈邦（國）風〉之內容分類，且針對其中的禮俗及教化思想作系統研究，有些已經完成、發表，其餘的，則正在進行中。

來多元發展的內容，而且也忽略「風」與「謠」的本義在於多言男女風情之事
的特質。

八、結語：「風」多言男女風情

　　由於歌謠為男女傳情的重要媒介，而〈邦（國）風〉當中本來就包含許多
展現各國風俗的土樂與歌謠，所以其中出現大量男女相互言情且與婚戀有關的
詩歌，即屬相當自然的事。其尤要者，在「風」的本義攸關生物生殖，同時
「謠」又包含男女相誘引的大前提下，遂使風體詩中時而出現一些與生殖意義
有關的動、植物，且隨處可見詩文記錄男女從言情、定情，到媾和或結婚，乃
至於繁衍後代的一生發展脈絡，則與「風」的本義是前後連貫、頭尾相連的。
驗諸《荀子》的〈大略〉所載：

> 〈國風〉之好色也，傳曰：「盈其欲而不愆其止。其誠可比於金石，其
> 聲可內於宗廟。」[65]

都正好可證明風體詩中本來就多有好色之言，只是有關納於宗廟的問題，則另
有相關的協調機制。雖然〈國風〉當中多有好色之言，然而卻也不必因其多有
好色之言即視為鄙陋，因為該現象乃真實反應人情之常，本不應強加貶抑之，
而且倘若能以禮自防之，則此好色之情亦能導引人追求美好的事物，並不至於
淪為淫蕩的狀況，而導致令人哀傷不止的不良後果。此一現象又正可對應《荀
子》〈儒效〉所云：「〈風〉之所以為不逐者，取是以節之也。」[66]由於禮本於
人情，因此採行「以禮節之」而非斷然遏制的策略，正是用以端正男女風情的
最佳利器。

　　總之，由於「風」的本義乃是有關於萬物生殖的大事，因而無論是植物、
動物以及人類的繁衍，都與「風」有關，所以「風」與「謠」的正體，乃以多
言男女風情為主。至於其他類別的「風」與「謠」，一來可反映生活內容的多

65　《荀子》〈大略〉，見於清・王先謙：《荀子集解》（臺北：藝文印書館，1988 年），頁 803。
66　《荀子》〈儒效〉，頁 282。

元化，再來則不免受到「君子之德，風；小人之德，草；草上之風，必偃」思想的影響，[67]遂有「風也，教也，風以動之，教以化之」的後續發展。凡此既有的本義，乃至多元的後續發展，都有其特定的時空背景與代表的意義，應該被同等重視，不應掛一漏萬；然而重要的是無論如何都不該專以後來《毛詩序》發展的情形，而否定原來「風」多言男女風情的本色。

本文原刊於 2007 年 6 月，中山大學《文與哲學報》第 10 期，頁 29～56。本文為「〈國風〉之禮教思想新探—以〈詩論〉、《詩序》為討論中心」專題研究計畫部分研究成果（NSC 95-2411-H-003-030）。

67　《論語》〈顏淵〉，頁 109。

肆、〈孔子詩論〉總論對「風」體詩本義的承繼

一、前言：詩本於人情

　　目前上海博物館公布的〈孔子詩論〉（以下簡稱〈詩論〉），儘管各界在編聯釋讀方面仍然存在相當多的歧見，然而相較於傳世文獻中孔、孟、荀對於《詩》僅有片段式的籠統評論，已可謂是最早的論詩「專作」。〈詩論〉當中，不但對於風、雅、頌各類的詩篇各有概括式的總體評論，同時也對某些特定詩篇進行具體評論，其中對於「風」體詩所提出的具體評論，更約佔所有論詩篇數一半，且遍及十二〈邦（國）風〉，[1]於此可見「風」體詩在〈詩論〉中的地位相當重要，值得特別加以探討。

　　正因為學界業已同意〈詩論〉乃目前所見最有系統的論《詩》「專作」，且其中評論「風」體詩的比例又相當高，因而當此寶貴而豐富的新資料公布後，正可取為重新探討風體詩內涵意義的重要依據。本文繼前一篇討論「邦（國）風」中「風」之本義後，再選取〈詩論〉對於「風」體詩的總論為討論基準，至於具體分論各詩篇的部分，則請參見《特定時空環境下的詩禮之教：《詩》教體系的萌芽與定型（分論篇）》。

1　目前各家對〈詩論〉的釋讀稍異，不過整體而言，可與今本《毛詩》所載相對應者相當多，其中有關〈邦風〉的部分，列舉數家的統計篇數如下：馬承源 23 篇，范毓周 26 篇，周鳳五 27 篇（范氏〈上海博物館藏楚簡《詩論》的釋文、簡序與分章〉與周氏〈《孔子詩論》新釋文及注解〉之文，均收入上海大學古代文明研究中心、清華大學思想文化研究所編：《上博館藏戰國楚竹書研究》（上海：上海書店，2002 年），不過周文附錄二的一覽表，其中〈新臺〉並不見於附錄一，應為誤植，所以也為 26 篇。）季旭昇 29 篇（季旭昇主編，陳霖慶、鄭玉姍、鄒濬智合撰：《〈上海博物館藏戰國楚竹書（一）〉讀本〈孔子詩論譯釋〉》（臺北：萬卷樓圖書股份有限公司，2004 年）。馮時 30 篇（據馮時：〈戰國楚竹書《子羔·孔子詩論》研究〉，《考古學報》，2004 年 10 月第 4 期頁 377～418 之統計）。

　　由於飲食男女為人的大欲所在，[2]對照〈詩論〉所載的綜合總評論：「與賤民而豫之，[3]其用心也將何如？曰〈邦風〉是也。」、「〈邦風〉其納物也，溥觀人欲焉，大斂材焉。其言文，其聲善」，[4]因而本文的重點，即在於綜合〈詩

2　《禮記》〈禮運〉，見於漢・鄭玄注，唐・孔穎達等正義：《禮記正義》，收入《十三經注疏（附清・阮元《校勘記》）》（臺北：藝文印書館，1985 年），頁 431。

3　有關「賤民」的語詞，最早的傳世文獻在《史記》卷 97〈酈生陸賈列傳〉，見於漢・司馬遷著，（日）瀧川龜太郎考證：《史記會注考證》（臺北：洪氏出版社，1977 年），頁 1106，有「高陽賤民酈食其」之載，然而該段文獻向來多被疑為他人所羼入者。然後漢・班固撰，唐・顏師古注：《漢書》卷 49〈爰盎鼂錯傳〉（北京：中華書局，1962 年），頁 2296，另有「秦始亂之時，吏之所先侵者，貧人賤民也」之載。「賤民」固然不見於現存先秦傳世文獻中，然而《論語》〈里仁〉，頁 36 有「貧與賤，是人之所惡也。」〈泰伯〉，頁 72 也有「邦有道，貧且賤焉，恥也。」，甚且於〈子罕〉，頁 78 還有孔子自言「吾少也賤」之說，則孔子當時的社會以「賤民」指稱社會地位低下的人民，誠如黃懷信：《上海博物館藏戰國楚竹書〈詩論〉解義》（北京：社會科學文獻出版社，2004 年），頁 258 所言，並非完全不可能。因此自原考釋的馬承源以及後來尚有許多學者將其隸定為「賤民」的處理方式，雖然並非極為妥善而無瑕疵的隸定法，不過參照《公羊傳》〈宣公十五年〉，見於漢・公羊壽傳，何休解詁，唐・徐彥疏：《春秋公羊傳注疏》，收入《十三經注疏（附清・阮元《校勘記》）》（臺北：藝文印書館，1985 年），頁 208，何休對「什一行而頌聲作矣」之注云：「男女有所怨恨，相從而歌，飢者歌其食，勞者歌其事。男年六十，女年五十，無子者，官衣食之，使之民間求詩。鄉移於邑，邑移於國，國以聞於天子。故王者不出牖戶，盡知天下所苦，不下堂而知四方」的紀錄，雖不知何休所據資料的確切年代為何，然而由社會地位低下者擔任第一線採詩工作的說法，且其所採集的對象，可以遍及所有的社會地位低下者，或者尚可備為一說。雖然審查者之一提出一項質疑，認為《詩經》的內容似與「賤民」無關，不過且因目前先秦傳世文獻中，尚未出現「賤民」的「成詞」，因此也無法推知其指涉的固定內涵；然而若以該詞指稱社會地位低下者，則又應是無時無之的事，故而本文的立場，僅將此「賤民」的意義視為廣大的社會地位低下者而言，而不作特殊的政治名詞看待。有關「與賤民而豫之」的不同而重要隸定，可參考周鳳五的〈《孔子詩論》新釋文及注解〉，頁 158，則將「與」連上讀，其下作「殘民而怨之」，以為簡文之意，乃指居上位者若殘民以逞，構怨於人，則可以從〈國風〉諸詩觀其民心。周氏的隸定，確實可以與呈現政治現象的詩相互對應；然而此說似乎也無法說明所有風體詩中，尚存在許多與政治無關或極少關聯的詩篇內容的內涵。因此目前依據簡文殘文而將其隸定為「賤民」，雖不盡如人意，不過尚可算是還可以接受的說法；日後若有更確切的資料，自然可以再作調整。至於有關「與賤民而『豫』之」的隸定，則可參照何琳儀〈滬簡《詩論》選釋〉（亦收入《上博館藏戰國楚竹書研究》，頁 243～259）以「豫」為釋的說法，若以「豫」為釋，則可有「發抒」之意，適可與藉由歌詩而「發抒」感情相吻合，因而此處取「豫」為釋。

4　釋文參見馮時：〈戰國楚竹書《子羔・孔子詩論》研究〉，《考古學報》2004 年第 4 期，頁 377～379 所載。「人欲」馬承源的原釋文作「人俗」，從字形結構言，「欲」與「俗」皆可通，然而從義理而言，則「欲」與「俗」有相當密切的聯繫。范毓周：〈第三枚簡〉，收入上海大學古代文明研究中心、清華大學思想文化研究所編：《上博館藏戰國楚竹書研究》，頁 153，則以「谷」在楚簡中多通叚為「欲」，因此主張「溥觀人谷」應讀為「溥觀人欲」，其意與楚簡〈緇衣〉「故君民者章好以視民欲」的「以視民欲」大體相同。以下為行文方便，

論〉對於〈邦風〉的總體評論，分成四部分以討論風體詩對於「風」本義的承繼：其一，以「與萬民同樂」呈現作詩者的本心；其二，從「納物以呈現民性」彰顯風體詩的多元內容；[5] 其三，以「本於人欲以察民俗」彰顯風體詩的實用功能；其四，以「言文聲善」呈現「思無邪」的詩旨。最後，則以「風」詩之教本於人情義理，總結「風」體詩的內涵意義。

二、從「以萬民所樂為己樂」呈現作詩者的本心

由於風、雅、頌三種體裁的詩所歌詠的對象與內容不同，因而有別於以朝會宴饗樂歌為主的〈雅〉，以王室宗廟祭禮的祭祀用詩為核心的〈頌〉，〈風〉則為顯示一般生活百態的詩歌，因而其歌詠的內容自可融通貴族與庶民等萬民生活的所思所感。參照《毛詩序》所云：「是以一國之事繫一人之本，謂之〈風〉。」明顯可見〈風〉的內容，乃「一國之事」，而其所作則繫於「一人」。針對此事，孔《疏》則詳加疏釋：

> 一人者，作詩之人。其作詩者，道己一人之心耳。要所言 人心，[6]乃
> 是一國之心，詩人覽一國之意以為己心，故一國之事，繫此一人使言之

所引釋文若未特別註明者，則依照馮時釋文。唯馮文作「大斂『財』焉」，以簡文作「材」，讀為「財」，且引《論語》〈里仁〉「君子懷 ，小人懷土；君子懷刑，小人懷惠。」、「君子喻於義，小人喻於利」為證，認為〈邦風〉唯重財利恩惠，因而以「大斂財」意謂竭力聚斂財物。固然君子、小人之間，有注重德義、財利的極大差異，然而細索〈邦（國）風〉當中，並無明顯有關「聚斂財物」的詩作，且〈邦風〉所標榜的德性標準，即使在層級上低於〈小雅〉、〈大雅〉、〈頌〉，也非不言德，因而與其將該字指實為「聚斂財物」，不如仍然依從馬承源引《周禮》〈地官・大司徒〉「頒職事十有二於邦國都鄙，使以登萬民：一曰稼穡，……八曰斂財，……」的資料，遂釋該字為「材」，認為此「斂材」為收集物資。如此以「材」為各種物資之義，具有補充說明所納的「物」乃無所不包的作用。

5　此處原作「納物不言德」，原意本在呈現風體詩客觀「納物」的現象，而不像〈小雅〉、〈大雅〉、〈頌〉明文顯示標榜何種類型之「德」的文字，並無「納物而『無德』」的推論之意。此從筆者所作的系列探討，正在呈現此客觀「納物」的風體詩所蘊藏的禮俗與教化思想，可以清楚得知。由於審查者提出質疑，遂使筆者有感於原來的敘述容易孳生誤解，因而特別更改標題，並在此特別向審查者表達感謝之意。

6　根據清・阮元：《毛詩注疏校勘記》，頁 28，載：「閩本、明監本、毛本，「人」下有「之」字」。

也，但所言者，直是諸侯之政行風化於一國，故謂之風。……莫不取眾之意以為己辭，一人言之，一國皆悅。……必是言當舉世之心，動合一國之意，然後得為〈風〉、〈雅〉，載在樂章。[7]

經由孔氏的疏釋，可見作詩者，當「取眾之意以為己辭」，故而其所言的內容，可以當舉世之心，且其所動皆可合於一國民意，然後透過入樂的手續，使其「載在樂章」，卒成為各國的〈風〉。至於此所謂「眾之意」者，其初雖然不意在描述廣泛的低下層民眾生活，但是緣於深刻精彩的詩篇，必能寫出最多群眾的心聲，因而自然可以觸及低下層民眾的各種生活感受；而所謂「載在樂章」，則又隱約說明各來自群眾心意的文辭，必須再經過樂官將其文辭入樂的特殊處理，始可構成「樂章」，而成為《詩》中的十五國〈風〉。

　　將上述《毛詩序》以及孔《疏》所載，對照〈詩論〉「與賤民而豫之，其用心也將何如？曰〈邦風〉是也」的說法，對於〈風〉的產生緣由與大致過程，可以有更清楚的認知。此處的「賤民」，只是泛指社會地位低下的群眾，而不必是政治上的特殊群體，且此處特別標明「賤民」，乃在凸顯至遲於戰國時期的論詩者，已經認定〈邦風〉的撰作與編訂者，應屬於與「賤民」不同的社群團體。由於作詩與編詩者的社會地位較高，因此更須秉持特別的「用心」以掌握民性，庶幾方可達到「與賤民而豫之」的目的。觀察中國古來即相當重視「民本」思想，此從〈大雅·靈臺〉一詩，即可知文王由於能得民心，故而能得天命，且後世的有道明君，亦無不以「與民同樂」為尚，故而作詩者注重此「與賤民豫之」的根本問題，毋寧是有道理的。

　　由於古代並無智慧財產權的意識與觀念，且大多數〈邦風〉的基本素材又來自眾人生活，再經加工處理，故而除卻極少數篇章的作者有跡可尋，絕大多數的詩都不知作者為誰。由此可見對於〈邦風〉的基本素材進行加工處理，而使之成為〈風〉體詩的最後面貌者，應為與「賤民」相對的社群團體，而此團體可能就是經過特殊調教訓練的樂官群體。換言之，樂官對於來自民間的歌

7　《毛詩序》，見於《毛詩正義》〈周南·關雎〉篇題之後，頁 18。

謠，基於樂譜、樂章等各種樂律的要求，於是將其重新整理、改編歌詞，再搭配迴環複杳的方式，使成為節奏和諧包含多數樂章的「樂歌」。[8]至於最後決定詩文的「貴族」樂官，其所秉持的特別「用心」，即在於先行掌握萬民的好樂所在，然後再取優雅的文辭以調整原始素材，致使整編後的樂歌可以達到「與賤民而豫之」，可與萬民融通而「悅樂」之目的，且又不失教化的作用。[9]

由於能展現人心志的「詩」，在情感的自然流露下，往往通過「樂歌」的方式而呈現於外，以使聽者心情悅樂，於是歌者與聽者之間可以產生情感交流。尤其是一些好的詩篇，當其透過樂歌的加乘作用，更能產生深入人心、感人肺腑的力量。此從《禮記》〈樂記〉的一段話最能說明這種道理：

> 樂者，樂也，人情之所不能免也。樂必發於聲音，形於動靜，人之道也。[10]

《詩》能在春秋中葉以後普遍流行，甚且還可盛行於南蠻地區，[11]應相當得力

8　其詳參見顧頡剛：〈論詩經所錄全為樂歌〉，收入《古史辨》第 3 冊（臺北：藍燈文化事業股份有限公司，1993 年），頁 608～657。顧氏該文原刊於 1925 年 12 月 16～30 日北京大學研究所國學門《週刊》第 10～12 期。然而由於部分學者在社會主義的影響下，強調詩歌與勞動人民創作的密切關係，遂多有以〈邦（國）風〉為「民歌」的說法。針對〈邦（國）風〉的「民歌」屬性問題，屈萬里：《書傭論學集》〈論國風非民間歌謠的本來面目〉（臺北：臺灣開明書局，1969 年），頁 193～214，已就〈邦（國）風〉的篇章形式、文用雅言、用韻情形、語助詞以及代辭的用法等五方面，說明〈邦（國）風〉並非歌謠的本來面目，而主張其中的一部分是各國貴族以及官吏們使用雅言所作的詩歌，而大部分則是用雅言譯成的民間歌謠。葉國良更踵繼其師之後，再作〈《詩經》的貴族性〉，從〈邦（國）風〉160 篇的內容以及貴族的用樂賦詩情形，論證其應當屬於貴族文學。該文收入葉氏著：《經學側論》（新竹：清華大學出版社，2005 年），頁 37～62。

9　《爾雅》〈釋詁〉，見於晉・郭璞注，宋・邢昺疏：《爾雅注疏》，收入《十三經注疏（附清・阮元《校勘記》）》（臺北：藝文印書館，1985 年），頁 8：「怡、懌、悅、欣、衎、喜、愉、豫、愷、康、妉、般，樂也」。

10　《禮記》〈樂記〉，頁 700。

11　春秋以前，中原各國向來以楚為文化落後的南蠻之國，因此十五〈國風〉不及於楚。然而從《左傳》〈宣公十二年〉，見於周・左丘明撰，晉・杜預注，唐・孔穎達等正義：《春秋左傳正義》，收入《十三經注疏（附清・阮元《校勘記》）》（臺北：藝文印書館，1985 年），頁 397～398 的記載，可以推知《詩》不但在春秋中葉以前已經傳入楚國，且為楚國君臣所熟知、熟用。因為楚與晉於邲之戰（597B.C.）後，楚將潘黨請收晉軍之屍以為京觀，而楚莊王則多引〈周頌〉中的〈時邁〉、〈武〉、〈賚〉以及〈桓〉之詩，以言「武德」之義，則知此時楚的君臣不但已經熟知《詩》的內容，甚且還能熟用《詩》的涵義。

於「風」體詩能深入人心的效果，使人產生愉悅、歡樂的感覺，即使是憂傷的歌曲，也可以達到抒發情緒的療癒功能，對於撫慰心靈具有相當重要的催化作用。再從《左傳》所記諸侯、大夫於外交場合賦詩，於使用〈雅〉、〈頌〉以外，尚且還可多以〈邦（國）風〉為輔，促使聘享活動順利進行，且前後的比例大約已高達 3：2。[12]如此，又可以間接推知〈風〉體詩正以其內容與實際生活有相當貼近的層面，[13]且具有「與民豫之」的效果，因此可成為參與聘享活動者「斷章取義」的材料，而為外交辭令所用。

倘若詳加追溯「風」體詩的實質內容，固然以〈邦（國）風〉為「民歌」之說，僅僅只是注重其材料大多來自民間生活，而不論及其成詩情形的不精準、不周延說法；然而以〈邦（國）風〉為貴族文學的說法，同樣不應忽視其極大部分的內容取材於所蒐集民間歌謠的事實。不過，最重要的，則是貴族與庶人的具體生活形式儘管奢儉程度有別，然而人們在實際生活中所必須面對的生死別離等根本問題，及其所引發的喜怒哀樂情感，則基本上並無二致，因此樂官對於民間歌謠進行加工處理之時，亦會考慮如何以詩歌反應人們心情的最重要原則，然後再配以合適的樂調，且透過迴環往復的樂章，表達人們內在思緒的不得已之情，而呈現另外一番新面貌。前述所謂「心之憂矣，我歌且謠」的說法，正是最恰當的說明；只是「憂」的說詞，僅僅只是標舉諸多複雜的思緒之一，藉此以概括其他各種喜怒哀樂之情，而不應固著於單一的憂思之情。

證諸〈樂記〉有「情動於中，故形於聲」之說，且列舉以下六種情與聲的對稱反應：

> 其哀心感者，其聲噍以殺。其樂心感者，其聲嘽以緩。其喜心感者，其聲發以散。其怒心感者，其聲粗以厲。其敬心感者，其聲直以廉。其愛

12　其詳參見張素卿：《左傳稱詩研究》附錄一〈左傳賦詩一覽表〉，收入《文史叢刊》第 89 種（臺北：臺灣大學文學院，1991 年），記載賦詩引用〈國風〉29，大、小〈雅〉46，〈頌〉1，〈逸詩〉4。

13　楊華：《先秦禮樂文化》（武漢：湖北教育出版社，1997 年），頁 184，也指出《詩》由於具有合樂、合舞的藝術特質，及其源於民間而又成於王官的政治屬性，因而在禮樂制度下的宗周社會生活中，成為當時社會上下通行、雅俗並用的文化語彙。

> 心感者，其聲和以柔。

由於哀、樂、喜、怒、敬、愛的六種情感，是每個人都有的情感反應，且會與具體的發聲狀況產生對稱反應，甚至還進一步產生肢體動作，此即《禮記》所載人的情感與肢體動作間的一連串反應情形：

> 人喜則斯陶，陶斯詠，詠斯猶，猶斯舞，舞斯慍，慍斯戚，戚斯歎，歎斯辟，辟斯踊矣。[14]

人們此種情緒自然發洩與所投射動作的連續性反應，本無分士庶或貴賤的不同。職此之故，在〈國風〉中佔極大比例，描寫勞人思婦、傷時亂離、悲嘆怨訴、愛戀思慕之情的詩歌，乃共同存在於人們日常生活中，令人心具有戚戚焉的切身之感，本無階級身分的差別與隔閡。因此樂官所編製的樂歌，若要達到「與賤民而豫之」的雅俗共賞程度，且還具有宣洩情感的效果，則其先決條件，乃在於其能否知「民性之固然」。倘若參照〈詩論〉當中，簡文三次提及「民性固然」的記載，[15]即可明顯知其然；至於其所以然，將在「本於人欲以察民俗」的部分詳加討論。就現存的十五〈國風〉而言，雖然內容取自民間歌謠、風謠，然而經過樂官「用心」的加工處理後，則可使其既不失《詩》「溫柔敦厚」的特質，[16]又可發揮興、觀、群、怨的作用，達到抒發讀詩者性情的效果，[17]獲得愉悅情性的喜樂。若能如此，方可達到〈性自命出〉（〈性情論〉）所言：「笑，禮之淺澤也；樂，禮之深澤也。」[18]分別從內心深淺不同的層次獲

14　引文分別見於《禮記》〈樂記〉，頁 663；〈檀弓下〉，頁 175。

15　第 16 簡「孔子曰：『吾以〈葛覃〉得氏初之詩。民性固然，見其微，必欲反其本。』」、第 20 簡「【吾以〈行露〉得】幣帛之不可去也。民性固然，其隱志必有以喻也，其言有所載而後納，或前之而後交，人不可觸也。」、第 24 簡「吾以〈甘棠〉得宗廟之敬。民性固然，甚貴其人，必敬其位。悅其人，必好其所為；惡其人亦然」。

16　《禮記》〈經解〉，頁 845：「其為人也，溫柔敦厚，《詩》教也」。

17　《論語》〈陽貨〉，頁 156：「《詩》可以興，可以觀，可以群，可以怨，邇之事父，遠之事君，多識於鳥獸草木之名」。

18　荊門市博物館編，裘錫圭審訂：《郭店楚墓竹簡》〈性自命出〉（北京：文物出版社，1998年），頁 180。馬承源主編：《上海博物館藏戰國楚竹書（一）》（上海：上海古籍出版社，2001年），頁 238～240。

得情性滿足的境界。

三、從「納物以呈現民性」彰顯風體詩的多元內容

〈詩論〉以〈邦（國）風〉為「納物也」，其實包含如何「納之」以及「所納為何物」兩大問題。首先論及其所謂「納之」之道，則應以「采詩」、「獻詩」為重要管道。至於有關古代「采詩」、「獻詩」的制度，其實《國語》已經早有明載：

> 天子聽政，使公卿至於列士獻詩，瞽獻曲，史獻書，師箴，瞍賦，矇誦，百工諫，庶人傳語，近臣盡規，親戚補察，瞽、史教誨，耆、艾修之，而後王斟酌焉，是以事行而不悖。

> 古之王者，政德既成，又聽於民，於是乎使工誦諫於朝，在列者獻詩使勿兜，風聽臚言於市，辨袄祥於謠，考百事於朝，問謗譽於路，有邪而正之，盡戒之術也。[19]

透過此兩則記載，已明確說明「獻詩」者乃「公卿至於列士」一輩的人。至於庶人，則可經由「傳語」的途徑，然後由樂官將所蒐集的民間口傳資料，依譜填詞以成樂歌，再由樂工的誦歌，進而達到諫於朝的效果。至於《漢書》，也明載：

> 古有采詩之官，王者所以觀風俗，知得失，自考正也。
> 孟春之月，群居者將散，行人振木鐸徇于路，以采詩，獻之大師，比其音律，以聞於天子。故曰王者不窺牖戶而知天下。[20]

從此處特別標榜「古有」兩字，可見漢代之時，已知「采詩」制度乃行之久遠

19　分別見於周・左丘明撰，三國・吳・韋昭注，上海師範大學古籍整理組校點：《國語》（臺北：里仁書局，1981 年）〈周語上〉，頁 9～10；〈晉語六〉，頁 410。
20　分別見於《漢書》〈藝文志〉，頁 1708；〈食貨志〉，頁 1123。

的大事，並非始自漢代才開始。此外，再配合《禮記》〈王制〉所載，天子五年一巡守，其中「命大師陳詩以觀民風」的項目，乃是其例行的重要工作之一；[21]而《孔叢子》亦載有天子「命史采民詩謠，以觀其風」。[22]經由此諸多文獻的記載，則古有采詩於民間的制度或許不必懷疑。換言之，藉由樂歌的吟誦，天子可據以觀察各國民風的差異，以為日後施政的參考，更可藉此以知施政的得失。由於各國民風，乃隨其所處地理環境的不同而各有差異，又因為有關政治的問題乃包羅萬象，且得失之間更是錯綜複雜，所以《詩》的內容乃兼容並採，而呈現經緯萬端的現象；其中尤以歸屬各國的〈邦（國）風〉，最能呈顯內容豐富廣泛的多元特性。

其次，則應進而探討〈邦（國）風〉所納的「物」為何的問題。概括而言，其所納的「物」，應屬「四時行，百物生」一類的事，[23]乃泛指天下萬事萬物等各種現象的總稱。對照〈性自命出〉與〈性情論〉所載，則此〈邦（國）風〉所納的「物」，正是簡文「凡見者之謂物」中對於「物」的定義，其對象是無所不包的各種存在。這種「物」，因為具有「凡動性者，物也」的特質，而且人的心又具有「心無定志，待物而後作」的特性，說明各種「物」皆可成為觸動人「性」，而使「性」產生不同的「情」之動力因。固然人有好惡之情，乃源自人們與生俱來的自然本性，亦即簡文「好惡，性也」所說，然而又因為心本無定志，復以「所好所惡，物也」的緣故，[24]致使一旦外界客觀存在的「物」稍有不同，則心情也會相對產生各種不同的反應。是故，欲使原本為靜的「性」有所動，而發為不同的「情」之反應，其關鍵處即在於「物」與人的「性」發生相互交感的作用。此一狀況又可與〈樂記〉所言「人心之動，物使

21　其詳參見《禮記》〈王制〉，頁 225～226。

22　舊題漢‧孔鮒：《孔叢子》〈巡狩〉，收入《百子全書》第 1 冊（長沙：岳麓書社，1993 年），頁 256。

23　《論語》〈陽貨〉，頁 157 載：「子曰：『天何言哉？四時行焉，百物生焉。天何言哉？』」說明天雖不言，而四時的節令依次遞行，百物亦皆順應天時而生，乃自然而然的現象。

24　分別參見《郭店楚墓竹簡》〈性自命出〉，頁 179。《上海博物館藏戰國楚竹書（一）》，頁 220～230。

之然也」的說法相符應。[25]由於外界客觀存在的萬物，正是促使人產生不同好惡之情的關鍵所在，因此〈邦（國）風〉所納的「物」，當然是「大斂材」以後的諸多存在，故而能以其豐富的內容展現民「性」的各種面向，彰顯「風」體詩的多元性質。

再對照〈詩論〉中兩大段評論《詩》四類詩的文字，從中可以呈顯戰國時期對於各類詩體特質的認定，認為此四類詩在德行發展上具有等級層次性：

> 〈頌〉，平德也，多言後。其樂安而遲，其歌申而繹，其思深而遠，至矣！〈大雅〉，盛德也，多言〔……。〈小雅〉，□德〕也，多言難而怨懟者也，衰矣！少矣！〈邦風〉，其納物也。溥觀人欲焉，大斂材焉；其言文，其聲善。[26]

從此四類詩體排比有序、言簡意賅的評論，可見〈詩論〉認為屬於祭祀樂歌的〈頌〉，應該具有最高層次的中正平和之德，然後〈大雅〉、〈小雅〉則依次遞降德的層級，分別為盛大之德以及稍降之德，最後的〈邦（國）風〉雖不再標榜德的類別，然而卻更推本於德的根源，於是逕以「納物」為稱，庶幾可見民「性」的固然。換言之，〈邦（國）風〉的內容乃廣納所有外在所能見的物，藉此以呈現萬民的「性」，並進而可據以「溥觀人欲」的所在。如此將「德」與「物」對舉，顯然表示〈邦（國）風〉的主體與特質，乃專重如何使人從廣納社會萬象萬物當中，呈現民性與人欲的所在，進而可以溥觀各國的風俗。此處對於〈邦（國）風〉的評論雖然不以德為稱，然而從德行的成長自有其階段程序可言，且此階段所呈現的民性、人欲與風俗，正是日後可提煉為更高層次德行的基礎內容，因此具有成德之本的作用。孔子所謂「繪事後素」的說法，[27]正好可用以顯示民性本然之質的優越且先在的重要性，必須先行把握；

25　《禮記》〈樂記〉，頁 662。

26　馮時：〈戰國楚竹書《子羔・孔子詩論》研究〉，頁 377～379 之釋文。

27　《論語》〈八佾〉，頁 26～27 載：「子夏問曰：『「巧笑倩兮，美目盼兮，素以為絢兮。」何謂也？』子曰：『繪事後素。』曰：『禮後乎？』子曰：『起予者商也，始可與言《詩》已矣』」！

此也正是〈邦（國）風〉強調廣為「納物」，以呈現民性的重要所在。

此外，再參照〈詩論〉另一段記載：

> 孔子曰：唯能夫，曰《詩》，其猶平門。與賤民而豫之，其用心也將何如？曰：〈邦風〉是也。民之有戚患也，上下之不和者，其用心也將何如？〔曰〈小雅〉是也。……曰〈大雅〉〕是也。有成功者何如？曰〈頌〉是也。[28]

將〈邦（國）風〉、〈小雅〉、〈大雅〉與〈頌〉四類詩，由下而上，整齊排比而至於成功的說明，則可以更確定自〈邦（國）風〉以至於〈頌〉，應屬於人的情性前後延續發展的遞升程序。〈邦（國）風〉的內容，儘管其初只是客觀展現民性的情實，不過，卻可以經由禮的節制作用，而適當調整其好樂之情，以達到「發乎情，而止乎禮義」的境地。[29]倘若人的行為皆能動而合乎禮，則依次遞升的結果，亦可以由〈風〉而入於〈小雅〉，再躍升至〈大雅〉，終而至於〈頌〉的最高層次。

四、從「本於人欲以察民俗」彰顯風體詩的實用功能

〈詩論〉中，原考釋在「〈邦風〉，其納物也」以後，續之以「溥觀人俗焉」，且將其讀為「普觀人俗」，而范毓周（1947～）、李零（1948～）、馮時（1958～）等學者，則以「俗」作「欲」。[30]雖然從文字構形而言，此字作「俗」與「欲」皆屬可行，然而仔細思索二者的關聯，則「人欲」與「民俗」其實具有極其微妙的連鎖性。同時，此有關「人欲」與「民俗」的問題，又是關係風

28　馮時：〈戰國楚竹書《子羔‧孔子詩論》研究〉，頁 378 之釋文。

29　《毛詩》〈關雎序〉，頁 17 載：「變風，發乎情，止乎禮義。發乎情，民之性也；止乎禮義，先王之澤也」。

30　其詳參見李零：《上博楚簡三篇校讀記》（臺北：萬卷樓圖書股份有限公司，2002 年），頁 43；范毓周：〈上海博物館藏楚簡《詩論》的釋文、簡序與分章〉，頁 184；馮時：〈戰國楚竹書《子羔‧孔子詩論》研究〉，頁 384。此外，有關「『溥』觀」，學者亦有「溥」、「博」之別，且有或屬上讀之差異，然而此差異在義理上並無大別。

體詩內容的重要關鍵，因而亟待詳細梳理。至於要探究「人欲」與「民俗」的聯繫，則又應以「民性」為討論核心。因此追本溯源，以下將從「民性」的討論著手，然後依序而至「人欲」與「民俗」的問題。

〈詩論〉中三言「民性固然」，誠如龐樸（1928～2015）所言，此所謂「民性」，非指性善、性惡的「性」，乃指人的剛柔、緩急，高明、沉潛一類有關血氣心知的性。[31]雖然血氣心知的性存在相當多的個別差異，不過，在眾多分殊當中，仍然有人情義理的共相存在，而有所謂人性的自然。其所謂「性」，可從〈性自命出〉（〈性情論〉）觀之：

> 凡人雖有性，心無奠（正）志，待物而後作，待悅而後行，待習而後奠。喜怒哀悲之氣，性也。及其見於外，則物取之也。性自命出，命自天降。
>
> 凡性，或動之，或逆之，或交之，或厲之，或出之，或養之，或長之。[32]

由此可見所謂「民性固然」的「性」，乃告子「生之謂性」、「食色，性也」之謂，又是孟子「口之於味也，目之於色也，耳之於聲也，鼻之於臭也，四肢之於安佚也；性也，有命焉」的與生俱來、不待後學而能的自然本性，[33]而《禮記》〈樂記〉稱之為凡民所共具的「血氣心知之性」。[34]這種「性」的特質，乃是「性」之所在，「欲」亦從而隨之的「伴生」現象。《荀子》也有相關說法可供參照：

> 若夫目好色、耳好聲、口好味、心好利、骨體膚理好愉佚，是皆生於人之情性者也；感而自然，不待事而後生之者也。

---

31 其詳參見龐樸：〈上博藏簡零箋〉，收入《上博館藏戰國楚竹書研究》，頁238～239。

32 《郭店楚墓竹簡》〈性自命出〉，頁179。《上博館藏戰國楚竹書（一）》，頁220～224、226～227。

33 分別見於漢・趙岐注，宋・孫奭疏：《孟子注疏》，收入《十三經注疏（附清・阮元《校勘記》）》（臺北：藝文印書館，1985年），〈告子上〉，頁193；〈盡心上〉，頁253。

34 《禮記》〈樂記〉，頁679：「夫民有血氣心知之性，而無哀樂喜怒之常，應感起物而動，然後心術形焉」。

> 夫人之情，目欲綦色，耳欲綦聲，口欲綦味，鼻欲綦臭，心欲綦佚，此
> 五綦者，人情之所必不免也。[35]

透過荀子所說，更清楚顯示「民性之固然」，即是人情所不能免的「欲」之所
在。因而《禮記》〈禮運〉即清楚定義人情與人欲如下：

> 何謂人情？喜、怒、哀、懼、愛、惡、欲七者，弗學而能。
> 飲食男女，人之大欲存焉；死亡貧苦，人之大惡存焉。故欲惡者，心之
> 大端也。[36]

繼提出人情為何，且指明大欲、大惡如何以後，更推出「心」的作用，乃位居
由性生情的特殊關鍵地位。這種與生俱來的「血氣心知之性」，雖然可以外發
為喜怒哀悲等不同的「情」，且可能產生較明顯的大欲、大惡之情，然而其關
鍵所在，則有賴於「心」產生興感的作用。一旦「心」與「物」交相有感，遂
能取應於物，促使「性」產生動、逆、交、厲、出、養、長的各種反應，呈顯
「心」的趨向以成其志。

　　至於志之所之，則形諸於外，於是發言為詩，藉此以明其志，甚至於希望
藉由嗟嘆詠歌、手舞足蹈，以獲得廣大群眾的共鳴。此即《毛詩序》所載：

> 詩者，志之所之也；在心為志，發言為詩。情動於中，而形於言。言之
> 不足，故嗟嘆之；嗟嘆之不足，故永歌之；永歌之不足，不知手之、舞
> 之、足之、蹈之也。[37]

由於人的喜、怒、哀、懼、愛、惡、欲等情，可以發為視而可見的詩文，透過
詩文的媒介，與讀詩者的情感產生交流而引發共鳴，於是作者與讀者雙方，都
可達到發抒思緒以調節情性的效果。最明顯的事例，乃是《荀子》以「盈其欲

35　分別見於《荀子》〈性惡〉，見於清‧王先謙：《荀子集解》（臺北：藝文印書館，1988 年），
　　頁 708；〈王霸〉，頁 392。

36　《禮記》〈禮運〉，頁 431。

37　《詩》〈關雎序〉，頁 13。

而不愆其止」，說明「〈國風〉好色」之事，如何在「盈其欲」與「不愆其止」之間取得平衡，即是關鍵所在。由於〈邦（國）風〉「好色」的現象所反映的，正是民性、人情與欲惡的真實狀態，因此「盈其欲而不愆其止」的說法，正是《詩》教可以發揮其「發乎情，而止於禮義」的重點所在，是故能否遵循「禮義」即成為癥結所在。換言之，由於〈邦（國）風〉記錄民性與人情等情實，於是可因其誠可比於金石，致使其聲具有可內於宗廟的實用功能。[38]此即戰國簡文所謂：

> 苟以其情，雖過不惡；不以其情，雖難不貴。苟有其情，雖未之為，斯人信之矣。未言而信，有美情者也。[39]

若再探究其中道理，則應為〈邦（國）風〉當中的相當多風謠已融入「其情也信」的本色，此從簡文〈性自命出〉以下的記載可明其說：

> 凡聲，其出於情也信，然後其入拔人之心也厚。聞笑聲，則鮮（馨）如也斯喜。聞歌謠，則陶如也斯奮。聽琴瑟之聲，則悸如也斯嘆（難）。觀〈賚〉、〈武〉，則齊（懠）如也斯作。觀〈韶〉、〈夏〉，則勉如也斯斂。詠思而動心，胃（喟）如也，其居次（節）也舊，其反善復始也慎，其出入也順，始（治）其德也。鄭、衛之樂，則非其聽而從之也。[40]

簡文於此顯然並未如〈樂記〉的嚴格區分聲、音、樂的層級關係，而是籠統以聲或樂代表音樂的概念，且將重點放在音樂最能反應人情之所感的相對關係上，因而當其聽聞歌謠、琴瑟之聲以及特定的〈韶〉、〈武〉之樂，都會觸動

38　《荀子》〈大略〉，頁803：「〈國風〉之好色也，《傳》曰：『盈其欲而不愆其止。其誠可比於金石，其聲可內於宗廟』」。

39　《郭店楚墓竹簡》〈性自命出〉，頁181。《上博館藏戰國楚竹書（一）》〈性情論〉，頁250～252。

40　《郭店楚墓竹簡》〈性自命出〉，頁180。《上博館藏戰國楚竹書（一）》〈性情論〉，頁239～245。

不同的思緒與心情。雖然聽聞音樂的反應各有不同，然而其「反善復始」以入於德之目的則無二致，以此證諸《孝經》「移風易俗，莫善於樂」的說法，[41] 也可彼此相合。然而其中較特殊者，乃是「鄭、衛之樂」的問題。若依照季札（576～484B.C.）觀樂所得，則認為〈鄭風〉反應其聲「其細已甚」的現象，而有「民弗堪也」的疑慮；至於〈衛風〉，固然還可彰顯其「憂而不困」的特點，[42] 然而終因其容易使人的情性耽溺其中，所以也不宜多浸淫其中。此從魏文侯（472～396B.C.）對子夏一句肺腑之言，則值得仔細玩味：

> 端冕而聽古樂，則唯恐或臥；聽鄭衛之音，則不知倦。[43]

以胸懷大志、奮發有為的魏文侯，尚且對「新聲」難以自制，則遑論其他意志力不夠堅定者，聽聞「新聲」更難以自拔、知所節制。是故，對於此類「新聲」，當然不宜長時間久置其中，也不適合取為宗廟祭典的音樂。

　　由於〈邦（國）風〉反應民情風俗的情實，而成為古代天子巡狩時例行查訪的內容，於是在探討民性、人欲以後，則後續應探究屬於各邦國民俗的問題。所謂民俗，簡言之，乃居住於某一特定區域的人民，受到大化自然的風氣、地理環境以及政治力的影響，致使各邦國的人民形成特殊的生活習慣及嗜好，而產生與其他邦國不同的現象者。其中，《國語》已有以下的紀錄，說明古代聖王深知地理環境對於人民生活習性的影響，因而對於安頓人民的居住環境極為注意：

> 昔聖王之處民也，擇瘠土而處之，勞其民而用之，故長王天下。夫民勞
> 則思，思則善心生；逸則淫，淫則忘善，忘善則惡心生。沃土之民不

41　《孝經》〈廣要道〉，見於唐‧玄宗御注，宋‧邢昺疏：《孝經正義》，收入《十三經注疏（附清‧阮元《校勘記》）》（臺北：藝文印書館，1985 年），頁 43。

42　《左傳》〈襄公二九年〉，頁 668～669：「為之歌〈邶〉、〈鄘〉、〈衛〉，曰：『美哉淵乎！憂而不困者也。吾聞衛康叔、武公之德如是，是其〈衛風〉乎！』……為之歌〈鄭〉，曰：『美哉！其細已甚，民弗堪也。是其先亡乎』」！

43　《禮記》〈樂記〉，頁 686。

材，逸也；瘠土之民莫不嚮義，勞也。[44]

可知古代聖王早已明瞭土地的肥沃貧瘠程度不同，不但可以直接影響經濟生活的品質與內容，同時還由於取得物質生活的難易程度不同，還會間接影響人類潛能開發的程度。古代聖王有鑒於各地居民的資質，非僅有材與不材的差別，並且還會因地理條件以及經濟環境的不同，而造成彼此處世態度與人格特質的差異，於是有偏仁好義、急躁和緩等不同的傾向。此從《禮記》〈王制〉所載，更可見居處中原與四夷地區者，在居處、言語、衣服、飲食習慣等方面的不盡相同處：

> 凡居民材，必因天地寒煖燥濕、廣谷大川異制，民生其間者異俗，剛柔、輕重、遲速異齊，五味異和、器械異制、衣服異宜。中國、戎夷，五方之民，皆有性也，不可推移。……中國、夷、蠻、戎、狄，皆有安居、和味、宜服、利用、備器。五方之民，言語不通，嗜欲不同。[45]

由於古代中國幅員廣大，加上交通不便、彼此的接觸也不甚頻繁，因而各地的人常受限於天候地理環境與物質條件的限制，於是發展出各具其民族特色的生活習性與嗜欲偏好。此外，《爾雅》也詳加記載有關四方極遠之國的民性稟氣問題：

> 岠齊州以南戴日為丹穴，北戴斗極為空桐，東至日所出為大平，西至日所入為大蒙。大平之人仁，丹穴之人智，大蒙之人信，空桐之人武。[46]

造成此仁、智、信、武差異現象的原因無他，乃由於各地的地氣不同，因此長期置身於該特定環境當中，自然會逐漸接受薰陶而孕育出相應的人格特質。此也可再參照《漢書》所載：

---

44 《國語》〈魯語下〉，卷 5，頁 205。

45 《禮記》〈王制〉，頁 247。

46 《爾雅》〈釋地〉，頁 113。

> 凡民函五常之性，而其剛柔緩急音聲不同，繫水土之風氣，故謂之風。
> 好惡取舍，動靜亡常，隨君上之情欲，故謂之俗。[47]

雖然「隨君上之情欲以為俗」的說法，稍嫌言之過甚，不過，此說也證明君上的好惡之情，乃至於施政策略是否努力推動某項習俗，皆為影響人民風俗習慣養成的重要因素。

至於較能反應客觀情況者，則為應劭（生卒年不詳，曾於東漢靈帝時為官）所說：

> 風者，天氣有寒暖，地形有險易，水泉有美惡，草木有剛柔也。俗者，
> 含血之類，像之而生，故言語歌謠異聲，鼓舞動作殊形，或直或邪，或
> 善或淫也。[48]

此指出風俗的產生，深受天候地理等環境不同的影響，在各地地形地物的憑藉與限制下，於是世人紛紛採取不同的相應措施，以調和自己與環境的關係，藉此謀取更好的生活機能，並且形成不同的生活習性。由於風俗的基礎，乃關乎民心、民性的自然趨向，且通行於大下有相似地理、風氣的地區，為國家制定綱紀的憑藉，因而聖主明君若欲化民成俗，則會相當重視反應各地民情風俗的歌詩，從中選擇日後施政的參考。

此從《荀子》〈王霸〉以下所載，早已可見荀子非常清楚風俗的美惡，攸關國家處境安危的問題，不可不慎：

> 無國而不有美俗，無國而不有惡俗。兩者並行（而國）（在），上偏而
> 國安，（在）下偏而國危；上一而王，下一而亡。故其法治，其佐賢，
> 其民愿，其俗美，而四者齊，夫是之謂上一。如是，則不戰而勝，不攻
> 而得，甲兵不勞而天下服。[49]

47　《漢書》〈地理志下〉，頁 1640。

48　《風俗通義》〈序〉，見於漢・應劭撰，王利器注：《風俗通義校注》（臺北：漢京文化事業
　　有限公司，1983 年），頁 8。

49　《荀子》〈王霸〉，頁 403～404。王念孫認為「並行」下，不當有「而國」二字；「下偏」上，

由於「風」體詩最能呈現風俗美惡的情形，以提供施政時的參考，因而具有相當重要的實用功能，以供施政者因勢利導之。固然十五〈邦（國）風〉所記錄的範圍，並不達於四夷以及四方極遠方國等地，然而根據方玉潤（1811～1883）的〈十五國風輿地圖〉，亦知其所包含的幅員已經相當廣闊。雖然方玉潤足跡幾乎遍及的十五〈邦（國）風〉時空環境，已與詩作形成時期有所不同，但是仍可推知「各國風尚攸殊，隨地變遷，迥不相侔」的狀況，於是歸來即草創該圖，以供讀其詩者在觀覽詩作之餘，還可觀察其地理形勢，[50]藉此以明各〈邦（國）風〉的風土民情，以展現其實用功能。換言之，十五〈邦（國）風〉正因來自不同的封國，各自有不同的自然與人文環境，復以關係社會大眾生活最密切的交通與經濟條件各有差異，因而各〈邦（國）風〉所展現不同的民情風俗、行為態度以及價值觀念等現象，正是施政者可據以推行教化的重要憑藉。

五、以「言文聲善」呈現「思無邪」的詩旨

若從孔子自衛反魯，然後樂正，〈雅〉、〈頌〉各得其所，且三百五篇皆弦歌之，而禮樂自此可得以述，於是王道備而六藝成的記載；[51]再參照儒者於無喪之時，誦詩三百，弦詩三百，歌詩三百，舞詩三百的說法；[52]明顯可見古者教人以詩樂，而且透過誦、弦、歌、舞的方式，時時將《詩》的內容展現於生活中。同時，再參照《周禮》〈大司樂〉所載：

> 以樂德教國子：中、和，祇、庸，孝、友。以樂語教國子：興、道、諷、誦，言、語。以樂舞教國子：舞《雲門大卷》、《大咸》、《大韶》、

不當有「在」字。

50 其詳參見清・方玉潤撰，李先耕點校：《詩經原始》上冊〈十五國風輿地圖〉（北京：中華書局，1986 年），頁 10～13。

51 其詳參見《論語》〈子罕〉，頁 79～80；漢・司馬遷：《史記》〈孔子世家〉，頁 759～760。

52 其詳參見《墨子》〈公孟〉，見於清・孫詒讓：《墨子閒詁》卷 12（臺北：華正書局，1987 年），頁 418。

《大夏》、《大濩》、《大武》。[53]

由此又可見詩、樂、舞乃同條共貫，藉以共同促使國子未來將成為君子的準備。此所謂六種「樂語」者，朱自清（1898～1948）認為都以「歌辭」為主，且「興、道」似乎通過合奏的方式，「諷、誦」則以獨奏的途徑，而「言、語」則是將「歌辭」應用在日常生活裡。[54]至於朱氏的所謂「歌辭」，自然應為《詩》的內容，而六種「樂語」，則明顯應與《詩》的傳授、運用密切相關。此又可參照鄭玄《注》以及孫詒讓（1848～1908）的《正義》得知：

> 興者，以善物喻善事；道讀曰導，導者言古以剴今也。倍文曰諷，以聲節之曰誦。發端曰言，答述曰語。（鄭玄《注》）

> 「興者，以善物喻善事」者，〈大師〉注云：「興，見今之美，嫌於媚諛，取善事以喻勸之。」……案：此言語之興，與六詩之「興」義略同。……云「導者言古以剴今也」者，……亦謂導引遠古之言語，以摩切今所行之事。〈樂記〉子夏說古樂云「君子於是道古」是也。……

> 云「倍文曰諷」者，詒讓案：《荀子》〈大略篇〉云「少不諷」，楊注云：「諷謂就學諷詩書也。」……云「以聲節之曰誦」者，……徐養原云：「諷如小兒背書聲，無回曲；誦則有抑揚頓挫之致。」案：徐說是也。……

> 云「發端曰言，答述曰語」者，……賈疏云：「《詩》〈公劉〉云『于時言言，于時語語』，毛云：『直言曰言，答述曰語』」（孫詒讓《正義》）[55]。

53　《周禮》〈春官・大司樂〉，見於漢・鄭玄注，唐・賈公彥疏：《周禮注疏》，收入《十三經注疏（附清・阮元《校勘記》）》（臺北：藝文印書館，1985 年），頁 337～338。

54　其詳參見朱自清：《詩言志辨》（桂林：廣西師範大學出版社，2004 年），頁 6。

55　分別見於《周禮》〈春官・大司樂〉，頁 337 鄭玄注；清・孫詒讓：《周禮正義》第 7 冊（北京：中華書局，1987 年），頁 1725。

固然透過上述對於「樂語」的相關記載，還未能完全確定其實際施行情形如何，然而已可窺見其與音樂的關係應十分密切。倘若再對照大師的主要職掌在於以六律、六同合陰陽之聲，且講求文之以五聲，而播之以八音，同時又以六德、六律為教導風、賦、比、興、雅、頌的「六詩」，[56]則可推知在大司樂的統領下，「樂教」的核心內容，實以不同形式的歌詩為本，透過「聲教」以傳達教化人的本意，因為音樂是最容易感動人、達到化民成俗的管道。

推究其因，則可從《禮記》〈樂記〉知其所以然：

> 詩言其志也，歌詠其聲也，舞動其容也。三者本於心，然後樂器從之。是故情深而文明，氣盛而化神。和順積中而英華發外，唯樂不可以為偽。[57]

蓋因言為心聲，倘若內在的心性情志達到最為精純、誠摯、中和的境界，則樂曲的曲調、樂器的協奏，乃至於舞蹈的配合都處於極為和諧的狀態。因此朱自清以合奏、獨奏以及「歌辭」的生活運用等三種方式，詮釋興、道，諷、誦，言、語等六種不同的「樂語」，自有其傳神之處。

其實，對於《禮記》〈王制〉所載：

> 樂正崇四術，立四教，順先王詩書禮樂以造士。春、秋教以禮樂，冬、夏教以詩書。[58]

秦蕙田（1702～1764）即認為「樂正」即《周禮（官）》〈大司樂〉之職，其所教「四術」，《詩》則「樂語」是也，「樂」則樂舞是也。由於〈大司樂〉主於論樂，而〈王制〉主於論教，二文相兼乃得以完備。[59]基於上述各項資料，

---

56 有關「大師」之職，其詳參見《周禮》〈春官〉，頁 354～357。此外，尚可參見頁 350～360，有關大司樂、樂師、大胥、小胥、大師、小師、瞽矇、典同等記載。

57 《禮記》〈樂記〉，頁 682。「樂『器』」校勘記據相關記錄，認為應作「氣」，若依全文脈絡而言，應作「樂氣」以貫通全文。

58 《禮記》〈王制〉，頁 256。

59 其詳參見清‧秦蕙田：《五禮通考》卷 170（臺北：聖環圖書公司，1994 年），頁 8。

詩、樂、舞彼此相協以體現內在心志的一體性已相當明顯，而大師所教「六詩」之首，正是以「風」為前導，或應緣於「風」體詩最能得人情之本。由於要達到「情深而文明，氣盛而化神」的境界，則《詩》的歌辭必然要求其能「文」，且須與五聲相諧以助成其「善」；而〈詩論〉所謂「其言文，其聲善」正為闡發此意而來。如此，方可臻於「唯樂不可以為偽」的真誠化境，而彰顯「思無邪」的詩旨。

由於「風」體詩的總義在於「納物」，藉由「物」的外現，正所以觸動人的心性而呈現民性本來的特質，且因此而興起相應的情感，主要透過和諧的音調，以寫雋永的韻味，往往疊詠三章而連環成篇，以「一唱三歎」的方式，使深厚的情感得以充分抒發，而藉此以申殷殷的情意。《文心雕龍》以下所記載最能顯示《詩》的不朽價值：

> 春秋代序，陰陽慘舒，物色之動，心亦搖焉。蓋陽氣萌而玄駒步，陰律凝而丹鳥羞，微蟲猶或入感，四時之動物深矣。……是以詩人感物，聯類不窮。流連萬象之際，沉吟視聽之區；寫氣圖貌，既隨物以宛轉；屬采附聲，亦與心而徘徊。故「灼灼」狀桃花之鮮，「依依」盡楊柳之貌，「杲杲」為出日之容，「瀌瀌」擬雨雪之狀，「喈喈」逐黃鳥之聲，「喓喓」學草蟲之韻。「皎日」、「嘒星」，一言窮理；「參差」、「沃若」，兩字窮形。並以少窮多，情貌無遺矣。雖復思經千載，將何易奪？[60]

雖然上述所舉事例，於「風」體詩之外，尚且包含〈小雅〉之詩，不過畢竟以「風」體詩為主。此現象透露一重要訊息，《詩》三百中，為數最多，佔有半數稍強的「風」體詩，呈現非常重要的特色：形式方面，靈活使用重言、雙聲、疊韻等方法，以不同字數的句法以及章數多寡不一的篇章結構，構成音韻和諧、文辭活潑、餘韻繞樑的精采詩篇。內容方面，則廣羅萬民各種悲歡離合、死生亂離的複雜情感，寫出社會生活的萬象，刻畫各種身分地位者的內心

60　南朝・梁・劉勰：《文心雕龍》〈物色〉，見於清・黃淑琳注，（日）鈴木虎雄校勘：《文心雕龍注》（臺北：啟業書局，1976 年），頁 693～694。

感受，也對社會各種不平、違理的情事，發出感人的悲鳴與深沉的控訴；不過，卻又不忘情深意真地寄語溫馨的慰藉與殷切的期盼，[61]以適度調理各種複雜的情感。「風」體詩此項特質，正可為「發乎情而止於禮義」作最好的說明。

六、結語：「風」詩之教本於人情義理

基於以上論述，可知「風」的本義始於大塊之噫氣，而與萬物的生殖關係最為密切，因此「風」體詩自然多存男女言情、定情、婚媾等攸關人類繁衍的一系列事件。[62]此外，由於氣的類型有別，於是生活在不同時空環境下的百姓，遂孕育出類型不同的民情風俗。正因為自然與社會條件不同，所以無法強制其定於一，而應抱持「道始於情，情生於性。始者近情，終者近義」的最高原則，[63]遵循「禮從宜，使從俗」、「君子行禮，不求變俗」的實踐原理，[64]尊重各邦國存在的差異，使發乎心志的詩篇，非僅能適時、適所地表達其興、觀、群、怨的情感，又能不失「溫柔敦厚」的誠摯之情與人倫義理，卒至臻於「發乎情而止乎禮義」的無上至境。

〈詩論〉所謂「言文聲善」者，即透過以「禮」節之的方法而條理世人本始的「情」，使其合乎「禮義」的「加工處理」程序，以成就「文」的要件，且達到各得其宜的「善」之境地。由於所賴以節之的「禮」，乃基於世人本始之情而來，因而能順乎世人本然的性而行，且終能返於天地自然之道，而得以長久。透過以下的一段說辭，正可藉以說明〈詩論〉對於「風」體詩的總論，乃承繼「風」的本義而來，且能透顯出「風教」的精神所在：

> 民有好惡、喜怒、哀樂，生于六氣，是故審則宜類，以制六志。哀有哭

---

61 裴溥言：〈詩經的文學價值〉，講於 1981 年 5 月 27 日臺北市文化大樓，載於《東方雜誌》復刊 15 卷 5 期，後來收入《詩經欣賞與研究（四）》（臺北：三民書局，1987 年），頁 489～514，讀者可以自行參考。

62 其詳參見本書第叁篇。

63 《郭店楚墓竹簡》〈性自命出〉，頁 179。《上博館藏戰國楚竹書（一）》〈性情論〉，頁 224。

64 分別見於《禮記》〈曲禮上〉，頁 13；〈曲禮下〉，頁 72。

泣，樂有歌舞，喜有施舍，怒有戰鬥；喜生於好，怒生於惡。是故審行
信令，禍福賞罰，以制死生。生，好物也；死，惡物也。好物，樂也；
惡物，哀也。哀樂不失，乃能協于天地之性，是以長久。[65]

由於「志」為「心之所之」，亦即「情」之所在。換言之，「心」為能感之源，
「情」為動而有感之果。「心」有所感而存於一己之內則為「情」，當其發而於
外則為「志」。觀察「好惡、喜怒、哀樂」等情感的外發，《禮記》謂之「人
情」，乃「弗學而能」者，故而必須因勢利導之，切不可拂逆其性。是故秉其
「志」而發言為「詩」，至於如何使其言而成「文」，聲而為「善」，以彰顯其
「思無邪」的義旨，且又能協於天道自然的本性，即為《詩》教的用心所在，
其中又以「禮義」為最重要的關鍵。職是之故，政治力的介入固然可以推動
「情」的「禮義」化，然而過度高倡，以為每一詩篇皆蘊藏有「主文而譎諫」
的重責大任與微言大義，則有輕忽與掩蓋最根本的「人情」之虞，導致後來學
者有「風」體詩多存淫詩的誤解。由於認為有淫詩，故須扭轉詩旨為「刺淫」
之作，以求「迂迴反向」解詩，實乃深深戕傷「風」體詩富含最豐厚、可貴的
「人情」，其實已遺忘「凡聲，其出於情也信，然後其入拔人之心也厚」的強
大感人力量，不可不審慎思索之。

　　幸好至遲可以代表戰國《詩》教思想的〈詩論〉公布後，已可提供許多當
時可貴的《詩》教觀念。雖然簡文中不乏難以辨識的殘文，且其編聯與隸定仍
存在許多歧異，然而從其中可以確認的部分，已足以證實其注重情性的根本特
質，且彰顯詩乃緣情而起，而卒歸於以禮義調理人情的溫柔敦厚之義。其因無
他，戰國時期雖然不再出現春秋時期以來，社會上普遍存在歌詩、賦詩以及用
詩的盛況，不過，也正因為戰國時期政治、社會的愈加動亂，反而由於此惡劣
社會環境的逼迫，遂激起世人對於人類情性問題作更深刻的反思。戰國時期百
家蠭起，其爭鳴的核心，莫不圍繞在心、性、情、志究竟如何，惡自何來又如
何根治的問題討論上打轉，正是人性最自然的反應。基於此特殊的社會背景，

65　《左傳》〈昭公二五年〉，頁888。

因而反應在對於道德仁義的嚮往與追求上，亦著重於以人類情性為本的禮義需求，而與漢代繼秦以後而統一天下，然而在許多制度多承秦制的影響下，政治力強力介入經學教育後，所標榜的《詩》教思想，當然與先秦以前的《詩》教有極大的不同。

本文〈〈孔子詩論〉總論對「風」體詩本義之承繼〉原刊登於 2007 年 12 月，中山大學《文與哲學報》第 11 期，頁 85～110。本文為「論〈國風〉中之禮俗及教化思想—結合〈詩論〉、〈性情論〉等楚簡資料之探討」專題研究計畫部分研究成果（NSC 96-2420-H-003-004）。

伍、文王德教典型的普遍化：以郭店 儒簡中的文王形象為討論主軸

一、前言：「儀型文王」已成戰國時期的風潮

　　李學勤（1933～2019）將郭店一號楚墓所出土漆耳杯底部之「東宮之杯」，改釋為「東宮之師」，且主張墓主應為博通儒道的學者，而墓中所藏《老子》、《子思子》等書的鈔本，或即用為太子誦讀的教材。[1]李氏提出此說後，即引發各界對於該墓墓主身分的廣泛討論。然而時至於今，墓主為太子師的說法仍然難圓其說，因此墓主究竟為誰，學界尚無定論。懷疑墓主為太子師者中，彭浩（1963～）所說相當中肯。彭浩認為墓主若為太子之師，則其地位當在大夫或上卿之列，死後入葬的規模應與包山二號楚墓、望山一號楚墓相當，不當淪為按照「士」禮使用一棺一槨。再者，由於該墓處於楚國貴族墓地當中，隨葬品多而精，因此彭浩推測墓主可能出身顯赫的貴族之家，未獲爵位，而喜好儒道學說者。[2]

　　關懷政治，一直是儒家衷心關切地大事，此從儒家宗師孔子終其一生，在政治場上雖然多與願違，然而其宣揚政治理想，始終是他教育弟子的重要內容可以得知。非僅如此，戰國秦漢時期的儒家學派，也始終以關心政治的入世情懷為其學說的重要核心。雖然郭店一號楚墓太子師的墓主身分未能獲得證實，卻足以證明墓主人也非常關心儒家政治。因此，姑且不論墓主的身分如何，單單僅就該墓出土的十四篇儒家簡文，即可見儒家對於理想政治的描述，尤其特

1　其詳參見李學勤：〈荊門郭店楚簡中的《子思子》〉，《文物天地》，1998 年 2 期，頁 28～30。

2　其詳參見彭浩：〈郭店一號墓的年代與簡本《老子》的結構〉，《道家文化研究》17 輯「郭店楚簡」專號（北京：三聯書店，1999 年），頁 16。

別的是簡文當中又極為注重對主政人君的要求，處處可見其重責人君必須尊德行義的呼籲。或許如此特別的內容取向，正是影響李先生推論郭店楚簡為太子師教導太子的教材之原因。所謂為政在人，身為儲君，其最迫切需要的，即在於多方攝取可以助長其日後成為理想人君的準備，而郭店儒簡正可滿足這種需要，這就難怪李先生會有墓主為太子師的聯想。由於理想人君的典型，乃是儒家政治思想中的重要部份，即使該資料未必然是太子受教的教材，仍然值得從這批代表早期儒家思想的資料中加以探究。

孔子祖述堯、舜，憲章文、武，[3]且以文王為「斯文」的代稱，[4]即可見文王在儒家思想中的地位最為特別；揆諸郭店儒簡，同樣表現此一特殊現象。郭店儒簡中的〈唐虞之道〉，可謂繼承孔子祖述堯、舜的理想政治之道而來，至於憲章文、武之處，則明文多衷情於文王，僅隱約於〈緇衣〉引《詩》云：「成王之孚，下土之式」處，暗暗提及武王。[5]此處多尊美文王而罕及武王的現象，是否承自孔子曾經批評〈武〉雖然盡美，然而卻尚未盡善有關，[6]或許也未可知。

郭店儒簡當中，不但多處引用《詩》、《書》所說而稱美文王之德，且多言「儀型（刑）文王」的意思，甚至在〈五行〉當中，尚且以仁、義、禮、智、聖的五德比況文王之德，[7]如此，似應可與孔子以文王為「斯文」的代稱

3　其詳參見《禮記》〈中庸〉，見於漢・鄭玄注，唐・孔穎達等正義：《禮記正義》，收入《十三經注疏（附清・阮元《校勘記》）》（臺北：藝文印書館，1985 年），頁 899。

4　《論語》〈子罕〉，見於魏・何晏集解，宋・邢昺疏：《論語注疏》，收入《十三經注疏（附清・阮元《校勘記》）》（臺北：藝文印書館，1985 年），頁 77 載：「子畏於匡。曰：『文王既沒，文不在茲乎？天之將喪斯文也，後死者不得與於斯文也；天之未喪斯文也，匡人其如予何？』」又因為現行文獻資料多習稱「文王」，而不區分受命前後的不同稱呼，因此本文亦沿用此通稱。

5　其詳參見荊門市博物館編，裘錫圭審訂：《郭店楚墓竹簡》〈緇衣〉（北京：文物出版社，1998 年），頁 129。

6　其詳參見《論語》〈八佾〉，頁 32。

7　分別見於《郭店楚墓竹簡》〈緇衣〉，頁 129：「《詩》云：『儀型（刑）文王，萬邦作孚。』」、「《詩》云：『穆穆文王，於緝熙敬止。』」、「〈君奭〉：『昔在上帝，割紳觀文王德，其集大命於厥身。』」；〈五行〉，頁 150：「聞君子道，聰也。……文王之見（李零作「示」）也如此。『文〔王在上，於昭〕於天』，此之謂也。」；〈成之聞之〉，頁 168：「〈康誥〉曰：『不還大戛，文王作罰，刑茲無赦』曷（李零作「何」）？此言也，言不逆大常者，文王之型莫厚（李

相比配。由於郭店儒簡的時間下限可確定為戰國中期稍晚，因而透過簡文稱美文王之德的情形，也可確定以文王之德、文王之教為人君典型，原本多存在於《詩》、《書》當中，然而在戰國中期已擴大至其他諸子百家之書，成為當時普遍的共識。由於郭店儒簡已提示理想人君應具備五行之德，因而本文乃以此為核心，檢視文王成為人君典型的意義。更因為儒簡當中多言《詩》、《書》、禮樂之事，故而有關文王之事，當以《詩》、《書》以及《禮記》所載為主，再旁及其他經史以及先秦諸子所載為輔，綜合多種資料以明文王的形象。此外，姜太公乃文王成就大業的關鍵人物，因而《六韜》也是非常重要的資料。[8]至於呂不韋編纂的《呂氏春秋》，乃是中國最早的政治思想論集，書中也多方讚賞文王的德教典型，故而本文在探討文王所具有的五行之德後，再透過《呂氏春秋》的相關討論，確定戰國中期已成型的文王德教典型，在中國最早政治思想論集中的地位，也由此觀測文王德教典型的普遍化，彰顯《詩》的教化思想已邁入另一新的發展階段。

二、以「體道承命」展現文王「聖」的形象

從〈五行〉的簡文所載：

> 聞君子道，聰也。聞而知之，聖也。聖人知天道也。知而行之，義也。行之而時，德也。見賢人，明也。見而知之，智也。知而行之，仁也。安而敬之，禮也。聖，知禮樂之所由生也，五〔行之所和〕也。[9]

零作「重」）焉。是故君子慎六立以祀天常」。

8　《六韜》在《隋書》〈經籍志〉中記載為「周文王師姜望撰」，撰者可能為戰國時人偽托。不過，即便此書的作者有偽，但是其內容卻應為先秦兵書的集大成者，其中應雜有許多太公輔佐文王建國，而為後人所追記之重要資料，因此宋代獲頒《武經七書》之一，具有重要理論價值與史料價值。自從七十年代山東臨沂銀雀山漢墓以及河北定縣漢墓出土竹簡本《六韜》與《太公》以後，學者已將《六韜》的成書時間，從秦漢之際上推到戰國或春秋末期。尤其〈文韜〉與〈武韜〉部分所載建國施政的政治原理，不但不違於儒家的施政之道，而且正因為其主體思想來自實際執掌軍事的專家，所以內容又更為具體可行。

9　《郭店楚墓竹簡》〈五行〉，頁150。

可知「聖人」的最大特色，在於其具有「知天道」的感悟力，且以耳聰目明為先決條件，故能聽而遂悟、見而能識，終能上體天道、下識地理、中察人性，而行其所當行。由於聖人乃結集五德之行而有大成者，故而能以聖之德統領仁、義、禮、智四德。由於能集大成，因而不但能盡其位與職的人倫之德，同時還能踐行人間四行之善，然後體現天地五行之德。[10]

以聖而能統領仁、義、禮、智其他四德之說，若參照〈中庸〉對於至聖配天的描述，更可見此五德之間的關係。其文云：

> 唯天下至聖，為能聰明睿知，足以有臨也；寬裕溫柔，足以有容也；發
> 強剛毅，足以有執也；齊莊中正，足以有敬也；文理密察，足以有別
> 也。溥博淵泉，而時出之。溥博如天，淵泉如淵，見而民莫不敬，言而
> 民莫不信，行而民莫不說。……故曰配天。[11]

所謂「聰明睿知」，即是「聖」的表現；「寬裕溫柔」，即是「仁」的表現；「發強剛毅」，即是「義」的表現；「齊莊中正」，即是「禮」的表現；「文理密察」，即是「智」的表現。天地之間唯有至聖的人君，可以兼具此五大德性，且外發而為行動，還能適時得其所宜，廣受萬民敬信愛戴。因而本文論述文王之德，首先言其可以統領四德之聖德，並且分從上體天道、善用賢才以及承天知命等三方面進行論述：

（一）上體天道

從〈五行〉的「聖人知天道也」以及〈成之聞之〉的「聖人天德」，[12]即可概括出理想的人君必須先能上體天道。聖人能如此，方可領悟「天形成人，與物斯理」的特性，而明瞭「有性有生」以及「有天有命，有〔命有性，是謂〕

10　其詳參見林素英：《從郭店簡探究其倫常觀念──以服喪思想為討論基點》（臺北：萬卷樓
　　圖書股份有限公司，2003 年），第五章〈從「六德」到「四行」、「五行」的「三重道德」〉，
　　頁 143～190。

11　《禮記》〈中庸〉，頁 900。

12　分別見於《郭店楚墓竹簡》〈五行〉，頁 150；〈成之聞之〉，頁 168。

生」的道理。[13]由於聖人能懂得人與百物之生均來自上天所命，且凡是上天所命，即各有其性，以成就該物所生之理，於是又有「道者，群物之道」的說法。[14]倘若詳言「道」者為何，則可如簡文所載：

> 禹之行水，水之道也。造父之御馬，馬之道也。后稷之藝地，地之道也。[15]

大禹能繼鯀以後而治水成功，即是能深得水性的原理，懂得因勢利導之，故能結合眾人的力量，歷經十多年而平治水患。后稷能成為農業發展的主導者，關鍵即在於其能分辨土質的差異，且懂得配合植物生長的特性，故能促進作物的生產。周穆王時期的造父，能成為最優秀的御馬者，所憑藉的，正是造父對馬的性能瞭若指掌。換言之，天地間的萬物，莫不各有其所屬物性的生存之道，同時又有「有天有命，有地有形，有物有容，有家有名」、「有天有命，有物有名」的不同物象。人，其實也只是天地間的眾物之一而已，不同於他物之處，則在於人懂得思考何為「群物之道」，進而採取最合適的對應群物之道，故有「天生百物，人為貴」之說。人對於天下萬物，若能遵從各物的物性，不違逆其性，順而行之，則可物我兩安。由此可見郭店儒簡的天道觀，簡而言之，乃是「知天所為，知人所為，然後知道，知道、然後知命」的天人有分、天自有命、人能知命的狀態。相應於郭店儒簡的天道觀，則凡為人君者，即須「察天道以化民氣」，[16]成其所謂「亡物不物，皆至焉，而亡非己取之者」的各順其性之道，以達到「聖人之治民，民之道也」的人道原理。[17]

人君必須先體察天道為何，然後能知天之所命為何。同時，人君又應瞭然人所上承的天命、秉性又是如何，方可以合於人之道的方式治理萬民。因此，

13　分別見於《郭店楚墓竹簡》〈語叢三〉，頁 209，原作「天形成，人與物斯理」，今則根據李零：《郭店楚簡校讀記（增訂本）》（北京：北京大學出版社，2002 年），頁 148 之句讀而改，頁 212；頁 213。

14　《郭店楚墓竹簡》〈性自命出〉，頁 179。

15　《郭店楚墓竹簡》〈尊德義〉，頁 173。

16　分別見於《郭店楚墓竹簡》〈語叢一〉，頁 193、193、194、194、196。

17　《郭店楚墓竹簡》〈尊德義〉，頁 173。

人君能否適得天時以行其治國之道，即成為主政者成敗的關鍵因素。據〈窮達以時〉所載：

> 有天有人，天人有分。察天人之分，而知所行矣。有其人，無其世，雖賢弗行矣。苟有其世，何難之有哉？[18]

即指出世人雖然能上體天道而知其所行，但是，能否適逢其「世」以得「天之時」而行其所應行，則仍須慎重考慮非人力所能專行的「時世」因素，畢竟人的遇或不遇，有時候仍在於天而不在於人。

以下即依循人君必須上體天道的原則，以檢視文王是否具備此條件。姑且不論《史記》所載文王「聖瑞」的真確性如何，[19]然而公亶父確實已認定姬昌日後可以昌旺周民族。由於人的智慧具有穩定性，因而從其後來的所做所為，而推論其年少時候相當聰穎異常，倒也不必多疑；清聖祖康熙慧眼識乾隆，也是歷史上公認的事實，可見無論時代遠近，以祖而辨識孫的「聖瑞」者，並非單一特例。當文王繼季歷而成為周侯後，[20]剛即位的姬昌本欲為父報仇，遂於帝乙二年伐商，[21]導致商周的關係非常緊張。帝乙乃採取歸妹姬昌的聯姻方式，藉以緩和當時商周的緊繃關係。商周關係緩和後，姬昌專心理政，〈周本紀〉即記載其勤政愛民的情形：

> 遵后稷、公劉之業，則古公、公季之法，篤仁敬老慈少，禮下賢者，日中不遑食以待士。士以此多歸之。[22]

18　其詳參見《郭店楚墓竹簡》〈窮達以時〉，頁 145。

19　其詳參見《史記》〈周本紀〉，見於漢・司馬遷著，（日）瀧川龜太郎考證：《史記會注考證》（臺北：洪氏出版社，1977 年），頁 66。

20　其詳參見清・林春溥：《竹書紀年補證》卷 2，收入楊家駱主編：《竹書紀年八種》，《中國史學名著》（臺北：世界書局，1989 年），頁 68～69；清・朱右曾輯，王國維校補：《古本竹書紀年輯校訂補》，頁 346～347。二書均記載文丁 11 年，王殺季歷。當時，商王文丁先是嘉獎季歷之功，賞賜圭瓚秬鬯，九命為伯，繼而又執季歷於塞庫，導致季歷困而死，因而稱「王殺季歷」。

21　清・朱右曾輯，王國維校補：《古本竹書紀年輯校訂補》，頁 228。

22　其詳參見《史記》〈周本紀〉，頁 66～67。

正因為姬昌能繼承先人大業，修德愛民，故而甚得民心，但也導致崇侯虎有機可乘，向紂王進讒言，言姬昌積善累德，諸侯皆歸向之，將不利於帝，於是紂囚姬昌於羑里。姬昌既被幽囚於羑里，閎夭等人為解除姬昌之危，乃求有莘氏的美女、驪戎的文馬、有熊的九駟及其珍奇怪物，透過殷的嬖臣費仲而向紂王進獻。帝辛商紂見物大喜而赦免姬昌，且還賜予弓矢斧鉞，任命姬昌為西方諸侯之首，號稱西伯，並享有專征的權柄。此從〈大明〉一詩所載：「惟此文王，小心翼翼，昭事上帝，聿懷多福。」[23]即可說明文王敬畏天道而不敢躁進的精神，且因其竭力輸誠，以忠貞之情打動紂王之心，終能通過紂的考驗，轉危為安，可謂吉人天相，終能因禍得福。對照《易》所言：

> 內文明而外柔順，以蒙大難，文王以之。利艱貞，晦其明也。[24]

正好說明文王能上體天道，能夠從季歷過去受困而死以吸取經驗，靜而安之以操演《易》的變化之道，懂得以柔克剛、以順轉逆的變化契機，沉潛蓄積以靜待其變，終於能由晦暗而轉趨光明以歸於安。

（二）善用賢才

從簡文所載：「見而知之，智也。聞而知之，聖也。」[25]正好可說明文王以其聖智的明君典型，能辨識太公為天下的賢才而任用之。《荀子》對此事的評論，正好可為文王具有善得賢才的聖智詳作註腳：

> 夫文王非無貴戚也，非無子弟也，非無便嬖也，倜然乃舉太公於州人而用之，豈私之也哉！以為親邪？則周姬姓也，而彼姜姓也；以為故邪？則未嘗相識也；以為好麗邪？則夫人行年七十有二，齫然而齒墮矣。然

---

23 《詩》〈大雅‧大明〉，見於漢‧毛亨傳，鄭玄箋，唐‧孔穎達等正義：《毛詩正義》，收入《十三經注疏（附清‧阮元《校勘記》）》（臺北：藝文印書館，1985 年），頁 541。

24 《易》〈明夷‧彖〉，見於魏‧王弼注，晉‧韓康伯注，唐‧孔穎達等正義：《周易正義》，收入《十三經注疏（附清‧阮元《校勘記》）》（臺北：藝文印書館，1985 年），頁 88。

25 《郭店楚墓竹簡》〈五行〉，頁 150。

> 而用之者，夫文王欲立貴道，欲白貴名，以惠天下，而不可以獨也。非
> 于是子莫足以舉之，故舉是子而用之。於是乎貴道果立，貴名果明，兼
> 制天下。[26]

堂堂傳世數百年的「大邑商」，因為不能任用賢才，以致年逾七旬的姜尚老賢
人，必須以「離水三吋」的怪異釣魚法，釣出真正慧眼識英雄的姬昌。兩人相
談甚歡後，姬昌載得姜尚老賢人歸，卒能確立治國理政之大道，而仁民愛物、
善於養老的美名也相繼大為彰顯，進而可以得天下民心。

　　文王能有沉潛的定力，太公之功不可沒。此從《史記》〈齊太公世家〉所
載可以知其大要：

> 文王伐崇、密須、犬夷，大作豐邑，天下三分，其二歸周者，太公之謀
> 計居多。[27]

雖然《六韜》被歸入兵家，世人也認為太公多言兵家奇謀，然而檢視該書，在
兵法謀略之外，其居前為首的，卻是〈文韜〉與〈武韜〉所論的治國常道，並
非以兵家謀略掛帥的說法。文武韜略所論，既無違於《論語》所載為政之道，
且其所述內容往往更具體可行。由此可見以正治國的原理原則，[28]乃是英雄所
見略同的看法，差距較大者，僅在於施行手段如何運用上。以下主要以〈文
韜〉為據，從歸納太公教導文王治國的七大要點，觀察太公所提開發周邦的重
要策略，對文王蒙受上天眷顧的助益。

　　首先，文王對太公坦言：「唯仁人能受直諫，不惡至情」，太公告以治國
宗旨：

26　《荀子》〈君道〉，見於清・王先謙：《荀子集解》（臺北：藝文印書館，1988 年），頁
　　437～438。

27　《史記》〈齊太公世家〉，頁 550。

28　《老子》第 57 章，見於樓宇烈：《老子周易王弼注校釋》（臺北：華正書局，1983 年），頁
　　149：「以正治國，以奇用兵，以無事取天下」。

> 天下非一人之天下，乃天下之天下也。同天下之利者，則得天下；擅天
> 下之利者，則失天下。天有時，地有財，能與人共之者，仁也；仁之所
> 在，天下歸之。免人之死，解人之難，救人之患，濟人之急者，德也；
> 德之所在，天下歸之。與人同憂同樂、同好同惡者，義也；義之所在，
> 天下赴之。凡人惡死而樂生，好德而歸利，能生利者，道也；道之所
> 在，天下歸之。[29]

雖然太公多言「利」，然而其所謂「利」，並非指一己的私利，乃是利天下的
大利，乃仁民愛物的大道所在。此說與孔子主張治國必須遵行庶之、富之、教
之三階段，按照「足食、足兵、民信之」的步驟依序進行，二者並無大異。至
於施政進路，主張「因民之所利而利之」等說法，[30]與孔子所說也無大別，都
以具體實踐養民、惠民、愛民、教民為人君的本色。

其次，建立治國總指標以後，又須明國家治亂之本在於君，於是以堯的王
天下為例而詳言之。先言帝堯王天下之時，自奉儉樸，不害民耕織，削心約
志，從事於無為。官吏忠正奉法者，尊其位；廉潔愛人者，厚其祿。愛敬孝慈
者，而慰勉盡力農桑者。公正無私，賞罰有度，賦役甚寡，存養天下的鰥寡孤
獨，而賑贍禍亡之家，因此萬民富樂，百姓愛戴其君如父母。[31]由此可見太公
主張的人君楷模，仍與儒家所標榜博施濟眾、立人達人的堯舜人君典型近
似，[32]且比《論語》所論更具體可行。

其三，實際進入愛民的治國要務，則必須遵循「利而勿害，成而勿敗，生
而勿殺，予而勿奪，樂而勿苦，喜而勿怒」的五大原則，從生活事務、農事耕
種、稅賦繇役、吏治賞罰等各層面一一論述。然後，總結愛民之道在於：

29　周・呂望：《六韜》〈文韜・文師〉，見於《百子全書》第 2 冊（長沙：岳麓書社，1993 年），
　　頁 1086。

30　分別見於《論語》〈子路〉，頁 116；〈顏淵〉，頁 107；〈堯曰〉，頁 179。

31　其詳參見《六韜》〈文韜・盈虛〉，頁 1087。

32　《論語》〈雍也〉，頁 55：「子貢曰：『如有博施於民而能濟眾，何如？可謂仁乎？』子曰：
　　『何事於仁，必也聖乎！堯舜其猶病諸！夫仁者，己欲立而立人，己欲達而達人，能近取
　　譬，可謂仁之方也已』」。

> 善為國者馭民，如父母之愛子，如兄之愛弟，見其飢寒則為之憂，見其
> 勞苦則為之悲，賞罰如加于身，賦斂如取於己。[33]

如此思想也與《論語》的愛民思想：「如得其情，則哀矜而勿喜」、「不教而殺
謂之虐，不戒視成謂之暴，慢令致期謂之賊，出納之吝謂之有司」，[34]同樣具
有異曲同工之效。

其四，要切實執行治國的重大任務，則必須要求君臣各本其位、各盡其
禮。至於率行君臣之道的根本原則，則在於：「為上惟臨，為下惟沉。臨而無
遠，沉而無隱。為上唯周，為下唯定。周則天也，定則地也。或天或地，大禮
乃成。」雖然注重上下相對待的關係，不過，其中又以人君能否正定其位以盡
君道位居首要。人君須先擁有「安徐而靜，柔節先定，善與而不爭，虛心平
志，待物以正」的生活素養，保有「勿妄而許，勿逆而拒」的處世態度，達到
「目貴明，耳貴聰，心貴志」官能各司其職的美好結果。[35]太公強調，唯有為
人君者能恪盡其為君之道，然後人臣方能各盡其人臣的本分。後來孔子所強調
的「正名」思想，也頗能反映此思想。

其五，有國者尚須注意守國的原則，務必謹守仁、義、忠、信、勇、謀的
「六守」，以使君道昌明，且以大農、大工、大商為三寶，而使民生大安。由
於「有人斯有土」，因此守國必先得民心，故而講求敬其眾以成其和，合其親
則斯民喜，藉以成就仁義的綱紀。其次，則務守天地的大經，順四時所生，以
仁聖之道配應之，而善體民情之動。[36]此處明顯提出「謀」為「六守」之一，
狀似與儒家思想差異較大，然而儒家亦強調思而後行、謀而後動的重要。受限
於《論》、《孟》以語錄體呈現，而罕及工商的討論，然而儒家重農桑養民、
來百工以為民用的思想，也屬於體國之大經，彼此並無大別。

其六，人君務必尚賢且能用之，「上賢，下不肖，取誠信，去詐偽，禁暴

33　《六韜》〈文韜・國務〉，頁 1087～1088。

34　分別見於《論語》〈子張〉，頁 173；〈堯曰〉，頁 179。

35　其詳參見《六韜》〈文韜・大禮〉，頁 1088。

36　其詳參見《六韜》〈文韜・六守〉、〈文韜・守土〉、〈文韜・守國〉，頁 1088～1090。

亂，止奢侈」，且特別注重必須舉賢而用之，否則，徒然有舉賢之名而無用賢之實，則無以成就治國之用，因而務使名當其實，以得舉賢之道。[37]

其七，人君務必慎用賞罰，執行時，應遵守行賞貴信、用罰貴必的原則，賞信罰必於耳目之所見聞。能如此，則所不見聞者，莫不有感而陰化之。[38]這點雖然與孔子「道之以政，齊之以刑，民免而無恥；道之以德，齊之以禮，有恥且格」之說，[39]看似相距較大，然而揆諸孔子之義，德禮與政刑二者，乃以德禮為本、政刑為末，前後二者為兩相比較之義，並非專恃德義而棄政刑於不顧的執一而用狀態。至於太公提醒文王慎用賞罰，其旨亦在於說明賞罰僅為輔政之用，而非其本，其本則在於能使人「有感而陰化之」，千萬不可捨本而逐末。若從此角度而言，則太公所用以明文王者，雖然有「賞信罰必」的原則，但是仍歸本於以大禮治國的初衷，與後來法家「信賞必罰」的內容大不相同。

雖然文王與太公非親非故，然而從太公的垂釣與治國之道的對比論述，卒使文王慧眼識英雄，明白若欲行大道以加惠天下，則非太公之助不能為功，於是尊禮賢能而迎得軍師同歸。太公不但能以標本兼顧的治國之道提示文王為君之道，培植文王以正治國的堅實力量，更能以其變化多端的戰略運用，輔佐武王伐紂，終能成就「小邦周」克制「大邑商」的美好結局。

（三）承天受命

天的概念遠承自帝的概念轉化而來。卜辭所見，其至上神皆稱「帝」或「上帝」，尚無「天」的稱呼；殷周之際，因為「帝」的下落，始有「天」概念的興起，而於《詩》、《書》當中，則「天」與「帝」或「上帝」則有混用以及歧義之現象。不過，既然有「天」概念的提出，則必然有其相對性的新義，且其重點乃在於統治概念從神權到德治的轉移，建立天命靡常、唯德是輔的歷史觀與政治觀，將天命與道德以及民意認同構成堅強的聯繫，進而開啟中

---

37 其詳參見《六韜》〈文韜・上賢〉、〈文韜・舉賢〉，頁 1090～1091。
38 其詳參見《六韜》〈文韜・賞罰〉，頁 1091。
39 《論語》〈為政〉，頁 16。

國人道精神與注重以德治國的政治傳統。[40]此後，不知「天命不易、天難諶」，[41]以致墜失天命的說法，已成為朝代興衰更迭最根本的關鍵原因。

在周人的觀念中，自太伯以來，即受到上天的眷顧，再經王季的努力，逐漸蔚成氣候。卒至文王之時，經多重考驗，德行實屬無憾，於是上天乃正式授命，且使其福澤可傳諸子孫。這段記錄上天授命而周承天命的過程，可以〈皇矣〉一詩所載為經，再以其他諸說為緯，且分三階段進行論述之：

> 皇矣上帝，臨下有赫；監觀四方，求民之莫。維此二國，其政不獲；維彼四國，爰究爰度。上帝耆之，憎其式廓；乃眷西顧，此維與宅。作之屏之，其菑其翳；脩之平之，其灌其栵；啟之辟之，其檉其椐；攘之剔之，其檿其柘。帝遷明德，串夷載路。天立厥配，受命既固。

這段歷史回顧，首先記錄周的城邦受到上帝眷顧，始於文王祖父公亶父（太王）之時。當時偉大的上帝觀察人間，發現夏商都已失道而不得民心，遂轉而西顧，謀求適當人選。此時的公亶父因為不願與翟發動爭地之戰而殘害人民，於是棄邠而走（詳見下文有關「仁」的討論），秉持篳路藍縷以啟山林的精神，為開發周民族的發展根據地而努力。公亶父的仁德愛民、勤奮努力甚受上帝賞識，於是上帝有意將天命轉移至此具有明德之人。既有上帝暗中相助，又有公亶父夫妻同心帶領族人齊心創業，混夷亦不敢再進一步侵擾。周族於是進入另一階段的努力：

> 帝省其山，柞棫斯拔，松柏斯兌。帝作邦作對，自大伯王季。維此王季，因心則友。則友其兄，則篤其慶，載錫之光。受祿無喪，奄有四方。維此王季，帝度其心，貊其德音。其德克明，克明克類，克長克君。王此大邦，克順克比。

40　其詳參見傅佩榮：《儒道天論發微》（臺北：學生書局，1985 年），頁 60～62；許倬雲：《西周史》（臺北：聯經出版事業公司，1990 年修訂版），頁 95～106；林素英：《古代祭禮中之政教觀——以《禮記》成書前為論》（臺北：文津出版社，1997 年），頁 14～17。

41　《尚書》〈君奭〉，見於舊題漢・孔安國傳，唐・孔穎達等正義：《尚書正義》，收入《十三經注疏（附清・阮元《校勘記》）》（臺北：藝文印書館，1985 年），頁 245。

經過公亶父辛勤墾荒闢地，[42]終於在岐山建立周族發展的據點。公亶父有意傳位三子季歷，然後再傳姬昌。太伯、虞仲明白公亶父的心意，於是奔赴荊蠻，文身斷髮以讓季歷。[43]季歷德行良好，通過上帝考驗，成為周邦之君，施政不但能順應民心，而且使上下親附。根據《竹書紀年》記載，季歷曾經多次征討西戎，戰績輝煌：於武乙 24 年伐程，30 年伐義渠，皆獲勝。34 年，季歷朝見商王，王賜地與玉馬等物，35 年伐西落鬼戎。文丁即位，季歷於文丁二年伐燕京之戎而敗。四年伐余無之戎，克之，受命為牧師。五年，周作程邑。七年，伐始呼之戎，克之。11 年，伐翳徒之戎，獲其三大夫，至殷獻捷。[44]或許是季歷的疆土逐漸擴大，遂引發文丁不安，因此當季歷來朝獻捷之時，雖然文丁先賞賜季歷圭瓚、秬鬯，還九命季歷為「伯」，卻繼而又執季歷於塞庫，導致季歷受困而抑鬱以終。於是周的未竟事業，實有待文王起而繼之：

> 比于文王，其德靡悔。既受帝祉，施于孫子。
>
> 帝謂文王：「無然畔援，無然歆羨，誕先登于岸。」密人不恭，敢距大邦，侵阮徂共。王赫斯怒，爰整其旅，以按徂旅，以篤于周祜，以對于天下。依其在京，侵自阮疆，陟我高岡。「無矢我陵，我陵我阿；無飲我泉，我泉我池！」度其鮮原，居岐之陽，在渭之將。萬邦之方，下民之王。
>
> 帝謂文王：「予懷明德，不大聲以色，不長夏以革，不識不知，順帝之則。」

---

42 有關公亶父的闢地墾荒，尚可參考《詩》〈大雅‧緜〉，頁 545～551：「緜緜瓜瓞。民之初生，自土沮漆。古公亶父，陶復陶穴，未有家室。古公亶父，來朝走馬，率西水滸，至于岐下。爰及姜女，聿來胥宇。周原膴膴，堇荼如飴。爰始爰謀，爰契我龜。曰止曰時，築室于茲。迺慰迺止，迺左迺右，迺疆迺理，迺宣迺畝。自西徂東，周爰執事。乃召司空，乃召司徒，俾立室家。其繩則直，縮版以載，作廟翼翼。捄之陾陾，度之薨薨，築之登登，削屢馮馮。百堵皆興，鼛鼓弗勝。迺立皋門，皋門有伉；迺立應門，應門將將。迺立冢土，戎醜攸行。肆不殄厥慍，亦不隕厥問。柞棫拔矣，行道兌矣，混夷駾矣」。

43 其詳參見《史記》〈周本紀〉，《史記會注考證》，頁 66。

44 其詳參見清‧林春溥：《竹書紀年補證》卷 2，頁 67～69；朱右曾輯，王國維校補：《古本竹書紀年輯校訂補》，頁 22～23。前二書皆收入楊家駱主編：《竹書紀年八種》，《中國史學名著》（臺北：世界書局，1989 年）。

帝謂文王：「詢爾仇方，同爾兄弟。以爾鉤援，與爾臨衝，以伐崇墉。」

臨衝閑閑，崇墉言言，執訊連連，攸馘安安。是類是禡，是致是附，四方以無侮。

臨衝茀茀，崇墉仡仡，是伐是肆，是絕是忽，四方以無拂。[45]

文王在位長達 50 年，其受命之時，可從〈武成〉推知，遲至即位第 42 年：

我文考文王，克成厥勳，誕膺天命，以撫方夏。大邦畏其力，小邦懷其德。惟九年，大統未集，予小子其承厥志。[46]

從膺天命九年而大統未集往前推算，即可知文王受命之時。配合〈大明〉「明明在下，赫赫在上。天難忱斯，不易維王」所云，說明必有昭昭之明德者，方可以承天受命。因為要擁有此昭昭之明德，必須持續努力的結果，而非突然竄出、稍縱即逝的政績，所以文王即位後，尚須歷經數十年的持久努力，小心翼翼，昭事上帝，始可聿懷多福。有此持續不斷的昭昭明德，方能通過上帝的考驗，獲得正式受命。即使受天所命後，仍須時時保持警惕，因為上帝時時刻刻都在監臨天下，不能稍有懈怠之心！[47]因此文王即位多年，始有此詩所載上帝三次降臨以交代文王的使命。文王正式受命後，雖然已經陸續清除翟、密須、耆、邢、昆夷的禍患，去除紂王心腹崇侯虎的根據地崇國，又先後遷都於程與

---

45 以上三段詩文，分別見於《詩》〈大雅・皇矣〉，頁 567～574。

46 《尚書》〈武成〉，頁 161。固然真正終結殷王天命者，應為武王，而非文王，然而周初文獻多言文王受命。有關此文王受命的問題，杜正勝：《古代社會與國家》（臺北：允晨文化實業股份有限公司，1992 年），頁 322～329 的相關記載值得參考。該記載認為周文王的承受天命，應從「西土意識」的形成以考量。其理由如下：「西土意識」可能產生於周人有效統御關中大部分地區之時，約值文王時期；〈大雅・緜〉歌頌上帝「乃眷西顧，此維與宅」也在此時；西方邦國集團統合於周人的領導，在文王時期；武王所憑藉以克商，得有天下者，乃上承文王的經營而來；周代子孫追本溯源，雖然文王並未克商，然而強大的「西土意識」搏自文王之時，因此被公認為始受命之君。

47 其詳參見《詩》〈大雅・大明〉，頁 540～544。

豐，[48]但是統一的大業並未完成，仍然有待武王繼續完成天賦使命。從〈皇矣〉
一詩，已經知道討伐崇國的戰況激烈、過程艱辛。再從《左傳》所載：「文王
聞崇德亂而伐之。軍三旬而不降。退脩教而復伐之，因壘而降。」[49]可知文王
曾經趁崇國內亂而進攻，不過，雖動用許多攻城器械，仍無法攻下，於是反躬
自省，退而再修德教。可見攻城並非專恃武力即可成功，仍必須修德重義，且
明乎時局，始為根本。總計經過兩次戰事，始根本解決崇國之患，使周不再有
東進的障礙。

　　追溯文王繼位後的修德勤政大事，諸如《尚書》〈無逸〉載有：

> 文王卑服，即康功田功。徽柔懿恭，懷保小民，惠鮮鰥寡。自朝至于日
> 中昃，不遑暇食，用咸和萬民。文王不敢盤于遊田，以庶邦惟正之供。[50]

說明文王有儉樸勤勉、溫柔恭敬、仁民愛物、禮賢下士的美德。〈康誥〉中也
明載：

> 克明德慎罰，不敢侮鰥寡，庸庸、祗祗、威威、顯民。用肇造我區夏；
> 越我一二邦，以修我西土。惟時怙，冒聞于上帝，帝休。天乃大命文
> 王，殪戎殷，誕受厥命。[51]

藉周公諄諄告誡衛康叔應秉承文王之德，詳細述說文王以明德治理國家，遂使
一切井然有序，馨香美德能上聞於帝，於是得以承受殪戎殷的天命。固然有德
方能承受天命，然而人性之常，即使能有善始，卻未必能持久不斷而得以善其
終，此即「天生烝民，其命匪諶。靡不有初，鮮克有終」所說。[52]因此周公強

48　其詳參見清‧林春溥：《竹書紀年補證》，收入《竹書紀年八種》，《中國史學名著》，頁
　　70～76。

49　《左傳》〈僖公十九年〉，見於周‧左丘明撰，晉‧杜預注，唐‧孔穎達等正義：《春秋左傳
　　正義》，收入《十三經注疏（附清‧阮元《校勘記》）》（臺北：藝文印書館，1985 年），頁
　　240。

50　《尚書》〈無逸〉，頁 242。

51　《尚書》〈康誥〉，頁 201。

52　《詩》〈大雅‧蕩〉，頁 641。

調應以文王為榜樣，持續積德數十年，既得天命以後，仍應努力不輟，至死方休，因而呼籲：「天不可信，我道惟寧王德延，天不庸釋于文王受命。」[53]認為後繼的子孫唯有一再延續美好的德行，方能常保天命於不墜。

再從周公時時表彰文王之德，以警戒成王等後代子孫必須念茲在茲，毋忘「文王在上，於昭于天，周雖舊邦，其命維新。有周不顯，帝命不時」，以珍惜得來不易的天命。甚且還要從「亹亹文王，令聞不已。陳錫哉周侯，文王孫子。文王孫子，本支百世。凡周之士，不顯亦世」，體會承受天命的尊榮。進而再從「穆穆文王，於緝熙敬止」，理解天命靡常的道理，以及「永言配命，自求多福」的重要。總括一句，即是認識上天之載，無聲無臭的事實，而「儀刑文王，萬邦作孚」，[54]正說明文王早已提供後世子孫最好的人君典型。

回顧自公亶父以及季歷兩代君主的慘澹經營，即使至於文王之時，其德行已顯，仍需再歷經 42 年的長期考驗，方能正式承受天命，誠可謂得天命有其時，未可以人力強求也。如此「天命有時」的觀念，也可與〈窮達以時〉的簡文互證：

> 遇不遇，天也。動非為達也，故窮而不〔怨。隱非〕為名也，故莫之知而不吝。……窮達以時，德行一也。譽毀在旁，聽之弋母。緇白不釐，窮達以時。幽明不再，故君子敦於反己。[55]

經此傳世文獻與出土文獻的相互體證，都在說明人的窮達雖各有其時與分別，然而無論窮達，始終都應敦行反躬自省以修飭德義的道理，則同歸於一。

三、以「親親愛民」展現文王「仁」的形象

從〈五行〉所載：

53　《尚書》〈君奭〉，頁 245。

54　本段有關文王之事蹟，其詳參見《詩》〈大雅・文王〉，頁 533～537。

55　《郭店楚墓竹簡》〈窮達以時〉，頁 145。

> 見而知之，智也。知而安之，仁也。安而行之，義也。行而敬之，禮
> 也。仁，義禮所由生也，四行之所和也。和則同，同則善。[56]

雖然此段的說法明顯以「智」為四行之首，然而若參照稍後「仁，義禮所由生
也，四行之所和」的說法，更能說明若欲實踐仁德的行為，需先懂得別人的不
便，願意體貼他人的需求，且付出合於義、順於禮的行動，才容易衍生別人方
便、自己喜悅的結果，故而知「仁之行」乃四行當中最具有親和力的指標，也
是締造和善社會的主要動力。所謂仁之行，簡言之，即是愛人的行為表現；而
對人的愛，儒家則有親疏厚薄之分。簡文「親而篤之，愛也。愛父，其攸
（繼）愛人，仁也」的說法，[57]也同樣說明愛應從仁其親開始。

　　由於仁親的最具體表現在於孝，因此「百善孝為先」的傳統觀念，經常以
文王為具體實例。文王親其親的事蹟，從《禮記》〈文王世子〉記載其為世子
之時，必於每天雞初鳴、日中以及日暮時分，分別朝見季歷以問安。必待王季
康安，始覺得歡喜。倘若王季稍有不安的跡象，文王即面色凝重而行走不能正
履，必待王季復進膳食，然後始復其初。[58]由此可知文王事父能盡其孝，因而
武王亦能仿效而遵行，以共成父子人倫之善。

　　待王季薨，而文王即按時虔誠舉行祭禮。〈祭義〉載其：「事死者如事生，
思死者如不欲生，忌日必哀，稱諱如見親」，又稱許其態度恭敬，充分表現祭
祀的忠誠，彷彿如見其親之所愛。文中更引《詩》：「明發不寐，有懷二人」，
描繪文王祭祀父母時，極其虔誠專一的心情。即使時至祭祀的第二天，仍然
「明發不寐，饗而致之，又從而思之」。因此總計文王祭祖的過程，可謂樂與
哀參半；神靈既來，饗之，必樂，饗之將屆，則必哀從中來。[59]由於文王事
親，生則能敬養之，死則能敬享之，堪稱具有純孝的仁心，因而能善推其一念

56　《郭店楚墓竹簡》〈五行〉，頁150。
57　《郭店楚墓竹簡》〈五行〉，頁150。原釋文作「其『攸』愛人」，裘錫圭疑此字為「稽」之
　　異體，讀為「繼」。《郭店楚簡校讀記（增訂本）》，頁80，直接作「愛父，其繼愛人，仁
　　也」。
58　其詳參見《禮記》〈文王世子〉，頁391。
59　其詳參見《禮記》〈祭義〉，頁808。

之仁，澤及生民以及其他萬物。

文王的仁心仁德表現在治理百姓方面的事蹟，透過《孟子》的描述，又可更清晰地見其治國的情形：

> 昔者文王之治岐也，耕者九一，仕者世祿，關市譏而不征，澤梁無禁。罪人不孥。老而無妻曰鰥，老而無夫曰寡，老而無子曰獨，幼而無父曰孤，此四者天下之窮民而無告者。文王發政施仁，必先斯四者。《詩》云：「哿矣富人，哀此煢獨。」

文王治理岐地區，首重農耕以安人民的生活，輕稅賦繇役，施行仁政而無苛法，訂定福利措施以照顧鰥、寡、孤、獨者的生活，使人民生活富庶。雖然《史記》〈周本紀〉已載有「遵后稷、公劉之業，則古公、公季之法」，可是並未見其實際內容，不過，藉由《孟子》所載，即可以對文王的政績有更進一步的補充：

> 昔者公劉好貨。《詩》云：「乃積乃倉，乃裹餱糧，于橐于囊，思戢用光；弓矢斯張，干戈戚揚，爰方啟行。」故居者有積倉，行者有裹囊也，然後可以爰方啟行。……昔者太王好色，愛厥妃。《詩》云：「古公亶父，來朝走馬，率西水滸，至于岐下；爰及姜女，聿來胥宇。」當是時也，內無怨女，外無曠夫。[60]

從上述《史記》與《孟子》的兩段記載，則知自公劉時期起，族人已懂得厚植經濟基礎，然後再進行軍事戰略準備的治國政策，而此方針正是文王治理國政所遵循效法的。繼此之後，則因公亶父判定翟人不斷苦苦相逼之目的，乃在於掠奪族人所開發的土地，又認為土地乃所以養人者，因此不願意發動戰爭與翟爭奪土地，以免生靈塗炭。公亶父既有此念，於是放棄已開墾的邠地，偕同姜女一同沿水滸而下。邠地的人民有感於公亶父的仁德，大多連袂相從，另外找

60　以上兩則引文見於《孟子》〈梁惠王下〉，漢・趙岐注，宋・孫奭疏：《孟子注疏》，收入《十三經注疏（附清・阮元《校勘記》）》（臺北：藝文印書館，1985年），頁35～36。

尋適合發展的根據地，遂於岐山之下再創新基業。公亶父選擇退讓而不發動戰爭，是最能實踐仁德的行為，具體做到長養人民的生存。至於其率領妻室戮力創業，則立下夫妻共體時艱、同甘共苦、共同打拼的良好生活楷模，即使「內無怨女，外無曠夫」之說，不免有誇大之嫌，然而其旨意又已說明穩定的家庭關係，不但是創業的重要條件，更是建設富強康樂國家的先在條件。

文王能繼承此樸直勤勉、務實良善、儉樸卑服的優良民族性，親就田功而知稼穡的艱辛，以善養鰥、寡、孤、獨的窮苦無告者，於是孟子有「天下有善養老，則仁人以為己歸」的說詞，並詳加解說：

> 五畝之宅，樹牆下以桑，匹婦蠶之，則老者足以衣帛矣。五母雞，二母彘，無失其時，老者足以無失肉矣。百畝之田，匹夫耕之，八口之家，足以無飢矣。所謂西伯善養老者，制其田里，教之樹畜，導其妻子，使養其老。五十非帛不煖，七十非肉不飽。不煖不飽，謂之凍餒。文王之民，無凍餒之老者，此之謂也。[61]

由於文王能善於引導人民種桑養蠶、耕種畜牧，且能注意各以其天時、各盡其心力，於是男女老少在文王的帶領下，也能各成其教，皆以養老恤孤為要務。由於窮苦無告的百姓皆有所養，境內無凍餒的年長者，而民風自然歸於良善而淳厚。

因為文王能親親而仁民，仁民而愛物，所以人民敬愛之、擁戴之。文王雖有苑囿方七十里，然而不僅芻蕘者可以前往，獵捕雉兔者也可進入，皆可謂與民同享，因此人民並不以文王為奢侈，甚且還以其苑囿有點小。[62]尤其當其從羑里獲釋返周，以民力為亭臺池沼，人民也不以負擔勞役為苦，不但樂於參與其事，甚且稱美其建築工事為靈沼、靈臺。此從《詩》的描述：

> 經始靈臺，經之營之，庶民攻之，不日成之；經始勿亟，庶民子來。[63]

61　《孟子》〈盡心上〉，頁 238。
62　其詳參見《孟子》〈梁惠王下〉，頁 31。
63　《詩》〈大雅・靈臺〉，頁 579～580。

可見文王以仁德愛民的功績早已深入人心，而庶民圖報其功德的心意也相當明顯，此從人民積極營造靈臺的具體行動，實已溢於言表。因此孟子言：

> 以力假仁者霸，霸必有大國；以德行仁者王，王不待大，湯以七十里，文王以百里。以力服人者，非心服也，力不贍也；以德服人者，中心悅而誠服也，如七十子之服孔子也。《詩》云：「自西自東，自南自北，無思不服」，此之謂也。[64]

文王以仁德感人，因而虢叔、閎夭、散宜生、泰（太）顛、南宮括、鬻子、辛甲大夫等眾賢人，皆前往歸附之。[65]因為文王能任用賢人的名聲遠播，此後，虞、芮一一來服，故而終能享有「九夷」來歸的美譽。

四、以「敬君任賢」展現文王「義」的形象

文王一人而兼具兩種政治角色：就其與殷商而言，有臣事於殷的人臣之實；就其在周的國境而言，則有人君之實。因此對照簡文，可檢證文王為人君、為人臣的形象：

> 任諸父兄，任諸子弟，大材藝者大官，小材藝者小官，因而施祿焉，使之足以生，足以死，謂之君，以義使人多。義者，君德也。非我血氣之親，畜我如其子弟，故曰：苟濟夫人之善也，勞其□□之力弗敢憚也，危其死弗敢愛也，謂之【臣】，以忠事人多。忠者，臣德也。[66]

可見義乃是人君應具備的德行，君待臣以義，就人臣的材藝大小而賦予應得的祿位；忠則是人臣應具備的德行，臣事君以忠，不畏勞苦危難以忠於人君交付的使命。君臣之間，彼此都有相互對待的原則與標準，因而可藉此檢證文王為

64　《孟子》〈公孫丑上〉，頁 63。

65　其詳參見《尚書》〈君奭〉，頁 247；《史記》〈周本紀〉，頁 66。

66　《郭店楚墓竹簡》〈六德〉，頁 187。「□□」兩字，李零：《郭店楚簡校讀記（增訂本）》，頁 133，暫讀為「藏腑」。

人君、為人臣所具有的典型意義。

回顧周自公亶父、季歷以至於文王以來，向來都採取忠於殷商的方式以恪盡人臣之禮。當文王困於羑里之時，甚且還以事君如父相比，表達既然子無棄父之道，臣亦無叛君之理，自言其對紂王之忠。由於文王的言詞忠義感人，且其平素所行，實能盡忠職守，因而紂王能接受費仲的居中緩解，而盡釋崇侯虎譖言之嫌。紂王既知周的盡忠，文王又深得西土的民心，倘若冒然誅殺文王，必定引發西土大變；甚且紂王當時的大事，乃在於全力東進征討東夷，因此為求無西顧之憂，自然也無誅殺文王之理。文王能以人臣之忠而因禍得福，則其事君之忠，實足以令普天之下為諸侯者臣事人王的表率，此亦不待言。

至於有關文王以義使民的德行，則可從《墨子》的追載彰顯此功：

> 故古者聖王之為政，列德而尚賢，雖在農與工肆之人，有能則舉之，高予之爵，重予之祿，任之以事，斷予之令，曰：「爵位不高則民弗敬，蓄祿不厚則民不信，政令不斷則民不畏」，舉三者授之賢者，非為賢賜也，欲其事之成。故當是時，以德就列，以官服事，以勞殿賞，量功而分祿，故官無常貴，而民無終賤，有能則舉之，無能則下之，舉公義，辟私怨，此若言之謂也。故古者堯舉舜於服澤之陽，授之政，天下平；禹舉益於陰方之中，授之政，九州成，湯舉伊尹於庖廚之中，授之政，其謀得；文王舉閎天、泰顛於罝罔之中，授之政，西土服。故當是時，雖在於厚祿尊位之臣，莫不敬懼而施，雖在農與工肆之人，莫不競勸而尚意。故士者所以為輔相承嗣也。故得士則謀不困，體不勞，名立而功成，美章而惡不生，則由得士也。[67]

上述這段較具體詳實的記載，又正好可與前述《六韜》所載太公告訴文王守國之道，在仁、義、忠、信、勇、謀的「六守」以外，尤須以大農、大工、大商的「三寶」相對應。雖然因為學派關懷重點不同，《墨子》此處尚缺乏對於「大商」的良好註解，然而從這段紀錄，應可看出文王對太公「六守」與「三寶」

67　《墨子》〈尚賢上〉，見於清・孫詒讓：《墨子閒詁》（臺北：華正書局，1987 年），頁 41～44。

的守國建議，不但相當注重，而且身體力行，因而能成就簡文所認為的，人君應該「以義使人多」，以達具體長養人民、施惠於民的主張。

五、以「居位盡職」展現文王「禮」的形象

雖然郭店儒簡中提及「禮」的部分極多，然而此處因為討論人君的典型，所以偏重在其居位盡職而論，至於其他有關「禮」的整體討論，將另文討論。

〈尊德義〉的內容，主要陳述為政者應當以德義為教，而禮樂行政則為施政的重點，且著力點又應以禮為核心。謹先錄相關記載，再觀察其義旨所在：

> 尊德義，明乎民倫，可以為君。

> 為古率民向方者，唯德可。德之流，速乎置郵而傳命。

> 德者，且莫大乎禮樂焉。治樂和哀，民不可惑也。

> 由禮知樂，由樂知哀。……有知禮而不知樂者，無知樂而不知禮者。

> 尊仁、親忠、敬莊、歸禮，行矣而無違，養心於子諒，忠信日益而不自知也。

> 君民者治民復禮，民除害智，惷愚之旬也。為邦而不以禮，猶戕之無笒也。非禮而民悅哉，此小人矣。非倫而民服，世此亂矣。治民非還生而已也，不以嗜欲害其義。[68]

從上述簡文所載，可知人君的首要任務，在於尊崇德義，且能明於人倫，以為所有臣民的表率。蓋因尊德行義乃為人的根本，所以為政者務在順應民性而率先以德義導民。至於以德義導民的具體途徑，則當以行乎禮樂之政為最重要，期使人民能有合理而正確的喜怒哀樂，則所有言行舉止自然也會合乎義的要求。雖然施政首要在於施行禮樂之道，然而禮與樂二者當中，又當先從遵循禮

68　《郭店楚墓竹簡》〈尊德義〉，頁 173～174。

的各種規範切入，一旦能把握人倫事務的理序，則可進而至於掌握情性的中和狀態，而懂得妥善處理喜怒哀悲的情緒。因而人君無論要推崇仁德、獎勵忠信節義，甚至是要培養人民具有敬慎莊重的心，皆應遵循禮的各項制度而行。扼要言之，治民之道，非僅要求人民能生存而已，更要使其不以嗜欲而妨害道義，因此能使人民的言行復於禮，將是最直接而切要的途徑。

〈唐虞之道〉即記載聖人明君在位的一連串施政措施：

> 上事天，教民有尊也；下事地，教民有親也；時事山川，教民有敬也；
> 親事祖廟，教民孝也；大教之中，天子親齒，教民弟也。[69]

此施政措施，即是人君秉持「明禮、畏守、樂遜」的原則，在生活實踐中遵循禮制而行，藉此教導人民合乎天道人倫的生活理序，期望藉由在上者以身作則，產生上行下效、耳濡目染的薰染作用，庶幾可以呈現上下皆有禮的社會現象。由於禮重在生活實踐，而生活實踐的切要者，又以盡乎人倫為要務，因此〈成之聞之〉記載：

> 天降大常，以理人倫，制為君臣之義，著為父子之親，分為夫婦之辨。
> 是故小人亂天常以逆大道，君子治人倫以順天德。[70]

說明人君的責任，首先在於承受上天所命，以穩定君臣、父子、夫婦之間的倫常關係。同時更在該篇末尾，引用《尚書》〈康誥〉「不還大戛，文王作罰，刑茲無赦」所言，而重申「不逆大常者，文王之型莫厚焉」，然後提出「是故君子慎六立以祀天常」的結論。[71]所謂「六立」即是君臣、父子、夫婦之間兩兩相對的人倫義理。可見依照簡文的意思，已明白指出文王能成為人君典型，

---

69 其詳參見《郭店楚墓竹簡》〈唐虞之道〉，頁 157，「大教之中」的「教」，李零《校讀記》作「學」。

70 其詳參見《郭店楚墓竹簡》〈成之聞之〉，頁 168，「天降大常」之「降」，李零《校讀記》作「登」；「著為父子之親」之「著」，李零作「作」。又所引〈康誥〉之說，應為調動今本「乃其速由文王作罰，刑茲無赦，不率大戛」文句而來。

71 其詳參見《郭店楚墓竹簡》〈成之聞之〉，頁 168。

最重要的原因在於能躬行人倫之理，以順應天道之常，推而至於極致，則能成為仁德聖君的典型。

依循簡文所認為文王仁君典型的路線，再從傳世文獻中也可尋找文王遵禮施政以及率行人倫的事例：

人際關係中最重要的人倫之德，從上述的〈皇矣〉一詩，已知其自公亶父以下皆能夫唱婦隨，共圖小邦周的大業，不但父慈子孝，而且兄友弟恭，尚且擁有孝子賢孫以繼承父祖的心志。再參照〈思齊〉一詩所載：

> 思齊大任，文王之母。思媚周姜，京室之婦。大姒嗣徽音，則百斯男。惠于宗公，神罔時怨，神罔時恫。刑于寡妻，至于兄弟，以御于家邦。[72]

則更進一步描述文王能協和各種倫常關係，乃因上有聖母、側有賢妃以助成其德，是故文王的德行完美，不但獲得上帝讚賞，更成為妻子與兄弟的表率，能繼承、光大父祖治國的大業。因為文王擁有此離離肅肅、戒慎恐懼的德行，故而「戎疾不殄，烈假不遐」，終能逢凶化吉、功業純美。至於當其世的人，則因受到文王德行的感召，遂產生「成人有德，小子有造」的良好教化。對照《禮記》〈大學〉所引〈大雅・文王〉以「穆穆文王，於緝熙敬止」以稱美文王，可見文王處世的態度虔敬雍穆，且能各因其位而得其宜：

> 為人君，止於仁；為人臣，止於敬；為人子，止於孝；為人父，止於慈；與國人交，止於信。[73]

〈中庸〉也引孔子所說：

> 無憂者其惟文王乎！以王季為父，以武王為子，父作之，子述之。武王纘大王、王季、文王之緒，壹戎衣而有天下，身不失天下之顯名；尊為

72　其詳參見《詩》〈大雅・思齊〉，頁 561～563。
73　其詳參見《禮記》〈大學〉，頁 984。

天子，富有四海之內。宗廟饗之，子孫保之。[74]

由於大孝乃以繼志承業為尊親的最佳表現，因此文王就位以後，即繼承大王以來壯大周民族的志業，且又以其顯著的德行而親受上天所賦的使命。至於武王，也繼續完成文王未竟的天命大業，且使後世子孫能維持天賦使命長達數百年之久，誠可謂以德義傳國者，可以傳諸久遠的明證。

由於禮具有溝通天地的理序、[75]彰顯人倫紀綱的作用，因而能以禮治國者，即能得治國之本。〈樂記〉所載子夏所言，正可說明治國者由禮而樂，由樂而得以化民的一貫順序：

> 夫古者，天地順而四時當，民有德而五穀昌，疾疢不作而無妖祥，此之謂大當。然後聖人作為父子君臣，以為紀綱。紀綱既正，天下大定。天下大定，然後正六律，和五聲，弦歌詩頌，此之謂德音；德音之謂樂。《詩》云：「莫其德音，其德克明。克明克類，克長克君，王此大邦；克順克俾，俾於文王，其德靡悔。既受帝祉，施於孫子。」此之謂也。

> 《詩》云：「肅雍和鳴，先祖是聽。」夫肅肅，敬也；雍雍，和也。夫敬以和，何事不行？為人君者，謹其所好惡而已矣。君好之，則臣為之；上行之，則民從之。《詩》云：「誘民孔易」，此之謂也。[76]

子夏此段說詞，又可與〈六德〉相參照而互觀其義：

> 作禮樂，制刑法，教此民爾，使之有向也，非聖智者莫之能也。親父子，和大臣，寢四鄰之抵牾，非仁義者莫之能也。聚人民，任土地，足此民爾，生死之用，非忠信者莫之能也。[77]

74　其詳參見《禮記》〈大學〉，頁 885。

75　《禮記》〈仲尼燕居〉，頁 854：「禮也者，理也。」〈樂記〉，頁 669：「禮者，天地之序也」。

76　《禮記》〈樂記〉，頁 691～692。

77　《郭店楚墓竹簡》〈六德〉，頁 187。據李零《校讀記》，頁 130、131，補「抵牾」，改「教此民爾」、「足此民爾」之後的「？」為「，」號。

其中所謂順天地四時運行的「大當」，正可彰顯禮掌握天地理序的本質。至於聖人以禮制訂人倫紀綱，乃使社會各階層各有可遵循的規範倫理，以成就社會的秩序。待此人倫社會秩序大定以後，再製作各種樂章，以德音感人。此種說法正好與〈六德〉提出聖智的明君，可以制禮作樂的說法相同，且唯有此明君可以擔當親和父子君臣間的關係，可以聚合人民，而擁有土地。可見此種謹守好惡、遵行德禮的明君典型，仍然多以文王為最恰當的代表。

六、以「屈伸有節」展現文王「智」的形象

人是否堪被稱為「智」者，主要可從其對「境」所作的判斷與所採的反應而得知，若能針對實際情境而妥為權衡其利弊得失者，則可稱為「智」。此從《論語》「知者利仁」以及「知者不失人，亦不失言」的說法，[78]可見知者的條件，在於其能發揮敏銳的判斷，理解個人的人格特質與行為特性，而且能針對情境採取有效的行為反應以促進仁德的發用，既不至於有失人的遺憾，更不會有失言的尷尬，且可因為善得人才而有利於仁德的推行，而擁有成物的「知者」美譽。[79]

再從「好而知其惡，惡而知其美者，天下鮮矣」的記載，又可知若非擁有清明的智慧者，則要能做到「愛而知其惡，憎而知其善」，實非易事。[80]其中的關鍵，在於凡事必須透過智慧進行縝密的思慮。若對照簡文的順序，概述「四行」的內容：

> 見而知之，智也。知而安之，仁也。安而行之，義也。行而敬之，禮也。[81]

已明顯可見「智」於「四行」當中，位居領先的先在地位。雖然智與仁、義、

---

78 《論語》〈里仁〉，頁 36；〈衛靈公〉，頁 138。

79 《禮記》〈中庸〉，頁 887：「成物，知也」。

80 此兩則記載，分別見於《禮記》〈大學〉，頁 986；〈曲禮上〉，頁 12。

81 《郭店楚墓竹簡》〈五行〉，頁 150。

禮並列為「四行」之一，但是唯有先滿足「智」的條件，然後接連而下所採的各項行為反應，方能皆相應於不同情境而各得其善，且終能成就社會倫理的善。不過，倘若要探究對「境」而採取的行為，是否能歸屬於社會道德層次的「智之行」，甚至於是否同時也屬於合乎天道之德的「智德之行」，則仍須考察其是否發自內在的心性之德。

「智之行」與「智德之行」雖然同樣歸屬於「智」的範圍，然而又有細微的區分。透過對文王獻地以解炮烙之刑一事的評論，可以區分文獻所載文王屬於「智」的做為，到底屬於「智之行」，抑或是「智德之行」。《韓非子》即載有：

> 昔者文王侵盂、克莒、舉豐，三舉事而紂惡之，文王乃懼，請入洛西之地、赤壤之國方千里以請解炮烙之刑，天下皆說。仲尼聞之曰：「仁哉文王！輕千里之國而請解炮烙之刑！智哉文王！出千里之地而得天下之心」。

> 或曰：「仲尼以文王為智也，不亦過乎！夫智者知禍難之地而辟之者也，是以身不及於患也。使文王所以見惡於紂者，以其不得人心耶？則雖索人心以解惡可也。紂以其大得人心而惡之，己又輕地以收人心，是重見疑也。固其所以桎梏囚於羑里也。」鄭長者有言：「體道，無為、無見也。」此最宜於文王矣，不使人疑之也。仲尼以文王為智，未及此論也。[82]

由此前後兩則紀錄，明顯可見《韓非子》的意思，首先，在於批評仲尼以文王為智的說法乃屬過當；其次，則提出應以「體道，無為、無見」評論文王，才最為恰當。綜觀《韓非子》以「智者知禍難之地而辟之者也，是以身不及於患」為理論依據，分析文王見惡於紂的原因，在於文王太得人心，而非不得人心，因此避惡之道，絕不當再以廣收人心「重見其疑」的方式，以求消災解

---

[82] 《韓非子》〈難二〉，見於清・王先慎撰，鍾哲點校：《韓非子集解》（北京：中華書局，1998 年），頁 361～362。

厄，於是遂發出「固其所以梏桎囚於羑里」的結論。由於為民解炮烙之刑的做法可算一步險棋，稍有不慎，即可能重新受禍，因此韓非批駁仲尼以「智哉文王」稱讚文王，倒也的確是言之成理。然而深加玩味此兩段記載，又可見韓非其實也相當稱許文王，只是認為文王的做為不應以「智」為論，而應以「體道，無為、無見」為評，堪稱恰當而已。

倘若仔細檢驗仲尼以及《韓非子》的不同評論，將可發現造成此兩種不同的評論，其癥結當在於「智之行」與「智德之行」的細微差異。文王辭謝封賞的千里之地，乃以投紂王之所好在於多得土地，因而能取悅紂王，成就所謂的「智之行」。至於因為獻地一事而附帶坐收的大批人心歸向，不但不該為文王當時興起的意念，而且還會力避嫌疑。何以知其無意收買人心？此從其所引仲尼「仁哉文王」的讚嘆，可以透露重要訊息。蓋唯有大仁之人，可以上體天道之仁而不自居其功，因而文王並非算計得民心之利尤勝於千里地，於是捨地而求民心。文王的做為，乃基於其數十年來愛民如傷的初衷，又能智解紂王喜歡擁地自重的習性，於是敢行其大勇，且又能安於行仁，於是以辭謝封地而增益紂王封疆的相對消長方式，上請紂王解除炮烙之刑，終於能成就其大智成德之行。是故，「智哉文王」的「智」，乃指文王以其「智」而上體天道，又能一本其內在仁德之心，行不事多得之舉，直接發而為不計較功利的「智德之行」。儒者所謂「智德之行」，雖然與韓非的立足點不同，不過仍與鄭長者所謂「體道」的說法有異曲同工之妙。由於韓非喜歡從老子「以無事取天下」的觀點，說明為政之道，因而認為文王能秉要執本，遂能坐收以無為、無見而得其利的「陰取」之功，而不同意文王之舉屬於「智之行」一類。然而究實而言，文王此行非僅可稱為「智之行」，而且還應是本乎仁心所發的「智德之行」。

至於文王的「智之行」，則可從其藉由費仲以亂紂王之心，而得見文王能掌握要領。其文云：

> 周有玉版，紂令膠鬲索之，文王不予。費仲來求，因予之。是膠鬲賢而費仲無道也。周惡賢者之得志也，故予費仲。文王舉太公於渭濱者，貴之也；而資費仲玉版者，是愛之也。故曰：不貴其師，不愛其資，雖知

大迷，是謂要妙。[83]

雖然賢者宜在高位且能成其用，乃儒家的理想政治型態，然而倘若所事非人，則百姓未必能多得其福。文王雖知膠鬲賢能，然而當膠鬲受紂王所命而前來取玉版，文王卻拒而不予，實有「君子可以理拒之」的道理。至於必待無道的費仲前來索討而後予之，又可謂善解「小人易以利啖之」的原理原則，且能實地踐行之，則一旦有必要時，即可得費仲以為己用。果然，當文王受囚羑里，閎夭等人雖然想盡辦法搜得奇珍異寶，苟無嬖臣費仲居中引薦，實無法上達紂王的天聽以解文王之危。故知文王向費仲示好，乃深明「可以得罪君子，不可得罪小人」的道理，以免徒增無謂的困擾與麻煩。如此參疑、廢置的事，凡為明主皆須決之於內，而能施之於外，務使參伍能用之於內，觀聽又能行之於外，則敵偽的狀況皆能瞭然於心。因為人無遠慮必有近憂，所以必須時時刻刻都有防患於未然的準備。甚且凡為人主者，又必須擁有明辨「敵之所務在淫察而就靡，人主不察則敵廢置」的大智慧。[84]故文王讓費仲達成使命，從消極層次而言，實乃不必得罪紂王身旁的小人，從積極層次而言，在紂王的淫威下，或許曰後遭遇不旿之需，還得這種小人才能幫的忙。

文王歷劫歸來，不但親自到岐都的帝乙廟祭祀商代祖先，表示對紂王的忠心，並對冊封「方伯」賦予征伐諸侯大權表示感謝，[85]另外還於第二年三月率同六州的諸侯奉勤于商。[86]檢視《淮南子》中，對文王歸來的後事，另有生動描述如下：

> 文王歸，乃為玉門，築靈臺，相女童，擊鐘鼓，以待紂之失也。紂聞

83　《韓非子》〈喻老〉，頁 170。

84　《韓非子》〈內儲說下・六微〉，頁 243、256。

85　其詳參見何光岳：《周源流史》上冊（南昌：江西教育出版社，1997 年），頁 40；孟世凱：《夏商史話》（臺北：貫雅文化事業有限公司，1990 年），頁 233～234。

86　其詳參見晉・孔晁注，清・盧文弨校：《逸周書》〈程典解〉卷 2，收入《四部備要》（臺北：臺灣中華書局，1965 年），頁 8；《竹書紀年證補》，頁 73。

之，曰：「周伯昌改道易行，吾無憂矣！」[87]

文王歸來後，便韜光隱晦，藉由生活上轉趨享樂的改變，以安紂王猜忌的心。不過，從《孟子》記載，卻有不同的看法：

> 文王以民力為臺為沼，而民歡樂之，謂其臺曰靈臺，謂其沼曰靈沼；樂其有麋鹿魚鱉。古之人與民偕樂，故能樂也。[88]

由於文王已深得民心，因此雖然役使民力以參與建築工事，但是由於其平時能與民同樂，所以民眾皆樂於參與其事，且力促其早日完成。

文王這種以平實平淡、無為自然，不積極從事征伐的半退隱方式生活，更能從生活中親近民眾，增強其親和力。《史記》〈周本紀〉所載更能表現其生活智慧的結晶：

> 西伯陰行善。諸侯皆來決平。於是虞、芮之人，有獄不能決，乃如周。入界，耕者皆讓畔，民俗皆讓長。虞、芮之人未見西伯，皆慚相謂曰：「吾所爭，周人所恥。何往為？祇取辱耳。遂還，俱讓而去。」諸侯聞之曰：「西伯蓋受命之君也。」[89]

文王以累積數十年勤奮踏實、修德行禮的長期經營，於是能造就知禮能讓的民情風俗，因此不必以武力征伐，就能贏得許多自動歸附的民族。另外，參照《越絕書》所載：

> 文王以務爭者，紂為天下殘賊，奢佚不顧邦政。文王百里，見紂無道，誅殺無刑，賞賜不當，文王以聖事紂，天下皆盡誠知其賢聖。從之。此謂文王以務爭也。紂以惡刑爭，文王行至聖，以仁義爭。[90]

87　《淮南子》〈道應〉，頁 401～402。

88　《孟子》〈梁惠王上〉，頁 11。

89　《史記》〈周本紀〉，頁 67。

90　漢・袁康、吳平：《越絕書》卷 3，收入《四部叢刊》第 15 冊（臺北：臺灣商務印書館，1979 年），頁 18。

更明顯說明文王以仁民愛物、與民同樂的具體做為，成就其賢聖美名；又以仁義的行為贏取紂王臣民的心，故而是真正具有大仁、大智的智者。

七、《呂氏春秋》對文王德教典型的肯定與宣揚

《呂氏春秋》，乃呂不韋主持秦國政務之時，在秦王政親政以前，為秦統一天下的大業著想，遂集合門下智略之士纂輯而成。根據〈序意〉所載纂輯全書要意：

> 古之清世，是法天地。凡十二紀者，所以紀治亂存亡也，所以知壽夭吉凶也。上揆之天，下驗之地，中審之人，若此，則是非、可不可無所遁矣。天曰順，順維生；地曰固，固維寧；人曰信，信維聽。三者咸當，無為而行。行也者，行其理也。行數，循其理，平其私。[91]

由於今本《呂氏春秋》的〈序意〉（舊云一作〈廉孝〉，然而「廉孝」與內容無涉，可能尚有脫文。）乃附在「十二紀」之後，而非全書的最前或最後，或因今本〈序意〉所載的內容，僅涉及「十二紀」，而無涉於八覽、六論。然而這也可能如陳奇猷（1917～2006）所言，十二紀、八覽、六論，並非成於一時、一地。「十二紀」成書最早，書成以後，即公布於咸陽城門者，正是此「十二紀」，故而將〈序意〉殿於「十二紀」末尾。[92]呂不韋尚且懸千金於其書之上，延請各諸侯、游士、賓客等，有能增損一字者，即予千金。[93]姑且不論〈序意〉的全文如何，僅上述所引內容，已知呂不韋纂輯全書，乃意在提供秦王政統一天下後，應效法天地自然的原理，並審度紛雜的人事問題，以使天、地、人三者之間皆能遵循一定的原理原則而行，庶幾全天下皆可以平治而毫不紊亂。

91　《呂氏春秋》〈序意〉，見於陳奇猷校釋：《呂氏春秋校釋》上冊（上海：學林出版社，1984年），頁648。

92　《呂氏春秋》〈序意〉，頁649。

93　其詳參見《史記》〈呂不韋列傳〉，頁1021。

　　《呂氏春秋》，在《漢書》〈藝文志〉中被歸入雜家之列。所謂「雜家」，並非雜亂無章的「雜」，而是「匯聚」各家所長，以合於王者治國的需要。班固（32～92）對雜家的定義，即認為該家出自議官，其特色在於兼儒、墨，合名、法，[94]以供王者統整治國所需要。倘若參照〈序意〉所載，又可知《呂氏春秋》還深受道家注重天地自然的運行原理，且又未被任何一家的思想所制約，而更重於統合天、地、人三者之間的最恰當關係，因此也是最高統治者最應注意者。

　　概括《呂氏春秋》的政治思想，已與秦國自商鞅以來的法家大不相同，而是融合各家所長：吸收儒家主張君主應加強修治己身，時時要求反求諸己的重德思想；吸收道家無為而無不為的思想，透過求賢、用賢的方式，達到「善為君者，勞於論人、佚於官事」的理想狀態；[95]吸收法家正名審分，立官必使所有職官皆能各處其職位、各治其分內應掌的事，以達到君主無為而天下可治的局面。基於此構想，故主張：

> 古之君民者，仁義以治之，愛利以安之，忠信以導之，務除其災，思致其福。……此五帝三王之所以無敵也。[96]

既然標榜五帝三王可以無敵於天下之道，乃在於其能行仁義之道以治天下，又能施行愛利民眾的政策以安天下，且還能以合乎忠信的言行引導民眾言忠信、行篤敬，故能有效為民眾消災解禍，實際造福天下萬民。然而因為五帝的時代湮遠、事蹟難辨，遂選擇時代較接近的周文王為取法之對象，因而書中對於文王之德教典型，也從不同角度加以肯定與宣揚，更加強文王成為後世效法的人君典型。經電腦檢索「中國哲學書電子化計劃」網站（即便資料未達百分百正確，仍具使用價值，嘉惠學子不淺），《呂氏春秋》總計有 20 個段落 56 次提及文王，數量不算少。今取其內容可與上述郭店儒簡的文王形象相呼應處，歸

94　其詳參見《漢書》〈藝文志〉（北京：中華書局，1979 年），頁 1742。

95　《呂氏春秋》〈仲春紀・當染〉，頁 96：「古之善為君者，勞於論人，而佚於官事，得其經也。不能為君者，傷形費神，愁心勞耳目，國愈危，身愈辱，不知要故也」。

96　《呂氏春秋》〈離俗覽・適威〉，頁 96

納論述如下：

（一）上體天道擇時而動

姬昌雖曾於帝乙二年伐商，意欲為受困而冤死的季歷報仇，帝乙也頗能體
諒姬昌為父盡孝之情，遂以歸妹文王的政治聯姻方式緩和商周的緊繃關係。再
加上衡量雙方勢力，姬昌也只能同意以聯姻換取周民族更多壯大自己的時間與
空間。《呂氏春秋》即明言文王沉潛的定力以及善於對應商紂之處：

> 昔者紂為無道，殺梅伯而醢之，殺鬼侯而脯之，以禮諸侯於廟。文王流
> 涕而咨之。紂恐其畔，欲殺文王而滅周。文王曰：「父雖無道，子敢不
> 事父乎？君雖不惠，臣敢不事君乎？孰王而可畔也？」

> 聖人之於事，似緩而急，似遲而速以待時。王季歷困而死，文王苦之，
> 有不忘羑里之醜，時未可也。武王事之，夙夜不懈，亦不忘王門之辱，
> 立十二年，而成甲子之事。時固不易得。[97]

由於帝乙歸妹以後，商周之間即保有姻親關係，因而商紂雖一時聽信崇侯虎的
譖言而拘執姬昌，甚且還一度欲殺姬昌以絕後患，然而畢竟缺乏姬昌將不利於
商的實證，再加上姬昌又深得民心，也不好貿然誅殺姬昌。更重要的，則是姬
昌在被拘期間，潛心演《易》，深知天道不可違、天命不可拗的道理，故而能
敬天、畏天，懂得時運有遇或不遇的機緣，絲毫不可勉強，[98]因而能記取季歷
受困羑里的教訓，對紂王表達人臣事君忠貞不二的態度，致使紂王大大降低對
姬昌的戒心，文王甚且還能因禍而得福。即使武王即位，也必須靜觀時變，只
有當時機成熟之時，方可一舉而成就甲子伐紂的大事。

97　分別見於《呂氏春秋》〈恃君覽・行論〉，頁1389～1390；〈孝行覽・首時〉，頁767。

98　《呂氏春秋》〈孝行覽・遇合〉，頁815：「凡遇，合也。時不合，必待合而後行。……故君
　　子不處幸，不為苟，必審諸己然後任，任然後動」。

（二）尊賢禮士知人善任

　　周王朝是中國歷史上第一個非常重視教育的王朝，《呂氏春秋》也非常認同此點，明確提出尊師的重要：

> 神農師悉諸，黃帝師大撓，帝顓頊師伯夷父，帝嚳師伯招，帝堯師子州支父，帝舜師許由，禹師大成贄，湯師小臣，文王、武王師呂望、周公旦，……。此十聖人六賢者，未有不尊師者也。今尊不至於帝，智不至於聖，而欲無尊師，奚由至哉？此五帝之所以絕，三代之所以滅。[99]

五帝三王能無敵於天下，其先決條件，在於能尊師，一旦不能尊師，只有淪於絕滅一途。然而老師要能獲得尊隆的地位，亦必待聖明的人王而後能獲尊位，此從太公望知遇於文王而不遇於商王，即是最好的說明：

> 太公望，東夷之士也，欲定一世而無其主，聞文王賢，故釣於渭以觀之。[100]

唯有聖王加上明師的組合，方可釐訂上好的治國良策，在穩定中謀求發展，進而可以得天下萬民的心，終於使小小邦周獲得天下。文王載得姜太公同歸以後，尊禮太公為國師，於是太公為文王講論「六韜」以為治國的謀略，文武群賢咸集，此即《詩》所載，赳赳武夫乃是公侯的干城、好仇、腹心的道理一般。[101]由於賢士畢集，且與文王同心，因而也成為鞏固小邦周最重要的力量，此即《詩》所云：「濟濟多士、文王以寧」，[102]故而積數十年的努力，卒能獲得上天眷顧，正式授予文王天命。

　　由於文王能得姜太公，乃是其日後成功的最重要關鍵，因此《呂氏春秋》評論此事極為詳細：

99　《呂氏春秋》〈孟夏・尊師〉，頁 815
100　《呂氏春秋》〈孝行覽・首時〉，頁 767。
101　《詩》〈周南・兔罝〉，頁 40。
102　《詩》〈大雅・文王〉，頁 535。

> 主賢世治則賢者在上，主不肖世亂則賢者在下。……太公釣於滋泉，遭
> 紂之世也，故文王得之而王。文王，千乘也；紂，天子也。天子失之而
> 千乘得之，知之與不知也。諸眾齊民，不待知而使，不待禮而令。若夫
> 有道之士，必禮必知，然後其智能可盡。[103]

大邑商雖大，卻因紂王不能任用賢能，以致姜太公不得大用。相對於此，文王
雖然僅擁有偏處西隅的小周邦，卻因為能尊禮姜太公，所以太公能竭盡其心力
發揮其智慧謀略以協助小邦周：

> 國雖小，其食足以食天下之賢者，其車足以乘天下之賢者，其財足以禮
> 天下之賢者，與天下之賢者為徒，此文王之所以王也。今雖未能王，其
> 以為安也，不亦易乎？……古之大立功名與安國免身者，其道無他，其
> 必此之由也。堪士不可以驕恣屈也。[104]

雖然終文王之世，周並未能稱王天下，然而正因為文王尊禮賢者的美名遍及四
方，所以能匯聚眾多賢能之士於周。由於能匯聚眾多賢能之士於周，最終成為
武王伐紂成功最重要的資本，而多多舉薦賢者以為明君所用，即成為稱王天下
最重要的大事：

> 賢者善人以人，中人以事，不肖者以財。得十良馬，不若得一伯樂；得
> 十良劍，不若得一歐冶；得地千里，不若得一聖人。舜得皋陶而舜受
> 之，湯得伊尹而有夏民，文王得呂望而服殷商。夫得聖人，豈有里數
> 哉？[105]

紂王與文王最大的差別，在於文王不但深知太公賢能，且能敬謹禮遇而聽從其
謀略，於是太公能竭盡其智以協助文王；紂王則惑於群小，不辨忠奸，以致箕

---

103 《呂氏春秋》〈有始覽‧謹聽〉，頁 705。〈先識覽‧觀世〉有類似之說詞。

104 《呂氏春秋》〈慎大覽‧報更〉，頁 893。

105 《呂氏春秋》〈不苟論‧贊能〉，頁 1591～1592。陳奇猷以按語云：「此文當作『舜得皋陶
而堯受之，禹得伯益而舜受之』，中間脫去八字，遂不可通」。

子佯狂、比干諫而死，[106]卒至提早結束殷商的天命，而由小邦周取而代之。

（三）仁民愛物澤及枯骨

文王愛民如傷最具體的事例，莫過於處理使人抇池而得死人骸骨一事：

> 周文王使人抇池，得死人之骸，吏以聞於文王，文王曰：「更葬之。」
> 吏曰：「此無主矣。」文王曰：「有天下者，天下之主也；有一國者，
> 一國之主也。今我非其主也？」遂令吏以衣棺更葬之。天下聞之曰：
> 「文王賢矣，澤及髑骨，又況於人乎？」或得寶以危其國，文王得朽骨
> 以喻其意，故聖人於物也無不材。[107]

天生萬物各有差異，而人如何用物也自有不同，其甚者，還攸關治亂存亡，造成死生異途的絕大殊異。文王使人抇池而得死人骸骨，不但不以為是惡兆的跡象，還能令官吏以衣棺更葬之，充分流露其恩澤天下萬物的初衷，也是其仁民愛物、賢德超群最直接的表示。後來的《淮南子》，甚且還有「文王葬死人之骸，而九夷歸之」的記載，[108]說明文王以此仁心感召夷人的事實。

再從文王因寢疾五日而地動，百吏勸文王以興事動眾而增益國城的方式攘除其疾，文王不同意，同樣也可以觀察其仁民愛物的初衷。蓋因百吏以為地動乃針對人主示警，文王則以為天有異相，意在懲罰自己有罪，倘若無端興事，欲藉勞師動眾以增益國城而消災解禍，將會更加重自己的罪過。文王遂以改行重善的方式以免除災厄：

> 於是謹其禮秩皮革，以交諸侯；飭其辭令，幣帛，以禮豪士；頒其爵列
> 等級田疇，以賞群臣。無幾何，疾乃止。[109]

---

106 《論語》〈微子〉，頁164：「微子去之，箕子為之奴，比干諫而死」。

107 《呂氏春秋》〈孟冬紀・異用〉，頁561。

108 《淮南子》〈人間訓〉，見於漢・劉安編，高誘注，劉文典集解，馮逸、喬華點校：《淮南鴻烈集解》，收入《新編諸子集成（第一輯）》（北京：中華書局，1989年），頁622。

109 《呂氏春秋》〈季夏紀・制樂〉，頁347。

賢明的君主懂得時時反躬自省，力求修德行善、敬謹行政、禮遇賢能豪士、賞賜有功群臣，恪盡人君應有的做為以免除災厄降臨，視勤政愛民為優先處理的要務，而不以個人的安危為優先考量。從文王特殊的止殃弭妖之道，可見其處處愛惜民力，正是仁德之君的良好典型。

（四）遵行仁義彰顯聖智

《呂氏春秋》認為用民之道，在於得道，並舉例言之：

> 凤沙之民，自攻其君，而歸神農。密須之民，自縛其主，而與文王。湯、武非徒能用其民也，又能用非己之民。能用非己之民，國雖小，卒雖少，功名猶可立。古昔多由布衣定一世者矣，皆能用非其有也。用非其有之心，不可察之本。三代之道無二，以信為管。[110]

文王受命以後，仍能盡忠服事紂王，且能以信義待臣民百姓，遂令虞、芮爭訟之人自形慚穢而彼此相讓。孔子所稱譽周的「三分天下有其二」，[111]即是文王長期執政，行仁政於天下所積累而成的結果。此處所載密須人民自縛其主而與文王，即是密須人民陣前倒戈的現象。無獨有偶的，則是湯、武革命成功，主要也因為能用非己之民，因而能以寡敵眾。追溯湯、武能用非己之民而致勝，歸其本，都在於能取信於民。倘若再追溯其取信於民之道，實則同樣以「義」而已矣！人君而能以義對待己國的臣民，則臣民雖有死難之危而不肯辭；人君若能以義對待非己國之民，則非己國之民亦將欣欣然思慕而前來歸附，以致會出現為有義之君而倒戈對付無道「獨夫」的現象。文王伐密得以成功，即在於文王具有高瞻遠矚的智慧，深信踐履仁義、忠信之德，乃上得天道的最佳保證，於是在得道者多助、失道者無助的強烈對比下，伐密獲得勝利。

雖然韓非不以為文王辭謝千里封地，以為民請解炮烙之刑一事為智舉，然

---

110 其詳參見《呂氏春秋》〈離俗覽・使民〉，頁1271。
111 《論語》〈泰伯〉，頁72～73：「三分天下有其二，以服事殷。周之德可謂至德也已矣」！

而《呂氏春秋》仍以為文王是順應民心而行，故而還是稱許文王為智。[112]蓋因紂王不再懷疑文王將不利於己，乃因文王受困羑里期間所表現的態度極為恭敬、誠懇，故而可通過紂王的考驗，不再多疑而故入文王於罪。文王雖然遭受紂王的冤枉侮辱，卻仍能遵守諸侯對天子之禮，「朝夕必時，上貢必適，祭祀必敬」，始終謙遜恭敬以服事紂王，則其所做所為，非僅可以合於孟子「唯智者能以小事大」的標準，[113]同時，也顯露出文王對紂王心態把握相當準確，否則稍有閃失，的確會自陷於萬劫不復的境地。是故從文王處世的拿捏分寸，已堪稱是「識時務者為俊傑」的智者所為。

八、結語：文王德教典型影響《毛詩序》的形成

經由上述以郭店儒簡所載的內容為核心，並結合先秦傳世典籍對於文王德行事蹟的描述，發現在戰國中期，文王已被各家公認具有以聖為首，而兼含仁、義、禮、智四德的五行之德。文王不僅僅是儒家標榜的人君典型，而是已跨越學派侷限，深受各界共同認定的人君典型，即使《墨子》、《韓非子》，都不乏取法文王之記載。再參照成於眾人之手，帶有雜家色彩，以政治思想為導向的《呂氏春秋》所載，更從各種不同的角度，討論文王不同事例所展現的意義，說明所謂聖主明君，在實踐以德義為政治教化的根本外，對於攸關實際民生的經濟、軍事的問題，都不可等閒視之，尤其在面對以大事小、以小事大的實際問題時，如何展現屈伸有節的大智大慧，都必須特別注重。這些為政的大智大慧，《呂氏春秋》認為可以從文王身上獲得非常重要的啟發。《呂氏春秋》對於文王實踐德教的肯定，也成為後世積極宣揚文王德教典型的重要動力。

回溯文王獲得姜太公為國師，藉由太公的文韜武略，使周得以從小邦周不斷成長、茁壯。《六韜》雖然歸屬兵家之列，但是書中的論點，對於型塑文王積極實踐德教，卻又不淪於泛道德主義的人君典型，尤其具有重大意義。為政者必須認清治國大事乃是千頭萬緒、錯綜複雜的，君主不但必須面對國內形形

---

112 其詳參見《呂氏春秋》〈季秋紀・順民〉，頁 479。
113 其詳參見《孟子》〈梁惠王下〉，頁 31。

色色的人事糾葛，而且還得時刻注意四周強鄰的覬覦與窺伺。因此文王能以仁者的風度，採取以小事大的方式服事紂王，而又以大事小的方式對待昆夷，此種樂天知命、適時而動的作風固然值得人君仿效，然而文王一怒而安天下之民的魄力與能耐，[114]更是後世所有為人君者需要深入思考而仿效實踐的。此也無怪乎呂不韋在秦即將統一天下前，要編纂《呂氏春秋》以供秦王政治理天下的參考，只可惜未被秦王政採納，以致秦朝快速滅亡。

　　以下謹藉由《左傳》對文王的一段評論，對於文王的人君典型所代表的意義，作整體性的總結：

> 有威而可畏謂之威，有儀而可象謂之儀。君有君之威儀，其臣畏而愛之，則而象之，故能有其國家，令聞長世。臣有臣之威儀，其下畏而愛之，故能守其官職，保族宜家。順是以下皆如是，是以上下能相固也。〈衛詩〉曰：「威儀棣棣，不可選也」，言君臣、上下、父子、兄弟、內外、大小皆有威儀也。〈周詩〉曰：「朋友攸攝，攝以威儀」，言朋友之道必相教訓以威儀也。《周書》數文王之德曰：「大國畏其力，小國懷其德」，言畏而愛之也。《詩》云：「不識不知，順帝之則」，言則而象之也。紂囚文王七年，諸侯皆從之囚，紂於是乎懼而歸之，可謂愛之。文王伐崇，再駕而降為臣，蠻夷帥服，可謂畏之。文王之功，天下誦而歌舞之，可謂則之。文王之行，至今為法，可謂象之，有威儀也。故君子在位可畏，施舍可愛，進退可度，周旋可則，容止可觀，作事可法，德行可象，聲氣可樂；動作有文，言語有章，以臨其下，謂之有威儀也。[115]

---

114 其詳參見《孟子》〈梁惠王下〉，頁 31～32，載：「惟仁者為能以大事小，是故湯事葛，文王事昆夷。惟智者為能以小事大，故大王事獯鬻，句踐事吳。以大事小者，樂天者也；以小事大者，畏天者也。樂天者保天下，畏天者保其國。《詩》云：『畏天之威，于時保之。』……《詩》云：『王赫斯怒，爰整其旅，以遏徂莒，以篤周祜，以對于天下』，此文王之勇也。文王一怒而安天下之民。《書》曰：『天降下民，作之君，作之師，惟曰其助上帝，寵之四方。有罪無罪惟我在，天下曷敢有越厥志？』一人衡行於天下，武王恥之，此武王之勇也。而武王亦一怒而安天下之民」。

115 《左傳》〈僖公十三年〉，頁 690。

根據《禮記》〈祭法〉記載，聖王制定祭典，主要依其是否以法施於民、以死勤事、以勞定國、能禦大菑、能捍大患等標準而訂定，因此文王既然以文治，武王以武功的方式而去除百姓的災禍，則皆屬有功烈於民者，於是列入祭祀之統，[116]其廟成為周代永世不毀的二祧廟。從《左傳》的綜合評論，更可說明文王的廟所以成為文祧，永世不毀，不但可為周代子孫永遠瞻仰仿效，而且還提供後世人君的最佳政治典型，即便不為君者，亦可藉此而效法其德行風範，以建立個人的威儀氣象。

　　文王的人君典型，在多篇有關周民族發展歷史的詩篇中已清楚顯示，再從周取代商而有天下以後，配合宗法與廟制系統的規劃，將文、武二王列為永世不遷的「二祧」，更明白彰顯文治與武功乃是王朝永續發展的不二法則。其中尤以文王在位長達 50 年，其政績早已兼文治與武功而有之，最足以供後世取法。因而自《左傳》以下，先秦諸子對於文王的德教都相當重視。再從《呂氏春秋》對文王事蹟的評論，更可說明如此以文王德教為尊的思想系統，不但不因時代久遠而趨於淡化，而是隨著歷史的發展，越發證明文王的德教可以具有不朽的取法價值。隨著文王德教的典型更普遍化，也相對影響教《詩》與學《詩》者特別注重政治功績的內容，既影響《詩》教內涵的核心議題，也影響《毛詩序》的形成與其後的《詩》教思想問題。

　　本文之原型為〈從郭店儒簡檢視文王之人君典型〉，乃 NSC 93-2411-H-003-046「先秦兩漢禮教探微：以三禮等禮典以及郭店簡、上博簡為討論中心」的部分研究成果。此文最初於 2005 年 3 月 25～26 日，在臺灣大學哲學系，由臺灣大學哲學系、中研院文哲所、輔仁大學文學院以及東吳大學哲學系聯合主辦，行政院國科會贊助的「新出土文獻與先秦思想重構」國際學術研討會宣讀，略加修改後，投寄《文與哲》學報，刊登在該學報第 7 期，2005 年 12 月，頁 125～157。本篇即根據〈從郭店儒簡檢視文王之人君典型〉改寫、擴展而成。

---

116 其詳參見《禮記》〈祭法〉，頁 802～803。

陸、孟子在《詩》教體系中的地位

一、前言：孟子的《詩》教觀淵源

　　孔子是推動平民教育的第一人。司馬遷（145？～86？B.C.）《史記》〈孔子世家〉稱孔子以《詩》、《書》、禮、樂教弟子三千人，因為朗朗上口的詩最適合口傳，所以《詩》即成為孔門弟子的首要教材。〈儒林列傳〉更記載孔子卒後，七十子之徒散遊各諸侯國，或為師傅卿相，或者友教士大夫，擴大學術的流傳：

> 子路居衛，子張居陳，澹臺子羽居楚，子夏居西河，子貢終於齊。如田子方、段干木、吳起、禽滑釐之屬，皆受業於子夏之倫，為王者師。是時，獨魏文侯好學。後凌遲以至于始皇，天下並爭於戰國，儒術既黜焉，然齊、魯之閒學者獨不廢也。於威、宣之際，孟子、荀卿之列咸遵夫子之業而潤色之，以學顯於當世。[1]

隨著孔門弟子四散而去，也造成孔子儒學思想的傳播，此即《韓非子》〈顯學〉所指戰國時期「儒分為八」的時代。[2]其中對於後世儒學發展影響較大的，戰國初期應推子夏，其開創的西河學派促使魏國站上戰國的重要歷史舞臺，後代經學的傳播更與子夏密切相關，魏文侯（472～396B.C.）也促成儒學的發展。雖無直接證據證實〈孔子詩論〉成於子夏弟子之手，但就子夏以文學著稱，孔

1　以上兩則資料分別參見《史記》〈孔子世家〉，見於漢‧司馬遷著，（日）瀧川龜太郎考證：《史記會注考證》（臺北：洪氏出版社，1977年），頁760；〈儒林列傳〉，頁1285～1286。

2　《韓非子》〈顯學〉，見於清‧王先慎撰，鍾哲點校，《韓非子集解》（北京：中華書局，1998年），頁456～457：「自孔子之死也，有子張之儒，有子思之儒，有顏氏之儒，有孟氏之儒，有漆雕氏之儒，有仲良氏之儒，有孫氏之儒，有樂正氏之儒」。

子還盛讚其對於《詩》的領悟力極高，[3]則該篇為子夏弟子受學筆記的可能性相當高。[4]戰國中、晚期對於儒學傳播最重要的人士，自然非孟子（372？～289？B.C.）、荀子（313？～238？B.C.）莫屬，且此二人對於《詩》的傳播與《詩》對於人文教化的作用，都深深影響後世《詩》學的發展，值得個別加以探討，故在此先討論孟子的《詩》教觀。

影響孟子論《詩》觀念最重要的人物，雖然無疑地是孔子、孔門弟子及其後學的相關觀念，但因傳世文獻所載的資料有限，主要合併在〈孔子詩論〉的相關篇章進行討論。至於孔子以前有些論《詩》觀念深深影響孟子《詩》教觀者，則應先行釐清，始可進入孟子對《詩》教提出「以意逆志」、「知人論世」、「詩亡然後《春秋》作」的三大主張，進而探討其在《詩》教體系中的地位。

二、孔子以前的論《詩》觀念

整部《詩》跨越的時間超過 500 年，〈國風〉的時間較晚，撰作時間較確定的晚期詩篇〈陳風・株林〉，乃書寫陳靈公淫於夏姬的事件，已進入春秋中期的東周定王（606～586B.C.在位）之時。據學者統計《左傳》所載引詩（包含「君子曰」所引）、賦詩資料，約有 200 篇次，其中又以魯僖公至昭公年間（659～510B.C.）的次數最多，《詩》成為當時最重要的外交辭令來源。考慮

3　《論語》〈八佾〉，見於魏・何晏集解，宋・邢昺疏：《論語注疏》，收入《十三經注疏（附清・阮元《校勘記》）》（臺北：藝文印書館，1985 年），頁 26～27：子夏問曰：「『巧笑倩兮，美目盼兮，素以為絢兮。』何謂也？」子曰：「繪事後素。」曰：「禮後乎？」子曰：「起予者商也！始可與言詩已矣」！

4　其詳參見陳立：〈孔子詩論的作者與時代〉，收入上海大學古代文明研究中心、清華大學思想文化研究所編：《上博館藏戰國楚竹書研究》（上海：上海書店，2002 年），頁 62～71：陳氏參照《論語》對孔子稱謂的用法，「孔子曰」的記錄法，較可能出自孔門再傳弟子的聽講筆記，抄寫的時間約在戰國早期。若從簡文文字書寫風格而言，「者」字的寫法以及「貴」、「賓」等從「貝」文字的寫法異於現今所見楚系文字，〈孔子詩論〉可能傳入楚國的時間還不太久，因而某些字仍保有原來的寫法，而該篇簡文的書寫可能在戰國中、晚期之交。若陳氏所推無誤，〈孔子詩論〉的原抄本在戰國早期，則為子夏弟子所抄錄的可能性自然極高。

當時文化傳播緩慢，需要極長時間的流傳與推廣，始能成為國際交往的共同辭令，因而可以推定《詩》的傳播，至少還要早於其成為外交辭令以前數十年，甚至可以早到數百年即開始。換言之，不待湊足「三百」的成數，已可陸續透過各種原因與管道在不同的時間，將周初大司樂帶領的樂教機構所整編以教導國子，包含〈頌〉、〈大雅〉、〈小雅〉、〈風〉各種體類的詩篇，流傳到遠近不同的各諸侯國。盱衡歷史發展，造成此前後長達 150 年風行引詩、賦詩的現象，其實與當時爭戰不斷、國際交往遽增的歷史背景有關。蓋因當時盟會、朝見、聘使的機會頻繁，遂導致引詩、賦詩的頻率大幅提升，昭公以後，賦詩的風氣已明顯減弱，禮壞樂崩的現象逐漸明顯，詩歌與音樂也轉而進入獨自發展的過程。[5]

有關《詩》的傳播，周昭王自 16 年（985B.C.）至 24 年（977B.C.）的三次南征荊楚，可能已開始《詩》的南傳楚國，再加上周穆王（976～922B.C.在位）多次西行巡遊與東南征戰，對於西部與東南方的開發都大有所獲，也促成周文化對所接觸四方大小國家的影響。換言之，從周初開始整編的樂歌、樂語教材，極可能透過樂歌的傳唱而自然四散到各地方國，且還一時蔚為風潮、流播甚廣；由戰爭衍生的人員與文化交流情形，也是另一條重要的傳播管道。此從楚莊王（613～591B.C.在位）多引〈周頌〉之詩，對大臣論述真正的「武」具有七大德性，[6]已明顯可見其仁民愛物的德行深受《詩》的啟發，其中尤以能惠及敵軍屍骸，更堪稱以具體行動實踐「溫柔敦厚」的《詩》教精髓。[7]

上述事件都遠在孔子出生以前，說明《詩》的傳播與運用都已經歷一段相當長的時間，對於《詩》已有一些重要共識，成為奠定《詩》教體系的基礎：

5　其詳參見楊華：《先秦禮樂文化》（武漢：湖北教育出版社，1997 年），頁 199～203。自清・趙翼的《陔餘叢考》進行統計以來，朱自清、夏承 、張震澤等學者也各自統計，或因明引、暗引的標準設定不同，以致統計數字各有出入，不過，大致約在 200 篇次左右。

6　其詳參見《左傳》〈宣公十二年〉，見於周・左丘明撰，晉・杜預注，唐・孔穎達等正義：《春秋左傳正義》，收入《十三經注疏（附清・阮元《校勘記》）》（臺北：藝文印書館，1985 年），頁 398：「夫武，禁暴、戢兵、保大、定功、安民、和眾、豐財者也」。

7　《禮記》〈經解〉，漢・鄭玄注，唐・孔穎達等正義：《禮記正義》，收入《十三經注疏（附清・阮元《校勘記》）》（臺北：藝文印書館，1985 年），頁 845：「孔子曰：『入其國，其教可知也。其為人也：溫柔敦厚，《詩》教也；……溫柔敦厚而不愚，則深於《詩》者也』」。

（一）《詩》為貴族教育的重要教材

在孔子之前，《詩》已是各國貴族教育的重要教材之一，《周禮》的樂教措施已有相關記載（詳見第貳篇的相關章節）。此從魯僖公到昭公時期的行人之官，極頻繁地以歌詩、賦詩作為外交辭令，懂得把握適當時機引用恰當的詩篇以明志，可見《詩》的教育遠在魯僖公以前的長久期間，已成為各諸侯國貴族教育的重要教材，更是行人之官的必備知識。唯有在各國貴族都已非常熟悉《詩》的內容，始可藉由歌詩、賦詩的方式，促成國際交流而達成預期的外交效果。即使是被稱為南蠻鴃舌地區的荊楚，尚且能蒙受《詩》教薰染的德澤，而有上述楚莊王透過《詩》的內容，對大臣傳達古代明王的「武」德內涵。楚國大臣也因學過《詩》，故能快速接受楚莊王的開導以共同成就仁德之行，既能彰顯「武」的深刻內涵，又能實踐《詩》教「溫柔敦厚」的涵養。由此可知當時縱然尚無「《詩》教」的詞彙，卻隱然已有「《詩》教」的事實。

至於傳世文獻中，較早談論《詩》的性質與功能的，則可在與《左傳》同時的《國語》中，通過申叔時（生卒年不詳）回答楚莊王的傳太（世）子之道而得知。一向被中原輕視的楚國尚且能如此，則可見《詩》在各國貴族教育中的重要地位：

> 教之《春秋》，而為之聳善而抑惡焉，以戒勸其心；教之《世》，而為之昭明德而廢幽昏焉，以休懼其動；教之《詩》，而為之導廣顯德，以耀明其志；教之禮，使知上下之則；教之樂，以疏其穢而鎮其浮；教之《令》，使訪物官；教之《語》，使明其德，而知先王之務用明德於民也；教之《故志》，使知廢興者而戒懼焉；教之《訓典》，使知族類，行比義焉。[8]

從申公將《詩》與《春秋》、《世》、《令》、《語》、《故志》、《訓典》等明顯為典籍性質的教材並列，可知當時《詩》的文本已流傳至荊楚一長段時間，因

8　《國語》〈楚語上〉，見於周·左丘明撰，三國·吳·韋昭注，上海師範大學古籍整理組校點：《國語》（臺北：里仁書局，1981年），頁528。

而楚莊王能吸收其精髓。楚莊王非僅能將《詩》的精髓實際運用在戰事處置上，國中的賢大夫申公也深知《詩》的內容與特點，認為《詩》可以與其他典籍相提並論，應該成為太（世）子教育的重要教材。至於禮與樂，因為性質較為特殊，乃以各類禮儀活動的實踐與樂歌、樂奏、樂舞的專門技藝教習演練為主，並不僅僅止於典籍的學習，且與《詩》密切相關，因而將禮與樂緊接在《詩》之後。此現象與孔子自言的「興於詩，立於禮，成於樂」，[9]其排序正好相同，且所論內容也相似，更證實春秋時期已確認此三者之間具有極緊密的關係。再從申公將記載各國史事的《春秋》列在太（世）子教育的第一序位，說明在孔子以前，即使是荊楚地區，也已長期接受中原文化的傳入，所以理解《春秋》等典籍教育對於培養政治人才的重要。透過《詩》中稱美成湯、文王、武王、周公、召公、僖公的功績，引導學習者奠定顯揚功德的偉大志向；再輔以禮的學習，使知君臣上下應守的規範，確立為人處世應遵守的律則；透過樂的薰陶以盪滌人的邪穢、輕浮習氣，使趨於中正端莊、平穩祥和。

　　此外，申公還提到太傅若達不到既定目標時可以採行的輔助教學辦法，最後並強調身教的重要：

> 且誦詩以輔相之，威儀以先後之，體貌以左右之，明行以宣翼之，制節義以動行之，恭敬以臨監之，勤勉以勸之，孝順以納之，忠信以發之，德音以揚之，教備而不從者，非人也。[10]

在上述的《春秋》等一系列的典籍教育內容完備以後，從「誦詩輔相」以至於「德音揚之」，共計十項的行動內容，都強調太傅應以身作則來感召太（世）子。若太傅能做到此表率，則太（世）子鮮少會有不受教的情形發生。倘若再檢視太傅的十大行為表率，正好可反映上述典籍教育與禮樂實作教育的具體成果，可見結合詩、禮、樂三者合一的教育，與陶冶情性、鼓舞德行與建立良好的為人處世之道，都有深切的影響力。

9　《論語》〈泰伯〉，頁 71。

10　《國語》〈楚語上〉，頁 531。

　　至於《詩》以外的《春秋》、《世》、《令》、《語》、《故志》、《訓典》等典籍教材，則明顯與史事紀錄、政令措施有關，更是培養為政者理想價值觀的重要材料。孔子特重《春秋》的微言大義，或與申公將《春秋》列於首位，具有英雄所見略同之意，而此思想也深深影響孟子對於《詩》的重要概念（詳見下文）。

（二）季札從「審樂知政」的角度論《詩》

　　吳國為長江下游的小諸侯國。根據《左傳》與《史記》的記載，吳國的開國之君為公亶父的長子太（泰）伯，在武王克商以後，仲雍的四世孫周章始被封為吳子。雖然吳與周王室同樣具有姬姓血緣，然因位處東南化外之地，以致吳國一向被中原諸侯國視為蠻夷之國。

　　季札（576～484B.C.）是孔子敬重的知禮君子，在吳國嗣君夷昧新立之時，即代表新君聘問各國以表達交好各國之意。季札有鑑於成、康二王追念周公有勳勞於天下的恩德，遂賜魯以重祭之禮，[11]使魯國保存較完整的禮樂祭祀制度，於是藉襄公 29 年（543B.C.）聘魯的機會而請求觀覽周樂。從季札身處蠻夷之邦，還能在聽聞樂工所歌、樂器演奏以及所搭配的樂舞，即直觀地提出貼切的評論，[12]可知其確實為知樂的君子，故能「審音而知政」，[13]將詩、樂與政治倫理融會貫通，且適時提出自己的評論。季札該評論成為傳世文獻中最早的論《詩》紀錄，影響後世論《詩》極為深遠。以表 6.1 呈現該內容：

11　《禮記》〈祭統〉，頁 840～841：「昔者，周公旦有勳勞於天下。周公既沒，成王、康王追念周公之所以勳勞者，而欲尊魯；故賜之以重祭。外祭，則郊社是也；內祭，則大嘗禘是也。夫大嘗禘，升歌〈清廟〉，下而管〈象〉；朱干玉戚，以舞《大武》；八佾，以舞《大夏》；此天子之樂也。康周公，故以賜魯也。子孫纂之，至于今不廢，所以明周公之德而又以重其國也」。

12　其詳參見《左傳》〈襄公二十九年〉，頁 667～673。

13　《禮記》〈樂記〉，頁 665：「凡音者，生於人心者也。樂者，通倫理者也。是故知聲而不知音者，禽獸是也；知音而不知樂者，眾庶是也。唯君子為能知樂。是故審聲以知音，審音以知樂，審樂以知政，而治道備矣。是故不知聲者不可與言音，不知音者不可與言樂。知樂則幾於禮矣。禮樂皆得，謂之有德」。

表 6.1　季札觀覽周樂的評論

季札評論　　詩的類型	評論的內容
周南、召南	美哉，始基之矣，猶未也，然勤而不怨矣。
邶、鄘、衛	美哉，淵乎！憂而不困者也。吾聞衛康叔武公之德如是，是其衛風乎！
王	美哉，思而不懼，其周之東乎！
鄭	美哉！其細已甚，民弗堪也，是其先亡乎！
齊	美哉，泱泱乎！大風也哉！表東海者，其大公乎！國未可量也。
豳	美哉，蕩乎！樂而不淫，其周公之東乎！
秦	此之謂夏聲。夫能夏則大，大之至也，其周之舊乎！
魏	美哉，渢渢乎！大而婉，險而易，行以德輔，此則明主也。
唐	思深哉！其有陶唐氏之遺民乎！不然，何憂之遠也？非令德之後，誰能若是？
陳	國無主，其能久乎！
（自鄶以下）	（無譏焉）
小雅	美哉！思而不貳，怨而不言，其周德之衰乎！猶有先王之遺民焉。
大雅	廣哉，熙熙乎！曲而有直體，其文王之德乎！
頌	至矣哉！直而不倨，曲而不屈，邇而不偪，遠而不攜，遷而不淫，復而不厭，哀而不愁，樂而不荒，用而不匱，廣而不宣，施而不費，取而不貪，處而不底，行而不流。五聲和，八風平，節有度，守有序，盛德之所同也。
舞象箾、南籥者	美哉！猶有憾！
舞大武者	美哉！周之盛也，其若此乎！
舞韶濩者	聖人之弘也，而猶有慚德，聖人之難也。
舞大夏者	美哉！勤而不德，非禹，其誰能脩之！
舞韶箾者	德至矣哉，大矣，如天之無不幬也，如地之無不載也，雖甚盛德，其蔑以加於此矣！

從上表樂工所歌的順序，乃先從〈國風〉的「二南」開始，以至於〈陳〉，其中僅〈豳〉、〈秦〉的順序與今本《毛詩》不同，其他〈小雅〉、〈大雅〉、〈頌〉的排序，也都與今本《毛詩》相同。此說明遠在季札以前，由周初樂教機構整編的《詩》以及歌詩、樂奏、樂舞的全套搭配情形早已完成，且已流傳至偏處東南隅的吳國，成為貴族教育的重要教材。季札能從聽聞各國樂曲，憑藉其音樂風格而清楚分辨該國的民情風俗、政治特色，進而確切判斷樂工所歌為某〈國風〉，可見其對各諸侯國的音樂風格與施政情形都有很深的理解，的確非精通於禮樂的有德君子無以為之。再藉由觀賞弦歌〈小雅〉，已看出其反映周德漸衰的「少德」狀態。觀賞〈大雅〉之樂時，則通過寬廣和美的樂曲，在抑揚頓挫、柔婉曲折有致的旋律變化中，感覺最能彰顯文王正直堅韌的美德。由於〈大雅〉中多首與周民族開發史有關的詩篇，故經常配合宗廟祭禮活動而與相關的〈頌〉詩與樂舞合併呈現，因而季札觀賞〈頌〉的樂舞之時感觸最深，評論也最多；藉由雅樂、讚頌，再加上文、武樂舞交織呈現的場景，周初禮樂社會的盛德氣象歷歷如在季札眼前。尤其是「五聲和，八風平，節有度，守有序，盛德之所同」的評論，更從樂曲的協和得體、無相奪倫，彰顯盛德之世的雅樂歌舞特色，因而在進行各項祭祀大典時，即演奏此盛德之歌樂以上告神明與先祖。此外，樂舞的搭配也是周公制禮作樂的重要內容，例如在歌唱《大武》樂章時，已添加許多文、武樂舞以增強武王克商的歷史感，藉由情境模擬的臨場經驗喚起參與典禮者高度的情感認同，強化族人對王室的向心力。至於《大武》之樂以上，各代盛世的樂舞，如殷商的《韶濩》、夏代的《大夏》以及虞舜時期的《韶箾》，都還保留相當完整，其中尤以《韶箾》最能表現盡善盡美的雍和盛德，也最受孔子稱道。[14]

　　季札通過在魯觀覽周樂的機會，對不同類型的詩篇進行極貼切的即時評論，可見其非常專精於《詩》，同時也深知禮的內涵，因此能精準地「審樂以

14　《論語》〈八佾〉，頁 32：「子謂韶，盡美矣，又盡善也。謂武，盡美矣，未盡善也。」〈述而〉，頁 61：「子在齊聞韶，三月不知肉味。曰：『不圖為樂之至於斯也』」！

知政」，是孔子景仰的對象，[15]其論《詩》的內容也必然深深影響稍後的孔子，乃至於更後面的孟子。從季札對《詩》的專精，也可反映偏處東南隅的吳國推動《詩》的貴族教育相當成功，可惜文獻並未記載吳國如何進行《詩》的教育狀況。有關《詩》的傳播及其被當作教材的事實，仍有待孔子以《詩》、《書》、禮、樂教弟子，始開展為更普遍的《詩》之教學。唯有當《詩》透過典籍或以口傳等多元方式流傳民間，成為平民教育的內容，始能更深入人心以發揮其人文教化的功能。

三、孟子承上啟下的「以意逆志」讀《詩》法

孟子論《詩》的觀點雖然大體繼承孔子的意見，不過，「以意逆志」、「知人論世」、「《詩》亡然後《春秋》作」的三大主張，影響後世《詩》的教學重點極大。其說法更能開啟《詩》所能引發的人文教化作用，其中尤以「以意逆志」說最為根本，可視為孟子《詩》教觀的主體內容。洪湛侯（1928～2012）以為前兩主張為孟子的新發明，最後一主張則為孟子的創見。[16]然而經過筆者仔細查考，仍可見孟子的三大主張仍存在「上友古人」的痕跡，或許更恰當的說法，乃是孟子融會貫通前人的意見而來。

孟子的「以意逆志」說，遠承《尚書》〈舜典〉的「詩言志」而來，[17]只不過已轉化原來舜任命夔為典樂之官，希望夔能透過整套的樂教措施而達到神人和諧的境界，但是孟子已不再談論以樂教為主軸的歌詩之教，而轉為較注重《詩》的文本之教。其次，再承申公「教之《詩》，而為之導廣顯德，以耀明其志」的說法，從《詩》的內容可以堅定讀者的意志，以顯揚美好德行為出發

15　《禮記》〈檀弓下〉，頁194～195，記載孔子觀延陵季子於適齊返途中葬長子，曰：「延陵季子之於禮也，其合矣乎」！

16　其詳參見洪湛侯：《詩經學史》上冊第一編第八章〈孟子讀《詩》方法〉（北京：中華書局，2002年），頁77～91。

17　《尚書》〈舜典〉，見於舊題漢・孔安國傳，唐・孔穎達等正義：《尚書正義》，收入《十三經注疏（附清・阮元《校勘記》）》（臺北：藝文印書館，1985年），頁46：「詩言志，歌永言，聲依永，律和聲。八音克諧，無相奪倫，神人以和」。

點，鼓勵讀者讀《詩》之時應努力發掘其原初美好的意志所在。接續而下，則是近承孔子的「思無邪」，[18] 以及《詩》可以興、觀、群、怨的說法而來。[19] 蓋人有喜、怒、哀、懼等不學而能的自然之情，[20]《詩》正好可以藉由極文雅的語詞，有節度地抒發此真性情，因此解讀《詩》之時，必須努力把隱藏在文字背後無邪的真性情揭露出來。

　　孟子上承以上各種說法，於是對咸丘蒙從《詩》云：「普天之下，莫非王土，率土之濱，莫非王臣」，而有「舜既為天子矣，瞽瞍之非臣，又如何」的問題，大大不以為然。孟子認為該詩的意思不在說明「舜臣父」的問題，而是說明「此莫非王事，我獨賢勞」，「勞於王事，而不得養父母」的意思，於是教諭咸丘蒙讀《詩》，不能死摳字面的意思，應好好體察作詩者的原意，把握全詩的主旨：

> 說詩者，不以文害辭，不以辭害志；以意逆志，是為得之。[21]

孟子更舉《詩》〈大雅·雲漢〉所言「周餘黎民、靡有孑遺」為例，倘若只知按照字面講，則是大旱之年，周朝的黎民百姓沒有一個能存活下來，事實當然不是如此；該說只是一種誇飾的寫法，形容大旱年荒、百姓生活非常困苦的情形。因此孟子主張讀《詩》、說《詩》，最大的忌諱在於「以文害辭，以辭害志」，一旦拘泥於文字表面，則無法體貼作者的初心，也無法彰顯作者的意志，既無法獲得讀《詩》的效益，還會貽誤後人。

　　孟子以後的荀子，雖然也在《荀子》的〈儒效〉，提到「《詩》言是其志」的說法，然而其所謂「志」顯然與孟子有別。荀子固然也以人情為本，實際上是較偏重「聖道之志」（詳後〈荀子在《詩》教體系中的地位〉），與孟子的「以

18　《論語》〈為政〉，頁 16，載子曰：「詩三百，一言以蔽之，曰『思無邪』」。

19　《論語》〈陽貨〉，頁 156，載子曰：「小子！何莫學夫詩？詩，可以興，可以觀，可以群，可以怨」。

20　《禮記》〈禮運〉，頁 431：「何謂人情？喜怒哀懼愛惡欲七者，弗學而能」。

21　《孟子》〈萬章上〉，見於漢·趙岐注，舊題宋·孫奭疏：《孟子注疏》，收入《十三經注疏（附清·阮元《校勘記》）》（臺北：藝文印書館，1985 年），頁 164。

意逆志」較近於人性情志的考量，也更貼近孔子以《詩》可以興、觀、群、怨的說法不同。孟子鼓勵讀《詩》者應朝「思無邪」的方向思索全詩的宗旨，避免偏執。具體的實例，可從孟子為公孫丑分析〈小弁〉與〈凱風〉兩首詩的狀況而得知：

> 〈小弁〉之怨，親親也。親親，仁也。……〈凱風〉，親之過小者也；〈小弁〉，親之過大者也。親之過大而不怨，是愈疏也；親之過小而怨，是不可磯也。愈疏，不孝也；不可磯，亦不孝也。[22]

孟子以為〈小弁〉一詩，書寫人子無端見棄而抱怨訴苦之詩，故而詩中的抒發怨情本為人情之常，應視為人調節情感的「中和」表現。至於〈凱風〉，則寫「有子七人、莫慰母心」的事實，因而身為人子者應自省、改進尚且來不及，又焉能怨於其母？故而孟子以〈凱風〉不怨。雖然孟子特別以〈凱風〉為「親之過小」，不免有蛇足之處，其旨乃在於藉由對比〈小弁〉的「親之過大」，以形成「不怨」與「怨」二者都屬於「中庸」之道，藉以凸顯高子說《詩》的固陋不宜。藉由此說，也可反映讀者對於孟子的說法，也應採取「以意逆志」的方式理解之，庶幾可得孟子的心意而不至於拘泥而不化。

　　從孟子的「以意逆志」說，到荀子的「《詩》言是其志」，雖然都有「詩言志」的蹤影，然而都已有一些轉化而不盡相同。漢代以後，「以意逆志」的說法雖也有影響《毛詩序》「續序」的情形，不過，《詩》學研究在政治風氣的籠罩下，受到荀學「聖道之志」的影響，實遠較於孟學來得深遠。直到宋代歐陽修（1007～1072）的《詩本義》，從追問每首詩的本義而強烈質疑《毛詩序》的說法，始將讀《詩》、說《詩》的方法，稍稍拉回孟子「以意逆志」的系統。再歷經明代「性靈文學」風潮大興，於是清代多位《詩》學研究者又重新回到「詩言志」的古老說法，而近於孟子的「以意逆志」說。雖然清代的「詩言志」，也已脫離最早《尚書》〈舜典〉的「詩言志」樂教系統，但是注重人性、情志的根本體察則無二致。

22　《孟子》〈告子下〉，頁210～211。

四、孟子的「知人論世」說影響《毛詩序》多附會史事

《論語》在〈學而〉與〈子罕〉都載有：「主忠信，無（毋）友不如己者，過則勿憚改。」[23] 說明孔子十分講求交友之道，凡所親狎者必須是實踐忠信之道的正人君子。正如《詩》〈小雅・車舝〉所云：「高山仰止、景行行止」，[24] 景仰、稱慕德行高尚者，是虔心嚮往的交友對象。有鑑於孔子極注重交友問題，因此孟子也與學生萬章談論尚友之道，表示：

> 一鄉之善士，斯友一鄉之善士；一國之善士，斯友一國之善士；天下之善士，斯友天下之善士。以友天下之善士為未足，又尚論古之人。頌其詩，讀其書，不知其人，可乎？是以論其世也。是尚友也。[25]

孟子「一鄉之善士，斯友一鄉之善士；一國之善士，斯友一國之善士；天下之善士，斯友天下之善士」的說法，可視為對孔子「無（毋）友不如己者」的申論，應與德行相當者交相為友，彼此互相切磋砥礪。不過，孟子以為交友天下善士雖好，但仍有可更進一步之處，即藉由多誦讀詩書，學習與理解三皇五帝，乃至夏、商、周三代古人所處的時世狀況，判別其如何使用合適的方式解決當時所遭遇的問題。透過古人解決問題的態度與方式，即可分判各人德行的高下程度，成為後人取法的對象。是故孟子強調在閱讀學習之時，務必考量當事人所遭遇的歷史情境，如此方能從對比時勢情境與事件性質的異同狀況，採取最適合的對應方法。

孟子此處所說的「頌其詩，讀其書」，本不必專指《詩》與《書》的兩種特定文本，而可更廣泛地包含其他典籍，如申公所提的《詩》與《春秋》、《世》、《令》、《語》、《故志》、《訓典》等。所謂「頌其詩」，乃指此類典籍的書寫類型，多有採取「古歌謠」、「古謠諺」的方式加以記錄，使內容可以

23　分別見於《論語》〈學而〉，頁 7；〈子罕〉，頁 81。

24　《詩》〈小雅・車舝〉，見於漢・毛亨傳，鄭玄箋，唐・孔穎達等正義：《毛詩正義》，收入《十三經注疏（附清・阮元《校勘記》）》（臺北：藝文印書館，1985 年），頁 485。

25　《孟子》〈萬章下〉，頁 188。

朗朗誦讀、方便記憶者；[26]「讀其書」，則指典籍所記錄的內容，多為可供後人戒鑑的重要史事，如《春秋》以下各文獻資料，明顯為記言記事一類。由此可見孟子之意，乃主張藉由多閱讀古代典籍即可上友古人，是取法善士的絕佳管道。因此，「知人論世」乃泛指閱讀古書的通用方法，是孟子閱讀古書後心領神會的結論，故適時對萬章進行機會教育；然也不排除是針對孔子的「聽其言而觀其行」而悟出更高層次的視野，[27]不但要「觀其行」，還要「察其世」。

　　無論從傳世文獻或戰國簡文資料，都可知戰國時期對於「六經」已有確指，與《論語》與《孟子》成於弟子或後學之手的諸子類典籍並不相同。時至漢文帝，為推廣遊學之路，所以《論語》與《孟子》皆設置博士；[28]武帝時，則廢傳、記類博士，僅設五經博士。然而廢除兩書博士的原因並不相同，廢《論語》博士，乃因漢人多自幼即學習之，故不必再另設置博士，不過仍將《論語》列入「七經」一，《孟子》則因屬諸子傳、記一類之書而非經，故不設置專屬的經學博士，但也不廢《孟子》之學，使《孟子》遲至宋代始進入「十三經」行列。《孟子》雖曾一度被排除於朝廷所設的博士之外，然因文帝曾為之設置博士，且《孟子》具有闡揚孔子思想的特性，故而在《論語》學大興的漢代，再加上今文經學推崇孔子為「素王」，所以《孟子》之學也連帶受到高度重視。因為漢初已推動經學教育的特殊歷史因緣，以致原本只是泛論閱讀古書方法的「知人論世」，也被刻意地「經學化」，於是「頌其詩，讀其書」被定型化為「頌其《詩》，讀其《書》」，成為特定對象的「專指」，「知人論世」也成為讀《詩》、說《詩》的「專用」方法。

　　既然「知人論世」是閱讀書籍（兼含今古文經學）的一般要領，當然可以

26　例如清・杜文瀾所輯的《古謠諺》一類，其中的風謠、諺語都是可以朗朗上口的詩歌韻文。黃玉順：《易經古歌考釋》（成都：巴蜀書店，1995 年），更就易經六十四卦的卦爻辭引用古歌的部分加以考釋。至於其他古代典籍中所存在的類似狀況也可見一斑，其最重要的原因，不外乎為詩可以歌的特性，且易於流傳、記憶而深入人心。

27　《論語》〈公冶長〉，頁 43，記載宰予因為晝寢，而引發的子曰：「朽木不可雕也，糞土之牆不可杇也，於予與何誅。」子曰：「始吾於人也，聽其言而信其行；今吾於人也，聽其言而觀其行。於予與改是」。

28　漢・趙岐：〈孟子注疏題辭解〉，收入《孟子注疏》，頁 7：「漢興，除秦虐禁，開延道德。漢文帝欲廣遊學之路，《論語》、《孝經》、《孟子》、《爾雅》皆置博士」。

用在讀《詩》、說《詩》，只要運用恰當，的確可使《詩》的解讀更為全面而精當，是為其優點。只是一旦制式化看待「知人論世」，認為必須為每首詩找到確切的作者與作詩的歷史背景，於是上窮碧落下黃泉地從《國語》、《左傳》，乃至於其他的古書的記載中，刻意尋找時代相近的歷史事件附會為詩篇的本事，進而認定某人即為某篇的作者，作詩的主旨又是如何，則往往容易誤入歧途而不自覺。此即孟子的「頌其詩，讀其書」被定型化後，影響《毛詩序》內容的情形。尤其是〈小雅〉後半以及〈國風〉「續序」的問題最明顯（詳參本書第拾貳篇以及分論《特定時空環境下的詩禮之教：《詩》教體系的萌芽與定型（分論篇）》相關篇章），徒留後世諸多「附會史事」的負面評價。例如朱熹（1130～1200）的《詩序辨說》，即批評《毛詩序》多有不當附會史事之說，而轉從文學的立場解讀詩篇的內容，《詩經集傳》更明白在解讀〈節南山〉處指出：「大抵《（詩）序》之時世皆不可信。」[29] 此都可說明「知人論世」雖然是讀書的好方法，但並不是每首詩都能如此順利找到其人其世，與其勉強附會，不如闕疑。

　　「知人論世」運用在《詩》學研究上最好的實例，要算是鄭玄編訂《詩譜》的工作。編訂《詩譜》的確是解讀《詩》的重要創舉，是鄭玄對於《詩》學研究的重要貢獻，然而並非每首詩皆能正確無誤地找到其所屬的時代，而且《詩》的文本也未必全然按照時代先後排列。換言之，排列在前的詩篇，未必定然是文、武、成、康的盛世之詩；排列在後的詩篇，也並非一定是厲王、幽王時代的衰世之詩。一旦每首詩的所屬世代及作者認定有誤，則詩旨的概括與詩義的闡發都成問題，此即《詩譜》儘管價值極高，卻非百分百正確無誤，不可盡信。然而因為鄭玄的《毛詩傳箋》不但能對《毛傳》進行補充或表達自己不同的意見，使文義更明晰，又能吸收綜合今古文的《詩》說，且還將《詩譜》及《毛詩序》合併於一，最方便讀者閱讀、研究，因此鄭玄的《毛詩傳箋》流傳最廣，對後世解讀《詩》也影響最深。不過，若仔細玩味鄭玄於《詩

29　宋・朱熹：《詩經集傳》，收入《景印文淵閣四庫全書》第 72 冊（臺北：臺灣商務印書館，1983 年），頁 830。

譜》的〈序〉中，已明言「夷厲已上，歲數不明，大史〈年表〉自共和始，歷宣、幽、平王而得春秋次第」，[30]其實也已告訴讀者，自己雖然按照孟子「知人論世」的方法審慎編訂《詩譜》，然而因為古史湮遠難辨，其實多有難解之處；讀者若能體會其「非不為也，實不能也」的困擾與事實，則不至於拘泥其說而走入無法轉圜的死胡同。鄭玄其實也已發現以單一時序排列法安排《詩》三百篇的世次，未必全然可取，但也僅能依循《毛詩序》的「風雅正變」說，試圖彌縫盛世詩或衰世詩說的問題，卻也同樣存在許多無法自圓其說的困境。（詳本書第拾至拾貳篇的討論）

　　凡此都說明，「知人論世」的讀《詩》法固然好，卻也不能無限上綱。當「知人論世」的讀《詩》法過度運用到一定程度，導致窒礙難圓之說不斷增加後，必然要有「反璞歸真」的讀《詩》法浮出檯面，且蔚為風氣，引領更多的有識之士另闢蹊徑；此即歐陽修《詩本義》對《毛詩序》發出的高聲叩問，繼而引發更多的學者重新回歸「詩言志」系統，重視更本然的人性情志等問題。其實歐陽修追問詩的本義以回歸「詩言志」系統，在〈孔子詩論〉早有非常貼近的說法。從首簡的「詩亡隱志，樂亡隱情，文亡隱言」，[31]即可知詩與樂在情志的蓄積與發言為义之間，具有極隱微，然而卻是二合一彼此不可切割的一體關係。〈孔子詩論〉非常注意詩的本質在於心與物交感而生的「情」，而「情」又生於「性」，因此篇中還多有「民性固然」的論斷。[32]由於不同類型的「情」之發動，即促成不同走向的「志」，因而如何順利引導人的「情」，使其能確立合於義的「志」，[33]又需要禮的居中調節，此也反映孔子學《詩》、學禮又需學樂的主張，正是《詩》教包含的重要課題。

30　鄭玄：《詩譜・序》，收入《毛詩正義》，頁 6。

31　馬承源主編：《上海博物館藏戰國楚竹書（一）》〈孔子詩論〉（上海：上海古籍出版社，2001 年），頁 123。

32　其詳參見林素英：《特定時空環境下的詩禮之教：《詩》教體系的萌芽與定型（分論篇）》（臺北：國立臺灣師範大學出版中心，2021 年），下編第貳篇，頁 403～430 之討論。

33　荊門市博物館編，裘錫圭審訂：《郭店楚墓竹簡》〈性自命出〉（北京：文物出版社，1998 年），頁 179：「道始於情，情生於性。始者近情，終者近義」。

五、孟子「《詩》亡然後《春秋》作」影響《毛詩序》的美刺觀念

孟子影響後來《詩》學研究三大主張的最後一項如下：

> 王者之迹熄而「詩」亡，「詩」亡然後《春秋》作。晉之《乘》，楚之《檮杌》，魯之《春秋》，一也。其事則齊桓、晉文，其文則史。孔子曰：「其義則丘竊取之矣」。[34]

此一論述，最重要的部分在於最前面的題旨句：「王者之迹熄而『詩』亡，『詩』亡然後《春秋》作。」將王者之跡與詩與《春秋》三者之間，形成一種為首者「熄」而帶動居中者之「亡」，再由居中者的亡，帶動居末者的「作」，使三者產生遞延性的連動關係；此三者連動關係的關鍵，顯然是位居最前面的「王者之迹熄」，倘若缺乏此前提，則後面的兩種連鎖反應並不會發生。其次，應確定「詩」的內涵到底是指文獻典籍的《詩》，抑或是比《詩》的文本義涵更廣泛的「詩」概念，則是值得仔細推究的。乍看之下，晉《乘》、楚《檮杌》、魯《春秋》，乃至經過孔子筆削的《春秋》，都屬文獻一類的典籍，則「詩」似乎也宜視為《詩》的文獻典籍看待，使彼此都可形成相當一致的類比關係；然而深究「『詩』亡然後《春秋》作」的說法，顯然不能將「詩」與《春秋》視為對等的兩種文獻，因為孟子之時，《詩》是否亡，是非常大的疑問。固然《韓非子》〈和氏〉載有商鞅奏請秦孝公燔詩書，[35]但是「燔詩書」並非小事，揆諸《史記》〈商君列傳〉並不載，則其事確實可疑。雖然以年代而言，孟子或許可以耳聞商鞅奏與秦孝公（362～338B.C.在位）的事，但是此處憑空岔出一段秦國史事，與前後文又無法聯繫，顯得十分突兀，因而此可能性極

34　《孟子》〈離婁下〉，頁 146。

35　《韓非子》〈和氏〉，頁 97 雖然載有：「商君教秦孝公以連什伍，設告坐之過，燔詩書而明法令」，但是《史記》〈商君列傳〉未載「燔詩書」之事，其事可疑。倒是李斯確曾有此建議，然而時代較晚，孟子無法預卜此事。

低。倒是〈秦始皇本紀〉記載始皇 34 年，李斯曾奏請下令焚書，[36]然而此乃後事，孟子並無法預卜秦始皇時代的事。

　　茲列舉數則有關此題旨句的重要注疏，以檢驗「詩」的涵義。其中，趙岐（108～201）云：

> 「王者」，謂聖王也。太平道衰，王迹止熄，頌聲不作，故「《詩》亡」。《春秋》撥亂，作於衰世也。

孫奭（962～1033）繼而於《疏》云：

> 此章言時無所詠，《春秋》乃興，假《史記》之文，孔子正之以匡邪也。……孟子言自周之王者風化之迹熄滅而《詩》亡，歌詠於是乎衰亡。歌詠既以衰亡，然後《春秋》襃貶之書於是乎作。[37]

朱熹則於《孟子集註》借用胡安國（1074～1138）的說法而云：

> 「王者之迹熄」，謂平王東遷而政教號令不及於天下也。「《詩》亡」，謂〈黍離〉降為〈國風〉而〈雅〉亡也。《春秋》，魯《史記》之名，孔子因而筆削之，始於魯隱公之元年，實平王之四十九年也。[38]

綜合趙岐與胡安國、朱熹以上的說法，可知其多以《詩》的「頌聲不作」與原來應屬於〈雅〉詩的〈王風〉改列〈國風〉，借代為《詩》亡；此固然各有道理，且可互相補充，然而總覺得有些狹隘而不完全。孫奭之說則稍有不同，以王者風化之迹熄滅而詩的歌詠衰亡現象，代表《詩》亡；此說的視野較為寬廣，已提及「王者風化」與「詩的歌詠」二者屬於正相關的對應現象，可惜對二者的正相關情形語焉不詳。

36　《史記》〈秦始皇本紀〉，頁 123～124 載有始皇 34 年，李斯曾奏請：「非博士官所職，天下敢有藏《詩》、《書》、百家語者，悉詣守、尉雜燒之。……令下三十日不燒，黥為城旦。」

37　《孟子》〈離婁下〉，頁 146 之趙岐注、孫奭疏。

38　宋・朱熹：《孟子集註》，收入《四書集註》（臺北：世界書局，1952 年），頁 116。

　　依循孫奭的寬廣視野，可見孟子此「詩」字的意思，與其視為文獻典籍的《詩》，不如視為涵義更廣的「詩」，且可以包含《詩》的前身——《周禮》的「六詩」概念。因為「六詩」正是在《周禮》整體禮樂制度規劃下，由大宗伯主掌的各項邦禮活動，結合大司樂帶領的樂教組織系統，分別在不同類型的祭祀禮儀中，由瞽矇歌詠諷誦「風、賦、比、興、雅、頌」的「九德之歌」，並配合不同的樂舞，以達到「道（導）古」的「王者風化」作用（詳參本書第貳篇），即是最前面顯示的禮樂制度盛行的「王者之迹」時期。然而西周自昭穆王時期，國力已有下坡的走勢，再經歷共、懿、孝、夷、厲，終於釀成國人暴動，厲王出奔而進入史無前例的「共和」時期。「共和」結束，宣王繼立，雖然宣王執政前期尚有「中興」氣象，後因破壞禮制、強立魯孝公，不但造成魯國內亂，也大損天子威信。繼位的周幽王，使王室的危機更為嚴重，遂因犬戎之禍造成西周敗亡、平王東遷。周朝由盛轉衰，即是「王者風化之迹熄」，既然禮制崩壞，樂教系統自然失靈，瞽矇的「六詩」歌詠「九德之歌」者不再，原本詩、樂、舞三者統合於禮儀活動的內容也走入衰亡的局面，大批樂教人員四散以另謀出路。[39]在上述周朝勢力逐漸傾頹的情況下，傳統以來的口傳詩教活動更為衰微不振，故稱「詩亡」，主要並不在指稱《詩》的文本消亡。

　　禮壞樂崩的社會日漸嚴重後，原本在禮儀活動中搭配演出的詩歌樂舞也失去既有的規格，於是孔子自衛反魯後，首先即是進行正樂的工作，使雅頌之詩各得其所，重新與各種禮儀制度相銜接。孔子在正樂、正詩、正禮的柔性改革工作後，再繼續進行端正史書義理的工作，從筆削魯國史《春秋》以褒貶其中的政治人物，企圖藉此引導世人建立正確的是非價值觀，故有「詩亡然後《春秋》作」的說法，凸顯孔子一生所關懷的文化永續發展的問題。

　　孟子對於孔子作《春秋》的因緣，在上則〈離婁下〉資料中尚顯得模糊，有待〈滕文公下〉始有更清楚的論說：

　　　世衰道微，邪說暴行有作。臣弒其君者有之，子弒其父者有之。孔子

39　《論語》〈微子〉，頁 167：「大師摯適齊，亞飯干適楚，三飯繚適蔡，四飯缺適秦。鼓方叔入於河，播鼗武入於漢，少師陽、擊磬襄，入於海」。

懼，作《春秋》。《春秋》，天子之事也。是故孔子曰：「知我者，其惟
《春秋》乎！罪我者，其惟《春秋》乎！」聖王不作，諸侯放恣，處士
橫議。……昔者禹抑洪水而天下平，周公兼夷狄、驅猛獸而百姓寧，孔
子成《春秋》而亂臣賊子懼。[40]

原本各國史官所記錄的史實都稱為各國的《春秋》，然而孟子將《春秋》提升
為天子之事，且說明由於聖王不作，導致諸侯放恣，處士橫議，於是更以孔子
作《春秋》的功德，與大禹治水、周公兼併夷狄而天下平的功績相提並論，故
而其褒貶即成為是非價值判斷的標準，因此說孔子成《春秋》而亂臣賊子懼。
孟子算是史上第一位特別注重孔子的《春秋》微言大義，認為孔子對歷史人物
的褒貶，具有代聖王立言的價值，且下開司馬遷效法孔子作《春秋》的精神，
隱忍不死而撰作《史記》以垂世，更影響董仲舒（179～104B.C.）編輯《春秋
決事比》以為判案的參考依據，大大提升《春秋》的重要地位。至於將「詩」
與《春秋》相提並論，其講求以微言大義褒貶政治人物的情形，更直接影響
《毛詩序》在附會史事之外，還有極明顯的褒貶美刺政治人物的狀況。

　　然而若追溯孟子注重「詩」與《春秋》關聯的問題，仍要上溯到楚國賢大
夫申叔時對楚莊王所建議的太（世）子教育內容，其中列於首要者即是《春
秋》。雖然該《春秋》並非經過孔子孔子筆削的《春秋》，然已明確指出閱讀
記載史事的《春秋》，具有聳善抑惡、戒勸其心的作用，也是後來孔子微言大
義所要彰顯之目的所在。甚且申叔時所提的《春秋》、《世》、《令》、《語》、《故
志》、《訓典》等教材，都明顯與史事紀錄、政令措施有關；屬於《詩》文本
的前身，正與瞽矇於各類祭祀典禮所歌詠的「六詩」，也以彰顯聖王的「九德
之功」為目的，前後可謂相合。由此也可見王者原初在禮儀節目中安排的詩歌
樂舞活動，本來就具有非常明顯的教化時王用意，乃至於流風所及，而影響所
有參與典禮者的作用。

40　《孟子》〈滕文公下〉，頁117～118。

六、結語：孟子擁有《詩》教體系的重要席位

　　孟子以天縱的賢能再加上滔滔雄辯的口才，成為闡發孔子儒家思想的最大功臣，既能融會貫通孔子對於《詩》教的思想，又能融合自身對於讀《詩》的深刻體驗，還能慎思、明辨詩篇的內容，故多能把握詩篇的主旨，解《詩》每每都有重要的見解。孟子大大靈活引《詩》、用《詩》的實例，在加深加廣《詩》的功能性以外，更可發揮學《詩》與生活相互連結的作用。其中尤以本文所歸納的「以意逆志」、「知人論世」、「《詩》亡然後《春秋》作」的三大重要主張，對於《毛詩序》的「續序」、鄭玄的《詩譜》，乃至於《詩》教體系的發展與定型，都有很具體的承上啟下作用。

　　雖然孟、荀兩人都影響漢代《詩》學發展及《詩》教體系的定型，但相較之下，荀子遠遠大於孟子。然而孟子所提「以意逆志」的讀《詩》法，因為最能掌握詩的本質與特性，所以在潛藏一段時期後，仍能在宋代以後大放光彩，成為另開《詩》教體系新路的關鍵人物。即使在理學盛行的宋代，集理學之大成的朱熹，都能透過「以意逆志」的方法看出《詩》中隱藏豐富的情意，於是大開「經學」以外的「文學」式讀《詩》法，深深影響明清時期的《詩》學研究風潮，再為《詩》教思想的發展開出璀璨的花朵。

　　綜觀《孟子》一書中孟子與學生討論詩篇的情形，誠如洪湛侯所言，引《詩》多於論《詩》，且多以《詩》證成己見，或藉機闡發儒家的政治理想與倫理道德，偏重《詩》的應用遠勝於《詩》的內涵研究，且不乏借題發揮以達成辯論壓倒對方的作用。洪氏還發現《孟子》中已有罕言樂的現象，且從此一現象進而推測孔子將《詩》與禮樂並提的狀況，在孟子之時，詩與樂似乎已經明顯分離，否則孟子不至於不談論此相關問題。[41]洪氏所觀察到孟子不合併談論詩與樂的現象，的確是一重要指標，說明隨著禮壞樂崩逐漸嚴重，原本詩、樂、舞統合於禮儀活動的情形，隨著戰國時期經濟、政治、社會各項狀況都發生劇烈變化，樂與舞也已從原來的「酬神」、「敬神」以教化人之目的，轉而

41　其詳參見洪湛侯：《詩經學史》上冊第一編第八章〈孟子讀《詩》方法〉，頁83～91。

成為自娛娛人的視聽享受，促使樂、舞脫離《詩》而獨立。此一現象其實可從《禮記》〈樂記〉魏文侯與子夏有關「古樂」、「新樂」的問答情形，[42]得到極佳的佐證。

柒、荀子在《詩》教體系中的地位

一、前言：教化為人文之本

在歐陽修（1007～1072）的《詩本義》對《毛詩序》提出質疑前，《毛詩序》始終是讀《詩》最重要的指南與詮釋依據，也是《詩》教思想的權威說法。然而自宋代大開疑經、改經的風氣起，挺《毛詩序》與廢《毛詩序》的聲音始終不斷，討論《詩》與《毛詩序》輯錄的相關問題者，更是汗牛充棟。〈孔子詩論〉（以下簡稱〈詩論〉）公布後，非僅作者的問題與所屬時代都有紛爭，也重新掀起有關《詩序》、〈古詩序〉問題的相關討論。由於荀子長期在蘭陵從事教化百姓的工作，且在以《毛詩序》為核心的《詩》教體系中，佔有極重要的承上啟下地位，故而本文暫不討論此高爭議問題，而改從周初何以極重視禮儀教育的角度，討論《詩》整編之目的，並探究《詩》何以成為貴族教育的重要教材，以追溯《詩》教的起源，再透過荀子承上啟下的《詩》教觀，參照西漢女主影響朝政的事實，探討荀子在以《毛詩序》為核心的《詩》教體系中所佔的地位與意義。

周民族自公亶父與季歷積極拓展族群勢力，再經文王積 50 年的努力，武王終於在姜太公、周公與眾多文武大臣與廣大民眾的通力合作下，以偏處西隅的小邦周而戰勝大邑商。徐復觀（1903～1982）對武王伐紂一事，認為是有精神自覺的統治集團，克服沒有精神自覺或精神自覺不夠的統治集團，因而周初人的生活無不以「敬」字貫穿其中，且整合「彝倫」的觀念以建構「敬德」、「明德」的世界，再擴大到以「禮」照察、指導自己的行為，而開創中國的人文精神。[1]證諸《尚書》中的〈康誥〉、〈酒誥〉、〈梓材〉即明顯流露敬德、明

1　詳參徐復觀：《中國人性論史·先秦篇》〈周初宗教中人文精神的躍動〉（臺北：臺灣商務印書館，1969 年），頁 15～24；〈以禮為中心的人文世紀之出現，及宗教之人文化〉，頁 42～

德的精神，其他周初文獻亦莫不如此。[2]王國維（1877～1927）也於《殷周制度論》開宗明義地說，中國政治與文化的變革，莫劇於殷周之際。自其表言之，乃一姓一家之興亡與都邑的移轉；自其裡言之，則為舊制度文化廢而新制度文化興。其中，周代制度大異於商者：一曰立子立嫡之制，並衍生宗法、喪服、封建制度。二曰廟數之制。三曰同姓不婚之制。此數者，皆周代能夠綱紀天下，納上下於道德，而合天子、諸侯、卿大夫、士、庶民以成一道德團體。王氏還語重心長地說，此即周公制禮作樂的本意。[3]王氏所稱周公制作者，乃指由周公主導的制禮作樂工作，訂定一套套禮儀制度，使能在相應的場合中實行，此非僅造成殷周制度文化的大變革，更是孔子崇拜周公的主因，[4]且此禮樂文化自周代以後，也成為中國文化的核心。由於禮樂在典禮中乃相需而行者，且為配合儀式的進行，尚需佐以合適的文辭，於是〈周頌〉即應運而生。以周初特別注重敬、德與禮的思想意識而言，在〈周頌〉以外，又加上〈魯頌〉、〈商頌〉、〈大雅〉、〈小雅〉以及十五〈國風〉，共同組成《詩》的陣容，其特定用意自然亟待抉發。本文即立足於此問題意識而切入相關問題的討論。

二、《詩》的整編已預設以教化為目的

《詩》的內容有公卿列士獻詩、作詩以合樂者，也有採詩之官將採自民間的歌謠，經過樂官（樂師）加工修訂而成，最後再經特殊人員陸續整編而成311 篇，由於其中 6 篇有目無辭，故取其整數而稱《詩三百》。《詩》所屬的年代，從西周初年的〈周頌〉，到春秋中葉的零星〈國風〉篇章，時間約在1100～600B.C.間，所包含的地域雖以黃河流域為主，但亦有遠及長江流域

51。

2　詳參林素英：〈從〈武王踐阼〉論周初敬德明德之本：結合簡本與相關傳世文獻之討論〉，《中國經學》第 18 輯，2016 年 6 月，頁 93～110。

3　詳參王國維：《殷周制度論》，收入氏著《觀堂集林（附別集）》上冊（北京：中華書局，1959 年），頁 451～454。

4　《論語》〈八佾〉，見於魏・何晏集解，宋・邢昺疏：《論語注疏》，收入《十三經注疏（附清・阮元《校勘記》）》（臺北：藝文印書館，1985 年），頁 28：「子曰：『周監於二代，郁郁乎文哉！吾從周』」。

者。在跨越如此綿長的時間與廣大空間的三百篇作品中，其句式雖然從二言至九言的詩句皆有，然而主要形式卻以最適合口語表達的四字雅言詩為大宗，且音韻還具備一定的規律，致使《詩》的押韻情形已成為現今推論上古音韻最重要的材料，可見各篇皆經過樂官整理修飾乃無庸置疑者。摌諸樂師之職，《周禮》明載：

> 掌國學之政，以教國子小舞。凡舞，有帗舞，有羽舞，有皇舞，有旄舞，有干舞，有人舞。教樂儀，行以〈肆夏〉，趨以〈采薺〉，車亦如之。環拜，以鐘鼓為節。凡射，王以〈騶虞〉為節，諸侯以〈貍首〉為節，大夫以〈采蘋〉為節，士以〈采蘩〉為節。凡樂，掌其序事，治其樂政。[5]

從此職務表單中，清楚可見樂師擔任教導年 13 以上的國子跳帗舞、羽舞等小舞，也教導其出入大寢、朝廷時應演奏的樂曲與儀態，使其周旋直拜懂得配合鐘鼓的樂奏以為節。同時也教導國子當舉行射禮時，王、諸侯、大夫與士，都應配合專屬的詩篇樂章以節制其動作。對照《禮記》，同樣載有：「十有二年學樂，誦《詩》，舞〈勺〉；成童舞〈象〉，學射御。」[6]透過此兩種文獻所載，都可見詩、樂、舞在禮儀進行中具有同場演出的特性，因此，國子必須提早學習相關技藝，熟悉各種禮儀的進行。至於更大場面的大舞學習，則由大司樂在大學教育中負責指導，《周禮》載：

> 掌成均之法，以治建國之學政，而合國之子弟焉。……以樂德教國子：中、和、祇、庸、孝、友。以樂語教國子：興、道、諷、誦、言、語。

5　《周禮》〈春官・樂師〉，見於漢・鄭玄注，唐・賈公彥疏：《周禮注疏》，收入《十三經注疏（附清・阮元《校勘記》）》（臺北：藝文印書館，1985 年），頁 350～351。有關《周禮》的成書年代雖然很複雜，然而成書時間較後，並不等同於其所有內容皆屬晚出，而是後代追記前代的資料。由於多屬後代追記資料，其中或存有後代添加的部分內容，但無礙其早有一些雛型，不應一概否定其存在可能。先秦古籍多有此類似現象，非獨《周禮》為然。

6　《禮記》〈內則〉，見於漢・鄭玄注，唐・孔穎達等正義：《禮記正義》，收入《十三經注疏（附清・阮元《校勘記》）》（臺北：藝文印書館，1985 年），頁 538。

> 以樂舞教國子舞《雲門》、《大卷》、《大咸》、《大韶》、《大夏》、《大
> 濩》、《大武》。以六律、六同、五聲、八音、六舞大合樂，以致鬼神
> 示，以和邦國，以諧萬民，以安賓客，以說遠人，以作動物。[7]

成均本為周代大學之一，古代貴族子弟繼小學學習小舞以後，再入大學學習大
舞。大學教育首重教導國子養成公忠正直、剛柔合適、祇肅敬謹、守庸有常、
孝事父母、善友兄弟的美德，且強調在樂舞的技藝學習外，還應透過中正平和
的雅樂與優雅舞蹈的演練，從詩篇樂章的學習中涵詠臨場專對的能力，且懂得
運用適當詩句以合禮表情達意。同時還要兼具參與大合樂的能力，配合祭祀天
神、地祇、人鬼的典禮進行，達到整合邦國、和諧萬民、安撫賓客藩國，甚至
於促使萬物廣生、盛生的程度，培養日後的統治人才。對照《禮記》所載：

> 二十而冠，始學禮，可以衣裘帛，舞《大夏》，惇行孝弟，博學不教，
> 內而不出。[8]

由此可見周代非常注重透過長期教育，使士以上的貴族，於年 13 即開始學
樂、舞與射御技藝之學。年滿 20 步入成人之時，則舉行冠禮，且被要求應具
備成人的職責，[9]然後始可參與一系列正式的禮儀活動。[10]換言之，周代積極培
養國子成為允文允武、德行雙修的君子，使其皆能具備安邦定國、和諧萬民、
敦睦鄰邦的能力，成為優秀的統治人才。

　　經由上述禮樂文化薰習的養成過程，可知國子對於《詩》必須十分嫻熟，
因而《詩》的編輯自然極為重要。至於編次此整部可以入樂的詩篇者，對照
《周禮》的組織，應為聯合許多職務的團隊，以大司樂為總領，然後是樂師及
大師，另外再加上小史等與文書工作最相關的人員。其中尤其與教導瞽矇「六

7　《周禮》〈春官・大司樂〉，頁 336～338。

8　《禮記》〈內則〉，頁 538。

9　《禮記》〈冠義〉，頁 998：「成人之者，將責成人禮焉也。責成人禮者，將責為人子、為
　　人弟、為人臣、為人少者之禮行焉」。

10　《禮記》〈昏義〉，頁 1000：「夫禮始於冠，本於昏，重於喪祭，尊於朝聘，和於射鄉——
　　此禮之大體也」。

詩」的大師關係最密切。大師的職掌如下：

> 掌六律、六同，以合陰陽之聲。陽聲：黃鐘、大蔟、姑洗、蕤賓、夷
> 則、無射。陰聲：大呂、應鐘、南呂、函鐘、小呂、夾鐘。皆文之以五
> 聲：宮、商、角、徵、羽。皆播之以八音：金、石、土、革、絲、木、
> 匏、竹。教六詩，曰風，曰賦，曰比，曰興，曰雅，曰頌；以六德為之
> 本，以六律為之音。[11]

由於《詩三百》皆可入樂，[12]大師又是最精於音律的專家，甚且〈樂記〉尚稱
樂還可通於倫理，[13]因而由大師審慎檢視音律和諧而教導瞽矇「六詩」，再配
合大司樂的「樂德」與「樂語」要求，將原本口傳的「六詩」，陸續整編為《詩
三百》的教材。（詳見本書第貳篇）由於此工作乃貴族子弟極重要的養成教
育，因而除卻小師為當然輔佐人員外，還有大胥、小胥協助教學，同時還有許
多擔任器樂演奏的重要協奏人員。[14]此「六德」的內容，即是〈大司樂〉所載
的中、和、祗、庸、孝、友，名稱雖稍異於〈大司徒〉用以教萬民的鄉三物：
「六德」（知、仁、聖、義、忠、和）、「六行」（孝、友、睦、婣、任、恤）、
「六藝」（禮、樂、射、御、書、數），[15]然而實與大司徒所推動的「六德」與
「六行」可謂同一性質，儘管每個人所屬的社會地位不同，養成美好德行之目
的則無差別。由於無論擔任社會教育的大司徒，抑或是負責大學教育的大司
樂，都以養成學子的美德為優先考量，故而此處所指「教六詩」的內容，即以
「六德」為本，且與陰陽和諧的音律相配合，藉以達成預定目的。

11　《周禮》〈春官・大師〉，頁354～356。

12　《論語》〈子罕〉，頁79：「子曰：『吾自衛反魯，然後樂正，〈雅〉、〈頌〉各得其所。』」
　　由於〈國風〉多源自民間樂歌加工而成，更可入樂，因而孔子所言乃舉〈雅〉、〈頌〉以包
　　〈國風〉。

13　《禮記》〈樂記〉，頁665：「樂者，通倫理者也」。

14　《周禮》〈春官・瞽矇〉，頁358：「掌播鞉、柷、敔、塤、簫、管、弦、歌。諷誦詩，世奠
　　繫，鼓琴瑟。掌九德六詩之歌，以役大師」。

15　《周禮》〈地官・大司徒〉，頁160。

三、從詩的特質探究《詩》可能擔負的教化功能

既然《詩三百》的選材攸關國子的教育，則可進一步再追問其何以能成為國子教育重要教材的緣由。《尚書》記錄舜在任命夔為樂官時，即已特別注意德行養成與詩樂的關聯：

> 直而溫，寬而栗，剛而無虐，簡而無傲。詩言志，歌永言，聲依永，律和聲；八音克諧，無相奪倫：神人以和。[16]

舜期許夔進行樂教時，應先培養學子「直而溫」等美德。又因詩與樂密切相關，故而音律和諧的音樂，若再搭配合適的雅言，則可以涵詠諸如大司樂等樂教團體所培養的中、和、祗、庸、孝、友等樂德，還可進一步透過祭祀，而達到神人相和的效果。此從大司樂的後續執掌內容可以得知：

> 乃奏黃鐘，歌大呂，舞《雲門》，以祀天神。乃奏大蔟，歌應鐘，舞《咸池》，以祭地示。乃奏姑洗，歌南呂，舞《大韶》，以祀四望。乃奏蕤賓，歌函鐘，舞《大夏》，以祭山川。乃奏夷則，歌小呂，舞《大濩》，以享先妣。乃奏無射，歌夾鐘，舞《大武》，以享先祖。凡六樂者，文之以五聲，播之以八音。凡六樂者，一變而致羽物及川澤之示，再變而致臝物及山林之示，三變而致鱗物及丘陵之示，四變而致毛物及墳衍之示，五變而致介物及土示，六變而致象物及天神。[17]

然而若要達到樂舞與天神、地祇、先祖（人鬼）的和諧互動，則必須以音樂始於人心有感於物而動者為前提，於是再發為聲、音、樂的一連串發展：

> 人心之動，物使之然也。感於物而動，故形於聲。聲相應，故生變；變成方，謂之音；比音而樂之，及干戚羽旄，謂之樂。

---

16 《尚書》〈虞書・舜典〉，見於舊題漢・孔安國傳，唐・孔穎達等正義：《尚書正義》，收入《十三經注疏（附清・阮元《校勘記》）》（臺北：藝文印書館，1985 年），頁 46。

17 《周禮》〈春官・大司樂〉，頁 339～341。

> 樂者，音之所由生也；其本在人心之感於物也。是故其哀心感者，其聲
> 噍以殺。其樂心感者，其聲嘽以緩。其喜心感者，其聲發以散。其怒心
> 感者，其聲粗以厲。其敬心感者，其聲直以廉。其愛心感者，其聲和以
> 柔。[18]

《禮記》〈樂記〉此處所說又可與〈性自命出〉互相參照。從〈性自命出〉首載：「凡人雖有性，心無奠志，待物而後作，待悅而後行，待習而後奠」，顯然可見最容易發生變化者，乃是游移的人心。由於人心最容易游移、浮動，因而如何使人心有所定、志有所專一，即是實施教育時最需費心之處。至於促使人心有所動的，則是任何物都有可能，此即「凡見者之謂物」，且「凡動性者，物也」的說法。[19]由於物對心性所產生的作用有多種形式，[20]其中又以「交」的作用極其重要，也是造成各種不同反應的關鍵所在。在物與物之間具有「同聲相應，同氣相求」的自然反應原理下，[21]透過虔誠祭祀，即可與天神、地祇、先祖（人鬼）因聲氣的頻率相合而產生「交感」，遂能有所感應。由於聲氣相應，繼而由聲氣的流衍而滋生的「音」與「樂」，亦可使人與天神、地祇、先祖（人鬼）彼此相契。至於人，也由於聲氣與天神、地祇、先祖（人鬼）相應而動，遂產生手舞足蹈的自然肢體動作，[22]而干戚、羽旄等不同類型的文、武舞，即是後來詩情、樂舞相搭配發展的結果。由於心與外物產生交感作用，而發為喜、怒、哀、悲、愛、惡、懼等不同的情，遂衍生不同的聲即可反映相對的心志之情形，且大致分由語文、聲音與肢體動作的不同反應而

18　《禮記》〈樂記〉，頁 662～663。

19　荊門市博物館編，裴錫圭審訂：《郭店楚墓竹簡》〈性自命出〉（北京：文物出版社，1998年），頁 179。

20　《郭店楚墓竹簡》〈性自命出〉，頁 179：「凡性，或動之，或逆之，或交之，或厲之，或絀之，或養之，或長之」。

21　《周易》〈乾‧文言〉，見於魏‧王弼注，晉‧韓康伯注，唐‧孔穎達等正義：《周易正義》，收入《十三經注疏（附清‧阮元《校勘記》）》（臺北：藝文印書館，1985 年），頁 15：「子曰：『同聲相應，同氣相求；水流濕，火就燥，雲從龍，風從虎』」。

22　《禮記》〈樂記〉，頁 702：「歌之為言也，長言之也。說之，故言之；言之不足，故長言之；長言之不足，故嗟歎之；嗟歎之不足，故不知手之、舞之、足之、蹈之也」。

呈現之，形成詩、樂、舞三者合為一體，共同表達心志所之的現象。此即《毛詩序》所載：

> 詩者，志之所之也；在心為志，發言為詩。情動於中而形於言；言之不足，故嗟歎之；嗟歎之不足，故永歌之；永歌之不足，不知手之、舞之、足之、蹈之也。情發於聲，聲成文謂之音。[23]

此段文字與〈樂記〉的文句相近，可將其視為對詩、樂、舞三者合為一體的不同書寫。由於《毛詩序》的敘述主體在詩，且把握「詩言志」與「情動於中」的根本特質，故以「詩者，志之所之」為整段文句開頭。〈樂記〉則因敘述的主體在樂，故以「歌之為言也，長言之也」開頭，將「歌」與「言」（發言為詩）兩相聯繫，並且也有「凡音者，生人心者也。情動於中，故形於聲。聲成文，謂之音」的類似記載。綜合此兩處文字，都說明言詩與永歌、音樂都本於人情自然的律動。由於「情」乃是個人形氣、才性、才氣流動的整體展現，故而無論詩、樂、舞的任何一項，只要是發自人心深處之情，都會與其他兩項產生相互交感的作用。

孔子認為「性相近，習相遠」、「少成若天性，習貫之為常」。[24]推究人因為「習」的積累，而促使人的性相去漸遠者，實為人的形氣、才性、才氣各有清濁、厚薄、剛柔、緩急的不同；若能因勢利導，則可藉由下工夫積累好習慣，而達到變化氣質之性的功效。故而主政者若能創造優良的環境，慎選適合個人形氣的優良教材，則眾多國子耳濡目染的結果，亦可發為良善的言行，所以大司樂對國子進行集合樂德、樂語及樂舞三者於一爐的樂教活動時，自然會注意選編可以引導良善性情的教材，以提升國子的人文素養教育。證諸周初遵循古代王者的太子保傅制度，即是注重國子教育最好的說明。例如〈保傅〉、〈文王世子〉與〈內則〉都保存有古代教育的重要資料，而詩教與禮教即是最

23　《毛詩序》，見於漢‧毛亨傳，鄭玄箋，唐‧孔穎達等正義：《毛詩正義》，收入《十三經注疏（附清‧阮元《校勘記》）》（臺北：藝文印書館，1985 年），頁 13。以下有關《毛詩序》之內容，皆見於〈關雎〉篇題之下，「后妃之德」後，頁 12～19，為避免繁瑣，不另附註。

24　分別見於《論語》〈陽貨〉，頁 154；《大戴禮記》〈保傅〉，清‧王聘珍：《大戴禮記解詁》（北京：中華書局，1983 年），頁 51。

重要的部分，此也正是孔子教育弟子極重要的核心項目。[25]古代大師在教導瞽矇「六詩」時，已注意到人由於才性、形氣不同，故而適合詠歌的詩篇類型亦有差異，若能適性以教，將可順利引導人走向善道的最佳效果。此從師乙回答子貢問聲歌各有所宜，即可得到相應的說明如下：

> 寬而靜、柔而正者宜歌〈頌〉。廣大而靜、疏達而信者宜歌〈大雅〉。恭儉而好禮者宜歌〈小雅〉。正直而靜、廉而謙者宜歌〈風〉。[26]

由於〈頌〉、〈大雅〉、〈小雅〉與〈風〉所使用的樂曲、樂器、演奏方式等，都與各類篇章的內容相搭配，因而若要適度展現詩樂所蘊含的精微韻味，則必須選擇聲氣與詩樂彼此相諧者詠歌之。倘能如此，則非僅可以感動歌者本人，也可以感動周遭的聽者，進而達到潛移默化人之情性的詩教作用。雖然詩有類別的差異，人也有形氣分殊的不同，然而其相同者，則為直抒胸臆善美之情，促使其歸於德性的涵養。換言之，藉由聲氣相應的原理，觸動人心與天地有大美的大生、廣生之德相感應，達到與四時之氣相和順，而星辰運行也各遵循軌道，萬物都能並育的天人相諧境界。

由於武王伐紂時攜帶文王神祖以激勵士氣，也保佑出師順利，一旦成功，自然應上報先祖之德，遂有〈周頌〉詩作陸續產生。這些應祭典所需的詩，最有可能由周族或與周族淵源甚深的公卿列士所作、所獻，故而特別易於感受周代先祖德澤的真切。《毛詩序》定義〈頌〉的特質為「美盛德之形容，以其成功告於神明」，正合乎〈周頌〉最初配合宗廟祭禮而創作的情形。由於頌體詩絕大多數是配合宗廟祭禮的進行，且有樂舞相伴隨，引導祭祀者與觀禮者重回歷史情境，因此〈詩論〉即謂之：

> 〈頌〉，平德也，多言後。其樂安而遲，其歌紳而易，其思深而遠，至矣！[27]

25　《論語》〈季氏〉，頁 150，記載孔子對伯魚言：「不學《詩》，無以言。不學禮，無以立」！

26　《禮記》〈樂記〉，頁 701。

27　馬承源主編：《上海博物館藏戰國楚竹書（一）》〈孔子詩論〉（上海：上海古籍出版社，

說明態度恭敬審慎的與會者，在莊嚴肅穆的典禮中配合遲緩凝重、和柔綿長的樂曲節奏，搭配屈伸有節、周旋有秩的舞步穿梭，使全場人員的心情迴盪在中正和洽的氣氛中，自然湧現緬懷先王德澤的悠情，而油然興起效法先烈繼往開來的意志。換言之，最初的〈周頌〉應已預設透過整體的樂語（頌詩）與樂教，期待藉此增強族群的認同感，進而養成飲水思源、感恩圖報的美德，以進入中和融洽的德教境界。

　　周代的宗廟祭禮，除卻準備祭禮的時間極長以外，典禮的進行自朝及闇，時間也相當長，因而儀式的進行，在重複簡短的歌功頌德樂章外，又需要許多記錄周民族發展史的〈大雅〉之詩，以搭配宗廟祭禮進行時的歌詩、樂舞演出，俾可使與會者能記住周民族辛苦發展的過程，而加強對先人感恩戴德的情懷。證諸〈大雅〉之詩中，最主要的有以下詩篇記錄周代六世先祖對周族的重要貢獻：〈生民〉敘寫始祖后稷在邰以農立國的過程，〈公劉〉敘寫公劉帶領族群遷豳以修復后稷的大業，〈緜〉敘寫公亶父帶領族群遷岐而周室始興的過程，〈皇矣〉敘寫太王、泰伯、王季之德與文王伐密伐崇的事蹟，〈大明〉敘寫武王伐紂的經過，且將周之有天下，歸功於文王以德而承受天命的重要轉折，並追溯大任、大姒二母的天作之合。尚有多篇記錄周民族發展的史事詩，以敘寫有關文王德業者居多，旨在提醒後代子孫，文王積 50 年的德教才是武王伐紂獲得成功的重大關鍵。此外，以〈思齊〉歷陳文王的祖母大姜、母親大任、賢妃大姒三代主婦之德，在提倡「男主外，女主內」的周代社會中更具特殊意義，說明周代相當理解女性是穩定與促進家族發展的重要後盾，而且還必須積累數代的努力，方可展現歷經長期教化始可開出的美好結果。換言之，透過歌詩、樂舞等情境模擬，使與會者彷彿重回歷史現場，得以親身感受歷代祖先篳路藍縷以啟山林的辛勞，也可見證其對後代子孫無私的奉獻，於是參與祭禮者油然興起的獻身周王朝、壯大周王朝以福佑後代子孫的宏願，將沛然莫之能禦，堪稱為培養國子愛家愛國情懷的極佳教材。

　　繼周初與周代盛世的重要史詩敘寫與傳唱後，其餘詩作，即使是西周衰世

2001 年），頁 121～159，為避免繁瑣，下文有關〈孔子詩論〉之引文，不另附註。

之詩,仍具有昭炯戒以儆後世的作用。故而〈詩論〉多處提及「文王受命」,且以「〈大夏(雅)〉,盛德也」高度反映文王因懷有明德而受命於天的事實。至於《毛詩序》所言:

> 〈雅〉者,正也;言王政之所由廢興也。政有小大,故有〈小雅〉焉,有〈大雅〉焉。

固然以政事的小大區分二雅,確實是含渾而籠統的說法,然而雅類之詩與王政廢興的關係確實為重要的概括。由於虞舜在任命夔為樂官時,已明示無論樂教、詩教都以明倫達禮、神人相諧為指標,故而《禮記》〈樂記〉直言:

> 治世之音安以樂,其政和。亂世之音怨以怒,其政乖。亡國之音哀以思,其民困。聲音之道,與政通矣。[28]

《毛詩序》雖然逕自省去呼之欲出的「樂與政通」的相關字眼,不過,其實質精神則是「詩樂都與政通」。〈詩論〉對於〈小雅〉的概括,則有第 3 簡所稱的「多言難而怨懟者也,衰矣少矣!」及第 4 簡的:「民之有罷惓也,上下之不和者,其用心也將何如?」顯然已對〈小雅〉宴饗詩中,所出現禮樂無節度的現象表示隱憂。蓋因〈大雅〉多朝會之詩,而〈小雅〉多宴饗樂歌,固然都與朝政有關,倘若朝會失時、宴饗無度,則王政由興而廢亦在遲速之間而已,故知選擇二雅之詩以入樂,同樣蘊藏教導國子行禮務須有節、享樂尤須有度的深義。

〈國風〉(〈詩論〉稱〈邦風〉)160 篇,佔《詩三百》篇數的半數以上,除二〈南〉與〈豳風〉較特別外,其餘分屬 12 國,敘寫對象從關乎文王的〈關雎〉以至陳靈公淫於夏姬的〈株林〉,時間的跨度極大,而涉及的範圍又從黃河流域以至漢水之間,在古代交通不便的情況下,能入選的詩篇,其內容更顯得複雜而多彩。由於風體詩的素材採自民間歌謠的比例極高,從篇數最多的〈鄭風〉21 首,最少的〈檜風〉、〈曹風〉蕞爾小國各 4 首外,其餘大多在 10

---

28 《禮記》〈樂記〉,頁 663。

首上下。從常識而言，國家無論如何小，各國流行於民間的歌謠數量絕對遠遠高於入選的詩篇數，因而能被採詩之官選中，再經由擔任樂教工作的相關人員篩選、修飾以編入《詩三百》者，自然會有益於讀者學習的不同價值。（預計日後將另以「從禮俗的觀點解讀〈國風〉的情色文學」，專門討論有關朱熹、王柏標記〈國風〉中的淫情之詩。）

由於「風」的本義乃與生殖有關的男女風情（其詳參見本書第叁篇），也最相應於現存〈國風〉內容的類型，故〈詩論〉顯然繼承此「風」的本義而總論之：「〈邦風〉其納物也，溥觀人欲焉，大斂材焉。其言文，其聲善。」又說：「詩，其猶平門，與賤民而豫之」（其詳參見本書第肆篇），特別指出風體詩之撰作、編訂雖出於與賤民不同的社群團體，然而其功能則在於能把握「民性」的特質，從展現多元的風土民情、風俗人欲而與萬民共賞、同樂，從深入民心而發揮潛移默化的教化效果。

由於風體詩的素材來自各國的民間歌謠，本來就是最親民的歌謠，可供萬民共賞、同樂者。來自民間的素材，經過朝廷的相關人員對於曲調與文辭進行加工處理，文辭更為優雅、樂調也更和諧，然後再藉由地官人員深入民間，在政令宣導以外，以口傳的方式教導民眾學習、傳唱，將可達到與民共賞、同樂的效果，無形中也提升民眾的生活素養，達到移風易俗的教化作用。《禮記》〈樂記〉即載：

> 樂者，樂也，人情之所不能免也。樂必發於聲音，形於動靜，人之道也。[29]

蓋追求悅樂乃人情之常，故而可以發抒人情的樂歌，將是每個人最容易接受的，可直接藉由出乎口、入乎耳，而達到動於心的效果。因而若能多加開發足以引導人展現良善性情的音樂，將可以在自然而然的環境薰陶下，達到純化性情的作用。因此〈樂記〉又載：

29　《禮記》〈樂記〉，頁 700。

> 樂也者，聖人之所樂也，而可以善民心，其感人深，其移風易俗，故先
> 王著其教焉。

> 樂行而倫清，耳目聰明，血氣和平，移風易俗，天下皆寧。[30]

更直接說明優質的音樂具有感人肺腑、養人善性、醇厚人心、平和血氣的功
能，一旦能在朝野廣為流傳優質的音樂，即可產生敦厚人倫、移風易俗的顯著
教化功能，故《孝經》亦引孔子之言曰：「移風易俗，莫善於樂。」[31]固然音樂
為達到移風易俗的最佳途徑，不過，要製作何種音樂以達到移風易俗、開啟人
性善良本質，則務必由大聖之人妥善製作，且與禮相配合，方可不因樂盛而
流，以致產生樂極而憂的負面影響，達到「敦樂而無憂」的境地。[32]因而〈樂
記〉又說：

> 聖人作樂以應天，制禮以配地。禮樂明備，天地官矣。[33]

能夠合於天地善美之道的禮樂，才是使天地間萬事萬物的運行歸於有秩序而合
乎條理的狀態，因而禮的節制、條理作用，即絲毫不可輕忽，也才有可能達到
「樂行而倫清」，轉變不合禮的行為以入於禮的良善結果。〈詩論〉第 10 簡提
到「〈關雎〉之改。……〈關雎〉以色喻於禮」，正是最好的說明。由於出乎
口而入乎耳的詩與樂都具有抒情與感人的效果，其中尤以普及於街坊里巷的鄉
樂，最具有移風易俗的效果，因此整編《詩》者對於〈國風〉的選擇也會特別
用心，故而《毛詩序》特別指出「變風發乎情，止乎禮義」，還補充說明「發
乎情，民之性也；止乎禮義，先王之澤也。」此所謂「先王之澤」，乃指自周
初以來擔任樂教工作的各相關人員，陸續將採集來的詩加以整編、修飾、入
樂、配舞，再由樂師教導國子歌之、唱之、舞之，然後再轉而回播諸鄉野村民

---

30 分別見於《禮記》〈樂記〉，頁 678、682。

31 《孝經》〈廣要道〉，見於唐・玄宗御注，宋・邢昺疏：《孝經注疏》，收入《十三經注疏（附
    清・阮元《校勘記》）》（臺北：藝文印書館，1985 年），頁 43。

32 其詳參見《禮記》〈樂記〉，頁 671。

33 《禮記》〈樂記〉，頁 670。

（亦稱頌詩），產生移風易俗的效果。因此《毛詩序》所說，「正得失，動天地，感鬼神，莫近於詩」的道理，即緣於詩、樂、舞三者可以整合於一，可以呼應天地運行的節奏，可以感動鬼神的喜怒哀樂，也可以沁入人心深處的真情，因而可以發揮導正人心、開展善性的功能。

四、荀子的《詩》教觀

荀子繼承《尚書》「詩言志，歌永言」的說法，[34]並深受孔子《詩》教的影響，以致其《詩》教觀具有下列特色：

（一）確立「詩言志」的基本要義

洪湛侯（1928～2012）以為儒家正式提出「詩言志」的重要論點者，實以荀子為最早，即《荀子》〈儒效〉所載「《詩》言是其志也」。只不過其所謂「志」，到底是「聖道之志」，抑或是「情性之志」，則各有其說。由於「志」的內涵意義，直接影響荀子對於《詩》的態度與整體理念。以下即先透過〈儒效〉的文本以尋其本義：

> 聖人也者，道之管也：天下之道，管是矣；百王之道，一是矣。故《詩》、《書》、《禮》、《樂》之歸是矣。《詩》言是其志也，《書》言是其事也，《禮》言是其行也，《樂》言是其和也，《春秋》言是其微也。故〈風〉之所以為不逐者，取是以節之也，〈小雅〉之所以為小雅者，取是而文之也，〈大雅〉之所以為大雅者，取是而光之也，〈頌〉之所以為至者，取是而通之也。天下之道畢是矣。[35]

34　其詳參見《尚書》〈虞書‧舜典〉，舊題漢‧孔安國傳，唐‧孔穎達等正義：《尚書正義》，收入《十三經注疏（附清‧阮元《校勘記》）》（臺北：藝文印書館，1985 年），頁 46，記載舜任命夔為典樂之官時所說。

35　《荀子》〈儒效〉，見於清‧王先謙：《荀子集解》（臺北：藝文印書館，1988 年），頁 282～283。王氏於「故《詩》《書》《禮》《樂》之歸是矣」之下，引劉臺拱曰：「『之』下當有『道』字，與上兩之『道』對文」。

此段文獻的篇幅雖不太長，然而確已呈現荀子對《詩》的基本態度與整體理念。首先，荀子提出「道」為最重要、最終的依歸；其次，確認「道」能否順利運行的關鍵在人；接著，直言《詩》、《書》、《禮》、《樂》為通達於「道」的途徑，並申述《詩》、《書》、《禮》、《樂》的大旨。由於《詩》為通達「天下之道」的入口處，故而最後再就不同類型的詩而明其要旨，而總結其可以通達於「道」的意義。

雖然各學派對於「道」的內涵認定不盡相同，然而對於其重要性，則儒、道、墨、法等各家皆同，不必一一列舉。由於世人多以韓非為荀子弟子，時代最接近，因而特別舉《韓非子》對於「道」的說法為證：

> 道者，萬物之始，是非之紀也。是以明君守始以知萬物之源，治紀以知善敗之端。

> 道者，萬物之所然也，萬理之所稽也。理者，成物之文也；道者，萬物之所以成也。故曰：「道，理之者也。」[36]

可見「道」乃是萬物、萬理的最終依據，要如何服膺於「道」，也成為各學派關注的焦點。倘若再從《說文》所言：「道，所行道也，从辵首，一達謂之道。」[37]又可知「道」乃人所通行，而可通達於最後的「道」之途徑，兼具過程義與目的義，因而無論發言為詩，抑或提筆為文，都應有其心志所趨的通道，且還要以能夠通達於最後的「道」為依歸。

荀子的「道」，其實又可與時代相近的郭店戰國簡〈性自命出〉所載內容相對照，而對於人的心、性、情、志有更深一層的認識。從〈性自命出〉的「道者，群物之道」，可見戰國時期對於「道」的認知已相當寬廣，認為「物」各有其「道」。且從「凡見者之謂物」以及「凡動性者，物也」所載，又可知「物」可觸動人的性，即「凡動性者，物也」。換言之，「物」可使人心發生不

36 兩則資料分別出自《韓非子》〈主道〉與〈解老〉，見於清‧王先慎：《韓非子集解》（北京：中華書局，1998年），頁26、146～147。

37 漢‧許慎撰，清‧段玉裁注：《說文解字注》（臺北：蘭臺書局，1972年），頁76。

同反應，以牽動人的性，因此又說「養性者，習也；長性者，道也。」說明人之性因為容易受到外物的影響，所以必須透過合適的管道學習，俾可得到「道」的長養。故而對照該篇篇首所載：

> 凡人雖有性，心無奠志，待物而後作，待悅而後行，待習而後奠。喜怒哀悲之氣，性也。及其見於外，則物取之也。性自命出，命自天降。道始於情，情生於性。始者近情，終者近義。智□□□出之，知義者能內（納）之。[38]

即可清楚認知人的心由於具有「心無奠志，待物而後作」的特質，故而當其有感於物，則會興起不同的情志，發為喜怒哀悲不同的氣。如此喜怒哀悲的情氣存於心中者即為志，當其發而為言即有相應的音聲。若進而歌之詠之，則成為詩，故知詩乃緣情而發，詩本於人的性情。然而此緣情而發的詩，雖然近於人的性情，卻又必須得到「道」的長養，方可使其終能近義，以醇厚人的心性，故而又知荀子「《詩》言是其志也」的「志」，的確應上溯其本，從引導人尚未完全固定的心性情志入手，且還必須尋求合適的「道」以長養人的性，使其情終能近於義，而卒能通於天下的道，因此又可見《詩》所言的志，亦應以明「道」為宗。

其次，「道」能否順利運行於合適的「道」，以長養人的性，而能通於最後的「道」，其關鍵在行動的主體——人。然而人有先知先覺、後知後覺、不知不覺，聖賢、平庸、愚不肖等差別，故而荀子乃直言「聖人也者，道之管也」。荀子在〈儒效〉指出，人生在世，最重要的事乃是「學」，為求實踐「道」，若能旦旦而學之，久而久之，亦能知之而為聖人，俄而並乎堯禹，明辨仁義是非，而擁有治理天下的大器。故而能否學而知「道」的所在，以引導

---

38 以上〈性自命出〉所載，其詳參見荊門市博物館編：《郭店楚墓竹簡》（北京：文物出版社，1998 年），頁 179。頁 182 之裘按：「智【情者能】出之」據上下文可補足為「智（知）情者能出之」。「內」似可讀為「入」，「入之」意為「使之入」。郭店簡所代表的時間，雖然有學者將其下拉到比較晚的荀子時期，不過學界大致認定應在戰國中期稍晚，位在孔子到孟子之間的時代。

天下萬民皆能各行其應行的「道」，而不至於自我遮障或與他人造成衝突者，則有賴於「聖人」能適時掌握「道」運行的樞紐，以引導萬民共同遵行之，因此歷來的百王莫不率行此理，負有掌握道樞的權責。換言之，為政的人王，必須具備聖人的資才，理解以「聖道」教化萬民的重責大任。倘若人王有此認知，能懷抱「聖道之志」以行教化萬民之實，則能立足於人情之本，但又不泥於人情所限，懂得講求人道的多元發展，達到孟子所說「充實之謂美」的高層次境界。[39]

其三，王者所賴以教化萬民，而使其回歸於「道」的法寶，亦必須有適當內容。荀子指出所謂適當的管道，即是透過《詩》、《書》、《禮》、《樂》的內容，以為人之道的實踐途徑。故而綜合此言簡意賅、步驟分明的三部曲中，早已明示「道」為最終的依歸，故而為學者能否志在明其所謂「道」者為何，且依循可以回歸於「道」的人之道而行，[40]正是首要的大事。

劉勰（465～520）的《文心雕龍》，最能體現通達於「道」的三部曲：首先，開宗明義地以〈原道〉名篇。既已明道以後，仍有賴位在高位的聖人掌握正確的「道」，以引導萬民共同實踐之，故而又應是由「聖道之志」指導之，因而繼〈原道〉以後，又以〈徵聖〉承之。至於實踐之道，因為必須合乎人之道而行，而經典即是典範紀錄，所以是最好取法的法寶。於是再以〈宗經〉奠其後，提出精研「五經」以為明道、行道的重要途徑。《文心雕龍》當中並未將《樂》列入其中，蓋因《樂》的典籍當時已經亡佚。然而，戰國時期的文獻，則多以《詩》、《書》、《禮》、《樂》並稱，尤其值得注意。例如〈性自命出〉第 15～16 簡已明文提到「《詩》、《書》、《禮》、《樂》（禮樂），其始出皆生於人」，而為「人道」的內容，且言「道四術，唯人道為可道也。」由於《詩》、《書》、《禮》、《樂》皆具有「皆生於人」的特質，故而把握此特質以

39　《孟子》〈盡心下〉，見於漢‧趙岐注，宋‧孫奭疏：《孟子注疏》，收入《十三經注疏（附清‧阮元《校勘記》）》（臺北：藝文印書館，1985 年），頁 254：「可欲之謂善，有諸己之謂信，充實之謂美，充實而有光輝之謂大，大而化之之謂聖，聖而不可知之之謂神」。

40　有關「人道」與「道」之關係，其詳參見林素英：《《禮記》之先秦儒學思想：〈經解〉連續八篇結合相關傳世與出土文獻之研究》〈「人道」思想探析——以〈性自命出〉與《禮記》相關文獻為討論中心〉（臺北：國立臺灣師範大學出版中心，2017 年），頁 81～116。

為教化的管道，最容易深入人心而達到教化的作用。雖然〈性自命出〉的「道四術」，與《禮記》〈王制〉所載「樂正崇四術，立四教，順先王詩書禮樂以造士」並不全同，[41]不過，彼此之間也有一定程度的相關。

綜合以上所說，荀子「《詩》言是其志也」之「志」，乃以人情為本，而以合乎「道」的神聖使命者為宗，故可稱為「聖道之志」。[42]在荀子的思想系統中，聖人位居極重要的標誌地位，並且以宗經為實踐人道的具體途徑，劉勰的明道→徵聖→宗經的一貫大道，可說是具體呈現荀子《詩》學的體系，也是荀子《詩》教思想的主體架構。

（二）強調讀《詩》應與其他經典配合為用

從孔子的庭訓，已知其極重視《詩》與《禮》的教化作用，荀子也認為學者不能僅僅止於學《詩》，而必須與其他經典合併學習，且還應注重禮樂之道的實地踐行，以創造安詳和樂且充滿社會道德的和諧環境。荀子在注重《詩》教以外，也極重禮樂之教，且於〈勸學〉對各經典的學習有系統的論述：

> 學惡乎始？惡乎終？曰：其數則始乎誦經，終乎讀《禮》；其義則始乎為士，終乎為聖人。真積力久則入，學至乎沒而後止也。故學數有終，若其義則不可須臾舍也。為之，人也；舍之，禽獸也。故《書》者、政事之紀也；《詩》者、中聲之所止也；《禮》者、法之大分，群類之綱紀也。故學至乎《禮》而止矣。夫是之謂道德之極。《禮》之敬文也，《樂》之中和也，《詩》、《書》之博也，《春秋》之微也，在天地之間者畢矣。[43]

---

41 《禮記》〈王制〉，頁 256。有關此問題的討論，其詳參見林素英：《《禮記》之先秦儒學思想：〈經解〉連續八篇結合相關傳世與出土文獻之研究》〈從「禮樂」的分合與特性論〈性自命出〉「道」四術或三術的迷思：兼論相關學者的研究方法〉，頁 213～245。

42 林耀潾：《先秦儒家詩教研究》（新北：花木蘭文化出版社，2008 年），頁 158～159。該書承自其碩士論文。

43 《荀子》〈勸學〉，頁 118～120。

雖然各部經典都有明道之功，然而由於各經的特質不同，且「生而有涯，而學無止境」，因此必須講求為學的先後次第，始可達到事半功倍的效果。由於《詩》最近於人的情志，且可經由歌詠吟哦誦讀之間，發揮興、觀、群、怨的效果，適時引導人的情性歸於正道，最可以長養仁心仁德，發揮溫柔敦厚的人倫之美，因而最適合以為學的開始。[44]至於為學之所終，則在於能用於世，故而應以《禮》的通達世用為終。蓋因《禮》之為學，小自個人行為規範、修身之道的建立，再推而至於講求齊家的道理，和睦宗族鄰里的人倫，都有清楚的界定。推而廣之，乃至於廣大社會中君臣朋友的忠信重義之道，甚至於國際之間的注重道義、講求正義和平等人倫義理，都有待世人秉持誠摯恭敬的態度，以成就人事界的各項法度與綱紀。《禮》之學，尚有超乎人事的範疇，而達於天地的理序者，[45]因而透過規劃完整的各項禮儀制度，在禮樂並行為用的實踐中，即可展現人與天地自然的和諧關係，達到〈中庸〉「致中和，天地位焉，萬物育焉」的最高目標。是故，在《荀子》中到處可見綜合《詩》與《禮》與《樂》以為用的現象，對孔子的《詩》學理論有深刻的發揮。至於《書》之學，由於多載古代政事的大要，故而具有增廣見聞以「疏通知遠」的特質，[46]因此可作為施政的重要依據。

綜合言之，《詩》、《書》、《禮》、《樂》之學，即是一般士人君子都應黽勉學習，以為通達人道原理，成就道德社會的四大管鑰，故而〈榮辱〉亦言：

> 夫先王之道，仁義之統，《詩》、《書》、《禮》、《樂》之分乎！彼固天下之大慮也，將為天下生民之屬長慮顧後而保萬世也。其流長矣，其溫厚矣，其功盛姚遠矣，非順孰修為之君子，莫之能知也。[47]

---

44 《論語》〈為政〉，頁 16，子曰：「《詩》三百，一言以蔽之，曰：『思無邪』。」〈陽貨〉，頁 156，子曰：「《詩》，可以興，可以觀，可以群，可以怨，邇之事父，遠之事君，多識於鳥獸草木之名。」《禮記》〈經解〉，頁 845：「溫柔敦厚，《詩》教也」。

45 《禮記》〈仲尼燕居〉，頁 854：「禮也者，理也。」〈樂記〉，頁 669：「禮者，天地之序也」。

46 《禮記》〈經解〉，頁 845：「疏通知遠，《書》教也」。

47 《荀子》〈榮辱〉，頁 195～196。此處原作「非孰修為之君子」，依王念孫以〈禮論〉作：「非順孰修為之君子」，而補上「順」字。

說明《詩》、《書》、《禮》、《樂》之學，確為達到社會長治久安的最重要基石。至於《春秋》之學，則為孔子晚年藉由史事以寄寓是非判斷的載體。孔子對生命價值觀的建立，即寄託在《春秋》的微言大義中，因此屬於另一較高層次的綜合性價值判斷的基點。

由於《詩》具有「中聲之所止」的特質，因而在歌詠吟哦之間，實與講求中和的「樂」具有直接關係，所以荀子也極為注重《樂》的教化功能。又因為學之所止在於「禮」，可謂高度發揮孔子詩→禮→樂，三者一脈相承的關係。此從《荀子》〈樂論〉以下三段記載可以得到極好的說明：

> 夫樂者，樂也，人情之所必不免也。故人不能無樂，樂則必發於聲音，形於動靜；而人之道，聲音動靜、性術之變盡是矣。故人不能不樂，樂則不能無形，形而不為道，則不能無亂。先王惡其亂也，故制雅、頌之聲以道之，使其聲足以樂而不流，使其文足以辨而不諰，使其曲直、繁省、廉肉、節奏，足以感動人之善心，使夫邪汙之氣無由得接焉。

> 樂者，聖人之所樂也，而可以善民心，其感人深，其移風易俗，故先王導之以禮樂，而民和睦。夫民有好惡之情，而無喜怒之應，則亂。先王惡其亂也，故脩其行，正其樂，而天下順焉。

> 夫聲樂之入人也深，其化人也速，故先王謹為之文。樂中平則民和而不流，樂肅莊則民齊而不亂。民和齊則兵勁城固，敵國不敢嬰也。如是，則百姓莫不安其處，樂其鄉，以至足其上矣。然後名聲於是白，光輝於是大，四海之民莫不願得以為師，是王者之始也。[48]

此處提出「人情之所必不免」的實情，其實可為〈儒效〉所言「《詩》言是其志也」的「志」之內涵作極好補充，說明「志」與「情」乃二而一的，《詩》所表達的「志」，其實即為人情的外現。如此注重人情的現象，有可能受到稍早所流行〈詩論〉對於《詩》的總體看法而來，如該篇簡 1 已明載「《詩》亡

48　《荀子》〈樂論〉，頁 627～630。

離（隱）志，樂亡離（隱）情，文亡離（隱）言」，說明詩與作者的「志」與「情」直接與《詩》、樂相關，而文句則是言為心聲的另一種表達，都是「志」與「情」的再現。又因為「情」本於「性」，因此於簡 16、20、24 具體論詩之時，還多重複「民性固然」的說法。[49]雖說詩所注重的情志表達，乃「民性固然」，然而人的情志之流露又不能毫無節制，一旦無節，則會導治紛亂而生哀，故而必須注重適當的教化以引導之，期望能以中正平和的音樂以敦厚民心，且透過膚語浸潤之功，而產生感化人心的效果。教化之道，則應由聖人、先王制作雅頌等合乎禮樂原理的樂，發揮所謂「慎所以感之」以及「平好惡」的作用，[50]藉以長養人的善心，使民動而有節，皆能樂而不淫，達到移風易俗的作用，方可成就社會和諧、百姓和睦的安樂狀態。因此荀子的「志」之源頭，乃是人情的自然，即〈性自命出〉「道始於情，情生於性」的說法。只是這種本於情與性的志，仍須使其上提至「終者近義」的層次，而以合乎禮義的「聖道之志」為最高目標，此也是《禮記》所說「禮本於人情」的根本原理所在。[51]

相對於荀子主張由讀《詩》始，而與其他經典的修習以成人世之用者，〈性自命出〉簡 16 也有類似的說法：

《詩》，有為為之也。《書》，有為言之也。禮、樂，有為舉之也。

說明「四教」的內容具有「有為為之」、「有為言之」以及「有為舉之」的不同性質，且針對此不同性質內容的教學，聖人分別採取：

---

49 其詳參見馬承源主編：《上海博物館藏戰國楚竹書（一）》（上海：上海古籍出版社，2001年），頁 121～159。

50 《禮記》〈樂記〉，頁 663：「樂者，音之所由生也；其本在人心之感於物也。是故其哀心感者，其聲噍以殺。其樂心感者，其聲嘽以緩。其喜心感者，其聲發以散。其怒心感者，其聲粗以厲。其敬心感者，其聲直以廉。其愛心感者，其聲和以柔。六者，非性也，感於物而后動。是故先王慎所以感之者。」頁 665：「先王之制禮樂也，非以極口腹耳目之欲也，將以教民平好惡，而反人道之正也」。

51 《禮記》〈喪服四制〉，頁 1032：「凡禮之大體，體天地，法四時，則陰陽，順人情，故謂之禮」。

> 比其類而論會之，觀其先後而逆訓之，體其義而次序之，理其情而出入
> 之。

不同的方式以施教。從上述簡文中可見其非常強調聖人的施教，而此一現象實可與荀子於〈勸學〉中所提出的「聖人也者，道之管也」相一致。只是〈性自命出〉在「體其義而次序之，理其情而出入之」以後，還直接接著說「然後復以教」，且明白點出「教所以生德於中者也」，[52]可謂更加強聖人之教的作用與意義。

由於要達到教化的最佳效果，適當的教材也是影響成敗之諸多關鍵之一，因此《詩》、《書》、《禮》（禮）、《樂》（樂）之教，也可與《禮記》〈王制〉樂政所崇的「四術」、「四教」相配合。

（三）特別注重詩的隆禮重義性質

雖然荀子主張學應自誦經始，且搭配其他諸經典，而終於讀《禮》，方可至於「道德之極」，然而諸經之間，其重要性仍有高下之分。此可參照〈勸學〉所載：

> 《禮》、《樂》法而不說，《詩》、《書》故而不切，《春秋》約而不
> 速。……學之經，莫速乎好其人，隆禮次之。上不能好其人，下不能隆
> 禮，安特將學雜識志，順《詩》、《書》而已耳，則末世窮年，不免為
> 陋儒而已。將原先王，本仁義，則禮正其經緯蹊徑也。……不道禮憲，
> 以《詩》、《書》為之，譬之猶以指測河也，以戈舂黍也，以錐飡壺也，
> 不可以得之矣。故隆禮，雖未明，法士也；不隆禮，雖察辯，散儒
> 也。[53]

由此可見《詩》雖然近於人的情性，然而從學為聖賢，推究仁義之道而言，若

52　其詳參見《郭店楚墓竹簡》〈性自命出〉，頁 179。

53　《荀子》〈勸學〉，頁 122～126。

僅知用心於《詩》、《書》的學習，終不免有見樹不見林的窘絀。因此荀子又在〈儒效〉直言：「不知法後王而一制度，不知隆禮義而殺詩書，……是俗儒者也。」是知儒者為學的最重要關鍵，乃在於能否隆禮義；即使已鑽研《詩》、《書》經典之學，若不能再進於禮義的講求，則終不免為俗儒而已。蓋因一般人若能隆禮，即使對於隆禮的大用尚未十分明晰，也不失為守法之士，倘若為人君者能隆禮尊賢，則可日漸精進而成就王者的大業，故知《禮》的作用乃諸多經典中的尤要者。[54]荀子會如此說，很明顯地是站在學為聖賢的角度，且以躬行仁義之道而求治國者言，因此又可與〈儒效〉以及〈議兵〉所載相呼應：

> 先王之道，仁之隆也，比中而行之。曷謂中？曰：禮義是也。道者，非天之道，非地之道，人之所以道也，君子之所道也。

> 君賢者其國治，君不能者其國亂；隆禮貴義者其國治，簡禮賤義者其國亂。治者強，亂者弱，是強弱之本也。[55]

有此因緣，荀子說《詩》、引《詩》，本不為解《詩》而說，而多是引詩以證事，或引事以證詩的「用詩」狀況。例如夏傳才（1924～2017）所點名荀子對於〈東方未明〉以及〈出車〉的說法，[56]都是為求強調正常狀態下君臣應有的禮而言，而不理會與該兩首詩的書寫背景如何，也不考慮是否與該詩的主旨相違，故而認為荀子說詩，對於理解詩的本義並無實際價值。[57]然而荀子如此說詩的方式，確實已影響《毛詩序》對於詩旨的概括。

54　《荀子》〈彊國〉，頁 506：「人君者，隆禮尊賢而王，重法愛民而霸，好利多詐而危，權謀傾覆幽險而亡。」〈大略〉，頁 771 也有：「君人者，隆禮尊賢而王，重法愛民而霸，好利多詐而危」。

55　《荀子》〈儒效〉，頁 267；〈議兵〉，頁 476。

56　《荀子》〈大略〉，頁 772：「諸侯召其臣，臣不俟駕，顛倒衣裳而走，禮也。《詩》曰：『顛之倒之，自公召之。』天子召諸侯，諸侯輦輿就馬，禮也。《詩》曰：『我出我輿，于彼牧矣。自天子所，謂我來矣』」。

57　其詳參見夏傳才：《詩經研究史概要（增注本）》（北京：清華大學出版社，2007 年），頁 47～52。

荀子主智，注重客觀經驗，故特別尊隆代表客觀理想的禮義，認為：

> 人生而有欲，欲而不得，則不能無求。求而無度量分界，則不能不爭；
> 爭則亂，亂則窮。先王惡其亂也，故制禮義以分之，以養人之欲，給人
> 之求。使欲必不窮於物，物必不屈於欲。兩者相持而長，是禮之所起
> 也。[58]

荀子基於對社會現象的考察，遂對於偏向興發情感的《詩》，雖也認可《詩》
具有引導人的情性之作用，但畢竟難以用來解決實際社會問題，而專注於可與
史事相連結的詩旨解讀。至於《書》，即使有記事之實，也具有「以史為鑒」
之用，但相較於《禮》與治國之道乃直接相繫者，又有稍遠之嫌，因而在強調
國家順治且強大的重大前提下，隆禮貴義已成為荀子思想中最為核心的思
想。[59]此說明《詩》、《書》雖也重要，然而人為學之目的，仍須以最具有實踐
意義的「禮義」為最後依歸，方可使《詩》、《書》的價值與功能，發揮到最
高點。此說亦可與〈非相〉的說法相印證，強調：

> 人道莫不有辨，辨莫大於分，分莫大於禮，禮莫大於聖王。[60]

由於《荀子》中總計有 30 多則有關「聖王」的記載，又可知荀子極重「聖王」
的概念，其中尤以〈正論〉、〈君子〉、〈解蔽〉、〈性惡〉尤然。考察「聖王」
的共同特徵，則為講求盡倫盡制以遵行禮義，更要注重治理國家的實際問題。
此從以下說法可知：

> 天地者，生之始也；禮義者，治之始也；君子者，禮義之始也。

58　《荀子》〈禮論〉，頁 267。

59　有關荀子「隆禮貴義而殺《詩》、《書》」的原因，牟宗三與韋政通都分別為之提出不同之看
　　法。其詳參見牟宗三：《荀子大略》（臺北：中央文物供應社，1953 年），頁 199，從荀子之
　　氣質誠樸篤實常用智而重理喜秩序進行解釋。韋政通《荀子與古代哲學》（臺北：臺灣商務
　　印書館，1982 年），頁 5～6，認為荀子的禮義之統是他思想系統中的獨一標準，因而其隆
　　禮貴義而殺《詩》、《書》，不僅是貶抑《詩》、《書》，而是凡不合禮義之統的精神者，皆在
　　貶抑之列。

60　《荀子》〈非相〉，頁 211。

> 人莫貴乎生，莫樂乎安；所以養生安樂者，莫大乎禮義。人知貴生樂安
> 而棄禮義，辟之，是猶欲壽而殉頸也，愚莫大焉。[61]

凡此都可說明荀子的思想，乃以禮義為經世致用的最高指導原則；解《詩》，亦不例外。

追溯荀子如此以禮義統貫其思想系統的最大原因，與其所處戰國群雄爭戰侵伐的時代環境與歷史事實有關。綜合《史記》〈孟子荀卿列傳〉以及汪中（1745～1794）《荀卿子通論》所載，荀況年 50 始來游學於齊，曾與鄒衍、鄒奭、淳于髡等為稷下學士。齊襄王時，田駢同輩學者皆已死，而荀卿「三為祭酒」。後來被讒而謫楚，而春申君任命荀子為蘭陵令。雖然荀卿因春申君之死而連帶被廢，不過仍然家居蘭陵。在蘭陵的極長時期，荀子也曾入趙，與臨武君孫臏議兵於趙孝成王面前，臨武君運用變詐之兵，而荀子始終以王兵對答之。荀子因不用於趙，故而在齊襄王 18 年後，荀子又短暫入秦，在與應侯范雎的問答中，大大稱讚秦國：「佚而治，約而詳，不煩而功治之至也。」然而認為秦的短處，則在於無儒，無法隆禮重義！[62]故知《荀子》當中諸多篇章，應如司馬遷所言：

> 荀卿嫉濁世之政，亡國亂君相屬，不遂大道而營於巫祝，信禨祥，鄙儒
> 小拘，如莊周等又猾稽亂俗，於是推儒、墨、道德之行事興壞，序列著
> 數萬言而卒。[63]

荀子的議論，都與其實際應世的經驗有關。由於荀子亟言禮義，要求以禮義為治，謹慎遵行王霸之道以追求富國強國的理念，且始終將此一理念貫徹於其思想當中。是故荀子對於經典學習的重點，也在此最高指導原則下，主張勸學雖以《詩》開始，卻必須終於讀《禮》，實際將所學運用到社會政治事務，因而說《詩》自然講求歸宗於禮義的大本。

61　《荀子》〈王制〉，頁 323；〈彊國〉，頁 517。

62　其詳參見《荀子》〈荀子卷首考證〉，頁 40～96。

63　漢・司馬遷著，（日）瀧川龜太郎考證：《史記會注考證》〈孟子荀卿列傳〉（臺北：洪氏出版社，1977 年），頁 946。

（四）注重樂教的教化作用以發揮「成於樂」的精神

　　禮樂在禮儀制度中乃是相需而行者，而樂教又涉及專業技藝的學習，且還與《詩》合為一體，又往往伴隨文、武舞而呈現，狀況較為特殊。因此荀子在隆禮重義之同時，也相當注重音樂的問題，特別以〈樂論〉表達其相關思想。

　　有關〈樂記〉與〈樂論〉的關係，學界多有異說，本文採納沈文倬（1917～2009）的說法，認為〈樂記〉在墨翟以後，為公孫尼子所作，荀子撰作〈樂論〉之目的，乃在於反對墨子的非樂思想。此從〈樂論〉開宗明義的〈人情〉，乃選引〈樂記‧樂化〉的文字而分成四節，且於最後加上「墨子非之奈何」的總評，即可得到極好的說明；引用〈樂象〉、〈樂情〉的狀況者，也有類同的現象。[64]透過荀子反對墨子非樂的言論，清楚可見其極為注重《樂》的教化功能。雖然春秋晚期禮壞樂崩之現象已無法挽回，導致原本詩、禮、樂三者一脈相承的關係也日趨薄弱，不過因為《詩》具有「中聲之所止」的特質，故而在歌詠詩文吟哦詩句之間，仍與講求中和的「樂」直接相關。由此可見荀子重樂，依然意在發揮孔子「興於《詩》，立於禮，成於樂」的「中和」思想。〈樂論〉所載如下：

> 夫樂者，樂也，人情之所必不免也。故人不能無樂，樂則必發於聲音，形於動靜；而人之道，聲音動靜、性術之變盡是矣。故人不能不樂，樂則不能無形，形而不為道，則不能無亂。先王惡其亂也，故制〈雅〉、〈頌〉之聲以道之，使其聲足以樂而不流，使其文足以辨而不諰，使其曲直、繁省、廉肉、節奏，足以感動人之善心，使夫邪汙之氣無由得接焉。是先王立樂之方也，而墨子非之奈何？[65]

由於荀子極注重教育的功效，而「樂」又是移風易俗最直接而快速的管道，其

64　其詳參見沈文倬：《宗周禮樂文明考論》〈略論禮典的實行和《儀禮》書本的撰作〉（杭州：杭州大學出版社，1999 年），頁 1～54。

65　《荀子》〈樂論〉，頁 627～628。以下四段「墨子非之奈何」，分別見於頁 628～630，不另附註。

關鍵即在於其合乎人情不能無樂的根本需求。然而樂一旦無節,則亂象叢生,故而荀子即根據社會的需要,提出具有先知先覺的先王制定〈雅〉、〈頌〉優雅平和之聲,始能達到孔子所謂「樂而不淫,哀而不傷」合於禮的狀態,[66]且又足以觸動人的良善心念,而達到教化功能。倘若追溯此段言論,其實可以導源於季札觀周樂後所論:

> 為之歌〈小雅〉,曰:「美哉!思而不貳,怨而不言,其周德之衰乎?猶有先王之遺民焉。」為之歌〈大雅〉,曰:「廣哉,熙熙乎!曲而有直體,其文王之德乎!」為之歌〈頌〉,曰:「至矣哉!直而不倨,曲而不屈,邇而不偪,遠而不攜,遷而不淫,復而不厭,哀而不愁,樂而不荒,用而不匱,廣而不宣,施而不費,取而不貪,處而不底,行而不流。五聲和,八風平。節有度,守有序,盛德之所同也。」[67]

季札此段評論,已將〈雅〉、〈頌〉等詩歌樂舞所引導人情的發展,作相當扼要的概括。相對於季札對於各類詩篇的評論,子貢也曾請教師乙,由何種情性的人演唱各類樂歌最適合,最能達到《詩》的樂教功能。師乙告之:

> 寬而靜、柔而正者宜歌〈頌〉。廣大而靜、疏達而信者宜歌〈大雅〉。恭儉而好禮者宜歌〈小雅〉。正直而靜、廉而謙者宜歌〈風〉。肆直而慈愛者宜歌〈商〉;溫良而能斷者宜歌〈齊〉。夫歌者,直己而陳德也。動己而天地應焉,四時和焉,星辰理焉,萬物育焉。故〈商〉者,五帝之遺聲也。商人識之,故謂之〈商〉。〈齊〉者三代之遺聲也,齊人識之,故謂之〈齊〉。明乎〈商〉之音者,臨事而屢斷,明乎〈齊〉之音者,見利而讓。臨事而屢斷,勇也;見利而讓,義也。有勇有義,非歌孰能保此?[68]

66　《論語》〈八佾〉,頁 30:「子曰:『〈關雎〉樂而不淫,哀而不傷。』」〈國風〉尚且如此,〈雅〉、〈頌〉之聲更注重中正平和以合於節度。

67　《左傳》〈襄公二十九年〉,見於周・左丘明撰,晉・杜預注,唐・孔穎達等正義:《春秋左傳正義》,收入《十三經注疏(附清・阮元《校勘記》)》(臺北:藝文印書館,1985 年),頁 667~673 詳載季札觀周樂之事,此段文字見於頁 670~671。

68　《禮記》〈樂記〉,頁 701~702。

由氣質才性最適合〈風〉、〈雅〉、〈頌〉，乃至於〈商〉、〈齊〉等古代遺音者，配合樂曲以歌之，最能產生同類共感的最佳效果。人的情性若能與相應的詩樂搭配，非僅可以發揮最佳的音感效果以感動聽聞者，甚且還可與天地運行、四時變化的原理相輝映，既可開啟激昂蹈厲的義勇之氣，又可傳達寬柔正直、溫良恭儉、清廉謙和等人性善美的氣質。

　　生性務實的荀子，勸導學子研讀經典之目的當然在於經世致用，而對於詩、禮、樂三者一脈相承的關係，同樣從音樂的教化功能上大加發揮。荀子上承季札對於〈雅〉、〈頌〉之聲的評論，再綜合孔子的說法，遂援引〈樂記〉之文，以形成自己對「樂」的系統看法。在勾勒先王立樂之方的原理原則後，荀子更具體言其術之所在：

> 樂在宗廟之中，君臣上下同聽之，則莫不和敬；閨門之內，父子兄弟同聽之，則莫不和親；鄉里族長之中，長少同聽之，則莫不和順。故樂者，審一以定和者也，比物以飾節者也，合奏以成文者也；足以率一道，足以治萬變。是先王立樂之術也，而墨子非之奈何？故聽其〈雅〉、〈頌〉之聲，而志意得廣焉；執其干戚，習其俯仰屈伸，而容貌得莊焉；行其綴兆，要其節奏，而行列得正焉，進退得齊焉。故樂者，出所以征誅也，入所以揖讓也。征誅揖讓，其義一也。出所以征誅，則莫不聽從；入所以揖讓，則莫不從服。故樂者，天下之大齊也，中和之紀也，人情之所必不免也。是先王立樂之術也，而墨子非之奈何？

此段回歸周初制禮作樂的本質，更明白表示禮與樂相須而行，且有樂舞相伴的事實。藉由樂所具有「審一以定和，比物以飾節」的特質，達到「征誅揖讓」各得其宜，且都能合於義的緣故，而達到「天下之大齊」的「中和」境界。然而要達到最高的中和境界，則作樂必須審慎為之，於是荀子進而再論聖人正樂的重要：

> 樂者，聖人之所樂也，而可以善民心，其感人深，其移風俗易，故先王導之以禮樂，而民和睦。夫民有好惡之情，而無喜怒之應，則亂。先王惡其亂也，故脩其行，正其樂，而天下順焉，而墨子非之奈何？

荀子此說正好回應《論語》所載孔子「自衛反魯，然後樂正，〈雅〉、〈頌〉各得其所」的事實。[69]從孔子正樂，而使〈雅〉、〈頌〉各得其所的紀錄，意在說明相較於以採集民間歌謠為主體的〈國風〉，〈雅〉、〈頌〉與聖人的作樂是否能合於禮，是否能使天下順於道而行的關係更為密切，故舉〈雅〉、〈頌〉以貶〈國風〉，說明〈國風〉的選編與修飾入樂同樣依循此一原則。

儘管荀子極注重樂的教化功能，但畢竟不會忘記孔子將「成於樂」放在最高「中和」境界的「王化」之達成，因此仍然必須回歸到王者掌握人情之實的根本大道：

> 夫聲樂之入人也深，其化人也速，故先王謹為之文。樂中平則民和而不流，樂肅莊則民齊而不亂。民和齊則兵勁城固，敵國不敢嬰也。如是，則百姓莫不安其處，樂其鄉，以至足其上矣。然後名聲於是白，光輝於是大，四海之民莫不願得以為師，是王者之始也，而墨子非之奈何？

聖王所製作的音樂，若能抓住人情所不能免的需求，而以合適的樂章反映之，且由最合適的歌者演唱之，則更能進入人心深處而感動人性，使人在潛移默化下自然產生移風易俗、強化人民向心力而萬眾一心的效果。相較於專從實用主義的角度以非樂的墨子而言，荀子已經跨越表象實用化的層次，不像墨子一般，僅知從功利角度反駁非樂的無理，而是回歸到無論《詩》、《禮》、《樂》，都應以人情為本、以人性為根底的基本原理。由於「發乎情」僅是「道之始」而非終極的究竟之義，故而仍須再求其推進一步，使其能「終於義」，因此對於禮義的追求即成為荀子終生追求的目標。

五、荀子下啟以《毛詩序》為本的《詩》教體系

有關《毛詩序》的問題相當複雜，此處不擬多論，[70]可自行參考本書第玖

69　《論語》〈子罕〉，頁 79～80。

70　〈孔子詩論〉公布後，陸續有學者針對〈詩序〉與〈古詩序〉之問題展開熱烈討論，其中較值得注意者，例如：劉毓慶、郭萬金：〈子夏學家與《詩大序》：子夏作《詩大序》說補證〉，

篇。此處僅將其視為由子夏、荀子的學術系統下傳，以至於東漢衛宏而逐漸輯錄完成的論詩內容，非一人一時之作。基於此立場，筆者認為荀子主要上承子夏由孔子「繪事後素」之說，而悟出「禮後」的系統而來，[71]所以更注重「巧笑倩兮，美目盼兮」的「笑」與「目」之天生麗質，認為詩的本質重在具有質樸無邪的真性情，於是荀子在吸收戰國以來有關心、性、情、志的說法，更結合《尚書》「詩言志，歌永言」的說法後，在《荀子》〈儒效〉提出「《詩》言是其志也」的說法，只是並未明確說明「志」的內涵。然而在《毛詩序》中已有較詳細的補充，將本於自然、弗學而能的人情，由情動→言文→手舞足蹈的發展歷程有更清楚的紀錄。

　　荀子雖然也在〈樂論〉的部分，隱約可見其將《詩》與樂的本質歸因於人情不可免的感動，不過，在隆禮重義的最高思想指標下，還是特別注重《詩》與樂的教化功能，且不斷抬出聖人、先王、王者謹慎作樂以正天下的重要。荀子此思想，其實也可算是繼承《禮記》〈樂記〉以下說法而發展：

> （哀、樂、喜、怒、敬、愛）六者，非性也，感於物而后動。是故先王慎所以感之者。故禮以道其志，樂以和其聲，政以一其行，刑以防其姦。禮、樂、刑、政，其極一也；所以同民心而出治道也。[72]

此處指出人既然因為有感於物而生不同的情，故而如何「慎所以感之」，即成為聖人、王者責無旁貸的事。荀子有感於禮、樂、刑、政，雖然各自的功能不同，但都是達到治道必須分頭並進的重要途徑，因此特別強調「樂與政通」的層面。基於此重要背景，遂導致其論《詩》之時，自然而然會特別注重以政治力量強化倫理的教化功能。

　　收入中國詩經學會編：《第六屆詩經國際學術研討會論文集》（北京：學苑出版社，2005年），頁35～49；王洲明：〈上博《詩論》的論詩特點與《毛序》的作期〉，與劉、郭之文收入同書，頁50～64。

71　《論語》〈八佾〉，頁26～27：「子夏問曰：『「巧笑倩兮，美目盼兮，素以為絢兮。」何謂也？』子曰：『繪事後素。』曰：『禮後乎？』子曰：『起予者商也，始可與言《詩》已矣』」。

72　《禮記》〈樂記〉，頁663。

《毛詩序》大大發揮荀子特重《詩》的政治倫理教化功能的思想，並將其充分表現在對〈風〉、〈雅〉、〈頌〉的定義上：

> 〈風〉之始也，所以風天下而正夫婦也；故用之鄉人焉，用之邦國焉。〈風〉，風也、教也，風以動之，教以化之。……上以風化下，下以風刺上，主文而譎諫。言之者無罪，聞之者足以戒，故曰風。至于王道衰、禮義廢、政教失、國異政、家殊俗，而變〈風〉變〈雅〉作矣！……是以一國之事繫一人之本，謂之〈風〉，言天下之事，形四方之風，謂之〈雅〉。〈雅〉者，正也，言王政之所由廢興也。政有小大，故有〈小雅〉焉，有〈大雅〉焉。〈頌〉者，美盛德之形容，以其成功告於神明者也。

《毛詩序》明顯從孔子以為《詩》可以興、觀、群、怨的概括說法，接續〈詩論〉重新注重情、性，再到孟子注重《詩》與史合觀，然後到荀子強調聖王應謹慎擇樂以善用樂教與《詩》教的功能，遂成為今本《毛詩序》在總論方面，更具體化定義〈風〉、〈雅〉、〈頌〉的政治功能。然而此一路衍化下來的《毛詩序》內容，與孔子、子夏、〈詩論〉的論《詩》，其實已有相當大的差異。由於視美、刺、諷、諫的作用，為作《詩》、讀《詩》、用《詩》的基本立場，於是繼起的《毛詩序》輯錄者，乃從歷史中找尋與各首詩相近的人事物而對應之，〈雅〉、〈頌〉因性質與政治的關係較密切，因而詩旨多半能前後相承，〈風〉的部分，宋以後的學者發出異議者較多，其中尤以被視為「正始之道，王化之基」的二〈南〉詩旨最為明顯。

六、結語：荀子位居《詩》教體系的樞紐位置

王洲明（1944～）經過詳細論證，認為秦漢間的大毛公（亨）為《毛詩序》的最終編纂者，在較籠統的「首序」以後，更以「續序」具體化、歷史化、政治化論《詩》。[73]筆者當然同意具體化、歷史化、政治化論《詩》的現象，在

---

73 王洲明：〈上博《詩論》的論詩特點與《毛序》的作期〉，頁 50～64。

秦漢之際已成為風潮所趨，然而毛亨是否為《毛詩序》的最終編纂者，則需要更多有力的證據。因為《孟子》解《詩》非僅具有新意，且已多引《詩》以表達其政治理想，也多用為申論個人思想抱負，全書涉及《詩》的部分達 39 處之多，說明當時已從春秋時期的引《詩》賦《詩》，乃至於孔子的論《詩》，轉而朝某些意向性的徵引與應用《詩》。[74]至於《荀子》，所引《詩》或論《詩》更遠遠超過《孟子》達數十次之多，[75]且多有引《詩》以論證自己說法者，則受學於荀子的大毛公（亨），在《毛詩詁訓傳》中整編前賢所有與引《詩》或論《詩》相關的資料也是極自然，且都是其從事詁訓《詩》的重要材料，然而最終編纂者，恐怕還有待更後來的人始可完成。除卻《毛詩詁訓傳》無一字對《詩序》進行詁訓的明證外，還可從《毛詩序》總論詩旨在於：

> 正得失，動天地，感鬼神，莫近於詩。先王以是經夫婦、成孝敬、厚人倫、美風化、移風俗。

從其提出先王以為正得失的管道莫近於詩，主要緣於詩本於人最真摯的情感，故能感動天地鬼神。至於特別強調自「經夫婦」始，雖是繼承先秦以來注重「男女有別，夫婦有義」的思想系統而來，是故自古以來，皆以夫婦一倫為「三親五倫」的管鑰。不過，在論理的思想系統外，恐怕還要積累更多的具體歷史事實，以成為論述的依據。簡言之，大毛公所處的漢初還不存在足夠的歷史條件，以支持《毛詩序》輯錄完成。

荀子非常注重「積」的重要性，在《荀子》中，經《中國哲學書電子化計劃》檢索，總共有 45 段 86 處提到「積」字，數量相當多，〈勸學〉當中已有 7 處提到「積」字。倘若就實質而言，與「積」的工夫最有關的，無疑是記載古代歷史事實的最重要資料《書》。此也可從荀子認為學子讀經的順序，雖為

74　其詳參見洪湛侯：《詩經學史》上冊第一編第八章〈孟子讀《詩》方法〉（北京：中華書局，2002 年），頁 77～91。

75　因為有明引、暗引之狀況，學者認定寬嚴不同，例如夏傳才：《詩經研究史概要（增注本）》，頁 49，認為論《詩》7 處，徵引詩句 81 處（含《詩經》未錄之逸詩 6 處）。洪湛侯：《詩經學史》上冊，頁 92，認為涉及《詩經》者 96 次，引《詩》82 次，其中荀子本人引《詩》76 次，轉引孔子所引者 5 次，荀子弟子所引者 1 次。

「始乎誦經，終乎讀禮」，然而其目的則在於「始乎為士，終乎為聖人」。由於荀子以學為聖人為最終目的，因而勤於學習代表政事之紀的《書》，即非常重要。透過《書》中所記，最可以從歷史的興衰更迭吸取教訓，故而荀子特別將《書》的大用擺在《詩》之前，[76]凸顯其特別注重歷史興革的一面，也暗示《詩》的學習在發抒情性以外，如何引導走向禮義之道，且能夠經於時世之用，才是荀子最關心的事。此一以禮義為導向的學《詩》路線，成為荀子勸學五種經典的核心內容，非僅影響漢代的《詩》學發展，也影響漢代太學生經學教育的總指標，且自文帝起，即陸續透過設置博士官的方式，實踐相關弟子員力學五經之目的。

文帝時，魯申培公、燕韓嬰被立為《詩》學博士，歐陽生為《書》學博士。根據〈孟子注疏題辭解〉所載，文帝欲廣遊學之路，於是《論語》、《孝經》、《孟子》、《爾雅》皆置有博士。[77]景帝時，又以轅固生為《詩》學博士，胡毋生、董仲舒（179～104B.C.）為《春秋》學博士。武帝時（141～87B.C.在位）更設置五經博士，還擴大博士弟子員名額，設立太學。再經宣帝列后蒼、戴德、戴聖、慶普、徐良、大小夏侯等人於學官，並增列《穀梁春秋》於學官，至此，經學教育已漸步入興盛期。至成帝時，太學生已增至 3,000 人。由於太學生的人數眾多，故而經學教育所強調的道德禮義思想，也擴大其影響力，影響當時的社會風潮。由於「經夫婦、成孝敬、厚人倫、美風化、移風俗」的理想，乃上述經典的核心內容，因而在經學教育大興以後，社會對於強化基本人倫的要求已日趨明顯。其次，在一般的夫婦、父子、兄弟之親族倫理外，更大的社群團體中的君臣一倫，則因為王朝統一與發展的需要，以致強化政治倫理的趨勢更為明顯，所以原來〈國風〉當中有很大一部分發抒「人情」的詩篇，也不斷被加強其與政治相連結的關係。最遲在昭帝時代（87～74B.C.），《詩》被當做「諫書」使用，在當時的社會已有一定程度的認知。此從

76　《荀子》〈勸學〉，頁 118～119：「《書》者、政事之紀也；《詩》者、中聲之所止也；《禮》者、法之大分，群類之綱紀也。故學至乎《禮》而止矣。夫是之謂道德之極」。

77　〈孟子注疏題辭解〉，見於《孟子注疏》，頁 7。

昌邑王被廢時，因此案而被誅殺的群臣達數百人，然而位在帝王師的王式在被定罪前，曾被質問何以對昌邑王無諫書，竟能因以下自白而免死，改判放歸：

> 臣以詩三百五篇朝夕授王，至於忠臣孝子之篇，未嘗不為王反復誦之也；至於危亡失道之君，未嘗不流涕為王深陳之也。臣以三百五篇諫，是以亡諫書。[78]

本於人情的《詩》，因為最容易感動人，故而早就成為政治教化的極好素材。在董仲舒「以《春秋》決獄」成為斷案的重要參照標準後，《詩》也因許多內容本與政治直接相關，故而成為王公貴族子弟必讀重要經典，尤其是太子、王子教育的學習重點，堪稱為當時極重要的政治教化素材。倘若《詩》在當時尚未取得政治教化素材的共識，朝野又缺乏以《詩》為「諫書」的認同感，則在漢法極為嚴苛，權臣霍光又刻意拔除昌邑王的狀況下，具有教導之責的帝王師自然難逃罪無可赦的失職大罪。王式竟然能因為這份自白書而倖免於死，則《詩》教之大用早已深入當時君臣的內心。雖然此看似「孤例」，而訓詁學上確有「孤證不立」之說，然而要成立此重要政治案件的「判例」，則其背後具有極重要的歷史背景為依據，不宜以「孤例」而抹殺之。

再加上自高祖駕崩後，呂雉雖未公開稱帝，然而實際上卻掌控實際政權，呂氏家族在朝中的勢力也凌駕在劉姓之上。此從司馬遷立有〈呂后本紀〉而無〈惠帝本紀〉，可謂最明顯的表徵。逮及呂后崩薨，周勃與陳平雖然聯合誅滅呂氏勢力，將天下歸還劉姓，其後，外戚專政、亂政等女主影響朝政的事實始終無法避免，且還更多、更具體。例如：時間稍近的漢武帝時期，與陳皇后、衛皇后、李夫人相關的裙帶人物，都或多或少影響漢代朝政興衰。稍後，昭帝上官皇后的外祖父霍光，其勢力更直接左右漢代朝政。元帝皇后王政君（王莽姑母），干政 60 餘年，最後釀成新莽篡漢。成帝時的許皇后、趙皇后、趙昭儀，各有不同影響朝政的不良事蹟（其詳參見本書第玖篇）。基於西漢時期女主明顯影響朝政的事實，致使漢儒對各具體詩篇的詩旨歸納，更傾向於以具體

歷史人事物做為比類、諷諫的對象，且更因戒鑑西漢興衰乃至被篡的歷史教訓，故而特別注重后妃之德與王朝興衰的關係。

《後漢書》以衛宏作《毛詩序》雖未詳述原委，[79]然而若以歷史文化的發展需合聚各條件而言，最有可能因為范曄（398～445）當時尚可見到《毛詩序》，故而《後漢書》毋需多言。若參照衛宏主要活動的年代，正是極重視道德義理、講求骨氣節操的東漢光武帝時期，在當時社會氛圍的強烈影響下，對於后妃之德影響朝政興衰最為有感，因此有意無意之間，藉由詩旨以表達對后妃德行的要求也相當合理，自然毋需在《後漢書》中多加說明。倘若再深究其原委，則衛宏師從的謝曼卿乃毛萇的五傳弟子，而毛萇上承毛亨，毛亨又上承荀子，因而此一《詩》學系統亦可謂遠承荀子而來。由於荀子非常重視《書》的學習，早已明顯將《詩》與政治倫理相結合，因此由一脈相傳的衛宏輯錄先秦以來各詩篇的詩旨而成為《毛詩序》，再加上又受到劉向（77～6B.C.）作《別錄》的新興目錄學影響，於是《毛詩序》也以單行本的姿態流行一時，堪稱是因緣際會成熟的表現。

總而言之，衛宏將自子夏以來，歷經荀子、毛亨、毛萇等學者對詩旨的說法，一一加以輯錄，最後將《毛詩序》輯錄完成且單行於世。或許是首次獨立成卷流傳，因而《後漢書》〈儒林傳〉特別稱衛宏作《毛詩序》。不過，在此一《詩》教思想體系的形成過程中，無可諱言的，荀子應該位居此《詩》教思想體系中的重要關鍵人物。回顧荀子對《詩》學思想流傳的影響，除齊《詩》以外，其餘魯《詩》、《韓詩》與《毛詩》的傳授，其實都與荀子有關。倘若再從代表三家《詩》碩果僅存的《韓詩外傳》的內容，都可看到所受荀子《詩》學思想的影響。

---

79 《後漢書》〈儒林傳·衛宏〉，見於南朝·宋·范曄撰，唐·李賢等注：《後漢書》（北京：中華書局，1965 年），卷 79，頁 2575～2576：「衛宏，字敬仲，東海人也。少與河南鄭興俱好古學。初，九江謝曼卿善毛詩，乃為其訓。宏從曼卿受學，因作《毛詩序》，善得風雅之旨，于今傳於世。後從大司空杜林更受古文《尚書》，為作《訓旨》。時濟南徐巡師事宏，後從林受學，亦以儒顯，由是古學大興。光武以為議郎」。

本文以〈論荀子在《詩》教體系中的地位〉為底本，再行擴充發展而成。該文乃 2017 年 3 月 27 至 29 日，由上海大學主辦之「《詩經》與禮制研究」課題報告會暨「首屆詩禮文化國際論壇」宣讀論文，係科技部「《荀子》與二戴《禮記》之思想關聯：結合出土文獻之儒學發展史」專題研究計畫 MOST 103-2410 -H-003- 064-MY2 的部分研究成果。

捌、《韓詩外傳》所勾勒的孔子《詩》教觀：兼論漢初《詩》教思想的變化

一、前言：前有所承的《詩》教淵源

　　根據《漢書》韓嬰（約 200～130B.C.）本傳的記載，屬於燕人的韓嬰，於漢文帝（180～157B.C.在位）時已被立為博士，景帝（約 157～141B.C.在位）時為常山王太傅，其所傳的詩流行於燕趙之間。韓嬰精悍，處事分明，曾與董仲舒（179～104B.C.）論於武帝前，董仲舒亦無法為難之。韓嬰推詩人之意，而作《內外傳》數萬言，其語雖頗與齊、魯間所傳者殊，然其所歸則大體為一。[1]雖然《漢書》〈藝文志〉於議論三家《詩》時，認為「魯申公為《詩》訓故，而齊轅固、燕韓生皆為之傳。或取春秋，采雜說，咸非其本義」，[2]狀似無可觀，然而事實上則有不盡然之處。蓋因齊《詩》早亡於魏，魯《詩》又亡於西晉，韓《詩》雖然在唐代之時猶存，不過北宋以後，《內傳》亦歸亡佚，因此三家詩的資料除卻部分保留於鄭《箋》之中，或為其他典籍所徵引者外，僅存《韓詩外傳》。[3]（以下《韓詩外傳》簡稱《外傳》）若欲理解秦火以後，《詩》的流傳、詩義詮解以及《詩》教思想的變遷等問題而言，碩果僅存的《外傳》即特別具有重要的地位與價值。

1　漢‧班固：《漢書》〈儒林傳〉（北京：中華書局，1962 年），頁 3613。

2　漢‧班固：《漢書》〈藝文志〉，頁 1708。

3　漢‧班固：《漢書》〈藝文志〉，頁 1708，載：《韓內傳》4 卷、《韓外傳》6 卷。由於今本《外傳》為 10 卷，因而楊樹達認為《內傳》已附合於《外傳》，並未亡佚。徐復觀：《兩漢思想史》卷 3（臺北：學生書局，1979 年），頁 9，也認同此說，並認為內外傳合併後，應正名為《韓詩傳》。

　　綜觀《外傳》的書寫模式，大多引用先秦諸子的學說以及春秋戰國的事蹟，以觸類旁通的引申方式，說明或推衍詩的涵義。雖然《外傳》的取材多夾雜不同來源而不免有蕪雜之說，然而內容並非全然不可取，例如從文中多引孔門弟子、孔子後學以及春秋戰國時人引詩、用詩的情況，亦可說明當時的人，乃至於漢初的儒者對於《詩》的態度與立場如何。尤其書中明載孔子與子夏、子貢、子路等高弟子討論詩義的資料，不但可與《論語》所載孔子的《詩》教觀相互呼應，更可從中探察孔子《詩》教觀發展的情形。追溯孔子的《詩》教觀，在歷經戰國時期孟子採行「以意逆志」的方法闡發詩義，[4]荀子則以「明道、徵聖、宗經」三位一體的理念發揚《詩》的教化思想，[5]可知孟、荀之時，儒家對於《詩》教的觀念已有不同的發展。時至於漢初，由於劉邦是第一位以帝王之尊而祭孔者，大大提升孔子在漢代的地位，再加上《詩》為韻文，具有容易深入人心的特質，因此孔子教育弟子即以《詩》為首，[6]然而漢儒在王朝統一的大時空環境下，對於孔子《詩》教思想的發揮，理應也有一些相對的改變值得仔細探討。職此之故，本文主要選取《外傳》中明載孔子與高弟子討論詩義的資料以及其他相關紀錄，從中勾勒漢初儒者所注重的孔子《詩》教觀，發現可分從注重詩的實質內容、〈關雎〉之教乃《詩》教思想的核心，以及《詩》教思想應與禮樂、政治活動保持重要聯繫等方面加以論述，並由此再往下延伸，而易於與《毛詩序》的教化思想相結合。

二、以〈關雎〉之教為《詩》教思想的核心

　　孔子周遊列國十多年，欲求有道之君而不得，晚年從衛歸魯、致力裁成學子。子夏即是周遊列國期間所收的弟子，對照《禮記》與《論語》所載，可知

4　《孟子》〈萬章上〉，見於漢・趙岐注，宋・孫奭疏：《孟子注疏》，收入《十三經注疏（附清・阮元《校勘記》）》（臺北：藝文印書館，1985 年），頁 163：「說詩者，不以文害辭，不以辭害志；以意逆志，是為得之」。

5　其詳參見夏傳才：《詩經研究史概要》（北京：清華大學出版社，2007 年），頁 47～52。

6　《史記》〈孔子世家〉，見於（日）瀧川龜太郎：《史記會注考證》（臺北：洪氏出版社，1977 年），頁 760：「孔子以詩書禮樂教，弟子蓋三千焉，身通六藝者七十有二人」。

子夏乃孔子晚年的重要弟子。孔子歸魯後，雖受封為「國老」，但是並無政治實權，不過，卻可以「國老」之職，而多次與哀公詳談為政的重要問題，語在《大戴禮記》的「孔子三朝記」，而《禮記》〈哀公問〉也言簡意賅地明載，孔子認為「夫婦別」乃是三大為政要務（夫婦別，父子親，君臣嚴）之首，且應從重正婚禮開始，因為「天地不合，萬物不生。大昏，萬世之嗣也」，[7]可見一生積極推動禮的孔子，當其晚年，更明指號稱為「禮之本」的婚禮應該被鄭重其事地舉行，也是為政者需要以身率行的。由此可見《外傳》子夏問「〈關雎〉何以為〈國風〉始」章，乃是孔子晚年表述其《詩》教核心思想的重要篇章，其文云：

> 孔子曰：「〈關雎〉至矣乎！夫〈關雎〉之人，仰則天，俯則地，幽幽冥冥，德之所藏，紛紛沸沸，道之所行，如神龍變化，斐斐文章。大哉！〈關雎〉之道也，萬物之所繫，群生之所懸命也！河洛出圖書，麟鳳翔乎郊，不由〈關雎〉之道，則〈關雎〉之事將奚由至矣哉！夫六經之策，皆歸論汲汲，蓋取之乎〈關雎〉。〈關雎〉之事大矣哉！馮馮翊翊，自東自西，自南自北，無思不服。子其勉強之，思服之！天地之間，生民之屬，王道之原，不外此矣。」子夏喟然嘆曰：「大哉！〈關雎〉乃天地之基也。」《詩》曰：「鍾鼓樂之。」[8]

此處的孔子，認為〈關雎〉蘊藏天地神乎其變的隱微大義，故而為〈國風〉之始。追溯其始，則主要因為「風」的本義實與男女風情有關。蓋因「帝」即具有使生物生生不息的屬性，[9]其下設有帝史鳳鳥以為風神，[10]以掌四時風氣，使風調雨順，適時傳達「帝」生長化育萬物的使命，故知鳳鳥、風神的工作向來

7　《禮記》〈哀公問〉，頁849。

8　《外傳》卷5「〈關雎〉何以為〈國風〉始」章，頁320～321。

9　其詳參見郭沫若：《郭沫若全集》〈歷史篇〉第1卷〈先秦天道觀之發展〉（北京：人民出版社，1984年），頁329。陳夢家：《殷虛卜辭綜述》（北京：中華書局，1988年），頁561～571。

10　其詳參見郭沫若：《卜辭通纂》〈考釋〉（北京：中國社科院考古所，1983年），頁81～83，所載對於第398片「于帝史鳳，二犬？」的相關考釋。

即與生物的生殖具有極密切的關係，而反應在人事上，則與人間的婚戀大事相
關。此從《周易》〈姤・象〉所載「天下有風，姤」，[11]已可顯示「風」與男女
交姤有關；再從《周易》〈繫辭下〉的「天地絪縕，萬物化醇；男女構（媾）
精，萬物化生」，[12]則由於「天地絪縕」正是陰陽二氣的緩慢流動與相交，也
明白顯示由陰陽二氣流動所形成的「風」，乃促進萬物化生的觸媒，引申之，
可視為男女婚媾的象徵，與男女婚戀的大事有關。故而孔子認為將象徵男女結
合的〈關雎〉置於〈國風〉之始，對於萬物化生與人類繁衍的根本道理，都有
特別涵義，因此將其上提至「萬物之所繫，群生之所懸命」的崇高地位，因為
男女結合乃是繁衍後代的關鍵。

　　至於〈關雎〉一詩中所蘊藏的大義，已不僅包含天地之間的生物法則，合
男女以生萬民，以繁衍人類的自然原則，同時還將其推而遠之，挑高一層，將
其核心原理類比至人文社會的文化層次。在文化層級的序列上，提出精研六經
乃實現王道的必經途徑，且為達到至道之境的根本原理。蓋「經」之為
「經」，乃以合乎天經地義以及民生的自然原理為依歸，且又必須以自身的修
飭為本，再推而至於慎合男女，期許男女有別、夫婦有義，乃至於齊家、治
國、平天下的一貫道理，積極實現王道，以求萬世之治，而與締造和諧社會的
人道理想相貫串。此一連串的發展，都有賴綿延不絕的人類以其生命戮力達
成。由於生命的繁衍乃以結合男女為始源，故而孔子要亟稱〈關雎〉一詩所涉
及的事為大，也促使子夏領悟並讚嘆其為「天地之基」的重要地位，故而其位
居於〈國風〉之首，正意味著人應該對於化生萬物的「風」表達崇高的敬意，
更要對結合男女以建立家庭繁衍後代子孫的神聖婚姻，表達敬慎重正的尊意。
徐復觀（1904～1982）即認為《外傳》此處所述，乃「由表至裡，盡其精微」
的「《詩》教」之例。因為男女由真誠而且中正的感情，結合而為夫婦，即是
由個人而構成家庭社會的最重要基點。在此基點上，進而可享琴瑟和鳴、鐘鼓

11　《周易》〈姤・象〉，見於魏・王弼，晉・韓康伯注，唐・孔穎達等正義：《周易正義》，收
　　入《十三經注疏（附清・阮元《校勘記》）》（臺北：藝文印書館，1985年）頁104。

12　《周易》〈繫辭下〉，頁171。另據頁179之《校勘記》所載：「《石經》『構』字『木』旁摩
　　改，初刻似從『女』」，且以義而言，以「構」作「媾」應屬較合理的寫法。

齊奏之樂。由此所呈現真正理想的人間社會，便是天地位、萬物育的「王道」盛行氣象。因為政治上能推行「王道」，乃實現理想「人道」社會的最佳途徑，而促使個體與群體得到諧和向上的生活環境，因此〈關雎〉所展現的王化之原，即在此層次上大大展現。[13]徐氏所說「有琴瑟鐘鼓之樂」，固然緣於詩文的「琴瑟友之」與「鐘鼓樂之」而來，不過最重要的，卻不在於「快樂」，而是取二者彼此都相依相協的和諧美滿之義。蓋因琴瑟若能彼此協調而齊鳴，則可使聽者感覺悅耳順心。至於鐘鼓之樂，則具有莊嚴隆重與知所節制的特質，因而〈關雎〉之詩不僅可以用於邦國宴饗的大禮，亦可用為房中樂的樂曲，且還可用於鄉里百姓的飲酒聚會，最貼近於王公貴族與萬民百姓的生活日用，因而最值得仔細玩味。

韓嬰在孔子的關鍵說法以後，又緊接在下一章特別補充，其文云：

> 孔子抱聖人之心，彷徨乎道德之域，逍遙乎無形之鄉。倚天理，觀人情，明終始，知得失，故興仁義，厭勢利，以持養之。[14]

此處補充的「倚天理，觀人情，明終始，知得失」重要原則，旨在扭轉當時「禮儀廢壞，人倫不理」的現象。至於振衰起弊之道，即是透過男女之禮的重建以立人倫之理，因為：

> 天地合而后萬物興焉。夫昏禮，萬世之始也。……男女有別，然後父子親，父子親然後義生，義生然後禮作，禮作然後萬物安。無別無義，禽獸之道也。[15]

故知所有天下的禮（理），其根本道理都從「謹夫婦」之道開始，[16]並且：

> 禮之大體，而所以成男女之別，而立夫婦之義也。男女有別，而后夫婦

13　徐復觀：《兩漢思想史》卷3，頁15～16。
14　《外傳》卷5「孔子抱聖人之心」章，頁321。
15　《禮記》〈郊特牲〉，頁504。
16　《禮記》〈內則〉，頁532。

> 有義；夫婦有義，而后父子有親；父子有親，而后君臣有正。故曰：昏
> 禮者，禮之本也。[17]

可見男女關係能否各正其位，實為所有人倫能否正常化的基礎，此說又與《禮記》〈中庸〉「君子之道，造端乎夫婦，及其至也，察乎天地」，[18]彼此可以相互呼應、相得益彰。追溯周王室衰微，王道不行的狀況，大半出於人倫不理而宗法制度崩頹的緣故，參照《左傳》所載人倫不理者，又多肇始於夫婦之道不得其正的關係。

《外傳》所載孔子對於〈關雎〉的說法以及韓嬰的後續補充，參照孔子在《論語》中對〈關雎〉的評論，可算是一脈相承。孔子認為〈關雎〉乃「樂而不淫，哀而不傷」，[19]說明男女在哀樂參半的追求過程中，往往會經歷寤寐求之、輾轉反側而有所不得的插曲，此時雖有求不得之苦，然而君子終能理性地面對現實，不衝動躁進，故而是「哀而不傷」的。由於君子能堅持以禮相求，終而可贏得芳心，成為琴瑟和鳴的佳偶匹配，即使婚後晏爾相歡，也因莊重有節的鐘鼓之音相伴，故能促使當事者情理調和，而處於「樂而不淫」的中正平和狀態。再對照〈孔子詩論〉的相關記載：

> 〈關雎〉之改、……〈關雎〉以色喻於禮。（簡 10）
> 〈關雎〉之改，則其思益矣。（簡 11）
> 好，反納於禮，不亦能改乎？（簡 12）
> 其四章則喻矣。以琴瑟之悅，擬好色之願；以鐘鼓之樂，（下缺）（簡14）

雖然「以鐘鼓之樂」以下闕文，實為遺憾，然而從相對成文的「以琴瑟之悅，擬好色之願」，亦明顯可見孔子並不否認「色」在實際生活中的重要地位，因為享受和諧悅耳的琴音與樂於觀賞好色的「好好色」心願，乃順乎天理、合於

17　《禮記》〈昏義〉，頁 1000。
18　《禮記》〈中庸〉，頁 881。
19　《論語》〈八佾〉，頁 30。

人情的常態，[20]原本就不應特別違拗、貶抑。此一狀況，衡諸〈國風〉非僅多言情，且還多言「色」，其所以不棄而逐之者，荀子即認為當取其見「色」而知所「節」之義，[21]亦即重在「以色喻於禮」的「改」上，而非放縱其欲的流行。若能秉持誠摯之情，而以禮節之，則可如《荀子》〈大略〉所載的情形：

> 〈國風〉之好色也，〈傳〉曰：「盈其欲而不愆其止。其誠可比於金石，其聲可內於宗廟。」[22]

本乎至誠的情，伴隨著和諧悅耳的琴音與令人賞心悅目的好色，若能以禮節之，則人人心曠神怡，社會也自然呈現一片祥和的狀態。

三、標榜深入內裡以探求精微的《詩》教思想

《外傳》「子夏讀《詩》已畢」章，記錄子夏引《詩》曰：「衡門之下，可以棲遲。泌之洋洋，可以樂飢。」稱頌《詩》的美盛，在於讀《詩》能引領人感受與古代聖王神交的難得體驗，遂言「上有堯舜之道，下有三王之義」，感受其「昭昭乎若日月之光明，燎燎乎如星辰之錯行」的美盛，可見一個人雖然幽居於蓬戶之內，卻可藉由「彈琴以詠先王之風」，而上達「有人亦樂之，無人亦樂之，亦可發憤忘食」的怡然自適境界。孔子雖也稱許其「始可以言《詩》已矣」，卻又高標準地認為子夏「以（已）見其表，未見其裡」，不如自己「悉心盡志，已入其中」，因為僅「闚其門，不入其中，安知其奧藏之所在」？倘若不能見其裡，則仍然屬於未盡精微者。[23]由此章可知孔子注重讀《詩》不能僅停留在表層，而應講求深入內裡，以探求其中蘊藏的精微思想。

20　《禮記》〈大學〉，頁 983：「所謂誠其意者，毋自欺也，如惡惡臭，如好好色，此之謂自謙」。

21　《荀子》〈儒效〉，見於清・王先謙：《荀子集解》（臺北：藝文印書館，1988 年），頁 282：「〈風〉之所以為不逐者，取是以節之也」。

22　《荀子》〈大略〉，頁 803。

23　其詳參見《外傳》卷 2「子夏讀《詩》已畢」章。分章按照賴炎元之分法，以下同此。賴炎元：《韓詩外傳考徵（下冊）》，收入《臺灣師範大學國文研究所叢書》（臺北：臺灣省立師範大學，1963 年），頁 247。

　　回顧子夏於孔門弟子四科十哲中，以文學聞名，[24]還曾因詢問詩的涵義能夠觸類旁通，而贏得孔子「起予者商也，始可與言《詩》」的讚譽。[25]後世也多認為《詩》的流傳與子夏有關，竟然此時的子夏被評為「以（已）見其表，未見其裡」，則讀《詩》所獲得的「精微」處，當有勝於「有人亦樂之，無人亦樂之，亦可發憤忘食」的怡然自得而已。雖然孔子在該章並未明言《詩》的精微處何在，然而上溯《論語》所載，則「思無邪」的深刻內涵，[26]或可代表《詩》的豐富精微處。因而如何透過《詩》的內容，促使讀詩者體會作詩者內心深處最真摯可貴的情感，進而願意以溫柔敦厚的態度對待周遭的人事物，[27]且使興、觀、群、怨等情緒的發動，皆能中於節度而得其宜，乃至於事父、事君之道亦能拿捏得當，都將是詩義的精微處。若再推而遠之，對於自然環境中的鳥獸草木等，也要有進一步的認識，懂得如何與其和諧生活，[28]方可切實掌握中正平和的生活究極之道，而非僅僅止於獨自享受怡然自得的生活而已。孔子於《外傳》所言的「悉心盡志，已入其中，前有高岸，後有深谷，泠泠然如此既立而已矣」，即已透露人應多接近大自然、多認識大自然，才有可能與大自然和諧共榮的重要訊息，並且呼籲讀《詩》，應該深入詩文的裡層，掌握其精微之處，理解人與天地自然的微妙關係，而非僅僅自得其樂而已。如此呼籲應該掌握讀《詩》的精微義，或者與孟子講求以「以意逆志」的方式探討詩義有異曲同工之妙，因為深入考慮作詩者、用詩者的情境條件，將有助於讀詩者挖掘《詩》的精微意義。

24　《論語》〈先進〉，見於魏·何晏集解，宋·邢昺疏：《論語注疏》，收入《十三經注疏（附清·阮元《校勘記》）》（臺北：藝文印書館，1985 年），頁 96：「文學：子游、子夏」。

25　其詳參見《論語》〈八佾〉，頁 26，子夏問曰：「『巧笑倩兮，美目盼兮，素以為絢兮。』何謂也？」子曰：「繪事後素。」曰：「禮後乎？」子曰：「起予者商也，始可與言《詩》已矣」！

26　《論語》〈為政〉，頁 16：子曰：「《詩》三百，一言以蔽之，曰：『思無邪』」。

27　《禮記》〈經解〉，見於漢·鄭玄注，唐·孔穎達正義：《禮記正義》，收入《十三經注疏（附清·阮元《校勘記》）》（臺北：藝文印書館，1985 年），頁 845：「溫柔敦厚，《詩》教也」。

28　《論語》〈陽貨〉，頁 156：子曰：「《詩》可以興，可以觀，可以群，可以怨。邇之事父，遠之事君。多識於鳥獸草木之名」。

四、《詩》教思想與禮樂活動相搭配

　　《外傳》「孔子遭齊程本子於郯之間」章，記錄孔子與齊國的賢人程本子相遇於中道，兩人「傾蓋而語終日」，引起子路不悅而批評。[29]全章當中，子路直接引用「士不中道相見」、「女無媒而嫁者」，皆屬君子所不行的事，以評論孔子中道見程本子而傾蓋相語終日的不當，也批評孔子欲以束帛十匹相贈的行為實屬有失。孔子遂引「野有蔓草，零露漙兮。有美一人，清揚婉兮。邂逅相遇，適我願兮」之詩，述說與眉清目秀的美人邂逅交談，尚且是人生一大樂事，更何況是與素有賢士美稱的君子不期而見！若能把握此難得的機會彼此切磋琢磨一番，何嘗不是更大的樂事？只要能遵循「大德不踰閑」的重要原則，至於「小德」稍有出入也屬無妨，不必拘泥於固定的禮儀模式而不知變通。[30]畢竟真正合於禮的行為，重在能循其本，且能因時、因地、因人、因事而各制其宜，[31]而不是捨本逐末地斤斤計較於支微末節，徒然一成不變地僵守教條。

　　由此可見孔子對於詩旨的把握，當然以合乎禮義者為依歸，然而對於禮的態度則相當有彈性，絕非死守於僵化模式可比擬。此從《論語》孔子所言：

> 禮云禮云！玉帛云乎哉？樂云樂云！鐘鼓云乎哉？
>
> 人而不仁，如禮何？人而不仁，如樂何？[32]

都可清楚得知明辨禮之本的重要性。再從孔子回答弟子的問仁、問禮，而所答

29　其詳參見《外傳》卷 2「孔子遭齊程本子於郯之間」章，頁 237。此章之內容，《說苑》〈尊賢〉以及《孔子家語》〈致思〉各有文字相近之記載。

30　《論語》〈子張〉，頁 172：子夏曰：「大德不踰閑，小德出入可也。」子夏長於對詩義進行觸類旁通的引申，《外傳》此處所載則為孔子所言，到底出自孔子或子夏所說，並不重要；重要的，則是不應泥守於僵化的形式。由於時代湮遠，孔子與子夏師生之間，是否曾針對〈野有蔓草〉一詩進行討論，致使子夏有此領悟，已難考證，且《論語》所載子夏之言是否針對此事而發，也難有確解。不過，可以確定的，則是孔子對於子夏長於對詩義進行觸類旁通的引申說法，確實是讚賞有加的；《外傳》將「大德不踰閑，小德出入可也。」歸屬孔子所言，或者也可視為子夏繼承孔子詩說的另一側寫。

31　《禮記》〈大學〉，頁 450，記載制禮之原則有五：禮，時為大，順次之，體次之，宜次之，稱次之。

32　分別見於《論語》〈陽貨〉，頁 156；〈八佾〉，頁 26。

各有不同，亦可理解孔子對於詩義的理解，只要不違背禮義者，都可以不拘於一隅。倘若再參照《禮記》〈郊特牲〉所載：「禮之所尊，尊其義也。失其義，陳其數，祝史之事也。」[33]更可體會「大德不踰閑，小德出入可也」的深刻涵義，也能理解孔子何以勉勵伯魚應該努力學《詩》、學禮的道理。[34]

《外傳》「孔子燕居而子貢攝齊」章，藉由孔子與子貢的閒聊過程，理解以言語著稱的子貢，[35]也會遭遇才竭智罷以及學問不能突破等瓶頸，在困頓之餘而欲有所休的倦勤狀態，於是孔子擷取多篇重要詩義，且透過層層反詰，促使子貢體會「學而不已，闔棺乃止」的道理。全章分別從「夙夜匪解，以事一人」，以言君子不可休於事君；從「孝子不匱，永錫爾類」，以言君子不可休於事父；從「妻子好合，如鼓瑟琴。兄弟既翕，和樂且湛」，以言君子不可休於事兄弟妻子；從「晝爾于茅，宵爾索綯；亟其乘屋，其始播百穀」，以言君子不可休於畊田。列舉眾多為人「不可休」的事例後，再進而言諸如此類人倫世事，雖天地之大，皆有所不可逃脫者，都屬於「闔棺乃止播耳，不知其時之易遷兮」，即所謂至死方休而無法一時或止者。然後總結出君子應當「學而不已，闔棺乃止」，勉勵其學應力求「日就月將」，不可中輟。[36]

上述孔子與子貢討論君子何所休的問題，《荀子》〈大略〉亦有類似的記載，[37]雖然引證的詩篇不盡相同，且〈大略〉還多一層事友的狀況，不過，總括其要，二者強調君子無所休的道理則相同。至於總結之處，分別以孔子曰：「望其壙，皋如也，顛如也，鬲如也，此則知所息矣。」而子貢回答「大哉死乎！君子息焉，小人休焉！」以區別君子責任完結而獲得最終的安息，與小人精氣衰竭而生命休止的狀況有別。由此或可說明《外傳》此章，當與《荀子》〈大略〉有相當密切的關係。揆其旨義，又與〈勸學〉所載相互闡發：

33　《禮記》〈郊特牲〉，頁 504。

34　《論語》〈季氏〉，頁 150，記載孔子曾告訴伯魚：「不學《詩》，無以言。」以及「不學禮，無以立」！

35　《論語》〈先進〉，頁 96：「言語：宰我、子貢」。

36　其詳參見《外傳》卷 8「孔子燕居而子貢攝齊」章，頁 415～416。

37　其詳參見《荀子》〈大略〉，頁 802。

> 學惡乎始？惡乎終？曰：其數則始乎誦經，終乎讀禮；其義則始乎為士，終乎為聖人。真積力久則入，學至乎沒而後止也。[38]

雖然並未確切指明所誦的經為何，然而從各種經典的性質而言，最適合莘莘學子最早接觸，且以誦讀的方法進行者，當推讀《詩》莫屬，從諷誦吟哦間涵泳真性情，體現赤誠的心意，且透過合乎禮義的方式，具體實踐在日常生活中。故知無論誦經與讀禮的最終目的，不外乎在實際生活中先保有真誠的本心，以合乎士君子的操守，再黽勉向上，以希賢希聖為努力的目標。換言之，對於諸如事君事父，或與妻子兄弟，乃至於朋友的相處，均能合乎禮的要求，而滿足各種人倫間的適當關係，使生活的各層面都能和諧圓滿。

先秦諸子中，多以莊子為灑脫、不流於凡俗之輩，然而即使瀟灑如莊子，亦不得不假借孔子之口，說明：

> 天下有大戒二：其一，命也；其一，義也。子之愛親，命也，不可解於心；臣之事君，義也，無適而非君也。[39]

說明父子、君臣之間應盡的人倫義理，乃無所逃於天地之間的。若能切實踐履此人倫義理，則可安享家族和樂、社會和諧，以至於國治而天下平的美好境界。此一階段性發展，也與「興於《詩》，立於禮，成於樂」的層遞發展不謀而合。[40]

五、《詩》教思想與政治活動密切相關

《外傳》「晏子聘魯」章，記錄晏子上堂則趨，授玉則跪。子貢懷疑晏子是否知禮，而問諸孔子。經孔子詢問晏子，得知晏子乃活用「君行一，臣行二」人臣應配合人君而動的「上堂之禮」，因而當為人君者疾行，以致為人臣

---

38 《荀子》〈勸學〉，頁118。

39 《莊子》〈人間世〉，見於清・郭慶藩輯：《莊子集釋》（臺北：貫雅文化事業有限公司，1991年），頁155。

40 《論語》〈泰伯〉，頁71。

的晏子亦不敢不趨；當其君以低姿態授幣之時，則為人臣的晏子當然不敢不跪，以保持君尊臣卑的人臣禮儀。孔子得知晏子能靈活轉化固定的上堂儀節，懂得改變常禮而使之更合於禮，於是稱頌晏子所行，乃「禮中又有禮」，可謂長期經歷國際交流而培養出應對得體的處世智慧。由於要在國際交接場合中靈活反應，必須透過具體情境的長期磨練，因此轉而對子貢說：「賜，寡使也，何足以識禮也！」由於國際之間的交往，在遵禮行儀以外，更需講求會場氣氛的融洽，方能達到促進國際邦交，加強國際友誼之目的，因而認為《詩》曰：「禮儀卒度，笑語卒獲！」正可稱為晏子的寫照。[41]

　　上述的紀錄，孔子與子貢雖然並無明顯引用特定詩義進行討論，然而從孔子「禮中又有禮」以及「寡使也，何足以識禮也」之說，明顯可見孔子所認定的禮，是相當注重因時、因地、因事、因人而各制其宜，並非一成不變的。甚且外交場合講求靈活應變，又可謂是對於《論語》所載：「誦《詩》三百，授之以政，不達；使於四方，不能專對；雖多，亦奚以為？」[42]的最佳演繹。因為在盛行賦詩言志以進行外交辭令的春秋時期，能靈活運用《詩》的精微大義是相當重要的。尤其行人之官在代表國家出使四方的場合，其職責正是達成國君交付的使命，促進兩國的往來交通，若能輕鬆自在地適度行禮，且能使在場人士感受自己親切誠懇的氣度，則「使命必達」不但輕而易舉，還能增進母國在國際之間的友好關係。反之，即使對於《詩》三百倒背如流，卻不能適時選擇最恰當的詩篇以明志，則屬枉然而無濟於事，故而對於反應靈敏的子貢而言，一句「禮儀卒度，笑語卒獲！」已足夠提示高水準的外交官出使時應注意的事項。然而如此恰到好處的及時反應之能力，仍需時間實地多加磨練，始能運用自如毫無滯礙，並非一蹴可幾，故而孔子有「寡使也，何足以識禮也」之說。更重要的，則是此章說明精微的《詩》教思想，實與具體的政治活動保有相當密切的關係。

　　此「晏子聘魯」的事件也記錄在《晏子春秋》，同樣是針對子貢質疑晏子

41　《外傳》卷4「晏子聘魯」章，頁305。
42　《論語》〈子路〉，頁116。

違反禮儀要求，「登階不歷，堂上不趨，授玉不跪」的事件而來。不過，在《晏子春秋》中，晏子回答孔子的用語則更為詳細：

> 兩檻之閒，君臣有位焉，君行其一，臣行其二。君之來速，是以登階歷，堂上趨，以及位也。君授玉卑，故跪以下之。且吾聞之，大者不踰閑，小者出入可也。[43]

孔子非常認可晏子的說法，不但以賓客之禮相送，還大大稱許其「不計之義，維晏子為能行之！」孔子旨在藉此告訴子貢，出使四方，重在如何「專對」以取其所「宜」，而非固守既定的儀式細節。蓋因「義者，宜也」，唯有能從合適的言行動作中展現彼此交接的誠意，且能使全場洋溢愉悅的氣氛，方能達到外交之目的，成為真正合乎禮義的表現，而非虛有其表地死守僵化的儀節形式，否則僅能徒然製造國與國之間的緊繃氣氛，而無補於溝通各種潛在問題。由此可見孔子反對徒具形式的禮樂行為。

　　《外傳》「魯有父子訟者」章，記錄孔子舉多篇詩之義旨，與季康子來回論辯「治民以孝，殺一不義，以僇不孝」之「不可」。由於此章關係當時季康子在魯國的具體施政策略，論說執行公權力時，是否應秉持「殺無道，以就有道」的原則，因而必須詳加舉證以儳服對方，於是孔子先後引用多則重要詩篇的義理，促使季康子深思，終於說服季康子。儘管此章中的季康子已認同孔子的說法，然而針對孔子處理「父子相訟」的方式，子路卻有所非難與質疑。此一現象說明要說服大眾，以圓滿解決此類棘手的事並不容易，因而孔子又明白指出「不戒責成，害也；慢令致期，暴也；不教而誅，賊也」的三種行為，乃為政者應戒慎避免者，於是韓嬰乃進而引《詩》「載色載笑，匪怒伊教」所說，論說以和顏悅色的態度處理問題，而非專以威厲憤怒的神色處事者，其目的乃在於方便進行教化之道。[44]同時又因為茲事體大，所以稍後的「有苗不服」與

43　其詳參見《晏子春秋》〈內篇雜上〉「晏子使魯」章，收入《景印文淵閣四庫全書》第 446 冊，卷 5（臺北：臺灣商務印書館，1985 年），頁 138。賴炎元以為《外傳》此章蓋本之晏子，而文略異，懷疑後人附會之詞，因為孔子知禮，不必待晏子告之而後方才知之。

44　《外傳》卷 3「魯有父子訟者」章，頁 270。

「季孫氏之治魯」兩章，同樣圍繞在「載色載笑，匪怒伊教」的詩義闡發上，可視為對解決「父子相訟」議題的相關補充。整合這幾則詩義的內容，依稀可辨孔子的《詩》教思想中，包含許多與政治教化相關的道理，有待一一辨明：

首先，孔子當然承認「父子相訟」乃違背道理的不義現象，然而僅以「殺一不義，以僇不孝」的方式驟然處置之，卻明顯並非解決之道。蓋因此亂象的發生，乃為政者長期喪失其應守的正道，導致社會上仁義不行的狀況早已日漸嚴重，因此民眾習於日趨下流，且不斷逾越正道而不自覺，以致不知「孝」為何物，遂有「父子相訟」不以為忤的悖理案例發生。倘若為政者僅知「以暴制暴」，不能尋其本而救其弊，亦無法從根本止訟息爭，促進社會安定。對照《論語》所載孔子所言：「聽訟，吾猶人也。必也使無訟乎！」[45]可知孔子的治政理念不以治標為滿足，而重在使其「無訟」的根本解決之道。所謂治本之道，則在於對人民進行教化，因為「不教而聽其獄」，猶如妄殺不辜；救治之道，唯有從為政君子之重返正道開始，務使「上陳之教，而先服之，則百姓從風矣！邪行不從，然後俟之以刑，則民知罪矣」，苟能如此，則刑罰可以逐漸減省，而日近於無訟的狀態。

具體言之，孔子透過列舉數則重要詩義，說明施政者應有的教化之道：

（一）指示仁義之道以使民不迷

首先，「魯有父子訟者」章中，孔子徵引《詩》〈小雅・節南山〉的內容以確立「俾民不迷」的重要；因為生活必須有正確的方向與努力的指標，所以古代為政君子，應先有「道其百姓不使迷」的為政理念。苟能如此，則所行均有定向，而不受外在社會環境蠱惑以致誤入歧途，卒能達到「威厲而刑措不用」的境地。換言之，執政之道，乃在於「形其仁義，謹其教道，使民目晰焉而見之，使民耳晰焉而聞之，使民心晰焉而知之，則道不迷，而民志不惑矣」。一旦目之所見、耳之所聞、心之所知都能合乎仁義，則「民志不惑」，即可免於誤入刑網，而刑罰可以停措不用。《外傳》此說，其實可與《孟子》

所言相對照，士應該居仁由義而自尚其志，[46]二者可以相互發揮。

其次，再引《詩》〈周頌・敬之〉以確立「示我顯德行」的重要。因為最高的德行，乃能獲得所有人的共識，且簡而易行，可以使絕大多數的人長期遵行不輟者，所以《外傳》言：「道義不易，民不由也；禮樂不明，民不見也。」換言之，為政的君子不但自己應有具體可行的修德行道途徑，還應為百姓提出容易實行的修道行義方向，一旦行事的方向不明確，就無法指引百姓力行不輟。此說，實可與《禮記》〈樂記〉「大樂必易，大禮必簡」相發揮，[47]說明禮樂若要深入民心，使人民能起而效法者，則莫若簡易顯明，使能入乎耳而著乎心，始易於付諸實踐。此說，與韓嬰大約同時的董仲舒，於《春秋繁露》中也有詳盡的發揮。其文云：

> 今握棗與錯金，以示嬰兒，嬰兒必取棗而不取金也。握一斤金與千萬之珠，以示野人，野人必取金而不取珠也。故物之於人，小者易知也，大者難見也。今利之於人小而義之於人大者，無怪民之皆趨利而不趨義也，固其所闇也。聖人事明義，以照燿其所闇，故民不陷。《詩》云：「示我顯德行。」此之謂也。先王顯德以示民，民樂而歌之以為詩，說而化之以為俗。故不令而自行，不禁而自止，從上之意，不待使之，若自然矣。故曰：聖人天地動、四時化者，非有他也，其見義大故能動，動故能化，化故能大行，化大行故法不犯，法不犯故刑不用，刑不用則堯舜之功德。此大治之道也，先聖傳授而復也。故孔子曰：「誰能出不由戶？何莫由斯道也！」今不示顯德行，民闇於義，不能炤；迷於道不能解，因欲大嚴憯以必正之，直殘賊天民而薄主德耳，其勢不行。仲尼曰：「國有道，雖加刑，無刑也。國無道，雖殺之，不可勝也。」其所

46　《孟子》〈離婁〉，頁 132：「仁，人之安宅也；義，人之正路也。曠安宅而弗居，舍正路而不由，哀哉！」《孟子》〈盡心上〉，頁 240：「王子墊問曰：「士何事？」孟子曰：「尚志。」曰：「何謂尚志？」曰：「仁義而已矣。殺一無罪，非仁也；非其有而取之，非義也。居惡在？仁是也。路惡在？義是也。居仁由義，大人之事備矣」。

47　《禮記》〈樂記〉，頁 668。

謂有道無道者，示之以顯德行與不示爾。[48]

透過董仲舒上述的申論，可見要判斷一國有道或無道，並不在於其是否用刑，而在於是否已經先明顯引導人民，使其知所應遵行的德行正道。若能示民以昭顯的德行，則萬民不但樂而歌之，且悅而化之以為俗，則雖有刑罰之設，卻無所用其刑，成為名副其實的「刑期無刑」理想境界的實現。若僅知以殺戮之刑來壓制殺戮之罪，充其量僅能達到苟且偷安的狀態，不僅不能治本，即使短暫能治標，能持續不犯的時間也相當有限。

再其次，孔子引用《詩》〈小雅‧大東〉的三處重要詩義，論說為政君子應注意的教化之道。先引「周道如砥，其直如矢」之說，說明為政君子所實行的正道是極為平易的。平易近人的為政之道，如磨刀石一般平坦，也如箭的發射一般正直，不會苛察繳繞，處處充滿陷阱引人入甕，引導百姓行事簡易，且樂於以坦蕩的態度，誠懇正直地待人。再引「君子所履，小人所視」之說，說明為政君子所有的言行舉動，都是百姓明顯可見的，具有上行下效的作用，不可不慎。三引「睠言顧之，潸焉出涕」之說，說明為政君子對於觸犯刑網的人應有哀矜悲憫之情，「哀其不聞禮教而就刑誅」，因為施政者「散其本教，而施之刑辟，猶決其牢，而發以毒矢也，不亦哀乎！」誠如曾子對擔任士師的陽膚所言：「上失其道，民散久矣。如得其情，則哀矜而勿喜。」[49]由於上失其道已久，為政君子不僅自身已無德行可言，更無法提供明顯的德行以供臣民遵行效法，導致仁義凌遲已久，百姓早已深陷於悖理犯義的境域而毫不自覺。因而孔子主張碰到父子相訟的違背人倫案件時，為政君子應有哀矜悲憫的心以反求其本，不可遽以「殺一儆百」、「以儆效尤」的粗暴方式斷獄止訟。

（二）施政的正途在於使民以禮

孔子在總結不可透過「殺一不義，以儌不孝」的方式，而達到「治民以

---

48 漢‧董仲舒：《春秋繁露》〈身之養重於義〉，見於清‧蘇輿撰，鍾哲點校：《春秋繁露義證》卷9（北京：中華書局，1992年），頁264～266。

49 《論語》〈子張〉，頁173。

孝」的道理後，繼而更引當時之世，由於使民不以禮，導致上憂勞而民多罹刑，且臣勞而民傷的慘況，於是更引《詩》〈鄘風‧相鼠〉「人而無禮，胡不遄死」的重話，沉痛地指出「為上無禮，則不免乎患；為下無禮，則不免乎刑」，最後再悲痛地重複強調「上下無禮，胡不遄死」！終於促使季康子避席再拜，同意孔子的說法。

　　孔子明顯提及詩的內容已關注到為政者應以修德行道為本，還應透過示民以方、使民以禮的方式進行教化人民之道，以和顏悅色的方式教導百姓養成「溫柔敦厚」的《詩》教思想。此說實與《論語》〈為政〉的主張一致：

> 道之以政，齊之以刑，民免而無恥；道之以德，齊之以禮，有恥且格。[50]

施政應以德、禮為主，政、刑僅居於輔政地位。此一施政主張，亦與〈堯曰〉所載孔子回答子張的「尊五美，屏四惡，斯可以從政」的說法相當。孔子所尊的五美，乃因民之所利而利之的「惠而不費」；擇可勞而勞之的「勞而不怨」；欲仁而得仁的「欲而不貪」；無眾寡，無大小，無敢慢的「泰而不驕」；正其衣冠，尊其瞻視，儼然人望而畏之的「威而不猛」。至於其所屏除的四惡，乃「不教而殺謂之虐；不戒視成謂之暴；慢令致期謂之賊；猶之與人也，出納之吝，謂之有司」等四種狀況。[51]若能尊此五美，屏此四惡，而尚有不化的邪民，則可施以刑罰處置之，以教民知所警戒。

　　詳察《外傳》「魯有父子訟者」章的內容，發現《荀子》〈宥坐〉與《孔子家語》〈始誅〉各有極相近的文獻記載，彼此的引證雖有詳略之別，然而大義則同，且具有互為發揮的效果。不過，其較明顯的差別，則在於《外傳》將此事視為孔子自衛歸魯，季康子執政於魯之時；《荀子》與《家語》則都將其列入孔子為魯司寇時的執政案例。孰是孰非，或者兩者皆是，其實都有可能，畢竟時代湮遠，已無法究詰其是非。甚且再退一步言，其實亦不必強斷其是

50　《論語》〈為政〉，頁 16。
51　《論語》〈堯曰〉，頁 178。

非，因為任何時代都難免有訟事發生，只爭其緣由有所差異而已，即使是後代所稱道的周代成康時期，亦僅能說是「刑措而不用」數十年，而非數十年無訟事發生。畢竟興訟的原因本來就是極其複雜而多元的，而父子相訟案件，又更不尋常，因而誠如崔述（1740～1816）所言，「原其意，皆不過欲明聖人之以德化民」，此義方為議論的重點，至於確定此事發生於何時，則僅為枝蔓而已，存而不論即可。崔述還認為「五刑之屬三千，而罪莫大於不孝，不孝胡可赦也？」故不幸而遭遇上失其道的狀況，則哀矜之，斯可矣。然而若欲因此而廢除刑罰，則為致亂之階，更何況是元惡大憝？竟然乃欲待教而後刑！且《家語》所載，可能本之《荀子》，而《外傳》也有相關記載，只是所載又稍有別。然而「詳玩其語，此事蓋即《論語》『如殺無道』之問，而傳之者過當。」更嚴重的，則是「言之不審，遂流於異端而不自知」，故知說經引古，又烏可以不慎！[52]概括言之，崔述認為孔子「為政，焉用殺」的說法，歷經《荀子》的所聞異詞，《家語》與《外傳》的傳而有異，已有不同的風貌，使用時若不能謹慎為之，則會對「未可殺」的解讀，產生「差之毫釐，失以千里」的流弊，不可不慎！

對照《荀子》、《家語》以及《外傳》對此事的記載，的確可發現〈宥坐〉所載，極可能如崔述所言，乃對於季康子問「如殺無道，以就有道，何如？」一事的傳聞異詞；[53]且對照三者的內容，《家語》以及《外傳》所載，還有可能是由〈宥坐〉推演變化而來。再從論說形式而言，《外傳》中常見的用語「此之謂也」，多與《荀子》論《詩》的筆法相同，可見韓嬰深受荀子以來論《詩》理念的影響。不過〈宥坐〉所論，重在前半注重如何使民不迷的「立本」之教，而《外傳》則比較注重多引《詩》以立說，而返回「使民以禮」的根本，又可謂同中有異，而具有殊途同歸的功效。

---

52 其詳參見清・崔述，那珂通世校點：《洙泗考信錄》卷 2，收入《崔東壁先生遺書十九種》中冊（北京：北京圖書館出版社，2007 年），頁 137～138。

53 《論語》〈顏淵〉，頁 109：季康子問政於孔子曰：「如殺無道，以就有道，何如？」孔子對曰：「子為政，焉用殺？子欲善，而民善矣！君子之德，風；小人之德，草；草上之風，必偃」。

　　〈宥坐〉先引《尚書》〈康誥〉「義刑義殺」的經典說法，藉此宣告「敬明乃罰」的重要，必須先行德禮教化之道，不可驟然使用刑殺。此一「敬明乃罰」的施政要道，其實是周公在姬封就任衛國前所提示的重要施政指南。此一施政指南，亦可推而為其他為政君子所用，可惜《外傳》或者受限於專為論《詩》而作，故略去《書》所說而不提，而另謀開發其他重要詩義以取代其義。從孔子自詡「聽訟，吾猶人也。必也使無訟乎！」即知孔子注重根本解決問題之道，自然不會同意運用「以暴制暴」殺人止訟的方法以遏阻罪刑發生。正如〈宥坐〉所言，應遵循先王：

> 既陳之以道，上先服之；若不可，尚賢以綦之；若不可，廢不能以單之；綦三年而百姓從風矣。邪民不從，然後俟之以刑，則民知罪矣。[54]

先王強調為政者必須循序漸進，使臣民百姓能夠在耳濡目染中，接受良好教化而不自覺，自然不容易作奸犯科而自陷刑罰之網。然而反觀當時之世則不然，到處呈現的是「亂其教，繁其刑」，以致「其民迷惑而墮焉」，一旦墮入刑網當中，則「從而制之，是以刑彌繁而邪不勝」，即使要求治標，亦有其難處。於是〈宥坐〉再引《詩》〈小雅・節南山〉「尹氏大師，維周之氐；秉國之均，四方是維；天子是毗，俾民不迷」所說以為證，說明治國應有一定的步驟與方法。〈宥坐〉對於先以禮義導民，俾民不迷，然後可對邪民用刑的順序，論說相當清楚，說明為政者唯有在善盡教化百姓之道後，方可實施「以刑弼教」的輔助措施，而非驟然動用威厲之刑以止訟服人。倘若為政君子能切實遵循上述正道，在上行下效的常態下，則社會上不至於發生仁義凌遲、民倫隳壞的狀態，因此〈宥坐〉論刑的部分較為簡略。〈宥坐〉繼而再言當時仁義陵遲的狀況已久，以致人民的言行早已逾越正軌而不知，於是再一口氣引用《詩》〈小雅・大東〉：「周道如砥，其直如矢；君子所履，小人所視。睠言顧之，潸焉出涕！」然後再大嘆「豈不哀哉！」作為全章的收束。

　　《外傳》由於略去《書》的「敬明乃罰」與「義刑義殺」的「立本」之教，

因而為合乎為《詩》作「傳」的本義，就必須努力尋找《詩》中具有積極引導人遵行禮義者以代之，於是另行加入《詩》〈周頌・敬之〉「示我顯德行」之說，再以「道義易，禮樂明」，則民視而可見，且願意從而行之的說法為補充說明，同樣可達到以禮義成德的「立本」之教。然後再將〈宥坐〉連引的「周道如砥，其直如矢；君子所履，小人所視。睠言顧之，潸焉出涕！」拆成三段，且在各段詩文以後再申論其道理，藉以強化荀子由於當時之世失道已久，故而抱持「豈不哀哉」的沉痛之意與悲憫之情，而與章首的「未可殺也」形成重要的前呼後應。同時也可積極回應孟子曾通過「周道如砥，其直如矢；君子所履，小人所視」之義，說明君子自始至終都應以義為路，以禮為門，務使凡有所出入者，皆能遵禮行義，行走於堂堂正正的大道，[55]而得到禮義為立人之本的結論。最後，更引《詩》〈鄘風・相鼠〉「人而無禮，胡不遄死！」作為孔子論說的收束，逼出「人不可無禮」的結論，再為「不學禮，無以立！」[56]作有力的註腳，遂卒能懾服季康子。

由於此章的議題直接關係具體的施政措施，雖然全章的篇幅已相當長，不過韓嬰仍然擔心不能闡發「載色載笑，匪怒伊教」的深刻涵義，因此《外傳》再以緊接其後的「有苗不服」以及「季孫氏治魯」兩章輔助說明之。

「有苗不服」章，說明當舜之時，有苗不服，禹請伐之，而舜不許。因為舜自認其對百姓的教誨，猶未達到竭盡所能的狀態。等待舜再多修德義而能久喻於教，則苗民已能自請臣服，而不必動用武力征伐之。[57]根據賴炎元查考，禹奉舜命以征三苗，不成，又偃兵修政，以干羽為教，久之，而三苗自服一事，秦漢典籍多載其事，故而《外傳》所載即使未必全然屬實，不過尚近情理。[58]《外傳》所載並非說明禹的德行不及舜，而是彰顯「善則稱君，過則稱己」，乃臣下之義，因而將偃兵修政，而舞干羽以教百姓的德行歸諸人君，以

55　《孟子》〈萬章下〉，頁187。

56　《論語》〈季氏〉，頁150。

57　其詳參見《外傳》卷3「有苗不服」章，頁273。

58　其詳參見賴炎元：《韓詩外傳考徵》下冊，頁274～275，指出《戰國策》、《墨子》、《韓非子》、《荀子》、《新書》、《淮南子》、《鹽鐵論》、《說苑》、《古文苑》等均有記載。

表揚其懂得行使「載色載笑，匪怒伊教」的教化。換言之，此章乃從另一側面以加強人君行使「載色載笑，匪怒伊教」的教化，應該貫徹始終而不可懈怠。

至於「季孫子治魯」章，則補充說明季康子治魯的實況，採行「眾殺人，而必當其罪；多罰人，而必當其過」的方式，可視為對「魯有父子訟者」章的背景說明。[59]然而季康子「執行罪與罰，必與其過相當」的狀似合理的治魯方法，卻被子貢批評為粗暴之治，不但引發季孫的質疑，且還使子貢再引《詩》以進行申論。雖然《後漢書》〈郭陳列傳〉記載陳寵上疏肅宗宜改革前世苛俗之時曾言：

> 夫為政猶張琴瑟，大弦急者小弦絕。故子貢非臧孫之猛法，而美鄭喬之仁政。《詩》云：「不剛不柔，布政優優」。[60]

陳寵提及子貢非議臧孫的猛法，有可能為《外傳》此章所本，不過，若從季孫與子貢的問答內容，仍可將其視為撰寫者藉由子貢的說詞，而對《論語》所載季康子以「如殺無道，以就有道」的內容，展開另一層次的議論，且對「子為政，焉用殺？子欲善，而民善矣！」進行較具體地補充。因為無論子貢所非議的對象為臧孫或季康子，都在批評魯的執政者粗暴地使用猛法為不當，而與孔子稱頌子產為「惠人」，[61]且號稱其施政之道乃「古之遺愛」，[62]已形成強烈對比。總括其要，乃藉此表彰「德莫大於仁，禍莫大於刻」乃施政的一貫法則，故而再以為政君子應屏除暴、虐、賊、責的四惡為戒，而努力施行「載色載笑，匪怒伊教」的施政法，可謂深寓諄諄之誨於其中。

---

59 其詳參見《外傳》卷 3「季孫子治魯」章，頁 275。

60 《後漢書》〈郭陳列傳〉，頁 1549。頁 1550 的李賢等注，則引《新序》所載故事與《外傳》同，而文稍異，且以季孫為臧孫。

61 《論語》〈憲問〉，頁 124。

62 《左傳》〈昭公二十年〉，見於周・左丘明撰，晉・杜預注，唐・孔穎達等正義：《春秋左傳正義》，收入《十三經注疏（附清・阮元《校勘記》）》（臺北：藝文印書館，1985 年），頁 861。

六、漢初的《詩》教思想

秦始皇為箝制人民的思想，下令民間的典籍，除卜筮及種樹的書以外，其餘皆沒入官府，[63]欲學者，則以吏為師。無奈項羽的一把火，許多宮廷檔案庫的典籍多為祝融所毀，於是漢初的第一要務，即通過碩學宏儒背誦經典，而使古代典籍可以重新加以記錄下來。《詩》因為是韻文，加上又可以歌之、誦讀之，所以復原最快，然也因口傳容易產生異文或詮解訛誤的緣故，是故漢初即有同屬今文經的齊、魯、韓三家《詩》，但是彼此解《詩》的重點與方式，又各有不同的特色。然而三家都分別在文、景之朝，先後成為朝廷任命的三家《詩》詩學博士，說明《詩》的解讀與流傳在漢初已相當發達，且按照師承而多元發展的現象。

有關朝廷設置博士之事，其實並非始於漢代。因為根據《史記》〈龜策列傳〉褚少孫所補記資料，宋元王（公）當時已有博士衛平，[64]然而春秋時期的宋國只有宋元公，並無宋元王；若指宋國最早稱王的宋康王（或稱宋王偃或宋獻王），則已是戰國晚期。不過，因為魯博士公儀休屬於戰國初期魯穆公時代的人物，[65]故而可確定至遲在戰國初期有些諸侯國已設有博士之官，雖然具體職務不詳，但是博學多能應無疑義。[66]

如本書第伍篇所述，呂不韋編纂的《呂氏春秋》也非常認同周代注重教育的重要性，更特別強調帝王應該尊師，始能常保天下。由於呂不韋擔任秦相長達十多年，且積極廣招各類賢才入秦，因而秦王政當時的博士已成為定制，或與呂不韋長期招賢納士的政策有關。然因秦王政剛愎自用，秦博士僅為備員而

63　《史記》〈儒林列傳〉，頁 1286：「及至秦之季世，焚《詩》、《書》，阬術士，六藝從此缺焉。」所焚之書，一般認為是民間之書，官府所藏之書並不燒。

64　其詳參見《史記》〈龜策列傳〉，頁 1341，褚少孫所補記資料，不過，到底是宋元王或宋元公，已難考證。

65　其詳參見《史記》〈循吏列傳〉，頁 1278。

66　漢·班固：《漢書〈百官公卿表上〉，頁 726：「博士，秦官，掌通古今」。由於漢多承秦制，秦漢博士的執掌不至於差距太大。若往前推，春秋戰國時期博士的具體職務雖不知其詳，但是博學而能通古今應可理解。

已，並未受到重用。當時的秦博士並非僅僅侷限在學術方面，而可包含方士以及各類技藝的最優秀者，極盛時可達 70 人，[67]例如叔孫通、伏生原來都是秦博士遺老，漢以後，即成為當時學術界最重要的傳授者。

漢代草創之初，各項制度率多沿襲秦制。當劉邦任命叔孫通制禮後，文武百官依禮上朝覲見天子，已使向來鄙夷儒士的劉邦，深感遵禮行儀可以大大樹立帝王的威嚴，再加上陸賈多稱道《詩》、《書》的重要，且諫言：

> 馬上得之，寧可以馬上治乎？且湯武逆取而以順守之，文武並用，長久之術也。昔者吳王夫差、智伯極武而亡；秦任刑法不變，卒滅趙氏。鄉使秦以并天下，行仁義，法先聖，陛下安得而有之？[68]

算是一語驚醒夢中人，使劉邦理解遵行仁義、效法先聖，方為長治久安、常保天下的大道，也開啟漢代日後注重經典教育的種子。《呂氏春秋》所認為的統治天下首重尊師法聖的意思，在漢代竟因此而得到發揮。尤其劉邦在 195B.C.平定黥布謀反事件後，於返途中路過魯地，還特地以太牢祭祀孔子，即有天子尊師法聖的意思，都有助於孔子與儒家地位的向上提升。換言之，原本意在提供秦王政治理天下的《呂氏春秋》政治理想，雖未如期受到秦王政採納，然而很多制度卻陸續在漢代緩慢展開。相沿而下，文、景之時，朝廷更相繼設立許多經學博士，有計畫地培育經學人才；此後，博士一職始專指研究經學的經師而言。文帝之時，魯申培公、燕韓嬰，都被立為《詩》學博士，歐陽生為《書》學博士；景帝之時，齊國轅固生也成為《詩》學博士，於是屬於今文學的齊、魯、韓三家，合稱為三家《詩》。由於三家《詩》的博士乃朝廷所設，因而其教導博士弟子員解《詩》時，會多強調《詩》與為政的關係，也是相當自然的事。其中尤與韓嬰的身分特殊有關，因其為驕縱又年幼的常山王之太傅，所以《韓詩內外傳》的解《詩》方式與內容都需要特別設計，俾便更有助於日後常山王統治封國，以致其書寫方式最為特別。

---

67 其詳參見《史記》〈秦始皇本紀〉，頁 3613。

68 漢・班固：《漢書》〈酈陸朱劉叔孫傳〉，頁 2113。

再根據趙岐（108～201）《孟子注疏》〈題辭解〉所載：

> 漢興，除秦虐禁，開延道德。孝文皇帝欲廣遊學之路，《論語》、《孝
> 經》、《孟子》、《爾雅》皆置博士。後罷傳記博士，獨立五經而已。[69]

可見在惠帝四年廢除挾書令後，文、景之朝更鼓勵民間獻書，對於增廣遊學之
路大有助益，更因推尊孔子、孟子的聖賢地位，於是《論語》、《孟子》皆設
置博士；再加上推行孝道文化，所以《孝經》也設博士。至於《爾雅》，則因
為是解讀經典的重要工具書，所以也在設置博士之列。武帝時期，受董仲舒在
「賢良對策」中倡議「興太學，置明師」的影響，[70]於是五經皆設置博士，且
各經博士都分配有弟子員名額，使五經的研讀風氣大為蓬勃發展。

追溯文帝最初設立的博士，《詩》學博士即有兩位，景帝之時再添一位，
爾後，在兩漢的五經博士中，始終維持三家《詩》皆立博士的局面。西漢末
年，因王莽（45B.C.～23A.D.）、劉歆崇尚古文學，於平帝時雖曾短暫設立《毛
詩》博士，不過旋即而廢，但《毛詩》仍流行於民間。從《詩》學的師法申
培、韓嬰、轅固生與毛萇的龐大陣容，也相應說明孔子對伯魚的庭教，為何以
《詩》居首的重要意義。由於孔子最早注意到學《詩》的多重價值，除卻在外
交場合具有「賦詩言志」的實用功能外，從本質上而言，更能高度發揮興、
觀、群、怨的情性教育功能，因此向來就是孔子教育弟子的入門學科。無論是
屬於今文經的三家《詩》，抑或是古文經的《毛詩》，或因受限於詁訓所需，
都以注疏方式解《詩》。至於能特別抓住孔子與子夏、子貢、子路等高弟子討
論《詩》義的重要內容，以彰顯《詩》教思想的真精神者，僅有韓嬰的《韓詩
內外傳》。是故藉由碩果僅存的《韓詩外傳》，最能探索《詩》教思想在漢初
的變化情形。

綜合以上《外傳》所載孔子與子夏、子貢、子路等高弟子討論《詩》義的

69　漢・趙岐：《孟子注疏》〈題辭解〉，收入《十三經注疏（附清・阮元《校勘記》）》（臺北：
　　藝文印書館，1985 年），頁 7。

70　其詳參見《漢書》〈董仲舒傳〉，頁 2512。

六章資料以及附帶補充的三章紀錄，將可發現韓嬰對於孔子《詩》教觀的勾勒，自有其整體的構想存乎其中。首先以探求詩的「精微」作為起始，再高舉孔子論詩乃是「思無邪」的招牌用語，使其成為《詩》教的核心思想。然後透過《詩》義與禮樂、政治活動的連結，且特別用心於《詩》的深刻涵義，則旨在引導為政君子，在有效施行王道的聯繫上，將孔子所主張以詩為教化臣民的重要管道再向前推進一步，而與政治的距離又更為密合。經此一推，已忽略原本詩的本質，重在表明個人內在心志的「思無邪」之「情」的部分，僅剩下積極實現禮樂社會、倫理政治的內容，專門注重合乎王朝統治的「禮義」要求，使得「發乎情，止乎禮義」的說法，往往也被籠罩在政治的局限當中。

由於《外傳》「子夏問〈關雎〉何以為〈國風〉始」章，乃韓嬰寄託孔子《詩》教觀的關鍵詩篇，因而可藉該篇的說法，以明瞭全書所勾勒孔子《詩》教觀的大要。該章不再只是單純反應〈關雎〉中的男女風情，既非僅如《尚書》〈虞書〉所謂「詩言志，歌永言，聲依永，律和聲」，[71]偏重自然賦詩言志的情意，也非僅僅止於《禮記》〈樂記〉所言，歌詩乃起於內心的真情流露：

> 說之，故言之；言之不足，故長言之；長言之不足，故嗟歎之；嗟歎之不足，故不知手之舞之，足之蹈之。[72]

固然以手舞足蹈的方式表情達意，可以彌補諸多言詞無法表白的不足，然而解讀詩篇更重要的工作，還在於挖掘其中所寄託的教化萬民之隱微涵義。有鑑於此，《外傳》遂將〈關雎〉的深刻內涵，轉入「天地之間，生民之屬，王道之原，不外此矣」的更高層次，而與王道的教化深深扣合，成為《詩》教的核心思想。

韓嬰雖已直接將〈關雎〉與「王道」牽合，仍覺得意有未足，於是又緊接該章之後再補上一章，說明：

71　《尚書》〈虞書・舜典〉，見於舊題漢・孔安國傳，唐・孔穎達正義：《尚書正義》，收入《十三經注疏（附清・阮元《校勘記》）》（臺北：藝文印書館，1985 年），頁 46。

72　《禮記》〈樂記〉，頁 701。

> 周室微，王道絕，諸侯力政，強劫弱，眾暴寡，百姓靡安，莫之綱紀，
> 禮儀廢壞，人倫不理，於是孔子自東自西，自南自北，匍匐救之。[73]

雖然尚未明言孔子以《詩》作為重建禮義、振興倫理的利器，然而由於詩具有持人性情的作用，因而「倚天理，觀人情，明終始，知得失，故興仁義，厭勢利，以持養之」的說法，已隱然指出孔子引《詩》為進行教化的利器。甚且藉由情意的發動皆應合於義理，則使禮義的要求已存乎《詩》的奧義當中。

經過韓嬰「深入內裡」的「精微」《詩》義之開展，於是透過教學者深入教導與闡發《詩》的內容，已成為進行人倫教化、移風易俗、實現王道最重要的管道。至遲在漢昭帝之時，《詩》已被公認為具有「諫書」的作用；此從《漢書》〈儒林傳〉之王式本傳可以推知。（詳見本書第柒篇）仔細推敲讀《詩》的重要質變過程，從立本於「思無邪」而培養「溫柔敦厚」的人格特質，到〈孔子詩論〉明顯關注詩歌與人的心性情志之互動表現，以至於到《外傳》更專心致力於《詩》義的高度闡發，且非常注重挖掘《詩》義的隱微奧義，其實已有重要的變化。

《外傳》特別藉由開發〈關雎〉的深刻內涵，而將男女有別、夫婦有義的人倫至理，向上提升到與王道教化相結合的層次，形成《詩》教思想的核心。其次，由於情發於聲，而聲之成文者謂之音，比併音聲以配干戚羽旄之舞，於是歌詩、樂舞都具有可與政治相貫通的連動關係。是故《外傳》再藉由樂通倫理，且又可與政相通的原理，極力強調《詩》教思想可與禮樂活動相搭配，以成就人倫教化的作用。最後，因為韓嬰撰作《韓詩內外傳》，與其擔任常山王劉舜（152～113B.C.）的太傅有相當程度的關聯，所以書中自然出現非常多有關《詩》教與政治思想的討論。劉舜是景帝最寵愛的驕縱么兒，於145B.C.受封為常山王時，年紀尚未滿10歲。韓嬰既為年幼的劉舜的太傅，為善盡太傅的職責，自然要多花巧思蒐集有趣的史事或編撰相關故事，以深入淺出的方式為劉舜解說《詩》的奧義，增加劉舜學《詩》的興趣與效果。將《詩》的內容結合古代史事的方法，也成為韓嬰藉事寓義以宣導王者施政思想的重要課題。

73　《外傳》卷 5「孔子抱聖人之心」章，頁 321。

然而也因為要結合古代史事以解《詩》，稍有不慎，即會發生刻意牽合附會的情形，或許此即《漢書》〈藝文志〉批評《外傳》論《詩》「咸非其義」的原因。此外，雖然歌詩、樂舞合一的情形，源自《周禮》祭祀禮儀當中，結合雅頌之詩與樂舞的樂教系統，然而卻與許多無關政治的風體詩特性有別，若不辨詩篇的屬性而一昧以政治風教立場解讀，則難免有失真、走味的情況。倘若再加上為求宣揚某些特定政治思想，而特別設計教學內容，也很容易造成過度主觀而使美刺失衡的現象。

七、結語：後有所續的《詩》教思想

《外傳》繼承孟子「以意逆志」以及「知人論世」的解《詩》方法，再融合荀子「明道、徵聖、宗經」三位一體的理念，積極發揚《詩》教最終以明道為宗旨的思想，早已促使史事與《詩》的內容相互證成的特殊解《詩》模式，而不再以訓詁文義為滿足。再加上要增添故事感人的效果，以達到宣導政治思想的既定目的，遂導致相關史事的聯繫或編織的故事不免有誤置或誇張失真的現象發生，因此學者大多未以《外傳》為止宗解《詩》的撰作。尤其隨著武帝以後太學教育蓬勃發展，且有獨尊儒術的傾向，於是要求徵聖與明道以發揚經典精義，更成為解讀經典的最高宗旨。一旦明道與徵聖進入制式化，將會影響後代儒師歸納詩旨的結果，而易於產生內容與詩旨互相乖違的現象。

毛亨作《詩故訓傳》以傳姪兒毛萇，毛萇受到好學修古的河間獻王賞賜，禮聘為河間國博士，傳授《毛詩》，使《毛詩》得以流傳於民間。《毛詩》雖然僅在西漢末年平帝時期短暫設置博士，然而不久即廢。即使東漢以後，《毛詩》已更受到學者重視，但是章帝建初中，仍然尚未設立《毛詩》博士，不過已經下詔博士弟子員的高材生可以受學《毛詩》，具有網羅遺佚、博存眾家的深義存焉。其後，鄭玄為《毛詩》作箋，吸收一些今文學派的說法以補充、闡發，甚或訂正《毛詩》之處，使《毛詩》的內容更為詳贍，遂在鄭氏箋《詩》以後，《毛詩》大行於世。

《毛詩序》被安排在《毛詩正義》的〈國風·關雎〉篇題下，有系統地鋪陳《詩》教思想系統，成為唐代以前讀《詩》的最重要指南，影響長達千年之

久。《毛詩序》乃建立在「詩言志」的基本特質，且以《詩》的內容與政事相通的大前提下，認定詩具有感動天地鬼神與端正施政得失的重大作用：

> 情發於聲。聲成文，謂之音。治世之音安以樂，其政和；亂世之音怨以怒，其政乖；亡國之音哀以思，其民困。故正得失，動天地，感鬼神，莫近於詩。先王以是經夫婦，成孝敬，厚人倫，美教化，移風俗。[74]

由於詩具有此重要功能，因而透過每一首詩的詩旨歸納，將是推動政治教化、敦厚人倫義理最有效的正道。只是，在歸納每一首詩的詩旨時，在採取「以史證詩」之時，不免為求牽合史傳所載，導致詩與史之間存在矛盾、難解之處。此一現象，與《外傳》所開啟的兼採雜說故事的解《詩》方式，確實存在相當程度的關聯。更重要的，則是特別注重〈關雎〉為〈國風〉之「始」、〈鹿鳴〉為〈小雅〉之「始」、〈文王〉為〈大雅〉之「始」、〈清廟〉為〈周頌〉之「始」，以此「四始」的「始」標誌王道興衰，始於「經夫婦」的重要根本，而每一首詩的最終，都可通於政治倫理的作用，以達到「厚人倫，美教化」的結果，完成移風易俗的理想。對照《外傳》當中，多以詩篇的內容涉及文王者為「始」，且以「樂得淑女以配君子」的〈關雎〉一詩為今本《外傳》第 5 卷的首篇，[75]其實已具有彰顯《詩》教思想注重「王化之基、正始之道」的政治倫理作用。

本文的原型為〈《韓詩外傳》所勾勒的孔子《詩》教觀〉，再經擴展而成。該文收入北京‧學苑出版社《詩經研究叢刊》第 24 輯，2013 年 11 月，頁 217～238。本文為「從孔子的形象變化論道德仁義禮法的落實——西漢前傳世與出土文獻下的學術發展」專題研究計畫的部分研究成果。（NSC 101-2410-H-003-037-MY2）。

---

74 《毛詩序》被安排在《毛詩正義》〈國風‧關雎〉篇題下，亦有概括《詩》之取義存焉。

75 楊樹達認為今本《韓詩外傳》，應為漢時《內傳》4 卷以及《外傳》6 卷合併而成。從討論〈關雎〉一詩的篇章位在今本《外傳》第 5 卷之首篇加以推算，或可說明其原本為《外傳》之首篇。

玖、今本《毛詩序》成為《詩》教核心的歷史原因

一、前言：《毛詩序》的形成以歷史發展為溫床

　　每一重要事件的發生，往往與當時的歷史背景存在一些關係，《詩》教思想核心的形成也不例外，只要不過度牽強附會，尋找其歷史原因乃是深入理解事件發生原委的必要途徑。《毛詩序》遭人詬病的原因，並不在於其說法結合詩與史事，而在於其過度附會，勉強與一些缺乏確切證據的歷史事件相聯繫，遂造成詩作內容與《毛詩序》所載彼此扞格的現象。

　　既然在歐陽修（1007～1072）的《詩本義》公開質疑毛、鄭「以禮箋《詩》」多有不當以前，《毛詩序》乃是解讀《詩》以及從事《詩》教工作最重要的指南，則客觀理解《毛詩序》形成的歷史因緣，對於切實掌握《詩》教思想的核心，即具有極重要的意義。由於整部《詩》的時間跨度超過 500 年，當然絕非成於一時一人之手；同樣的，各首詩最初的詩旨記錄者也不可能是一時一人。雖然今本《毛詩序》的「國史」說似乎隱約指出詩旨記錄者的身分，然因「國史」的真正身分難以確定（詳本書第拾篇的討論），以致《毛詩序》的作者不明，「國史」之說僅在於提醒讀者：詩旨的記錄，應溯及各首詩最初被選編入《詩》時的本事紀錄，方可深入理解每首詩的內涵意義。只是最初由不同世次的「國史」所陸續記錄的註記資料，秦火以後已無法得見。即使《後漢書》明載衛宏（生卒年不詳）作《毛詩序》，然而後世仍多有懷疑者，導致今本《毛詩序》的內容與輯錄者問題始終無法圓滿解決。一旦《毛詩序》的內容與輯錄者問題無法解決，則《詩》教思想的核心意義仍難以掌握。

　　程元敏（1931～）認為唐以後的學者以衛宏作《毛詩序》的說法，乃根據范曄（398～445）所撰正史《後漢書》所載而來，再加上《隋書》〈經籍志〉推波助瀾，遂以「續序」為毛公與衛宏合作，而否定鄭玄（127～200）「〈小序〉

是子夏、毛公合作」的說法。換言之，程氏認為此乃國修的正史公然反對朝廷
頒行的《毛詩正義》標準本，且導致宋以下直申范說的不當論述。[1]由於程先
生斷然切斷衛宏與今本《毛詩序》關係的關鍵，乃建立在對於上述兩部正史的
相關記載，因而有必要在該兩處極簡約的文字敘述中，思考是否還有其他可
以、且必須重新理解以釋後人懷疑之處。職是之故，本文遂在前言之後，即論
述今本《毛詩序》不太可能成於西漢初的毛公之時，然後重新理解《後漢書》
與《隋書》對於《毛詩序》作者的說法，並追溯《後漢書》如此記載的歷史因
緣。繼此以後，則透過西漢女主干政的事實，再對比東漢光武帝的前後兩位皇
后之相關事蹟，論述今本《毛詩序》最早只能成於東漢初年，並分析風體詩之
首的「二南」《毛詩序》特別強調后妃、夫人之德的歷史原因。然後再參照東
漢多位女主臨朝稱制的情形，論述鄭玄繼《毛詩故訓傳》而作箋注，並製作
《詩譜》以輔助《毛詩》的理解。經過鄭玄的努力，於是《毛詩》大行於天
下，也使提示詩旨的《毛詩序》影響後世長達千年之久。

二、西漢初的毛公難輯錄完成《毛詩序》

首先，從《史記》〈儒林傳〉中並無毛亨、毛長（萇）的本傳，說明在司
馬遷（145？～86？B.C.）當時，大、小毛公尚未在儒林群中嶄露頭角，言
《詩》、傳《詩》的情況較清楚者，其實僅侷限於今文經的「三家《詩》」。即
使到東漢的班固（32～92），《漢書》〈藝文志〉中，也只在列於學官的三家
《詩》後，附加一句：

> 又有毛公之學，自謂子夏所傳，而河間獻王好之，未得立。[2]

即使附加此一短句，但是依舊未有毛公的確切名字，而且還特別加上「自謂」
兩字，補充說明毛公之學傳自子夏的說法，乃毛公自己的說法。至於事實如

---

1. 其詳參見程元敏：《詩序新考》第八章（臺北：五南圖書出版股份有限公司，2005 年），頁
117～135。
2. 漢‧班固撰，唐‧顏師古注：《漢書》〈藝文志〉（北京：中華書局，1962 年），頁 1708。

何，班固則不置可否。縱然《漢書》〈儒林傳〉已有毛公本傳，然而也僅有極籠統而模糊的簡短記載：

> 毛公，趙人也。治《詩》，為河間獻王博士，授同國貫長卿。長卿授解延年。延年為阿武令，授徐敖。教授九江陳俠，為王莽講學大夫。由是言《毛詩》者，本之徐敖。[3]

由於此處所言的毛公乃河間獻王的博士，則知其所指乃是小毛公。由此可知班固並未記錄大毛公之事，也未說明大、小毛公的關係。小毛公能進入儒林行列，乃因其治《詩》有名，且為河間獻王延攬講學，故而有傳《詩》的功勞。復以小毛公的《詩》學傳自大毛公，而二人又相傳為叔姪關係，故而此處籠統稱為毛公。然而此處並未特別提《毛詩故訓傳》，僅在〈藝文志〉與其他《詩》類作品並列之，說明其解經狀況應與其他三家《詩》的解經之作類似，同時也未提《毛詩序》之事。推究造成秦末漢初的毛亨名不見經傳現象，或與當年秦始皇焚書坑儒有關。由於專心鑽研《詩》的毛亨唯恐焚書令頒布後大難臨頭，遂倉皇從魯曲阜出逃，到當時較偏僻的河間隱姓埋名，故罕有人聞其聲名。直到 191B.C.惠帝廢除挾書律後，毛亨始光明正大地整理《毛詩故訓傳》以傳授毛萇。毛萇在因緣際會下，幸而為河間獻王的博士，然並未列入朝廷官學，是故其講學多流傳於民間。待陳俠為喜好古文經的王莽（45B.C.～23A.D.）之講學大夫，始再往前推源其師承乃傳自徐敖。由此可見《漢書》〈儒林傳〉非僅相當注意《詩》學的流傳過程，且已反映西漢學術注意師承、師法的情形，故特別記錄古文《毛詩》的廣為流傳應自徐敖起。然而從其推源言《毛詩》者，乃本自徐敖，也可相對說明在徐敖以前的時代，《毛詩》的流傳不廣，更因毛公並非朝廷任命的《詩》學博士，以致西漢之時，學習《毛詩》者尚不普遍。

由於《毛詩》後出，且在西漢之時大多流行於民間，直到因緣際會，陳俠成為王莽的講學大夫，《毛詩》始逐漸受到朝廷重視，而在東漢以後廣為流行。倘使《毛詩故訓傳》當中已有大有別於三家《詩》的《毛詩序》，則在東

3　漢‧班固：《漢書》〈儒林傳〉，頁 3614。

漢已進入三分之一時間的班固，不會僅以「自謂子夏所傳」簡單一語草草帶過，也未記載當時的《毛詩序》有單卷本流行。最重要的，乃是《毛詩故訓傳》對今本《毛詩序》並無任何故訓之傳，基於此無可否認的重要事實，則《毛詩序》成於何時、何人之手，實為一大重要歷史公案。程元敏從三家《詩》與《毛詩》卷數有 28 與 29 的差別，推論《毛詩》所多的該卷者即是《毛詩序》，[4]然而事實是否如此，恐還需要更有力的證據。蓋卷數的差異，有可能僅因各人對分卷篇幅長短的認定不同，也有可能來自對〈小雅〉80 篇（含笙詩在內）的「分什」或七或八的不同，此從《漢書》〈藝文志〉載《毛詩》29 卷，而《隋書》〈經籍志〉則載 20 卷，早已存在卷數差異的狀況可以推知。既然造成卷數差別的原因不明，若無極充分的證據，則無法以多出的一卷即以《毛詩序》視之。至於採用唐代丘光庭（生卒年不詳）的說法，以《序》文明白，毋煩更為之注的理由以為釋，[5]恐怕也需要更充分的證據。畢竟，對不少文字相當淺顯的風體詩，毛公尚且有故訓之傳，而《毛詩序》的內容中，實不乏需要進一步解說的史事者，竟然通篇毫無任何一處有補註以說明，實在令人費解。若僅僅以丘氏一言遮蔽之，委實難服眾人之心，仍有待更確切的資料進行更詳細的說明。

三、重新理解《後漢書》與《隋書》的《毛詩序》作者說

由於《史記》首開紀傳體史書的先例，且已在列傳中推出〈儒林傳〉的學術類人物傳記，記錄一些關係學術發展的重要人物傳記，使重要學界人物正式站上歷史的重要舞臺，則其書寫方式值得注意。在《史記》以後，《漢書》也有〈儒林傳〉，且自此以下，歷代史書中的〈儒林傳〉亦莫不如此，則《後漢書》〈儒林傳〉中的衛宏作《毛詩序》說，亦應從學術發展的觀點來理解。此

4　程元敏：《詩序新考》，第四章，頁 41～50，程氏採程大昌以夫子「取國史所記二語者合為一篇而別著之」的說法，推論《毛詩》所多的 1 卷者正是《毛詩序》。《毛詩序》繫於《毛詩經》28 卷之後而為第 29 卷，且因其屬孔子之學，故可同列入《詩》的本經。

5　其詳參見程元敏：《毛詩序新考》，頁 105～108。

外，由於《莊子》〈天下〉已明載六經的典籍，然而經學研究要具備較明顯的規模，並建立各經的傳承系統者，仍應以西漢為經學傳承系統的奠立期，因此《漢書》〈藝文志〉在保存經籍文獻資料外，同時亦簡單記錄該經籍的學術發展狀況。《隋書》〈經籍志〉則算是踵繼《漢書》〈藝文志〉以後，再為學術發展史續作一次階段性的學術總結者。

基於《後漢書》〈儒林傳〉與《隋書》〈經籍志〉的文獻特質，故而以下先還原兩段正史原文，再依循其所載的脈絡重新理解二書對《毛詩序》作者說的內涵意義。《後漢書》〈儒林傳〉所載如下：

> 初（陸《疏》作「時」），九江謝曼卿（陸《疏》此處尚有「亦」）善《毛詩》，乃為其訓。宏從曼卿受學，因作《毛詩序》，善得風雅之旨，于今傳於世。後從大司空杜林更受古文《尚書》，為作《訓旨》。時濟南徐巡師事宏，後從林受學，亦以儒顯，由是古學大興。光武以為議郎。[6]

《隋書》〈經籍志・詩類敘〉則載：

> 《詩》者，所以導達心靈，歌詠情志者也。故曰：「在心為志，發言為詩。」……孔子刪詩，上采商，下取魯，凡三百篇。……漢初又有趙人毛萇善《詩》，自云子夏所傳，作《詁訓傳》，是為「《毛詩》古學」，而未得立。後漢有九江謝曼卿，善《毛詩》，又為之訓。東海衛敬仲，受學於曼卿。先儒相承，謂之《毛詩》。《序》，子夏所創，毛公及敬仲又加潤益。[7]

程先生以為上述畫底線的部分，乃范曄襲改「僻書」陸璣（機，生卒年不詳）《毛詩草木蟲魚疏》自「孔子刪詩授卜商，商為之《序》，以授魯人曾申」以

6　南朝・宋・范曄撰，唐・李賢等注：《後漢書》〈儒林傳〉（北京：中華書局，1965 年），頁2575～2576。

7　唐・魏徵等：《隋書》〈經籍志・詩類敘〉（北京：中華書局，1974 年），頁 918。

下的傳《詩》、傳《序》譜系而成。程先生又以為范曄的《後漢書》乃斷代史，遂截取陸《疏》敘述東漢部分《毛詩》學文字，且改動原來的「時」為「初」，又刪除「善」之上的「亦」，使讀者不知西漢時原已有貫、解、徐、陳四家傳《毛詩序》，而誤認衛宏所承謝曼卿所作的《毛詩序》乃唯一的《毛詩序》，並再補上虛構的「于今傳於世」。程先生認為范曄誤讀傳《詩》的譜系，故引發《隋》〈志〉的誤說。[8]然而古人好讀「前四史」，而《後漢書》在唐代以後，能取代《東觀漢紀》而躋身「前四史」之一，且受到後代史學家的佳評如潮，[9]則范曄是否果真誤讀陸璣所述的傳《詩》譜系，或是另已考慮斷代史記事的特性，都是應該列入思考的重要問題。

就客觀事實而言，學術史乃史學中的一小類，既知《後漢書》為斷代史，而該篇所記的對象，乃東漢儒者之事而非專記《詩》學的譜系，則不記錄西漢的《詩》學家，乃記事的恰當取捨，並無失職之嫌。由於謝曼卿與衛宏都屬東漢初的儒者，因此以「初」引起下文，也算合理而無可非議。至於「于今傳於世」是否虛構，則又必須先證明衛氏對《毛詩》所作的《傳》之確切存佚時間，否則亦只能屬於「子安知魚樂」一類的故事。幸好程先生留下一點伏筆，在註腳自言：

> 本文剋就見有材料——陸《疏》推定衛宏別撰《毛詩序》，惟陸璣未明所據，余深疑其說。[10]

從程先生特別於註腳加上「補白」，確實可見其為學的嚴謹與負責，既有所疑必存其疑。然而換個角度以觀察此一現象，則可發現倘若僅僅根據現有的文字資料詳加比對、推敲，極可能存在智者千慮恐有一失的危險。既然不知陸

8　其詳參見程元敏：《毛詩序新考》，頁 125～128。

9　例如唐代劉知幾、清代的邵晉涵與李慈銘，乃至於民國的章太炎、陳寅恪，都對《後漢書》讚譽有加。李慈銘甚至以為范曄最為良史，且遠過馬、班、陳壽。李氏以范曄的成就遠在其他三史作者之上，自然牽涉到個人喜好的因素，然而從諸多史學家的高度讚譽，卻可客觀呈現後世以范曄為良史，乃有目共睹的事實。

10　程元敏：《毛詩序新考》，頁 128 之註 15。

《疏》何據，衛氏《傳》中的《毛詩序》亦無法確定何時亡佚，則衛宏自作的《毛詩序》究竟與今本的《毛詩序》有何差異，都屬不可探詢之類，故而要探究其中癥結，只能轉換其他可以切入的角度。

因此，細讀范曄上述〈儒林傳〉記載，將可發現范曄要彰顯的，或許更是衛宏整合古文《尚書》學以推廣古文學的努力，同時還因其努力推廣古文學而大大影響其學生，使其學生也勤於學習古文《尚書》，並產生「以儒顯」的事實，使當時的社會形成「古學大興」的成果。若對照漢代學術史的發展，從西漢時期盛極一時的今文經學，轉而為東漢時期的古文經學抬頭，乃是學術史上的大事，更是經學史上的大事。能造成此古文經受重視的學術史重大改變者，衛宏無庸置疑扮演重要的推動之功，且其努力也受到學識淵博的光武帝高度重視，進而被拔擢為議郎，得與光武帝當面議論問題，則衛宏有功於古學大興的事實應可確定，故而范曄特別在〈儒林傳〉中提及此事。另外值得注意的，乃是傳中特別提及古代政事史料彙編的《尚書》，既可說明古文學的特質，具有注重「六經皆史」的特性，[11]也隱約說明解讀《詩》，應多考慮《詩》的內容與史料聯繫的問題。例如西漢晚期的徐敖，即同時精通古文《尚書》與《毛詩》，則當徐敖傳授陳俠之時，也會同時注重詩與史事的對應關係。再來，范曄的簡短記載，也有可能意在顯示經學的發展，已從西漢傳經注重師法的情形，轉而逐漸開啟家法的學術新走向，此更是經學史上的重大轉折，值得特別註記一筆。

至於《隋書》〈經籍志〉所載，學界多知其偏重學術發展的概述，故而在羅列從漢至魏晉南北朝前的《詩》學資料後，已從詩的本質以概述《詩》學發展史。由此可知其所重，乃在凸顯三家《詩》沒落以後，《毛詩》能屹立不搖，乃在於傳《毛詩》者，能遵循「先儒相承」的傳統，不故作標新立異之說，其目的在於提示讀者，無論讀《詩》、解《詩》、傳《詩》，都應注意追溯

11　此處「六經皆史」的意思，並非指「六經」的典籍皆屬「史籍」，也不代表其內容都是歷史實錄，而是其所載資料中保存珍貴的古代史料。典籍中保存古代史料與代表歷史實錄的「史籍」，二者本來就不相同，筆者從來未把《詩》視為代表歷史實錄的「史籍」，或許行文不夠清楚以致造成審查者誤解，在此表達歉意。

本源的重要。因此《毛詩序》所載子夏所創的說法，其實旨在彰顯子夏乃上承孔子對《詩》的看法，且又首先書寫詩旨以成為《毛詩序》，卒使後世學《詩》者有跡可循。其後，雖然歷經戰國時期孟、荀等眾多儒者的傳承與轉化，然而子夏首創之功應特別加以標記。至於西漢的大、小毛公，在秦火以後對於古文《詩》的講讀與傳播，當然更有傳承與增益之功，此毋須多說。時至東漢，則有衛宏繼承上述眾多儒者的傳承，再加上自己深研古文《尚書》的緣故，遂將《詩》與周代相關史事、當時社會政治多加聯繫，而有助於《毛詩序》的潤益。是故《隋書》〈經籍志〉特別明確點出《毛詩序》非成於一時一人之手，且將攸關《詩》學傳播過程中的幾位重要階段人物一一列名表述。〈經籍志〉非僅陳述《詩》學發展史的重要事實，同時又點出傳授過程中所存在的增刪潤益現象，不容後來學《詩》者輕忽。〈經籍志〉所載，乃是相當扼要的《詩》學發展史。

若不把《後漢書》〈儒林傳〉與《隋書》〈經籍志〉這兩段文獻的重點，放在告知讀者孰為《毛詩序》作者，而將重點放在對《詩》的講讀與傳播史的標示，則根本不存在《隋書》〈經籍志〉否定鄭玄「〈小序〉是子夏、毛公合作」之說，亦無國修正史公然反對朝廷頒行《毛詩正義》標準本的問題。其尤要者，乃是從正視《隋書》〈經籍志〉的說法，即可更明確點出《毛詩序》雖由「國史」最初記錄，然而在歷經孔子的傳授與子夏的初步整理，又經過戰國以至漢代的儒者、經師傳承，都不可避免已有一些增潤的事實。倘若再加上自呂后以來，后妃實際牽動西漢政治的鮮活歷史，[12]的確有可能出現如今所見風體詩的《毛詩序》多言后妃之德的現象。換言之，從學術發展史的觀點而言，自呂后以來的女主干政，以及外戚影響政治的問題日漸明顯（詳以下討論），再加上毛公對於今本《毛詩序》沒有任何一筆詁訓資料，則《毛詩序》形成的時

12　感謝審查者提醒後宮干政並非源於呂后的問題。然而古來雖有「夏桀之放以末喜，殷紂之殺以妲己，周幽之擒以褒姒」，然而此乃三代的不肖人王淫於色而有虧王者職守，其主要罪責理應由負有發號施令權責的帝王承擔。固然秦宣太后、趙威后等曾因繼位國君年幼而參與政事之實，然而都屬國君的層級，地位不如呂后乃天下統一以後的漢朝帝后，故而以帝后干政而大大影響王朝政治者，恐怕還是得以呂后開女主干政風潮之源。

期似乎很難早於東漢初期。至於是否確實由衛宏整編完成，則是另一可以探討的問題。

倘若從中國目錄學發展的情形而言，既然號稱目錄學始於劉向（77～6B.C.）的《別錄》，則《毛詩序》不可能先於《別錄》而存在，大小毛公都不可能有《毛詩序》的單行本流傳。自從劉向、劉歆父子執掌「秘府」整理古代典籍近20年，為每部圖書進行編目，並附上解題以為「敘錄」，附在每部圖書後面，然後再彙集成書，始成為《別錄》20卷。劉歆再縮減《別錄》20卷而成《七略》，開創中國目錄學的重要里程碑，對於學術的發展意義重大。換言之，在《別錄》未彙集成書以前，並未出現為古代典籍編制編目與進行解題之事，因而為《毛詩》中的風、雅、頌每一體類，乃至為各不同國風進行系統解說，將雅頌進行分什處理，以至於再細分為每一詩篇進行解題，且彙集成為《毛詩序》的狀況，都不可能發生在《別錄》以前，否則，《別錄》即無法號稱為中國目錄學的鼻祖。

基於此目錄學創始時期的考量，在衛宏以前，「國史」相關人員或歷來儒師對於每首詩詩旨的註記，雖有儒師輾轉沿襲，然而並不完整，要成為單行本流傳於世，理當在《別錄》、《七略》以後，因此最早也只能出現在東漢初。衛宏算是因緣際會，生在向、歆的《別錄》、《七略》流行以後，於是既受學《尚書》，即有《訓旨》的模仿撰作，學習《毛詩》，則再有《毛詩序》之作，都清楚反映學術發展前後相承的趨勢。是故《毛詩序》雖為輯錄歷代相關說法而成，卻不失為首創完整輯錄先前說法的單行本，因此《後漢書》〈儒林傳〉才特別記錄此大事。至於後繼的《隋書》〈經籍志〉更注重學術發展概念，遂在講求「辨章學術，考竟源流」的宗旨下，特別概述詩的本質、《詩三百》的形成、《毛詩詁訓傳》以及《毛詩序》形成的重要軌跡，客觀反映隋以前《毛詩》學發展的概況。

由於《毛詩序》乃輯錄歷代相關說法而成，以致前後出現矛盾或衝突的情形即無法避免。自歐陽修的《詩本義》對包含《毛詩序》在內的《詩》學研究提出系統質疑以後，引發不少宋儒從不同的角度論述各自所見，而針對衛宏作《毛詩序》說進行討論者更不乏其人。其中，年代相近的葉夢得（1077～1148）、鄭樵（1104～1162），透過客觀的文獻對比方式，說明衛宏引證典籍、

集錄師說的情形，兩人所得的結果極為類似，頗具參考價值。由於鄭說更全，茲根據《經義考》所載，節錄如下：

> 衛宏之《序》有專取諸書之文至數句者；有雜取諸家之說，而辭不堅決者；有委曲婉轉附經，以成其義者。「情動於中而形於言，言之不足故嗟嘆之」，其文全出於〈樂記〉；「成王未知周公之志，……以貽王」，其文全出於〈金縢〉；「自微子……禮樂廢壞」，其文全出於《國語》；……其文全出於《公孫尼子》；則《毛詩序》之作，實在於數書既傳之後明矣。……〈關雎〉之《序》既曰：「風之始也，所以風天下而正夫婦也。」意亦足矣，又曰：「風，風也，風以動之，上以風化下，下以風刺上。」又曰：「一國之事，繫一人之本，謂之風。」〈載馳〉之詩既曰：「許穆公夫人閔其宗國顛覆而作。」又曰：「衛懿公為狄人所滅。」……此蓋眾說並傳，衛氏得其美辭美意並錄而不忍棄之，所謂雜取諸家之說，而辭不堅決者也。〈騶虞〉之詩，先言：「人倫既正，……文王之化」，而後繼之「蒐田以時，……王道成」〈行葦〉之詩……，所謂委曲婉轉附經，以成其義者也。[13]

由於現存衛宏的《毛詩序》乃輯錄前後時代不一的眾書而成，可見《毛詩序》的完成應在所引述眾書流傳一段時間以後。再加上所引用典籍跨越相當長的年代，可見其匯集不同時代的經師儒者之說法整編而成，因此發生「首序」與「續序」不連貫的現象即不足為怪，其中尤以涉及主觀情感較多的風體詩為然。此類「首序」與「續序」不一的狀況，率多與西漢的政治態勢密切相關。

　　《毛詩序》引用《尚書》、《國語》、《左傳》、《公孫尼子》都屬先秦典籍，毛公可以得見自然不成問題，然而較值得注意者，則是《毛詩序》的「情動於中而形於言，言之不足故嗟嘆之」引用〈樂記〉的問題。雖然《漢書》〈藝文志・樂類〉已著錄「《樂記》23 篇」，只是該 23 篇《樂記》的內容，究竟與

13　其詳參見清・朱彝尊著，馮曉庭、陳恆嵩、侯美珍點校：《點校補正經義考》第 3 冊〈詩二・毛詩序〉（臺北：中研院中國文哲研究所籌備處，1997 年），頁 701～702。

漢初制氏所傳或武帝時毛生所傳內容的相似度如何，都已無法確知。然而可確定者，則是劉向校書所得的〈樂記〉23 篇，實與王定、王禹（成帝時為謁者）所傳的「《王禹記》24 篇」不同。[14]由此可見〈樂記〉的來源、內容與所屬年代都相當複雜，而較確定的文本，不得不算是收入《禮記》中的〈樂記〉。蓋因〈樂記〉與《史記》〈樂書〉、《荀子》〈樂論〉，甚至於與《公孫尼子》的內容雖然彼此都互有重疊的現象，但是文字仍多少存在些微出入。是故從《毛詩序》此兩句的內容，與《禮記》〈樂記〉中的文字完全吻合的情形，或許較合理的說法，乃表示其採自西漢宣帝時期（74～48B.C.在位）戴聖選編的《禮記》。倘若再配合衛宏的活動年代在東漢光武帝時期（25～57 在位）加以考慮，則當時距離《禮記》編成的時間不算太久，因此《毛詩序》引用《禮記》〈樂記〉的文字，也算相當自然而合理。當然，這些證據仍不算充分，尚有待其他證據協助釋疑。

例如朱彝尊（1629～1709）的《經義考》在記錄完有關《毛詩序》的各重要說法後，雖以附加按語對衛宏作《毛詩序》的說法表達保留態度，但是仍有兩點值得進一步思考：

> 《毛詩》出，學者舍齊、魯、韓三家而從之，以其有子夏之《序》，不同乎三家也。惟其《序》作於子夏，子夏授《詩》於高行子，此〈絲衣・序〉有高子之言。又子夏授曾申，申授李克，克授孟仲子，此〈惟天之命・注〉有孟仲子之言，皆以補師說之所未及。毛公因而存之不廢，若夫〈南陔〉六詩有其義而無其辭，則出自毛公足成之。

> 又按：蔡邕書《石經》悉本《魯詩》，今《獨斷》所載〈周頌〉三十一章，其《序》與《毛詩》雖繁簡微有不同，而其義則一。意者《魯詩》、《毛詩》，〈風〉之《序》有別，而〈頌〉則同耶？[15]

前一按語指出《毛詩序》絕大多數成於「先儒相承」的事實，然而亦有西漢經

14　其詳參見漢・班固：《漢書》〈藝文志・樂類〉，頁 1711～1712。

15　清・朱彝尊：《經義考》〈詩二・毛詩序〉，頁 736～737。

師增補文辭以存其義，俾便後來學者見而識意者。後一按語，則由蔡邕（133～192）《獨斷》卷上所載《周頌》31 章的《序》，與《毛詩序》僅有繁簡的些微差異，而無意義之別，故認為《魯詩》與《毛詩》較為接近。再對照宋代以後學者對《毛詩序》指責最多者，乃在於風體詩的《序》，而並未攻擊頌體詩的共同點，朱氏遂興發〈頌〉的《序》同，而〈風〉則有別的懷疑。會導致風體詩的《毛詩序》自宋以來遭受的攻擊最多，實與風體詩的內容多涉及社會大眾的民情風俗，也與個人的情感表達有關，存在較多見仁見智的主觀感受，而未必與特定的政治事件直接相關。

　　朱氏所疑，的確已碰觸到問題的癥結點，實為客觀合理而重要的懷疑。蓋因《詩》的內容所跨越的年代太長，固然《毛詩序》的原始根源應與「國史」有關，但是畢竟王朝興衰的狀況大別，各世代的「國史」所記錄詩旨與詩作本身的緊密程度並不甚相同，無法一概而論，需要再區分各種體裁的詩作，與「國史」關係疏密程度不同情形的討論（詳參本書之拾至拾貳篇）。

四、從「二南」特重后妃夫人之德論《毛詩序》成於東漢初

　　周代有鑑於男女有別的事實，故而得天下以後，即努力倡導男主外、女主內以各顯所長的社會分工制，期望女性能擔任家庭教育的重責大任，俾便男性在勤於務外之時，能無後顧之憂。由於文獻主要記載男性的各種社會活動，因而女性影響社會整體脈動的紀錄幾乎是一片空白。幸好開創紀傳體的司馬遷秉持其對歷史發展的敏銳觀察力，率先於《史記》開闢〈呂后本紀〉與〈外戚世家〉的專篇，將某些特殊女性影響朝政的情形正式寫入歷史，以凸顯女性對於歷史變動的影響力。然而司馬遷寫呂后與外戚的相關事蹟，多少受到自身遭遇的影響，以致貶多褒少，無法呈現廣大女性對社會國家隱而無形的重大貢獻。

　　真正能看重且彰顯女性對於成功男性的輔助之功者，不能不推熟讀皇家收藏的典籍，尤其精於《詩》、《書》等歷史發展而通達事理的劉向。[16]劉向蒐羅

16　《漢書》〈楚元王傳〉，頁 1926～1929，記載劉向之祖劉辟彊以好讀《詩》、能屬文，於武帝時即以宗室子隨二千石論議而冠諸宗室。宣帝時，劉向又以通達、能屬文辭之名儒俊材，

從遠古以至西漢的資料，選擇后妃、夫人乃至民女等不同類型人物編撰《列女傳》，開創正式為不同類型女性作傳的先例，且對所選傳主褒多貶少，蘊藏藉由褒貶以示讀者應該仿效的對象與行為。該書最重要的特點，即是以〈母儀傳〉為全書首篇，標示女性長久被忽略，然而卻是對社會國家貢獻最大的部分。〈母儀傳〉按時代先後為序，由 14 篇女性小傳記組成，除篇首的〈有虞二妃〉較特別，記錄舜的賢妃帝女娥皇、女英以「聰明貞仁」的才德，恪盡為人妻、為人婦之職，雖然並無「以母教子」的母教具體事實，然已合乎最高而廣義的母教在於母儀天下的意義，其餘各篇則都有母教之實，可見劉向特重母教。

劉向生當昭（87～74B.C.在位）、宣（74～49B.C.在位）、元（49～33B.C.在位）、成（33～7B.C.在位）四朝，乃西漢王朝明顯由昭宣中興而轉入衰微的時期。對比漢武（141～87B.C.在位）以前的盛世及宣帝時的積極圖強，具有皇族血緣又深受儒家思想影響的劉向，對於元、成二帝朝政的明顯衰頹，感受特別深刻而多次上書進諫。蓋自元帝以來，弘恭與石顯的宦官弄權，且結合許、史氏與王氏的外戚專政，導致朝中大多呈現賢不肖混淆、黑白難辨、忠邪雜進的狀態。逮至成帝即位，石顯等伏辜，劉向始得以再獲進用。成帝雖知劉向的才能，然因後來溺於女色、生活奢靡，且趙飛燕（45～1B.C.）、趙合德（39～7B.C.）姊妹后妃悖禮犯義日盛，以致經濟衰頹、朝政崩壞。劉向自以為宗室遺老，歷事三主，累世蒙漢厚恩，因而屢次上諫，且特地編撰《列女傳》以戒天子。《漢書》於〈楚元王傳〉所附的〈劉向傳〉即明顯記載：

> 向睹俗彌奢淫，而趙、衛之屬起微賤，踰禮制。向以為王教由內及外，自近者始。故採取《詩》、《書》所載賢妃貞婦，與國顯家可法則，及孽嬖亂亡者，序次為《列女傳》，凡八篇，以戒天子。⋯⋯上雖不能盡用，然內嘉其言，常嗟歎之。[17]

而常在皇帝左右，後因被劾鑄偽黃金，繫獄當死。幸兄長營救，上亦奇其材，劉向得以減死，又因精於《穀梁》，而得遇朝廷初立《穀梁春秋》為經，遂得以講論「五經」於石渠。

17　《漢書》〈楚元王傳〉，頁 1957～1958。

由於劉向旨在表彰賢妃貞婦的言行，凸顯其足以興國顯家以供後世取法者，而以孽嬖亂亡者為戒，是故，特別以〈母儀傳〉為首。可惜成帝意志不堅，又耽溺於聲色無以自拔，終無以挽狂瀾於既倒，且在趙昭儀強勢慫恿下，成帝竟然默許昭儀親滅繼嗣，徒留後世「燕啄皇孫」的典故。[18]再經哀帝、平帝與孺子，漢元帝皇后王政君的侄兒王莽遂正式篡漢。

劉向編撰《列女傳》的近因，當如上述〈劉向傳〉所載。然而冰凍三尺非一日之寒，溯自西漢開朝以來，女主長期影響朝政所累積的事實，才是促使劉向編撰《列女傳》更重要的遠因，因而全書以〈母儀傳〉為首，旨在凸顯后妃母儀天下的重要地位。以下主要參照《史記》與《漢書》所載，列舉數位對漢代朝政影響較大的女主或相關外戚的勢力：

高祖呂后（195～180B.C.掌權）與諸呂勢力：呂后於維護漢室江山的部分，與蕭何合謀誘殺功臣韓信，復進言高祖誅殺彭越、英布，使漢朝留下「兔死狗烹」的刻薄寡恩標誌。於個人私情與呂家勢力的部分，則先是阻撓劉敬以魯元長公主和親塞外之計，且於高祖駕崩之前，呂家兄弟已陸續封侯，早已大肆拓展呂家勢力。高祖崩後，繼位者雖為惠帝，然而權在呂后，更拜呂台、呂產、呂祿為將，將兵居南北軍，掌控兵權，使諸呂皆入宮，居中用事，大幅取代劉姓勢力。呂后甚且還多以呂氏之女許配劉姓諸王，以求完全掌握大局。呂后更因長期妒忌戚夫人專寵於高祖，又怨恨其幾乎奪嫡成功，故先酖殺高祖愛子趙隱王如意，並使戚夫人成為「人彘」。其後，為鞏固自身權益與霸佔天下，又陸續殺害高祖子梁王恢、淮陽王友、燕王建之子，業已早開「雉啄劉氏子孫」之實，為日後「燕啄皇孫」留下極壞的榜樣。綜觀呂后以上諸多明顯違逆「母儀天下」的行為，其中尤以召親子惠帝以觀「人彘」一事，最失母教之實。此從惠帝觀後大哭，因病，歲餘不能起，使人請太后曰：「此非人所為。臣為太后子，終不能治天下。」最能顯示惠帝心靈所受創傷之深。逮高后崩，

---

18 其詳參見《漢書》〈外戚傳・孝成趙皇后〉，頁 3988～3999。雖然慫恿成帝親滅繼嗣者為趙合德昭儀，並非趙飛燕，然而趙合德能獲得成帝寵倖而有傾亂聖朝之機會與能力，實以皇后趙飛燕引進的緣故，故而以「燕啄皇孫」為典，實有尋根究底而兼貶趙飛燕、趙合德姊妹的用意。

諸呂欲為亂，終賴周勃、陳平等早有布局而平定之。事後，大臣議立新帝，捨高祖長孫齊悼惠王的嫡子不立，而迎立高祖四子代王劉恆為帝，即因代王之母薄太后仁善，且其外家亦柔弱的緣故。[19]此後，外戚是否強勢已成為立太子、立帝的重要參考標準。最明顯的事例，即是漢武帝立鉤弋夫人之子為太子而殺鉤弋夫人，正是預防日後女主專恣亂國的情事發生。

文帝（180～157B.C.在位）竇皇后：文帝之母薄太后在文帝原來皇后與其所生皇子都病故後，提議立新太子之母竇漪房為皇后。竇后處事低調，好黃老之言，景帝及其太子與諸竇等不得不尊黃老治術，對於締造文景盛世、與民生息有一定的貢獻。然而因竇太后不喜儒生，阻止儒生用事，且希望景帝兄終弟及傳位梁孝王，徒增景帝與梁孝王兄弟二人之嫌隙，則不免為憾事。[20]

孝武陳皇后、衛皇后、李夫人：平陽公主先後為武帝進衛皇后、李夫人。陳皇后因無子又妒忌衛子夫，竟以巫蠱詛咒之，然事發而被廢，反促成衛子夫被立為皇后。衛皇后之弟衛青與外甥霍去病，為征討匈奴的名將，深得武帝重用。霍去病的同父異母弟霍光，還成為武帝託孤的重臣，權傾昭帝、廢帝、宣帝數世的朝政。當衛皇后色衰，江充誣告戾太子宮中有巫蠱，迫使皇后、太子發兵。然太子兵敗而自殺，史皇孫也因而入獄。李夫人為李延年、貳師將軍李廣利之妹李妍，以深諳笙歌樂舞獲寵，於生下昌邑哀王劉髆後不久即病亡。一代名將李陵以前將軍的職位，隨衛青、霍去病出擊匈奴，然大將軍欲使其友人公孫敖增加建立戰功的機會，故改派李陵迂迴東進，卒因指揮作戰與分兵不當，致使李陵孤軍深入匈奴，雖也殺敵無數，終究不敵匈奴大軍而被俘。[21]

孝宣許皇后、霍皇后、王皇后：許平君皇后為宣帝於民間時的元配，被霍光之妻霍顯買通女醫淳于衍下藥暗殺。霍光之女霍成君繼任后位，其後，霍氏母女多次謀殺太子劉奭不成，事發，滅族、廢后。由於王氏皇后無子，在許平

---

19 其詳參見漢・司馬遷：《史記》〈呂后本紀〉、〈劉敬叔孫通列傳〉、〈淮陰侯列傳〉、〈魏豹彭越列傳〉、〈齊悼惠王世家〉、〈外戚世家〉；《漢書》〈高后紀〉、〈外戚恩澤侯表〉、〈外戚傳〉等相關資料。

20 其詳參見《史記》〈外戚世家〉、〈梁孝王世家〉、〈魏其武安侯列傳〉等相關資料。

21 其詳參見《史記》〈外戚世家〉、〈李將軍列傳〉；《漢書》〈外戚傳〉等相關資料。

君死後，因行為敬謹，帝命其撫養劉奭，史稱邛成太后，享有高壽。[22]

孝元王皇后、傅昭儀、馮昭儀：王政君皇后生漢成帝劉驁，為王莽的姑母。劉驁本來寬博謹慎，但知子者莫若父，元帝以太子無才，本想以才略甚佳之傅昭儀所生子定陶王劉康為太子，然因皇后素謹慎，太子又為宣帝喜愛，且有大臣丹力勸，故不廢。多才多藝的劉康去世後，其子劉欣繼承爵位，傅昭儀親養孫子劉欣。後因成帝無子，傅昭儀賄賂孝成趙皇后、趙昭儀，於是果立劉欣為太子。在成帝暴斃以後，劉欣成為漢哀帝。[23]至於馮昭儀則在熊逸出虎圈，而眾貴人、傅昭儀皆驚走之時，直以肉身當熊而立，深獲元帝敬重、嗟嘆，其事蹟還被選入〈續列女傳〉的「續〈節義〉」系列。

孝成許皇后、班婕妤（48B.C.～2A.D.）、李婕妤、趙皇后、趙昭儀：元帝崩後，成帝封母家甚尊，使王政君的家族擁有十侯、五大司馬（王鳳、王音、王商、王根、王莽）的封爵，外戚權勢盛大無比，引發天異之說。元帝因悼傷母恭哀后居位之日淺而遭霍氏所害，故親選孝宣許皇后的堂姪以配皇太子。許皇后雖獲寵，然而無子。王政君皇太后與帝舅王鳳憂上無繼嗣，劉向與谷永又歸咎後宮，其中尤以王鳳最不容許氏。後因許皇后之姊平安剛侯夫人請道祝詛咒後宮有身孕的王美人與王鳳，事發，許后坐廢。又因趙飛燕譖告，班婕妤同受許案牽連。幸因班婕妤才學過人，人品深受成帝信賴，且獲得太后「古有樊姬，今有班婕妤」的讚譽，[24]終能以「修正尚未蒙福，為邪欲以何望？使鬼神有知，不受不臣之愬；如其無知，愬之何益？」善對成帝，不但使成帝醒悟，甚且還賜予班婕妤黃金百斤。然班婕妤因恐日久見危，而求供養太后長信宮。班婕妤的相關事蹟，後來被選入〈續列女傳〉的「續〈辯通〉」系列。由此也可見成帝良善的本性未泯，可惜意志薄弱，又經不起周遭聲色犬馬的蠱惑，以致荒淫無道，最終暴斃於趙合德的「溫柔鄉」，留下後世「色戒」的顯例。只可惜「色不迷人，人自迷」，古來帝王多難逃女色誘惑，總是深陷其中而無法

---

22 其詳參見《漢書》〈外戚傳〉、〈霍光金日磾傳〉等相關資料。

23 其詳參見《漢書》〈外戚傳〉等相關資料。

24 其詳參見《漢書》〈外戚傳〉等相關資料。

自拔。

回顧司馬遷作《史記》，對於揭發漢室刻薄寡恩向來不遺餘力，唯獨以文帝為謙讓仁善且善納諫言的好皇帝。追根究柢，實應歸功於母后薄姬仁善，凡事敬謹有禮而不張揚的身教，因此母子二人不但得以免於呂后迫害，還得以在諸大臣議立帝位人選時，以德行受到重臣肯定而獲得優選。其不自爭取而竟然獲得帝位寶座的事實，從《史記》、《漢書》所載當其聽聞即將獲得大位時，採取「稱疾無往，以觀其變」的反應，可見其處事敬謹沉穩、安分守禮的態度。追本溯源，史上所稱譽的文景之治盛世，實應肇始於薄姬對文帝務實恭儉、修德講禮、反躬自省的教育成功，甚且使文帝還以親嘗湯藥而名列二十四孝之林。文帝登基後，對內，恭行藉田之禮親率農耕以固國本，講求以德化民而廢除肉刑；對外，基於長期戍守邊疆、與匈奴接壤的經驗，審慎採取和親、征戰兼治的對策以安百姓，於是海內殷富、興於禮義。至於文帝立竇漪房為皇后，亦出自薄太后提議，而竇皇后喜好黃老治術，更是文帝推動凡事不擾民、多與民休息政策最重要的助力。[25]雖然竇漪房於位居太后期間不免有些小瑕疵，然而瑕不掩瑜，對漢代早期盛世的締造，實居功厥偉。

劉向博覽群書，尤精於《詩》、《書》，嫻熟史事，故而經常思索歷來女主影響朝政的情形。劉向又認為成帝尚有見識，且有賢妃班婕妤，只因皇帝意志不堅，無法擇善固執，更因外朝還有強勢的王、許外戚的爭權奪利，宮闈之中又溺於陽阿公主所獻的趙飛燕、趙合德姊娣，致使朝政日益衰頹，更覺痛惜。劉向基於忠心漢室的赤忱，故而欲以《列女傳》上諫天子，期許能挽狂瀾於將倒，又有鑑於《史記》有「政治謗書」的嫌疑，故而在選擇傳主時煞費苦心。劉向在蒐羅遠古至西漢之資料中，巧妙迴避西漢女主不作褒貶，使入選的西漢人物，如〈貞順傳〉的〈陳寡孝婦〉，〈節義傳〉的〈珠崖二義〉、〈郃陽友娣〉、〈京師節女〉，〈辯通傳〉的〈齊太倉女〉等被褒揚的對象，都是民間忠孝節義的事例。對比民間值得褒揚的對象與事蹟，相較於後宮某些后妃專恣淫蕩的行

---

25 其詳參見《史記》〈文帝本紀〉、〈張釋之馮唐列傳〉、〈外戚世家〉；《漢書》〈文帝紀〉、〈外戚傳〉等相關資料。

徑，實不必劉向訴諸文字明貶，而早已有貶抑的深意存焉。固然〈貞順傳〉與〈節義傳〉中所褒揚的行為，某些為守節所採取的激烈行為未必合於情理，然而應考慮劉向當初選材的動機與目的，不宜刻意從壓抑女性、鼓吹奴性道德的角度思考。推劉向之意，蓋有意從表彰西漢民婦的氣節，對比西漢后妃諸多淫蕩不羈、犯禮悖義行徑的失格，以重貶該類后妃之德遠遠低於一般民婦，故而〈節義傳〉的傳主有五分之一是來自西漢民婦，其警示意思雖隱而實明，只可惜成帝視而不識，為之奈何！

　　透過上述西漢后妃的做為，其正面形象者，如賢明教子的薄太后，造就出恭儉修德、仁民愛物的好文帝，還能在文帝尚為代王時的王后、王子卒後，議立竇漪房為皇后，成為安定後宮最重要的人物。至於凡事審慎的文帝，由於上有賢母、旁有賢妃輔助，政策不會擾民，因而人民得以安心從事生產，加上對匈奴的征戰、和親政策推行得宜，還設置經學博士、鼓勵學習，於是海內殷富、興於禮義，成為奠定文景盛世最重要的條件。可惜薄太后、竇漪房以下的后妃，因賢德不足者居多，後宮權力鬥爭又極頻繁，巫蠱禍人的事件頻傳，以致在武帝執政後期，已因連年征戰而人口銳減，又因武帝生性好大喜功、奢靡浪費，經濟早已瀕臨崩潰邊緣。至於負面形象最離譜者，則以成帝一朝的趙飛燕、趙合德為甚，再加上成帝超級濫賞母家王政君（元帝皇后）家族官爵，導致外戚勢力的強大已史無前例，非僅造成王莽篡漢、終結西漢的事實，而且種下日後朝廷外戚與宦官爭權奪利的重大禍根。由於成帝是西漢進入衰敗而不可回復的關鍵時期，因此劉向《列女傳》所蘊藏的勸諫之意至深且切，無奈成帝執迷不悟，也使西漢難逃萬劫不復的厄運。

　　自《列女傳》開創為婦女作傳的先例後，影響後世正史或野史的撰作也紛紛為婦女立傳，例如時代最接近的《後漢書》即開始立有〈列女傳〉。繼《後漢書》之後，《隋書》、《舊唐書》、《新唐書》、《宋史》、《金史》、《元史》、《明史》等正史，也都為婦女立傳，正視婦女對歷史發展的重要性。基於《列女傳》始開為婦女作傳之先，記錄婦女的賢德攸關家國王朝的興衰存亡，因而娶妻娶德的呼籲早已不言而喻。累積西漢王朝后妃影響朝政的經驗，則作為教化重要媒介的《詩》，更會在詩旨的提示上加強后妃賢德的重要。然而這種對后妃賢德重要性的深切認知，在大、小毛公注疏講學的漢初（最遲不超過武帝初

年，竇太后掌權前期），尚不構成產生的充分條件。畢竟呂后專權 15 年當中，雖然已有「雜啄劉氏子孫」之實，也以「人彘」留下後宮爭鬥極慘烈的標誌，但是禍害僅及於宮廷，民間未必得知，因而活動於民間的大、小毛公亦難以迫切感受后妃之德影響朝政的嚴重性。再加上從司馬遷的〈呂后本紀〉，還可清楚得知呂后的政績不錯，而接續其後的薄太后、竇皇后（竇太后），其賢德都屬上等，竇太后還對文景之治有功，是故在竇太后去世以前，並不存在令人刻骨銘心的女主敗壞朝政歷史背景，故而講授《毛詩》的儒士經師也無須特別呼籲后妃賢德的重要。畢竟自周代推動男主外、女主內的社會制度以來，對女性的書寫多採隱藏性寫法，例如周代雖然極其注重家庭教育，然而僅以〈思齊〉一詩凸顯「周室三母」的母教重要。必待成帝及其所寵幸的趙飛燕、趙合德后妃，共同製造許多極度荒唐的行徑，再加上成帝破天荒地恩賜母家王政君族群，遂造成日後王莽篡漢的不可逆後果，始可促成有識之士切實向前回顧后妃、外戚對朝政的影響，於是重新反省自呂后以下，賢德、敗德的后妃影響朝政的情形，且將反省所得反映在風體詩的《毛詩序》中。

五、參照〈續列女傳〉與《後漢書》輔證《毛詩序》完成於東漢初

由於劉向的《列女傳》蘊藏深義，後人仿其體例而續作，只是篇末並無「頌曰」，而改以「君子謂」，且引「《詩》云」的方式區別之。北宋嘉祐年間，蘇頌與王回重加整理《列女傳》，將劉向的《列女傳》稱《古列女傳》，後續的 20 傳列於原七篇之後，稱為〈續列女傳〉。〈續列女傳〉的傳主絕大多數為西漢人物，其中春秋戰國時期者有四位，西漢 12 位，西漢與東漢之交者有一位，東漢三位。西漢人物中，成帝時期即有三位，或可相對說明成帝之時，乃是史家正視后妃與歷史脈動關係密切的關鍵期。再由續作的傳主，最晚止於梁嫕上書即位不久的和帝事件，時間約與班固同時，此或可說明在班固前後，學界已興起一股為后妃或民間特殊節行婦女作傳的風潮，且旨在標榜后妃賢德的重要。

〈續列女傳〉打破原來《列女傳》不列漢代后妃的體例，對班固以前的漢

代后妃進行褒貶。其中屬於正面形象的西漢后妃，為元帝時的馮昭儀被選入續〈節義傳〉系列，成帝時的班婕妤則入續〈辯通傳〉系列，王莽之女孝平皇后進入續〈貞順傳〉系列；負面形象者，則選趙飛燕姊娣為代表，進入續〈孽嬖傳〉系列。另有一位西漢與東漢之交的更始皇帝韓夫人，則入續〈孽嬖傳〉系列。至於入選的東漢后妃，則以被譽為皇后模範的明德馬皇后（39？～79）為代表。

　　同為成帝妃嬪的班婕妤，與趙飛燕姊娣也形成重要的對比，藉由〈續列女傳・班女婕妤〉文末所載，更能彰顯后妃之德的重要：

> 君子謂：「班婕妤辭同輦之言，蓋宣后之志也；進李平於同列，樊姬之德也；釋詛祝之諧，定姜之知也；求供養於東宮，寡李之行也。及其作賦，哀而不傷，歸命不怨。」《詩》云：「有斐君子，如切如磋。如琢如磨，瑟兮僩兮，赫兮咺兮，有斐君子，終不可諼兮。」其班婕妤之謂也。[26]

班婕妤有德有才，兼具周宣姜后、楚莊樊姬、衛姑定姜、陳寡孝婦的諸德行，集母儀、賢明、貞順的美德於一身，可惜所配非人。成帝雖意志薄弱又惑於趙飛燕姊娣女色，幸好對班婕妤的人品極有信心，因而班婕妤得以其辯通得宜而倖免於後宮慘烈的鬥爭。班婕妤堪稱具有不可多得的君子之德。

　　成帝與趙飛燕姊娣荒唐事蹟的大要已如上述，故不再贅述。不過，〈續列女傳・漢趙飛燕〉文末的一段結語卻頗堪玩味：

> 君子謂：「趙昭儀之凶嬖，與褒姒同行；成帝之惑亂，與周幽王同風。」《詩》云：「池之竭矣，不云自濱？泉之竭矣，不云自中？」成帝之時，舅氏擅外，趙氏專內，其自竭極，蓋亦池泉之勢也。[27]

26　漢・劉向：《古列女傳》所附之〈續列女傳・班女婕妤〉，收入《四部叢刊正編》第 14 冊（臺北：臺灣商務印書館，1979 年），頁 111～112。

27　漢・劉向：《古列女傳》所附之〈續列女傳・漢趙飛燕〉，頁 113。

將趙昭儀比照褒姒，又將成帝比照周幽王，誠為懂得觀微知著的深富史識者所言。西漢雖非即時亡於成帝之手，然而成帝執政晚期，在外有舅家王氏家族，內有趙氏姊娣的交相亂政下，朝廷早已腐敗不堪。哀、平之時更是無力振作，只能苟延殘喘，距離王莽簒漢僅在咫尺之遙。

〈續列女傳〉中最明顯而重要的對照組，其實還在於西漢的趙飛燕姊娣與東漢的明德馬皇后。〈明德馬后〉在〈續列女傳〉的 20 位傳主的傳記中，所佔的篇幅最長，蓋其克己復禮、以身率眾，盡心輔佐明帝而不以私家干朝廷的做為，既可以為在家眾女的楷模，更是王朝國母的典範。觀明德馬后的重要德行事蹟，[28]可從其 10 歲父喪母病時，儼然如成人般幹練地承擔內外家事的責任，可見其處世穩健的態度。13 歲選入太子宮中，即因對待妃嬪發於至誠，且能先人後己，故能見寵。馬后雖然無子，卻絲毫不嫉妒受寵者，還能主動薦達左右，真心奉養慰問侍御明帝者，且對於明帝寵愛者，馬氏關切愈隆，企盼能廣生繼嗣。明帝以馬后無子，遂命養育賈貴人之子為子，《後漢書》的〈皇后紀〉即記載「后盡心撫育，勞悴過於所生」，章帝也能竭盡孝道侍奉之，與趙飛燕姊娣殺害後宮有孕以及皇子者的敗壞人倫，形成最強烈的對比。由於有此強烈對比，因此〈皇后紀〉與〈續列女傳〉特別記載相關事蹟，且反映在「二南」的《毛詩序》中。

或許〈關雎〉的「續序」所言「樂得淑女以配君子」，正是由馬后的言行而衍生的聯想；相對言之，由此也隱約說明《毛詩序》中可以窺見一些東漢初期的相關歷史背景。倘若再對照《毛詩序》「二南」特重的后妃夫人之德，則有更多可與馬后的德行事蹟相呼應者。再從馬太后反對章帝遵照舊典加封舅氏，則是有懲於「外戚橫恣，為世所傳」的歷史，故而反對章帝封舅氏居樞機要職，以免重蹈西京敗亡之禍。此從馬氏兄弟在朝為官，終永平之世而不升遷，即為明證。至於馬氏開歷史之先，為皇帝所作的《起居注》中，也省去兄弟馬防參與侍奉醫藥的辛苦，也可見其凡事皆不矜誇一己及外家之功，總以儉

---

28 有關明德馬皇后之事蹟，除〈續列女傳〉之外，其詳主要參見《後漢書》〈明帝紀〉、〈章帝紀〉、〈皇后紀〉等相關資料。

樸無華的裝束率先引導王族、外親以儉樸為德。有此馬后的德行，遂可成就明章的盛世。

固然馬后的賢德無與倫比，然而亦需要陰太后的慧眼識賢才，方可在有司奏請章帝立后時，主張：「馬貴人德冠後宮，即其人也。」遂立馬氏為皇后。有陰太后的慧眼識才，始有馬皇后的母后表儀，因此藉由〈續列女傳〉為馬后立傳，又可連帶引出光烈皇后賢德的身影。由於劉秀微賤之時，早已認定「娶妻當娶陰麗華」，因此陰麗華雖然本是劉秀的元配，卒因劉秀為壯大自己的勢力，且亟需外援，遂再娶真定王劉楊的外甥女郭聖通。因為郭氏的家世背景顯赫，且又先有子，故陰麗華始終退讓不肯居后位。卒至建武 17 年，光武帝始廢郭后而立陰后，且下詔書曰：

> 皇后懷執怨懟，數違教令，不能撫循它子，訓長異室。宮闈之內，若見鷹鸇。既無〈關雎〉之德，而有呂、霍之風，豈可託以幼孤，恭承明祀。……陰貴人鄉里良家，歸自微賤。「自我不見，于今三年」，宜奉宗廟，為天下母。……異常之事，非國休福，不得上壽稱慶。[29]

從詔書將〈關雎〉之德與呂霍之風，形成母儀天下與難以託孤的強烈對比，因此推測「二南」特重后妃夫人之德，或與光武帝戒鑑前朝女禍之弊而提出防微杜漸的矯正措施有關。再從其徵引〈東山〉的「自我不見，于今三年」，更凸顯光武帝特別重視婦女情志專一、德性堅貞不移的重要。尤其詔書末所言，廢立皇后之事乃屬特殊狀況，不得上壽稱慶，更可見出身太學的光武帝確實具有識大體的卓識。參照光武帝雖然廢郭后，然僅削除郭聖通的皇后頭銜，仍使郭氏可至其中子劉焉的封國享受中山王太后的尊位，可見光武帝處理皇后廢立的大事堪稱拿捏得宜。光武帝對郭后所生子女也無株連受罰之懲，即使郭后所生的劉彊主動請辭皇太子大位，光武帝並未應允，而是歷經劉彊兩年有餘多次請辭以後，始獲准改為藩王，而改立陰后之子劉陽（改名為莊）為太子。其餘郭后所生子女也都多享恩澤，並不因郭后被廢而有不良影響。光武帝雖廢郭后，

29　《後漢書》〈皇后紀上〉，頁 406。

然而與陰后、郭后家族都保持良好的互動，眾子女之間的關係也極和諧。最重要的原因，在於光武帝熟讀《詩》、《書》，理解以禮義治國的重要，同時還能實地踐履齊家、治國、平天下的一貫大道理，因而在天下太平多年，郭后驕態怨懟的行為日增，呂后、霍夫人計除後宮佳麗的隱憂漸萌之後，光武帝為求防微杜漸，遂毅然決然改立生性仁孝多慈、寬大能容的陰貴人為后。

光武帝為宣誓其立陰麗華為后的堅定態度，還特別派司空於中元元年十月告祠高廟：

> 高皇帝與群臣約，非劉氏不王。呂太后賊害三趙，專王呂氏，賴社稷之靈，祿、產伏誅，天命幾墜，危朝更安。呂太后不宜配食高廟，同祧至尊。薄太后母德慈仁，孝文皇帝賢明臨國，子孫賴福，延祚至今。其上薄太后尊號曰高皇后，配食地祇。遷呂太后廟主于園，四時上祭。[30]

透過此告廟辭，再度說明皇后應以母儀天下的慈德為主，因而其廢郭后而改立陰后，就如同其遷呂后之廟，不使配高祖廟的道理相同。此即〈皇后紀〉所載「明慎聘納，詳求淑哲」的作法。有光武帝的身教，繼位的明帝，亦頗能遵守光武的旨意以矯正前朝之弊，因而在陰太后的薦舉下，立馬氏為后。先有開朝陰麗華建立極優質的後宮環境，再有馬氏繼續發揚之，因而東漢初期的「宮教頗修，登建嬪后，必先令德，內無出閫之言，權無私溺之授」，[31]成為奠定明章之治最重要的條件。

光武帝極力矯正導致西漢敗亡的流弊，從表象看來，似為后妃、外戚兩端，然而歸根究柢，癥結仍然在於后妃之德。此從陰后與馬后都能凡事敬慎恭謹，不僅不誇大一己的功勳，且能節制外家的僭越禮分，還避免皇帝對其家族額外施恩，因而並無外戚與大臣爭權的問題。甚且從光武帝廢除呂雉的高祖后尊號，改以薄太后代之，光武自身也採取廢郭后而立陰后的實際行動，都可明確表示立后對朝政的重要。光武帝幸得陰麗華賢妃為後宮立下讓賢不爭的優良

---

30 《後漢書》〈光武帝紀下〉，頁83。
31 其詳參見《後漢書》〈皇后紀上〉，頁400。

文化，通過廢郭后、立陰后的實際行動，具體展現重視后妃之德的思想，自然能影響當時朝臣以及后妃的思想與行為，因而在章德竇皇后以前，東漢後宮的后妃之間不存在宮鬥情形，是極為和諧的。受到光武帝賞識的議郎衛宏，在結集前代以及當時儒師歸納《毛詩》的詩旨時，自然而然也會把后妃之德當作「二南」的核心思想。試想如此主體意識的形成，若無時代極接近的西漢敗亡的先例為戒鑑對象，實在很難在《毛詩序》中出現如此多強調后妃夫人之德的表述。

　　基於上述歷史因緣，因此《後漢書》〈儒林傳〉所載，衛宏「因作《毛詩序》，善得風雅之旨」，主要呈現的，即是特別說明《毛詩序》中許多有關風雅之詩的要旨，多與光武帝矯正西漢敗亡之因有關。只可惜章帝以後，帝王自律的程度遠遠不如光武帝，在御己能力有限，防閑制度又不篤實的雙重影響下，帝王踐履德義的能力日趨薄弱，於是又開始注重后妃的容色，慢慢淡忘前朝敗壞的主因在於后妃無德，並因而引發外戚爭權奪利，導致朝政日漸傾頹的後塵。〈續列女傳〉在明德馬皇后以後，繼之以和帝的姨梁夫人嫕，將其歸入〈辯通傳〉系列，述說其同產胞妹梁貴人（和帝追尊為恭懷皇后）受章帝竇后誣陷外家梁竦，不但導致梁竦被殺，而且和帝生母梁貴人亦因此蒙冤而死的經過。揆諸馬太后在世之時，竇后還能謹守其分，只是馬太后去世同年，無子的竇后，即因為受寵漸衰而妒忌有寵的貴人，先是誣告生皇太子劉慶的宋貴人，使宋貴人自殺，隨後太子換人。接著，繼續對付梁貴人。衡情論理，竇后既已撫養梁貴人所生子劉肇以為子，便應與梁家保持良好關係，卻因私心作祟，圖謀日後專擅大權而用計陷害梁氏外家，使梁貴人抑鬱而死。此後，後宮嬪妃皆懼，大大改變自光武帝以來後宮中和諧安樂的氣氛，外朝也由竇氏家族掌實權。其後，諸竇因圖謀不軌之事爆發而被誅放，竇太后也因而解除權勢，不久遂崩。未及葬，而梁嫕自民間上書和帝以言前塵往事。多位大臣紛紛上奏，百官亦多加附和，請依光武帝貶黜呂太后的故事，貶竇太后尊號。然而仁厚的和帝則手詔曰：

竇氏雖不遵法度,而太后常自減損。朕奉事十年,深惟大義,禮,臣子
無貶尊上之文。恩不忍離,義不忍虧。案前世上官太后亦無降黜,其勿
復議。[32]

雖然竇氏因妒而殺害包含和帝生母在內的後宮貴人,也導致外戚專權跋扈,但
畢竟竇氏對和帝還有養育之恩,因此和帝以「禮無臣子貶尊上之文」而拒絕眾
議。和帝還援引西漢最年輕的太皇太后上官氏,雖然其父系與母系都先後因宮
廷鬥爭而滅絕,並無連帶遭遇降黜之例,雖然上官氏家族與竇氏破壞內外廷的
事例不甚相同,然而不使群臣貶黜太后尊號的仁德之心則極明顯。

　　和帝的處置雖然不失仁厚之心,然而竇氏因忌妒而殺害嬪妃,且專權自重
之外戚,竟然意圖不軌,早已大大破壞自光武帝以來群臣獎勵節操、後宮后妃
潔身自愛且彼此和諧的氣氛。和帝既無法重新導正外戚應有的做為,遂聯合宦
官鄭眾等力量拔除竇家權勢,然而此舉也開啟中官得勢的另一隱憂,使東漢的
政局再逐步走上西漢敗亡的覆轍。是故〈續列女傳〉止於梁嬺夫人之傳,正隱
含東漢自此以後再重起女主臨朝、外戚專權的歷史故事,其蘊藏的深義並不亞
於劉向作《列女傳》上諫成帝的苦心。甚且因蔡倫非僅參與竇氏謀害宋貴人、
梁貴人的計畫,又得到安帝鄧皇后的重用,以致東漢的政局再加入宦官勢力的
拉鋸,就更趨於複雜而無法返回正道。

六、鄭玄作《毛詩傳箋》而《毛詩》大行於天下

　　觀東漢一朝,女主臨朝稱制,外戚專權的狀況最多。〈皇后紀〉即記載:

東京皇統屢絕,權歸女主,外立者四帝,臨朝者六后,莫不定策惟帷,
委事父兄,貪孩童以久其政,抑明賢以專其威。任重道悠,利深禍
速。……終於陵夷大運,淪亡神寶。《詩》、《書》所歎,略同一揆。[33]

32　《後漢書》〈皇后紀上〉,頁 400。
33　《後漢書》〈皇后紀上〉,頁 401。

細數東漢皇后，除開朝的光武帝郭皇后與陰皇后各生五子，靈帝何皇后生一子，獻帝伏皇后生二子以外，其餘自明德馬皇后以下，共有 12 位皇后均無子。由於皇后無子，因而或養其他嬪妃之子以為皇太子，倘若諸嬪妃亦無子時，則須外立藩王之子以繼位，例如安帝（章帝孫，原廢太子清河王劉慶之子）、質帝、桓帝、靈帝即是此類。推究東漢皇后大多無子的原因，蓋與皇后多來自竇氏、陰氏、鄧氏等漢朝皇親國戚的大家族，多屬近親結婚的政治聯姻有關。由於多屬近親結合，當然子嗣不蕃。然而由於皇后多無子，因此帝位的繼承自然容易出問題，倘若再加上皇后妒忌心重，即不免發生毒害宮人、搶奪人子的事件不斷發生。甚且為求方便日後掌權，因而皇太后在選擇外立繼位皇帝人選時，多會選擇年紀輕者以利於自己臨朝稱制，此從和帝鄧皇后已開啟此例。鄧后因一念之差，以和帝長子劉勝有「痼疾」為由，廢長立幼，迎立甫生百日的幼子，然而殤帝卻不滿周年而死。鄧太后與其兄鄧騭仍為日後方便掌權，另擇年 13 歲的章帝之孫為和帝之後，再繼承帝位，是為安帝，然其做法已激起一些大臣不滿。幸而鄧太后知書達禮、處理政務有方，且能約束外戚，不但能以仁厚之道對待後宮，即使對曾經不利於己的陰后家族亦然，因此後宮氣氛還相當和諧。鄧太后臨朝 20 年間多有德政，既能善處水旱天災與四夷外侵的問題，還能平定盜賊內起，使天下復歸於平，政績相當良好，因此《後漢書》對鄧太后稱譽有加。[34]然因久臨朝政，不願還政安帝，致使原本對鄧太后尚有感恩之情的安帝早已與諸多大臣一樣，對鄧太后也多有怨懟之意。由於安帝對鄧太后已有怨懟之心，導致在鄧太后崩後不久，當左右密告鄧太后的兄長曾經意欲撤換安帝時，安帝即憤而罪責鄧氏家族，其中，被迫自殺、罷官或財產充公者不在少數。

　　和帝的鄧后以下，安帝閻后、順帝梁后、桓帝竇后、靈帝何后，能力都不及和帝的鄧后，然而在爭權奪利上，則是有過之而無不及，且上行下效的結果，外戚的勢力更大，朝政也更腐敗。再加上皇帝為對抗外戚的勢力，另外促成身旁宦官勢力的崛起，於是朝廷在外戚、宦官的交相纏鬥下，朝政更不得安

34　其詳參見《後漢書》〈皇后紀上〉，頁 420～430。

寧。相對於宦官、外戚的長期鬥爭，自光武帝及明章時期推動太學教育所培養出來的太學生清流，尤其對桓帝時宦官黨羽的為非作歹、敗壞朝政深感不滿，而造成士大夫與宦官的明顯對立，終於在桓、靈二帝前後發生兩次黨錮之禍。由於宦官誅殺士大夫幾乎殆盡，僅存的士大夫又多被禁錮不得任官，因而大大動搖朝廷根本，更為日後的黃巾之亂與東漢的覆亡埋下伏筆。

　　鄭玄即出生於東漢朝政日趨下坡的順帝時期（125～144 在位），及其長，已進入桓、靈時期（146～189），因此也曾受到黨錮之禍影響而被禁錮不得為官一段時間。鄭玄既然有此生存背景，故而對東漢自章帝竇后臨朝稱制以來朝政下滑的情形自然感受深刻。即使鄧太后臨朝尚稱多有德政，然而其廢長立幼，乃至於外立安帝，卻不能使安帝具備明王的本事，於公而言，終究是一大遺憾，於私而言，因未及時還政安帝而造成安帝的怨懟，連帶使鄧氏家族遭殃，當是鄧太后始料未及之事。然而一些令人記憶猶新的西漢敗亡歷史，已不幸從章帝的竇后開始，又慢慢重蹈西漢的覆轍，自光武帝以來極力矯正西漢流弊的措施，早已被拋諸腦後。然而對飽讀今古文經的鄭玄而言，這些極其鮮活的史事進行式，都已違反經書所載的治國之道，當然會深深引以為戒。對切身遭受黨錮之禁而潛心著述的鄭玄而言，《毛詩序》講求后妃夫人之德以及皇后不能起忌妒心，都會認為是天經地義的事。

　　回顧鄭玄學《詩》的過程，原本初學今文經的《韓詩》，以後則改學《毛詩》。由於親身感受自光武以來，太學教育獎勵氣節、從政講求節操的影響，對於東漢初期結集而成的《毛詩序》所載也最習以為然，因而多根據《毛詩序》所載而編定《毛詩譜》，且針對《毛詩故訓傳》（簡稱《毛傳》）再進行箋注，稱《毛詩傳箋》，亦簡稱為《鄭箋》。由於鄭玄能兼今古文於一身，因而既能取《毛詩》訓詁之長，又能兼納今文學長於經義的特點，因此能融合今古文學，而使《鄭箋》的內容更為豐贍，且能針對《毛傳》不清楚之處加以闡明，若有不同於《毛傳》者亦加以辨認識別，更便於學者讀《詩》。更基於自身對西漢以來歷史發展的認知，因而認為要深刻理解詩作的內涵意義，必須對各詩篇的所屬世代有基本的認識，因而以《毛詩序》為底本，依循《毛詩序》的「正變美刺」說法，率先編訂《毛詩譜》以釐析各詩篇的所屬世代。由於「正變美刺」之說與政治興衰的關係密切，而政治興衰又與禮儀制度能否如禮

舉行明顯正相關，因此結合禮儀制度以說《詩》，即成為《鄭箋》最重要的特點。自從兼融今古文學的《鄭箋》刊行以後，《毛詩》日益流行，而三家《詩》逐漸式微。《齊詩》最早亡於魏，《魯詩》亡於西晉，北宋時期《韓詩》亦亡，僅存《韓詩外傳》存於世，然而《韓詩外傳》的體例與一般的訓詁解經之作早已大不相同。從三家《詩》的式微與散佚，也相對說明自《鄭箋》以後，無論是讀《詩》、解《詩》、傳授《詩》，都以《毛詩》為主，其中又以《毛詩序》所歸納的說法成為最重要的《詩》教思想核心。

七、結語：《毛詩序》因《毛詩》流行而成《詩》教核心

　　檢視風體詩的《毛詩序》可發現三特點：其一，「二南」特重后妃夫人之德，無法與詩作內容相契合；其二，「首序」特重對某特定歷史人物的美刺；其三，「續序」文句特長，前後多有無法銜接，且不乏互有衝突者。基於此三特點，可以推知今本《毛詩序》的風體詩部分，與雅頌之詩一樣，都歷經不同時代的多人之手。不同的，則是風體詩因涉及各國不同的民情風俗，本身即存在較多的變異性，再加上許多詩篇與個人情感發抒有關，原本即存在較多見仁見智的主觀意見，不似大雅與頌體詩與周代歷史關係較密切，客觀陳述的成分遠遠高於主觀的想像。由於風體詩的《毛詩序》涉及較多個人觀感的問題，也容易受到時代思潮的影響，因而輯錄者為保留較多經師儒者之說，篇幅自然較長，也容易有前後難以銜接或衝突的現象。從「二南」特重后妃夫人之德，凸顯其受到西漢至東漢初期后妃德行強烈對比的影響，因此完成的時間，不可能在劉向作《列女傳》強調后妃「母儀天下」之德以前。

　　追溯自成帝崩於 7B.C.至東漢光武帝 25A.D.登基，在此期間雖有注重古文經的王莽新朝（9～23A.D.在位），有助於古文經學的發展，然因其得位不正，推動的政治改革又過於泥古不變，再加上天災不斷，自 17A.D.起即陸續發生民變與赤眉、綠林起義。在此天下紛亂期間，自然也非促成《毛詩序》輯錄完成的時機，因此最早只能等待東漢天下統一以後。基於重要學術意見的結集，須以穩定的政治社會環境為基礎乃是常態現象，則對照《後漢書》〈儒林傳〉所載衛宏作《毛詩序》的說法，最有可能是從學術發展的宏觀立場，選取擅長《毛詩》、古文《尚書》，又曾經作《毛詩序》，且對振興古文學有功的衛宏為

代表人物。《後漢書》的說法，意在點出《毛詩序》輯錄完成的時間，最早只能在東漢初。

　　倘若仔細思考各類詩的內容與《毛詩序》所載出入較大、較有問題的部分，大多集中在〈小雅〉的非典型宴饗詩以及風體詩，其實正好可以回應《後漢書》〈儒林傳〉「宏從曼卿受學，因作《毛詩序》，善得風雅之旨」的說法，也適度反映《隋書》〈經籍志〉「《序》，子夏所創，毛公及敬仲又加潤益」的言外之意。所謂「善得風雅之旨」，或指光武帝有懲於西漢因后妃無德而導致敗亡的教訓，故而影響當時儒師解《詩》、讀《詩》，特別強調后妃之德的重要。衛宏既然從謝曼卿學《毛詩》，結集歷代儒師之說而成《毛詩序》，又受到光武帝賞識，遂在相關的風體詩之詩旨部分特別加以申說、潤益，尤其在「二南」詩的部分，更可反映東漢初期解《詩》的重點。由於衛宏在輯錄歷代儒師所說，不免會添加申說、潤益的內容，故而〈儒林傳〉特別以「作」言之，嘉許其經由某些潤益的說詞，以彰顯東漢儒者的共同觀感。

　　至於鄭玄不言衛宏作《毛詩序》之因，則可從整合陸璣（機）《毛詩草木蟲魚疏》、《漢書》〈儒林傳〉以及《後漢書》〈儒林傳〉所載，列出《毛詩》的傳授表加以考量：

孔子→卜商→曾申→李克→孟仲子→根牟子→荀卿→毛亨→毛萇→貫長卿→解延年→徐敖→陳俠→謝曼卿→衛宏→徐巡→鄭眾→賈徽→賈逵→許慎→馬融→鄭玄

由於六經的傳播都應溯源孔子，因此《詩》與《毛詩序》亦如此。然而孔子雖然為弟子講《詩》、論《詩》，卻有待傳經的大儒子夏，始有可能將孔子所傳，最初由「國史」記錄的詩旨整理成「古詩序」，因此鄭玄特別舉出子夏此創舉，在孔子之後，即接續卜商子夏的傳《詩》重要地位。然而秦火以後，《詩》的經典散亡，子夏所傳的「古詩序」亦無法倖存。故而毛亨為古文《詩》作《故訓傳》，即成為《詩》學研究的重要里程碑，並增補所存的「古詩序」以傳毛萇；再透過河間獻王劉德聘請毛萇為博士的機會而大力推廣《毛詩》，對《毛詩》的傳播貢獻最大，故鄭玄稱〈大序〉子夏作，〈小序〉則子夏、毛公合作。至於衛宏輯錄《毛詩序》雖然使其有單行本傳世，且有潤益之事，然與

《毛詩序》的始作與流傳相較，都難與子夏、毛公並駕齊驅。甚且衛宏對后妃之德的強調，對於東漢中晚期的學者而言，不會認為是值得大書特書的創見，故而鄭玄不再特別宣稱衛宏作《毛詩序》之事。蓋因東漢不但有歷朝以來最多女主涉政的事實，且連帶衍生的外戚專權問題，追根究柢都肇始於后妃無德，因此對於生在順帝，長於桓靈時期的鄭玄而言，不會認為是值得表彰的創發。

鄭玄與衛宏的生存年代相隔並不甚遠，然而鄭玄不言衛宏作《毛詩序》的另一可能原因，雖然缺乏直接證據，卻可稱為合理懷疑：或與鄭玄正是將原本單行的《毛詩序》，分別插入各篇詩的篇題之下，使成為今本形式已改良者有關。因為鄭玄是先注三《禮》，然後再為《詩》作箋注，因而在內容上採取「以禮箋《詩》」的方式以說《詩》，在形式上，同樣採取與其注三《禮》時類同的模式。

考量鄭玄注三《禮》當時，分別為三《禮》撰作目錄，則其為《詩》作箋注與編製《詩譜》，當可視為同類型的事。以內容較複雜的《禮記》為例，鄭玄的《禮記目錄》即註記各篇命名的緣由、內容大要，及其在劉向《別錄》中的屬性歸類，有助於讀者閱讀。準此而言，鄭玄同樣會思考要以何種方式最有利於說《詩》者與學《詩》者的相互授受情形，因此《毛詩序》單行的方式仍有尚待改進的空間。尤其鄭玄乃在注三《禮》以後，有鑑於《詩》與禮制的關係密切，於是為《毛詩詁訓傳》再作箋注時，即採取「以禮箋《詩》」的方式傳作《毛詩傳箋》，確實可豐富詩的內涵意義。又因為《詩》與周代史事關係極密切，也特別編製《詩譜》，都相當方便傳授與學習《詩》者的講讀與理解。在編製《詩譜》之餘，有感於《詩》與《毛詩序》分別單行的方式並非最好的閱讀方式，於是將衛宏輯錄成的《毛詩序》單行本內容，分別就其內容插入所屬詩篇之後，省去兩相對照的麻煩，更方便讀者閱讀、研究。鄭玄既然已將衛宏的《毛詩序》化整為零，放在每首詩之後，自然也就不再多提衛宏作《毛詩序》之事。無論是衛宏的《毛詩序》或今本的《毛詩序》，都是編輯「國史」人員最初所記以及歷來儒士經師的說法，而採用不同的方式呈現彼此輯錄的成果，與今天的「作者」概念有別，自然也無法說是鄭玄抄襲衛宏的成果，以致王肅（195～256）雖然不好鄭玄之學，也未對此問題橫生枝節。

由於兼融今古文《詩》學資料的《毛詩傳箋》在刊行以後，更方便學者使

用，因此大為流行。因為《毛詩傳箋》主要以《毛詩詁訓傳》為本，所以也促成《毛詩》日益流行。後世因為鄭玄整合之《毛詩傳箋》通行以後，衛宏所輯錄的《毛詩序》已喪失單行的價值與意義，遂走入日久而自然失傳一途。《毛詩序》與《詩譜》的作用，也類似《禮記目錄》對《禮記》的作用，成為後人解讀、傳授《詩》的最重要指南，直到歐陽修提出重大質疑以前，學界毫無疑義地遵從《毛詩序》思想的引導，深深影響後世對於《詩》學的認知與傳播。

本文取自以下兩篇論文的部分內容，再擴大發展而成：〈從《列女傳》「周室三母」論中國古代母教典型：結合《詩》、《史記》與二戴《禮記》之討論〉，收入何福田主編，《女性與家庭教育》，財團法人新人類文明文教基金會出版，2017 年 12 月，頁 9～32。〈從歷史發展的角度論《毛詩序》作者的問題：以大雅與頌體詩為討論主軸〉，政治大學中國文學系主編，《第十一屆漢代文學與思想國際學術研討會論文集》，2019 年 7 月，頁 215～246。

表9.1　《毛詩序》十五國風的首序與續序

序次別 詩篇名	首序	續序
周南・關雎	后妃之德也	然則關雎麟趾之化，王者之風，故繫之周公。南，言化自北而南也。鵲巢、騶虞之德，諸侯之風也，先王之所以教，故繫之召公。周南、召南，正始之道、王化之基。是以關雎樂得淑女以配君子，愛在進賢，不淫其色。哀窈窕、思賢才，而無傷善之心焉。是關雎之義也。
周南・葛覃	后妃之本也	后妃在父母家，則志在於女功之事。躬儉節用，服澣濯之衣，尊敬師傅，則可以歸安父母。化天下以婦道也。
周南・卷耳	后妃之志也	又當輔佐君子求賢審官，知臣下之勤勞。內有進賢之志，而無險詖私謁之心，朝夕思念，至於憂勤也。

（續下表）

序次別 詩篇名	首序	續序
周南・樛木	后妃逮下也	言能逮下而無嫉妬之心焉。
周南・螽斯	后妃子孫眾多也	言若螽斯不妬忌。則子孫眾多也。
周南・桃夭	后妃之所致也	不妬忌，則男女以正。婚姻以時，國無鰥民也。
周南・兔罝	后妃之化也	關雎之化行，則莫不好德。賢人眾多也。
周南・芣苢	后妃之美也	和平，則婦人樂有子矣。
周南・漢廣	德廣所及也	文王之道被于南國，美化行乎江漢之域。無思犯禮，求而不可得也。
周南・汝墳	道化行也	文王之化行乎汝墳之國。婦人能閔其君子。猶勉之以正也。
周南・麟之趾	關雎之應也	關雎之化行，則天下無犯非禮。雖衰世之公子，皆信厚如麟趾之時也。
召南・鵲巢	夫人之德也	國君積行累功，以致爵位。夫人起家而居有之，德如鳲鳩，乃可以配焉。
召南・采蘩	夫人不失職也	夫人可以奉祭祀，則不失職矣。
召南・草蟲	大夫妻能以禮自防也。	
召南・采蘋	大夫妻能循法度也	能循法度，則可以承先祖共祭祀矣。
召南・甘棠	美召伯也	召伯之教，明於南國。
召南・行露	召伯聽訟也	衰亂之俗微，貞信之教興，彊暴之男不能侵陵貞女也。
召南・羔羊	鵲巢之功致也	召南之國化文王之政，在位皆節儉正直，德如羔羊也。

詩篇名＼序次別	首序	續序
召南・殷其靁	勸以義也	召南之大夫遠行從政，不遑寧處。其室家能閔其勤勞，勸以義也。
召南・摽有梅	男女及時也	召南之國被文王之化，男女得以及時也。
召南・小星	惠及下也	夫人無妬忌之行，惠及賤妾進御於君。知其命有貴賤，能盡其心矣。
召南・江有汜	美媵也	勤而無怨，嫡能悔過也。文王之時，江沱之閒有嫡不以其媵備數，媵遇勞而無怨，嫡亦自悔也。
召南・野有死麕	惡無禮也	天下大亂，彊暴相陵，遂成淫風。被文王之化，雖當亂世，猶惡無禮也。
召南・何彼襛矣	美王姬也	雖則王姬，亦下嫁於諸侯，車服不繫其夫。下王后一等，猶執婦道以成肅雝之德也。
召南・騶虞	鵲巢之應也	鵲巢之化行，人倫既正，朝廷既治，天下純被文王之化，則庶類蕃殖。蒐田以時，仁如騶虞，則王道成也。
邶・柏舟	言仁而不遇也	衛頃公之時，仁人不遇，小人在側。
邶・綠衣	衛莊姜傷己也	妾上僭。夫人失位而作是詩也。
邶・燕燕	衛莊姜送歸妾也。	
邶・日月	衛莊姜傷己也	遭州吁之難，傷己不見荅於先君，以至困窮之詩也。
邶・終風	衛莊姜傷己也	遭州吁之暴，見侮慢而不能正也。
邶・擊鼓	怨州吁也	衛州吁用兵暴亂，使公孫文仲將而平陳與宋。國人怨其勇而無禮也。

（續下表）

序次別　詩篇名	首序	續序
邶・凱風	美孝子也	衛之淫風流行，雖有七子之母，猶不能安其室。故美七子能盡其孝道以慰其母心，而成其志爾。
邶・雄雉	刺衛宣公也	淫亂不恤國事，軍旅數起。大夫久役，男女怨曠。國人患之而作是詩。
邶・匏有苦葉	刺衛宣公也	公與夫人並為淫亂。
邶・谷風	刺夫婦失道也	衛人化其上。淫於新昏而棄其舊室，夫婦離絕，國俗傷敗焉。
邶・式微	黎侯寓于衛	其臣勸以歸也。
邶・旄丘	責衛伯也	狄人迫逐黎侯，黎侯寓于衛。衛不能脩方伯連率之職，黎之臣子以責於衛也。
邶・簡兮	刺不用賢也	衛之賢者仕於伶官，皆可以承事王者也。
邶・泉水	衛女思歸也	嫁於諸侯，父母終，思歸寧而不得，故作是詩以自見也。
邶・北門	刺仕不得志也	言衛之忠臣不得其志爾。
邶・北風	刺虐也	衛國並為威虐。百姓不親，莫不相攜持而去焉。
邶・靜女	刺時也	衛君無道，夫人無德。
邶・新臺	刺衛宣公也	納伋之妻。作新臺于河上而要之。國人惡之，而作是詩也。
邶・二子乘舟	思伋壽也	衛宣公之二子爭相為死，國人傷而思之，作是詩也。
鄘・柏舟	共姜自誓也	衛世子共伯蚤死，其妻守義。父母欲奪而嫁之，誓而弗許，故作是詩以絕之。
鄘・牆有茨	衛人刺其上也	公子頑通乎君母。國人疾之而不可道也。

序次別 詩篇名	首序	續序
鄘·君子偕老	刺衛夫人也	夫人淫亂，失事君子之道。故陳人君之德，服飾之盛，宜與君子偕老也。
鄘·桑中	刺奔也	衛之公室淫亂，男女相奔。至于世族在位，相竊妻妾，期於幽遠，政散民流，而不可止。
鄘·鶉之奔奔	刺衛宣姜也	衛人以為宣姜鶉鵲之不若也。
鄘·定之方中	美衛文公也	衛為狄所滅，東徙渡河，野處漕邑。齊桓公攘戎狄而封之。文公徙居楚丘，始建城市而營宮室，得其時制，百姓說之，國家殷富焉。
鄘·蝃蝀	止奔也	衛文公能以道化其民。淫奔之恥，國人不齒也。
鄘·相鼠	刺無禮也	衛文公能正其羣臣，而刺在位承先君之化、無禮儀也。
鄘·丁旄	美好善也	衛文公臣子多好善賢者，樂告以善道也。
鄘·載馳	許穆夫人作也	閔其宗國顛覆，自傷不能救也。衛懿公為狄人所滅，國人分散，露於漕邑。許穆夫人閔衛之亡，傷許之小，力不能救。思歸唁其兄，又義不得，故賦是詩也。
衛·淇奧	美武公之德也	有文章，又能聽其規諫，以禮自防，故能入相于周。美而作是詩也。
衛·考槃	刺莊公也	不能繼先公之業，使賢者退而窮處。
衛·碩人	閔莊姜也	莊公惑於嬖妾，使驕上僭。莊姜賢而不荅，終以無子。國人閔而憂之。
衛·氓	刺時也	宣公之時，禮義消亡、淫風大行，男女無別，遂相奔誘。華落色衰，復相棄背。或乃困而自悔，喪其妃耦，故序其事以風焉。美反正，刺淫泆也。
衛·竹竿	衛女思歸也	適異國而不見荅，思而能以禮者也。

（續下表）

序次別 詩篇名	首序	續序
衛‧芄蘭	刺惠公也	驕而無禮，大夫刺之。
衛‧河廣		宋襄公母歸于衛。思而不止，故作是詩也。
衛‧伯兮	刺時也	言君子行役，為王前驅，過時而不反焉。
衛‧有狐	刺時也	衛之男女失時，喪其妃耦焉。古者國有凶荒，則殺禮而多昏。會男女之無夫家者，所以育人民也。
衛‧木瓜	美齊桓公也	衛國有狄人之敗，出處于漕，齊桓公救而封之，遺之車馬器服焉。衛人思之，欲厚報之，而作是詩也。
王‧黍離	閔宗周也	周大夫行役至于宗周。過故宗廟宮室，盡為禾黍，閔周室之顛覆，彷徨不忍去而作是詩也。
王‧君子于役	刺平王也	君子行役無期度，大夫思其危難以風焉。
王‧君子陽陽	閔周也	君子遭亂，相招為祿仕，全身遠害而已。
王‧揚之水	刺平王也	不撫其民，而遠屯戍于母家。周人怨思焉。
王‧中谷有蓷	閔周也	夫婦日以衰薄。凶年饑饉，室家相棄爾。
王‧兔爰	閔周也	桓王失信，諸侯背叛，構怨連禍。王師傷敗，君子不樂其生焉。
王‧葛藟	王族刺平王也	周室道衰，棄其九族焉。
王‧采葛	懼讒也。	
王‧大車	刺周大夫也。	禮義陵遲，男女淫奔，故陳古以刺今。大夫不能聽男女之訟焉。

序次別 詩篇名	首序	續序
王・丘中有麻	思賢也	莊王不明，賢人放逐。國人思之而作是詩也。
鄭・緇衣	美武公也	父子並為周司徒，善於其職，國人宜之。故美其德。以明有國善善之功焉。
鄭・將仲子	刺莊公也	不勝其母以害其弟，弟叔失道而公弗制。祭仲諫而公弗聽，小不忍以致大亂焉。
鄭・叔于田	刺莊公也	叔處于京，繕甲治兵，以出于田。國人說而歸之。
鄭・大叔于田	刺莊公也	叔多才而好勇，不義而得眾也。
鄭・清人	刺文公也	高克好利而不顧其君，文公惡而欲遠之。不能，使高克將兵而禦狄于竟，陳其師旅，翱翔河上。久而不召，眾散而歸，高克奔陳。公子素惡高克，進之不以禮，文公退之不以道，危國亡師之本，故作是詩也。
鄭・羔裘	刺朝也	言古之君子以風其朝焉。
鄭・遵大路	思君子也	莊公失道，君子去之，國人思望焉。
鄭・女曰雞鳴	刺不說德也	陳古義以刺今，不說德而好色也。
鄭・有女同車	刺忽也	鄭人刺忽之不昏于齊。太子忽嘗有功于齊，齊侯請妻之。齊女賢而不取，卒以無大國之助，至於見逐。故國人刺之。
鄭・山有扶蘇	刺忽也	所美非美然。
鄭・蘀兮	刺忽也	君弱臣強，不倡而和也。
鄭・狡童	刺忽也	不能與賢人圖事，權臣擅命也。

（續下表）

序次別 詩篇名	首序	續序
鄭・褰裳	思見正也	狂童恣行，國人思大國之正己也。
鄭・丰	刺亂也	婚姻之道缺，陽倡而陰不和，男行而女不隨。
鄭・東門之墠	刺亂也	男女有不待禮而相奔者也。
鄭・風雨	思君子也	亂世則思君子，不改其度焉。
鄭・子衿	刺學校廢也	亂世則學校不脩焉。
鄭・揚之水	閔無臣也	君子閔忽之無忠臣良士，終以死亡而作是詩也。
鄭・出其東門	閔亂也	公子五爭，兵革不息。男女相棄，民人思保其室家焉。
鄭・野有蔓草	思遇時也	君之澤不下流。民窮於兵革。男女失時。思不期而會焉。
鄭・溱洧	刺亂也	兵革不息，男女相棄，淫風大行，莫之能救焉。
齊・雞鳴	思賢妃也	哀公荒淫怠慢，故陳賢妃貞女夙夜警戒，相成之道焉。
齊・還	刺荒也	哀公好田獵，從禽獸而無厭。國人化之，遂成風俗，習於田獵。謂之賢，閑於馳逐。謂之好焉。
齊・著	刺時也	時不親迎也。
齊・東方之日	刺衰也	君臣失道，男女淫奔，不能以禮化也。
齊・東方未明	刺無節也	朝廷興居無節、號令不時，挈壺氏不能掌其職焉。
齊・南山	刺襄公也	鳥獸之行，淫乎其妹。大夫遇是惡，作詩而去之。
齊・甫田	大夫刺襄公也	無禮義而求大功，不脩德而求諸侯。志大心勞，所以求者非其道也。

序次別＼詩篇名	首序	續序
齊‧盧令	刺荒也	襄公好田獵，畢弋而不脩民事。百姓苦之，故陳古以風焉。
齊‧敝笱	刺文姜也	齊人惡魯桓公微弱，不能防閑文姜，使至淫亂，為二國患焉。
齊‧載驅	齊人刺襄公也	無禮義。故盛其車服，疾驅於通道大都，與文姜淫播其惡於萬民焉。
齊‧猗嗟	刺魯莊公也	齊人傷魯莊公有威儀技藝，然而不能以禮防閑其母，失子之道。人以為齊侯之子焉。
魏‧葛屨	刺褊也	魏地陿隘，其民機巧趨利。其君儉嗇褊急，而無德以將之。
魏‧汾沮洳	刺儉也	其君儉以能勤，刺不得禮也。
魏‧園有桃	刺時也	大夫憂其君國小而迫，而儉以嗇。不能用其民而無德教，日以侵削。故作是詩也。
魏‧陟岵	孝子行役思念父母也	國迫而數侵削，役乎大國，父母兄弟離散，而作是詩也。
魏‧十畝之間	刺時也	言其國削小，民無所居焉。
魏‧伐檀	刺貪也	在位貪鄙。無功而受祿，君子不得進仕爾。
魏‧碩鼠	刺重斂也	國人刺其君重斂蠶食於民，不脩其政。貪而畏人，若大鼠也。
唐‧蟋蟀	刺晉僖公也	儉不中禮，故作是詩以閔之，欲其及時以禮自虞樂也。此晉也而謂之唐，本其風俗憂深思遠，儉而用禮，乃有堯之遺風焉。
唐‧山有樞	刺晉昭公也	不能脩道以正其國，有財不能用，有鐘鼓不能以自樂，有朝廷不能洒埽。政荒民散，將以危亡，四鄰謀取其國家而不知，國人作詩以刺之也。

（續下表）

序次別 詩篇名	首序	續序
唐・揚之水	刺晉昭公也	昭公分國以封沃。沃盛強，昭公微弱，國人將叛而歸沃焉。
唐・椒聊	刺晉昭公也	君子見沃之盛彊，能脩其政，知其蕃衍盛大，子孫將有晉國焉。
唐・綢繆	刺晉亂也	國亂，則婚姻不得其時焉。
唐・杕杜	刺時也	君不能親其宗族，骨肉離散，獨居而無兄弟，將為沃所并爾。
唐・羔裘	刺時也	晉人刺其在位不恤其民也。
唐・鴇羽	刺時也	昭公之後，大亂五世。君子下從征役，不得養其父母，而作是詩也。
唐・無衣	刺晉武公也	武公始并晉國，其大夫為之請命乎天子之使，而作是詩也。
唐・有杕之杜	刺晉武也	武公寡特，兼其宗族，而不求賢以自輔焉。
唐・葛生	刺晉獻公也	好攻戰則國人多喪矣。
唐・采苓	刺晉獻公也	獻公好聽讒焉。
秦・車鄰	美秦仲也	秦仲始大，有車馬禮樂侍御之好焉。
秦・駟驖	美襄公也	始命有田狩之事、園囿之樂焉。
秦・小戎	美襄公也	備其兵甲以討西戎。西戎方彊，而征伐不休，國人則矜其車甲，婦人能閔其君子焉。
秦・蒹葭	刺襄公也	未能用周禮，將無以固其國焉。
秦・終南	戒襄公也	能取周地，始為諸侯受顯服。大夫美之，故作是詩以戒勸之。
秦・黃鳥	哀三良也	國人刺穆公以人從死，而作是詩也。
秦・晨風	刺康公也	忘穆公之業，始棄其賢臣焉。

序次別 詩篇名	首序	續序
秦・無衣	刺用兵也	秦人刺其君，好攻戰、亟用兵，而不與民同欲焉。
秦・渭陽	康公念母也	康公之母，晉獻公之女。文公遭麗姬之難未反，而秦姬卒，穆公納文公。康公時為大子，贈送文公于渭之陽，念母之不見也。我見舅氏，如母存焉。及其即位，思而作是詩也。
秦・權輿	刺康公也	忘先君之舊臣與賢者，有始而無終也。
陳・宛丘	刺幽公也	淫荒昏亂，游蕩無度焉。
陳・東門之粉	疾亂也	幽公淫荒。風化之所行，男女棄其舊業，亟會於道路，歌舞於市井爾。
陳・衡門	誘僖公也	愿而無立志，故作是詩以誘掖其君也。
陳・東門之池	刺時也	疾其君子淫昏，而思賢女以配君子也。
陳・東門之楊	刺時也	昏姻失時，男女多違，親迎女，猶有不至者也。
陳・墓門	刺陳佗也	陳佗無良師傅，以至於不義，惡加於萬民焉。
陳・防有鵲巢	憂讒賊也	宣公多信讒，子憂懼焉。
陳・月出	刺好色也	在位不好德而說美色焉。
陳・株林	刺靈公也	淫乎夏姬，驅馳而往，朝夕不休息焉。
陳・澤陂	刺時也	言靈公君臣淫於其國，男女相說，憂思感傷焉。
檜・羔裘	大夫以道去其君也	國小而迫，君不用道。好絜其衣服，逍遙遊燕，而不能自強於政治。故作是詩也。
檜・素冠	刺不能三年也	

（續下表）

序次別 詩篇名	首序	續序
檜・隰有萇楚	疾恣也	國人疾其君之淫恣，而思無情慾者也。
檜・匪風	思周道也	國小政亂，憂及禍難而思周道焉。
曹・蜉蝣	刺奢也	昭公國小而迫，無法以自守。好奢而任小人，將無所依焉。
曹・候人	刺近小人也	共公遠君子而好近小人焉。
曹・鳲鳩	刺不壹也	在位無君子，用心之不壹也。
曹・下泉	思治也	曹人疾共公侵刻下民，不得其所。憂而思明王賢伯也。
豳・七月	陳王業也	周公遭變故，陳后稷先公風化之所由，致王業之艱難也。
豳・鴟鴞	周公救亂也	成王未知周公之志，公乃為詩以遺王，名之曰鴟鴞焉。
豳・東山	周公東征也	周公東征，三年而歸。勞歸士大夫美之，故作是詩也。一章言其完也，二章言其思也，三章言其室家之望女也，四章樂男女之得及時也。君子之於人，序其情而閔其勞，所以說也。說以使民，民忘其死，其唯東山乎。
豳・破斧	美周公也	周大夫以惡四國焉。
豳・伐柯	美周公也	周大夫刺朝廷之不知也。
豳・九罭	美周公也	周大夫刺朝廷之不知也。
豳・狼跋	美周公也	周公攝政，遠則四國流言，近則王不知周。大夫美其不失其聖也。

註：灰底表示欠缺首序或續序者。

拾、鄭學意義下的大雅與頌體詩《毛詩序》凸顯的《詩》教思想

一、前言：鄭玄重視《毛詩序》的「國史」說而編《詩譜》

　　《毛詩序》在鄭玄（127～200）作《毛詩傳箋》以補正《毛詩故訓傳》，又改良衛宏單行的《毛詩序》方式，使成為今本《毛詩序》。此新的版本因為合併《毛詩》、《毛詩序》、《毛詩故訓傳》、《毛詩傳箋》四者於一，最方便教習者閱讀，既促成《毛詩》的大流行，而使其他三家《詩》相形失色，也使《毛詩序》成為解讀及傳授《詩》教的指導座標。鄭玄有鑒於《毛詩序》中已明載「國史明乎得失之迹」，且有正、變、美、刺的問題，顯示歷史發展可提供後人戒鑒的情形，乃是影響《毛詩序》形成的重要條件，於是再行編制《詩譜》，將所有的詩篇區分正、變，並進行所屬時世的歸類，以提供解讀及傳授《詩》者極重要的參考依據。

　　北宋時期的歐陽修（1007～1072）雖然批評毛、鄭「以禮箋《詩》」多有不當，卻極為佩服鄭玄作《詩譜》的創舉，還特別為之作〈鄭氏詩譜補亡〉，可說明讀《詩》必須特別注意各詩篇所屬時世的問題。至於清代，吳騫（1733～1813）、丁晏（1794～1875）、胡元儀（1848～1907）、馬鐘山（生卒年不詳）等人，都相當重視鄭玄的《詩譜》，各有相關的疏證類作品問世。方玉潤（1811～1883）則是模仿《詩譜》編次各詩的方式，在其著作《詩經原始》中，不但有〈諸國世次圖〉，也有〈作詩時世圖〉，直接反映解讀詩作必須注意所屬時世的問題。方玉潤認同鄭玄將五首〈商頌〉歸屬商代的作法，再將剩餘 306 篇（含笙詩）的周詩，分別歸屬文王至定王世代的詩。方氏雖同樣區別正、變，然已對某些詩的時世有所考證，不過，卻也含蓄地說明各詩所屬的時世事實上難以全考，即使是歷代儒師所訂詩體的正、變問題也未必完全正

確。[1]凡此對於《詩》的所有詩篇進行譜系劃分，都說明詩作與歷史具有極密切的關係。雖然如此，卻罕有學者透過歷史溯源的途徑而追問歷來眾說紛紜的《毛詩序》作者（更確切說，應為輯錄者）問題，是故本文嘗試藉由歷史發展的角度重新思考有關《毛詩序》輯錄者的問題，並就《毛詩序》所載而呈現其《詩》教思想。

基於各詩篇所屬時世的劃分，在《詩譜》成立後大多已定型，故而本文的討論，即先以鄭玄的劃分為準，若有不當，再於討論分析中說明。考慮《詩》包含風、雅、頌三大體類，撰作的時間跨度相當大，其中，雅又分為大、小雅兩部分，涉及的內容都十分龐雜，與歷史發展的因緣也各有深淺不同，自然必須分別探討。基於〈周頌〉成篇的時代較早，且很多又與〈大雅〉特定詩篇的內容密切相關，必須兩相整合以觀其義，因而本文先選取與歷史發展關係最密切的大雅與頌體詩為討論主軸，先論述「國史」與詩旨記錄者的關係，再討論周王朝成立以前詩作的《毛詩序》記錄者問題，然後結合〈大雅〉與相關的〈周頌〉詩作，依次討論文武二王、成王、厲王、宣幽二王時期詩作的內容與《毛詩序》所載的出入情形，然後探討擔任記錄的「國史」人員當時的《詩》教觀，繼而再討論〈魯頌〉與〈商頌〉的《毛詩序》相關問題，最後提出綜合的結論。

二、「國史」與詩旨記錄者的關係

即使今本《毛詩序》的記錄者問題尚難解決，然因文中已明載：

> 國史明乎得失之迹，傷人倫之變，哀刑政之苛，吟詠性情以風其上，達於事變而懷其舊俗。[2]

1　其詳參見清・方玉潤撰，李先耕點校：《詩經原始》上冊（北京：中華書局，1986 年），頁 26～41。

2　《詩》〈國風・關雎〉，見於漢・毛亨傳，鄭玄箋，唐・孔穎達等正義：《毛詩正義》，收入《十三經注疏（附清・阮元《校勘記》）》（臺北：藝文印書館，1985 年），頁 17，〈關雎〉篇題下之《毛詩序》。

故而鄭玄的《詩譜》，即繼承《毛詩序》認為王道衰微後，而變〈風〉、變〈雅〉興，遂上承其「風雅正變」和「美刺」之說，再作進一步發揮。鄭玄認為詩主於言志的說法，乃上承〈虞書〉：「詩言志，歌永言，聲依永，律和聲」的古老傳統而來。由於認為自陶唐以來，乃至文武成周之世，都是太平盛世，故而禮樂歌頌之聲四起，因而其詩都是正〈風〉、正〈雅〉，具有敦美教化的作用，是《詩》的正經；懿厲以後，則因王政衰崩，政教敗壞，所以怨刺載道，故而此時期的詩已轉為變〈風〉、變〈雅〉，且透過怨刺的方式以為後世戒。[3] 由此可見鄭玄早已認為《詩》與政治風教的關係極其密切，也承認《毛詩序》與「國史」密切相關，只是並未說明「國史」為何許人等。

至於程子（1033～1107），即根據〈大序〉的行文類似《周易》〈繫辭〉，認為是聖人（孔子）作此以教學者，又慮後來者不知詩，故而序〈關雎〉以示之。至於〈小序〉，則可從〈大序〉的「國史明乎得失之迹」而知，因為如非國史，則難以知其所美、所刺的對象，且認為當時若無〈小序〉，雖聖人亦辨不得。[4] 程說的特點在於能追本溯源，將《毛詩序》的存在溯自《詩》形成之初，由「國史」記錄作詩的本義，但依然未說明「國史」的正確身分。

由於程說能重視根源問題，因而能在鄭玄的通俗說法後，形成另一重要說法。至於時代與程子相近的王安石（1021～1086）則有「詩人自製」的說法，[5] 雖然程、王二說的內涵不盡相同，但都強調始作詩時的源頭問題極重要。由於整部《詩》所跨越的年代超過 500 年，所以無論是詩的作者，抑或各篇的序，都非一時一人之作。由於最晚的詩篇大約在春秋中期，遠在孔子出生前數十年，即使《毛詩序》與孔子的關係極密切，倘若在孔子之前，各詩的本事毫無所記，則向來主張「述而不作，信而好古」的孔子，[6] 亦不可能憑空創造。換

3　其詳參見漢・鄭玄：《詩譜序》，收入《毛詩正義》，頁 4～7。

4　其詳參見清・朱彝尊著，馮曉庭、陳恆嵩、侯美珍點校：《經義考》〈詩二・詩序〉卷 99（臺北：中研院文哲所籌備處，1997 年），頁 697～698。

5　其詳參見清・朱彝尊：《經義考》，頁 696。王安石（1021～1086）與程顥（1032～1085）、程頤（1033～1107）兩兄弟所處的年代相近。

6　《論語》〈述而〉，見於魏・何晏集解，宋・邢昺疏：《論語注疏》，收入《十三經注疏（附清・阮元《校勘記》）》（臺北：藝文印書館，1985 年），頁 60。

言之，合理的推測，應是孔子承前所記，再傳給子夏；再由子夏，甚或子夏的弟子筆之於書。由於《詩》屬於貴族文學，乃貴族子弟必讀的經典（詳參本書第柒篇），即使是取材自民間的風體詩，仍需經過樂官等諸多人員的處理、訂定，以決定是否收入《詩》的選集，所以〈大序〉的「國史」說即是極重要的線索。

王禮卿（1909～1997）在綜考有關《毛詩序》作者的三大類說法（鄭玄《詩譜》、范曄（398～445）《後漢書》以及宋儒的「國史」與歷代講師說）後，認為〈小序〉出於國史的說法最近於情實。王氏特別指出采自民間的風體詩，若非采詩之官記錄該詩所得之地、出於何人、主於何事，然後致之大師、上之「國史」，再由「國史」董理著錄其義類，而為序以著明之，進而決定配以何種管絃的樂器，成為教導國子學《詩》、傳授事義的依據；否則，即使聖明如孔子，也無法得知詩的旨意。王氏主要根據《周禮疏》所載：「大師是瞽人之中、樂官之長，瞽矇屬焉。」[7]認為大師與瞽矇皆無目之人，既然所采的詩需致之大師，然後上之「國史」，故其義類的董理著錄，應出於「國史」。至於其所謂「國史」，從其稱引「小史掌邦國之志」，又言詩乃記廢興的緣由，使聞之者可以明得失的痕跡，也可屬於「志」一類的內容，故能與大師共同參議而序詩，完成「國史」所職掌。由於詩非作於一世，故而序也非出於一史。其中，「首序」或為國史之詞，然而也有秦漢以前的後代儒師潤飾者，「續序」則或為「國史」之詞，或為歷代經師，依據「國史」的原義而有所申益，然而都因流傳久遠，又有宗派的分別、師承的差異，以致文辭無法畫一。[8]王氏的說法大體已相當近於情實，只是對照《周禮》的各類職官，並無直接以「國史」名官者。

由此可見今本《毛詩序》所稱「國史」，在周初仍是官師合一，且執行業

7　此處之《周禮疏》，出自《周禮》〈春官・大師〉，見於漢・鄭玄注，唐・賈公彥疏：《周禮注疏》，收入《十三經注疏（附清・阮元《校勘記》）》（臺北：藝文印書館，1985 年），頁 357，大師之職最末，「凡國之瞽矇，正焉」之賈疏。

8　其詳參見王禮卿：《四家詩恉會歸》（上海：華東師範大學出版社，2009 年），頁 7～10。王氏主要根據《周禮疏》：「大師是瞽人之中、樂官之長，瞽矇屬焉。」認為大師與瞽矇皆無目之人。

務多採「官聯」的方式進行，「國史」可能並非專指「小史」一人，也非專職的特稱，而是籠統概括之詞，泛指與記錄國家史事的相關執事人員。畢竟影響周代文化最重要的禮樂制度，有待周公在平定三監之亂，使周王室獲得初步穩定以後始可進行，因而「制禮作樂」最重要的時期當是成王時期（依《竹書紀年》包含周公攝政，共計 37 年）陸續完成。《周禮》的職官規劃，也是周公在即將還政於成王時，初步擬定的職官安排，都還有待日後繼續補充以求完善。由於有些〈周頌〉與〈大雅〉之詩的敘寫，乃在成王以前或者成王當時，所有的職官名稱與職務內容都尚未完備，因此在該類詩首創當時，由朝廷中一些執事人員商議，作成簡約文辭以為日後行禮時的備忘錄亦屬合理，故而僅以「國史」籠統概稱之，也未在今本《周禮》的職官表中出現「國史」的官職。若從孔《疏》所言：「國史者，《周官》大史、小史、外史、御史之等皆是也」，或可說明「國史」乃由一群對某事相關的人員共同組成的商議團體。不過，若再從其下又引鄭玄答張逸所說，更可見「國史」其實僅為概括之名：

> 國史采眾詩時，明其好惡，令瞽矇歌之。其無作主者，皆國史主之，令可歌。如此言，是由國史掌書，故託之史也。苟能制作文章，亦可謂之為史，不必要作史官。[9]

孔穎達（574〜648）特別提出「國史」不必要是某一特定史官，是相當重要的補充說明，因為「國史」與史官的職務與特性畢竟不同。孔氏還特別舉〈駉〉為例，以「史克作是頌」說明作詩者固然有史官，然而各詩不盡然都是史官為之。至於大史、小史、外史、御史等官員的區分與職掌，[10]也是後來由粗疏而趨於精細化，且明顯已在建邦六典的整體規劃下，再進行較清楚的劃

9　《毛詩正義》，頁 17。

10　《周禮》〈春官・大史〉，頁 401：「大史：掌建邦之六典，以逆邦國之治。掌灋以逆官府之治，掌則以逆都鄙之治」。〈春官・小史〉，頁 403〜404：「小史：掌邦國之志，……凡國事之用禮灋者，掌其小事。」〈春官・內史〉，頁 407：「內史：掌王之八柄之灋，以詔王治，……凡四方之事書，內史讀之」。〈春官・外史〉，頁 408：「外史：掌書外令，掌四方之志，掌三皇五帝之書，掌達書名于四方。」〈春官・御史〉，頁 413：「御史：掌邦國都鄙及萬民之治令，以贊冢宰。凡治者受灋令焉」。

分，同時又預留建立「官聯」的線索，故而「國史」較可能為早期的籠統稱呼。倘若再加上「國史」所記錄的對象，乃是體裁較特別的可以入樂詩歌，則其詩旨的記錄，至少還應會同一些懂得樂律或與實施樂教有關人員的意見，即日後稱為樂師、大師一類的人員。[11] 由於這些分殊細密的「官聯」組織，不可能為制禮作樂重大工程完成前的職務分配，所以也不好使用日後的官名來稱呼之。

再者，由於史官書寫歷史事件的責任在於紀實，而《毛詩序》的作用則在於輔助說明該詩的創作背景，並提示其教育功能，兩者的性質、目的與作用都不甚相同，所以《毛詩序》籠統使用「國史」而不稱史官，或許即是深思熟慮後的選擇。眾所周知，六經的古代典籍雖早於孔子而存在，然而一般平民欠缺接受典籍教育的機會，直到孔子才率先以《詩》、《書》、禮、樂教導有志受教的平民弟子。[12] 既然最晚的詩篇都遠在孔子出生前數十年以前，倘若各篇的詩旨未曾留下一些註記資料，孔子亦難以傳授詩旨、進行詩教的重要工作。證諸《漢書》所載：

> 孟春之月，群居者將散，行人振木鐸徇于路，以采詩，獻之大師，比其音律，以聞於天子。[13]

所採集的詩，在「獻之大師」與「聞於天子」之間，即需要由許多相關職務的人員共同商討之。由於這群人前後跨越 500 多年，《毛詩序》只能籠統概稱為「國史」。推想《毛詩序》特別凸顯「國史」的用意，或有意藉此指出無論是孔子傳播詩教、子夏傳詩，以至於秦火以後的三家《詩》以及《毛詩》的傳

11　《周禮》〈春官·樂師〉，頁 350～352：「樂師：掌國學之政，以教國子小舞。……教樂儀，行以〈肆夏〉，趨以〈采薺〉，……凡樂，掌其序事，治其樂政。」〈春官·大師〉，頁 354～357：「大師：掌六律、六同，以合陰陽之聲。……教六詩，曰風，曰賦，曰比，曰興，曰雅，曰頌；以六德為之本，以六律為之音。……凡國之瞽矇，正焉」。

12　漢·司馬遷：《史記》〈孔子世家〉，見於（日）瀧川龜太郎：《史記會注考證》（臺北：洪氏出版社，1977 年），頁 760：「孔子以《詩》、《書》、禮樂教，弟子蓋三千焉，身通六藝者七十有二人」。

13　漢·班固撰，唐·顏師古注：《漢書》〈食貨志上〉（北京：中華書局，1962 年），頁 1123。

授，都有很重要、很長遠的傳承轉化過程。

　　由於擔任詩旨記錄的人員並不僅一人，又因為整部《詩》的創作時代背景與環境變遷都極大，以致原本簡明扼要的紀錄，在經歷若干世代後，也可能發生難以理解的狀態，故而後代的「國史」也可能續修或補充前代「國史」所記。再加上風、雅、頌不同類型的詩，其來源、功能與作用都各有差異，更存在或明得失、或傷人倫、或哀刑政、或詠性情、或風其上、或懷舊俗的分別。即便《毛詩序》原來都與「國史」具備一定程度的關係，然而其實際狀況，則會跟隨政治局勢的興衰，而影響「國史」在釐定詩旨時，會出現所記與詩的內容不盡吻合的差異現象。

　　大體而言，倘若詩的內容直接攸關政事者，或者是在政治清明、行政運作上軌道時期所創作的詩篇，其詩旨與詩的內容之密合度都比較高，後來的讀者易於見而識義；反之，則難得確解。自孟子主張讀《詩》的重要方法之一為「知人論世」，[14]即深刻影響後世讀《詩》或研究《詩》者。例如今本《毛詩序》已明顯利用孟子的方法，先推斷詩篇所處的時代，再以相關的史事比附之；鄭玄的《詩譜》更率先以譜系的方式，呈現各首詩的歷史世次，協助讀詩者先行理解各首詩的歷史背景，以方便進一步掌握其詩旨及含義。由於〈周頌〉大多為有關宗廟祭禮的詩，故而都有特定的執事人員負責禮儀的進行，因此詩旨的記錄也相對明確，然而因為〈周頌〉的文辭極為簡約，詩中所蘊藏的豐富內容，往往需要參考相關的〈大雅〉詩篇；〈大雅〉之詩也因為大多與重要政事相關，故而與「國史」的關係尤為密切，詩旨的記錄也相對明確。至於有些〈大雅〉之詩雖與政事密切相關，然而卻與祭禮無涉者，則適合另外進行分類討論。

14　《孟子》〈萬章下〉，見於漢‧趙岐注，宋‧孫奭疏：《孟子注疏》，收入《十三經注疏（附清‧阮元《校勘記》)》（臺北：藝文印書館，1985 年），頁 188，孟子謂萬章曰：「頌其詩，讀其書，不知其人，可乎？是以論其世也。是尚友也」。

三、公劉與公亶父時期詩的《毛詩序》凸顯的《詩》教思想

　　根據鄭玄《詩譜》，將〈棫樸〉、〈旱麓〉、〈靈臺〉、〈緜〉、〈思齊〉、〈皇矣〉六篇列入文王之世，而將〈周頌〉31 篇以及「正大雅」12 篇（〈文王〉、〈大明〉、〈下武〉、〈文王有聲〉、〈生民〉、〈行葦〉、〈既醉〉、〈鳧鷖〉、〈假樂〉、〈公劉〉、〈泂酌〉、〈卷阿〉），都列於包含周公攝政在內的成王之世。[15] 推究鄭玄區分上述各詩世次，或為考慮完成宗廟祭禮的定制，應在周公制禮作樂完成以後，故將〈周頌〉等詩統一放在成王之世。然而如此分類的弊端，則造成如此數目龐大的〈周頌〉竟然毫無時代先後區分，顯然並非理想劃分法。

　　蓋「事神致福」，[16]乃立基於人人皆有趨吉避凶的心理需求，因而遠古的祭禮其實是源遠流長的。紅山文化可分為早、中、晚三期，晚期距今約 5500 至 5000 年前，已初具史前聚落社會型態，且發現已有埋葬習俗與原始宗教信仰行為。根據馮時（1958～）研究，牛河梁遺址群所見約 3000B.C.建立的三環石壇，是目前所見最早的祭壇，其方丘應該就是後代禮書所載的地壇與月壇，圜丘則是天壇與日壇，反映中國古代以三環象徵天道的思想相當悠久。[17] 參照全世界皆存在萬物有靈的古老信仰，祭祀以祈福的活動即是亙古常存的生活信仰內容。由於祭祀天地、日月屬於外祭，因而通過三環石壇的造型原理可以推想而知其所屬性質；祭祖的活動因為是內祭，不必搭建特定的祭壇，所以未在牛河梁遺址群發現足資證明的資料。不過，既已有埋葬習俗，則既葬以後的祭祀活動也理應同時存在，只差細節不詳而已。考慮宗廟祭禮的實施狀況，

15　由於目前的鄭玄《詩譜》已分散插入《毛詩正義》，且不免有所散佚，因此歐陽修《詩本義》的附錄卷〈鄭氏詩譜補亡〉，包含〈詩圖總序〉、〈補亡鄭譜〉、〈詩譜補亡後序〉等部分，則較容易呈現鄭玄《詩譜》的面貌。裴普賢參照清儒吳騫的《詩譜後訂》、丁晏的《詩譜考正》與胡元儀的《詩譜》進行比較，寫就〈鄭氏《詩譜》補亡的研究〉一文，可以清楚呈現鄭玄《詩譜》的概況，且已收入裴普賢：《歐陽修詩本義研究》（臺北：東大圖書有限公司，1981 年）第八章，因而本文的鄭玄《詩譜》世次表，主要參考該書列表所載，頁 145～166。

16　《說文》〈一篇上〉，見於漢・許慎撰，清・段玉裁注：《說文解字注》（臺北：蘭臺書局，1972 年），頁 2：「禮，履也，所以事神致福也」。

17　其詳參見馮時：《中國天文考古學》（北京：社會科學文獻出版社，2007 年），頁 464～480。

當以存在宗廟制度的規劃為前提，因而從極簡單的原始宗教信仰行為，過渡到宗廟祭禮的實施，當然需要一段極漫長的時間轉變。不過，周民族至遲應在建國到一定規模時，即使當時尚未有程序十分固定而成熟的全套禮儀制度，但也會依照某些程序進行簡單的宗廟祭禮，並非等到周公帶領制禮作樂完成以後，周民族才開始舉行宗廟祭禮。

根據楊寬（1914～2005）研究，業已指出從殷墟武丁時期的卜辭中，存在多片記載商與周互動關係的資料，其中較多的是商對周的征伐，也有商對周發布的行動命令，說明周在武丁時期已被征服，成為商的眾多屬國之一，也對商進行納貢行為。楊寬更進而推論「周」的國號，有可能即是武丁所頒予，時間可能在公劉建都豳地當時已經存在，因為該族人自后稷以來即世世代代重視農業，農業地發展遠遠高於其他部族。「周」字在卜辭中的字形，即取象一大塊方整而有田界的農田中，農作物生長茂盛的樣貌，因而武丁頒發「周」的封號給公劉帶領的部族，也說明武丁對此部族的另眼相待。[18]〈公劉〉的內容雖然應為後代追記的資料，然而卜辭中既然能出現多次武丁調動大量兵力攻打周國的紀錄，即使周國最後被征服，此也可相對說明〈公劉〉所載的內容大多可信。透過該詩記載公劉遷徙豳地以後，即觀察陰陽方位，且有計畫地營建京師國都，並規劃城邑、宮室、聚會所的分布格局，也成立三單的軍隊歸建，且有計畫地開墾郊區、平原以及低地的農業發展，制訂「徹田為糧」的賦稅制，可見當時已有一定程度的國家體制。由於已有些建國體制，因此相關的祭祖禮應該也會舉行，其「蹌蹌濟濟、俾筵俾几」、「食之飲之、君之宗之」，在古代極注重鬼神信仰的時代環境下，不可能僅僅止於公劉與臣下的宴飲而不涉及祭祖，當時對祭祖也會有妥善的安排。

倘若再參考《史記》〈周本紀〉所載，同樣說明公劉時期，雖然族人仍與戎狄混居，但是因為能勤修后稷的基業，又懂得判斷土地適宜生長的物種，故而農業發展相當發達，且能自漆、沮渡過渭水善取建材，藉以營建城邑、居室，使人民的生活大大改善，因此司馬遷（145？～86？B.C.）謂之：「周道之

---

18 其詳參見楊寬：《西周史》（上海：上海人民出版社，1999 年），頁 33～40。

興自此始」。[19]然而正因為豳地開發有成，於是引來薰育戎狄不斷來擾，欲趁機奪取該已開發的土地與財物。當時的領袖公亶父因不忍發動戰爭而使民受苦，遂放棄豳地，率領其家屬進行遷居。豳人一聽到此消息，知道公亶父乃有德的人，於是扶老攜幼自動追隨公亶父來到岐下的周原。決定定居周原後，即繼承后稷、公劉勤奮開發的精神，從事以下重要的工作，造成民眾歡樂而歌的情形：

> 貶戎狄之俗，而營築城郭室屋，而邑別居之。作五官有司。民皆歌樂之，頌其德。[20]

從以上簡短記載可知公亶父在徙居岐下周原以後，利用豳地的開發經驗，更進一步形成一套由家族、宗族，乃至於社會、國家的體制，於是設立司空、司徒等五官的制度，使更具國家規模，且逐漸受到商王肯定。公亶父為對抗戎狄的威脅與發展周民族的勢力，認為採取聯殷圖存的方式不失為當時的上好策略，因此根據《竹書紀年》所載，殷商武乙三年：「命周公亶父，賜以岐邑」。[21]此說明周正式接受商王任命的文獻記載，出現在武乙之時，成為臣屬於殷的小諸侯國。自此，公亶父先行鞏固國內部族的實力，也任命太伯、虞仲向南開拓新據點，成為奠定周國發展的關鍵性君主。

雖然〈緜〉詩所載也屬後代追記的資料，然而從該詩中已可見公亶父在岐下周原劃定田畝疆界、整理溝洫分布、建立宮室門堂、建設宗廟社稷、分派官員職司等重要工作。由於象徵國家標誌的宗廟社稷都在公亶父時期確立，[22]合乎《周禮》所載小宗伯所主掌的祭祀職責，說明國家重要的祭祀活動已逐漸建

---

19 漢・司馬遷：《史記》〈周本紀〉，見於（日）瀧川龜太郎：《史記會注考證》（臺北：洪氏出版社，1977 年），頁 65。

20 漢・司馬遷：《史記》〈周本紀〉，頁 65。

21 王國維：《今本竹書紀年疏證》，收入楊家駱主編：《竹書紀年八種》（臺北：世界書局，1989 年），頁 344。

22 《周禮》〈小宗伯〉，見於漢・鄭玄注，唐・賈公彥疏：《周禮注疏》，收入《十三經注疏（附清・阮元《校勘記》）》（臺北：藝文印書館，1985 年），頁 290：「掌建國之神位，右社稷，左宗廟」。

立制度。或許此即武王伐紂成功後，追封先王止於太王公亶父的緣故。正因為追封止於公亶父，也相對說明〈緜〉詩所載可以反映公亶父當時開發與建設周原的情形。至文丁當時，季歷治下地勢力已相當強大，因屢建戰功，於文丁四年被任命為牧師。然因功高震主，文丁雖也嘉獎季歷的功勳，且九命季歷為方伯，但繼而又執諸塞庫，致使季歷憂困而死。[23]繼立為君的姬昌，治理小邦周前後超過 50 年，在如此長的期間，儘管舉行宗廟祭禮時，詩、樂、舞的搭配演出尚未臻於成熟，但因其注重追本溯源祖宗的功德，以致如何回顧先祖開疆拓土的德澤，藉以興發國人感恩、認同的情志，都是促使創作〈大雅〉的大臣或詩人，將敘寫周民族發展史的內容納入詩篇中的重要動機。

由於季歷乃文王之父，其功績如何，周的臣民人盡皆知，無須多說。然而綜觀文王以前對於周民族具有重大貢獻的領袖人物，當以公劉以及公亶父最重要，是最值得大肆宣揚其祖宗功德的對象，因此〈公劉〉與〈緜〉的詩篇恐怕在文王之世已經完成。將這些攸關周民族發展的〈大雅〉之詩，搭配一些原發性的手舞足蹈等律動表演，即可成為祭禮過程中附帶產生的絕佳民族精神教育材料。基於此特性，因此大體而言，很多〈周頌〉的詩篇應與相關的〈大雅〉敘事詩合觀以見義，否則難以彰顯〈周頌〉的深刻意義，徒留後世僅以〈頌〉體詩乃歌功頌德的虛詞，甚且還有不足觀的誤解。

基於〈周頌〉多應與〈大雅〉合觀的特性，因此有些鄭玄推定在成王之世的詩，主要是考量全套宗廟祭禮制度，乃在周公制禮作樂以後始配套完成。然而若將〈生民〉、〈公劉〉等攸關周族發展的重要詩篇，再往前推溯至更關鍵文王在位 50 年期間，則此類攸關周族發展史詩歌的傳唱，更可促成周公制禮作樂的極大動力，進而規劃更完整的全套宗廟祭禮制度。此類詩篇的相關記事，實與「國史」密切相關，其宗旨不外乎培養國人飲水思源、感恩圖報的醇厚民性，更希望凝結國人的向心力，團結合作共同開創周民族美好的新家園。

23　王國維：《今本竹書紀年疏證》，頁 344〜347。

四、文武二王時期詩的《毛詩序》凸顯的《詩》教思想

考察鄭玄《詩譜》所列文王之世的〈棫樸〉、〈旱麓〉、〈靈臺〉、〈縣〉、〈思齊〉、〈皇矣〉六篇詩，其《毛詩序》記錄者問題如下：

其中三篇，因「首序」的文意直白，毋須「續序」補充：〈縣〉、〈棫樸〉與〈思齊〉屬於此類。然因〈棫樸〉出現「六師及之」與「周王壽考」之辭，糜氏夫婦以為文王未曾為天子，焉得「六師」？且《詩》中有「六師」者，僅〈常武〉、〈瞻彼洛矣〉與〈棫樸〉三首，而前兩篇皆記錄宣王親征以完成中興大業，因此懷疑〈棫樸〉或也屬於歌詠宣王親征之事。[24]糜氏夫婦所說乃合理之疑，而揣想《毛詩序》如此說，極可能是宣王時的「國史」有鑑於周能得天下，關鍵在於君王能善用人才。由於樂用賢才為聖明君主的通性，且文王在位時已特別明顯，故將此稱美宣王的詩特別往前回溯至文王。「國史」希望藉由昭示「文王能官人」的美德，多提醒歷代周王應時時刻刻黽勉努力、任用賢才以綱紀四方。至於鄭玄逕自依「首序」所載，而直接列此詩於文王之世，雖也可謂便宜行事，不過，也不免有疏忽此細節的跡象。然而由此現象，倒也可見前後世代的「國史」，於記錄各詩的詩旨時，也會衡量各詩的歷史意義而作適當的調整，使該詩能發揮更高的鼓舞作用，激盪出「儀刑文王」的實踐力。

其他三篇，則因「首序」過於簡短，遂以「續序」補充說明：〈旱麓〉的「受祖」，〈皇矣〉的「美周」，〈靈臺〉的「民始附」文辭，都屬於此類，以方便讀者辨認。

由於〈縣〉、〈旱麓〉與〈皇矣〉都有稱美周族先祖的作用，故可用在相關的宗廟祭禮的儀節中，成為編排歌舞情節的素材。同時，還應與祭祀周族先祖的相關詩篇，如〈周頌〉的〈天作〉、〈思文〉，乃至於〈大雅〉的〈生民〉、〈公劉〉合觀，[25]共同成為宗廟祭禮中教化子孫的重要內容。即使文王時期的

24　其詳參見糜文開、裴普賢：《詩經欣賞與研究（三）》（臺北：三民書局，1987 年），頁1243～1244。

25　〈公劉〉一詩，鄭玄將其列入成王世代的詩，可能緣於「首序」與「續序」都直接指出成王有關。然而從「召康公戒成王也」的「首序」，再衍伸為「成王將涖政，戒以民事。美公劉

禮樂制度尚未臻於完善，然而將敘述史事的長篇內容歸入〈大雅〉，而將偏重歌頌祖宗功德的頌辭劃歸〈周頌〉，且各搭配不同的樂奏與歌舞，穿插在適當的祭祀儀節中詠歌稱頌的型態應已粗具規模。實際進行宗廟祭禮時，許多〈大雅〉的敘事詩即成為編排樂舞內容的本事，而〈周頌〉簡短的頌辭，則在禮儀進行到適當的節目時，透過樂工的歌詩以稱頌祖宗的功德，在詩、樂、舞三者通體合作下，共同譜出一較完整的歷史情境，以供子孫懷想、感恩祖德的浩大。通過此時光隧道所模擬出的完整情境，可供參與典禮者在恍惚之間，目睹列祖列宗篳路藍縷以為後世子孫犧牲奉獻的付出，也可使所有觀禮者油然興起感恩戴德、飲水思源的情懷，增強彼此榮辱與共的生命共同體感覺，願意精誠團結、戮力合作，而達到教忠教孝的教化作用。只是如此較原始而粗疏的樂舞表演，還有待周公制禮作樂完成後，始能更為完善。

武王雖然在位時間不長，然有鑑於武王車載文王的木主以為伐紂隊伍的精神支柱，因此當其成功歸來，必然優先進行告廟之禮，將凱旋而歸的捷報上告列祖列宗，感謝祖宗庇佑的恩德。由於典禮進行必須要有妥當的文辭呈報列祖列宗，則或由當時的公卿列士主動獻詩，或由武王、周公等任命能詩者作詩以應典禮所需，如此可能距離事實不遠。由於克殷初成，從小邦周轉型為主掌天下的王朝格局尚未底定，宗廟祭禮的規模也尚未調整到天王等級的禮儀模式，故而為因應急需狀況而發生急就章的情形，自然在情理當中。稍後，逮周公東征三年凱旋而歸，周的勢力始達到初步穩定的狀態，於是周公領導大臣進行制禮作樂的工作，以為安治天下的持久準備，更重新整編訂定先前的宗廟祭禮樂章，使成更完善的《大武》樂章。是故《大武》樂章乃始作於武王以前，而完善於周公制禮作樂以後，屬於西周初年的作品。

有關《大武》樂章的問題，王先謙（1842～1917）主要引用陳喬樅（1809～1869）的考訂所得，再進行補充：

之厚於民，而獻是詩也」的「續序」，已隱約可見此「續序」應視為兩段記錄，可能成於前後不同的兩人。然而考量宗廟祭禮是極重要之鞏固宗族向心力、激勵族人奮發圖強的機會教育素材，至遲，在太王時代已經注意推動，因而推想〈公劉〉一詩，似乎不必晚至成王時期。《詩序》的寫法，有可能為成王時的「國史」特別記錄召康公曾引此詩以戒成王，故以「首序」記錄之，並且再以目前所見的「續序」前半補充說明之。至於「續序」後半，也可能為原本「美公劉之厚於民」的詩旨留下一絲線索。

> 文王已作〈武樂〉，及武王克殷，繼文而卒成武功，又定《大武》之
> 樂，故《魯詩序》云：「周武所定一代之樂」，不言周武所作者，明文
> 王已作〈武樂〉也。（以上陳氏考訂之結論，以下為王先謙補充之要點）
> 《大武》者，周公作也。《大武》之樂亦為〈象〉，象用兵時刺伐之舞，
> 《繁露》言「文王受命作〈武樂〉」，是武王未克殷時已祀文王而作〈武
> 樂〉，但未制〈象舞〉耳。[26]

回顧文王繼承被憂困而亡的季歷以為周的君主，因有前車之鑑，以致憂患意識
特別濃烈而深刻，故能居安思危、多任用賢才，也因而能吸引更多賢才來歸，
卒致成就三分天下有其二的局面。[27]即便當時祭禮的地位尚未被列為五禮之
首，[28]然而小邦周自太王、季歷以來，即積極擴大國家的實力，其中，藉由祭
禮以達到激勵所有族人發揮萬眾一心的精神以奮發圖強，已是鞏固全族向心力
的重要管道，此從製作〈武樂〉以配合祭禮的進行，即是最好的實證。蓋文王
承受天命以後，其始作的〈武樂〉尚未包含〈象舞〉在內，其屬性可能較偏重
文舞的性質，合乎〈文王〉、〈大明〉等詩以及郭店簡文獻所載文王以德服人，
具有「止戈為武」的武德形象。[29]不過，在武王克殷、建立周朝以後，為描繪
克殷的雄壯威武形象，也為凸顯克殷的艱難，遂由周公加入許多武舞的部分，
以形象化戎征的大事，進而奠定包含數則樂章的《大武》樂章之主體規模。

　　《大武》樂章所包含的詩篇，王國維（1877～1927）雖然根據《禮記》《樂
記》的「《大武》六成」，提出〈周頌〉中的〈昊天有成命〉、〈武〉、〈酌〉、

26　清・王先謙撰，吳格點校：《詩三家義集疏》下冊（臺北：明文書局，1988 年）卷 25，頁
　　1035，〈武〉篇題下之說明。

27　其詳參見漢・司馬遷：《史記》〈周本紀〉，頁 66～67。《論語》〈泰伯〉，頁 72～73，武王曰：
　　「予有亂臣十人。」孔子曰：「才難，不其然乎？唐虞之際，於斯為盛。有婦人焉，九人而
　　已。三分天下有其二，以服事殷。周之德，其可謂至德也已矣」。

28　《禮記》〈祭統〉，見於漢・鄭玄注，唐・孔穎達等正義：《禮記正義》，收入《十三經注疏
　　（附清・阮元《校勘記》）》（臺北：藝文印書館，1985 年），頁 830：「凡治人之道，莫急於
　　禮。禮有五經，莫重於祭」。

29　其詳參見本書第伍篇。

〈賚〉、〈桓〉、〈般〉等六篇,即是《大武》樂的六章;[30]然王氏所說還有一些疑竇沒有解決,故陸續有學者提出不同的看法。例如:所謂「六成」乃是樂曲演奏六次,非指演奏六篇;樂曲也未必是六篇,而有可能是七篇,且前後排序及所屬詩篇也不全同於王氏所說。其中,何楷(1594～1645)即認為〈時邁〉應在《大武》樂章之內,高亨(1900～1986)則認為〈我將〉也應在內的說法,都屬可能性極高的顯例。若搭配「首序」來看,〈武〉、〈酌〉、〈桓〉三首,都直接與武王伐紂的歷史大事相關,〈賚〉則記錄得勝歸來的天賜有德之意,〈般〉則為巡狩天下而祭祀四嶽河海之禮,此五篇同列《大武》樂歌的說法大抵為學界共識。他如〈我將〉,「首序」記載「祀文王於明堂」,若列入《大武》樂章當中,亦屬順理成章之事。由於〈昊天有成命〉的「首序」為「郊祀天地」,故王氏將其列於樂歌之首,為即將開始的征伐作前導,並期許能得到天時、地利之助而完成天賦使命。至於〈時邁〉,性質與〈般〉類似,乃「巡守告祭柴望」的樂歌,《詩經集傳》以為周公所作,[31]可能描述周得天下以後,周王在巡狩天下之時,將進行望祀山川河嶽的情形。凡此諸說,都各有可說之理。

若從《大武》樂章所屬詩篇的認定有別,或許正可說明該樂章的主體結構雖成於武王之時,然而實經歷文王、武王、成王的不同世代的增補,始陸續整編完善,故而所包含的樂章範圍,也會因為三王的時間不同,以致納入的詩篇會有多寡不同、篇章稍異的狀況,都應屬於自然的情況。是知鄭玄將《大武》樂章列入成王世代的詩,乃從樂舞結構全部完成的角度考量,自然有其合理性,本文則因追本溯源的需要,故而特重其始作的年代,於是會有時間差異的現象。然而重要且可確定的,則是通過《禮記》〈樂記〉所載,可知《大武》之樂乃朝廷極重要祭典的禮儀用詩,且已滿足整合詩、樂、舞三者於一爐的典型祭禮型態;其他與周代宗廟祭禮有關的頌體詩,也多存在此一現象,以詩、

30　其詳參見王國維:〈周大武樂章考〉,收入王國維:《觀堂集林》上冊(北京:中華書局,1959 年),頁 104～108。

31　宋‧朱熹:《詩經集傳》,收入《景印文淵閣四庫全書》第 72 冊(臺北:臺灣商務印書館,1983 年),頁 892。

樂、舞三者合於一的狀態不斷出現在宗廟祭禮的典禮當中。

　　諸如此類有關王朝祭禮的詩篇，其詩旨自然會由「國史」類執事人員加以記錄。由於詩的作用明確，因而詩旨也極明確，因此除卻〈酌〉、〈桓〉與〈賚〉有簡單的「續序」補充外，其餘皆僅有「首序」標記該詩的作用，且「首序」與「續序」之間毫無扞格的情事發生，都以歌頌武王成就天命的偉大功德為共同思想。

五、成王時期詩的《毛詩序》凸顯的《詩》教思想

　　適度挪移鄭玄《詩譜》所編列的成王時期詩至稍前的文、武時期後，留下一些有待周公制禮作樂，始較為確定的詩篇，仍放置在此時期討論。甚且此一時期的詩，與其都定在成王時期，不如將時間拉長，說是成康時期會更合乎事實。畢竟制禮作樂是極其龐大的文化工程，必須累積數十年的時間始可完成全套禮制與樂教系統的相互搭配，例如《竹書紀年》於康王三年還載有「定樂歌，吉禘于先王」的大事，[32]說明禮樂相須而行的宗廟祭禮，仍在不斷完善的過程中；甚且被鄭玄列入此時期的詩，包含「變風」七篇、「正小雅」10 篇、「正大雅」12 篇以及〈周頌〉31 篇，數量實在太過龐大，恐難完成。

　　王國維於〈殷周制度論〉所指出周代訂定的新制度、新文化，正是周公攝政時期所帶領規劃的制禮作樂重大文化工程。再具體言之，則是奠定吉、凶、軍、賓、嘉的「五禮」系統，並搭配《雲門》、《咸池》、《大韶》、《大夏》、《大濩》、《大武》的「六樂」系統，使萬民能臻於中和的教化工作，[33]期許世人皆能達到歸於道德的行為指標。在此禮樂系統中，乃天神、地示與人鬼三系並立，且又以號稱吉禮的祭禮最為重要。由於周代特重人文精神的提升，而宗廟祭禮又是人鬼祭祀體系中的尤要者，因此特重宗廟祭禮。

　　由於周代特別注重宗廟祭禮，故而延長宗廟祭禮舉行的時間，使自朝及

32　清・林春溥：《竹書紀年補證》，收入楊家駱主編：《竹書紀年八種》，《中國史學名著》（臺北：世界書局，1989 年），頁 95。

33　其詳參見《周禮》〈地官・司徒〉，頁 161：「以五禮防萬民之偽而教之中，以六樂防萬民之情而教之和」。

闇，以便在較長的時間內，可以從容安排經過精密設計的典禮細節。同時，還搭配祭禮以後合族共食的饋食禮，藉由所有族人實際參與全程的儀式活動，而自然凝聚出合族共感、血濃於水的親密情感，以期達到激勵人心、鞏固宗族、安定社會、平治天下的局面。此從《儀禮》中的〈特牲饋食禮〉、〈少牢饋食禮〉與〈有司徹〉，也可得到相應說明。為加強族人的向心力，故而在整套祭禮的過程中，多搬演周民族發展的過程，且穿插文舞與武舞的交替演出，增強打動族人情感的效果，乃是重要而不可或缺的項目：首先，從后稷誕生開啟序幕，演出其生民無數、足以配天的偉大功績。其次，演出公劉帶領族人遷徙豳地的情形，舉凡觀察地形、察度陰陽以建立宮室，開發生活資源以適時舉行宴飲之禮，奠定合理的賦稅與軍事制度，初步完成邦國的組織，於是人民陸續來歸的情形。再次，則演出公亶父因不願發動戰爭傷及人民，又要躲避狄人侵侮，遂與太姜離開美好的豳地。豳地的人民有感於公亶父的仁德，故多扶老攜幼地跟隨公亶父遷徙，循漆水之涯一路尋找適合定居之處，直到發現岐山山麓的周原土質肥美，始決定在該處安居。周族人在開鑿溝洫、劃定疆界、開墾田畝以外，還營建宮室、建立宗廟，進而建立宮門與冢土大社，城邦的組織規模於是完成。繼之，則是搬演自太王、王季以來，以至亹亹文王治周 50 年所建立以德服人的典型，故能蒙受上帝眷顧、授予天命，還協助伐密、伐崇。隨後，才是武王克商成就天命的重要歷史經過。

　　將如此一連串周民族的遷徙、奮鬥的過程，都寫在〈大雅〉當中，也成為宗廟祭禮中編制樂舞的重要素材，以增強感念先祖的情懷。將敘述周代發展的詩篇與相關的〈周頌〉巧妙結合，且正式列入祭禮的儀式節目中，推測應是周公制禮作樂最主要的工作。雖然〈周頌〉31 篇詩，其中〈載見〉、〈有客〉、〈閔予小子〉、〈訪落〉、〈敬之〉、〈小毖〉六篇並未直接關乎祭禮，然而也都與周王宗廟內的重要活動有關，因此也宜由「國史」相關人員加以記錄詩旨。其餘各篇，由於皆與周王朝各類祭祀活動密切相關，也宜由當時的「國史」記錄詩旨。由於頌體詩的功能與作用都相當明確，故而不太需要「續序」多加補充。此從〈周頌〉類《毛詩序》僅僅 5 篇有「續序」（此 5 篇已包括前述《大武》樂章之〈酌〉、〈桓〉與〈賚〉在內），且毫無例外是簡單補充「首序」的情形，即為明證。

根據《詩譜》所載，屬於成王世代的〈大雅〉詩篇，除卻已挪前的〈文王〉、〈大明〉、〈生民〉、〈公劉〉外，尚有〈下武〉、〈文王有聲〉、〈行葦〉、〈既醉〉、〈鳧鷖〉、〈假樂〉、〈泂酌〉、〈卷阿〉等八篇的《毛詩序》記錄者問題有待討論。

先言較特別的是〈假樂〉，其「首序」僅有一目瞭然的「嘉成王」三字，而無「續序」，或應成於成王晚期的「國史」。其餘七篇，則都另有「續序」。

〈下武〉、〈文王有聲〉都列入〈文王之什〉，「首序」分別為「繼文」與「繼伐」。然因文辭過於簡略，其旨又在於彰顯武王能昭示、推廣文王聖德之功，故而可能成於武王以後的成王世代。有可能與周公要彰顯武王繼承文王之德，以成就天命的功德有關，因而也可能由「國史」加以記錄。

〈行葦〉、〈既醉〉與〈鳧鷖〉，都與祭禮完成後的後續活動有關，然都因「首序」過簡，而需要「續序」補足文意。前兩首記錄祭禮完畢以後宴請父兄耆老，合族其樂融融的情形，而「首序」分別以「忠厚」、「大平」示之；〈鳧鷖〉則為祭禮完畢的第二天，又設禮以慰勞公尸，「首序」以「守成」示之。然而〈行葦〉的「續序」後半「養老乞言，以成其福祿焉」，則已明顯溢出詩文內容的意思，過度發揮的情形較明顯，因此客觀言之，前後可能成於不同人之手。雖然此三首詩的《毛詩序》最初記錄者應與「國史」有關，然而卻未必要特定於某一位周王之時。客觀言之，只要是太平時期皆會出現此平安和樂的狀態，故「首序」的用語顯得有些模糊。至於〈泂酌〉與〈卷阿〉的「首序」，則同指「召、康公戒成王也」，故而也可能與「國史」的記錄有關，蘊藏極強烈的戒勉多修仁德與期盼遵行王道的意思於其中。蓋因武王以前的先祖要開創周王朝固然倍極艱辛，然而成王以後要堅守王朝歷久不墜，也屬不易。是故，推想「國史」特別標示召、康公告誡成王的主旨，旨在提醒後繼的周王，應該任命豈弟君子以為民之父母的重要，同時也更期許周王能求賢、用吉士，永垂後代周王之戒。

綜合以上詩篇的《毛詩序》所載，擔任記錄的「國史」人員都不忘宣達列祖列宗為周族貢獻的德澤，呼籲族人莫忘其締造王朝的艱辛困苦，更期待成王以後的人王要繼續修德行道、任用賢能，共同守護此得來不易的天命，以造福全天下的子民。

六、厲王時期詩的《毛詩序》凸顯的《詩》教思想

依據鄭玄《詩譜》，大雅之詩在成王以後即無詩篇，而有待厲王之世始再有大雅之詩。此一現象，或也可以顯示〈大雅〉與西周歷史發展具有密切關係，倘若政治社會沒有太大變化，則反映歷史重大變化的大雅之詩自然付之闕如。在此大原則下，鄭玄即根據《毛詩序》所載，將「首序」均為「XX 刺厲王」的〈民勞〉、〈板〉、〈抑〉、〈桑柔〉四首詩，以及「續序」指稱「厲王無道」的〈蕩〉，共同劃歸為厲王時期的詩。

以下先查看西周相關史事，以見前四首「首序」均為「XX 刺厲王」詩的政治社會背景：穆王在位（976～922B.C.）超過 50 年，使周朝達到鼎盛狀態，然也因其多次巡遊與征戰，導致朝政鬆弛，而龐大的耗費也導致周王室經濟下滑。至穆王的孫懿王（899～892B.C.）之時，周朝勢力已明顯衰落。懿王病死後，因太子燮懦弱無能，而能幹的王叔又意圖復興周朝，遂自奪天子大位成為孝王（891～886B.C.）。可惜孝王壯志未酬而崩，周王寶座仍回到原來懦弱無能的太子燮身上，是為夷王（885～878B.C.），然也註定周王朝自此無法扭轉頹勢的事實。待貪得無厭的厲王在位（877～841B.C.），王朝的經濟狀況更加難堪，遂任用奸佞榮夷公推動專利政策收刮民脂民膏，且又不聽輔政大臣周定公、召（《國語》作「邵」）穆公的諫言，以致民不堪命，毀謗厲王的言詞蜂擁而至。厲王不思反省改進，一心只求中止下民毀謗，竟發動衛巫監告國人，甚且草率下令殺害毀謗者，遂引發國人暴動。厲王倉皇出逃後，歷史進入「共和」時期。

面對周王朝由興盛轉趨衰亂的強烈對比，凡是賢臣、士大夫無不感觸深痛。例如《國語》即記載芮良夫在厲王意圖任用榮公以前，已預言其衰敗一途。芮良夫對比后稷因具有作育烝民的配天功德，再加上文王又深知愛民惠民之道，且還深懷憂患意識，故能成就周道；反之，厲王若用榮公的政策，忙於收刮民脂民膏，則周政必敗。[34]歷史證明芮良夫對周的預言，確實是不幸而言

34　其詳參見《國語》〈周語上〉，見於周・左丘明撰，上海師大古籍整理組校點：《國語》（臺

中。既然一般國人都無法忍受剝削而群起暴動，則感覺特別敏銳的詩人，將此相關史事寫入作品者也必然不少。因此〈民勞〉等四首詩，很可能是「國史」人員選編重要人士針砭厲王的作品，而《毛詩序》特別標註其作者為召穆公、凡伯、衛武公、芮伯之名，或者有意藉此加強其可為後世戒的效果。由於此類詩的「首序」意旨都十分明確，故毋須再以「續序」另外補充。

〈蕩〉之詩，「首序」為「召穆公傷周室大壞」，雖未直指厲王，然而「續序」馬上補充「厲王無道，天下蕩蕩無綱紀文章，故作是詩」，可見其狀況與上述四首詩相同。至於此篇記錄稍異前四首者，乃因此詩的書寫方式較特別，全篇自第二章開始，均以「文王曰：『咨！咨女殷商！』」引起下文，假託文王嗟嘆殷紂之語，寄寓天下蕩蕩、毫無綱紀文章的悲痛。范處義（南宋高宗紹興 24 年進士，生卒年不詳）即就《毛詩序》所載，進而推論該詩作於厲王監視毀謗者日益嚴厲之時，故所陳八章皆不敢直斥厲王，只能以首章假上帝蕩蕩以為言，次章以後，則皆假借文王嘆商以寓意。[35]從詩文所載，可與〈大雅〉首篇的〈文王〉以下所載，形成相互呼應的效果：

> 無念爾祖，聿脩厥德。永言配命，自求多福。殷之未喪師，克配上帝。宜鑒于殷，駿命不易。[36]

可見「國史」編錄此詩，藉文王以仁德而受天眷顧，武王戒慎恐懼，勤修德行而德天助人助，終可以取代殷商而得天下，成就「有德者得天下」的天賦使命。相對於此，回顧殷商締造王朝之初，商湯以及最初幾位聖賢商王莫不修德重道，故而能受上帝青睞以享國祚，可惜子孫不肖，導致天命轉移，因此撫往追昔，擔任記錄的「國史」，其胸中蘊藏「殷鑑不遠」的嘆息極為凝重。

北：里仁書局，1981 年），頁 12～13。

35　其詳參見宋・范處義：《詩補傳》，收入《景印文淵閣四庫全書》第 72 冊（臺北：臺灣商務印書館，1983 年），頁 342。

36　《詩》〈大雅・文王〉，頁 537。

七、宣幽二王時期詩的《毛詩序》凸顯的《詩》教思想

　　鄭玄根據《毛詩序》，以〈雲漢〉的「首序」為「仍叔美宣王」，〈崧高〉、〈烝民〉、〈韓弈〉、〈江漢〉的「首序」均為「尹吉甫美宣王」，〈常武〉為「召穆公美宣王」，都明載「美宣王」的用詞，故而將此六首詩統歸為宣王時期的詩。由於此六首詩的「首序」幾乎全同，故需以「續序」補敘各詩的差異。同時因為各詩皆牽涉宣王在「共和」以後的中興大業，乃周王朝經歷內部大亂後的新發展，故也可能由「國史」記錄詩旨的狀況，只是各詩的原作者是否為尹吉甫或召穆公，則仍有討論的空間。

　　宣王即位後，意圖更改厲王的暴力統治，以修復人民對王室的信心，因此在內政方面，重用召穆公、尹吉甫、仲山甫、申侯、韓侯、仍叔等賢臣輔政。至於為重振周王朝的勢力，於是宣王多借重多位重要諸侯的軍事力量，如召穆公、尹吉甫、方叔、南仲，陸續征討玁狁、西戎、淮夷、徐國與楚國。[37]此一系列有關宣王中興的詩，乃先從〈雲漢〉敘寫宣王苦民所苦的情形，為禳災祈福殫精竭慮，顯示其改革的誠意與決心。證諸歷史，宣王的確一度恢復西周國力，而上述各詩當中，的確也多記載當時的歷史盛事。如此重大的西周史事，其相關詩作由「國史」加以記錄詩旨，藉此以凸顯當時仍叔、召穆公、尹吉甫輔政的功勞也相當順理成章；只是還有小問題需要釐清。

　　〈崧高〉、〈烝民〉由於詩文中明載「吉甫作誦」，故知「國史」所記不虛，僅以「續序」補足文意即可。然而從〈韓弈〉與〈江漢〉的詩文，並無以得見此兩首詩為尹吉甫所作的線索。推測其因，或為此詩上承〈崧高〉、〈烝民〉的同一系列作品而來，既然前兩詩為尹吉甫所作，則稍後的「國史」有鑑於此類詩的內容極為相近，遂於「首序」一併添加尹吉甫之名。檢視此系列詩作的詩旨依次如下：〈崧高〉記載宣王親近諸侯，褒賞申伯懷柔南方諸侯之功；〈烝民〉記錄宣王任命賢臣仲山甫，以懷柔東方諸侯、中興周王室；〈韓弈〉記載透過政治聯姻，使韓侯娶汾王之甥為妻，以達懷柔北方諸侯的功能；〈江漢〉

37　其詳參見楊寬：《西周史》（上海：上海人民出版社，1999 年），頁 566～574。

記載宣王命召穆公平淮夷。或因此四首詩同為展現宣王中興大業的經過，而尹吉甫又是當時文武兼備的中興大臣，以致「國史」遂簡單化約，將此類詩訂為尹吉甫稱美宣王的詩。

更特別者，還屬〈常武〉一詩。蓋因詩文中並無「常武」二字，明顯與古代詩文名篇的慣例不同，且其內容乃敘寫宣王親征南國徐方的武功之美，而無告誡其黷武之意，也未見召穆公稱美宣王的線索。是故，本詩的「首序」雖也可能與「國史」有關，然因缺乏召穆公稱美宣王的線索，以致偏離事實稍遠，即使「續序」補充「有常德以立武事，因以為戒」，有可能是稍後的經師儒者，有鑑於前後序文難以銜接，遂扭轉文意試圖消弭前後的隔閡。此從孔《疏》特別為其疏解的內容，已可隱約窺見其前後並不協調的意思：

> 美其有常德之故，以立此武功征伐之事，故名為「常武」。非直美之，又因以為戒，戒之使常然。[38]

繼孔《疏》以後，雖然諸儒對此問題多有歧見，然而並無定論。不過，方玉潤（1811～1883）所見即便證據未必確實無誤，然已可備為一說，其文云：

> 周之世，武功最著者二：曰武王，曰宣王。武王克商，樂曰《大武》；宣王中興，詩曰〈常武〉，蓋詩即樂也。此名「常武」者，其宣王之樂歟？殆將以示後世子孫，不可以武為常，而又不可暫忘武備，必如宣王之武而後為武之常。……蓋不敢上媲《大武》，亦不敢下同「黷武」。特恐後世子孫以武為常，而輕試其鋒；又恐後世臣民與武相忘，而竟無所備，是皆不可以為常。[39]

方氏所說固然將「常武」的涵義闡發得極為透徹，但也可謂從另一角度，說明詩文中難以窺見「戒武」的情事。此一現象，也正好說明此「續序」，不無可

38　《詩》〈大雅・常武〉，頁691，孔《疏》。

39　清・方玉潤撰，李先耕點校：《詩經原始》下冊（北京：中華書局，1986年），頁565～566。

能為稍後的經師儒者所添加。蓋因宣王晚年仍不斷對外用兵，甚且還敗仗連連，然而詩文當中僅見誇美的文辭而無絲毫戒儆之意，則「首序」的「美宣王」之說，或為宣王親征當時的「國史」記錄當時周王親征的盛事，卻並未考慮多動干戈的後果；又有鑑於召穆公與宣王特別親近的關係，遂特別加上召穆公之名。尤其宣王在千畝之戰而敗於姜戎，繼之，南國之師又全軍覆沒，竟然使出料民於太原之策以為救援之計，可惜此舉只是徒增民怨而已。再加上宣王的獨斷獨行，又聽信讒言而濫殺大臣杜伯，[40]以致中興大業實已功虧一簣，然而卻絲毫沒有自儆自省的能力，致使西周衰落的跡象更為加劇。倘若宣王懂得防患於未然，能自我警戒窮兵黷武之害，則晚年接二連三的糊塗事都不會發生，因此「續序」所載，更有可能出自後代經師儒者的後見之明。

　　鄭玄根據《毛詩序》，以〈瞻卬〉、〈召旻〉的「首序」，均為「凡伯刺幽王大壞」，而判定此二詩屬於幽王時期作品。揆諸幽王二年西周三川皆震，伯陽父即有鑑於當時的周德已宛如夏商末世的情況，而預卜周朝即將敗亡，[41]故此二詩正是反映該時代的歷史狀況。由於詩旨明確，「國史」認為〈瞻卬〉已毋須「續序」再作補充說明；〈召旻〉的「續序」亦僅是藉由補充所悲憫者，更加惋惜當時朝中已缺乏召公一般的賢者，悲憫之情早已溢於言表。

八、自成類別的〈魯頌〉、〈商頌〉《毛詩序》凸顯的《詩》 教思想

　　在包含風、雅、頌三種體裁的《詩》中，〈魯頌〉、〈商頌〉與〈周頌〉合稱「三頌」，且都在第一篇「首序」以後，再以「續序」補充說明「首序」的共同現象。雖然魯、宋兩國都屬侯國，但魯國因周公的緣故，宋則為殷商之後的特殊因緣，故而可以使用天子的禮樂以祭祀特定的先祖，故而可與〈周頌〉合稱「三頌」。不過，就內容而言，〈魯頌〉均為稱頌魯僖公之作，〈商頌〉則

40　其詳參見《國語》〈周語上〉，頁 23～24。《墨子・明鬼下》，見於清・孫詒讓著，孫以楷點校：《墨子閒詁》（臺北：華正書局，1987 年），頁 202～204。

41　其詳參見《國語》〈周語上〉，頁 26～27。

為宋國祭祀商代先祖的祭祀詩，與〈周頌〉乃記錄周王朝的各類祭祀詩，或周代宗廟祭禮的相關活動用詩，在作用上不太相同，故應單獨討論其《毛詩序》記錄者的《詩》教思想。

(一)〈魯頌〉《毛詩序》的《詩》教思想

〈魯頌〉四篇，以〈駉〉為首，因其「首序」僅言「頌僖公」，語意不明，故須以「續序」補充說明：

> 僖公能遵伯禽之法，儉以足用、寬以愛民、務農重穀、牧于坰野，魯人尊之，於是季孫行父請命于周，而史克作是頌。

序文一方面說明僖公為人稱頌的事蹟，另一方面，則明確記錄作頌的人為史克。至於其餘〈有駜〉、〈泮水〉、〈閟宮〉三篇，則已直接在「首序」點出其值得稱頌之處，故毋須「續序」多言。

推究將〈魯頌〉收入《詩》，且成為「三頌」之一，或因周公對於周朝不僅有平定武庚之亂以穩定周初政治的大功，更因其主持制禮作樂，謀取周朝長治久安的重大貢獻。是故周公既沒，成王為感念周公的勳勞，遂命魯公得以世世使用天子禮樂祭祀周公，藉此以明周公的大德與推重魯國之意。[42]再進一步推想成、康二王特別推重魯國的意思，更在於期待魯國能成為周室最重要的強藩，始終盡心盡力屏障宗周；這種情況一直延續到宣王執政晚期，未干涉魯政以前確實如此。直到周宣王以偏愛魯武公的少子戲，不顧仲山甫勸諫，強命魯以戲為世子，致使武公抑鬱而終，且還因此導致魯國發生內亂。雖然武公的少子戲在宣王命令下得以繼位為魯君，然而九年後，仍被其嫡兄（原世子）之子伯御所弒，伯御還自立為君長達 11 年。其後，魯公伯御雖也被周宣王派兵誅殺，然而自從宣王干涉魯君繼立之後，周的諸侯國發生弒君事件即時有所聞，

42　《禮記》〈明堂位〉，頁 576～577：「成王以周公為有勳勞於天下，是以封周公於曲阜，地方七百里，革車千乘，命魯公世世祀周公以天子之禮樂。」〈祭統〉，頁 840：「昔者，周公旦有勳勞於天下。周公既沒，成王、康王追念周公之所以勳勞者，而欲尊魯；故賜之以重祭。外祭，則郊社是也；內祭，則大嘗禘是也」。

而周王的威信也不復存在，最直接影響魯國的國勢，從周初的強國而日漸衰微，周宣王實在難辭其為罪魁禍首之責。好不容易魯國在僖公即位後，因為能遵伯禽治國的舊法，所以能逐漸重振魯的聲威，成為魯國中興之祖，故而魯國史官特別記錄此重大事蹟。當時的周襄王（652～619B.C.在位）或因樂見中興的魯國能再度成為捍衛王室的強藩，故收錄魯國史克所作的〈魯頌〉以入《詩》中。

綜觀此歌頌魯僖公的四首詩，詩篇所蘊藏的思想，可以重現周初天子期望齊、魯兩國永遠成為王室干城的心情。蓋周襄王之時的王室積弱不振，再加上經歷王子帶之亂，處處得仰賴強大的諸侯國保護、協助，因而若能有忠於王室的近親魯國再度強盛，對於強大王室勢力也是一種重要的保障，此也是將〈魯頌〉納入《詩》中的重要原因之一。尤其藉由〈閟宮〉一詩歌頌魯僖公修復宗廟，使魯國宗廟煥然一新，一方面歌頌僖公的功業，另一方面則祖述后稷以來的祖宗功德，更歷數魯國始封君伯禽輔助王室之功，因而當僖公能上承祖業而壯大國勢，進而收復周公時期的魯國疆域，不僅是魯國可喜可賀之事，也是強化王室屏障的重要標誌。是故透過〈魯頌〉的四首詩，也可說明頌體詩的特質，仍需以所歌頌的對象應有具體功德為限，而非徒飾虛詞以浮濫湊數。

（二）〈商頌〉《毛詩序》的《詩》教思想

〈商頌〉五篇，其「首序」，除〈長發〉指明為「大禘」外，其餘皆記錄祭祀商的重要先祖成湯、中宗、高宗（兩首）。此類詩，僅於第一篇有「續序」，其餘四篇則皆無。首篇的「續序」，用以補充說明〈商頌〉的來由：

> 微子至于戴公，其間禮樂廢壞。有正考甫者，得〈商頌〉十二篇於周之大師，以〈那〉為首。

然而此「續序」所載，卻有別於《國語》：「昔正考父校商之名頌十二篇于周太師，以〈那〉為首。」[43]針對此差異，王國維以為是《毛詩序》誤會《國語》

---

43 《國語》〈魯語下〉，頁 216。

的意思。王氏認為漢以前並無校書的說法，即便「校」字作「校理」解，亦必正考父自有一本，然後得取周太師的另一版本以「校」之，而《毛詩序》將「校」改為「得」，已失《國語》的意思。王氏並以「校」當讀為「效」，即「獻」之意，乃正考父獻此頌 12 篇於周太師。王氏並進一步就〈商頌〉的用語，乃至於文中所涉及的祭禮制度與文物與殷墟卜辭相對照，發現其習慣均與殷時不相似，反而與宗周中葉以後相類，故推斷〈商頌〉的詩篇或為宗周中葉的宋人所作，用來祭祀其先王的作品。正考父將其獻給周太師，列於〈周頌〉以後，逮〈魯頌〉既作，又安排在〈魯頌〉之後。[44]

由此觀之，若可確定〈商頌〉的詩篇為宗周中葉的宋人所作，則「首序」的記錄者有兩種可能，其一，為宋人所記，且有可能即是進獻此批〈商頌〉詩篇給周太師的正考父，另一種可能為最早接受獻詩的周太師。可惜後來周王室因為勢力逐漸衰微，而最早反映王室的勢衰力微現象者，即是有關宮廷樂官與樂教的相關人員編制驟降，因此所獻的 12 篇〈商頌〉詩篇也散亡大半以上，僅剩五篇。由於這些碩果僅存的〈商頌〉祭祀詩，對於平王東遷以後重建周代祭禮具有相當重要的參考價值，因此收入《詩》中，與〈周頌〉、〈魯頌〉合稱「三頌」。由於此五篇祭祀詩都是祭祀殷商早期的有功先王，可以再度說明為政以德的重要，既可以回應〈文王〉一詩中提到的「殷之未喪師，克配上帝」的事實，更可提示周代子孫「永言配命，自求多福」之道，永遠在於勤修仁德、實踐天道，始能常保天命。

九、結語：愈早期的「國史」愈能掌握詩作的思想

綜上所論，可得以下幾點小結：

《毛詩序》中所言的「國史」，主要並非史官（確知具史官身分者微乎其微），而是在前後跨越 500 多年的 305 篇詩作中，最早以簡約文辭記錄其創作本事的相關人員。由於時代湮遠，已無法考察最初記錄詩旨者的姓名，故而

44　其詳參見王國維：〈說商頌上、下〉，收入王國維：《觀堂集林》上冊，頁 113～118。

《毛詩序》只能概括統稱為「國史」。以「國史」為稱，或可表示其原本與朝廷的職官有關，且詩的內容亦多有可與史事相連結者，然又與史官職在記錄史實的性質不同。

〈周頌〉與〈大雅〉之詩的性質，都與周民族的發展以及周代重要朝政密切相關，因此各詩篇的創作世代，大致上都在周王朝的重要世代。其中，在包含周公攝政並主導制禮作樂的周成王以前，已佔絕大多數。其餘，則為西周晚期厲、宣、幽三王世代的詩，合乎所有歷史的記載所遵循「常事不書」的通則，因此在記錄王朝重要朝政的〈大雅〉詩篇中，並不需要再收錄其他諸王時期的詩。

由於〈大雅〉之詩與國家政事息息相關，絕大多數的〈周頌〉又為周公制禮作樂的重要成果，因而《毛詩序》的詩旨記錄者與「國史」人員關係密切。即使少數〈周頌〉的詩篇與祭禮無關，然因為仍與宗廟內舉行的各項活動有關，乃由相關的執事人員按禮執行，故而先由「國史」記錄詩旨的可能性相當高。例如〈魯頌・駉〉即有確指史官「史克作是頌」者。〈商頌〉的情況較特別，由於該類詩為正考父獻與周太師的商人祭祀先祖詩，因此「首序」的記錄者，可能為宗周中葉的宋人或正考父，或為接受獻詩的周太師。

「子夏作〈大序〉」與「衛宏作《毛詩序》」應平等看待，毋須刻意咬文嚼字其所謂「作」該如何坐實。對待二說，同樣採取宏觀的角度，視為不同時代的重要人物，在《詩》學發展史的重要階段，各自展現其對《詩》學發展的重大貢獻，不應獨厚其一，而苛責其二。即使是〈小序〉由子夏、毛公合作的說法，也應作如是觀。

周初的〈大雅〉之詩大致應與相關的頌體詩合觀，且以〈大雅〉的內容成為編制樂舞的素材，相互搭配在祭祀禮儀的過程演出，因此可能皆由「國史」相關人員記錄詩旨。由於詩旨明確，即使需要「續序」補足「首序」文意的詩篇，也無彼此矛盾扞格的現象。然而從〈行葦〉的「續序」後半溢出詩文的現象，已凸顯即使是〈大雅〉的「續序」，也有成於前後不同「國史」的現象，且後來所「增潤」的部分，並未必都具有正面彰顯詩旨的效果。

從〈大雅〉當中屬於宣王時期的六首稱美宣王之詩，其「首序」固然也可能由「國史」相關人員記錄詩旨，然已略有簡單化約的現象，可相對反映宣王

執政時期的前後興衰不同現象，而擔任記錄的「國史」人員也有盡職與否的差異狀況發生。不過，整體而言，無論是大雅或頌體詩的內容，由於都與政治社會發展的關係密切，因此《毛詩序》所載，除極少數的詩篇外，大體都能反映詩文的內容，都以歌頌祖宗德澤，並以「儀刑文王」實踐文王之德、文王之教為主，極力培養讀《詩》者常懷感恩之情，發揮人性醇厚善美的一面。

本文原作〈從歷史發展的角度論《毛詩序》作者的問題：以大雅與頌體詩為討論主軸〉，政治大學中國文學系主編，《第十一屆漢代文學與思想國際學術研討會論文集》，2019 年 7 月，頁 215～246。因整編成書之關係，部分內容移到本書「玖」該篇，再添加部分內容擴展而成。

表 10.1　《毛詩序》〈大雅〉的首序與續序

序次別　詩篇名	首序	續序
大雅・文王之什・文王	文王受命作周也。	
大雅・文王之什・大明	文王有明德，故天復命武王也。	
大雅・文王之什・緜	文王之興，本由大王也。	
大雅・文王之什・棫樸	文王能官人也。	
大雅・文王之什・旱麓	受祖也。	周之先祖，世脩后稷、公劉之業。大王、王季，申以百福干祿焉。
大雅・文王之什・思齊	文王所以聖也。	
大雅・文王之什・皇矣	美周也。	天監代殷，莫若周。周世世脩德，莫若文王。
大雅・文王之什・靈臺	民始附也。	文王受命，而民樂其有靈德，以及鳥獸昆蟲焉。

序次別 詩篇名	首序	續序
大雅‧文王之什‧下武	繼文也。	武王有聖德，復受天命，能昭先人之功焉。
大雅‧文王之什‧文王有聲	繼伐也。	武王能廣文王之聲，卒其伐功也。
大雅‧生民之什‧生民	尊祖也。	后稷生於姜嫄，文武之功起於后稷，故推以配天焉。
大雅‧生民之什‧行葦	忠厚也。	周家忠厚，仁及草木，故能內睦九族，外尊事黃耇。養老乞言，以成其福祿焉。
大雅‧生民之什‧既醉	大平也。	醉酒飽德，人有士君子之行焉。
大雅‧生民之什‧鳧鷖	守成也。	大平之君子，能持盈守成，神祇祖考安樂之也。
大雅‧生民之什‧假樂	嘉成王也。	
大雅‧生民之什‧公劉	召康公戒成王也。	成王將涖政，戒以民事。美公劉之厚於民，而獻是詩也。
大雅‧生民之什‧泂酌	召康公戒成王也。	言皇天親有德，饗有道也。
大雅‧生民之什‧卷阿	召康公戒成王也。	言求賢用吉士也。
大雅‧生民之什‧民勞	召穆公刺厲王也	
大雅‧生民之什‧板	凡伯刺厲王也。	
大雅‧蕩之什‧蕩	召穆公傷周室大壞也。	厲王無道，天下蕩蕩無綱紀文章，故作是詩也。
大雅‧蕩之什‧抑	衛武公刺厲王。亦以自警也。	
大雅‧蕩之什‧桑柔	芮伯刺厲王也。	

（續下表）

詩篇名　序次別	首序	續序
大雅・蕩之什・雲漢	仍叔美宣王也。	宣王承厲王之烈，內有撥亂之志，遇災而懼，側身脩行，欲銷去之，天下喜於王化復行。百姓見憂。故作是詩也。
大雅・蕩之什・崧高	尹吉甫美宣王也。	天下復平，能建國親諸侯，褒賞申伯焉。
大雅・蕩之什・烝民	尹吉甫美宣王也。	任賢使能，周室中興焉。
大雅・蕩之什・韓奕	尹吉甫美宣王也。	能錫命諸侯。
大雅・蕩之什・江漢	尹吉甫美宣王也。	能興衰撥亂，命召公平淮夷。
大雅・蕩之什・常武	召穆公美宣王也。	有常德以立武事，因以為戒然。
大雅・蕩之什・瞻卬	凡伯刺幽王大壞也。	
大雅・蕩之什・召旻	凡伯刺幽王大壞也。	旻，閔也，閔天下無如召公之臣也。

表 10.2　《毛詩序》三〈頌〉的首序與續序

詩篇名　序次別	首序	續序
周頌・清廟之什・清廟	祀文王也。	周公既成洛邑，朝諸侯，率以祀文王焉。
周頌・清廟之什・維天之命	大平告文王也。	
周頌・清廟之什・維清	奏象舞也。	

序次別 詩篇名	首序	續序
周頌・清廟之什・烈文	成王即政。諸侯助祭也。	
周頌・清廟之什・天作	祀先王先公也。	
周頌・清廟之什・昊天有成命	郊祀天地也。	
周頌・清廟之什・我將	祀文王於明堂也。	
周頌・清廟之什・時邁	巡守告祭柴望也。	
周頌・清廟之什・執競	祀武王也。	
周頌・清廟之什・思文	后稷配天也。	
周頌・臣工之什・臣工	諸侯助祭遣於廟也。	
周頌・臣工之什・噫嘻	春夏祈穀于上帝也。	
周頌・臣工之什・振鷺	二王之後來助祭也。	
周頌・臣工之什・豐年	秋冬報也。	
周頌・臣工之什・有瞽	始作樂而合乎祖也。	
周頌・臣工之什・潛	季冬薦魚。春獻鮪也。	
周頌・臣工之什・雝	禘大祖也。	
周頌・臣工之什・載見	諸侯始見乎武王廟也。	
周頌・臣工之什・有客	微子來見祖廟也。	
周頌・臣工之什・武	奏大武也。	

（續下表）

序次別 詩篇名	首序	續序
周頌・閔予小子之什・閔予小子	嗣王朝於廟也。	
周頌・閔予小子之什・訪落	嗣王謀於廟也。	
周頌・閔予小子之什・敬之	羣臣進戒嗣王也。	
周頌・閔予小子之什・小毖	嗣王求助也。	
周頌・閔予小子之什・載芟	春籍田而祈社稷也。	
周頌・閔予小子之什・良耜	秋報社稷也。	
周頌・閔予小子之什・絲衣	繹賓尸也。	高子曰：「靈星之尸也」。
周頌・閔予小子之什・酌	告成大武也。	言能酌先祖之道，以養天下也。
周頌・閔予小子之什・桓	講武類禡也。	桓，武志也。
周頌・閔予小子之什・賚	大封於廟也。	賚，予也，言所以錫予善人也。
周頌・閔予小子之什・般	巡守而祀四嶽河海也。	
魯頌・駉之什・駉	頌僖公也。	僖公能遵伯禽之法，儉以足用、寬以愛民、務農重穀、牧于坰野，魯人尊之，於是季孫行父請命于周，而史克作是頌。

序次別 詩篇名	首序	續序
魯頌‧駉之什‧有駜	頌僖公君臣之有道也。	
魯頌‧駉之什‧泮水	頌僖公能脩泮宮也。	
魯頌‧駉之什‧閟宮	頌僖公能復周公之宇也。	
商頌‧那	祀成湯也。	微子至于戴公，其間禮樂廢壞。有正考甫者，得〈商頌〉十二篇於周之大師，以〈那〉為首。
商頌‧烈祖	祀中宗也。	
商頌‧玄鳥	祀高宗也。	
商頌‧長發	大禘也。	
商頌‧殷武	祀高宗也。	

拾壹、鄭學意義下的「正小雅」《毛詩序》凸顯的《詩》教思想

一、前言:「正小雅」與宴饗禮儀的關係最密切

由於〈小雅〉的性質乃以宴饗之樂歌為主軸,就一般狀況言之,必須在政治安定,且社會繁榮已達一定程度的時代,方有可能大量創作宴饗樂歌。此即屈萬里(1907～1979)推定〈小雅〉多半是西周中葉以後的詩,其中也包含少數東周初年之詩的重要歷史意義。[1]若以西周(1046～771B.C.)前後大約276年計,西周中葉大約在954～842B.C.期間,即上自周穆王(976～922B.C.),下至周厲王(877～841B.C.)之間。[2]換言之,屈先生認為多數〈小雅〉的創作年代不會早於穆王時期,然並未說明較早期的〈小雅〉可以上溯到何時。由於《毛詩序》中已出現變風、變雅的用語,於是鄭玄的《詩譜》即依循此思路,將〈小雅〉也區分為正、變兩類,且將其中的22篇「正小雅」明白列入文、武、成王三世代,其餘58篇都列入「變小雅」,且都是厲王以後(當時已是西周中葉以後)的詩。若將鄭玄的22篇「正小雅」與包含笙詩在內的〈小雅〉總數80篇相較,所佔比例尚低於30%,與屈先生的推斷並無衝突之處,又能擬定該22篇「正小雅」的時代歸屬,具有區分更細緻的優點,因而本文主要依據鄭玄的說法再行深入探討。

1　屈萬里:《詩經詮釋》(臺北:聯經出版事業公司,1983年),頁6。
2　此年代推算,依據張廣志:《西周史與西周文明》(上海:上海科學技術文獻出版社,2007年),第三章第二節,頁44～53。

二、鄭玄《詩譜》「正小雅」所屬世代的再思考

考慮沈文倬（1902～1988）對禮典實踐與禮書撰作關係的研究所得，同意沈氏所說，禮書撰作雖然大約是春秋戰國時期追記先前禮儀活動的資料，但有關禮儀的實踐都是早於文字紀錄而存在，乃自殷以至於西周都在次第實行的活動。因為一旦有邦國、王朝的締造，即會根據其組織運作的實際需要，逐漸形成有關朝覲、盟會、聘問、賜命、軍旅、蒐狩等有關國與國互動的活動，同時也會有關係個人日常生活的冠、婚、喪、祭之活動，乃至於有關騎射、駕御、藉田、蜡祭等群體活動的進行。[3]依循此思路，則知文、武二王時期雖然尚未有現今《儀禮》中各種專禮的固定程序，然而參考孔子所言的「周監於二代，郁郁乎文哉！」[4]，沈先生所說或許更接近事實。換言之，周代各類禮典的實踐，極可能都沿襲殷商以來的習慣而稍加因革損益。由於禮樂相須而行，是故推測禮典實踐當時，亦多有樂伴隨，且可能還有相應的詩歌相伴而歌之，只差曲調與歌詞未必完全固定而已。此狀況若對照《詩》所載周民族的發展史以觀察，情況將更清楚。

固然周公所領銜訂定的制禮作樂重大工程，有待其東征凱歸以後，始能全心全意投注心力於此重大制度的制定，然而周民族的重要先祖，早已為此族群的發展陸續奠定一些建國的重要基礎與制度。

奠定周民族發展的重要人物，可透過〈大雅〉的重要相關詩篇而得知。例如：〈公劉〉敘述公劉率領群眾遷徙豳地後，「于京斯依」，積極選擇京師的適當地點以奠定開國宏模，而且還「蹌蹌濟濟，俾筵俾几」，妥為安排君臣席位、建立宴飲規矩，因而能在「酌之用匏」的規劃下，達到「食之飲之、君之宗之」全體和諧擁護公劉的狀態。甚且為圖謀豳地的發展，還建立三單軍制，

3　其詳參見沈文倬：〈略論禮典的實行和《儀禮》書本的撰作〉，原載中華書局之《文史》第15、16輯，後收入氏著：《宗周禮樂文明考論》（杭州：杭州大學出版社，1999年），頁1～54。

4　見於《論語》〈八佾〉，魏・何晏集解，宋・邢昺疏：《論語注疏》，收入《十三經注疏（附清・阮元《校勘記》）》（臺北：藝文印書館，1985年），頁28。

使彼此可以互相輪流禪代。經濟方面，則推出「徹田為糧」的賦稅制度，[5]諸如此類的措施都已為立國建立一定重要機制。〈緜〉則追述公亶父率眾遷岐，以土地肥美的周原為文王興起的奠基經過。「迺疆迺理、迺宣迺畝」，先劃定疆界、開鑿溝洫、開闢田畝，並委派司空、司徒掌管營建與工役各部門的工作，建築宮室與宗廟，並分別設立宏偉的皋門與應門，還設立冢土大社，以完成國家應具備宗廟與社稷的必要條件。[6]在國家基本建設完備後，又積極從事內政工作，從「柞棫拔矣、行道兌矣。混夷駾矣、維其喙矣」的紀錄，終能折服強敵混夷，卒使文王贏得虞芮等遠方的人前來歸附。[7]公亶父積極開發岐山下的周原，再加上太伯、仲雍、季王齊心努力，都為文王之興奠定重要根基。復以亹亹文王令聞不已，因此濟濟多士紛紛來歸，竟使周的力量可達三分天下有其二的局面，即便如此，文王卻仍然能以德服事於殷。[8]

由此可見周民族的發展，自公劉建立開國規模，公亶父則為壯大周民族的最重要領袖，使周的國家建置更趨完備。甚且為抵制西方戎狄時來侵擾，並圖謀更大發展，公亶父選擇成為商王朝治下的西方小諸侯國，正式擁有「周」的國號。[9]相較於殷商已擁有高度物質文明與成套的禮儀制度，小邦周也會見賢思齊、多方模仿學習，努力吸收殷商的禮典等各項制度以為己用。既然周代禮典的實踐可以上溯至殷商時期，則周代以詩、樂搭配禮典實踐的情形，在後來成為定制、寫入禮書，或者被編入〈小雅〉宴饗詩以前，也會經歷一長段過渡

5　其詳參見《詩》〈大雅・公劉〉，見於漢・毛亨傳，鄭玄箋，唐・孔穎達等正義：《毛詩正義》，收入《十三經注疏（附清・阮元《校勘記》）》（臺北：藝文印書館，1985 年），頁 617～621。

6　《周禮》〈春官・小宗伯〉，見於漢・鄭玄注，唐・賈公彥疏：《周禮注疏》，收入《十三經注疏（附清・阮元《校勘記》）》（臺北：藝文印書館，1985 年），頁 290，載小宗伯之職：「掌建國之神位，右社稷，左宗廟。」頁 295，又載：「凡天地之大裁，類社稷宗廟。」由此可見社稷與宗廟，乃建立一個國家最重要的標誌。

7　其詳參見《詩》〈大雅・緜〉，頁 545～551。

8　《論語》〈泰伯〉，頁 72～73，載孔子曰：「三分天下有其二，以服事殷。周之德，其可謂至德也已矣」。

9　其詳參見楊寬：《西周史》第二章（上海：上海人民出版社，1999 年），頁 37～49，認為「周」的國號可能為武丁所給，代表該地區農業發達的美稱。

與調整的現象。

　　周取代殷而有天下雖在武王時期，然而若無前人累世的努力，實無法竟其功。不過，若從〈緜〉、〈皇矣〉、〈大明〉等詩，以及武王姬發追封周的先祖至太王公亶父，則明顯可知周民族終於能落實天命轉移的重任，至少需要經過三代人持續不斷的辛勤耕耘。其中尤以姬昌 50 年治理小邦周的政績，正是武王伐紂成功最重要的關鍵，所謂文王之教與文王之德，乃是周民族能獲得上帝眷顧，成功轉移殷商未盡天命的最重要原因。基於文王「受命」為日後代商的最重要轉折點，故而鄭玄將〈鹿鳴之什〉去除〈常棣〉與〈魚麗〉以後的其他八篇，都列入文王之世的作品，說明最遲在文王之世已可產生此八篇「正小雅」的宴饗詩。武王之世，則已完成上帝（天）所命而建立周王朝，因而又可創作〈魚麗〉的宴饗詩以及〈南陔〉、〈白華〉、〈華黍〉的笙奏樂詩，共四篇。成王之世，則為禮樂制度最重要的完成期，因此能創作〈鹿鳴之什〉中的〈常棣〉，〈南有嘉魚之什〉的前六篇及〈由庚〉、〈崇丘〉、〈由儀〉笙詩，合計 10 篇的「正小雅」宴饗相關用詩。總計文、武、成王三世，已經完成 22 篇「正小雅」。

　　這 22 篇「正小雅」，可按照其是否出現於《儀禮》而區分為兩類，且因《毛詩序》的記錄者與「國史」之間應具有疏密不同的關係，故而從其記錄內容可見所蘊藏的《詩》教思想。

三、《儀禮》所見的「正小雅」《毛詩序》凸顯的《詩》教思想

　　由於舉行鄉射禮與大射禮以前，照例會先有飲食之禮，而聘禮與覲禮以後，也會伴隨有宴饗之禮進行，因此《儀禮》中具體記錄與宴饗直接相關的儀節，按照禮儀規模大小與參與人員的不同，分別呈現在〈鄉飲酒禮〉、〈燕禮〉兩篇中。是故根據〈鄉飲酒禮〉、〈燕禮〉所載，即可理解配合宴饗禮的賓主升降答禮、獻爵酬酢、薦食脯醢等禮儀順序，分別在三階段或歌或奏〈小雅〉的相關詩篇：首先上場者，即樂工歌〈鹿鳴〉、〈四牡〉、〈皇皇者華〉三首詩；其次，則與笙、磬搭配而演奏〈南陔〉、〈白華〉、〈華黍〉的樂曲；復次，採

取工歌與笙奏彼此間隔的方式，以〈魚麗〉、〈由庚〉一組，〈南有嘉魚〉、〈崇丘〉一組，〈南山有臺〉、〈由儀〉一組的方式進行。繼間歌笙奏以後，再歌周南〈關雎〉、〈葛覃〉、〈卷耳〉，召南〈鵲巢〉、〈采蘩〉、〈采蘋〉的六首鄉樂，共同組成「正歌」的內容。（詳參附錄二）換言之，禮儀的進行乃與詩、樂相搭配，而「正歌」所採用的樂歌，則包含跨越文、武、成王三世代的六首〈小雅〉之詩，六首有目無辭的笙詩，以及六首來自〈二南〉的鄉樂。（有關〈二南〉相關篇章的《毛詩序》記錄者問題，將另外討論）

「正小雅」的宴饗禮儀多與詩、樂相搭配，如燕禮與饗禮，原本多行於天子宴饗諸侯、眾臣，或諸侯宴饗大夫臣下，因此都有專職人員負責所有禮儀的進行，故而相關詩篇詩旨的記錄也與「國史」人員具有較密切的關係。後來，宴饗樂詩也可用於高階貴族宴請族人，甚或通用於一般的鄉飲酒禮場合，都顯示飲食之禮有促進彼此情誼的作用，因而古來帝王都極為重視。

若對照《史記》〈周本紀〉所載，姬昌由於能禮下賢者、積善累德，因而賢能之士多歸往之，眾多諸侯也紛紛趨向之。由於崇侯伺機向紂王進姬昌將不利於商的讒言，故而姬昌被商紂幽囚於羑里，幸得閎夭之徒等奔走相救，卒能因禍得福，還獲賜弓矢斧鉞，成為西伯牧，擁有征伐的權利。司馬遷（145？～86？B.C.）因特別注重具體掌權的問題，故而以姬昌具有征伐之權起，為接受天命之年，稱王而斷虞、芮之訟。[10]從後世所稱文王受命、武王成命之說，說明史家也多承認文王雖仍服事於殷，然而其地位已超越一般諸侯王以上，儘管與大邑商相比，仍是名副其實的小邦周，不過，周的人事行政體系，自公劉以來所創立的基礎，再加上公亶父、王季大展鴻圖，至姬昌就任周侯，國家運行的機制早已具備一定的規模系統，也自然存在一些宴饗禮儀。由於姜太公曾告知文王，身為人王者最重要的大事，乃是上賢與舉賢，[11]因此對於優禮賢臣、敬禮大臣、慰勞大臣等事，當然是國家極重要的大事，所以會設

10　其詳參見《史記》〈周本紀〉，見於漢・司馬遷著，（日）瀧川龜太郎考證：《史記會注考證》（臺北：洪氏出版社，1977 年），頁 67。

11　其詳參見《六韜》〈文韜〉，見於《百子全書》第 2 冊（長沙：岳麓書社，1993 年），頁 1090～1091。

有專人妥為規劃整套禮儀模式，且在適當的時間按時執行，此即沈氏所謂禮典的實踐可以上溯至殷商的事實。由於文王善於實踐此類禮儀的事實早已名聞遐邇，也是史載閎夭、散宜生、伯夷、叔齊等眾多賢人紛紛來歸的重要原因。[12]

　　文王吸引眾多賢人來歸的史實，正是〈鹿鳴〉、〈四牡〉、〈皇皇者華〉三首詩產生的背景。此三首詩說明主人透過精心備辦佳餚美酒，態度謙恭地殷勤以禮款待貴賓的宴饗之禮，乃是促進彼此往來融洽，達到君臣一體、上下同心的極佳途徑，因此所有細節都會有負責的相關人員切實執行，並加以記錄。從〈鹿鳴〉等三首詩的內容而言，都明顯與國家大事有關，即便當初的詩文未必全同於今本所見，不過，大體應該相去不甚遠。因為對照其「首序」，分別為「燕羣臣嘉賓」、「勞使臣之來」、「君遣使臣」，都明顯與國家大事有關，與文王黽勉從政的形象極為吻合。雖然〈四牡〉的內文與「勞使臣」的說法有些迂曲，確如姚際恆（1647～1715）所說，作使臣自咏極順，以此為代使臣咏，則極不順。[13]然而鄭《箋》所載亦值得考慮：

> 文王為西伯之時，三分天下有其二，以服事殷，使臣以王事往來於其職。於其來也，陳其功苦以歌樂之。[14]

若從文王能獲得大多數臣民歸心的事實而言，則其善體臣民的情實亦非虛言，可見鄭氏此說也可算是文王體恤下情的具體表現。由於能體恤下情，遂早在使臣前來之時，已有文臣作詩以陳述使臣往來奔波的勞苦，盡陳其雖欲為父母盡孝，卻仍以王事為重，顯現先公後私的人臣大義。當文王慰勞使臣而歌此詩，就常情言之，可令使臣頓生君王深知我心的上下一體感，不但可大大拉近彼此的距離，也可大大增加人臣願意為君王鞠躬盡瘁、死而後已的情志。

　　基於文王善於體恤下情的心意，遂由「國史」相關人員簡單註記之，成為今日所見的「首序」，後世則更採取為慰勞使臣之詩。此從《左傳》所載穆叔

12　其詳參見《史記》〈周本紀〉，頁 66。

13　其詳參見清・姚際恆：《詩經通論》，收入《續修四庫全書》第 62 冊（上海：上海古籍出版社，1995 年），頁 121～122。

14　《詩》〈小雅・四牡〉，頁 317。

（叔孫豹）明言：「〈四牡〉，君所以勞使臣也。」可見以〈四牡〉之詩慰勞使臣，在春秋時期的外交場合業已相當普遍。再透過穆叔對行人子員以下的解說，更可見詩與宴饗禮儀的搭配使用已有明確的規範：

> 三〈夏〉，天子所以享元侯也，使臣弗敢與聞。〈文王〉，兩君相見之樂也，臣不敢及。〈鹿鳴〉，君所以嘉寡君也，敢不拜嘉？〈四牡〉，君所以勞使臣也，敢不重拜？〈皇皇者華〉，君教使臣曰：「必諮於周。」臣聞之：「訪問於善為咨，咨親為詢，咨禮為度，咨事為諏，咨難為謀。」臣獲五善，敢不重拜？[15]

此現象或可作為〈鹿鳴〉等詩早已與宴饗禮儀相結合的旁證。饗（享）禮的詳情雖已不見於今本《儀禮》，然而透過《左傳》此段記載，則可見進行饗禮之時，樂工所歌之詩，乃根據接受饗禮的對象身分差別，而分別歌唱取義不同的詩篇。由於歌唱〈鹿鳴〉等三篇，在春秋時期早已成為宴請一般嘉賓所用的詩篇，故而叔孫豹敢於適時致敬、拜謝。

由於〈鹿鳴〉等三首宴請嘉賓之詩的「首序」都相當短，文王以後的「國史」相關人員為免日後遺忘，甚或滋生疑義，故而再以「續序」補充說明，使其能前後銜接，彼此沒有矛盾衝突：

以「既飲食之，又實幣帛筐篚。以將其厚意，然後忠臣嘉賓，得盡其心矣。」補充說明〈鹿鳴〉的主人竭盡心力款待嘉賓，因此會場到處洋溢著和樂歡愉的氣氛，而座中賓客也相對呈現樂於效忠的心意。以「有功而見知，則說矣」，補充說明〈四牡〉中風塵僕僕的使臣，因為君王善體其辛勞的美意，已大大減輕身心俱疲的勞頓感，且深深感受辛勞沒有白費的些許滿足。以「送之以禮樂，言遠而有光華也」，補充說明〈皇皇者華〉中的使臣到處奔波，依循一定的禮儀制度，向四方賢達請教治國的良方。

15　《左傳》〈襄公四年〉，見於周・左丘明撰，晉・杜預注，唐・孔穎達等正義：《春秋左傳正義》，收入《十三經注疏（附清・阮元《校勘記》）》（臺北：藝文印書館，1985 年），頁503～505 載：穆叔如晉，報知武子之聘也，晉侯享之。金奏〈肆夏〉之三，不拜；工歌〈文王〉之三，又不拜；歌〈鹿鳴〉之三，三拜。韓獻子使行人子員問之。

綜合上述三首詩的內容以及「首序」、「續序」所載，與文王為西伯時黽勉從政的形象兩相吻合，可以充分呈現其非僅禮下賢者，積極諮詢治國良策，而且早已因優禮長者而名聞遐邇。是故鄭玄將此三詩定為文王之世的詩，確實可配合周民族發展的狀況。

列入武王之世的詩，僅有〈魚麗〉，以及〈南陔〉、〈白華〉、〈華黍〉三首笙詩。核對《儀禮》宴饗過程的安排，〈南陔〉等三首笙詩的演奏，乃接續在樂工歌〈鹿鳴〉等三首詩歌後，於是主人敬獻樂工，然後笙、磬齊奏〈南陔〉三詩的樂曲。若對照《毛詩正義》號稱為「有其義而亡其辭」的三首笙詩之「首序」分別為：「孝子相戒以養」、「孝子之絜白」、「時和歲豐，宜黍稷」，也有補充〈鹿鳴〉等宴饗詩文義的功能。藉由笙詩稱頌孝子先公而後私的大義，達到提振忠臣為朝廷盡心盡力的實效，共同期許年年時和歲豐，人民生活富足。〈鹿鳴〉等三首詩雖為文王之世的詩，畢竟王朝的規模未定，完整的成套禮儀未備，還有待武王正式成立周朝以後再陸續補充。由於此三首笙詩有目無辭，故現今擺在「首序」位置的詩義，或可如鄭《箋》所言：「其義，則與眾篇之義合編」，[16]故能存之。

由於宴饗之禮乃君王宴請嘉賓的大事，因而與儀節相關的註記資料，最可能也由執事的相關「國史」人員先加以註記，再由稍後的「國史」人員合編而成。武王伐紂雖然成功，然而大約 600 年的商朝，宛如百足之蟲死而未僵，武王時期的周朝政權尚未穩固，且武王不久竟因病而崩，可想而知此世代所創作的宴饗詩極為有限。武王之世的短暫數年，除積極安排《大武》樂章，還優先補足宴饗嘉賓三首詩後的笙磬樂奏，因而〈魚麗〉成於此世，也頗能彰顯王朝初立，宴饗之禮必然不少，且會以豐盛的美酒佳餚感謝群臣嘉賓的實況。若從其「首序」為「美萬物盛多能備禮」，特別提及「能備禮」，也可隱約透露註記者應與備辦禮儀者有關的人員。

包含周公攝政在內的成王之世，是周代制禮作樂最重要的時期，因而也是創作「正小雅」最多的時期，共計十篇，其中五篇納入《儀禮》的宴饗之禮

16　其詳參見《詩》〈小雅・魚麗〉之後所附笙詩之義，頁 342～343。

中。此五篇宴饗用詩，即〈南有嘉魚〉、〈南山有臺〉與三首笙詩，結合武王之世的〈魚麗〉，[17]並以「間歌〈魚麗〉，笙〈由庚〉；歌〈南有嘉魚〉，笙〈崇丘〉；歌〈南山有臺〉，笙〈由儀〉」的間歌、笙奏方式，出現在宴饗之禮的第二階段樂歌中。在此詩歌、樂歌配合禮儀進行的安排中，先以〈魚麗〉具體拉開宴席的序幕。從位在北方的周京，竟然能以多種鮮魚接連登上筵席，即可凸顯主人籌辦宴饗之禮的用心與周到。從美酒配佳餚，品物多而嘉，大大展現王者宴請大臣誠摯的心意，也足以符應周王朝的政權在逐漸進入穩定狀態後，天子優禮、敬謝大臣的誠心，故而酒食極為精美豐盛。其後，則因推廣應用的緣故，此類宴饗樂詩遂通用於上下宴會當中。故朱熹（1130～1200）謂之：「即燕饗所薦之羞，而極道其美且多，見主人禮意之勤，以優賓也。」[18]且繼優賓以後，則以〈南有嘉魚〉表達娛賓、樂賓之意，再以〈南山有臺〉表達祝賓、尊賓之意，共同圓滿宴饗燕樂的過程。檢視〈南有嘉魚〉與〈南山有臺〉的「首序」，分別為「樂與賢」、「樂得賢」，而「續序」則為「太平君子至誠，樂與賢者共之」與「得賢，則能為邦家立太平之基」，可見「續序」還具有闡發「首序」的功效。

　　考察由〈魚麗〉領銜的第二階段，三組歌與樂間隔而行的禮儀用詩，其「首序」分別是：「美萬物盛多能備禮」、「萬物得由其道」，「樂與賢」、「萬物得極其高大」，「樂得賢」、「萬物之生，各得其宜」。觀察此階段樂歌內容的口吻，都明顯為描述君主宴請貴賓的情形，故也極可能直接與相關執事人員有關。倘若再對照笙奏的義旨，正好可與所搭配的詩歌內容相得益彰，也可藉此稱美君主能善得賢者而優禮的情形。是故，萬物在賢者依循萬物生長化育之道而治理的情況下，皆能各得其所、各遂其生。能細細觀察此君臣的密切互動

17　宋‧朱熹：《詩經集傳》，收入景印《文淵閣四庫全書》第 72 冊（臺北：臺灣商務印書館，1993 年），頁 817，認為毛公誤將〈魚麗〉納入〈鹿鳴之什〉，應按照《儀禮》所載，將〈魚麗〉納入〈南有嘉魚之什〉，認為〈魚麗〉等六詩應為一時之詩。頁 818，以〈南有嘉魚〉有樂賓、〈南山有臺〉有尊賓之意。清‧方玉潤撰，李先耕點校：《詩經原始》下冊（北京：中華書局，1986 年），頁 352，則以為「三詩未必同出一時，不過，後王用以入樂，其辭義先後重輕適如其序焉云爾」。筆者較認同方氏之說法。

18　宋‧朱熹：《詩經集傳》，頁 817。

者，自然也以負責宮中宴饗禮儀的相關執事人員最清楚，也最適合成為詩義的記錄者。

只是這些原來為宮廷宴饗用的禮儀用歌，後來也通用於一般的宴客場合中。如此一來，也更能彰顯君主彼此親近、融合的情形，甚至於從君主多方祝福貴賓萬壽無疆，俾便多造福百姓、裨益國家的做為，更處處洋溢君主倚重賢臣的誠意。若非由相關執禮的人員擔任記錄最初深義的工作，實難周詳考慮此類活動是否「備禮」的問題，又何以君主要如此殷勤地表達尊禮賢者的心意。在間歌、笙奏「正小雅」的特定詩篇後，再繼續歌唱屬於鄉樂的〈國風〉特定篇章，而共同組成宴饗的「正歌」，都隱約透露這些「正小雅」的禮儀用詩，與文王到成王之間求賢若渴，以及濟濟多士來歸附周朝，彼此共同成就大業的歷史有關。由於此宴饗禮的進行都攸關王朝發展的大事，因此推測創作此類詩者，極可能為當時的賢士、大夫，而記錄詩旨者，也以相關執事者最有可能，所以都能適度彰顯詩文所蘊藏的思想。

四、《儀禮》未見的「正小雅」《毛詩序》凸顯的《詩》教思想

被鄭玄列入「正小雅」，然而未見於《儀禮》者，則各有屬於文王與成王之世的五首詩，共計十首。

文王之世的五首詩與各詩的「首序」分別為：〈伐木〉，「燕朋友故舊」；〈天保〉，「下報上」；〈采薇〉，「遣戍役」；〈出車〉，「勞還率」；〈杕杜〉，「勞還役」。

〈伐木〉一詩屬於興體詩，引用姬昌於少年時與友朋入山伐木，聞鳥鳴求友，進而申述交友之道在於敬慎的原理。姬昌能領悟敬慎交友的重要原理，故而受到公亶父賞識，甚且還認為興旺周民族者當在姬昌。當姬昌繼位為君，也以極敬慎的態度宴請朋友故舊，且還能與朋友故舊擊鼓跳舞，彼此歡樂融融。姬昌從少年即善與良朋和樂融融的人格特質，正是日後能獲得三分天下有其二的重要因素之一，而這種優良人格特質也一直延續到承受天命眷顧之後。

〈伐木〉一詩，極可能由熟悉周民族發展史的近臣所作，「首序」的簡單概括之詞，相當合乎執事者對於例行燕禮的記錄狀況。由於文辭簡約，因此「續序」又分為兩層次進行補充，使其前後文義連貫：先以「自天子至于庶

人，未有不須友以成者」，說明眾志成城之重要；再以「親親以睦、友賢不棄、不遺故舊，則民德歸厚矣」，說明君主先慎其德，凡事以身作則，當可發揮上行下效的作用。此事又與《尚書》所載帝堯躬行俊德以治理天下黎民的狀況相似：

> 克明俊德，以親九族。九族既睦，平章百姓。百姓昭明，協和萬邦，黎民於變時雍。[19]

此說明中國古代聖王，自堯以來，皆以德治天下，是故黎民、萬邦亦因其德而紛紛歸附之。由於君主與臣民齊心相協，故而〈伐木〉與〈天保〉亦彼此相映成趣，敘寫受到聖德所感的大臣，群起恭祝君上福祿常備、萬壽無疆，都因「群黎百姓，徧為爾德」的緣故，於是「首序」特別以「下報上」概括之。此應為執事者記錄君主宴請群臣時，群臣有感於君主之德徧及群黎百姓，故誠心頌禱君主萬壽無疆，永保賜福萬民。由於「下報上」的文辭過於簡約，因此「續序」再以「君能下下以成其政，臣能歸美以報其上」闡發之，達到總結〈伐木〉與〈天保〉相互輝映的效果。

至於〈魚麗〉的「續序」特別指出「文、武以〈天保〉以上治內」，則又可補充說明〈天保〉以上的〈鹿鳴之什〉詩篇，都能在宴饗之詩中呈現君主德徧群黎，且君臣上下和樂相協的「治內」效果。

〈采薇〉以下的三首詩，雖然從「首序」所載，確屬「治外」之詩，然而其概括的詩旨是否貼切，所屬世代是否為文王之時，則不無商榷餘地。其中的疑竇，尤以「續序」將其連成一氣更為明顯：

> 文王之時，西有昆夷之患，北有獫狁之難。以天子之命，命將率、遣戍役，以守衛中國。故歌〈采薇〉以遣之，〈出車〉以勞還，〈杕杜〉以勤歸也。

19　《尚書》〈堯典〉，見於舊題漢・孔安國傳，唐・孔穎達疏：《尚書正義》，收入《十三經注疏（附清・阮元《校勘記》）》（臺北：藝文印書館，1985 年），頁 20。

屈萬里根據王國維（1877～1927）的〈鬼方昆夷玁狁考〉，認為「玁狁」之名，乃西周中葉以後始有之，殷商之末及周初均稱為鬼方。由於〈采薇〉有三處、〈出車〉有二處都稱「玁狁」，故知此兩首詩應為西周中葉以後的詩。甚且參照〈出車〉稱美南仲平定玁狁，而〈六月〉又為宣王北伐玁狁，兩首詩中所載的內容類似，故而此兩詩應為宣王之世的詩，並非作於文王之世。[20]再根據〈采薇〉的內容，姚際恆（1647～1715）認為從詩文中的「曰歸曰歸、歲亦暮止」、「今我來思、雨雪霏霏」等語句，皆為既歸之詞，不應方才派遣出發，即已逆料其歸來。甚且「一月三捷」也屬非可逆料的實事，故而此詩應為戍役還歸之詩，「遣戍役」之說不正確，更何況文王亦無伐玁狁的事。[21]裴普賢（1921～2017）認為此詩係參加戍役者自作，非他人可預撰。[22]此外，以〈杕杜〉為「勞還役」的說法，並無法與詩文相契，不過，朱熹仍然代圓其說，認為是「追述其未還之時，室家感於時物之變而思之」，[23]顯然迂曲而不切實際。朱氏之說，不如姚際恆直言此詩乃室家思其征夫之詩，才更為貼切。[24]至於方玉潤（1811～1883），則詳加分析說：

> 此詩本室家思其夫歸而未即歸之詞，故始則曰「征夫遑止」，……繼則曰「征夫歸止」，……既又曰「征夫不遠」，……終則曰「征夫邇止」，……始終望歸，而未遽歸，故作此猜疑無定之詞耳。然期望雖殷，而終以王事為重，不敢以私情廢公義也。[25]

方氏「念征夫」之說最為詳贍、可信。由於全詩的關鍵點在於「王事靡盬」，正好可與先盡忠、再盡孝的〈四牡〉，同樣以「王事靡盬」產生串聯與呼應的

---

20 其詳參見王國維：《觀堂集林》上冊〈鬼方昆夷玁狁考〉（北京：中華書局，1959 年），頁583～605。屈萬里：《詩經釋義》（臺北：聯經出版事業公司，1983 年），頁 209。

21 其詳參見清・姚際恆：《詩經通論》，頁 126。

22 其詳參見糜文開、裴普賢：《詩經欣賞與研究（二）》（臺北：三民書局，1987 年），頁777。

23 宋・朱熹：《詩經集傳》，頁 816。

24 清・姚際恆：《詩經通論》，頁 183。

25 清・方玉潤撰，李先耕點校：《詩經原始》下冊（北京：中華書局，1986 年），頁 346。

效果。兩詩的差別，只在於〈四牡〉所涉及者為人子盡孝之情，〈杕杜〉則為室家思念征夫之情，共同點則在於都蘊藏有為王事而先公後私的大義，因此前後可以相聯繫。

綜觀〈采薇〉等三首詩的內容，雖非直接敘寫宴饗之詩，然而都關係抵禦外侮的王事，因此可依《毛詩序》「政有小大」的定義而列入「小雅」的範圍。鄭玄將〈采薇〉與〈出車〉的時代定為文王之世固然有誤，不過，此二詩確實與宣王時的中興大業比較有關，若從其意在重振文武以來的王道，故而將其列入「正小雅」亦有可說之處。再進一步言之，〈采薇〉既已凱旋歸來，〈出車〉又是讚美南仲平定玁狁的赫赫大功，必然會有天子宴請功臣的饗宴，故而此兩首詩也間接與宴饗有關，其詩旨也有可能由備辦禮儀者記錄其大旨。或因詩的內容與宴饗之事屬於間接關聯，以致宣王時期的相關「國史」人員，無法使用準確的文辭以概括詩旨，故而「首序」已與詩文的內容不盡貼合。「續序」的說法，又可能是稍後的「國史」人員，為避免此屬於宣王世代的事，會落入《毛詩序》所言，王道衰而變風、變雅作的「變小雅」系列，[26]於是特別在「續序」指出文王之時有此大事，弄巧成拙，反而與文王當時的史事有所扞格。或許鄭玄因一時失察，仍依「續序」所說，而列此三詩為文王世代之詩亦有可能。至於〈杕杜〉雖然無法確證屬於文王之世，然而任何一世代都無法倖免兵戎之事，一旦遇有戎戰，則征夫逾期未歸乃是常事，因此文王之世自然也會存在室家思念征夫之事。是故，〈杕杜〉一詩，雖也不排除可以追溯到文王世代驅逐昆（混）夷之時，人妻思念征夫而作，而關鍵點則在於全詩所蘊藏的深刻情感。由於情真意深，遂被相關「國史」人員選取為「非正歌」的用詩，在天子宴請眾臣的宴饗禮過程中，除卻慰勞眾臣為王事辛勞以外，也以歌唱此詩聊表天子對征夫無法如期還歸的歉意。范氏以下所說可供參考：

　　〈出車〉勞率，故美其功；〈杕杜〉勞眾，故極其情。先王以己之心為

26　其詳參見《毛詩注疏》，頁16：「至于王道衰、禮義廢、政教失、國異政、家殊俗，而變風、變雅作矣」！

人之心，故能曲盡其情，使民忘其死以忠於上也。[27]

雖然「先王以己之心為人之心，故能曲盡其情」，仍有「代其妻思夫」的不切實際感覺，而不如言「先王能以同理心感受之，故能深切體味室家思念征夫之情」，當更為貼切。故而在演奏此詩時，更能使人臣油然興起國不負我、我將鞠躬盡瘁以為榮的情操。即使文王之德與教最能服臣民之心，故而無妨將此二詩列入文王之世的「正小雅」，但是「勞還役」之說，仍屬文辭過於簡略，文意不盡貼切的用法。

成王之世的五首詩與各詩的「首序」分別為：〈常棣〉，「燕兄弟」；〈蓼蕭〉，「澤及四海」；〈湛露〉，「天子燕諸侯」；〈彤弓〉，「天子錫有功諸侯」；〈菁菁者莪〉，「樂育材」。

〈常棣〉一詩，雖有《國語》以為周文公作，《左傳》則以召穆公作之兩種說法，然而韋昭（201～273）注《國語》時已言：

> 周公旦所作〈棠（常）棣〉之詩，所以閔管、蔡而親兄弟。……其後周世既衰，厲王無道，骨肉恩闕，親親禮廢，宴兄弟之樂絕。故邵（召）穆公思周德之不類，而合其宗族於成周，復循〈棠棣〉之歌以親之。[28]

雖然鄭玄根據《左傳》所載而認為召穆公作〈常棣〉，然而孔穎達（574～648）已不從鄭說，且歷代學者均無異議。姚際恆所言：「此周公既誅管蔡而作，後因以為燕兄弟之樂歌。」[29]已扼要概括此詩從作詩到用詩的轉變，正是綜合「首序」的「燕兄弟」，與「續序」的「閔管蔡之失道，故作〈常棣〉」的雙重意思，且為更明確化的說法。由於此事涉及周公平定周初三監之亂以後，首重安撫族人感情的措施，於是極力呼籲鞏固骨肉之情早已溢於言表。再加上當時極力推動封建宗法制度，因而此詩最可能成於成王初年，由相關「國

27　宋・朱熹：《詩經集傳》，頁 817，引范氏所說。

28　上海師範大學古籍整理組校點：《國語》〈周語中〉（臺北：里仁書局，1981 年），頁 46，韋昭注「周文公之詩」。《左傳》〈僖公二十四年〉杜預注「召穆公思周德之不類，故糾合宗族于成周，而作詩」，亦曰：「周公作詩，召公歌之也」。

29　其詳參見清・姚際恆：《詩經通論》，頁 123。

史」人員記錄詩旨是相當合理的。

〈蓼蕭〉與〈湛露〉都屬於一般情況下，天子燕請諸侯之詩，按理也會由相關的「國史」人員記錄詩旨。〈蓼蕭〉一詩充滿和樂歡愉的氣氛，也處處流露天子對諸侯的恩澤與親愛之情，且期許眾諸侯應多積令德，內和其親、外睦其鄰，使諸侯彼此和睦，促成萬邦安寧。若能如此，則非僅為天子之福，亦是全天下之福，而眾諸侯也可以常保福壽，詩旨相當明確，故「首序」特別標明「澤及四海」，且毋須「續序」多加補充。〈湛露〉同樣寄語諸侯能擁有令德與令儀，且特別標明宴飲的地點在宗室，凸顯賓主間的宗族感情極親近。〈彤弓〉，雖也是天子燕請諸侯之詩，然而該諸侯乃是有功的諸侯，故而天子在設宴款待此有功諸侯外，還特別賜予代表特殊功勳的彤弓，擁有重要的征伐之權。御賜彤弓乃朝廷大事，故而順理成章由相關的「國史」人員記錄詩旨。

〈菁菁者莪〉的主旨稍異於前面數首詩，詩中充滿君主歡喜、樂見賢者之情，適合周初天子樂見朝中擁有眾多賢者，故歡喜設宴以禮相待。朱熹即以此為宴飲賓客之詩。[30]既然與宴請賓客有關，因此由相關的「國史」人員記錄詩旨也算合理。不過，從樂見賢者而以禮款待，到「首序」的「樂育材」，已不免出現一些迂迴而不貼切的差距。至於「續序」的「君子能長育人材，則天下喜樂之」，顯然是針對「首序」而再行衍伸，然而如此一來，卻使喜樂者從原本的君主，轉換成天下人，實在與原來的詩文有愈行愈遠的狀況。

五、結語：宣王晚期詩的「國史」因故而有不甚貼切的詩旨

鄭玄將上述 22 首與宴饗之禮有直接或間接關係的詩篇，依循「首序」與「續序」的提示，都列為文、武、成王三世代王道盛行時期的詩，因此都屬於「正小雅」。其中 12 首（包含六首笙詩）因為可與《儀禮》的〈鄉飲酒禮〉、〈燕禮〉相對照，所以《毛詩序》所載大體都能與詩的內容相搭配。若有「續序」補充「首序」進行說明者，亦能彼此相偕而無前後矛盾的狀況。僅有〈魚麗〉

30　其詳參見宋・朱熹：《詩經集傳》，頁 820。

的「續序」存在一些問題：

> 文、武以〈天保〉以上治內，〈采薇〉以下治外。始於憂勤，終於逸
> 樂，故美萬物盛多，可以告於神明矣。

前半治內、治外之說，乃針對〈鹿鳴〉以下、〈杕杜〉以前詩篇的概括分類，
較適合放在〈杕杜〉的「續序」作說明，而不應放在〈魚麗〉的「續序」位置。
會造成此誤差現象，雖有可能為錯簡使然，然而也不排除詩篇的排序受到更動
的結果。至於後半「始於憂勤，終於逸樂」，僅就旨酒佳餚所代表的「逸樂」
發表議論，而未探究詩文的形成背景，因此與「首序」的「能備禮」彼此矛盾
而不自覺，顯然為畫蛇添足之誤；文末再添一筆「可以告於神明矣」，同樣是
多此一舉的蛇足。此一現象，正好再度說明此「首序」與「續序」並非成於一
人一時之手。

　　其餘十首，隸屬於文王與成王者各半，雖非宴饗禮中的「正歌」系列，然
也與宴饗禮直接或間接相關，故而可供作「正歌」以後的隨機點唱用詩，然因
不見於《儀禮》，故存在較多問題。其中，歸屬文王世代的〈采薇〉、〈出車〉，
已可證明為宣王世代之詩，〈杕杜〉固然可從寬認定為文王世代的詩，然而三
詩的「首序」都是文辭過於簡略的不貼切說法，而「續序」明指的「文王之時」
云云，懷疑正是造成鄭玄區分詩篇所屬世代錯誤的主因。至於歸屬成王世代的
詩，則以〈菁菁者莪〉較有問題。蓋就詩文而言，全詩洋溢君主樂見賢者之
情，故而可放在文、武、成王之世，乃至於後來有意中興的任何一世代中，然
而與「樂育材」的「首序」，以及由「首序」再行衍伸的「續序」說法，都有
明顯的差距。由於繼〈菁菁者莪〉之後的，即是確屬宣王世代的〈六月〉，則
〈菁菁者莪〉是否同屬宣王世代的詩，也是值得懷疑的問題。甚且從〈菁菁者
莪〉的「首序」與「續序」發展狀況，同樣出現二者並非成於一人一時之手的
現象。

　　綜上所述，即使是與宴饗禮儀最有關的樂歌之詩，也多少存在一些「首
序」與詩文內容不盡相關、不甚貼近的現象。其中，〈采薇〉與〈出車〉可以
確定為宣王時代的詩，說明當時與執禮有關的「國史」人員，已使用不甚貼切
的文辭，是故繼其後的「續序」，也難以妥貼闡發全詩的詩旨。倘若〈菁菁者

莪〉疑為宣王世代的詩可以成立，則可見宣王時代的「國史」人員在記錄詩旨時，確實已有不甚貼近的情況。此一現象也可說明王朝政治是否上軌道，也與「國史」人員記錄詩旨時，是否能夠如實反映詩文的思想有高度相關。

表 11.1　《毛詩序》「正小雅」的首序與續序

序次別 詩篇名	首序	續序
小雅・鹿鳴之什・鹿鳴	燕羣臣嘉賓也。	既飲食之，又實幣帛筐篚。以將其厚意，然後忠臣嘉賓，得盡其心矣。
小雅・鹿鳴之什・四牡	勞使臣之來也。	有功而見知，則說矣。
小雅・鹿鳴之什・皇皇者華	君遣使臣也。	送之以禮樂，言遠而有光華也。
小雅・鹿鳴之什・常棣	燕兄弟也。	閔管蔡之失道，故作常棣焉。
小雅・鹿鳴之什・伐木	燕朋友故舊也。	自天子至于庶人，未有不須友以成者。親親以睦、友賢不棄、不遺故舊，則民德歸厚矣。
小雅・鹿鳴之什・天保	下報上也。	君能下下以成其政，臣能歸美以報其上焉。
小雅・鹿鳴之什・采薇	遣戍役也。	文王之時，西有昆夷之患，北有玁狁之難。以天子之命，命將率、遣戍役，以守衛中國。故歌采薇以遣之，出車以勞還，杕杜以勤歸也。
小雅・鹿鳴之什・出車	勞還率也。	
小雅・鹿鳴之什・杕杜	勞還役也。	

（續下表）

序次別 詩篇名	首序	續序
小雅・鹿鳴之什・魚麗	美萬物盛多能備禮也。	文武以天保以上治內，采薇以下治外。始於憂勤，終於逸樂，故美萬物盛多，可以告於神明矣。
小雅・鹿鳴之什・南陔	孝子相戒以養也。	
小雅・鹿鳴之什・白華	孝子之絜白也。	
小雅・鹿鳴之什・華黍。	時和歲豐。宜黍稷也。有其義而亡其辭。	
小雅・南有嘉魚之什・南有嘉魚	樂與賢也。	太平君子至誠，樂與賢者共之也。
小雅・南有嘉魚之什・南山有臺	樂得賢也。	得賢，則能為邦家立太平之基矣。
小雅・南有嘉魚之什・由庚	萬物得由其道也。	
小雅・南有嘉魚之什・崇丘	萬物得極其高大也。	
小雅・南有嘉魚之什・由儀	萬物之生，各得其宜也。有其義而亡其辭。	
小雅・南有嘉魚之什・蓼蕭	澤及四海也。	
小雅・南有嘉魚之什・湛露	天子燕諸侯也。	
小雅・南有嘉魚之什・彤弓	天子錫有功諸侯也。	

序次別 詩篇名	首序	續序
小雅・南有嘉魚之什・菁菁者莪	樂育材也。	君子能長育人材，則天下喜樂之矣。

註：灰底表示欠缺首序或續序者。

附錄 11.2《儀禮》宴饗樂歌

《儀禮》〈鄉飲酒禮〉，頁 91～95：

> 工歌〈鹿鳴〉、〈四牡〉、〈皇皇者華〉。
>
> 卒歌，主人獻工。工左瑟，一人拜，不興、受爵。主人阼階上拜送爵。薦脯醢。使人相祭。工飲，不拜既爵，授主人爵。眾工則不拜、受爵，祭飲；辯有脯醢，不祭。大師則為之洗。賓、介降，主人辭降，工不辭洗。
>
> 笙入，堂下磬南，北面立，樂〈南陔〉、〈白華〉、〈華黍〉。
>
> 主人獻之于西階上。一人拜，盡階，不升堂，受爵；主人拜送爵。階前坐祭立飲，不拜既爵，升，授主人爵。眾笙則不拜、受爵，坐祭、立飲；辯有脯醢，不祭。
>
> 乃間歌〈魚麗〉，笙〈由庚〉；歌〈南有嘉魚〉，笙〈崇丘〉；歌〈南山有臺〉，笙〈由儀〉。
>
> 乃合樂：周南〈關雎〉、〈葛覃〉、〈卷耳〉，召南〈鵲巢〉、〈采蘩〉、〈采蘋〉。
>
> 工告于樂正曰：「正歌備。」樂正告于賓，乃降。

《儀禮》〈燕禮〉，頁 171～173：

席、工于西階上少東，樂正先升，北面立于其西。小臣納工，工四人，二瑟。

小臣左何瑟，面鼓、執越、內弦，右手相，入，升自西階，北面、東上坐。

小臣坐，授瑟，乃降。工歌〈鹿鳴〉、〈四牡〉、〈皇皇者華〉。

卒歌，主人洗，升，獻工。工不興，左瑟；一人拜受爵，主人西階上拜送爵。

薦脯醢，使人相祭。卒爵不拜，主人受爵。眾工不拜，受爵，坐祭，遂卒爵。辯有脯醢，不祭，主人受爵，降，奠于篚。

公又舉奠觶，唯公所賜。以旅于西階上如初。

卒。笙入，立于縣中，奏〈南陔〉、〈白華〉、〈華黍〉。

主人洗，升，獻笙于西階上。一人拜，盡階，不升堂，受爵，降。主人拜送爵。階前坐祭，立卒爵，不拜既爵，升授主人。

眾笙不拜、受爵，降坐祭，立卒爵。辯有脯醢，不祭。

乃間歌〈魚麗〉，笙〈由庚〉；歌〈南有嘉魚〉，笙〈崇丘〉；歌〈南山有臺〉，笙〈由儀〉。

遂歌鄉樂：周南〈關雎〉、〈葛覃〉、〈卷耳〉，召南〈鵲巢〉、〈采蘩〉、〈采蘋〉。

大師告于樂正曰：「正歌備。」樂正由楹內、東楹之東告于公，乃降，復位。

本文原作〈從歷史發展的角度論鄭玄「正小雅」之《詩序》作者問題〉，刊登於《廈門大學學報（哲學社會版）》第 7 輯，2019 年 12 月，頁 69～82。

拾貳、鄭學意義下的「變小雅」《毛詩序》凸顯的《詩》教思想

一、前言：鄭玄已懷疑「變小雅」缺厲王時期的詩作

　　相對於頌體詩、〈大雅〉與典型〈小雅〉宴饗詩的《毛詩序》，因為都與朝政關係密切，所以與「國史」類執事人員明顯相關，「首序」的意思表達已很清楚，因而很多篇不需要「續序」補充說明，即使少數有「續序」補充者，也無前後矛盾衝突之處，大抵遵循已有的「首序」內容發揮，並不另外開啟事端。然而從〈南有嘉魚之什〉的〈六月〉開始，被鄭玄納入「變小雅」行列的58篇，《毛詩序》的呈現方式卻存在一些明顯的共相性，即「首序」的文句都極短，且幾乎都與宣王與幽王有關，但毫無厲王的蹤影，似乎曾經在位數十年的厲王完全被歷史遺忘（雖然「變大雅」有為數不多的幾篇），此現象不免引人懷疑。

　　這58篇「變小雅」的「首序」，直接指稱「刺」者，竟高達45篇，稱「悔」者二篇，稱「美」者三篇，都屬發抒較強烈情感之作；稱「規」、「誨」、「閔」，較和緩情感者各一篇；不帶任何情感語詞的客觀呈現者，則有五篇。此58篇「變小雅」的「續序」中，17篇無「續序」，41篇有「續序」。無「續序」的，主要分布在〈鴻鴈之什〉有八篇（僅前兩篇〈鴻鴈〉與〈庭燎〉有「續序」），其次則為〈節南山之什〉有五篇，再加上〈谷風之什〉三篇及〈甫田之什〉一篇，共計17篇。41篇有「續序」者，「續序」出現的情形則存在較大差異：其中，最特別的，應屬〈六月〉的「續序」，具有總論「變小雅」的性質；其餘，除〈庭燎〉、〈小弁〉、〈甫田〉、〈大田〉、〈采綠〉的「續序」不滿十字以外，其他35篇的「續序」，絕大多數的篇幅都遠遠長於「首序」許多。這種「續序」遠比「首序」長達數倍的情況，尤以〈甫田之什〉與〈魚藻

之什〉最為明顯。

　　鄭玄或許早已懷疑厲王時期不當無詩，故而從幽王世代的詩篇中，挑選數篇以為厲王世代的詩。以下即按照鄭玄將「變小雅」區分為厲王、宣王以及幽王的順序，依次討論其《毛詩序》作者與「國史」人員的關係，再論述《毛詩序》內容所凸顯的《詩》教思想。

二、厲王時期「變小雅」的《毛詩序》凸顯的《詩》教思想

　　鄭玄將〈節南山之什〉的〈十月之交〉、〈雨無正〉、〈小旻〉與〈小宛〉，「首序」原來訂為「大夫刺幽王」的四篇，[1]認為當屬厲王時期的詩。鄭氏以此四詩當位在「變小雅」開始的〈六月〉以前，其理由乃因漢初毛氏作《詁訓傳》時，移其篇第，致使此四詩往後推移，成為「刺幽王」之列。然而自王肅（195～256）、皇甫謐（215～282）以下，仍然多有學者主張此四篇乃刺幽王之作。不過，亦有學者對此疑而不能決，例如孔《疏》即婉轉指出事既久遠，難於審查其實然與否，故不斷其是非。[2]雖然孔穎達（574～648）持保留的態度確有其理，但是總難令人心安。

　　鄭玄的「厲王」說，戴震（1724～1777）、胡承珙（1776～1832）等學者，已從篇第移動、司徒人選、孰為豔妻等三方面反駁其說；[3]阮元（1764～1849）也針對該問題，於《揅經室集》的〈詩「十月之交」四篇屬幽王說〉，指出鄭玄所說乃承襲申培公魯《詩》及鄭司農的「厲王」說。阮元更透過曆法考察西周發生日蝕的時間，並參照重要文獻記載，從雙向證明該四篇應屬幽王時期之詩，概括其正反四說如下：

1　〈小宛〉之「首序」，雖原作：「大夫刺宣王也。」然而根據阮元《毛詩注疏校勘記》，頁430，依據唐《開成石經》、宋《小字本》、《相臺本》「宣」作「幽」，故認定「宣」字有誤。

2　其詳參見《詩》〈小雅‧十月之交〉，見於漢‧毛亨傳，鄭玄箋，唐‧孔穎達等正義：《毛詩正義》，收入《十三經注疏（附清‧阮元《校勘記》）》（臺北：藝文印書館，1985年），頁405。其餘三詩，則分別見於頁409、412、419。

3　其詳參見劉次沅、周曉陸：〈詩經日食及其天文環境〉，《陝西天文台台刊》第25卷第1期，2002年6月，頁74。

其一，日蝕之時間。自梁、隋、唐、元以來，曆法推算已日益精密，例如一行（683～727）及郭守敬（1231～1316）等重要天文學家，都已推定周幽王六年十月建酉，辛卯朔日食，《唐書》〈律歷志〉及《今本竹書紀年》都有記載。反之，厲王時期十月辛卯朔日食，則史無明載。

其二，重大災害發生的時間。「百川沸騰、山冢崒崩，高岸為谷、深谷為陵」，為重大災害，史有明載。根據《國語》〈周語〉及《史記》〈周本紀〉所載，與幽王二年發生的三川皆震，岐山崩的歷史大事相合。反之，厲王時期既無此變故，則詩人不當出此誣言。

其三，豔妻指褒姒。此參照前一首〈正月〉詩所載：「赫赫宗周、褒姒滅之」可以確定。即使當時褒姒尚未正式立后，然已位在眾多御妻之列，且早以美豔擄獲幽王之心。此相關事實，非僅載在《國語》〈周語〉及《史記》〈周本紀〉等史書，且可與「大雅」的詩相印證。反之，厲王為弭平國人毀謗而虐殺人民，且還因推動專利政策控制經濟以剝削百姓，遂激起民憤、引發暴動，史有明載，並非因討好寵愛的豔妻而被逼出逃。

其四，皇父的指謂。「皇父卿士，番為司徒」，阮元以皇父為老臣，幽王不任命皇父為卿士，而以虢石父為卿士，然後廢申后、去太子宜臼。阮元認為詩人雖然歌頌皇父之聖，實則怨其安於退居，不再過問政事。查幽王六年當時的司徒乃是番氏（鄭桓公為卿士乃幽王八年後），自皇父以下七人也屬休退老臣。然而此說法與詩文所載人物角色不甚吻合。反之，使厲王推行專利政策以剝削百姓者，乃榮夷公而非皇父，當時勇於諫諍厲王者，乃在朝為官的召公、芮良夫的賢臣，人物都顯然不合於厲王時期的史實。[4]

阮元以上四說，前三說確實都能反駁鄭玄以〈十月之交〉等四詩為厲王時期的詩，不過，第四說則需要進一步商榷。因該說牽涉皇父身分認定的問題，究竟是否如阮所說，皇父乃是「南仲裔孫之老臣」，而連帶以下七人（豔妻除外）都號稱「諸休退老臣之列」；或者如裴普賢（1921～2017）所言，「皇父」

4　其詳參見清・阮元撰，鄧經元點校：《揅經室集》（北京：中華書局，2006 年重印），頁83～103。

即「虢石父」之字，故整章所提及，包含豔妻在內的八人，都是導致西周滅亡的小人。褒姒確實不見有「母儀天下」之德，對西周的滅亡也難辭一些間接的責任，然而與呂后直接以殘酷的手段加害劉邦寵妾，又接二連三直接間接殺害劉邦子孫，前後的差異甚遠，平心而論，罪魁禍首乃是昏聵失職，且又失德的周幽王。

若依裴氏所說，全詩的第四章，自「皇父」以下一幫人的屬性都相同，既不至於在同一章當中的人物屬性前後不一，也可與接續的第五、六兩章，敘寫「皇父」一幫人的囂張蠻橫相連貫，更可與《史記》〈周本紀〉的記載相對應。[5] 畢竟，造成西周滅亡，其罪絕非僅止一位大臣，而是一幫狼狽為奸的惡勢力小人共同促成。由於是一幫小人，因而聚集的惡勢力更囂張蠻橫。甚且隱藏在此一幫被點名的小人背後，還有一位最位高權重的周幽王百般縱容此惡勢力集團，這也才是詩人感懷作詩的最大意義。若非周幽王昏聵而不任用賢臣，何以會養出一批禍國殃民的小人？王朝又何以會淪落到瀕臨被滅亡的危險局面？這也是古代聖王遭遇重要災異時，為何要下詔罪己，自責「萬方有罪，罪在朕躬」，祈禱上天勿責罰無辜萬民的原因。[6] 兩說相較，似以裴氏所說略勝一籌。

胡一桂（生卒年不詳）對〈十月之交〉全詩書寫要領，扼要概括如下：

> 前三章言災異之變；四章言致災由於小人，而皇父，小人之魁也。故五、六章，專言皇父之惡。七章言小人在位，天降之災，則天變生於人妖也。八章言己之憂勞，而一篇之義終矣。[7]

胡氏明確點出天災其實來自人禍。由於〈雨無正〉末章的「謂爾遷于王都，

5　其詳參見糜文開、裴普賢：《詩經欣賞與研究（二）》（臺北：三民書局，1987 年），頁946。

6　《論語》〈堯曰〉，見於魏‧何晏集解，宋‧邢昺疏：《論語注疏》，收入《十三經注疏（附清‧阮元《校勘記》）》（臺北：藝文印書館，1985 年），頁 178，記錄一段自堯、舜、禹相傳的一段話：「予小子履，敢用玄牡，敢昭告于皇皇后帝：有罪不敢赦。帝臣不蔽，簡在帝心。朕躬有罪，無以萬方；萬方有罪，罪在朕躬。」述說古代聖王莫不秉持此理念以施政。

7　清‧王鴻緒：《欽定詩經傳說彙纂》，收入《景印文淵閣四庫全書》第 83 冊，（臺北：臺灣商務印書館，1983 年），頁 464。

曰：『予未有室家。』……昔爾出居，誰從作爾室！」正好可與〈十月之交〉第六章，皇父既帶走眾多資源，且率領一大批「大臣」前往向邑另築新都城相呼應，則兩篇的內容實可以彼此銜接。再加上要非常熟悉朝中小人作惡勾當者，自然以同樣在朝為官的忠臣才最清楚，因此從〈十月之交〉的詩人自言「我獨居憂」、「我獨不敢休」，對比〈雨無正〉的「云不可使、得罪于天子」、「亦云可使、怨及朋友」，二者可以相互呼應，且處處呈現忠臣動輒得咎的情形。基於此相關事實，故而「首序」訂為「大夫刺幽王」之說自然相宜，本無須「續序」多加補充。由於是「刺幽王」的作品，所以由平王東遷以後的國史相關人員加以收錄的可能性極高。

　　然而〈雨無正〉卻有「續序」：「雨自上下者也。眾多如雨，而非所以為政也。」則不能不詳加思索其「首序」與「續序」之間的關聯性。前後對比，即可發現前後關聯不大，推測並非出於一人之手，倒是其內容所載，實與此詩的篇名關聯較大。蓋詩篇命名的慣例，通常與其起始句有關，然而今本〈雨無正〉的首句乃「浩浩昊天」，且通篇未出現與「雨」相關的詩句，則此詩以〈雨無正〉名篇，不免令人起疑。今根據《詩經集傳》所載，北宋劉安世（1048～1125）所見《韓詩》有〈雨無極〉一詩，其「序」作：「正大夫刺幽王」，且篇首比〈雨無正〉多「雨無其極，傷我稼穡」兩句，[8]所以〈雨無正〉或許即是〈雨無極〉，《毛詩序》的「續序」正好可補充說明此篇命名的由來。

　　若根據《說文》所載，「棟」與「極」乃互為轉注的兩字，段《注》還引〈繫辭下〉「上棟下宇」的說法，而言「五架之屋，正中曰棟。」並指稱：「極，本謂屋至高之處。」[9]是故，「極」有「至高」、「至正」、「至中」的意思。此

8　宋・朱熹：《詩經集傳》，收入《景印文淵閣四庫全書》第 72 冊（臺北：臺灣商務印書館，1983 年），頁 834，引元城劉氏所見。朱熹雖以劉氏〈雨無正〉篇首多兩句看似有理，然而又認為倘若多此兩句，則第一章將成為 12 句，與第二章的 10 句不整齊。鄙意以為增加兩句的第一章，其實可再分為各有 6 句的兩章，則全詩共八章，其中，6 句者五章，8 句者二章，10 句者一章。10 句成一章者，乃因該章主述周幽王無道，導致王室勢力衰微，滿朝大臣既不知遷善改過，甚至還為非作歹，是全詩的核心內容，因而篇幅特別長。根據程元敏：《詩序新考》第三及第十章的研究，認為兩漢時期的「三家《詩》」屬於傳《詩》不傳《序》，《韓詩序》則為後來《韓詩》學者仿效《毛詩序》而作，且歷經三國至南北朝而成。

9　《說文》〈六篇上〉，見於漢・許慎撰，清・段玉裁注：《說文解字注》（臺北：蘭臺書局，

一現象，尚可從俗云：「上樑不正，下樑歪」獲得旁證。復以《尚書》〈洪範〉「九疇」的居中者，即是第五疇「建用皇極」，且《周禮》更以「以為民極」為施政的核心思想，[10]實可見古代施政，強調在上者應為民打造「至高」、「至正」、「至中」的堅固棟宇，以庇護、安頓百姓的生活，因此古代的「政」多可與「正」通用。或許正因為《毛詩》所佚失的起首兩句，尚保留在《韓詩》中，於是毛亨以後的儒師乃採取「續序」的方式，留下一些此詩為何以「雨無正」名篇的線索。同時，也特別提醒這些自上而下的霪雨，並非潤澤萬物的及時雨，而是只會造成傷害稼穡，導致天下饑饉事實的霪雨禍害。這些天降的霪雨，正如一大堆失職「正大夫」接二連三所引發的禍害一般，帶給下民的，只是生靈塗炭的悲慘浩劫。

〈小旻〉的內容與〈十月之交〉、〈雨無正〉，內容同屬對於邪謀詭計者擄獲王心，正道善謀者反被排斥的憂愁，故詩人作詩以示警。或因首句「旻天疾威」與〈雨無正〉的「昊天疾威」幾乎相同，因此「首序」將此三篇一同納入「大夫刺幽王」的行列。不過，因為全詩內容所呈現的，乃失德失政朝代的政治共相，文中缺乏判斷作者與詩文所屬時代的證據，因此朱熹（1130～1200）以「不言何王」的方式處理，[11]是較謹慎、較佳的作法。然而從篇末的「戰戰兢兢，如臨深淵，如履薄冰」，又可見即使政治情況極幽暗、惡劣，都會存在多寡不一的骨鯁之臣力求振作，企圖「撥亂反正」以扭轉時局。是故，編《詩》者將此詩編排在此，或許有意讓讀者深切體悟作詩者如何語重心長！

將〈小宛〉排序在〈小旻〉之後，最直接的原因，可能為末章的「惴惴小心，如臨于谷；戰戰兢兢，如履薄冰」，與〈小旻〉的篇末「戰戰兢兢，如臨深淵，如履薄冰」，不但意義相同，文字也高度重合，因而歸屬同一系列，認為都屬「刺幽王」的作品。

然而朱子明確駁斥：

1972 年），頁 256：「棟，極也，從木、東聲。」、「極，棟也，從木、亟聲」。

10　其詳參見林素英：〈論《周禮》「以為民極」開展的民本思想〉，2021 年 11 月 20 日宣讀於在政治大學舉辦的「第十二屆中國經學國際學術研討會」。

11　其詳參見宋‧朱熹：《詩經集傳》，頁 835。

> 此詩之詞最為明白，而意極懇至。說者必欲為刺王之言，故其說穿鑿破
> 碎，無理尤甚。[12]

元代許謙（1270～1337）則如此評論：

> 此詩遇亂而戒兄弟修德以免禍。修德，當法其親；免禍，則謹其德。前
> 四章修德之事，後二章免禍之意。[13]

檢視〈小旻〉與〈小宛〉的詩文內容，只能呈現亂世的現象，而未能貼合「首序」的「大夫刺幽王」說法，因此不像前兩首〈十月之交〉、〈雨無正〉的「首序」，並無法推測是否與平王時期的國史人員相關。不過，再退一步說，這兩首詩既然無法推定為幽王時代的詩，更無法加上「刺幽王」的標誌，然而卻也未必就與厲王的時代完全無關。

蓋因厲王當時透過衛巫而虐殺毀謗者，以致「國人莫敢言，道路以目」，儘管邵（召）穆公因德高望重，且以卿士的身分勇於向厲王諫諍，（相傳〈大雅〉的〈民勞〉與〈蕩〉即邵（召）穆公所作），但是並無功效，以致其他大臣只能明哲保身、自求多福。置身在此高壓的政局中，若要發抒身處亂世的憂心與焦慮，當然得特別小心翼翼，避免在字裡行間透露些微有損當朝令譽的訊息，以免遭受不測的災禍。例如直接憂慮時政的〈小旻〉，遣詞用字都要小心翼翼，絲毫不能暴露所屬世代的痕跡。至於想發抒戒慎恐懼的情懷，當然也要拐彎抹角，藉由懷念父母、告誡兄弟謹慎修德以免禍，透過最合乎人之「常情」的方式呈現，愈可以避免在詩文中露出蛛絲馬跡，導致禍從天降。

例如方玉潤（1811～1883）即將〈小宛〉視為「賢者自箴」的言說：

> 今細玩詩詞：首章欲承先志，次章慨世多嗜酒失儀。三教子，四勗弟，
> 五、六則卜善自警，無非座右銘。言固無所謂「刺王」意，亦何嘗有
> 「遭亂」詞？岸獄薄冰等字，不過君子懷刑，不能不常作是想。雖處盛

12　宋・朱熹：《詩經集傳》，頁 836。
13　清・王鴻緒：《欽定詩經傳說彙纂》，頁 475。

世，此心亦終不能無也。[14]

若從「詩無達詁」的觀點而言，方氏所說的確未嘗不可；然而「君子懷刑」一說，卻更值得玩味。因為回溯孔子所言：

君子懷德，小人懷土；君子懷刑，小人懷惠。[15]

固然很明顯此說是對比君子與小人心中所關懷者為何物，不過，整句的前後兩半，也呈現一種積極進取與消極固守的明顯對比。倘若再進一步思考，何以有積極與消極的應世態度，則最常見的狀況正是盛世與衰世的極大分野。倘若可以承認此說並非過度詮釋，則地位沒有崇高到邵（召）穆公、芮良夫等級，可以無畏衛巫誣告者外，其餘大夫為求避禍，當然得在詩文當中加上一些巧妙的防護措施以求免禍。是故，〈小宛〉就是一篇在此特定背景下，加上防護措施後的極佳遭亂避禍詩。

　　從歷史發展的角度而言，厲王非僅失德、失政，且還開歷史先河，公開發動衛巫監察群眾言行，實施以暴力止謗的對策。然而厲王如此高壓虐民的措施，終於逼使人民將蓄積三年的公憤引發為大暴動，以致厲王倉狂出逃，也創下中國歷史上極特別、極重要的「共和」時期。在此極特別的時代裡，倘若〈小雅〉當中沒有任何一篇敘寫該時代的詩篇，恐怕也是一種相當奇特而難解的怪現象。鄭玄特別挑出此四篇為厲王時期的詩，或許也有一點基於如此歷史發展考量的因素。既已排除〈十月之交〉、〈雨無正〉「刺厲王」的可能，則以不明白標示世代的〈小旻〉與〈小宛〉歸諸厲王時期，使其代表亂世之詩的象徵，或許也堪稱蘊藏極重要的歷史意義。

三、宣王時期「變小雅」的《毛詩序》凸顯的《詩》教思想

　　邵（召）穆公為平息國人暴動與追殺厲王的太子，只能犧牲自己之子以換

14　清・方玉潤撰，李先耕點校：《詩經原始》下冊（北京：中華書局，1986 年），頁 405。
15　《論語》〈里仁〉，頁 37。

取宣王的命。宣王即位後，有鑑於厲王時期的衰亂而思「中興」周王室之意，於是積極北伐玁狁、南征荊蠻。一時之間，宣王頗有恢復文、武疆土的氣勢，因而史上還一度賦予「宣王中興」的美名。總計宣王在位 46 年（828～782B. C.）期間，雖曾立下中興大業，然因連年征戰耗損國力，且在干涉魯國廢立國君後，王道已明顯衰弱。晚年更因獨斷專行、不聽忠言、濫殺大臣，致使「宣王中興」僅為曇花一現。

依《毛詩序》所載，與宣王有關的〈小雅〉之詩共計 14 首。然而鄭玄將此 14 首都列入「變小雅」，即使是六首與宣王有關的〈大雅〉之詩也稱為「變大雅」，則其考量的理由，應以西周歷史的發展情況衡量之。蓋宣王時期雖曾有短暫的中興期，然而就整體西周史而言，自厲王以後，的確已呈現王道逐漸衰落的現象，曇花一現的「宣王中興」，只是王道衰落中的小小轉折，根本無以為繼，幽王更使西周直接走向滅亡之路。平王東遷以後的東周，周王室的勢力早已不如大諸侯國，僅僅徒然空有天子的虛名而已。

按照 14 首「變小雅」的「首序」呈現方式，可分有無美刺字眼兩類討論：

（一）無美刺字眼的《毛詩序》思想

「首序」無美刺宣王字眼的詩，總計有敘寫宣王北伐、南征、復古相關事蹟的〈六月〉、〈采芑〉、〈車攻〉，以及祝賀新屋落成的〈斯干〉，還有描寫牛羊放牧的〈無羊〉五首。

〈六月〉的「續序」內容非常特別，藉由概括說明每一首「正小雅」廢而不行所導致的缺憾，隱約說明自此詩以下，已進入「變小雅」的範圍：

> 〈鹿鳴〉廢，則和樂缺矣。〈四牡〉廢，則君臣缺矣。〈皇皇者華〉廢，則忠信缺矣。〈常棣〉廢，則兄弟缺矣。〈伐木〉廢，則朋友缺矣。〈天保〉廢，則福祿缺矣。〈采薇〉廢，則征伐缺矣。〈出車〉廢，則功力缺矣。〈杕杜〉廢，則師眾缺矣。〈魚麗〉廢，則法度缺矣。〈南陔〉廢，則孝友缺矣。〈白華〉廢，則廉恥缺矣。〈華黍〉廢，則蓄積缺矣。〈由庚〉廢，則陰陽失其道理矣。〈南有嘉魚〉廢，則賢者不安、下不得其所矣。〈崇丘〉廢，則萬物不遂矣。〈南山有臺〉廢，則為國之基

隊矣。〈由儀〉廢，則萬物失其道理矣。〈蓼蕭〉廢，則恩澤乖矣。〈湛
露〉廢，則萬國離矣。〈彤弓〉廢，則諸夏衰矣。〈菁菁者莪〉廢，則
無禮儀矣。〈小雅〉盡廢，則四夷交侵、中國微矣。[16]

「正小雅」本都是與宴饗禮儀直接或間接相關的典禮用詩，一旦廢而不行，代
表君臣正常宴饗禮儀荒廢，也顯示朝綱不振、政治脫離正常軌道。因此「續
序」不惜篇幅地書寫每首禮儀用詩的價值，且總括當其盡廢，則淪於四夷交
侵、中國衰微的狀態。究實而言，此一超級長篇幅的「續序」，並非針對〈六
月〉的「首序」而來的後續補充，而是宣示自此以下皆屬「變小雅」。換言
之，此三首敘寫「宣王中興」的詩，僅僅〈車攻〉有「續序」。

〈六月〉雖寫宣王北伐玁狁的大事，藉由此詩，清楚得知作戰的時間、地
域，以及當時以車戰為主的戰況。然而主體放在描述主將威儀整飭的尹吉甫，
率領強大的出征隊伍，以嚴整的軍紀擊潰入侵的玁狁，凱旋而歸，得到朝廷厚
賜後，於是備辦佳餚慰勞出征同僚。此詩雖與「宣王中興」的政績有關，不
過，重點在尹吉甫而非宣王，是故僅能歸屬「小政」，而列入〈小雅〉的範
圍，並不列入〈大雅〉。〈采芑〉與〈六月〉的情況也相似，主體為宣王指派
的大將方叔，率領聲勢浩大、軍容嚴整的隊伍，夾帶曾經威服玁狁的態勢而折
服荊楚南蠻。由於此兩首詩直接關係「宣王中興」最重要的政績，因而「首
序」由「國史」人員記錄最合理，也都無須「續序」補充，是故得以在〈六月〉
的「續序」位置，總論「變小雅」的緣由。

〈車攻〉的「首序」：「宣王復古也。」毋庸置疑，此乃「語焉不詳」之類，
當然需要「續序」補充說明：

宣王能內脩政事，外攘夷狄，復文武之境土。脩車馬、備器械，復會諸
侯于東都，因田獵而選車徒焉。

檢視上述補充內容可分為前後兩部分。前半可以概括〈六月〉、〈采芑〉的內

16　《毛詩正義》，頁 357。

容，呈現宣王在位前期的中興大業，內政上能任用賢臣：邵（召）穆公、尹吉甫、仲山甫、虢文公、申伯、韓侯、張仲等，以整飭內政；軍事上則能借助諸侯之力，如邵（召）穆公、尹吉甫、南仲、方叔等，進行北伐、南征等一連串收復失土的戰爭，甚至還一度恢復周初文武時期的疆土。後半則從「脩車馬」起，直接關係〈車攻〉的內容，且以「復會諸侯于東都」具體回應「會同有繹」的詩句，隱約說明收復失土之目的大致達成，因而由天子在東都會合眾諸侯，共同進行田獵活動，磨練整軍經武的戰備訓練，並以「大庖不盈」襯托君臣共享狩獵所得的親和情誼。

　　總括來說，此三篇的《毛詩序》雖未使用稱美宣王的文字，然而透過客觀描述北伐、南征以及戰後君臣一同田獵的融洽場面，都能呈現宣王執政初期的政治、軍事一片欣欣向榮的局面。從〈車攻〉的「續序」能扼要概括此時期的朝政榮景，也相對說明記錄者應與宣王時期的「國史」人員密切相關，大致呈現宣王執政初期南征北伐的榮景，意圖恢復文武時期輝煌的一面，大有未來前途即將一片光明的景象。

　　〈斯干〉的「首序」：「宣王考室也。」王先謙（1842～1917）即引魯說，以周德既衰而奢侈，宣王賢而中興，更為儉宮室、小寢廟。齊詩說法類似。[17]鄭玄則《箋》曰：

> 考，成也。德行國富，人民殷眾而皆佼好，骨肉和親。宣王於是築宮廟，群寢繼承而釁之，歌〈斯干〉之詩以落之，此之謂成室。[18]

對照全詩內容，此室絕非一般民間可以擁有者。雖然詩文無明確字眼可斷定為宣王所築，然而以上說法，乃以厲王流於彘，原有的宮室毀壞為背景，亦有其合理性。蓋國人暴動、殺進宮中，則宮室毀壞的程度不難想像。其後，雖經歷「共和」14 年，畢竟屬於非常時期，大興土木營建宮殿似有未當，故而宣王即

17　其詳參見清・王先謙撰，吳格點校：《詩三家義集疏》下冊（臺北：明文書局，1988 年），頁 648～649。

18　《詩》〈小雅・斯干〉，《毛詩正義》，頁 383。

位後，儉作宮室以示中興的決心，代表對臣民的重要宣誓。待宮室落成，王侯公族遂歌此詩祝賀，也屬合情合理。全詩九章層次分明，前四章先從遠處靜態書寫宮室的外貌，從宮室座落的地勢寫起，再寫居住其內的族人具有繁衍子孫之責，三寫建築堅固的好居所，四寫房屋形貌宏偉。第五章由遠而近，從庭院轉入內廳，感受居住其內的康寧。六、七兩章再進入內室觀察，透過生男育女的徵兆，寄寓子孫繁昌的期待。八、九兩章則寫生男生女弄璋弄瓦的習俗與對男女的期望。

　　雖然末兩章弄璋弄瓦與寢床寢地的差別待遇，極可能是造成後來中國人重男輕女，以及對男女期望不同的源頭，不過，會造成重男輕女觀念的畸形發展，負責解經的歷代經師亦應負相當大的責任。蓋解經諸公倘若只把全詩的重點，放在有形的「儉宮室」，甚至是「小寢廟」，而忽略居住其內的王族如何敦睦九族，如何成為優秀的「室家君王」，實難以擔當治國、平天下的重責大任。至於弄璋、弄瓦的不同習俗，以及對兒女未來的期望，若能將視野放在周代注重陰陽調和互補與天地各有其重要性的時代背景下思考，且有意推動男主外、女主內的社會分工制，而非重男輕女觀念的塑造，其實更可以展現男女互助合作，以和諧共創祥和社會的美景。

　　〈無羊〉的「首序」：「宣王考牧也。」鄭玄《箋》曰：「厲王之時，牧人之職廢，宣王始興而復之，至此而成，謂復先王牛羊之數。」朱熹也認為此詩寫牧事有成，而牛羊眾多的狀況。[19]由於此詩與〈斯干〉的「首序」近似，的確可以合併檢視，將其同樣歸屬於同一系列的作品。全詩對於當時畜牧的狀況刻畫入微，詩中生動描寫放牧者與牛羊互動的默契，末章更藉由牧人之夢與大人之占，妙寫期待豐年之時，六畜興旺、人丁繁衍興盛的美夢。從全篇對於物阜民豐、人畜旺盛的美好社會描述，顯示當時社會大眾對於宣王中興美好願景的殷切期待。

　　〈斯干〉與〈無羊〉的「首序」，言簡意賅地書寫宣王即位初期的美好狀態，詩旨明確，故無需「續序」補充說明。由於此兩首詩的內容與宣王事蹟可

19　其詳參見宋・朱熹：《詩經集傳》，頁 828。

以連結，因而「首序」可能與宣王時期的「國史」人員密切相關，藉由物阜民豐的情景呈現社會安定、人民和諧、天下太平的中興盛世狀態。

（二）有美刺字眼的《毛詩序》思想

按美刺狀況不同，可再區分兩類討論：

1. 美宣王者

「首序」明白標示美宣王字眼者，共有〈吉日〉、〈鴻鴈〉、〈庭燎〉三首，且都有或長或短的「續序」。

〈吉日〉的「首序」還特別標出「田」字，可與〈車攻〉成為「姊妹篇」，都是書寫天子田獵的事件。從《左傳》所載：「春蒐、夏苗、秋獮、冬狩，皆於農隙以講事。」[20]可知按照《周禮》規劃，由天子帶領，大司馬總主持的四時田獵軍事訓練，[21]在春秋時期仍按時舉行。由於古代田獵還是一種重要的軍事訓練，屬於政事，因而此詩可列入〈小雅〉的範圍。藉由此詩，可知天子田獵必須注意選擇吉日、祭祀馬神、挑選馬匹、備妥獵車、前往田獵場所、展現射箭技術，活動結束後，還會舉行宴饗之禮與大臣共享田獵成果。對照「續序」所載：「能慎微接下，無不自盡以奉其上焉」，實可闡發詩末「以御賓客，且以酌醴」，所展現君臣遵禮行儀、團結和睦的意義，並非專為滿足口腹之慾而進行田獵活動。從「首序」與「續序」的前後連貫，應與宣王時期的「國史」人員密切相關，也能凸顯君臣上下重視田獵之禮旨在培養武德的情形。

〈鴻鴈〉的「續序」：「萬民離散，不安其居，而能勞來還定，安集之，至于矜寡，無不得其所焉。」看似可補充「首序」稱美宣王的具體事蹟，然而裴普賢將此詩的年代提前至「共和」初年的說法，或許更接近事實。蓋主持「共

20　《左傳》〈隱公五年〉，見於周・左丘明撰，晉・杜預注，唐・孔穎達等正義：《春秋左傳正義》，收入《十三經注疏（附清・阮元《校勘記》）》（臺北：藝文印書館，1985 年），頁59。

21　其詳參見《周禮》〈夏官・大司馬〉，見於漢・鄭玄注，唐・賈公彥疏：《周禮注疏》，收入《十三經注疏（附清・阮元《校勘記》）》（臺北：藝文印書館，1985 年），頁 442～448，記錄中春、中夏、中秋、中冬，各有一次藉由田獵以訓練作戰技術的重要軍事訓練。

和」行政者，都是能孚眾望的勤政愛民賢能大臣，如此重要的安集流民工作，當在「共和」初年早已如火如荼展開，[22] 不應延遲到十多年後的宣王即位之時才進行。推測「首序」與「續序」如此記錄，最有可能是宣王時期的「國史」人員，有意歸美宣王，故有此說；然而此也顯示相關的「國史」人員，已漸開以溢美之詞阿諛帝王的不實紀錄。

〈庭燎〉一詩，每章皆以「夜如何其」開始，顯示君王時刻關心早朝的情形，雖然詩中並無足以證明所寫對象乃宣王的文句，實以泛稱「美君王」的說法較為適宜。是故，「首序」的說法，或許也可說明宣王時期「國史」人員刻意歸美宣王的情形。至於「續序」的「因以箴之」，與「首序」的「美宣王」並不協調，或許可說明當時「國史」人員的意見已有不統一的現象。此詩或許也可顯示宣王即位早期勵精圖治的情形已不再出現，故而朝中大夫有感於前後變化，遂作此詩以「箴之」。

從此三首詩中，倒是可看出一些隱微轉變的跡象：當「國史」人員刻意歸美宣王之時，也同樣表示宣王「中興之主」的光環正在逐漸消退中。代之而起的，則是不同程度的規勸與諷刺之詩即將陸續出現。

2. 刺宣王者

此類詩共計六首，且全部都無「續序」。

其中，〈沔水〉、〈鶴鳴〉的「首序」，分別呈現或規、或誨宣王之詞，可視為諷刺宣王的前奏曲。由於〈沔水〉屬於憂慮亂世多讒言的詩篇，〈鶴鳴〉則以隱喻的手法，諷諫人君求賢的詩篇。兩詩雖無具體文句確指宣王時代，然而對照當時歷史，宣王從干涉魯國立君以後，「中興」態勢已轉趨衰頹，繼而又聽信女鳩的讒言而濫殺大臣杜伯，類似此事都可導致貴族作此規諫、教誨之詩，寄望宣王能及時懸崖勒馬。

相關史實可參照《史記》所載：

> 周之樊仲山父諫宣王曰：「廢長立少，不順；不順，必犯王命；犯王

22　其詳參見糜文開、裴普賢：《詩經欣賞與研究（二）》，頁 863～864。

命，必誅之：故出令不可不順也。令之不行，政之不立；行而不順，民
將棄上。夫下事上，少事長，所以為順。今天子建諸侯，立其少，是教
民逆也。若魯從之，諸侯效之，王命將有所壅；若弗從而誅之，是自誅
王命也。誅之亦失，不誅亦失，王其圖之。」宣王弗聽，卒立戲為魯太
子。[23]

宣王干預魯君廢立，雖然讓姬戲即位為魯懿公，不過，卻造成原來世子括的長
子伯御日後攻弒懿公以自立為君的重大政治事件。可見宣王干預魯政，不但釀
成魯國內亂，也使魯國從王室的強藩進入逐漸衰微的階段，周王室則是自此以
後王命難行，且諸侯國中多有篡弒其君者。

　　另外，濫殺大臣杜伯一事，則見於《今本竹書紀年》：「（宣王）四十三
年，王殺大夫杜伯。其子隰叔出奔晉。」[24]墨子也針對此事發表一段話：

周宣王殺其臣杜伯而不辜，杜伯曰：「吾君殺我而不辜，若以死者為無
知則止矣；若死而有知，不出三年，必使吾君知之。」其三年，周宣王
合諸侯而田於圃，田車數百乘，從數千，人滿野。日中，杜伯乘白馬素
車，朱衣冠，執朱弓，挾朱矢，追周宣王，射之車上，中心折脊，殪車
中，伏弢而死。當是之時，周人從者莫不見，遠者莫不聞，著在周之
《春秋》。[25]

此處不討論報仇者究竟為誰的問題，但值得注意的，則是「濫殺無辜」乃君主
之大戒，也可見宣王晚年昏庸無道乃不爭之事實。宣王不但錯殺杜伯，甚且為
平息冤魂干擾，又連續殺司空錡與巫祝以求謝罪，以致三年後，宣王在眾目睽

---

23 《史記》〈魯周公世家〉，見於漢・司馬遷著，（日）瀧川龜太郎考證：《史記會注考證》（臺北：洪氏出版社，1977 年），頁 570。另外，參見王國維：《今本竹書紀年疏證》，收入《竹書紀年八種》（臺北：世界書局，1989 年），頁 392～395，也載有此事，伯御自立為君 11年，而為王師所討伐，改立孝公。

24 王國維：《今本竹書紀年疏證》，頁 396。

25 《墨子》〈明鬼下〉，見於清・孫詒讓：《墨子閒詁》卷 8（臺北：華正書局，1987 年），頁202～204。

睽之下被「眾鬼」追殺，下場奇慘無比。再從《太平廣記》還載有因此事而發展的小說類文字，[26]可知該事件從春秋以來已是「現世報」的「報冤」案例重要素材。此一現象也相對說明宣王無道的行為，已廣泛影響社會大眾的生活，因此在規諫、教誨之詩不足以發生作用後，繼之而起的，當然就是比較露骨的諷刺類詩作。

〈祈父〉、〈白駒〉、〈黃鳥〉與〈我行其野〉四首詩的「首序」，一致記錄「刺宣王」，其中，〈白駒〉還特別加上刺者為「大夫」。

〈祈父〉，書寫軍士久役在外而不得安居奉養母親的哀怨，文中雖無確指宣王的字眼，卻可反映宣王因連年征戰，以致軍士久役不得歸的狀況。甚且，宣王 797B.C.征討太原之戎，以及 792B.C.征討條戎與奔戎，都出現接連戰敗的情形。[27]至於後續的 789B.C.千畝之戰，又敗於姜戎，甚至導致南國之師全軍覆沒，[28]因而此詩所書寫軍士的怨情，乃蓄積已久的情緒在此時合理發洩的結果。

〈白駒〉，書寫賢者光臨，主人宴客意在延攬賢者出仕，可惜賢者卻無意仕祿的情形。因文辭典雅，內容又涉及延攬賢者出仕之事，因此保守估計，應為大夫以上層級的大夫所為。

〈黃鳥〉與〈我行其野〉的書寫形式，與風體詩相同，都書寫亂世之時，人民無法在故鄉安居的情形，明顯已由代表廟堂文學的〈小雅〉，而轉入更平民化的風體詩類型。〈黃鳥〉寫流浪他邦者的苦楚，然而因為他邦一樣難以安居，於是又轉而思歸故鄉。〈我行其野〉則寫貧困的男子不得已而入贅女家，可是女子卻喜新厭舊，欲另結新歡，不肯善待贅婿。兩首詩共同反映在上者因

26　宋·李昉等編：《太平廣記》〈報應十八·冤報〉卷 119，收入《景印文淵閣四庫全書》第 1043 冊（臺北：臺灣商務印書館，1986 年），頁 649～650。

27　其詳參見南朝·宋·范曄：《後漢書》〈西羌傳〉（北京：中華書局，1965 年），頁 2871～2872。

28　其詳參見楊寬：《西周史》（臺北：華正書局，1987 年），頁 574，根據《國語》〈周語上〉，見於周·左丘明撰，上海師大古籍整理組校點：《國語》（臺北：里仁書局，1981 年），頁 24 所載：「宣王既喪南國之師，乃料民于太原。」以及《史記》〈周本紀〉的類似記載，認為宣王使用最龐大的軍隊攻楚而全軍覆沒，因而要料民於太原以補充戰鬥力。

治國無方，而導致下民生活困苦的狀態。

參照《國語》〈周語上〉所載，虢文公雖曾進諫宣王必須重啟藉田之禮，以宣示帝王振興農業的決心，仲山甫也曾進諫宣王不應強迫魯國廢長立幼，更不應料民太原，然而這些建議都未被宣王採納。[29]宣王因不聽忠臣勸諫，導致朝政節節衰敗，朝臣當然都有目共睹、感受良深。檢視此類詩的內容，都能反映宣王執政晚期的社會政治狀況，因而作詩者可能都是貴族，而記錄《毛詩序》者也可能為當時的「國史」人員，希望藉由此類蘊藏警惕施政的詩篇，發揮監督、影響施政的效果。可惜在上者無法覺悟，以致人民無法安居樂業，而不免於流浪他鄉、生活困苦。

四、幽王時期「變小雅」的《毛詩序》凸顯的《詩》教思想

鄭玄將《毛詩序》所載，與幽王有關的 40 首〈小雅〉之詩全列入「變小雅」，數量之多，已佔所有〈小雅〉的一半。此 40 首詩，存在一些共相：絕大多數有「續序」，僅六首無「續序」（〈十月之交〉、〈小旻〉與〈小宛〉雖也無「續序」，然鄭玄已將其改列屬王時期，故此處不加採計）；〈甫田之什〉與〈魚藻之什〉的「續序」，大致都呈現偏長的現象；形式類似風體詩的詩篇明顯增加，〈魚藻之什〉當中甚且高達九首。以下先區分有無「續序」的兩大類詩篇進行討論：

（一）無「續序」的《毛詩序》思想

鄭玄所列無「續序」的六首詩，可按「首序」是否直指「刺幽王」而分為兩類：

1. 直指刺幽王者

〈節南山〉、〈正月〉、〈鼓鍾〉與〈青蠅〉四首的「首序」，都有「刺幽王」的字眼。

---

29 其詳參見《國語》〈周語上〉，頁 15～25。

其中，由於〈節南山〉末章有「家（嘉）父作誦，以究王訩」，因此「首序」還外加「家（嘉）父」以表明作者；[30]由於有作者，故而也可根據作者而推斷此詩所屬的世代。若根據《漢書》〈古今人表〉，「嘉父」與譚大夫、寺人孟子都出現在共和時期，[31]可見此詩較有可能為宣王或幽王時期的詩。再加上全詩以西起武功，東到藍田的終南山起興，就地緣關係而言，不太可能是平王東遷以後的詩。[32]甚且再以時間推算，若家（嘉）父生在共和時期，又歷經宣王在位 46 年，到幽王晚期，家（嘉）父以及譚大夫都已是朝中標準的老臣或老人，因而敢在詩中標示自己的身分與作詩目的。對照詩中「國既卒斬，何用不監」，正因為即將亡國所激發的強烈悲憤感，於是勇於挺身而出，希望「赫赫師尹」速速「式訛爾心，以畜萬邦」！雖然直接被點名的是太師和尹氏，但是詩人既然要追究「王訩」，其言外之意，仍在於周幽王應洗心革面以面對天下子民。

至於〈正月〉與〈青蠅〉，則外加「大夫」的字眼，表明作詩者的身分。從〈正月〉詩中使用八「憂」字、四「哀」字，且以「不自我先，不自我後」、「民今方殆」、「哀今之人」、「今茲之正」、「民今之無祿」，強烈表達憂國憂民的詩人，對當時情勢的憂心與哀愁，也對即將來臨的「赫赫宗周，褒姒滅之」定局，發出極迫切的痛苦哀號。尤其對宮中仍然沉醉在旨酒佳餚的夢幻世界，更覺痛心疾首。姚際恆（1647～1715）已明確指出此詩乃刺時，而非感舊之作，因為倘若褒姒已成過往，鎬京業已滅亡，則縱有滿懷憂愁都已無濟於事。[33]由於文中直寫「褒姒滅之」，因而點出當時應在幽王為討好褒姒而欲殺太子宜臼之際，也是作詩者不敢直指幽王大罪，而以褒姒代之以避大不敬之

---

30 清・王先謙撰，吳格點校：《詩三家義集疏》下冊（臺北：明文書局，1988 年），頁 664，載《魯詩》作「嘉父」。

31 《漢書》〈古今人表〉，頁 899。

32 宋・朱熹：《詩經集傳》，頁 830，雖以「春秋桓十五年，有家父來求車，於周為桓王之世，上距幽王之終已七十五年」，認為《詩序》的時世大抵不足信，而懷疑此詩為東周以後的詩。

33 其詳參見清・姚際恆：《詩經通論》，收入《續修四庫全書》第 62 冊（上海：上海古籍出版社，2002 年），頁 141。

諱。《竹書紀年》與清華簡二《繫年》，都記載幽王出動王師以伐申，遂引發申人聯合鄫人及犬戎攻入宗周，弒幽王及鄭桓公的歷史，而未載有周幽王舉烽火以戲諸侯的荒唐事，[34]因此「烽火戲諸侯」雖有可能是後世誇張之傳說，然而絕大多數人早已知道王朝滅亡只在旦夕之間。面對這些荒腔走板的施政，最清楚的，莫過於朝中大夫，於是「憂」、「哀」的字眼充斥全詩，最終，更以「哀此煢獨」收束全文，充分展露瀕臨亡國時的痛苦哀號。

〈青蠅〉，相對於〈節南山〉、〈正月〉都以極長的篇幅書寫憂國憂民愁思，還急切呼籲周幽王洗心革面、太師和尹氏積極從政，〈正月〉甚至於更是慷慨陳詞，以表達「赫赫宗周，褒姒滅之」迫在眉睫的至極憂悲；〈青蠅〉的用字則明顯較緩和，因而寫作時代可能稍早，是幽王尚未荒唐到無可救藥之時。〈青蠅〉藉由寄託青蠅小物嗡嗡聚集以起興的方式，婉轉表達戒、刺幽王勿聽信周遭群小的寓意，形式與風格與風體詩近似。因為青蠅雖小，然而積聚一多，則其往來飛舞的雜音，卻足以亂人視聽、擾人心思，於是詩人特別借蒼蠅嗡嗡作響以喻圍繞在幽王耳邊的讒言，一旦積聚漸多，即足以蠱惑、干擾視聽，因此大夫特別戒幽王勿聽讒言。

〈鼓鍾〉，雖然「首序」明言「刺幽王」，然而史上並無記載幽王至淮水的相關事件，且全詩高達三章皆提到淮水以及淮水水畔，因而裴普賢認為極可能為奏樂追悼南國某位有德君子的詩。[35]因全詩既與幽王無關，也無「刺」的意思，所以「首序」所說，明顯有歸惡幽王的嫌疑。

綜觀〈節南山〉、〈正月〉與〈青蠅〉三首詩，其「首序」的「刺幽王」皆能反映當時史實，且能貼合詩旨，詩中反映瀕臨亡國者極深刻的憂國憂民悲憤哀痛之情。至於〈鼓鍾〉，既已有違幽王當時的史實，則「刺幽王」的說法實為無類的歸惡之說。

34　其詳參見《竹書紀年》與清華簡二《繫年》第二章之記載。

35　其詳參見糜文開、裴普賢：《詩經欣賞與研究（二）》，頁 1067。

2. 未直指刺幽王者

〈無將大車〉與〈小明〉兩首的「首序」屬之，不稱「刺」而稱「悔」，且將全詩指涉的對象轉為詩人自己。

〈無將大車〉，姚際恆批評「首序」誤以此詩為「比」，故對比大車用「將」，而言「悔將小人」，乃甚迂的說法。姚又批評朱熹以「將大車」為行役，故以此為行役勞苦而憂思者所作，也屬可笑之說。姚氏認為此詩因「將大車」而起塵，以興「思百憂」而自病，故戒其「無將大車」、「無思百憂」，以免既無以解憂，反而平添病因的形成。全詩乃賢者傷亂世，以致憂思百出，繼而又思及徒憂根本無益，遂作詩以獨自排遣憂思。[36]從姚氏、方氏之意，都未確定此詩所屬的世代。

〈小明〉，朱熹以為是大夫從二月西征，至於歲暮尚不得歸，故呼天而控訴之。[37]屈萬里（1907～1979）則以此詩的「昔我往矣」與〈采薇〉、〈出車〉兩首詩近似，可能為宣王伐玁狁時期的作品，然因為無「今我來思」之句，因而是出征未歸時的詩。至於是否為大夫所作，也無法確認。[38]

此兩首的「首序」既無「刺幽王」的字眼，詩中又缺乏足以確定為幽王時期的文字，充其量，僅能表達對衰亂之世的感懷。鄭玄將此感懷即將其視為幽王時期的詩，並非客觀的說法。

（二）有「續序」的《毛詩序》思想

鄭玄所列幽王世代的詩，共計 34 首有「續序」。此 34 首詩，由於 27 首（含其中一首「刺幽后」）的「首序」都出現「刺幽王」的字眼，因此先按「首序」有無出現「刺幽王」的兩類進行討論：

36　其詳參見清・姚際恆：《詩經通論》，頁 152～153；清・方玉潤撰，李先耕點校：《詩經原始》下冊，頁 426。

37　宋・朱熹：《詩經集傳》，頁 844。

38　其詳參見屈萬里：《詩經詮釋》（臺北：聯經出版事業公司，1983 年），頁 398。

1.「首序」無「刺幽王」者的《詩》教思想

　　此類計有〈何人斯〉、〈大東〉、〈賓之初筵〉、〈都人士〉、〈采綠〉、〈縣蠻〉、〈苕之華〉七首。除〈何人斯〉與〈賓之初筵〉外，其餘的書寫風格，已多與風體詩類似。

　　〈何人斯〉的「首序」為「蘇公刺暴公」，詩中雖有「暴」的字眼，然而並無「蘇」字。「首序」以為蘇公作此詩，裴普賢參照《左傳》載有周桓王以蘇忿生的田與鄭人之事，[39] 又根據高誘（生卒年不詳）在《淮南子》〈精神訓〉：「延陵季子不受吳國，而訟閒田者慚矣。」注：「訟閒田者：虞、芮，及暴桓公、蘇信公是也。」[40] 認為「首序」所說，可能與暴公、蘇公訟閒田一事而來，且時代應在東周的桓王，並非西周的幽王。[41] 倘若此詩確與暴公、蘇公訟閒田有關，則「續序」所說可視為「首序」的補充說明。由於此事隱約涉及朝臣爭訟的糾紛，故有可能由「國史」人員記錄相關本事，只是時代並非鄭玄所指的幽王世代。

　　〈大東〉的「首序」為「刺亂」。從詩文「小東大東、杼柚其空，糾糾葛屨、可以履霜」，可見東國的賦斂重而傷民，再從「哀我憚人、亦可息也」，則可見其久役不得息的哀怨。全詩多藉由西人、東人生活如何的對比，表達東國人民承受長期重賦久役的被剝削之苦，更對西方周王室貴族的驕奢豪奪發出強烈控訴。可見「首序」的「刺亂」說可以成立，而「續序」前半「東國困於役而傷於財」，也堪稱是「首序」的相關補充。不過，後半「譚大夫作是詩以告病焉」，雖嫌證據不足，然因譚國乃鎬京東邊的小國，而《漢書》〈古今人表〉又確有「譚大夫」，且始出現在共和時期，是故譚大夫作此詩也有可能。

39　《左傳》〈隱公十一年〉，頁 81：「王取鄔，劉，蔿，邘，之田于鄭，而與鄭人蘇忿生之田，溫，原，絺，樊，隰郕，欑茅，向，盟，州，陘，隤，懷，君子是以知桓王之失鄭也。」〈成公十一年〉，頁 457：「晉郤至與周爭鄇田。王命劉康公、單襄公訟諸晉。郤至曰：『溫，吾故也，故不敢失。』劉子、單子曰：『昔周克商，使諸侯撫封，蘇忿生以溫為司寇，……若治其故，則王官之邑也，子安得之』」？

40　漢‧劉安編，高誘注，劉文典集解，馮逸、喬華點校：《淮南鴻烈集解》上冊，收於收入《新編諸子集成（第一輯）》（北京：中華書局，1989 年），頁 236。

41　其詳參見糜文開、裴普賢：《詩經欣賞與研究（二）》，頁 1007。

　　蓋因周厲王時期已面臨政治、軍事以及經濟的多重危機，為反制淮夷入侵，故厲王任命虢仲征伐。[42]楊寬（1914～2005）取證《宗周鐘》所載，有周厲王征服南方、東方諸小國的事實，認為周朝征討戎狄之目的，除奪回被俘虜、劫掠的人與財物外，更重要的，乃是配合荒服制度，要戎狄確實按期獻納貢賦。[43]是故，此詩有可能正是反映當時厲王對譚國苛刻貢賦勞役剝削的情形。倘若回溯造成厲王出逃山西的重要原因，乃是實施多項國家「專利」制以剝削人民，還以衛巫虐殺百姓以止謗，導致國人無法忍受，卒至國人暴動。國人尚且不堪忍受厲王的剝削，更遑論一些被征服的小國人民，因此譚國的大夫在共和時期作此詩以訴說人民的苦痛，亦存在一定程度的合理性。若此推論成立，則「續序」可能由共和時期以後不久的知情「國史」人員加以記錄，更因「首序」並未出現「刺幽王」的字眼，是故此詩也不必晚到幽王之世。鄭玄的斷代宜重新考慮。

　　〈賓之初筵〉的「首序」為「衛武公刺時」。若回歸詩文，此詩乃歌詠古代大射禮的詩。由於射禮以前，必先行燕飲之禮，於是從賓客魚貫入席開場，略過初射而寫再射與三射之時合樂以遵禮行儀的情形，三、四兩章則大反前情，極寫賓客失態的醉相，末章則從古代設立酒監，更提出飲酒有節的可貴。姚際恆以為全詩由淺入深，詩中備極形容醉客醉態之妙，乃三百篇詩中有畫的絕佳「醉客圖」。[44]馬瑞辰（1782～1853）則以前二章「陳古」，先舉初筵賓客的始終皆敬；三章以下，為「刺今」之說，乃對比初筵以後的始敬終怠，顯示的差異現象極為貼切。[45]方玉潤進而以為全詩先陳古義，以刺當時飲酒必醉的無禮至甚，其描摹醉客失儀的狀態，已可謂窮盡其不堪的形象。[46]綜合全詩內容以及相關評論，可見「首序」的「刺時」說可信，然而是否為衛武公所作？

42　其詳參見南朝‧宋‧范曄：《後漢書》〈東夷傳〉，頁 2808。

43　其詳參見楊寬：《西周史》（上海：上海人民出版社，1999 年），頁 563～566。

44　其詳參見清‧姚際恆：《詩經通論》，頁 164。

45　其詳參見清‧馬瑞辰撰，陳金生點校：《毛詩傳箋通釋》（北京：中華書局，1989 年），頁 752。

46　其詳參見清‧方玉潤撰，李先耕點校：《詩經原始》下冊，頁 405。

為何而作？何時作？則可討論。

首先，衛武公與「續序」所載「幽王荒廢，……武公既入，而作是詩」兩者的時間無法配合，因此王先謙（1842～1917）已因衛武公入相在平王之世，否定此詩為幽王世代的詩。[47]其次，由於厲王以後的「共和」時期，向來有根據《史記》〈周本紀〉的「周定公、召穆公」的「周召共和」，[48]以及根據《古本竹書紀年》的「共伯和干王位」說法，[49]遂有「周召共和」或「共伯和」攝政的兩說。若再參考新出清華簡二《繫年》所載，共伯和即是龔白和，在厲王逃亡至彘以後，主政14年，至宣王即位後，始歸于其宗（衛國），而宋之《博古圖》，也已認為共伯和即衛武公。郭沫若（1892～1978）、陳夢家（1911～1966），也認為「元年師兌簋」及「三年師兌簋」所提及的師龢父，金文中的白龢父正是共伯和，也就是衛武公。[50]是故，共伯和主持共和的說法似乎略居優勢。不過，共伯和是否即衛武公，也還需要考慮。

雖然曾於平王之世入為卿士的衛武公，高齡可達九十有五以上，[51]因而就年齡推算，倘若主持共和的共伯和即是此衛武公，則當其主持共和當時，年齡大約只有20多歲。堂堂周王朝，竟然從王畿之外延請一位20多歲的年輕人擔負「干王位」或「間王政」的重責大任，的確相當令人費解。按理說，周定公乃周文公姬旦的後代，德高望重，召穆公也是重臣，又曾勇敢上諫厲王（只是未被採納），因而由周、召共同攝政，似乎更是理所當然。然而相當可疑的，則是「共和」不但是周王朝的大事，也是中國政治史上極大的重要事件，可是史書上竟然對於周定公，除卻「周定公」三個字以外，毫無任何相關的重要事蹟記載，當然令人百思不得其解。正因為有關「共和」的兩種說法，都存

47　清・王先謙撰，吳格點校：《詩三家義集疏》下冊，頁782。

48　《史記》〈周本紀〉，頁78。

49　清・朱右曾輯，王國維校補：《古本竹書紀年輯校訂補》，收入《竹書紀年八種》，頁235。另外，《左傳》〈昭公二十六年〉，頁903，載有王子朝使告于諸侯之相關說法：「至于厲王，王心戾虐，萬民弗忍，居王于彘，諸侯釋位，以間王政」。

50　其詳參見蘇建洲、吳雯雯、賴怡璇：《清華簡二《繫年》》〈第一章集解〉（臺北：萬卷樓圖書股份有限公司，2013年），頁1～36。

51　《國語》〈楚語上〉，頁551提及：「昔衛武公年數九十有五矣，猶箴儆於國」。

在令人難解的問題，導致學界對此問題始終無法取得共識。儘管近來公布的《繫年》，增加共伯和主持共和的可能性，仍然還需要一些合理的說法，以彌補、圓順目前存在的縫隙。幸好，根據《國語》所載召穆公的一段話，似乎可提供一些重要訊息：

> 昔吾驟諫王，王不從，是以及此難。今殺王子，王其以我為懟而怒乎！夫事君者險而不懟，怨而不怒，況事王乎？[52]

從上述簡短說詞，隱約可見在當時國人暴動事態緊急的情況下，太子靜既已逃至召穆公處尋求庇護，召穆公自知不能、也不宜無情無義地殺太子靜以謝國人，否則馬上會留下自己怨懟、憤怒厲王不聽諫言的罵名，甚且還有可能在國人暴動平息後，緊接登場的，則是反對勢力對召穆公的攻訐、鬥爭。權衡之下，為顧全大局與太子靜之性命，只能犧牲己子以代太子靜之死；毋庸置疑，召穆公當時的內心必然極度掙扎，然而又別無良策，只能選擇此最無奈的辦法。在當時既敏感又關鍵的時刻，知其情者，自能體諒召穆公內心的煎熬與痛苦；不知情者，必然責怪其挾怨報復、趁機攬政奪權的惡劣。就召穆公本人而言，也只能默默承受各方壓力，藉由淡出政壇以平復心情，更要避免己子「李代桃僵」的犧牲功虧一簣。衡情論理，召穆公此時並不宜擔當「共和」的首要頭銜，而行「干王位」、「間王政」的第一線主持者。因而基於此公、私顧忌，遂由一些諸侯「共同配合演出」，推舉賢能的第三者「干王位」或「間王政」，[53]而周、召二公則在幕後共同協助處理王政，或許如此安排也屬當時時勢所趨的折衷、可行辦法。

倘若〈賓之初筵〉「首序」的「衛武公」可以採信，而此「衛武公」又是

52　《國語》〈周語上〉，頁 14。

53　根據以下資料可知共伯和的賢能：《呂氏春秋》〈開春〉，見於陳奇猷校釋：《呂氏春秋校釋》（上海：學林出版社，1984 年），頁 1425：共伯和修其行，好仁，而海內皆以來為稽矣。周厲之難，天子曠絕，而天下皆來謂矣。《史記》〈周本紀〉，頁 78，《正義》引《魯連子》載：衛州共城縣，本周共伯之國也。共伯名和，好行仁義，諸侯賢之。周厲王無道，國人作難，王奔于彘，諸侯奉和以行天子事，號曰共和元年。十四年王死於彘，……而共伯復歸國于衛也。

攝行天子事的「共伯和」，則此詩內容所指涉的時間，極有可能在共和時期初年。衛武公對比周初大射之禮的遵禮行儀，與厲王晚期燕射之禮廢，君臣飲酒無節、舉止無度，以致造成厲王必須出逃、王政必須找人代理的狀況進行深刻反思。若此推想可以成立，則此詩也可以與應該歸屬厲王世代的〈大東〉密切相關。〈大東〉作於厲王尚未出奔之前，〈賓之初筵〉則為厲王出逃，但尚未死亡之時，鑒往知來，故〈賓之初筵〉全詩帶有濃厚的警示作用。「首序」的記錄者可能與共和時期的「國史」人員有關，「續序」則可能與衛武公成為平王卿士後的「國史」人員有關。

〈都人士〉的「首序」為「周人刺衣服無常」。朱熹以為，此當為「亂離之後，人不復見昔日都邑之盛、人物儀容之美，故作此詩歎惜之。」[54]全詩藉由回憶過去都邑人士服飾裝戴、儀容舉止的美盛，對比今不如昔的狀況，而發出我心鬱結的遺憾。方玉潤進而指出：

> 此又東遷以後詩也。況曰「彼都」，曰「歸周」，明是東都人指西都而言矣。詩全篇只詠服飾之美，而其人之風度端凝，儀容秀美自見，即其人之品望優隆與世族之華貴，亦因之而見，故曰「萬民所望」也。[55]

就詩文而言，此詩應為平王東遷以後的詩。幽王被犬戎殺害後，虢公翰擁立幽王弟為攜（惠）王，申國擁立宜臼為平王，成為「二王」並立的時期。待晉文侯弒殺攜（惠）王後九年，741B.C.諸侯始擁立廢太子宜臼在申即位。然因不少諸侯認為廢太子宜臼不免有弒父之嫌，故而大多不再聽從周天子命令，以致周朝的勢力也一落千丈，朝臣也大不如前。基於當時狀況，「首序」有可能即是「國史」人員，記錄當時今不如昔的狀況。「續序」則可能是更往後的說《詩》儒師，針對「首序」再作進一步引申，並點出長民者的服飾威儀，藉此引導民德有所歸依。

〈采綠〉的「首序」為「刺怨曠」。然而就詩文而言，只是描寫婦人思念

---

54 宋・朱熹：《詩經集傳》，頁854。
55 清・方玉潤撰，李先耕點校：《詩經原始》下冊，頁460。

丈夫的生動心理刻畫，談不上「怨曠」兩字，更難有「刺」的意思。全詩只是婦人對丈夫「五日為期，六日不詹」的「過期不見」，透露一連串思念、遙想之情。此婦人的相思，發為無心采綠、采藍的行為動作，旋即因髮亂鬢曲而歸沐梳理，以待漁獵之夫返回，甚至更遙想日後丈夫垂釣、狩獵，都將伴隨守候的狀況。裴普賢認為此乃上乘的風體詩，實與王政無關。[56] 至於附入〈小雅〉之末，或與西周時采於豐鎬近畿之地有關。因全詩毫無「刺」意，故「首序」的「刺怨曠」說法已頗不貼切，「續序」再從不貼切的「首序」，又添加「幽王」的字眼，遂與詩旨又更加遙遠，或許是平王時期不甚盡職的「國史」人員加以記錄。

〈緜蠻〉，全詩寫微賤小臣奔走行役的勞苦，幸得主事者能體恤、照顧，故作詩稱美仁人君子的用心。然而「首序」為「微臣刺亂也」，與內容不符；「續序」則為「大臣不用仁心，遺忘微賤，不肯飲食教載之，故作是詩也」，不免有指鹿為馬之嫌，皆非客觀公正的「國史」人員所當為。

〈苕之華〉的「首序」為「大夫閔時」。就詩文而言，此詩應如朱熹所說，乃詩人遭逢周世漸衰的憂世之作，但無法確認作者是否為大夫，也無法確認時代是否如「續序」所指的幽王之時。[57]「首序」特別提及大夫所作，已不甚貼切，「續序」一開始還特別標出幽王之時，似乎要借大夫的身分以增加所言的可信度，不免有歸惡幽王之嫌。畢竟周王朝由盛轉衰，受到西戎、東夷交相侵迫，都非始自幽王，倘若是客觀公正的「國史」人員，理當不至於如此記錄。

綜觀以上七首詩，前四首〈何人斯〉、〈大東〉、〈賓之初筵〉、〈都人士〉，尚與朝政的大小事相關，可以歸屬〈小雅〉之列，「首序」還與「國史」人員保有一定程度的關係。〈賓之初筵〉若按照「首序」所載，則可與衛武公有關，但是卻與「續序」的「幽王」無關。〈采綠〉既難牽強附會王政之事，且無法確定所屬時代，然而「續序」卻明指「幽王」，則不免有歸惡之嫌。〈苕之華〉雖為「閔時」之作，然而反映的乃是詩人對一般衰世的憂傷之情，並無

56　其詳參見糜文開、裴普賢：《詩經欣賞與研究（二）》，頁 1168。

57　其詳參見宋・朱熹：《詩經集傳》，頁 857。

法確定所屬時代，然而「續序」卻明指「幽王」，也有歸惡之嫌。〈緜蠻〉也無法確定所屬時代，雖無「刺幽王」的字眼，「首序」卻故意從反向曲解全詩文意以凸顯「刺」意，「續序」再擴大「首序」的意思，鄭玄將其列入幽王世代的詩，隱約有故入幽王罪責之嫌。〈采綠〉、〈緜蠻〉、〈苕之華〉的題材與敘事手法，其實已更接近〈王風〉的類型，多與詩人發抒對於衰世的個人情感有關，藉由這些對於衰世的感懷，為提醒為政者應多多引以為戒，故而在記錄詩旨時，會迂迴地與幽王相聯繫，以強化警戒之意。

2. 「首序」有「刺幽王」者的《詩》教思想

由於 27 首詩的「首序」都有「刺幽王」，只能參酌其他特性，包括「續序」的用語以及詩文內容與政事關係深淺的不同，進行分類討論：

(1)「續序」含有「思古」字眼者

此類共計八首：〈楚茨〉、〈信南山〉、〈甫田〉、〈瞻彼洛矣〉、〈鴛鴦〉、〈魚藻〉、〈采菽〉、〈瓠葉〉。此類詩的共同特色，都是內容無法與「刺幽王」相連結。

〈楚茨〉與〈信南山〉，都是書寫周代貴族祭祀的詩篇，都先從勤墾農事始得豐收寫起，繼而可有各種祭品祭祀享神。〈楚茨〉按照祭祀的順序書寫，從忙碌備辦犧牲與相關祭品，恭敬迎神、謹肅獻祭，神尸歆饗、降福子孫。禮成後，送神撤饌。繼而諸父兄轉入內寢，闔族共食以凝聚族人情感，也期待子子孫孫都能定期祭祀以報祖先功德，永保親族和睦、子孫昌盛的榮景。相較於〈楚茨〉的敘事詳密與鋪敘閎大，〈信南山〉則以較疏略，卻在跌蕩起伏中顯現閒情逸致的筆法書寫。[58] 全詩更以祖神回報子孫「萬壽無疆」，大大展現尸祝、賓客與祭主情感的交融。雖然同樣是書寫貴族祭祀的大事，然而風格卻有彰顯莊嚴隆重氣氛或表達人神融通的些微差異。由於兩篇都寫祭祀之禮既隆重又親和的情形，明顯與「首序」的「刺幽王」相違，故而「續序」要根據內容

58　清・姚際恆：《詩經通論》，頁 157：「上篇（〈楚茨〉）鋪敘閎整，敘事詳密；此篇（〈信南山〉）則稍略而加以跌蕩，多閒情別致，格調又自不同」。

轉從反向思考，改以「君子思古」的字眼以合理化「首序」的說法。

〈甫田〉寫君王仁德體下、農民力田以報上，君王帶領農民舉行祭社之禮，回報老天與祖神恩賜豐收的盛德。更透過祈年之祭，期待在上下齊心努力耕耘下，來年仍能大豐收。由於上下和諧，故而農民也期待老天能賜君王萬壽無疆。由於此情此景多出現於周初聖明人王的時代，故而「續序」要以「思古」補充之。

〈瞻彼洛矣〉，全詩頌美君王有福祿，並期望君王能永保家邦安康。朱熹不言此詩的世代，僅認為此乃天子會諸侯於東都以講武事，而諸侯頌美天子之詩，[59]可謂貼合文意。不過，按常理而言，諸侯頌美天子的狀況多存在於明王主政之時，是故「續序」的「思古明王」，雖勉強可視為對「刺幽王」進行反向思考，然而繼續添加的「能爵命諸侯，賞善罰惡」，其內容卻無法與全詩產生交集。

〈鴛鴦〉，以鴛鴦形影不離，興發天子的福祿相伴、國泰民安；再以天子具有澤及馬匹之仁，則仁民愛物亦無庸置疑，故臣民樂於頌禱天子福祿安康。然此情此景，也只有明王得以享之，故言「思古明王」。其後，為補充「思古明王」語意不完足，繼續添加「交於萬物有道，自奉養有節」的更詳細說明，不過，此後續努力並無法貼合詩文的意思。

〈魚藻〉，全詩三章，都以魚在水藻間樂得其所的樣貌，比喻王在鎬京飲酒的快樂安居情形。天子能在鎬京安心飲酒，必定是天下無事、四方賓服的狀態，因而以此為頌美天子之詩；屈萬里即懷疑此詩為宣王時的作品。[60]固然此詩是否為宣王時的作品，仍無具體證據，畢竟其他盛世時期的天子也不無可能。不過，「續序」的「君子思古之武王」，則萬萬不敢苟同。蓋武王未伐紂之前，實兢兢業業、念茲在茲，期待早日完成文王所受的天命；既伐紂以後，緣於殷商乃百足之蟲，雖死而不僵，小邦周根本尚無法掌控殷商龐大的勢力，何來可享飲酒的安樂悠閒？此無論從《大戴禮記》〈武王踐阼〉或《上博七》〈武

59　宋・朱熹：《詩經集傳》，頁 848。

60　其詳參見屈萬里：《詩經詮釋》，頁 429。

王踐阼〉，都可見武王如臨深淵、如履薄冰的情形，豈有閒情逸致飲酒逍遙？至於「續序」前半的「萬物失其性」，同樣是合理化「刺幽王」的說辭。

〈采菽〉，全詩以采菽、采芹起興，寫諸侯備禮來朝，天子賜與福祿的美事。是故「續序」反其道而言：「侮慢諸侯。」又恐讀者不識其意，遂繼而再言：「諸侯來朝，不能錫命以禮數徵會之，而無信義。君子見微而思古焉。」同樣是合理化「刺幽王」的說辭。

〈瓠葉〉，是一首描寫燕飲的詩。主人雖然只是烹煮瓠葉、炙烤兔子的微小物品以待客，然而賓主酬酢井然有序，不失燕飲交誼之禮。如此燕飲交誼之禮，一般人物往來聯誼亦經常可見，何必一定是大夫始能為之？也不宜貼上「刺幽王」的標誌。由於「首序」並不合理，故而需要「續序」以「思古之人，不以微薄廢禮」特別進行彌縫。

總括上述 8 首詩，除〈瞻彼洛矣〉、〈鴛鴦〉多言福祿而未提及燕飲之外，其他都與燕飲有或近或遠之關係，固然合乎〈小雅〉多宴饗詩的通性，但是無法與「幽王」的世代相連結。其實燕飲之禮，並非王公貴族專享之禮，即使是一般士庶亦可有鄉飲酒禮一類的飲食之禮以聯絡感情。例如〈瓠葉〉，極可能因為采自王畿附近，故而附於〈小雅〉之末，若以內容而言，恐怕更適合列入〈王風〉。由於此類詩都無法證實為幽王世代的詩，且「續序」都明顯是針對「刺幽王」的不合理而進行合理化詮釋，不無可能是平王之世的「國史」人員刻意為之，希望平王及往後的人王都能牢牢記住幽王悲慘的敗亡事例，凡事戒慎恐懼，絲毫不可疏忽、廢禮，且不再重蹈覆轍。

（2）政事的內容未必與幽王相關者

此類共計九首：〈小弁〉、〈巧言〉、〈巷伯〉、〈裳裳者華〉、〈桑扈〉、〈角弓〉、〈菀柳〉、〈黍苗〉、〈漸漸之石〉。

若按《毛詩序》編列，幽王世代的詩具有「續序」者，當以〈雨無正〉居首，〈小弁〉居次。然因鄭玄業已刻意將〈雨無正〉列於厲王世代（參見前述「厲王時期詩」討論），又因〈雨無正〉的「續序」其實含藏特別意義，是故在鄭玄所列 40 首幽王世代之詩，〈小弁〉即位居 34 首有「續序」詩的第一首。更特別的，則是 34 首有「續序」的詩當中，27 首的「首序」都是「刺幽

王」。換言之，若去除〈雨無正〉不論，則〈小弁〉乃是所有「首序」明指「刺幽王」，且又有「續序」者的第一首。若核對〈節南山〉以下詩的內容，發現與《毛詩序》所載的出入都相當大（詳以下討論），然而此類出入極大的詩之「首序」，出現「刺幽王」的比例又過高（按《毛詩序》的算法為 35/44，按鄭玄算法則為 27/34），則位居首位的〈小弁〉，其「續序」特別指稱「大子之傅作焉」的說法，或許也值得進一步思考其可能原因。

〈小弁〉，全詩書寫「君子信讒」，以致人子無罪見棄，有家不得歸的憂傷之情。作者藉由對比柳樹茂盛、鳴蜩應和，皆能各得其所，鹿兒成群聚集而奔，雌雄雉鳥也能各求其偶，唯有自己孤獨無依、四處飄蕩，遂發出「君子秉心，維其忍之」的怨情。然因詩文缺乏可以確認作者的線索，自然以孟子所言，乃不得於父母者所作，而不坐實其人的說法較客觀。[61]孟子認為其親之過大，以致子女感到怨痛；倘若其親之過大而人子不怨，反而還是親子關係愈顯疏離的表現，因而〈小弁〉之怨，乃人子親其親的親親之仁表現，並非小人所作的詩。[62]然而孟子只言「親之過大」，並未詳述其內容，則何謂「過大」，委實必須考慮。

若參照〈十月之交〉、〈雨無正〉所載，都可見周幽王任命以虢石父為首的一干妖孽小人，囂張跋扈、嗜利殘民，以致民生困苦、天怒民怨，誠為治理天下無道的重大過失。若再加上僅因寵愛褒姒而廢申后、廢太子，使本無罪過的「太子」，成為廢之而後快的「孽子」，甚且還導致西周滅亡，則無論於公於私，都屬於奇大無比的大過，則「首序」的「刺幽王」說法，與孟子「親之過大」說法並不衝突。至於「續序」的「大子之傅作焉」說法，也有合乎情理之處，未必不可能。畢竟太子傅一職，必因太子始有其職，故而太子傅與太子

---

61 其詳參見清・王先謙撰，吳格點校：《詩三家義集疏》下冊，頁 697，載魯說以〈小弁〉為伯奇之詩，又引〈屨（應為「履」）霜操〉，以此詩為尹吉甫之子伯奇所作。縱使伯奇曾作〈履霜操〉，然而仍缺乏足夠證據說明伯奇作〈小弁〉。齊說之意，也只說「讒邪交亂，貞良被害，自古而然，故伯奇放流。」同樣無法證實此詩為尹吉甫之子伯奇所作。屈萬里：《詩經詮釋》，頁 261，贊同孟子所說。

62 其詳參見《孟子》〈告子下〉，見於漢・趙岐注，宋・孫奭疏：《孟子注疏》，收入《十三經注疏（附清・阮元《校勘記》）》（臺北：藝文印書館，1985 年），頁 210～211。

兩人乃是命運共同體，一旦太子被廢，則太子傅也受池魚之殃而一併去職。倘若太子被廢的原因，並非太子傅教導太子無方，致使太子作惡而被廢，則太子傅受株連而免職尚屬罪有應得；倘若太子無罪被廢，則太子傅的鬱悶、憤慨不會低於太子，因此為太子抱不平而代作此詩以發抒胸中的哀怨，還更優於太子自作詩篇以怨王父，畢竟以臣子而作詩怨嘆王父的確難辭「不德」的罪嫌。[63] 雖然姚際恆認為：「詩可代作，哀怨出于中情，豈可代乎？況此詩尤哀怨痛切之甚，異於他詩。」[64]但是，幽王幾歲之時廢太子，當時宜臼的年齡多大，都是應該好好考慮的問題。

史書並未記載幽王與宜臼二人的生年，僅《搜神記》記載：「宣王三十三年（795B.C.），幽王生，是歲，有馬化為狐。」[65]然因該書屬於志怪小說類，是故僅供參考，未必定然為真。不過，倘若參照《竹書紀年》所載，[66]幽王的生年大約不至於與 795B.C.相差太遠。如此算來，幽王 781B.C.即位時的年紀尚輕，而且宜臼的生年，大概不太可能早於 780B.C.。再加上周平王在位可長達 50 年，相對證明宜臼出奔申國當時的年齡尚幼，是故史上並無任何有關宜臼敗德或作惡之事，單純是因幽王好色與聽信讒言，以致要廢后、廢太子比較切近事實。由於宜臼出奔申國當時尚在幼年，最有可能由身邊最親近的太子傅協助其出奔舅國尋求庇護，因而詩中處處流露太子見逐而無所歸依的憂思與困苦，太子傅自然是一一看在眼裡、痛在心底，與太子有極為深切的感同身受的複雜情結。再加上宜臼逃亡到申國五年後，周幽王竟然還不肯罷休，硬是要向申國索討前「孽子」，[67]如此趕盡殺絕的做法，早已大大違反父對子的「親親之仁」重要倫理，更會激起申國聯絡其他戎人共同應戰的決心。由此亦可見導

63　其詳參見宋・朱熹：《詩經集傳》，頁 837，朱熹批評「大子之傳作焉」不知何據，而主張此詩為宜臼自作。

64　清・姚際恆：《詩經通論》，頁 146。

65　晉・干寶撰，曹光甫校點：《搜神記》卷 6（上海：上海古籍出版社，2013 年），頁 52。

66　其詳參見王國維：《今本竹書紀年疏證》，頁 395，雖載「三十七年，有馬化為狐。」然而王國維《疏》，載《開元占經》所引的《紀年》及《外紀》，都在三十三年，與《搜神記》同。

67　其詳參見《國語》〈鄭語〉，頁 519，史伯之分析。

致犬戎入侵的罪魁禍首，捨逼人太甚的周幽王，實無別人必須承擔此罪責。此也隱約透露孟子「親之過大」的微言大義，正隱藏在此複雜的事件糾葛當中。犬戎入侵的戰爭以後，鎬京早已殘破不堪，不適合繼續在此建都。當平王獲得晉國、鄭國以及秦國之助，正式遷都洛陽後，回首出奔等辛酸往事，陪同經歷此顛沛流離之苦的太子傅，替代年紀仍然極輕的宜臼發抒哀怨之情，藉此以為後世為人君、為人父者的大警戒，也屬合於情理之事。

由於古代以為上天出現災異，乃示警人王應反躬自省以思改變，然而參照《竹書紀年》所載，可見幽王在位之時，上天雖不斷出現異相，但是幽王仍縱慾而為：二年（約 780B.C.）涇、渭、洛三川竭，且岐山崩；三年嬖愛褒姒而欲廢申后，其冬大震電；四年夏六月隕霜。雖接連三年都有大天災降臨，然而未見幽王相關的救災措施。五年，宜臼出奔申。[68]六年，虢石父為避西戎之禍，作都于向，十月辛卯發生日蝕，然而幽王依舊荒淫無度。八年，王立褒姒稚齡之子伯服為太子，十年王師伐申，十一年申人、鄫人及犬戎入宗周，弒王及鄭桓公。[69]從此段記載，並結合傳世文獻所載，都可見的確是幽王先發動戰爭攻打宜臼出奔的申國，其企圖殺死宜臼，以免妨害伯服太子將來即位的心意極為明顯，自可符合孟子所謂「親之過大」而無疑。

其實，有關周幽王受褒姒、虢石父慫恿，欲攻打申國之事，明眼人早已了然於胸。史伯早已在答覆鄭桓公問當時政局時，有以下明確分析：

> 申、繒、西戎方強，王室方騷，將以縱欲，不亦難乎？王欲殺太子以成伯服，必求之申，申人弗畀，必伐之。若伐申，而繒與西戎會以伐周，周不守矣！[70]

事實果如史伯所料，可惜被奸佞蒙蔽的幽王，一心只為伯服掃除即位障礙，卻

68　其詳參見蘇建洲、吳雯雯、賴怡璇：《清華簡二《繫年》》〈第二章集解〉，頁 48，云宜臼出奔申，或在幽王立伯服為太子後，約在幽王八、九年之間。然而無論宜臼出奔申國在周幽王五年或八、九年，宜臼都是未滿十歲的稚子。

69　其詳參見王國維：《今本竹書紀年疏證》，頁 398～400。

70　《國語》〈鄭語〉，頁 519。

根本不明當時的局勢，導致王師大敗、西周滅亡。再參照清華簡二《繫年》的第二章，也都清楚記載周幽王發動大軍圍攻申國一事：

> 王與伯盤逐平王。平王走西申。幽王起師圍平王于西申。申人弗畀，繒人乃共西戎以攻幽王，幽王及伯盤乃滅，周乃亡。[71]

平心而論，周王廢嫡長而立庶幼，早已是無禮（理）至極，竟然還要追殺前太子以絕後太子之患，卻又誤判雙方情勢，而引來西戎入侵，實屬荒唐、昏庸不明之至！宜臼無罪而遭受此災禍，其百般委屈與無奈卻無法明說，然而從「君子秉心，維其忍之！」已可想見。此無處申訴的複雜情結，唯有身旁的太子傅知之最深，故而代無辜的稚子宜臼作此詩，記載此傷害人倫義理的重要歷史事件，也屬合情合理之事。又因加害宜臼者，乃位高權重的天子至尊、太子親父，因此全詩在充滿沉鬱幽苦的悲情之餘，還時時流露人子篤厚之情，更顯露此人倫悲情令人深感無奈。

　　妻妾爭寵、嫡庶爭立，追根究柢，都因君王親小人、信讒言、去賢臣，以致家不齊、國不治、天下亂，其甚者，竟然以天子至尊而派遣大軍追殺無辜的首位繼承人，為後世留下最壞的天王不仁、不慈與不義的「榜樣」。宜臼以人子、人臣之身分，自不宜直抒其懷以成「不德」的惡名。然而由太子傅通過婉約的文辭代為陳情以為後世戒，亦不失太子太傅輔佐太子的職責，同時更藉此告誡其日後為政，千萬不可重蹈覆轍。正因為是太子傅代作，所以末章還念茲在茲，希望「君子無易由言，耳屬于垣」，敦厚之情早已溢於言表，是故，全詩滿懷深切的憂思還更遠遠勝於怨痛之意。然而「首序」卻不諱言為「刺幽王」，而「續序」又特別補充此詩的作者為太子傅，有可能與平王時期的「國史」人員，欲警示後代帝王不可重蹈覆轍有關，故而選擇在〈小弁〉的「續序」中，明白標示以昭炯戒。

　　〈巧言〉描寫詩人無辜被讒，悲怨之情溢於言表，然而災禍發生，則因君子聽信厚顏無恥的小人，鼓其如簧之舌，以大言不慚的巧言迷惑君子，使君子

71　蘇建洲、吳雯雯、賴怡璇：《清華簡二《繫年》》〈第二章集解〉，頁 37。

不能分辨真偽。詩人因而發出「彼何人斯？居河之麋」的呼聲，一方面諷刺小人，另一方面也提醒君王，應謹慎明辨真偽與忠奸。由於出現三次「彼何人斯」，與〈何人斯〉一詩的用詞相同，且兩首詩的風格、文意又頗為相似，因而也有可能同屬東周桓王時的作品（請參前述〈何人斯〉）。

〈巷伯〉，因詩文有「寺人孟子，作為此詩」，故可由作者而推測此詩所屬的世代。「寺人」乃宮內小官，即後世所稱的太監。若參照《漢書》以下兩則贊語，即可確定詩中被讒而受宮刑者即孟子：

> 以遷之博物洽聞，而不能以知自全，既陷極刑，幽而發憤，書亦信矣。跡其所以自傷悼，〈小雅〉巷伯之倫。
>
> 伯奇放流，孟子宮刑，申生雉經，屈原赴湘，〈小弁〉之詩作，〈離騷〉之辭興。[72]

由於《漢書》〈古今人表〉所載，寺人孟子出現在共和時期，[73]可見此詩有可能為厲王時期的巷伯孟子所作。

〈裳裳者華〉，全詩稱頌才德兼茂的在位者，流露讚佩與景仰之情，實不宜牽強附會為「刺幽王」。〈桑扈〉更明顯為天子燕饗諸侯，而詩人謳歌稱頌之詩，也與「刺幽王」無涉。此兩首詩的「續序」即使想方設法欲加彌縫，都無法擺脫穿鑿的痕跡而難收其功。

〈角弓〉旨在勸王親兄弟遠小人，〈菀柳〉則感傷帝心難測、侍奉艱難。此兩首詩的內容雖較可與《毛詩序》相聯繫，然而厲王與宣王晚年又何嘗不然！何必定指為刺幽王！

〈黍苗〉，全詩四提召伯，清楚點出讚美召伯的意思，二、三章連用十個「我」字，特別表達踏上歸程時的輕鬆、親切的愉悅氣氛。[74]朱熹即從詩文內容大大反駁「刺幽王」的說法，改稱：「宣王封申伯於謝，命召穆公往營城

72　分別見於《漢書》的〈司馬遷傳〉，頁 2738；〈馮奉世傳〉，頁 3308。

73　《漢書》〈古今人表〉，頁 899。

74　其詳參見糜文開、裴普賢：《詩經欣賞與研究（二）》，頁 1176。

邑，故將徒役南行，而行者作此。」[75]姚際恆更進而補充：

> 宣王命召穆公營謝，功成，徒役作此。……此篇與〈崧高〉同一事，分
> 大、小雅者，此為士役美召伯之作，彼為朝臣美申伯之作；此為短章，
> 彼為大篇也。[76]

經過朱、姚之說，可見「首序」所載並無任何道理，「續序」也難合理化「首序」的無理。透過姚氏之說，更可知《詩經》中有些詩篇其實同指一件事，只緣作者或以寫法不同，因而歸入大、小雅的不同類別，然而其內容，則透過彼此參照互證，可對古代的史事有更進一層的理解。

〈漸漸之石〉，極寫武人東征的行役之苦。然而周代東征，多位天子都曾調動諸侯國助攻，何以特別專指幽王？一旦戰爭，武人行役何嘗不苦！回顧周公東征三年，即使凱旋歸來，歸途當中仍然充滿淒苦，還要添加諸多「近鄉情怯」的複雜情懷，如〈豳風・東山〉即是最佳寫照，縱使「續序」多加解說，也難圓「刺幽王」所說合理。

上述各詩，〈巧言〉、〈巷伯〉與〈黍苗〉，都可從周代歷史中找到各自所屬之世代，可見「首序」將其指稱為「刺幽王」並無道理，而「續序」企圖合理化的說詞也屬欲蓋彌彰，純屬欲加之罪、何患無辭之類。會造成此一現象，懷疑與平王時期的「國史」人員有關，此從〈小弁〉簡明扼要的「首序」與「續序」，其實已有意傳達幽王使西周滅亡的重要大過，後世絕不可重蹈覆轍的訊息。換言之，在〈小弁〉以下的所有詩篇，無論其內容是否與幽王直接相關，當時的詩旨記錄者，在堂而皇之的「以為後世戒」思維下，透過「續序」的多方詮釋，以致造成許多「歸惡幽王」的現象。

（3）內容多反映與大夫有關的現實感懷

此類共計四首：〈北山〉、〈大田〉、〈頍弁〉、〈車舝〉。

〈北山〉，書寫官吏抱怨役事勞逸不均，無以養父母的情形。由於文中有

75　宋・朱熹：《詩經集傳》，頁 855。

76　清・姚際恆：《詩經通論》，頁 169。

「偕偕士子，朝夕從事」與「大夫不均，我從事獨賢」的對比，可以確定此為周朝士子怨大夫的作品，然而所屬世代無法確定。蓋因役事不均的現象，並非周幽王時期始有、特有的情形，各世代都難免會存在一些勞逸比例高低不等的狀況，而非絕對有無的差異。

〈大田〉，書寫農家整飭農事，因而禾苗秀實盛美，祈願雨水普及、收成豐美，足以嘉惠寡婦等弱勢民眾。豐收以後，則虔誠獻祭，祈求來年還能有大福祉。此詩接續在〈甫田〉之後，屬於同一系列的作品，都與古代君王遵行藉田之禮，以帶領臣民勤於農事，且祈求來年豐收有關。此兩首詩，都可與〈周頌〉的〈載芟〉、〈良耜〉、〈臣工〉、〈噫嘻〉等農事詩比類合觀。全詩較特別之處，乃在於「雨我公田，遂及我私」，注重先公後私的精神，且從「伊寡婦之利」，更可見主事者惠及弱勢的溫馨與忠厚。然而「續序」卻言「矜寡不能自存」，明顯是反向陳述的現象。

〈頍弁〉，朱熹以此詩為「燕兄弟親戚之詩」，[77]可謂能得詩的本義。然而前兩章透過「有頍者弁，實維伊何？」、「有頍者弁，實維何期？」的疑問句，引導讀者深入思考赴宴者為何如此盛裝打扮；第三章則以「有頍者弁，實維在首」的肯定句，書寫王公貴族兄弟宴饗，必先盛裝打扮。其次，再寫筵席豐盛，並以「豈伊異人」的疑問句，肯定赴宴者的身分，乃是兄弟甥舅至親。由於是至親燕饗，於是前兩章的最後都敘寫兄弟相聚共飲的寬心喜悅。然而卒章的氣氛有所轉換，以兄弟至親，亦只不過是「如彼雨雪，先集維霰。死喪無日，無幾相見」，因而藉此顯示在人生短暫、轉瞬消亡，親人相聚更是難得的情況下，更需要把握眼前、盡情歡樂。整首詩流露對於未來難以掌握的不確定感，而表現出及時行樂的頹廢心態，是衰世貴族常有的生活寫照，未必幽王世代所獨有。是故，「續序」所言，也只是為「首序」編織道理，然而「不能宴樂同姓」卻早已違反詩文所寫，明顯為無用之說。

〈車舝〉，乃寫貴族身分的新郎，以四牡六轡的馬車遠道親迎賢女為婚的

詩。[78]然而方玉潤並不認同朱熹將德音燕譽、高山景行,都歸屬閨門賢淑的說法。蓋方氏立基於〈斯干〉「女子無儀是式」的說法,認為女子何德音之可譽?甚且閨門乃以貞靜是修,更何來「仰止之堪思」的說法?如此立場,固然有其狹隘而不可取之處,然而其說仍有以下的優越之處,不必一併捐棄之:

> 無已,其為樂賢友而得淑女以為之配乎?故曰:「覯爾新昏,以慰我心。」此其人學品既端,如高山之在望,景行之堪追,非得碩女,何堪來教?故於其乘車而往迎也,不啻飢渴之難待;其攬轡而來歸也,愈見琴瑟之靜好。遂不覺中藏而心寫之,以為佳耦鮮覯,雖無旨酒,飲亦能甘;雖無嘉殽,食亦自飽。……然頌新昏而不忘碩德,此所以為賢。詩人與友,均堪不朽。[79]

方氏從全詩最後兩句而悟出此詩非新郎自作,而是新郎之友歌頌其學品兼優的賢友,樂得淑女以為配,故而速速驅車前往親迎,將四牡六轡迎來碩德淑女以成琴瑟和鳴的佳偶。倘若改從第三者作詩的立場以詮解此詩,將使全詩的解讀更合理、順暢,且能彰顯佳偶天成的配對乃可喜可賀的美事一椿。然而無論以新郎或其友人撰作此詩,都距離「首序」與「續序」牽扯幽王、褒姒之事甚遠。尤其「續序」最後添加的「周人思得賢女以配君子,故作是詩也。」其實已與〈關雎〉「續序」「樂得淑女以配君子,愛在進賢,不淫其色」的說法明顯相似,距離周幽王淫於褒姒的歷史事件相當遙遠。

　　上述四首詩雖然可確定詩作與大夫有關,然而從詩文內容而言,非僅無法判定其究竟屬於哪一特定世代的詩,也無法認定所述與幽王相關,甚且還未必與政事直接相關。是故,從「首序」的牽扯幽王,再加上「續序」的加油添醋,適足以說明當時的「國史」相關人員,為達到政治諷諫的特定用意,已經

78　宋・朱熹:《詩經集傳》,頁850:此燕樂其新昏之詩。清・姚際恆:《詩經通論》,頁163:得賢女為昏。王靜芝:《詩經通釋》(臺北縣:輔仁大學文學院,1969年再版),頁473:「詩中所敘,始云間關車舝,末云四牡騑騑,六轡如琴。是首尾皆寫親迎之事,並非主在燕樂。」姚、王二人之說相合。

79　清・方玉潤撰,李先耕點校:《詩經原始》下冊,頁448。

在「續序」中特別拐彎抹角加以解釋，固然其起心動念不差，但是畢竟距離當時的情實已經相當遠。

（4）內容多反映詩人對社會現實的感懷

此類共計六首：〈谷風〉、〈蓼莪〉、〈四月〉、〈隰桑〉、〈白華〉、〈何草不黃〉。此類詩的通性是：詩篇的寫作世代、指涉對象都無法確定，無任何線索可確定與幽王的關係；然而詩篇的內容，都從不同的角度反映不同世代都會存在的社會現實，在題材、風格、形式、內容等方面，與〈國風〉都很類似。

〈谷風〉，與〈邶風・谷風〉，無論從題材與表現風格而言，都屬於同一類的作品。既可確定〈邶風・谷風〉為棄婦詩，則此處的〈谷風〉也適合歸屬於同類的棄婦詩。[80]此從文中有「寘予于懷」與「棄予如遺」的強烈對比，可以確定兩人之間原本的關係應為夫妻，後來則發生任何世代都可能有的棄婦狀況，只是比例差異有別而已。至於本詩在使用上，則可再引申到君臣或朋友之間，從原本的親暱，轉變為一方拋棄另一方的狀況。

〈蓼莪〉，是大家公認的孝子悲痛不得終養父母的傑作。「續序」所言的「民人勞苦，孝子不得終養爾。」其中，後半所說尚屬切合詩旨；前半的「民人勞苦」，則屬蛇足。蓋孝子得不得以終養父母，最直接牽涉的是父母的年壽問題，與民人勞不勞苦並無必然關係，推測其特別從天外飛來此一筆，有可能乃為牽合「刺幽王」而特別添加的「元素」。倒是方玉潤所說特別中肯：

> 此詩千古孝思絕作，盡人能識。……況詩言「民莫不穀，我獨何害」，「我獨不卒」者，明明一己所遭不偶，與人民無關也。……幾於一字一淚，可抵一部《孝經》讀。固不必問其所作何人，所處何世。人人心中皆有此一段至性至情文字在，特其人以妙筆出之，斯成為一代至文耳！又何暇指其為刺王作哉？[81]

子欲養而親不在的悲痛與遺憾，任何世代都可能降臨在不特定對象身上，只緣

80　其詳參見屈萬里：《詩經詮釋》，頁 385。

81　清・方玉潤撰，李先耕點校：《詩經原始》下冊，頁 465～466。

幸與不幸而已。即使古聖賢王，亦無法阻擋此類人生遺憾發生，實不應穿鑿附會幽王所致。

〈四月〉，有可能因為文中的「民莫不穀，我獨何害」與〈蓼莪〉的詩文相同，於是排列在〈蓼莪〉之後。全詩書寫詩人遭遇亂世而流徙南方，然而從「亂離瘼矣，爰其適歸」的嘆息，又可知其難以容身之苦，因此憂傷哀怨之情固然與〈蓼莪〉不同，但是卻可同屬發抒怨情的作品。不過，從「盡瘁以仕，寧莫我有」以及「君子作歌，維以告哀」，有可能顯示此為不得志的大夫所作，因而也使本詩得以列入〈小雅〉。

〈隰桑〉，就詩文而言，此詩適合如糜文開所言，只是採桑女子單戀貴族君子之辭，且未曾向君子真情告白。此現象，對照《楚辭》的「思公子兮未敢言」，可視為顯著例證，都流露對女子心理的刻劃極為深刻。[82]全詩透過女子想像君子時，「其樂如何」→「云何不樂」→「德音孔膠」的感覺轉化，活靈活現地書寫女子「心乎愛矣」的私情，然而這一切，都是「中心藏之」不曾忘卻的思慕之情！如此活靈活現，卻又真摯蘊藉的少女清純情思，竟然被附會為幽王時「小人在位，君子在野」一類之事，更見其刻意為之的附會情形。

〈白華〉，方玉潤以為全詩情詞悽惋，託恨幽深，非至情無以為之。[83]屈萬里以為此詩蓋指男子棄家遠遊，而婦人思念丈夫的詩。[84]由於詩文中有「之子無良，二三其德」，與〈衛風・氓〉的「士也罔極，二三其德」相類，因而詩旨的歸類也可以類推，乃書寫怨婦獨守空閨的幽思與傷感。「續序」為彌縫「周人刺幽后」的不合理，特別添加幽王因褒姒而廢申后的史事，且說明該行為使得「下國化之，以妾為妻，以孽代宗，而王弗能治」，於是「周人為之作是詩」。揆其書寫內容及口吻，已相當接近〈二南〉的《毛詩序》處處多言后妃之德、后妃之教的寫法。

〈何草不黃〉，書寫征夫兵役的怨苦。大凡征戰既久，士卒不得歸鄉，都

---

82 其詳參見糜文開、裴普賢：《詩經欣賞與研究（二）》，頁 1180。
83 其詳參見清・方玉潤撰，李先耕點校：《詩經原始》下冊，頁 418。
84 其詳參見屈萬里：《詩經詮釋》，頁 442。

會出現此怨歎主政者的情緒，而發出人不如獸可以閒適自在活動的感覺。此哀怨悲嘆，既不必特指周幽王之時，也不必專屬「下國」有感而發的議論，乃與〈國風〉諷刺一般社會現象的狀況並無二致。「續序」特別提出：「四夷交侵，中國背叛，用兵不息，視民如禽獸」的解釋，乃意在將全詩的時代鎖定在幽王晚期，以合乎「首序」所稱「下國刺幽王」的刻意說法。

上述各詩由於作者不可考，其內容又多為詩人騷客對於周遭社會現實的感懷，其實都可以改置〈國風〉之列而毫無問題，或因流傳於鎬京附近，故編入〈小雅〉當中。既然內容毫無任何跡象可以確認屬於周幽王的世代，則「首序」的「刺幽王」說法，即有可能是最初記錄詩旨者，為達到既定的政治目的而刻意為之。由於「首序」的「刺幽王」之說已經無理，因而要以「續序」特別詳加解釋為何是「刺幽王」，於是附會史事的狀況即層出不窮，成為宋以後多有學者詬病之處。

五、結語：幽王時期的《毛詩序》因故而存在最多問題

綜上所論，在總計 80 篇的〈小雅〉中，鄭玄所謂的「正小雅」，即使將六首笙詩也計算在內，也僅有佔 27.5%的 22 篇，其餘佔 72.5%的 58 篇都屬「變小雅」，正、變兩類的比數相當懸殊。若核對《毛詩序》所言，變雅乃興起於「王道衰，禮義廢，政教失，國異政，家殊俗」的作品，[85]不過，《毛詩序》的「變小雅」所屬世代，竟然僅僅出現宣、幽兩世代的詩，顯然十分令人費解。即使透過上述討論，可以從寬認定鄭玄從幽王之世挑出的〈小旻〉與〈小宛〉，有可能屬於厲王時期的詩，然而從比例而言，仍然極度不平均：厲王時期有兩首，宣王時期有 14 首，其餘還有 42 首（鄭玄的算法則是 40 首）都屬幽王時期的詩。固然各世代的詩篇不必均等應屬事實，然而懸殊如此之大，想必會有一些「事出有因」的狀況存在其中：

85　《毛詩序》，見於《毛詩正義》，頁 16。

（一）詩篇的排序並非完全按照世代順序

　　檢視今本《毛詩》，「正小雅」都未標註所屬世代，而最早標示世代者，始自宣王時代「變小雅」的〈六月〉，其後，亦僅出現在幽王時代。只是《毛詩序》所列幽王時代的詩，自朱熹以來，大多不以為然，而採取〈小雅〉的次序與時世多不可考的說法。[86]固然鄭玄嘗試建立《詩譜》的構想十分令人敬佩，不過，為牽合《毛詩》的正變之說，《詩譜》的劃分世代已存在一些難解的狀況：其一，成康統治天下期間，號稱「刑錯四十年」的周初盛世，然而康王時期沒有任何一篇〈小雅〉之詩，且康王以後，歷昭、穆、共（恭）、懿、孝、夷王等世代，都無任何〈小雅〉詩篇，此現象難以合理解說。其二，即使鄭玄百般努力，也只能改列四首幽王世代的詩為厲王世代，更何況其中兩首，學界已有共識其應為幽王世代的詩，也難解釋明顯為衰亂之世的厲王時期，竟然只有如此稀少的詩作。其三，將〈小雅〉的世代斷限僅僅截至幽王為止，相當奇怪。畢竟若就詩文的內容而言，至少已有幾篇可以確定為東周時期的詩，然而鄭玄始終不將〈小雅〉詩作的時代跨越到東周時期，也頗令人費解。

　　從〈小雅〉類的《毛詩序》中，可發現一值得注意的現象，此即確指周王世代者，除宣、幽二王以外，沒有任何其他的周王。推想其可能原因，或因典型的〈小雅〉大多與宴饗之禮有關，且此類宴饗之禮因為可以代代承襲沿用，故而最初的「國史」相關人員，僅簡單記錄使用該詩的場合與意義，本無記錄世代的必要。

　　經由前面討論，發現原本被《毛詩序》列入幽王世代的詩，若參照詩文內容及相關史事，以下幾首可以歸入更合適的世代：〈巷伯〉、〈大東〉屬厲王世代的詩，〈小旻〉、〈小宛〉也可能同屬之；〈魚藻〉、〈黍苗〉屬宣王世代的詩；〈都人士〉屬東遷以後的詩；〈巧言〉與〈何人斯〉屬東周桓王世代的詩。透過詩文可以確定為幽王世代的詩者，則有：〈節南山〉、〈正月〉、〈十月之交〉、〈雨無正〉、〈小弁〉、〈青蠅〉。由此可見「變小雅」中，尚有占半數以上的詩

86　其詳參見宋・朱熹：《詩經集傳》，頁810。

（25 或 27 首），都無法確定作者與世代，而目前被標註幽王時代的詩，其中當有不少因為所屬時世不可考，而被後來詁訓者錯誤歸類者。最明顯的，例如「續序」含有「思古」字眼者一類，其詩文還有可能為康、昭、穆時期，禮樂制度仍然上軌道之時的作品，「續序」的「特別補充說明」乃後代特別有心於政治諷諫者刻意為之。即使是一些憂思哀嘆的詩作，也多可以通用於世衰道微之時，而非幽王世代所獨有，僅因世代無定指，所以安置在後，並非詩篇的排列都依照世代前後編序。

　　若具體考慮厲、宣、幽王在位的時間，實在難以合理解釋此三世代詩篇的分布狀況：雖然厲王在位的時間說法不一，若依年數較中庸的《今本竹書紀年》所載，也長達 26 年。厲王在位晚期，因推動國家專利政策以剝削人民，故引發國人暴動，且因而開創中國政治史上的「共和」時期。在如此長遠又特別的世代，《毛詩序》中竟然毫無明標該世代的詩，豈不可疑？即使鄭玄明知其中有誤而特加彌縫，也只能勉強湊出四首，且其中至少還應剔除〈十月之交〉與〈雨無正〉，不過，可再加上〈巷伯〉與〈大東〉，仍維持四首；由此可確定「變小雅」的《毛詩序》世代歸屬存在很多問題。宣王在位 46 年，更是極其漫長的時期，其中，既有可稱為「中興」盛世的時期，也有自干涉魯政以後的直線衰敗期，雖然有些相關事蹟存在於少數〈大雅〉詩篇中，然而被《毛詩序》歸類在此世代的〈小雅〉則為 18 首（可再加上〈魚藻〉與〈黍苗〉而成 20 首），若與厲王時的四首相比，當然已有 5 倍，若以宣王時期所發生的大事而言，此數量尚屬可接受的合理範圍。最誇張的，乃是幽王在位僅 12 年，是三任天子中在位最短的一位，卻高達 42（鄭玄以為 40）首，即使至少剔除以上九首後，數量還是非常驚人。雖說對於亡朝之主的批評譏刺，必然較多於其他世代也屬合情合理，可惜，詳加檢視其內容，卻發現許多詩的內容，根本與周幽王風馬牛不相及，即使「續序」如何想方設法曲為之解，都牽強而難以自圓其說。

　　造成此一厲、宣、幽王世代詩篇數量不成比例的現象，最重要的原因，或為 80 篇的〈小雅〉之詩，乃歷經不同階段整編而成。最初整編的〈小雅〉，僅註記該詩的使用場合與意義，而未標明所屬周王的世代，導致後來接續整編者也無法確認各詩篇所屬的確切世代。第一階段可能先整理文武以來舉行各項

禮儀活動時的相關用詩，時間極可能在成康時期，且以康王時期為大宗。蓋成王去世前，遺命召公奭、畢公高奉輔佐太子即位。召、畢二公更時時提醒康王當初文武創業的艱難，勉勵康王應自奉儉約、戒除貪慾以專心理政。當其時，因為有呂尚之子齊公丁、周公之子伯禽、衛康叔之子衛康伯、唐叔虞之子晉侯燮共同擁護周王室，先後平定東夷、征服鬼方，致使周王室的勢力達到真正可以號令天下的局面。在此王室勢力強大、社會安定、百姓安康的大環境下，最有條件繼周公主導制禮作樂以後，再度從事自文武以來禮儀用詩的整編工作，而將一些與典禮用詩相隔稍遠，卻與農事、祭祀有關的詩附在後面。第二階段的整編，有可能在宣王時期，且所收錄的詩篇範圍已有擴大現象，重點描述與宣王中興相關的情形，而兼及宣王執政晚期初露衰敗現象的情形。第三階段，估計大部分可能在幽王以後的周平王時期，小部分則可能是更遲以後才附入〈小雅〉的範圍。此階段的整編，一來已因禮壞樂崩的情況更嚴重，「國史」相關人員的素質也更低落，再加上原本的〈小雅〉之詩並未記錄所屬世代，因而將一些非禮儀用詩以及難以分辨世代的〈小雅〉之詩都往後挪移。由於前兩階段整編者都已將這些世代難辨的非禮儀用詩排列在後，於是第三階段的整編者因仍舊貫，一併將其納入幽王世代，致使幽王世代的詩在數量上暴增，達到所有〈小雅〉之詩的半數，形成各世代詩篇根本不成比例的狀況。

（二）毛公撰作《詁訓傳》時業已移動某些詩的篇第

鄭玄在為《毛詩》作《箋》之時，已經感覺毛公撰作《詁訓傳》時移動某些詩的篇第。只是，綜合上述討論，可以發現毛公可能並非僅僅移動鄭玄所說的〈雨無正〉等四首，而是按照自己對詩篇的解讀，調整更多先後排序關係。最明顯的事證，乃是 80 首〈小雅〉，既然要分為「某某之什」，即應採取每十篇為一卷的方式分卷，以符應「什」的名義。然而今本《毛詩》卻並非遵循如此規律，以致排在〈小雅〉最後的〈魚藻之什〉共有 14 篇，而六篇笙詩則被拆成兩半，分別隱藏於〈鹿鳴之什〉與〈南有嘉魚之什〉當中，都已破壞以「什」分卷的體例。朱熹有鑑於此，非僅特別申明〈小雅〉的次序與時世多不可考，且自行按照以「什」分卷的體例，重新編訂各「什」的名稱與包含的詩

篇，使成為每「什」十篇，全部〈小雅〉共分八「什」的整齊狀況。同時，為配合內容的合理性，還將〈魚麗〉的次第挪後，使置於〈南有嘉魚〉以前。[87]

朱熹重新整編〈小雅〉之詩，可能是對照《儀禮》〈鄉飲酒禮〉所載宴饗禮的進行情形：

> 工歌〈鹿鳴〉、〈四牡〉、〈皇皇者華〉。……樂〈南陔〉、〈白華〉、〈華黍〉。……乃間歌〈魚麗〉，笙〈由庚〉；歌〈南有嘉魚〉，笙〈崇丘〉；歌〈南山有臺〉，笙〈由儀〉。[88]

推究今本《毛詩》將〈南陔〉、〈白華〉、〈華黍〉隱藏於〈鹿鳴之什〉之後，而將另三首笙詩安置在〈南有嘉魚之什〉之後，有可能也是考量古代宴饗禮儀的詩樂演奏程序。然而為滿足〈鹿鳴之什〉應有十篇有詩文的詩，於是將〈魚麗〉挪前，使入於〈鹿鳴之什〉行列，並將〈南陔〉三詩附帶於後。然而如此一來，卻使〈魚麗〉脫離〈南有嘉魚之什〉，且無法與笙奏〈由庚〉相連接，根本破壞禮儀中升歌、笙奏相間而行的順序。朱熹有鑑於今本《毛詩》編排不合理，於是重新加以調整。因而基於古代宴饗禮儀乃結合詩與樂一併舉行的考量，朱熹的重整篇什，應是更接近古禮進行的情形。

經朱熹重整，原本被鄭玄歸入「正小雅」，屬於〈南有嘉魚之什〉系列的〈彤弓〉與〈菁菁者莪〉，因排序在〈小雅〉的第 21、22 首，遂被排擠在〈南有嘉魚之什〉之外，而與後續的〈六月〉到〈鶴鳴〉等八篇，另構成新的〈彤弓之什〉。值得注意的，乃是從〈彤弓〉的「首序」為「天子錫有功諸侯」開始，經〈菁菁者莪〉的「樂育材」，再歷經自〈六月〉至〈庭燎〉等六篇的內容與「首序」，都是客觀書寫宣王中興或直接稱美宣王，整體而言，都顯現朝政上軌道的氣象，很可以成為一體的概念。直到新〈彤弓之什〉的最末兩篇〈沔水〉與〈鶴鳴〉，「首序」才開始轉為規、誨宣王，稍稍與前八篇有所別，

---

87 其詳參見宋・朱熹：《詩經集傳》，頁 810。

88 其詳參見《儀禮》〈鄉飲酒禮〉，見於漢・鄭玄注，唐・賈公彥疏：《儀禮注疏》，收入《十三經注疏（附清・阮元《校勘記》）》（臺北：藝文印書館，1985 年），頁 91～95；〈燕禮〉，頁 171～173，有類似記載。

但也尚未到達「刺」的狀況。更巧的，乃是再仔細觀察接續其下的〈祈父之什〉（《毛詩》為〈鴻鴈之什〉），發現〈斯干〉與〈無羊〉，同樣是客觀書寫宣王築室與放牧之事有成，若能將此兩首插到〈沔水〉以前，即可進入〈彤弓之什〉系列，而使該十篇都連成一系，都屬稱美宣王早期施政有成的詩篇。同時，經此挪移後，〈沔水〉與〈鶴鳴〉即位在〈祈父〉以前，於是形成新的〈沔水之什〉以取代朱熹的〈祈父之什〉，而詩文的內容，也從規、誨宣王開始，繼而轉入情感更激烈的刺宣王的層次，在詩旨的轉折上更為順當。換言之，此處的詩篇排序，也有可能在鄭玄以前，或因簡冊散亂而受到更動。

檢視此新的〈彤弓之什〉，乃至〈祈父之什〉，甚至是更新的〈沔水之什〉重組篇什的相關問題，確實可使詩旨的轉折更順當。然而不可否認的，如此更動也打破毛公、鄭玄原來規劃以〈六月〉分隔正、變的構想。換言之，是否《詩》原本有《毛詩序》所言的變風、變雅問題，其實也可以再斟酌、考慮。由於從上述的討論，已可以確定〈六月〉的「續序」距離該詩的「首序」相當久遠，且應在所有的〈小雅〉都整編完成以後，始有可能產生。基於此種種原因，也相對說明以上各詩的挪移，乃至正、變〈小雅〉的界定與分隔，都有可能始自毛公，而由鄭玄因襲，且擴大流傳之。

推測鄭玄將「變小雅」定自宣王世代詩篇開始，而非從厲王起，或者可從季札（576～484B.C.）觀周樂於魯（襄公二十九年，544B.C.）時，對於〈小雅〉的簡短評論所透露的一些端倪。不過，在檢視季札所言之前，則應仔細思考《左傳》使用「觀周樂」三字，凸顯當時詩、樂、舞三者一體以共同成就禮儀制度的重要特質，此也是〈六月〉的「續序」最後，殷切述說的「〈小雅〉盡廢，則四夷交侵、中國微矣」的精義所在。換言之，〈小雅〉詩篇的編排考量，極可能依循此一重要原則而進行。有此心理準備後，再來觀察季札所言：

> 為之歌〈小雅〉，曰：「美哉！思而不貳，怨而不言，其周德之衰乎？猶有先王之遺民焉。」[89]

---

89 《左傳》〈襄公二十九年〉，見於晉‧杜預注，唐‧孔穎達等正義：《春秋左傳正義》，收入《十三經注疏（附清‧阮元《校勘記》）》（臺北：藝文印書館，1985年），頁670。

杜預以為「思而不貳」，乃指思文、武之德，而無貳叛之心，竹添光鴻則以為「思」，只是哀思，而非思文、武，[90]筆者以為二者並不互斥，而可以得兼。蓋因西周晚期即使王室已衰，然而文、武、成、康的德澤仍在臣民心中，是以詩人雖對厲王、幽王的世衰道微發出深深怨嘆，也對宣王晚期的敗德多懷哀怨之情，仍然溫厚地不忍興起二心而有叛變之意。從季札首先稱美〈小雅〉，正是透過〈鹿鳴之什〉、〈南有嘉魚之什〉與朱熹重整的〈彤弓之什〉，所展現文武盛德足以澤及四海的情形，故而表達讚嘆之意。繼之而起者，則是對厲、幽世代的衰頹之悲，而哀思怨嘆亦隨之興起，此即司馬遷所評：「〈小雅〉，怨誹而不亂」，[91]終不失溫柔敦厚之意。[92]在「怨誹而不亂」，又不失《詩》教溫柔敦厚的重要前提下，刺宣王執政晚期的詩雖有而不多（前述可確定者有六首），即使再加上一些因逃避罪責而偽裝用詞的譏刺周幽王之詩，也絕對不可能如今本《毛詩序》所載的狀況，數量多達〈小雅〉總數之半的 40 首以上。

綜上所述，〈小雅〉後半詩篇的排序，乃至此 40 首詩的「首序」與「續序」，可能都有不少是經過後來添加或改動的。

（三）宣王世代詩篇的《毛詩序》尚有可與史事相應者

透過上述對宣王世代詩篇的討論，發現此類詩，除卻具有「首序」用詞簡明扼要，頗能切中詩旨，因而需要「續序」補充之處並不多以外，最大的特色，還在於都會出現「宣王」兩字以表明所屬世代。此一現象正好說明，這時期新整編完成的〈小雅〉之詩，相關的「國史」人員已經覺得應該標註所屬世代，一來可以自別於第一階段整編的詩篇，再來也可免除後世難以分辨詩篇時代背景的問題。甚且參照今本《毛詩》的排序，在〈六月〉以前的〈小雅〉詩

90　日・竹添光鴻：《左氏會箋》下冊〈襄公二十九年〉（臺北：鳳凰出版社，1974 年），頁 14～15。

91　《史記》〈屈原賈生傳〉，頁 1010。

92　《禮記》〈經解〉，見於漢・鄭玄注，唐・孔穎達等正義：《禮記正義》，收入《十三經注疏（附清・阮元《校勘記》）》（臺北：藝文印書館，1985 年），頁 845：「溫柔敦厚，《詩》教也」。

篇，都明顯為禮儀活動的相關用詩，此或可說明，在宣王之世時，相關的「國史」人員於整編〈小雅〉詩，已將其他不與宴饗之禮有關的詩篇挪後，遂造成後半的〈小雅〉詩篇無法辨認其所屬世代的情形。至於極少數有「續序」的詩篇，除〈六月〉以外，其實僅有〈車攻〉、〈吉日〉、〈鴻鴈〉與〈庭燎〉四首而已。其中，〈庭燎〉的「續序」僅有「因以箴之」簡短四個字，若對照全詩以「夜如其何」的閒語開頭，實可凸顯君王勤於政務的情形，因而極可能描述宣王執政早期，兢兢業業、自我針砭以求中興的狀況。〈鴻鴈〉的「續序」，雖已略有故意歸美宣王的意思，但是〈車攻〉、〈吉日〉的詩文與「續序」內容，都尚能與當時史事相對應。

其中，最特別的當屬〈六月〉的「續序」，總論「正小雅」的詩乃因恆常之禮廢而不行，以致四夷交侵而中國衰微，是故，繼之以「變小雅」行於世。然而能作此總括者，實必待所有〈小雅〉的詩篇都已整編完畢，始有可能為之，因而其記錄的時間必然遠遠落在「首序」存在以後許久；其中尤以排序在更後面的「思古」類詩篇為然。此從目前被列入幽王世代的詩中，已有不少的「續序」書寫口吻，與〈國風〉「續序」的口吻相當近似，都可說明許多詩的「首序」與「續序」產生的時間前後不一，記錄者未必為一時一人之手，有些可能是毛公撰作《詁訓傳》時所為，甚至於還有更後來的經生、儒師陸續加入的可能。

（四）幽王世代詩篇的《毛詩序》可信度低

經由前面討論，可以確定為幽王世代的詩者，其實僅有〈節南山〉、〈正月〉、〈十月之交〉、〈雨無正〉、〈小弁〉、〈青蠅〉六首，在鄭玄所列之 40 或 42 首中，所佔的比例並不高。其中，扣除東遷以後的詩，還剩下占絕大多數的 25 或 27 首詩，都無法確定作者與世代；然而「首序」卻竟然被標註「刺幽王」的相關字眼，其可信度當然值得懷疑。這些「首序」平白多出「刺幽王」字眼的特別標籤，其中可能有些來自平王世代的記錄者，有鑑於西周滅亡的慘痛經驗，為達到警告後代人王之意而刻意為之，因而特別需要以「續序」迂迴解說，尤其對於詩文明明書寫周代貴族祭祀或宴饗之禮合於制度者，只能

以「思古」的方式曲解之。檢視此類被稱為「思古」的詩篇，從其詩文內容推測，多半可屬於較早時期政治仍然上軌道，王室的勢力還能掌握天下大局之時；只因第一階段整編的詩篇都未標註所屬周王的世代，因而排序被往後移，以致後來不稱職的「國史」人員，一併將其納入「刺幽王」的行列，而改以「思古」的方式曲為之解。至於可以歸屬東周桓王之詩的〈巧言〉，也被標註為「刺幽王」，或可隱約指出自平王以後，隨著周王室的衰頹已無法挽回，朝中掌管史事、詩樂等相關「國史」人員，也相對曠廢職守，且即使怠忽職守，也無其他職官督導以糾舉其謬誤之處，以致疏漏、錯誤之處所在多有。

對照犬戎之禍後，鎬京早已殘破不堪，平王既無力自保，也無力抗拒戎狄之侵，僅能仰賴晉文侯、鄭武公及秦襄公護送，完成東遷成周洛邑。此後，王室更是只能依靠強大諸侯國保護，且逐漸造成齊、楚、秦、晉壯大的局勢。東周的朝政規模大為縮減後，掌管禮樂制度者的人員，可想而知也是大幅縮編，素質也相對滑落。倘若比照《論語》所載，春秋晚期的魯哀公之時，王室還有大批樂師因禮壞樂崩而出逃的情形，[93]可以推想從西周晚期直到西周滅亡期間，稍有見識的禮儀制度執事人員，有感於周王室榮景不再，而分別出逃至其他有希望之諸侯國者，其數量必然還會更多。再加上東周平王（770〜720B.C.在位）、桓王（719〜697B.C.在位）之後，接二連三發生的王室之亂：莊王三年（694B.C.）發生王子克之亂，僖王四年（678B.C.）至惠王四年（673B.C.）的王子頹之亂，惠王二十二年（655B.C.）至襄王十七年（635B.C.）的王子帶之亂後，周王室的尊嚴早已是一敗塗地，自然也無相關「國史」人員負責編輯詩篇、記錄詩旨。此一歷史事實，或可相對說明〈小雅〉之詩能辨明世代者，何以僅僅止於桓王的緣故。

由於平王在位時間長達桓王的兩倍有餘，又經歷被放逐、追殺以及西周滅亡的斑斑血淚史，因此即位後，仍保有一些遺留的禮樂制度，且多方向協助東

---

93 《論語》〈微子〉，見於魏・何晏集解，宋・邢昺疏：《論語注疏》，收入《十三經注疏（附清・阮元《校勘記》)》（臺北：藝文印書館，1985年），頁167：「大師摯適齊，亞飯干適楚，三飯繚適蔡，四飯缺適秦。鼓方叔入於河，播鼗武入於漢，少師陽、擊磬襄，入於海」。

遷有功的晉、鄭兩國示好，〈彤弓〉正是平王沿用周初以來天子賞賜有功諸侯之禮，賞賜晉文侯解決當時與周攜王「二王並立」的尷尬狀態，考量當時狀況，平王之朝，尚保留一些掌管禮樂制度的人員，只是在質量上已大不如從前。至於桓王即位後，原本打算削弱卿士之權而加強王權，復因與鄭國為鄰，鄭國多次越界取禾，遂免除鄭莊公的卿權。然而桓王此舉卻引發鄭莊公不滿，周、鄭交惡的情形更為明顯，周的勢力也更趨衰微。繻葛之戰，周桓王不但大敗，而且還被鄭國將領射傷，天子的顏面早已盡失。對照桓王世代的〈小雅〉之詩有〈巧言〉與〈何人斯〉兩首，若從當時桓王急於擴張王權，而不重禮樂行政的務實政治以觀，比例尚稱合理。

表 12.1 《毛詩序》「變小雅」的首序與續序

序次別 詩篇名	首序	續序
小雅・南有嘉魚之什・六月	宣王北伐也。	鹿鳴廢，則和樂缺矣。四牡廢，則君臣缺矣。皇皇者華廢，則忠信缺矣。常棣廢，則兄弟缺矣。伐木廢，則朋友缺矣。天保廢，則福 缺矣。采薇廢，則征伐缺矣。出車廢，則功力缺矣。杕杜廢，則師眾缺矣。魚麗廢，則法度缺矣。南陔廢，則孝友缺矣。白華廢，則廉恥缺矣。華黍廢，則蓄積缺矣。由庚廢，則 陽失其道理矣。南有嘉魚廢，則賢者不安、下不得其所矣。崇丘廢，則萬物不遂矣。南山有臺廢，則為國之基隊矣。由儀廢，則萬物失其道理矣。蓼蕭廢，則恩澤乖矣。湛露廢，則萬國離矣。彤弓廢，則諸夏衰矣。菁菁者莪廢，則無禮儀矣。小雅盡廢，則四夷交侵、中國微矣。

（續下表）

詩篇名＼序次別	首序	續序
小雅・南有嘉魚之什・采芑	宣王南征也。	
小雅・南有嘉魚之什・車攻	宣王復古也。	宣王能內脩政事，外攘夷狄，復文武之境土。脩車馬、備器械，復會諸侯于東都，因田獵而選車徒焉。
小雅・南有嘉魚之什・吉日	美宣王田也。	能慎微接下，無不自盡以奉其上焉。
小雅・鴻鴈之什・鴻鴈	美宣王也。	萬民離散，不安其居，而能勞來還定，安集之，至于矜寡，無不得其所焉。
小雅・鴻鴈之什・庭燎	美宣王也。	因以箴之。
小雅・鴻鴈之什・沔水	規宣王也。	
小雅・鴻鴈之什・鶴鳴	誨宣王也。	
小雅・鴻鴈之什・祈父	刺宣王也。	
小雅・鴻鴈之什・白駒	大夫刺宣王也。	
小雅・鴻鴈之什・黃鳥	刺宣王也。	
小雅・鴻鴈之什・我行其野	刺宣王也。	
小雅・鴻鴈之什・斯干	宣王考室也。	

序次別 詩篇名	首序	續序
小雅・鴻鴈之什・無羊	宣王考牧也。	
小雅・節南山之什・節南山	家父刺幽王也。	
小雅・節南山之什・正月	大夫刺幽王也。	
小雅・節南山之什・十月之交	大夫刺幽王也。	
小雅・節南山之什・雨無正	大夫刺幽王也。	雨自上下者也。眾多如雨，而非所以為政也。
小雅・節南山之什・小旻	大夫刺幽王也。	
小雅・節南山之什・小宛	大夫刺宣王也。據阮元《毛詩注疏校刊記》，「宣」當為「幽」。	
小雅・節南山之什・小弁	刺幽王也。	大子之傅作焉。
小雅・節南山之什・巧言	刺幽王也。	大夫傷於讒，故作是詩也。
小雅・節南山之什・何人斯	蘇公刺暴公也。	暴公為卿士而譖蘇公焉，故蘇公作是詩以絕之。
小雅・節南山之什・巷伯	刺幽王也。	寺人傷於讒，故作是詩也。

（續下表）

序次別 詩篇名	首序	續序
小雅・谷風之什・谷風	刺幽王也	天下俗薄，朋友道絕焉。
小雅・谷風之什・蓼莪	刺幽王也。	民人勞苦，孝子不得終養爾。
小雅・谷風之什・大東	刺亂也。	東國困於役而傷於財。譚大夫作是詩以告病焉。
小雅・谷風之什・四月	大夫刺幽王也。	在位貪殘，下國構禍，怨亂並興焉。
小雅・谷風之什・北山	大夫刺幽王也。	役使不均，己勞於從事，而不得養其父母焉。
小雅・谷風之什・無將大車	大夫悔將小人也。	
小雅・谷風之什・小明	大夫悔仕於亂世也。	
小雅・谷風之什・鼓鍾	刺幽王也。	
小雅・谷風之什・楚茨	刺幽王也。	政煩賦重，田萊多荒，饑饉降喪，民卒流亡，祭祀不饗，故君子思古焉。
小雅・谷風之什・信南山	刺幽王也。	不能脩成王之業，疆理天下以奉禹功，故君子思古焉。
小雅・甫田之什・甫田	刺幽王也。	君子傷今而思古焉。
小雅・甫田之什・大田	刺幽王也。	言矜寡不能自存焉。
小雅・甫田之什・瞻彼洛矣	刺幽王也。	思古明王。能爵命諸侯，賞善罰惡焉。

序次別＼詩篇名	首序	續序
小雅・甫田之什・裳裳者華	刺幽王也。	古之仕者世祿。小人在位，則讒諂並進，棄賢者之類，絕功臣之世焉。
小雅・甫田之什・桑扈	刺幽王也。	君臣上下動無禮文焉。
小雅・甫田之什・鴛鴦	刺幽王也。	思古明王。交於萬物有道，自奉養有節焉。
小雅・甫田之什・頍弁	諸公刺幽王也。	暴戾無親。不能宴樂同姓、親睦九族，孤危將亡，故作是詩也。
小雅・甫田之什・車舝	大夫刺幽王也。	褒姒嫉妬，無道並進，讒巧敗國，德澤不加於民。周人思得賢女以配君子，故作是詩也。
小雅・甫田之什・青蠅	大夫刺幽王也。	
小雅・甫田之什・賓之初筵	衛武公刺時也。	幽王荒廢，媟近小人，飲酒無度，天下化之，君臣上下沈湎淫液。武公既入，而作是詩也。
小雅・魚藻之什・魚藻	刺幽王也。	言萬物失其性。王居鎬京，將不能以自樂。故君子思古之武王焉。
小雅・魚藻之什・采菽	刺幽王也。	侮慢諸侯。諸侯來朝，不能錫命以禮數徵會之，而無信義。君子見微而思古焉。
小雅・魚藻之什・角弓	父兄刺幽王也。	不親九族而好讒佞，骨肉相怨，故作是詩也。
小雅・魚藻之什・菀柳	刺幽王也。	暴虐無親而刑罰不中，諸侯皆不欲朝。言王者之不可朝事也。
小雅・魚藻之什・都人士	周人刺衣服無常也。	古者長民，衣服不貳、從容有常，以齊其民，則民德歸壹。傷今不復見古人也。

（續下表）

序次別　詩篇名	首序	續序
小雅·魚藻之什·采綠	刺怨曠也。	幽王之時多怨曠者也。
小雅·魚藻之什·黍苗	刺幽王也。	不能膏潤天下，卿士不能行召伯之職焉。
小雅·魚藻之什·隰桑	刺幽王也。	小人在位，君子在野。思見君子，盡心以事之。
小雅·魚藻之什·白華	周人刺幽后也。	幽王取申女以為后，又得褒姒而黜申后。故下國化之，以妾為妻，以孽代宗，而王弗能治。周人為之作是詩也。
小雅·魚藻之什·緜蠻	微臣刺亂也。	大臣不用仁心，遺忘微賤，不肯飲食教載之，故作是詩也。
小雅·魚藻之什·瓠葉	大夫刺幽王也。	上棄禮而不能行，雖有牲牢饔餼，不肯用也。故思古之人，不以微薄廢禮焉。
小雅·魚藻之什·漸漸之石	下國刺幽王也。	戎狄叛之，荊舒不至，乃命將率東征。役久病於外，故作是詩也。
小雅·魚藻之什·苕之華	大夫閔時也。	幽王之時，西戎、東夷交侵中國。師旅並起，因之以饑饉。君子閔周室之將亡，傷己逢之，故作是詩也。
小雅·魚藻之什·何草不黃	下國刺幽王也。	四夷交侵，中國背叛，用兵不息，視民如禽獸。君子憂之，故作是詩也。

結　論

　　本書的正文可分成兩大部分：前九篇，將《詩》教體系從萌芽到定型的過程，區分為春秋以前、戰國、西漢、東漢時期的四個歷史時段進行討論；最後三篇，則因為鄭玄是促使《詩》教定型化最重要的關鍵人物，所以參照其《詩譜》的詩篇世次區分，以與歷史發展關係最密切的雅頌之詩為範圍，從對照詩作內容與《毛詩序》「首序」、「續序」發展的密合程度，觀察其《詩》教思想變遷情形。藉由前後兩大部分的對照，使《詩》教發展的狀況可以達到前後呼應的效果。綜合以上 12 篇，可以歸納出以下的結論：

一、春秋時期前「詩言志」的《詩》教思想

　　小邦周在總結武王伐紂的成功經驗後，歸結為精神自覺與人為努力乃是最重要的可貴因素，遂以敬德、明德的躬行實踐為最重要的行為目標，因而在《尚書》的〈周書〉、《逸周書》的相關篇章，都高度流露注重道德義理、強調中道而行的人文精神。另外，更在《大戴禮記》的〈武王踐阼〉中，具體展現武王兢兢業業、惕勵敬謹、黽勉奮發的精誠踐履態度。此從出土的上博簡〈武王踐阼〉與其他出土器物銘文，都可輔證傳世文獻所載周初誠敬敦篤的精神特質並非虛言。然而這種理性思維的自我警覺與敬慎篤實的行為實踐，不能僅僅止於周王或少數大臣，而須將其推廣至更廣泛的士庶群體，因此認定推動各級臣民的教育是最重要的管道，藉由適當的教育管道，始可有效提升人文理性的高度自覺。

　　《大戴禮記》〈保傅〉及《列女傳》〈母儀〉中記載季歷之妃、文王之母太任，心性端莊誠敬，注重德行修養，還能身體力行胎教應注意事項，目不視惡色，耳不聽淫聲，口不出敖言，且慎於所感，還經常令瞽矇誦詩，多道正事，

因此文王生而明聖。[1]雖然太任當時常令瞽矇等所吟誦的詩，未必即是今本《詩》的內容，然而以優雅而協韻的文辭配合中正平和的樂曲，且經常與美善的人事物交感，則完全有可能為現今《詩》文本的前行本事，劉向因而以太任為「周世三母」中最早能善感於物的「知肖化」者。換言之，太任可號稱周初最早的善教者。《大戴禮記》的〈保傅〉以及《禮記》的〈文王世子〉，雖以養成優質的君主繼承者為主，然而也已說明優質教育應從最早的懷胎受孕開始，凸顯周初已深知「慎其始」以求善的重要。緣於貴族與平民的生活背景不同，因而所受的教育內容、方式、方法都隨之有別；然而不變的，則都從切合「人性固然」的管道切入，且促使其能夠「中（動詞）道」以為性。是故選擇與人的心、性、情、志極密切的詩以為教材，即是非常恰當的管道。

言為心聲，也是意志的自然表現，因而不論是《尚書》的「詩言志，歌永言，聲依永，律和聲」，[2]抑或是《毛詩序》所載：

> 詩者，志之所之也；在心為志，發言為詩。情動於中，而形於言。言之不足，故嗟嘆之；嗟嘆之不足，故永歌之；永歌之不足，不知手之、舞之、足之、蹈之也。[3]

都說明詩的本質，來自人們不學而能的喜、怒、哀、懼、愛、惡、欲等七情的發動。[4]《禮記》〈樂記〉甚且還指出：「情動於中，故形於聲」，故而人的六種情感都有其相對的聲音反應：

---

1 其詳參見《大戴禮記》〈保傅〉，見於清・王聘珍：《大戴禮記解詁》（北京：中華書局，1983 年），頁 59～60。漢・劉向：《古列女傳》，收入《四部叢刊正編》第 14 冊（臺北：臺灣商務印書館，1979 年），頁 100。

2 《尚書》〈虞書・舜典〉，見於舊題漢・孔安國傳，唐・孔穎達疏：《尚書正義》，收入《十三經注疏（附清・阮元《校勘記》)》（臺北：藝文印書館，1985 年），頁 46。

3 《毛詩序》，見於漢・毛亨傳，鄭玄箋，唐・孔穎達等正義：《毛詩正義》，收入《十三經注疏（附清・阮元《校勘記》)》（臺北：藝文印書館，1985 年），〈周南・關雎〉篇題之後，頁 13。

4 《禮記》〈禮運〉，見於漢・鄭玄注，唐・孔穎達等正義：《禮記正義》，收入《十三經注疏（附清・阮元《校勘記》)》（臺北：藝文印書館，1985 年），頁 431：「何謂人情？喜、怒、哀、懼、愛、惡、欲七者，弗學而能。」雖然「七情」的內容，各學派所包含的範圍不盡相同，但都指人與生俱來的特質。

其哀心感者，其聲噍以殺。其樂心感者，其聲嘽以緩。其喜心感者，其
聲發以散。其怒心感者，其聲粗以厲。其敬心感者，其聲直以廉。其愛
心感者，其聲和以柔。[5]

由此也可見詩是人情的自然流露，且可與歌唱、舞蹈相結合，因而若欲陶冶人
的美善情性，則以詩為教即是相當好的策略。此正是《詩》在整編時，無論是
頌體詩、大小雅詩以及風體詩，都會預設以提升人文素養為目的，希望教化臣
民成為「溫柔敦厚」的謙謙君子之原因。更值得注意的，則是對照《大戴禮
記》的〈武王踐阼〉或上博簡〈武王踐阼〉，武王所製以為自儆的銘文，絕大
多數為四字句，合乎人們易學難忘的用語習慣。至於代表更早期文獻的《尚
書》與《周易》卦爻辭中，重要意見往往也以四字句呈現，即使其他鐘鼎銘文
也多如此。此說明古人進行人際溝通非常注意聲情表達，正因為四字句已能展
現語音調和相諧的情形，故而《詩》同樣以四字句為主，表達言為心聲、聲以
表意、意在情中、情中有志的循環往復狀況。若再加上嗟嘆、詠歌、吟誦與手
舞足蹈的搭配，更容易使參與其中者達到永誌不忘的效果，是故為政者慎選一
些吟誦、對歌與更富情境效果的樂舞表演，最有可能達到引導臣民情志的作
用，使君臣上下皆能敬德、明德，同心協力以為王朝努力。由此可見周初尚未
整編《詩》的文本前，乃以「聲教」為主，且搭配手舞足蹈的樂舞，以詩、
樂、舞三者合一的方式呈現文雅美善的意志所趨。

　　配合《周禮》所載，周初貴族教育乃以大司樂領導的樂教系統為中心，主
要以樂德、樂語與樂舞教國子，再搭配大宗伯領導的禮儀系統，學習整套禮樂
相須而行的禮樂制度。其中，以「興、道、諷、誦、言、語」的方式，訓練國
子的「樂語」教育，與大師教導瞽矇「風、賦、比、興、雅、頌」的「六詩」
關係最密切，也是成、康盛世時期開始整編《詩》的文本前，國子教育最重要
的「聲教」內容。由於各種禮儀活動的性質有別，在「聲教」之外，還分別與
六代大舞或一般小舞搭配，以不同肢體動作的舞容增強傳達情意的效果，發揮

5　《禮記》〈樂記〉，頁663。

教育引導情性的作用。

最早入圍《詩》的行列者，乃是與古代生活信仰關係最密切的祭祀詩，與主掌邦禮的春官大宗伯及大司樂最有關。其中，瞽矇所擔任「風、賦、比、興、雅、頌」的「六詩」職務，主要即是在不同類型的祭祀典禮中進行。此從《禮記》所載：「凡治人之道，莫急於禮。禮有五經，莫重於祭。」[6]可知祭禮在吉（祭禮）、凶、軍、賓、嘉禮合稱為「五禮」的系列中位於首位，說明祭禮的意義最隆重；因為包含天神、地祇與人鬼三系合一的祭祀體系，可以周遍天、地、人三者之間的重要關係，乃是周代治理天下的首要管道。回顧周代在周公東征三年以後，即展開「制禮作樂」的工作，極注重各種禮儀制度的踐履，其中尤以祭禮為重，正是看中祭禮的特殊重要地位。蓋趨吉避凶、事神祈福，乃人性之固然，只差神權宰制或人文崇祀的差別而已。周公所主持、訂定的「制禮作樂」，即是大有別於殷商神權宰制的，屬於人神異業類型的人文崇祀系統；此種精神自然也透過〈周頌〉及一些記錄周民族發展史的大雅之詩流露出來。

大雅之詩的〈生民〉、〈公劉〉、〈緜〉、〈皇矣〉、〈大明〉五篇，歷敘周民族自從始祖后稷開始，經過公劉、太王公亶父、王季、文王、武王幾位重要領袖，帶領周族創業、擴張勢力，卒至取代殷商而創立周朝的奮鬥史，最能展現周初所強調的人文精神所在。其中尤以「實始翦商」的太王公亶父以下三代的開發、奮鬥為周族大興的主軸，說明至少得累積百年以上有效率的努力，始能成就武王伐紂的大業。基於周族的君主至少要經歷三代以上的血汗與血淚交織的開發史，始能逐漸發展出立國的厚實基礎，且至遲在姬昌主政 50 年期間，已懂得藉由祭禮以凝聚族人的向心力，也會藉歌頌與舞蹈緬懷先公篳路藍縷以啟山林的德澤，所以最早進入《詩》選集中的，不是一般的言情之詩，而是歌頌先祖的祭祀詩，以及記錄周初開發史的大雅之詩。

更因搭配君臣宴饗所需，乃至於宗廟祭禮以後的合族共食活動，姬昌主政晚期，〈鹿鳴〉等「正小雅」都以樂歌的形式進入當時的宴饗禮儀中，〈關雎〉

6　《禮記》〈祭統〉，頁 830。

等風體詩也以「鄉樂」的型式，穿插在宴饗禮的過程而成為禮儀用詩，藉由君臣歡樂一堂的飲食之禮，凝聚君臣同體、戮力齊心、上下親和的融洽關係。牧野一戰，姬發雖因紂王自殺而順利取得朝歌，然而當時周的勢力，根本未能掌握朝歌外圍殷商剩餘的強大勢力，以致主政群體當然是兢兢業業、勤勤懇懇，凡事敬謹，唯恐稍有不慎即有所閃失。因此周初在取得朝歌後，誠惶誠恐、戒慎惕勵、篤實奮發是最基本的心態，此即〈武王踐阼〉的背景，隨時隨地都可以見到武王自儆的四字句銘文，而這種步步為營、戒慎恐懼的精神與態度，即充分流露在周初的詩篇當中。

　　周公平定「三監之亂」後，為求長治久安，即召集群賢「制禮作樂」訂定各項治國政策，而成王時期正是「制禮作樂」最主要的時期，有可能已配合禮樂制度而整理一些詩篇。為配合各項禮儀制度的訂定，相應的禮儀用詩及相關詩篇也陸續創作，藉以豐富禮儀活動的內容。整部《詩》311 篇（含笙詩在內）跨越 500 年以上的時間，若參照文化作品的結集通例，當以政治局勢安定、社會經濟狀況允許、文化人才充分等各種內因外緣條件配合下，始能成就文化事業，《毛詩序》也不可能例外。根據此基本原則，再參照《毛詩序》所透露的訊息，超過 300 篇的《詩》，主要結集的時間大約在西周成康盛世、宣王以及東周平王三階段，至於極少數桓王以後到春秋中期的作品，則為後來再陸續加入者。蓋康王時期，周王室已能掌控東方勢力，因此極有可能在此時，較有規模地展開第一階段整編成王以前各類詩篇的工作。此從康王初即位之時，即誥命諸侯要積極宣揚文、武功德，並勗勉王公大臣盡心輔佐朝政，毋使自己不肖而敗壞文王的使命，即可推知《詩》中多記載文、武功德之因。由於武王乃載文王木主以伐紂，故而成功後，最重要的工作就是透過宗廟祭禮感謝文王庇佑，更感謝列祖列宗的德澤；武王因為是成就天命的領袖，因而歌頌文王受命與武王成命的詩篇自然相當多。康王既然要宣揚文、武功德，則最方便的方式，即是好好整編這些相關詩篇，使成為方便國子學習與流傳四方的文本，使君臣上下在特殊節日都能歌之、頌之，使其功德能深入人心，成為最佳的人文教化素材，得以培養後代子孫懂得感恩戴德的優良品德。透過文、武的重德修義好榜樣，進而納道德仁義於個人的為人處世當中，庶幾可以期待和諧理性的社會降臨，而安邦治國的大業也可以持續擁有。

　　周代所規劃的人文崇祀系統，基本上反映該民族的發展經驗，且以崇德報功為《詩》教的宗旨，因而透過祭祀天神、地祇與人鬼的禮儀活動，藉由〈周頌〉的祭祀詩以報答天地萬物澤及萬民的功德，且以宗廟四時祭享之禮緬懷列祖列宗的德澤。如此崇德報功的精神搭配祭祀之禮的舉行，也使原來瞽矇在祭禮中所歌「九德」的職務，轉化為使用文字記載的文本。將瞽矇以「聲教」歌頌古代聖王德業，注重攸關民生的「水、火、金、木、土、穀」之「六府」大事，加上為政首重「正德、利用、厚生」的「三事」，而成就以德政養民的「九功之德」，進而轉化為使用文字記載的文本。原本以歌詠、舞蹈進行詩教的方式，因為增加言文表達的更多元形式，於是透過文字的涵詠，可以不斷增強感恩戴德、知恩圖報的美德。如此提升人文之美、發揚人性醇厚良善本質的初衷，即是周初以來的《詩》教內容。

　　隨著周王室的勢力衰微，再經歷厲王時期的政治大動盪，「共和」之後繼位的宣王（828～782B.C.在位），從執政初期的「宣王中興」，到晚期的昏聵、敗亡，此時期詩篇的數量增加許多，內容則從稱美到諷刺都有，已有極大的轉變；此或為第二階段的《詩》之整編期，反映有感於該時期政治狀況而發出的心聲。不過，從此一時期的詩篇當中，仍可見字裡行間還流露對人王與賢臣的殷殷期待，保留詩人「溫柔敦厚」的情懷。

　　至於平王（770～720B.C.在位）時期，政治更產生劇烈的變化，從西周幽王敗亡跨越到東遷洛邑的事實，甚至於中間還經歷一段尷尬的「二王並立」時期，直到晉文侯弒周攜王，始結束「二王並立」的局面，然而自此以後，天子的威權不再，徒留天子的虛名，而所蒐集東遷洛邑以後與王室有關的詩篇則列入〈王風〉，不再歸入雅體詩當中。由於政治變化非常特殊，平王在位期間又極長，自然在此非常時期也會有一些特別的作為，其中也蘊藏一些更特別事件發生的意義。最明顯的是從《毛詩序》中出現數量極龐大的「刺幽王」詩，或可相對說明第三階段整編《詩》的工作，最有可能在幽王之後的平王時期，希望能戒鑑西周的覆亡而不再重蹈覆轍。固然《毛詩序》中多出現「刺幽王」的字眼，但是觀察詩的內容，字裡行間還不乏對人王與賢臣的殷殷期待，在婉轉陳詞的文句中仍流露「溫柔敦厚」的情懷。此說明從周初以來，藉由各種崇德報功的祭祀之禮以提升人文精神，透過雅頌之詩以增強教育化人的《詩》教思

想，仍然持續不變。

　　若考慮古代文化傳播的速度緩慢，從典籍的整編完成到陸續流傳至一定程度，保守估計至少需要 50 年。根據《左傳》記載，季札於魯襄公 29 年（544B. C.）至魯國觀周樂時，魯國演奏周樂的順序正是從「二南」開〈國風〉之始，然後依次為〈小雅〉、〈大雅〉與〈周頌〉，與今本《毛詩》的排序相同，僅〈國風〉中有少數諸侯國的排序稍稍有別。[7]此現象可說明「詩三百」的整編非僅已經完成，且在魯國流傳一段時間，甚至是偏處吳國的季札也對《詩》的內容非常熟悉。以此時間對照鄭玄所推定，《詩》的最晚作品為〈陳風・株林〉，二者正好可以相合，因該詩乃書寫陳靈公淫於夏姬的歷史事件，而陳靈公確定在 599B.C.為夏徵舒所弒，此時間點距離 544B.C.正好大約 50 年左右。

　　追溯周初以來《詩》教思想的主軸雖然重在雅頌之詩，然而從文王時期配合宴饗之禮的〈鹿鳴〉一系列雅體詩外，已經搭配鄉樂的「二南」系列詩篇，都可說明禮與俗相結合的禮儀活動，在《詩》的文本整編完成以前早已存在。若再配合《周禮》的記載，則有一些整體規劃：〈天官・冢宰〉之職「以八則治都鄙」當中的第一項「祭祀以馭其神」與第六項的「禮俗以馭其民」，[8]都可見周初因為重視祭祀之禮而以雅頌之詩為主體外，也極重視與萬民有關的各方國禮俗，始能規劃因地制宜的各項政策，而提升萬民的人文素質。〈地官・土均〉之職，也出現「禮俗、喪紀、祭祀，皆以地嬈惡為輕重之灋而行之」的配套措施，[9]都說明無論是喪祭之禮或其他的禮，都應尊重各方國的風俗習慣。甚至是與萬民之利害關係最密切的穩定社會秩序措施與刑罰的訂定，都得考慮各方國的禮俗差異，此即有賴行人之官實地考察各方國的禮俗以回報天王。[10]

7　不過在安徽大學 2019 年 9 月 22 日首次發布的《安徽大學藏戰國竹簡（一）》，所保存〈國風〉58 篇，與現存的《毛詩》，在排序、章次上多有不同之處，例如「二南」之後即接續〈秦風〉。相關的問題有待在後續的「分論續篇」中討論。

8　《周禮》〈天官・大宰〉，收入漢・鄭玄注，唐・賈公彥疏：《周禮注疏》，收入《十三經注疏（附清・阮元《校勘記》）》（臺北：藝文印書館，1985 年），頁 27。

9　《周禮》〈地官・土均〉，頁 245。

10　《周禮》〈秋官・小行人〉，頁 569：「及其萬民之利害為一書，其禮俗、政事、教治、刑禁之逆順為一書，其悖逆、暴亂、作惡、猶犯令者為一書，其札喪、凶荒、厄貧為一書，其康

植基於此，風體詩進入《詩》之選集的時間雖然較晚，然而卻因其內容多元，貼近萬民的生活，不但最具備雅俗共賞的條件，也最適合做情感教育的素材，指引萬民建立良善的社會風俗。此參照〈孔子詩論〉總論對於風體詩的扼要評論，可以得到最佳說明：從民間採集的歌謠，經「國史」相關人員整理編定而成風體詩後，再透過地官負責社會教育的人員利用各種機會回流至民間，而達到與萬民共享和樂的效果；為政者可從詩篇多元納物的情形，而溥觀人欲、察覺民情風俗的良窳狀況，以為施政規劃的依據；為政者可以透過已修飾的優雅文辭、和諧曲調，培養聽聞者「溫柔敦厚」的情操，呈現「思無邪」的《詩》教核心思想。

　　從詩的本質在於言「志」而言，因為「志」的內容最為多元，因而內涵豐富的風體詩正是最適合涵詠萬民性情的載體。因為人有感於物而生情，再因情而發乎聲、形諸言語文字，還可以吟詠歌唱，此狀況隨時都可能在各地產生，也是人最自然的「言志」表現。此類詩篇多可以反映人的七情六慾，[11] 不但數量最多、內容也最多元，也是後來采詩之官蒐集、挑選風體詩的重要對象。此類詩作因為緣於情，且不受限於時間、地域而產生，因此對所有人而言，更具有「同情共感」的感性基礎。只不過這些緣情而作的詩篇，有待周王室在政治狀況趨於穩定以後，始由采詩之官前往各地進行大規模的蒐集、挑選，然後，再經由宮廷中的樂官、太師等「國史」相關人員整理編定，因此加入整部《詩》的時間較晚。即使「二南」當中的某些禮儀用詩，在較早的「聲教」時期，以樂工演唱或器樂演奏傳達心意外，其他未曾出現在典禮活動的詩篇，其內容也很多元，並不侷限在政治類詩，都適合從更寬廣的視野來考察其《詩》教思想。

　　因為風體詩的內容極複雜，所以本書僅討論到風體詩能與雅頌體詩同時建

樂、和親、安平為一書。凡此五物者，每國辨異之，以反命于王，以周知天下之故」。

11　文獻中最早提到「六欲」者，出自《呂氏春秋》〈貴生〉，然從其前後文，並無法確定「六欲」所指為何。秦‧呂不韋編，漢‧高誘注，陳奇猷校釋：《呂氏春秋校釋》（上海：學林出版社，1984 年），頁 74：「所謂全生者，六欲皆得其宜也。」高誘注：生、死、耳、目、口、鼻。然不贊同者，以為「死」非所欲；也有以「六欲」可與「七情」泛稱而同者。後來的佛家，則以眼、耳、口、鼻、身、意為「六欲」。

構《詩》教體系概念的主幹部分，有關較具體的風體詩《詩》教問題的細節討論，則放在「《詩》教體系的萌芽到定型」的「分論系列」中討論，以區分本末，而達到以分枝輔助主幹的效果。尤其是一些被後世質疑的詩篇，乃至於今本《詩》的內容與新出的安大簡有所出入的情形，都會在發展分枝的時候陸續進行討論。由於風體詩特別需要考慮各方國的地理環境與時代變遷問題，於是特別命名為《特定時空環境下的詩禮之教》，且因內容太多，尚有大約半數的部分留待「分論續篇」繼續討論，期待日後完成後，能共同組成更完整的「《詩》教體系的萌芽到定型」系列論述。

二、戰國時期儒家注重德禮的《詩》教思想

　　雖然殷商之時已有冊有典，然而典籍的學習僅僅限於極少數特定族群。即使是極注重教育的周代，典籍教育也僅限於貴族以及非常少數經過選拔的優秀庶民子弟，廣大的庶民教育主要依賴司徒之官進行社會教育。直到孔子，始將典籍教育平民化，凡自行束脩、有志於學者皆可拜師學習。參考《史記》〈孔子世家〉所載，可以歸納孔子主要以《詩》、《書》、《禮》、《樂》為一般學生的教學內容，而以《易》、《春秋》為高門弟子的教材，在「六經」以外，更注重禮、樂、射、馭（御）、書、數「六藝」的演練。[12]在「六經」的學習中，由於詩本於人情的特質，因而以《詩》為入門之道，且與「六藝」之首的禮、樂結合，構成「興於詩，立於禮，成於樂」的教學三境界，期許受教者的心、性、情、志，皆能達致中正平和的理想狀態。

　　孔子對於《詩》所能提供的教化思想，在〈孔子詩論〉未問世以前，僅有《論語》中數量極少數的幾則記載。《論語》記載，學《詩》，在提供外交辭令外，更有傳達興、觀、群、怨不同情感的功能，藉以調節個人的情性，也可提供言談應對、人倫義理的取法準則，還有增廣見聞的作用。孔子甚且還一言以蔽之，認為《詩》教思想可歸結在「思無邪」的大原則下，而以培養「溫柔敦

12　其詳參見《史記》〈孔子世家〉，頁 759〜762。

厚」的處世之道為依歸。

　　成於戰國初期孔子再傳弟子的〈孔子詩論〉問世以後，即使該資料的確切記錄者無法確定，然因其內容可與《論語》的零星記載彼此貫通，因而對於孔子的《詩》教思想可有更完整的認知。此從該篇第 1 簡的「孔子曰」可以得知：「詩亡隱志，樂亡隱情，文亡隱言」，總論詩的特質不外乎為「詩言志」，乃因情的發動而形諸語言文字，且因詩可與音樂相通，所以可上溯至《周禮》樂教系統中的「六詩」源頭，而與上述《尚書》與《禮記》〈樂記〉的說法相合。再透過對於各類詩篇特性的概括，更可見孔子《詩》教思想的重點：

> 訟（頌）平德也，多言後。其樂安而屖，其歌壎而篪，其思深而遠，至矣！大夏（雅）盛德也，多言（簡 2）〔□，……。小夏（雅）□德〕也，多言難而悁懟者也，衰矣少矣。邦風其納物也，溥觀人俗焉，大欲材焉。其言文，其聲善。（簡 3，上下端殘）[13]

由於《詩》中時代最晚的詩篇在春秋中期，此即說明從周初以來的詩篇，乃是分階段陸續收錄才完成「詩三百」的龐大陣容。很多風體詩在康王以後陸陸續續被收入《詩》的陣容，且長久以來已被行人之官靈活運用為外交辭令，因而流行日廣。春秋時期因為最接近《詩》整編完成的階段，時人對於《詩》的內容最熟悉，故而此時期多盛行言《詩》、賦《詩》，進入戰國時期後，則進而為靈活運用《詩》的時期。由於各類別詩篇的取義及用途都不同，孔子既然以《詩》作為入門教材，遂對各不同體類的詩進行要點歸納，經再傳弟子之手而流傳下來。頌體詩因為配合宗廟祭禮的進行，因而以和緩安穩的樂曲象徵中正平和之德，使參與典禮者可以深刻思考祖宗長期以來的功德。大雅之詩，則主要彰顯列祖列宗的偉大盛德。小雅之詩相較於大雅，除宴饗之禮的禮儀用詩以外，其他則因為多選輯幽、厲以及宣王執政晚期的詩篇，規模與氣勢都稍有遜色，故不免已流露一些怨懟之情。至於邦（國）風的內容更為多元，從優雅的

13　馬承源主編：《上海博物館藏戰國楚竹書（一）》〈孔子詩論〉（上海：上海古籍出版社，2001 年），第 1～3 簡，頁 123～130。

文辭中，不但可以觀察各地的民情風俗，而且還能傳達民風敦厚、人心良善的情意。

對照〈孔子詩論〉與《論語》所載孔子對於《詩》的零星評論，都可見孔子說《詩》與論《詩》，都主從詩的言情明志以立說，即使已提到有些小雅之詩與王政稍衰、君德稍減有關，而不免有怨懟之情流露，仍然強調《詩》教以「言文聲善」的「溫柔敦厚」性質為本色，且明顯強調德禮的教化作用。

孟子與荀子是先秦時期發揚孔子學說的重要大儒，對於《詩》教的看法也能本於孔子對《詩》的基本觀念，再各自發展其專屬的重要主張。

孟子論《詩》影響後世較大者有三：

其一，說詩，不能以文害辭、以辭害志，而應以意逆志。所謂「以意逆志」，乃透過設身處地的同理心，以思索作詩者「意志之所之」，努力挖掘詩中隱藏的作者情思，再傳達給學詩者該詩所要傳達的心聲。

其二，頌其詩，讀其書，還應論其世。孟子認為人無法脫離歷史背景而理解詩中的深刻內涵，且「論其世」之目的，旨在「尚友（上友）古人」，已隱約透露讀《詩》具有取法古人、以古鑑今的作用。孟子藉此還表彰孔子另一教材—《書》—的重要性，不但應知古人所處時世的特性如何，而且還需多注意古代政書的內容，思考《詩》與時政的關係；此說顯然有增強日後《毛詩序》勤於將詩篇附會史事的作用。

其三，王者之跡熄而《詩》亡，《詩》亡，然後《春秋》作。此說非僅強調《詩》與歷史發展的重要關係，還隱約透露從《詩》當中，也可找尋隱情以為勸戒為政者的作用。因為《春秋》本為各國史官所記的史事，所以各國的《史記》皆可通稱為該國的《春秋》，但是經過孔子筆削魯史《春秋》後，《春秋》已成為具有是非褒貶價值判斷的特殊典籍，而不再只是單純記載史實的紀錄，其褒貶歷史人物的微言大義，即成為最能代表孔子價值判斷的標準。孟子正是率先提出《春秋》在孔子思想中位居重要地位的大儒，且將「王者之跡→《詩》的撰作與流傳→《春秋》作」三者之間，形成重要的連動性遞延關係，是最早點出孔子的價值觀蘊藏於《春秋》微言大義的第一人。繼孟子提出《春秋》的重要地位後，漢代因為特別尊崇孔子，也特別抬高《春秋》的地位，董仲舒（179～104B.C.）的《春秋決獄》（《春秋決事比》）更是運用《春秋》的

價值判斷標準以判案的典型實例。由於孟子提出「《詩》亡，然後《春秋》作」的連動關係，且《春秋》已成為漢代判案的重要依據，則向前回溯，《詩》當中亦蘊藏諫諍時王與品評時政的隱微大義，於是再下開漢代以《詩》為諫書的軌跡。

繼孟子之後，影響《詩》教思想最大者，則非荀子莫屬。荀子以「明道、徵聖、宗經」三位一體的理念發揚《詩》教思想。其《詩》教觀具有下列四項特色：

其一，確立「詩言志」的基本要義，且以《詩》為通達「天下之道」的入口處，故於〈儒效〉特別說：

> 聖人也者，道之管也：天下之道，管是矣；百王之道，一是矣。……故〈風〉之所以為不逐者，取是以節之也，〈小雅〉之所以為小雅者，取是而文之也，〈大雅〉之所以為大雅者，取是而光之也，〈頌〉之所以為至者，取是而通之也。天下之道畢是矣。[14]

從「〈風〉之所以為不逐者，取是以節之也」，即隱約指出有些風體詩的內容雖並不盡合於大道所歸，然而並不將其排除於《詩》以外，其原因乃在於可就詩篇提及的內容進行調節人情的表達，而達到改變行為的作用，可謂下開《毛詩序》直接言「刺」的先聲。

其二，強調讀《詩》應與其他經典配合為用。〈勸學〉對各經典的學習有系統的論述：

> 學惡乎始？惡乎終？曰：其數則始乎誦經，終乎讀《禮》。……《書》者、政事之紀也；《詩》者、中聲之所止也；《禮》者、法之大分，群類之綱紀也。故學至乎《禮》而止矣。夫是之謂道德之極。《禮》之敬文也，《樂》之中和也，《詩》《書》之博也，《春秋》之微也，在天地之間者畢矣。[15]

14　《荀子》〈儒效〉，見於清・王先謙：《荀子集解》（臺北：藝文印書館，1988 年），頁282〜283。

15　《荀子》〈勸學〉，頁 118〜120。

從「始乎誦經，終乎讀《禮》」，指出研讀經典應從學《詩》開始，然後繼之以其他經典，最後則以禮樂的實踐為終。如此循序漸進，則可切實掌握實踐道德的要領，而達致終為聖人之境。然而在論述五經的要旨時，特別將《書》提前，且於述說讀經的效果時，又以《春秋》作為總結，實可凸顯荀子更注重《詩》與政事密切結合的關係。

其三，特別注重隆禮重義的用詩之道。〈勸學〉即載：

> 《禮》、《樂》法而不說，《詩》、《書》故而不切，《春秋》約而不速。……不道禮憲，以《詩》、《書》為之，譬之猶以指測河也，以戈舂黍也，以錐飡壺也，不可以得之矣。故隆禮，雖未明，法士也；不隆禮，雖察辯，散儒也。[16]

《詩》雖然近於人的情性，然而從學為聖賢、推究仁義的至道而言，若僅知用心於《詩》、《書》，而不再求進入禮義的踐履，終不免於見樹不見林的窘絀，或空言情志、徒知四代史事的固陋俗儒。畢竟儒者為學的最重要關鍵，乃在於隆禮義以經世，因而徒知能努力鑽研《詩》、《書》經典之學，卻不再深入禮義的實踐，則終不免為俗儒、散儒而已。

其四，注重樂教的教化作用以發揮「成於樂」的精神。〈樂論〉記載：

> 人不能不樂，樂則不能無形，形而不為道，則不能無亂。先王惡其亂也，故制雅頌之聲以道之，使其聲足以樂而不流，使其文足以辨而不諰，使其曲直、繁省、廉肉、節奏，足以感動人之善心，使夫邪汙之氣無由得接焉。是先王立樂之方也。[17]

此段所載與《禮記》〈樂記〉雖有異文，然大意相同，同樣立基於音樂對人的教化作用。荀子極注重教育的功效，而「樂」又是移風易俗最直接而快速的管道，其關鍵即在於其合乎人情不能無樂的根本需求，遂以〈樂論〉彰顯聖王立

16　《荀子》〈儒效〉，頁 267；〈議兵〉，頁 476。
17　《荀子》〈樂論〉，頁 627～628。

樂的考量，且特別將重點放在雅頌之聲，因為最早的雅頌之聲乃搭配禮儀制度而行，且與樂舞合併演出。然而樂一旦無節，則亂象叢生，故而荀子即根據社會需要，提出先王以其先知先覺制定優雅平和的雅頌之聲，引導所有參與典禮者保持中正平和的心態，始有可能達到孔子所謂「樂而不淫，哀而不傷」的合於禮之狀態，[18]且又足以觸動人潛藏的良善心念，而達到教化功能。

從孔、孟、荀對於《詩》教的觀念，都已隨時空環境的轉換而發生一些變化，尤其是經歷春秋晚期的禮壞樂崩以後，再加上戰國初期社會經濟狀況劇變，從原本配合各類祭祀禮儀，以敬神、娛神為目的而有的雅頌之聲與文武樂舞，已逐漸轉為取悅世俗的有權有勢者，成為自娛娛人的工具，此從魏文侯（472～396B.C.）坦承喜好新樂遠勝古樂的情形即可見一斑。蓋因變化多端的溺音容易引人入勝，遠勝於平穩而缺乏變化的德音容易催人昏睡，且新樂還雜揉俳優侏儒等逗趣女樂，變成滿足權勢者私欲的工具，自然促使原本歌詩樂舞相搭配以合乎禮儀要求的情形，前後已有明顯二分，使《詩》與樂舞，乃至禮儀三者之間不再相契、密合。此一重大轉變，可從孔、孟、荀對《詩》教的觀念已有變化，而鄭國已大為流行新樂的情形可以得知。

《論語》標榜「興於《詩》，立於禮，成於樂」的一貫發展，極注重《詩》與禮樂實踐的關係，固然在〈孔子詩論〉中，仍可從「詩亡隱志，樂亡隱情，文亡隱言」找到詩與樂的密切關係，而追溯到《周禮》「六詩」的樂教系統，但是原本歌詩與樂舞結合的情形，在戰國以後已逐漸隱而難見。孟子，雖其論《詩》多能切中詩旨，不過已罕言禮樂相須而行的問題，而是較擅長以用《詩》的方式申論儒家的政治理想與倫理道德，且書中不見詩樂相提併論的現象，更遑論出現歌詩與樂舞結合演出的場景；此說明詩樂分離的現象，在孟子當時已更趨明顯，當時說《詩》者已經脫離與樂舞合一的系統，而專以文本內容的解讀與運用為主。荀子雖因最注重教育，而特別看重音樂對於移風易俗的功效，且《荀子》書中還有一篇〈樂論〉，不過也缺乏明顯詩樂相提併論的情形。倒

18　《論語》〈八佾〉，頁30：「子曰：『〈關雎〉樂而不淫，哀而不傷。』」〈國風〉尚且如此，〈雅〉、〈頌〉之聲更注重中正平和以合於節度。

是〈樂論〉該篇倒數第二小段「吾觀於鄉，而知王道之易易也」特別值得注意，因為該紀錄與鄉飲酒禮有關，遂出現樂工升歌、笙奏、間歌依次呈現的狀況，屬於早期歌詩與禮樂合併相行的情形。然而從最後一段，則可見荀子已歸結當時的俗淫、志利、行雜等狀況，與聲樂講求斜險、文章競求邪匿多采等，都屬於「亂世之徵」，[19]都與講求文辭典雅、舉止合乎禮儀要求相去漸遠。倘若再從〈樂論〉與《史記》〈樂書〉、《禮記》〈樂記〉大多數重疊而少數有別的收錄狀況，其內容大致都與戰國初期的公孫尼子談論音樂理論有關，然而卻不再多言音樂與《詩》中具體詩篇的關係。凡此都可說明《詩》與樂各自發展的情形，從戰國初期已經開始。

三、西漢的《詩》教與政治史事更密切結合

子夏在孔子四科十哲的高門弟子中，屬於文學科，且為孔子以後最重要的傳經之儒。《論語》中即記載孔子嘉許子夏能從「繪事後素」，而領悟到必須先有本質，然後再講求紋飾的本末先後原理，因而可以深入探討《詩》的深刻內涵。[20]《禮記》〈孔子閒居〉（與上博簡〈民之父母〉有關），也藉由子夏問「豈弟君子、民之父母」，而深入到為政的君子，應率行「三無五至」，始能達到禮樂之源而成為名副其實的豈弟君子。[21]《禮記》〈樂記〉中相當重要的「魏文侯問子夏新樂、古樂」一段，子夏更將詩、樂與禮的重要關係表露無遺。《孔子家語》的〈論禮〉、〈曲禮子夏問〉，也都可見子夏向孔子深入論禮、問教的記載，反映子夏習於將詩與禮樂之源、為政之道相併而論的習慣。可惜子夏雖然是繼孔子以後，傳授經典的最重要儒者，卻無專屬的著作傳世。幸好《韓詩外傳》中尚可見子夏與孔子的對談，既可以多知子夏對《詩》的見解，

19　其詳參見《荀子》〈樂論〉，頁 635〜636。

20　其詳參見《論語》〈八佾〉，見於魏・何晏集解，宋・邢昺疏：《論語注疏》，收入《十三經注疏（附清・阮元《校勘記》）》（臺北：藝文印書館，1985 年），頁 26〜27。

21　其詳參見林素英：《《禮記》之先秦儒學思想：〈經解〉連續八篇結合相關傳世與出土文獻之研究》〈上博簡〈民之父母〉思想探微：兼論其與〈孔子閒居〉的關係〉（臺北：國立臺灣師範大學出版中心，2017 年），頁 117〜142。

又可以見子夏所傳的《詩》在西漢時的發展情形。

　　《韓詩外傳》受到戰國後期多以觸類旁通的方式表達己見的影響，因此多引先秦諸子學說及春秋戰國史事，再加以引申、推衍詩篇的涵義，使讀《詩》更富故事性與趣味性，與一般的解經之傳大不相同，比較類似用《詩》之作。從《韓詩外傳》全書的內容乃以道德說教為主體，主要應與韓嬰身為劉舜的太傅職務有關，此也正可說明《詩》乃是教導儲君的極佳素材，不過，更要懂得運用變化之妙。蓋因劉舜乃是極受景帝寵愛的么兒，被封為王時的年紀太小，且又特別驕縱，故而韓嬰為劉舜講授《詩》的內容，自然需要多增加趣聞軼事以及寓言故事等材料，從增加《詩》的可讀性以吸引劉舜閱讀的興趣。若考慮到韓太傅與劉舜的特殊地位與關係，《韓詩外傳》即使不是韓嬰傳授劉舜《詩》的主要教材，至少是具有相當吸引力的補充教材。由於該書多引《詩》為證，且其中的道德說教又多與歷史政事有關，正好可與周代興衰與天子德行厚薄休戚相關，更與人王是否能親賢能而遠小人的作風有關，因而藉由為儲君傳授《詩》的機會，正好可以時刻提醒儲君「儀刑文王」的重要。

　　由於劉邦乃是首位以天子之尊而祭拜孔子的帝王，且在任命曹襃制定朝儀以後，使聰明的劉邦理解儒家學說穩定社會秩序的重要性。影響所及，自漢初以來即非常推崇孔子，《論語》乃是學子必讀的典籍，其中重責君王以德義治天下的觀念，更是學子學習的重點。再加上孟子所提「王者之跡熄而《詩》亡，《詩》亡，然後《春秋》作」的重要說法，於是武帝受董仲舒影響而獨尊儒術後，再加上《春秋決獄》的加乘作用，《春秋》的重要地位更大幅提升。甚且因為孟子已建立「王者之跡→《詩》的撰作與流傳→《春秋》作」三者遞延發展的關係，倘若《詩》教化人性的效果不衰亡，即可以《詩》達成勸諫時王、諷諫朝政的效果，則孔子無需冒天下之大不諱以筆削《春秋》。因此《詩》在西漢遂被視為與《春秋》同樣具有褒貶歷史人物、評鑑政事良窳的同等作用，也成為人臣婉轉勸諫人王、時政的重要引證載體，致使《詩》成為可資運用的「諫書」之一。

　　雖說《韓詩外傳》與解《詩》並不直接相關，不過，有關讀《詩》的重要見解，例如讀《詩》應該深入內裡以探求精微的《詩》教思想，乃至於提出〈關雎〉之教為《詩》教思想核心的重要篇章，則都出自《韓詩外傳》，且與

子夏直接相關，值得特別注意。其中，主張讀《詩》應該深入內裡以探求精微的說法，堪稱為另一種追求「微言大義」的表現，只是，一旦推求過度，的確可開啟《毛詩序》將每篇詩的詩旨都附會史事的作風。至於將〈關雎〉之教上提至「天地之基」的高度，且成為《詩》教思想之核心，其實與《禮記》〈哀公問〉（《大戴禮記》〈哀公問於孔子〉所載類似）有關。孔子對哀公特別強調為政之道應從講求人道之大開始，而人道之大，又莫過於「夫婦別，父子親，君臣嚴」能各得其正，其中尤以立本於「天地合，萬物生」而成萬世之嗣的婚姻之禮為首，[22]堪稱與〈關雎〉的內容相契。是故《韓詩外傳》對〈關雎〉之教的說法，可視為對孔子晚年說法的進一步闡釋，也與《毛詩序》特別強調的「后妃之德」、「王化之基」有所關聯。至於《韓詩外傳》的另一特色，則是對於政治議題的討論特別多，此固然反映《詩》的內容，尤其是雅頌之詩本來就多與周王朝的政治活動有關，更容易促成《毛詩序》習慣性地將詩的內容與政事連結的作法。只是如此發展，已忽略《詩》當中一些無關政治的詩篇，且與先秦時期讀《詩》注重人的情志發動時的真誠「無邪」心意距離稍遠，此一現象尤其在許多無關政治的風體詩中最明顯。

四、東漢的《詩》教意在矯正女主干政的流弊

西漢自高祖駕崩以後，繼位者雖為惠帝，實際掌權者則為呂后。雖然呂后在政治上尚有一些建樹，然而呂后為厚植呂氏勢力，不但採取以呂氏之女許配劉姓諸王的策略，以達實質掌控劉姓天下之目的，且陸續直接或間接殺害高祖之子（如劉如意、劉恢、劉長，甚且親生子劉盈早死也與呂后的殘暴間接有關），可謂已開「雉啄劉氏子孫」之實，不必等到成帝時的「燕啄皇孫」。另一方面還大肆分封呂氏家族，經常命呂氏家人入宮用事，且完全掌控南北兵權，大幅取代劉姓勢力，明顯為私心作祟。其中，呂后迫害眼中釘戚夫人使成「人彘」的殘暴行為，還離譜地讓劉盈目睹不辨人形的「人彘」，劉盈受驚嚇

而大病一場，從此不問朝政。呂后對付異議分子的殘暴行為，更成為後宮慘烈鬥爭的殘酷標誌，且自此以後，西漢后妃後宮爭鬥的事端層出不窮，女主影響朝政的事蹟更時有所聞。

然而呂后殘害劉邦寵妾與子孫的事件多屬宮廷密事，一般朝臣尚且不容易得知其詳，更何況是秦末漢初逃避秦始皇焚書坑儒而落荒出逃的毛亨，實在缺乏管道以得知此宮廷祕聞。在偏僻鄉野隱姓埋名的毛亨，至惠帝廢除挾書令頒布後，始光明正大地整理《毛詩故訓傳》以授毛萇，而當時實際掌權者正是呂后與呂家集團，因此呂后的殘暴行為更不可能及時流傳於民間，且即刻被毛亨熟知而取為后妃夫人戒的《毛詩序》內容。后妃對朝政的負面影響必須累積到一定的程度，始會成為學者引以為勸諫君王，或戒鑒來者的目標。劉向有鑑於成帝時的趙飛燕姊娣更荒唐至極，遂特別撰作《列女傳》以進諫成帝懸崖勒馬，正是明證。可惜因為諫諍的作品必須相當隱微、婉轉，於是在值得引以為戒的「孽嬖」類型人物中，極巧妙地避開西漢后妃而不談，反之，在諸多賢德類型人物中，能列入其間的西漢人物，卻多是民間普通百姓家的女子而無任何后妃，二者形成強烈的對比，可惜成帝並無法參悟其中的深義。成帝至死不悟劉向以隱微的文辭行婉轉勸諫的深義，致使西漢王朝陷入萬劫不復的絕境。

有鑑於西漢敗亡起自後宮的顯例，因此出身太學、律己甚嚴的東漢光武帝，深明齊家、治國、平天下的一貫大道絲毫不可含糊，於是在郭聖通皇后逐漸暴露不能包容其他宮人而多怨懟之情後，毅然決然決定廢后。光武帝直接於詔書中明確指出廢后的理由，在於郭后「既無〈關雎〉之德，而有呂、霍之風，豈可託以幼孤，恭承明祀」。光武帝逕自提出呂后與霍夫人的惡劣行徑以昭炯戒，再明言陰貴人的良善，適合立后以奉宗廟，足以為天下母的榜樣，實已明言后妃夫人之德對於朝政興衰存亡的重大影響。光武帝為堅決表達廢立皇后的重大意義，還正式稟告高祖廟，廢除呂后配食高廟的權利，而改以母德仁慈的薄太后取代之。光武帝令人可敬可佩之處，還在於其雖廢郭后，只是削除郭氏皇后頭銜，然而與郭氏家族仍然保持良好互動，郭氏所生的子女可享的權利均未受剝奪（即使廢后，也未連帶廢太子，而是在原太子劉彊連續兩年表達辭意，才同意改由陰后之子劉莊為太子），且使郭氏至其中子劉焉的封國，得享中山王太后的尊位。繼立的陰后（光武帝微賤時的髮妻）也始終禮遇郭氏，

與郭氏的子女與外家都能保持極和諧的關係，締造後宮極難得的安詳和樂環境。凡此都起自陰麗華大肚能容，以仁德待郭氏及其所生諸子女的偉大女德。有陰麗華善待諸嬪妃與眾王子、公主的表率，還能大公無私地選擇馬援之女，而不選當時同為貴人的親姪女為明帝的皇后，立下東漢極溫馨和諧的優質後宮文化環境。再加上繼位的明帝，其皇后為才德俱佳的馬援之女，雖然不孕，但馬皇后不僅絲毫不妒忌生有子女的嬪妃，且還主動地與之噓寒問暖、照顧備至（或許此即是《毛詩序》特別說「〈關雎〉樂得淑女以配君子，愛在進賢，不淫其色」的由來），明帝也不因皇后無子而廢后，因此在後宮和諧、外戚協力輔政、大臣講求節操下，而造就「明章之治」的佳話，大有別於西漢宮廷處處充滿權力鬥爭的政治環境。可惜章帝以後，帝王自律的能力遠遠不如光武帝，防閑制度又不篤實，帝王又慢慢淡忘前朝敗壞的主因在於后妃無德、外戚爭權，於是從章帝的竇皇后因無子而陷害宋貴人、梁貴人之父開始，東漢朝政又重蹈西漢傾頹的後塵。

　　衛宏被光武帝拔擢為議郎，附加「給事中」的頭銜。雖然議郎的官職不高，但是能參與朝廷重要問題的討論，既能發揮議政官的職能，又有朝政顧問官的作用，屬於學有專長的專家學者。「給事中」則是附加的頭銜，若能擁有此頭銜，即可出入宮廷，隨時與皇帝面對面議政。衛宏既為議郎，又有「給事中」的頭銜，因而得以經常與皇帝討論各項問題，所以最能理解光武帝的心思。衛宏既知光武帝有鑑於西漢敗亡的主因後宮妒忌爭寵、外戚奪權，又目睹東漢初期後宮環境以及朝臣注重道德節操的重大改變，故而將相關改變，藉由全面輯錄《毛詩序》的機會明顯反映出來。尤其在早已列入宴饗禮儀用詩的鄉樂，最具教化意義的「二南」詩的詩旨中，特別強調后妃夫人之德，最能反映西漢後宮與當時強烈對比的狀況。衛宏特別強調后妃夫人之德，不但可視為對光武帝廢郭后所持理由的最好回應，也意謂光武帝貶黜呂后而尊隆薄太后以配食高祖的行動，乃肯定劉向在《列女傳》所呼籲的，皇后最應具備「母儀天下」的仁慈之德，以與帝王共同造就理想的王道之治。

　　倘若對照《後漢書》〈儒林傳〉所載，衛宏從大司空杜林學古文《尚書》，為之作《訓旨》，可見其從謝曼卿學《毛詩》而作《毛詩序》，固然都屬於衛宏個人閱讀典籍的輔助讀書方法，然而也有可能受到目錄學鼻祖劉向的影響。

衛宏感覺從向、歆父子所作的《別錄》與《七略》，以歸納該典籍的要旨，不但可方便讀者閱讀，更有利於經典的學習與傳播，對於從事人文教化理想更具重要意義，因此特別輯錄歷來的詩旨而成為《毛詩序》。在范曄（398～445）撰作《後漢書》時，《毛詩序》仍流傳於世，因而范曄得以觀覽而稱讚其「善得風雅之旨」。推想衛宏在輯錄前賢對於詩旨的眾說之餘，的確也有可能如《隋書》〈經籍志〉所載，一如人情之常地加入一些「潤益」的文辭，因此《隋書》〈經籍志〉特別記錄該事。

五、鄭玄作《毛詩傳箋》促使《毛詩序》成為《詩》教核心

整部《詩》從最早的文王執政晚期〈鹿鳴〉一系列的詩，至最晚的〈陳風‧株林〉，前後超過 500 年以上，當然只能是分階段進行整編工作。參照鄭玄《詩譜》所列，成王時期的「正小雅」、「正大雅」與〈周頌〉最多，相當合理。只是有關〈周頌〉的所屬世代，不宜如鄭氏所言，都在成王時期（詳見第拾與拾壹篇的討論），甚且還要包括歸屬「變風」的〈豳風〉，要完成如此龐大數量的詩篇，實在不太可能。畢竟成王時期，周公制禮作樂的偉大工程才剛奠立不久，雖會開始進行整編前期的典禮用詩情形，但仍不足以完成上述龐大的整編工作，而在政治局勢安定的康王時期，才最有可能是整編上述龐大工程的最重要時期，且因為整編的工程浩大，所以不再有餘裕創作新的詩篇。此時期的詩，多與各項禮儀制度的進行有關，因而詩旨記錄者與「國史」人員的關係密切，重點在教導與會人員培養敬德、明德的精神，懂得知恩圖報、飲水思源。配合《詩譜》所劃分的康、昭、穆、共（恭、龔）王時代無詩，都可找到各自特定的原因，其實也可輔助說明康王時期最有可能是第一階段整編《詩》的主要時期。蓋因昭王前後出動三次南征，最後第三次還「南征不復」，可見其執政的重點並不在多作文事。穆王在位時間雖超過 50 年（約 976～922B.C.在位），即使當時的國力仍然強盛，卻因積極開疆拓土且喜好享樂冶遊，且因上有所好，下必甚之，於是八駿圖與《穆天子傳》等與奢華有關的「成果」應運而生，然也導致朝政鬆散、經濟發生困難，已難掩漸入衰弱之象，故而無暇於詩篇教化也在情理之中。後繼的共王也無重振之力。

　　透過本書正文最末篇對於「變小雅」詩旨內容與《毛詩序》說法的對比研究，可以推知第二、三階段的整編工作，極有可能分別在宣王及平王時期。

　　第二階段整編工作在宣王時期。宣王執政早期，任用賢能文官武將奮發圖強，陸續討伐玁狁、西戎、淮夷、徐國和楚國，短暫恢復西周早期的國力，號稱「宣王中興」，因而有很多詩篇即是反映當時史事的創作。《毛詩序》已出現客觀呈現中興史事以及稱美宣王的字眼，然而少數美宣王者已稍有溢美的情形，顯示「中興之主」的光環正在消逝當中，因而需要特別呈現「美」字以滿足宣王的虛榮之心。然而自從宣王不聽大臣勸諫而干涉魯政以後，周王的威信大失。稍後，宣王又聽信讒言而濫殺大臣，再加上晚年用兵連戰多敗，國勢明顯衰頹，很多「變小雅」即清楚以「刺」字警戒宣王，希望宣王能回歸正道，可惜宣王聽而不聞，卒至在與諸侯游獵圍田時，命喪在號稱杜伯冤魂報仇的紅箭下。檢核《毛詩序》所載與詩篇的內容，發現宣王晚期詩篇的詩旨已有少數不甚貼切的記載，顯示一旦國勢轉衰，相關「國史」人員對詩旨的概括也漸露鬆散而不盡貼切的現象。

　　第三階段整編工作在平王時期，與西周覆亡而東遷洛邑的深刻反省有關。此從《毛詩序》所載與幽王有關的「變小雅」高達 40 首，佔所有〈小雅〉一半（含笙詩計 80 首）的超高比例，情況極不尋常；此階段整編的詩存在最多問題。雖然幽王斷送西周，自有難辭其咎，甚且是罪惡深重的可「刺」之處，然而此 40 首詩中，並不乏根本不屬於幽王時期的詩，卻硬是被貼上「刺幽王」的標誌，實難掩「歸惡」之嫌。從此一現象可說明此時期的整編者素質早已不可同日而語，缺乏客觀呈現事實的公正心態。不過，從 28 首詩的「首序」都出現「刺幽王」，倒可說明相關「國史」人員以美刺的方式，表達哀刑政之苛、傷人倫之變的意思相當濃厚，其目的，不外乎高度警戒掌權者以此為戒，勿重蹈覆轍，以免淪於身首異處、改朝換代的厄運，只是記錄不免失實，且手法又不免拙劣。綜觀此 40 首詩的內容，說明所整編的詩篇確實包含許多有關幽王時期的詩篇，但也包含許多前代未註明所屬世代，而整編者也無法區分世代的詩篇，遂不辨黑白地，將其一併附在後面，隨後又歸為與幽王相關的詩篇。換言之，從「變小雅」的詩篇可說明並非所有詩篇都按照世代先後的順序排列，例如鄭玄已發現毛公在撰作《毛詩詁訓傳》時，業已移動某些詩的篇次

順序。

　　回顧秦火以後，《詩》的流傳，先是西漢初的今文經三家《詩》，各立有博士官，屬於古文學的《毛詩》則後出，且並未在西漢立於學官，而多流傳於民間，至東漢始較為流行。綜合《後漢書》記載，東漢初的衛宏作《毛詩序》與《尚書訓旨》以傳授徐巡，徐巡稍後又受學於杜林，同樣以儒顯，遂在衛、徐兩人積極倡導下，造成古學大興，可見衛宏實有功於古文經的興起。《毛詩》流傳，在衛宏、徐巡以後，再傳鄭眾、賈徽、賈逵、許慎、馬融而至於鄭玄，再創巔峰。鄭玄先從東郡張恭祖受《韓詩》，再師事馬融。由於鄭玄兼習今古文學，且能括囊大典，網羅眾家之長，刪裁繁誣而勘正漏失，[23]故能集兩漢今古文學的大成。鄭玄注三《禮》以後（《周禮》原稱《周官》，在鄭玄注《儀禮》、《禮記》與《周官》以後，始改稱之），再結合禮儀制度以說《詩》，成為《鄭箋》最重要的特點，也使《詩》的內涵意義更為豐富。以禮解《詩》，尤其對理解文詞簡約的〈周頌〉特別有利，透過相關禮儀制度的解說，有助於開發詩中所蘊藏的深刻意義。此雖為鄭玄對於解《詩》的重大貢獻，然也因有時候過於拘泥詩篇與禮儀制度的對應，以致多有附會的流弊，遂引發歐陽修（1007～1072）的嚴加批評。

　　倘若考量鄭玄注三《禮》之時，分別為三《禮》撰作目錄，則其為《詩》作箋注與編製《詩譜》，當可視為同一類型的事。以內容較複雜的《禮記》為例，鄭玄的《禮記目錄》即註記各篇命名的緣由、內容大要，及其在劉向《別錄》中的屬性歸類，有助於讀者閱讀。準此而言，兼融今古文《詩》學資料的《鄭箋》在刊行以後，因為主要以《毛詩詁訓傳》為本，因而促使《毛詩》日益流行。因為《毛詩序》與《詩譜》也類似《禮記目錄》對《禮記》的作用，故而成為後人解讀、傳授《詩》的最重要指南。

　　鄭玄與衛宏的生存年代相隔並不甚遠，然而鄭玄不言衛宏作《毛詩序》之功，僅稱〈大序〉子夏作，〈小序〉則子夏、毛公合作，自有其考量的原因。

23　其詳參見南朝・宋・范曄：《後漢書》〈儒林傳下〉（北京：中華書局，1965 年），頁 2575～2576；〈張曹鄭列傳〉，頁 1207～1208、1213。

可能的原因之一，蓋因衛宏的《毛詩序》乃輯錄歷來「國史」相關人員以及戰國以後經師儒者的紀錄而來，雖有潤益與流傳之功，然而無法與子夏、毛公的傳《詩》之功並駕齊驅。甚且衛宏所潤益、特重的后妃夫人之德，早已是東漢儒者耳熟能詳的說法，故而鄭玄不再特別宣稱衛宏作《毛詩序》一事。另一可能的原因，或為鄭玄受到劉向整理經籍而製作《別錄》的啟發，因而注三《禮》時，也特別撰作三《禮》目錄，幫助讀者掌握篇章內容。鄭玄在注三《禮》以後，即有鑑於《詩》與禮制的關係密切，於是根據《毛詩詁訓傳》再作箋注時，遂採取以禮箋《詩》的方式傳作《毛詩傳箋》。又因為《詩》與周代史事關係極密切，故而特別編製《詩譜》，方便傳授與學習《詩》者進行講讀與理解。在編製《詩譜》之餘，又覺得《詩》與《毛詩序》分別單行的方式並非最好的閱讀方式，於是將衛宏輯錄成的《毛詩序》單行本內容，分別就其所屬詩篇插入該篇之後，成為今本的模式。鄭玄既然已將衛宏的《毛詩序》以化整為零的方式，放在每首詩之後，自然也就不再多提衛宏作《毛詩序》之事。後世因為鄭玄整合的《毛詩傳箋》內容豐富，且使用方便，所以成為通行的版本，於是衛宏所輯錄的《毛詩序》也喪失單行的意義，遂走入失傳一途。即使衛宏的《毛詩序》不再單行，然而已融入《毛詩傳箋》當中，影響後世極為深遠。

　　從《後漢書》〈儒林傳〉特別記載衛宏所作的《毛詩序》「善得風雅之旨」，說明范曄當時還能見到《毛詩序》的單行本，而踵繼其後的《隋書》〈經籍志〉乃是繼《漢書》〈藝文志〉以後，中國目錄學上的重要代表作，且已開啟學術發展史的概念。是故其特別指出：「東海衛敬仲，受學於曼卿。先儒相承，謂之《毛詩》。《序》，子夏所創，毛公及敬仲又加潤益」，正是從學術發展的概念以說明《毛詩序》形成的原委，說明在唐代負責編修《隋書》的學者認為《毛詩序》乃輯錄先儒經師的說法而來。《毛詩序》雖創自子夏，再經毛公及敬仲潤益而成，堪稱符合《毛詩》學發展概念的說法，且不抹殺衛宏輯錄的《毛詩序》曾經單行一段時間的客觀事實，呈現《隋書》編修學者另一種「溫柔敦厚」的風貌。

　　鄭玄所作的《毛詩傳箋》既然以毛公的《毛詩詁訓傳》為本，即是考量毛公在秦火後對於傳述古文《毛詩》的重要貢獻，相形之下，衛宏所輯錄而單行

的《毛詩序》，即使有潤益之功，其實為輯錄先儒經師的說法而成，自然無法與詁訓整部《毛詩》的《毛詩詁訓傳》相提並論。換言之，《後漢書》〈儒林傳〉與《隋書》〈經籍志〉的說法，乃從《詩》學歷史發展的角度而客觀呈現衛宏《毛詩序》的歷史地位。鄭玄則是從後世《詩》學文獻流傳的價值高下而言，單行本的《毛詩序》即使對歷來詩旨有輯錄之功，然而對於解讀《詩》以及促進《毛詩》、《毛詩詁訓傳》的流行，其作用都遠遠不及自己所編製的《詩譜》更具工具價值。甚且再從今本《毛詩序》將每首詩的詩旨改放在《毛詩》每首詩篇題之下的方法來說，又可算是另一種新的輯錄方式，與衛宏《毛詩序》的單行本並不相同，或許此即程元敏所言，衛宏與今本《毛詩序》無關的原因。只是如此一來，衛宏首創單行本流行的《毛詩序》，在《詩》學發展里程碑上的重要一筆自此已被抹殺，還連累《後漢書》〈儒林傳〉與《隋書》〈經籍志〉的作者，背負一些莫須有的罪名，似乎有欠公道。

畢竟衛宏的《毛詩序》單行本，已因鄭玄另有新的詩旨呈現法，遂喪失一度單行的價值，而走入自然失傳的狀況；反觀鄭玄對詩旨的新整編法，因為配合《毛詩詁訓傳》與《毛詩傳箋》而合併呈現，當然對《毛詩》的流傳之功最大，也成為後世傳授、解讀《毛詩》最重要的依據。然而無論是衛宏的《毛詩序》或今本的《毛詩序》，都是編輯歷來「國史」人員以及儒士經師的說法而來，與今天的「作者」概念有別，自然也無法說是鄭玄抄襲衛宏的說法，以致王肅雖然不好鄭玄之學，也未曾對此問題橫生枝節。《後漢書》與《隋書》特別提衛宏與《毛詩序》的關係，旨在記錄《毛詩》研究史中曾經出現的重要一點，即使該點後來失傳，然而在《毛詩》學研究及目錄學發展的里程碑上都具有重大意義。

至於對《毛詩》研究的實質貢獻最大者，無可諱言仍然要屬鄭玄，但是不應因為鄭玄的貢獻大於衛宏，而一筆抹殺衛宏完成輯錄《毛詩序》，且還曾單行一段時間的功勞。在鄭玄重編《毛詩序》，且發揮「以禮《箋》詩」的特長而作《毛詩傳箋》後，《毛詩序》已長期影響《毛詩》學的研究，造成《詩》教體系的定型化，一直到歐陽修對《毛詩序》發出強烈質問後始有轉變。不過，即使是歐陽修的強烈質問，也只是多開一條以文學解《詩》的路，以《毛詩序》解《詩》的《詩》教體系依然流傳至今。

徵引文獻

【古籍文獻】

舊題漢・孔鮒：《孔叢子》〈巡狩〉，收入《百子全書》第 1 冊（長沙：岳麓書社，1993 年），頁 256。

舊題周・呂尚：《六韜》，收入《百子全書》第 2 冊，長沙：岳麓書社，1993 年。

舊題周・晏嬰撰：《晏子春秋》，收入《景印文淵閣四庫全書》第 446 冊，臺北：臺灣商務印書館，1985 年。

周・左丘明撰，晉・杜預注，唐・孔穎達等正義：《春秋左傳正義》，收入《十三經注疏（附清・阮元《校勘記》）》，臺北：藝文印書館，1985 年。

周・左丘明撰，三國・吳・韋昭注，上海師範大學古籍整理組校點：《國語》，臺北：里仁書局，1981 年。

秦・呂不韋編，漢・高誘注，陳奇猷校釋：《呂氏春秋校釋》，上海：學林出版社，1984 年。

漢・毛亨傳，鄭玄箋，唐・孔穎達等正義：《毛詩正義》，收入《十三經注疏（附清・阮元《校勘記》）》，臺北：藝文印書館，1985 年。

漢・伏勝撰，漢・鄭玄注，清・陳壽祺輯校：《尚書大傳（附序錄辨譌）》，收入王雲五主編：《叢書集成簡編》，臺北：臺灣商務印書館，1965 年。

舊題漢・孔安國傳，唐・孔穎達等正義：《尚書正義》，收入《十三經注疏（附清・阮元《校勘記》）》，臺北：藝文印書館，1985 年。

漢・司馬遷著，（日）瀧川龜太郎考證：《史記會注考證》，臺北：洪氏出版社，1977 年。

漢・公羊壽傳，何休解詁，唐・徐彥疏：《春秋公羊傳注疏》，收入《十三經注疏（附清・阮元校勘記）》，臺北：藝文印書館，1985 年。

漢・韓嬰：《韓詩外傳》，收入《四部叢刊正編》第 3 冊，臺北：臺灣商務印書館，1979 年。

漢・劉安編，高誘注，劉文典集解，馮逸、喬華點校：《淮南鴻烈集解》上冊，收入《新編諸子集成（第一輯）》，北京：中華書局，1989 年。

漢・劉向：《古列女傳》，收入《四部叢刊正編》第 14 冊，臺北：臺灣商務印書館，1979 年。

漢・鄭玄注，唐・孔穎達等正義：《禮記正義》，收入《十三經注疏（附清・阮元《校勘記》）》，臺北：藝文印書館，1985 年。

漢・鄭玄注，唐・賈公彥疏：《周禮注疏》，收入《十三經注疏（附清・阮元《校勘記》）》，臺北：藝文印書館，1985 年。

漢・趙岐注，宋・孫奭疏：《孟子注疏》，收入《十三經注疏（附清・阮元《校勘記》）》，臺北：藝文印書館，1985 年。

漢・袁康、吳平：《越絕書》，收入《四部叢刊》第 15 冊，臺北：臺灣商務印書館，1979 年。

漢・賈誼，《新書》，收入《四部叢刊正編》第 17 冊，臺北：臺灣商務印書館，1979 年。

漢・許慎撰，清・段玉裁注：《說文解字注》，臺北：蘭臺書局，1972 年。

漢・班固撰，唐・顏師古注：《漢書》，北京：中華書局，1962 年。

漢・揚雄：《方言》，收入《景印文淵閣四庫全書》第 221 冊，臺北：臺灣商務印書館，1983 年。

漢・王充：《論衡》，收入《四部備要》，臺北：中華書局，1970 年。

漢・應劭撰，王利器注：《風俗通義校注》，臺北：漢京文化事業有限公司，1983 年。

魏・何晏集解，宋・邢昺疏：《論語注疏》，收入《十三經注疏（附清・阮元《校勘記》）》，臺北：藝文印書館，1985 年。

魏・王弼注，晉・韓康伯注，唐・孔穎達等正義：《周易正義》，收入《十三經注疏（附清・阮元《校勘記》）》，臺北：藝文印書館，1985 年。

魏・張揖著，清・王念孫疏證：《廣雅疏證》，收入《國學基本叢書》（臺北：臺灣商務印書館，1968 年。

晉・張華：《博物志》，收入《景印文淵閣四庫全書》第 1047 冊，臺北：臺灣商務印書館，1986 年。

晉・張華：《博物志・刻連江葉氏本序》，收入《四部備要》，臺北：中華書局，1970 年。

晉・郭璞注，宋・邢昺疏：《爾雅注疏》，收入《十三經注疏（附清・阮元《校勘記》）》，臺北：藝文印書館，1985 年。

晉・干寶撰，曹光甫校點：《搜神記》，上海：上海古籍出版社，2013 年。

晉・孔晁注，清・盧文弨校：《逸周書》，收入《四部備要》，臺北：臺灣中華書局，1965 年。

晉・崔豹：《古今注》，收入《景印文淵閣四庫全書》第 850 冊，臺北：臺灣商務印書館，1986 年。

後秦・王嘉：《拾遺記》，收入《景印文淵閣四庫全書》第 1042 冊，臺北：臺灣商務印書館，1986 年。

南朝・宋・范曄撰，唐・李賢等注：《後漢書》，北京：中華書局，1965 年。

南朝・梁・蕭統編，唐・李善注：《文選》，臺北：華正書局，1991 年。

南朝・梁・劉勰著，清・黃淑琳注，（日）鈴木虎雄校勘：《文心雕龍注》，臺北：啟業書局，1976 年。

唐・魏徵等：《隋書》，北京：中華書局，1974 年。

唐・玄宗御注，宋・邢昺疏：《孝經正義》，收入《十三經注疏（附清・阮元《校勘記》）》，臺北：藝文印書館，1985 年。

宋・李昉等編：《太平廣記》，收入《景印文淵閣四庫全書》第 1043 冊，臺北：臺灣商務印書館，1986 年。

宋・洪興祖：《楚辭補注》，收入《四部叢刊初編》，臺北：臺灣商務印書館，1979 年。

宋・朱熹：《孟子集註》，收入《四書集註》，臺北：世界書局，1952 年。

宋・朱熹：《詩經集傳》，收入《景印文淵閣四庫全書》第 72 冊，臺北：臺灣商務印書館，1983 年。

宋・王應麟：《玉海》合璧本，臺北：大化書局，不著年月。

宋・范處義：《詩補傳》，收入《景印文淵閣四庫全書》第 72 冊，臺北：臺灣商務印書館，1983 年。

宋・黎靖德編，王星賢點校：《朱子語類》，北京：中華書局，1994 年。

明・楊慎撰，張士佩編：《升菴集》，收入《景印文淵閣四庫全書》第 1270 冊，臺北：臺灣商務印書館，1986 年。

清・永瑢、紀昀等撰：《四庫全書總目提要》第 2 冊〈史部〉，臺北：臺灣商務印書館，1983 年。

清・邵懿辰：《禮經通論》，收入《續經解三禮類彙編（一）》，臺北：藝文印書館，1986 年。

清・朱彝尊著，馮曉庭、陳恆嵩、侯美珍點校：《經義考》，中研院中國文哲研究所籌備處，1997 年。

清・姚際恆：《詩經通論》，收入《續修四庫全書》第 62 冊，上海：上海古籍出版社，1995 年。

清・王鴻緒：《欽定詩經傳說彙纂》，收入《景印文淵閣四庫全書》第 83 冊，臺北：臺灣商務印書館，1983 年。

清・秦蕙田：《五禮通考》，臺北：聖環圖書公司，1994 年。

清・孫希旦：《禮記集解》，臺北：文史哲出版社，1990 年。

清・王筠：《說文句讀》，臺北：臺灣商務印書館，1956 年。

清・林春溥：《竹書紀年補證》，收入楊家駱主編：《竹書紀年八種》，《中國史學名著》，臺北：世界書局，1989 年。

清・崔述，那珂通世校點：《洙泗考信錄》，收入《崔東壁先生遺書十九種》中冊，北京：北京圖書館出版社，2007 年。

清・阮元輯：《經籍纂詁》，臺北：中新書局有限公司，1977 年。

清・阮元撰，鄧經元點校：《揅經室集》，北京：中華書局，2006 年重印。

清・馬瑞辰撰，陳金生點校：《毛詩傳箋通釋》，北京：中華書局，1989 年。

清・方玉潤撰，李先耕點校：《詩經原始》上下冊，北京：中華書局，1986 年。

清・王聘珍：《大戴禮記解詁》，北京：中華書局，1983 年。

清・朱右曾輯，王國維校補：《古本竹書紀年輯校訂補》，收入楊家駱主編：《竹書紀年八種》，《中國史學名著》，臺北：世界書局，1989 年。

清・孫詒讓：《墨子閒詁》，臺北：華正書局，1987 年。

清・孫詒讓：《周禮正義》，北京：中華書局，1987 年。

清・王先謙：《荀子集解》，臺北：藝文印書館，1988 年。

清・王先謙撰，吳格點校：《詩三家義集疏》下冊，臺北：明文書局，1988 年。

清・王先慎撰，鍾哲點校，《韓非子集解》，北京：中華書局，1998 年。

清・邵懿辰：《禮經通論》，收入《續經解三禮類彙編（一）》，臺北：藝文印書館，1986 年。

清・郭慶藩集釋：《莊子集釋》，臺北：貫雅文化事業有限公司，1991 年。

清・蘇輿撰，鍾哲點校：《春秋繁露義證》，北京：中華書局，1992 年。

清・趙爾巽：《清史稿》第 44 冊，北京：中華書局，1977 年。

清・劉鶚撰，嚴一萍編：《鐵雲藏歸新編》，臺北：藝文印書館，1975 年。

樓宇烈校釋：《老子周易王弼注校釋》，臺北：華正書局，1983 年。

袁珂校注:《山海經校注》,臺北:洪氏出版社,1981 年。

【近人論著】

上海大學古代文明研究中心、清華大學思想文化研究所編:《上博館藏戰國楚竹書研究》,上海:上海書店,2002 年。

王連龍:《《逸周書》研究》,北京:社會科學文獻出版社,2010 年。

王國維:《觀堂集林》上冊,北京:中華書局,1959 年。

王國維:《今本竹書紀年疏證》,收入楊家駱主編:《竹書紀年八種》,臺北:世界書局,1989 年。

王靜芝:《詩經通釋》,臺北縣:輔仁大學文學院,1969 年再版。

王禮卿:《四家詩恉會歸》,上海:華東師範大學出版社,2009 年。

朱自清:《詩言志辨》,桂林:廣西師範大學出版社,2004 年。

牟宗三:《荀子大略》,臺北:中央文物供應社,1953 年。

杜正勝:《古代社會與國家》,臺北:允晨文化實業股份有限公司,1992 年。

李學勤主編:《清華大學藏戰國竹簡(壹)》,上海:中西書局,2010 年。

李零:《郭店楚簡校讀記(增訂本)》,北京:北京大學出版社,2002 年。

李零:《上博楚簡三篇校讀記》,臺北:萬卷樓圖書股份有限公司,2002 年。

吳大澂:《字說》,臺北:藝文印書館,影印清光緒 19 年思賢講舍重雕本。

沈文倬:《宗周禮樂文明考論》,杭州:杭州大學出版社,1999 年。

沈建華編:《饒宗頤新出土文獻論證》,上海:上海古籍出版社,2005 年。

何光岳:《周源流史》上冊,南昌:江西教育出版社,1997 年。

屈萬里:《書傭論學集》,臺北:臺灣開明書局,1969 年。

屈萬里:《詩經詮釋》,臺北:聯經出版事業公司,1983 年。

林素英:《從郭店簡探究其倫常觀念——以服喪思想為討論基點》,臺北:萬卷樓圖書股份有限公司,2003 年。

林素英:《古代祭禮中之政教觀——以《禮記》成書前為論》,臺北:文津出版社,1997 年。

林素英:《《禮記》之先秦儒學思想:〈經解〉連續八篇結合相關傳世與出土文獻之研究》,臺北:國立臺灣師範大學出版中心,2017 年。

林素英：《特定時空環境下的詩禮之教：《詩》教體系的萌芽與定型（分論篇）》，臺北：國立臺灣師範大學出版中心，2021 年。

林慶彰、蔣秋華主編：《經典的形成、流傳與詮釋》，臺北：臺灣學生書局，2007 年。

林耀潾：《先秦儒家詩教研究》，新北：花木蘭文化出版社，2008 年。

孟世凱：《夏商史話》，臺北：貫雅文化事業有限公司，1990 年。

季旭昇主編，陳霖慶、鄭玉姍、鄒濬智合撰：《〈上海博物館藏戰國楚竹書（一）〉讀本》，臺北：萬卷樓圖書股份有限公司，2004 年。

周策縱：《古巫醫與「六詩」考：中國浪漫文學探源》，臺北：聯經出版事業公司，1986 年。

姚小鷗：《詩經三頌與先秦禮樂文化》，北京：廣播學院出版社，2000 年。

洪湛侯：《詩經學史》上冊，北京：中華書局，2002 年。

胡厚宣主編：《甲骨文合集》，北京：中華書局，1999 年

胡厚宣：《甲骨學商史論叢初集（上）》，臺北：大通書局，1973 年。

徐中舒：《徐中舒歷史論文選輯》，北京：中華書局，1998 年。

徐中舒著，徐亮工協助整理：《先秦史十講》，北京：中華書局，2009 年。

徐復觀：《中國人性論史・先秦篇》，臺北：臺灣商務印書館，1969 年。

徐復觀：《兩漢思想史》，臺北：臺灣學生書局，1979 年。

馬承源主編：《上海博物館藏戰國楚竹書（一）》，上海：上海古籍出版社，2001 年。

馬承源主編：《上海博物館藏戰國楚竹書（七）》，上海：上海古籍出版社，2008 年。

荊門市博物館編，裘錫圭審訂：《郭店楚墓竹簡》，北京：文物出版社，1998 年。

夏傳才：《詩經研究史概要（增注本）》，北京：清華大學出版社，2007 年。

郭沫若：《卜辭通纂》，北京：中國社科院考古所，1983 年

郭沫若：《郭沫若全集》，北京：人民出版社，1984 年。

郭偉川：《《周禮》制度淵源與成書年代新考》，北京：國家圖書館出版社，2016 年。

陳夢家：《殷虛卜辭綜述》，北京：中華書局，1988 年。

張廣志：《西周史與西周文明》，上海：上海科學技術文獻出版社，2007 年。

張素卿：《左傳稱詩研究》，收入《文史叢刊》第 89 種，臺北：臺灣大學文學院，1991 年。

許倬雲：《西周史》，臺北：聯經出版事業公司，1990 年修訂版。

黃玉順：《易經古歌考釋》，成都：巴蜀書店，1995 年。

黃懷信：《逸周書校補注譯》，西安：三秦出版社，2006 年。

黃懷信：《上海博物館藏戰國楚竹書〈詩論〉解義》，北京：社會科學文獻出版社，2004 年。

黃懷信、張懋鎔、田旭東撰：《逸周書匯校集注》，上海：上海古籍出版社，2007 年。

程元敏：《詩序新考》，臺北：五南圖書出版股份有限公司，2005 年。

馮時：《中國天文考古學》，北京：中國社會科學文獻出版社，2007 年。

楊華：《先秦禮樂文化》，武漢：湖北教育出版社，1996 年。

楊寬：《西周史》，上海：上海人民出版社，1999 年。

楊蔭瀏：《中國古代音樂史稿》第 1 冊，臺北：丹青出版社，1985 年。

傅佩榮：《儒道天論發微》，臺北：臺灣學生書局，1985 年。

葉國良：《經學側論》，新竹：清華大學出版社，2005 年。

葉舒憲、蕭兵、（韓）鄭在書：《山海經的文化尋踪：「想像地理學」與東西文化碰觸》，武漢：湖北人民出版社，2004 年。

葉舒憲：《詩經的文化闡釋：中國詩歌的發生研究》，武漢：湖北人民出版社，1994 年。

裴普賢：《歐陽修詩本義研究》，臺北：東大圖書有限公司，1981 年。

趙宇衍：《《上博楚簡‧武王踐阼》研究》，高雄：國立中山大學中文所 2010 年碩士論文。

廖名春：《新出楚簡試論》，臺北：臺灣書房出版有限公司，2001 年。

聞一多著，孫黨伯、袁謇正主編：《聞一多全集（五）》，武漢：湖北人民出版社，1993 年。

聞一多著，孫黨伯、袁謇正主編：《聞一多全集（十）》，武漢：湖北人民出版社，1993 年。

劉信芳：《孔子詩論述學》，合肥：安徽出版社，2003 年。

劉起釪：《尚書學史》，北京：中華書局，1989 年。

劉起釪：《古史續辨》，北京：中國社會科學出版社，1991 年。

劉師培：《中國中古文學史》，北京：人民文學出版社，1959 年。

賴炎元：《韓詩外傳考徵》下冊，收入《臺灣師範大學國文研究所叢書》，（臺北：臺灣省立師範大學，1963 年。

糜文開、裴普賢：《詩經欣賞與研究（二）》，臺北：三民書局，1987 年。

糜文開、裴普賢：《詩經欣賞與研究（三）》，臺北：三民書局，1987 年。

糜文開、裴普賢：《詩經欣賞與研究（四）》，臺北：三民書局，1987 年。

蘇建洲、吳雯雯、賴怡璇：《清華簡二《繫年》》，臺北：萬卷樓圖書股份有限公司，2013 年。

顧頡剛主編：《古史辨》第 3 冊，臺北：藍燈文化事業公司，1993 年。

饒宗頤：《古史之斷代與編年》，臺北：中央研究院歷史語言研究所，2003 年。

董作賓：《殷墟文字乙編》，臺北：中央研究院歷史語言研究所，1994 年。

（日）安居香山、中村璋八輯：《緯書集成》，石家莊：河北人民出版社，1994 年。

（日）竹添光鴻：《左氏會箋》下冊，臺北：鳳凰出版社，1974 年。

【期刊論文】

王洲明：〈上博《詩論》的論詩特點與《毛序》的作期〉，收入中國詩經學會編：《第六屆詩經國際學術研討會論文集》，北京：學苑出版社，2005 年。

王連龍：〈近二十年來《逸周書》研究綜述〉，《吉林師範大學學報》，2008 年第 2 期。

尹弘兵：〈周昭王南征對象考〉，武漢大學簡帛研究中心《簡帛研究網》，http://www.bsm.org.cn/show_article.php?id=842，2008 年 6 月 21 日發布。

何有祖：〈上博簡《武王踐阼》初讀〉，武漢大學簡帛研究中心《簡帛研究網》，http://47.75.114.199/show_article.php?id=756，2007 年 12 月 4 日發布。

李學勤：〈荊門郭店楚簡中的《子思子》〉，《文物天地》，1998 年 2 期。

何琳儀：〈滬簡《詩論》選釋〉，收入上海大學古代文明研究中心、清華大學思想文化研究所編：《上博館藏戰國楚竹書研究》，上海：上海書店，2002 年。

林素英：〈從郭店儒簡檢視文王之人君典型〉，中山大學《文與哲》第 7 期，2005 年 12 月。

林素英：〈〈孔子詩論〉總論對「風」體詩本義之承繼〉，《文與哲》第 11 期，2007 年 12 月。

林素英：〈論〈邦（國）風中「風」之本義〉，《文與哲》第 10 期，2007 年 6 月。

林素英：〈論「禮制」與「民性」的關係：以〈孔子詩論〉中〈葛覃〉組詩為討論中心〉，《哲學與文化》第 35 卷第 10 期，2008 年 10 月。

林素英：〈「人道」思想探析——以〈性自命出〉與《禮記》相關文獻為討論中心〉，2011 年 10 月 29~30 日由中國人民大學國學院主辦，香港中文大學哲學系、臺灣

大學中文系協辦，於北京中國人民大學圖書館會議廳舉行之「機遇與挑戰：思想史視野下的出土文獻研究」國際學術研討會宣讀論文。

林素英：〈從〈武王踐阼〉論周初敬德明德之本：結合簡本與相關傳世文獻之討論〉，《中國經學》第 18 輯，2016 年 6 月。

林素英：〈論《周禮》「以為民極」開展的民本思想〉，2021 年 11 月 20 日宣讀於在政治大學舉辦的「第十二屆中國經學國際學術研討會」。

周鳳五：〈說龤〉，《幼獅學誌》，第 18 卷第 2 期，1984 年 10 月。

周鳳五：〈《孔子詩論》新釋文及注解〉，收入上海大學古代文明研究中心、清華大學思想文化研究所編：《上博館藏戰國楚竹書研究》，上海：上海書店，2002 年。

胡厚宣：〈殷卜辭中的上帝和王帝〉，《歷史研究》，1959 年第 9 期。

范毓周：〈第三枚簡〉，收入上海大學古代文明研究中心、清華大學思想文化研究所編：《上博館藏戰國楚竹書研究》，上海：上海書店，2002 年。

陳奇猷：〈呂氏春秋成書的年代與書名的確立〉，《復旦學報》，1979 年第 5 期。

復旦大學出土文獻與古文字研究中心研究生讀書會（劉嬌執筆）：《〈上博七‧武王踐阼〉校讀》，復旦大學出土文獻與古文字研究中心網站，http://www.gwz.fudan.edu.cn/Web/Show/576，2008 年 12 月 31 日發布。

彭浩：〈郭店一號墓的年代與簡本《老子》的結構〉，《道家文化研究》17 輯「郭店楚簡」專號，北京：三聯書店，1999 年。

馮時：〈戰國楚竹書《子羔‧孔子詩論》研究〉，《考古學報》2004 年 10 月第 4 期。

曾憲通：〈說繇〉，收入中華書局編：《古文字研究》第 10 輯，北京：中華書局，1983 年。

劉次沅、周曉陸：〈詩經日食及其天文環境〉，《陝西天文台台刊》第 25 卷第 1 期，2002 年 6 月。

劉信芳：〈孔子所述呂望氏名身世辨析〉，《孔子研究》，2003 年第 5 期。

劉秋瑞：〈再論《武王踐阼》是兩個版本〉，復旦大學出土文獻與古文字研究中心網站，http://www.gwz.fudan.edu.cn/Web/Show/639，2009 年 1 月 8 日發布。

劉毓慶、郭萬金：〈子夏學家與《詩大序》：子夏作《詩大序》說補證〉，收入中國詩經學會編：《第六屆詩經國際學術研討會論文集》，北京：學苑出版社，2005 年。

濮茅左：〈上博楚簡的實驗室保護處理〉，武漢大學簡帛研究中心《簡帛研究網》，jianbo.org.bamboosilk.org，2007 年 12 月 3 日發布。

龐樸：〈上博藏簡零箋〉，收入上海大學古代文明研究中心、清華大學思想文化研究所編：《上博館藏戰國楚竹書研究》，上海：上海書店，2002 年。

國家圖書館出版品預行編目（CIP）資料

《詩》教體系的萌芽與定型 : 歷史發展視野下的先秦兩漢《詩》
教觀 = The germination and formalization of enlightened system"Shi"
: the view of pre-Qin and Han dynasty about "Shi" which vision under
the historical development field / 林素英著. -- 初版. -- 臺北市 : 國立
臺灣師範大學出版中心, 2022.04
　　面；　公分
ISBN 978-986-5624-80-4(平裝)

1.CST: 詩經 2.CST: 研究考訂

831.18　　　　　　　　　　　　　　　　　　111003056

《詩》教體系的萌芽與定型：

歷史發展視野下的先秦兩漢《詩》教觀

作　　　者｜林素英
出　　　版｜國立臺灣師範大學出版中心
發 行 人｜吳正己
總 編 輯｜柯皓仁
執 行 編 輯｜金佳儀
地　　　址｜106 臺北市大安區和平東路一段 162 號
電　　　話｜(02)7749-5285
傳　　　真｜(02)2393-7135
服務信箱｜libpress@ntnu.edu.tw
初　　　版｜2022 年 04 月
售　　　價｜新臺幣 500 元（缺頁、破損或裝訂錯誤，請寄回更換）
I S B N｜978-986-5624-80-4
G P N｜1011100274

◎本書已通過國立臺灣師範大學出版中心學術審查